当代陕西文学评论文丛

笔耕拓土

在现实与历史的交合中进行探索

蒙万夫 著

陕西师范大学出版总社　西安

图书代号　WX24N2325

图书在版编目（CIP）数据

在现实与历史的交合中进行探索 ／ 蒙万夫著.
西安：陕西师范大学出版总社有限公司，2025. 6.
（当代陕西文学评论文丛 ／ 贾平凹，齐雅丽主编）.
ISBN 978-7-5695-4815-0

Ⅰ. I206.7-53

中国国家版本馆CIP数据核字第2024L8C694号

在现实与历史的交合中进行探索
ZAI XIANSHI YU LISHI DE JIAOHE ZHONG JINXING TANSUO

蒙万夫　著

出版统筹	刘东风　刘　定
策划编辑	马凤霞
责任编辑	舒　敏
责任校对	彭　燕
封面设计	周伟伟
出版发行	陕西师范大学出版总社
	（西安市长安南路199号　邮编　710062）
网　　址	http://www.snupg.com
印　　刷	中煤地西安地图制印有限公司
开　　本	720 mm×1020 mm　1/16
印　　张	17.75
插　　页	2
字　　数	255千
版　　次	2025年6月第1版
印　　次	2025年6月第1次印刷
书　　号	ISBN 978-7-5695-4815-0
定　　价	69.00元

读者购书、书店添货或发现印装质量问题，请与本公司营销部联系、调换。

电话：（029）85307864　85303629　　传真：（029）85303879

文脉陕西，评论华章（序）

贾平四

从延安文艺的烽火岁月，到新时代的文学繁荣，陕西文学以其独特的风格和深邃的内涵，赢得了国内外的广泛赞誉。在中国当代文学史上，陕西不仅拥有一支强大的文学创作队伍，同时也拥有一批占领各个历史阶段文学批评潮头的评论骨干。他们以敏锐的洞察力剖析文学现象，参与文学现场，解读作品内涵，为陕西文学的发展注入了源源不断的活力。在新时代文化浪潮中，文学评论作为党领导文学事业的重要途径和方式，作为文学繁荣发展的重要推动力和引导力，正凸显着越来越重要的作用。

为了贯彻落实习近平总书记关于文艺工作和文艺批评的重要论述，以及中宣部等五部门联合印发的《关于加强新时代文艺评论工作的指导意见》，进一步加强和改进陕西文学批评工作，打磨好批评这把利剑，把好文艺的方向盘，同时也为深入总结和发扬陕派文学批评的历史经验，全面呈现陕西当代评论家队伍及其丰硕成果，推动陕西文学批评再创佳绩，助力陕西乃至全国文学发展，陕西省作家协会精心策划并编辑出版了"当代陕西文学评论文丛"。

在选编过程中，丛书编委会始终遵循着精编细选的原则，力求每篇文章都能代表作者个人的最高水平，同时也能反映出陕西文学评论的独特风格和时代特征。所选文章以研究和评论承续延安文艺传统的陕西作家、作品为主，也不乏对中国文坛或域外文学研究的独到见解。丛书汇聚了三代文学批评家中三十位代表批评家的学术成果。他们或生于陕西，或长期在陕工作。他们以笔为剑，以墨为锋，用睿智深刻的见解，共同书写了陕西文学批评的辉煌华章。他们的评论文章，或激情洋溢，或理性严谨，或高屋建瓴，或细腻入微，共同构筑了这部丛书的独特魅力与丰富内涵。

丛书将陕西老中青三代评论家分为"笔耕拓土""接续中坚""后起新锐"三个系列。三代评论家有学术师承，亦有历史代际。每个系列都蕴含着不同的时代气息和文学精神："笔耕拓土"系列收录了陕西文学评论界先驱和奠基者的成果，他们如同手握犁铧的开垦者，为陕西文学评论的沃土播下了希望的种子；"接续中坚"系列展现了新一代批评家中坚力量的风采，他们的评论既有深厚的理论功底，又有敏锐的时代洞察力，为陕西文学评论的繁荣发展注入了新的活力；"后起新锐"系列则汇集了新一代批评家的文章，他们敢于创新，勇于探索，为陕西文学评论的未来开辟了广阔的空间。

"当代陕西文学评论文丛"的出版，不仅是对陕西文学批评历史的一次全面总结和回顾，更是对未来陕西文学发展的有力推动和期待。相信这部丛书的问世，将激发更多文学评论家的创作热情，使陕西文学创作与批评携手并进，比翼齐飞，为推动陕西文学批评事业的繁荣发展，为陕西乃至全国文学的发展贡献新的智慧和力量。

2024年11月8日

目　　录

001　文学的党性原则与创作的真正自由

006　人民是文艺工作者的母亲

　　　——学习《邓小平文选》的体会

010　倾向性是从哪里来的?

012　题材的开掘与作家的世界观

　　　——关于提高小说创作水平的一个思考

019　自觉地"在生活中塑造自己"

021　评论自由断想

025　文学理论教材建设的一个新收获

031　在鲁迅方向的启示下

　　　——纪念鲁迅诞辰一百周年

046　为农民翻身解放而战斗的伟大文学家

　　　——纪念鲁迅诞辰一百周年

050　论《创业史》矛盾冲突的典型化

069　关于写"理想人物"问题

　　　——论柳青的艺术观之五

080　论柳青创作的现实主义特色

101　作家的生活素养是艺术创造的真正基础

151 略谈柳青的生活创作道路

    ——兼及柳青的同辈陕西作家

168 柳青生平述略

    ——1916年至1952年

180 柳青生平述略

    ——长安十四年

194 柳青的现实主义的生命力量

    ——柳青十周年忌辰感言

198 生活的思索与题材的开掘

    ——兼论京夫近一两年的小说创作

206 简评《平凡的世界》第一部

210 读《迷人的少妇》致邹志安

212 在现实主义的道路上

    ——陈忠实小说创作漫论

222 在现实与历史交合中的深入探索

    ——评陈忠实的小说创作

225 陈忠实论

264 余小沅和他的长篇通俗小说《女杀手》及其他

267 后记

文学的党性原则与创作的真正自由

没有党性的文艺家是不存在的。"文学的修养，决不能使人变成木石，所以文人还是人，既然还是人，他心里就仍然有是非，有爱憎，但又因为是文人，他的是非就愈分明。爱憎也愈热烈。"为艺术而艺术，显得干净，听来美妙，但因为都做不到，所以信以为真的人并不多。提倡创作离政治要远，远到什么程度，没有界说。但用这种似是而非的提法，表达也许是照顾艺术特点的好心，却带来了更大的麻烦。政治上的冷淡态度，当然不是铁了心的绝念，要么是不满和愤怒的无可奈何的表现，要么是得意和满足心境的一种流露。宣称自己无党性，这是自欺欺人之谈，是依附于某种政治力量的一种隐蔽和消极的表现。说出这些铁铸一般的事实，不能被认为是不合时宜的。我们应当承认，不同政治派别文艺家的党性是不同的。无产阶级文艺家的党性和资产阶级文艺家党性的对立，是尖锐的，无法调和。在阶级斗争存在的社会里，这种斗争常常在各种范围和各种意义上表现出来，怎么能厌恶或者避而不谈呢？

无产阶级政党，以严整而科学的马克思主义，作为指导思想的理论基础，以壮丽而崇高的共产主义制度，作为政治实践的唯一方向，它自然要以坚定不移的立场，把自己的所有工作，包括文学艺术工作，毫不犹豫地引向这个目标，以始终明朗的态度，要求自己的文学艺术事业，旗帜鲜明地坚持自己的党性原则。一切革命的文艺家，党员作家艺术家，都把为共产主义目标奋斗，作为神圣职责，以严肃的历史责任感和高度的革命热情，在自己从事的文艺工作中渗透和体现党性原则，而断然拒绝任何非党性，任何削弱或模糊党性的做法。因为非常清楚，否认党性，就必然使社会主义文艺事业在思想上瓦解。

还要创作自由吗？当然要。如同有各种不同性质的党性一样，也有各种不同性质的自由。要哪一种呢？说"哪一种"都不要，只要"纯粹"的"彻底"的自由，有吗？

所谓创作自由，就其实质说来，反映的是一种社会关系，是文艺家及其作品同服务对象和描写对象之间的关系。它在特定的社会关系中被制约着，被规定着，成为相对的具体的东西。一个文艺家创作自由的程度，这种自由的社会性质，是以他用什么思想，同哪个阶级、哪些群众，保持着哪种联系为尺度为标准的，哪里能有什么绝对的抽象的创作自由呢？正如列宁所说："生活在社会中却要离开社会而自由，这是不可能的。"

在《党的组织和党的文学》这篇著名论文里，列宁在分析文学自由问题时，就牢牢地把握着这一点。他始终把文学自由问题，置于对立的两种政治势力、两种思想体系的客观条件下，加以具体的考察和阐述。他严格地区分了两种不同性质、不同范围的自由。他在揭露那些伪装自由而事实上以腐朽思想同资产阶级联系着的文学的同时，也从指导思想、服务对象和社会功能等方面，说明了无产阶级文学的真正自由的性质。列宁的看法是引人深思的。在无产阶级文学自由问题上，他的全部论述的基点，是这种文学同千千万万劳动人民的密切联系，同无产阶级事业的密切联系，同革命阶级的斗争实践的密切联系。他在同蔡特金的一次谈话中，更为清楚而完整地表达了他的这个思想："艺术是属于人民的。它必须在广大劳动群众的底层有其最深厚的根基。它必须为这些群众所了解和爱好，它必须结合这些群众的感情、思想和意志，并提高它们。它必须在群众中间唤起艺术家，并使他们得到发展。"

文艺同人民大众相结合，这是构成马克思主义文艺思想的一块基石，也是我们正确理解革命文艺创作自由问题的立脚点。劳动群众一是人多，二是先进。这就从根本上决定了与之结合、为之服务的文艺家的创作自由所具有的广泛性和革命性。只有那些以时代的先进思想，同推动历史前进的广大人民群众相联系，真实反映他们的思想感情和革命要求的文艺家，才有最大的自由，真正的自由。这样一种内容和性质的自由，它的充分发展，当然是同它摆脱资产阶级的名位主义、无政府主义、个人主义等等腐朽思想的程度成正比的。摆脱得越彻底，获取的自由越充分。而那些以各种剥削阶级的没落思想意识，同已经丧失了任何进步性的阶级和政党相联系，迎合它们落后的甚至反动的美学理想和美学情趣的文艺家，他们自由的天地是极其狭小的，钻进这个死胡同是没有出路的。既然大家都说自由是对客观必然性的认识和实践，那么，这种反映少数人背离社会进步规律的生活意向的文艺家，还谈得上什么真正的创作自由呢？两种自由，哪一种值得向往，值得追求，对革命作家来说，是不难做出抉择的。

文学的党性原则同创作的真正自由相统一的基础，是文艺家和人民群众相结合，和革命斗争实践相结合。文艺家揭示生活面貌的正确性和深刻性，他们敢于面对现实的实事求是精神，勇于传达时代心音的无畏气概，他们的马列主义世界观的确立，最终是由这种结合的程度决定的。因此，实现这种结合，既是无产阶级党性原则对文艺家的基本要求，也是文艺家获得真正的创作自由的重要途径。

从政治思想方面看，可以说，创作的真正自由，是高度完善和发展的文学党性原则的随行者。每一个文艺家，他在自己所奉守的党性原则内，都是自由的。所谓党性原则同创作自由的矛盾，只是现象，实质上往往是两种党性原则的冲突。不自由的感觉，是由异己的思想和力量造成的，是由另一种党性的影响和冲击造成的。因而，某种创作自由的要求，也就几乎无例外地都是坚持某种党性的自由的要求。鲁迅说："我以为根本问题是在作者可是一个'革命人'，倘是的，则无论写的是什么事件，用的是什么材料，即都是'革命文学'。从喷泉里出来的都是水，从血管里出来的都是血。"这可以看作对革命文学的党性原则和创作自由关系的生动而精到的说明。鲁迅曾经慨叹，他的写作是"带着枷锁的跳舞"。但这种不自由的境况，不是鲁迅"遵将令"的过错，乃是反动派压迫的结果。鲁迅自己所愿意遵奉的"革命的前驱者的命令"，给了他创作以广阔的自由和强大的生命活力。社会主义文学的党性原则，和这个文学应有的创作自由，是完全一致的。前者是后者的基础，为后者开辟道路，后者是实现前者的保证，为前者所必需。把两者割裂或对立起来，是不正确的。

从另一个角度看，从创作自由是在被局限的意义上使用，是指遵循文艺创造的特殊规律方面看，那么，可以说，坚持创作自由，也就是坚持无产阶级文学的美学原则。如果说，党性原则是讲党的文学工作同党的其他工作的一致性，那么，美学原则，则是讲党的文学工作和党的其他工作的区别性。二者的关系，是一致性基础上的区别性，是通过区别性体现出来的一致性。离开一致性，离开党性原则，只要区别性，只要创作自由，事实上是不可能的，其结果，必然堕进另一种最狭隘的阶级功利主义，陷入最不自由的境地。我们应当坚持社会主义文艺的党性原则和美学原则的统一。

"左"和右的错误倾向，从两个不同的方面，共同威胁着我们正确地坚持文学的党性原则，实现创作的真正自由。"左"的指导思想，是既排斥创作自由，也曲解党性原则。而右的错误倾向，则是既排斥党性原则，也曲解创作自由。二者殊途同归。我们应当进行文艺问题上的两条战线斗争。

在这个斗争中，在纠正任何一种主要错误倾向的同时，应该注意小资产阶级思想的影响。这个阶层的思想，最容易受机会主义的摆布，既可以倾向于坚持"左"的东西，在另外的条件下，也可以倾向于坚持右的东西。在思想理论战线上，在文艺战线上，资产阶级影响和腐蚀无产阶级的一个重要表现，就是模糊马克思主义和科学社会主义的本来面目，削弱以至取消无产阶级的党性原则。而小资产阶级思想中缺乏原则坚定性和喜欢摆脱政治的弱点，脱离群众斗争生活实际而耽于幻想和空谈的弱点，使他们很容易成为资产阶级思潮的俘虏。文艺上自由化、商业化倾向的不易克服，是同颇为广泛的小资产阶级思想力量的支持和应和分不开的。这是一种不容忽视的压力。迁就妥协的态度是根本错误的。我们应当结合文艺现状，特别是创作思想方面的实际问题，更为有力地强调学习马列主义、毛泽东思想的重要性，强调学习社会，同人民群众结合的重要性，通过这方面的深入的持久的认真的思想教育，通过有说服力的艺术实践，逐步克服资产阶级、小资产阶级的思想影响，把广大文艺工作者吸引、巩固到无产阶级党性原则的轨道上，更好地发挥他们的聪明才智和自由创造的积极性，促进多样的社会主义文艺事业的健康发展。

原载《陕西日报》1982年6月24日

人民是文艺工作者的母亲

——学习《邓小平文选》的体会

文艺发展的方向、道路问题，是一个根本问题。这个问题，过去曾经有过争论，现在仍然存在着不同看法。《邓小平文选》的力量，对新时期文艺的指导意义，首先即在于它在这个关乎全局的问题上，以巨大的理论勇气，既尖锐地批评了"左"的曲解，也及时地排除了右的干扰，坚持了马克思主义的原则态度。

邓小平同志指出"人民是文艺工作者的母亲"，这是继承和捍卫马克思主义文艺理论体系核心思想的科学命题。他是把文艺工作者和人民的关系问题，放在我们文艺发展的方向道路这个高度上来观察的。他说道："一切进步文艺工作者的艺术生命，就在于他们同人民之间的血肉联系。忘记、忽略或是割断这种联系，艺术生命就会枯竭。人民需要艺术，艺术更需要人民。自觉地在人民的生活中汲取题材、主题、情节、语言、诗情和画意，用人民创造历史的奋发精神来哺育自己，这就是我们社会主义文艺事业兴旺发达的根本道路。"这些论断，同毛泽东《在延安文艺座谈会上的讲话》的基本思想，完全一致，同文艺家成长道路和创作思想方面的种种唯心主义理论，直接对立。面对这些论断，所谓"不屑于表现自我感情世界以外的丰功伟绩"，"甚至向理性的法则挑战"的"面向自我"的美学新论，究竟是什么意思，能有多少价值，不是被烛照得清清楚楚了吗？坚持邓小平同志所重新阐明了的文艺家同人民群众关系的马克思主义原则，我们就能有力地抵制各种错误的创作思想的腐蚀侵袭，从根本上同资产阶级的文艺方向和道路划清界限，真正实现文艺为人民服务、为社会主义服务的崇高目标。

社会生活，人民群众，政治实践，这三者是有区别的，但也有一致的方面。人民群众改变自己命运的历史活动，他们在这种活动中同周围世界会发生的各种关系，他们为争取和巩固自己主宰历史发展权利同敌对势力进行的种种斗争，由这种斗争所孕育和焕发起来的观想、愿望、意志、思想、感情等等，构成了生动活泼的社会生活的基本内容，其中自然也包括了政治实践的基本内容。把气象万千的生活内容同政治等同起来，是简单化的，是不对的；把生活像分果品一样切割开来，指明这一块是经济，那一块是军事，这一块是政治思想，那一块是伦理道德，把政治尽量局限起来，从其他生活领域排除掉，是形而上学，也是不对的。生活是一个整体，它的内容和面貌，是由社会实践的诸种因素综合规定的。群众的政治，阶级的政治，最集中地表现着阶级和群众的需要与利益，因而，它是规定生活色彩、生活面貌、生活动向的核心的东西，它流布渗透在经济、军事、婚姻恋爱、伦理道德等等生活领域和现实关系中。邓小平同志说，我们"不继续提文艺从属于政治这样的口号"，"这当然不是说文艺可以脱离政治。文艺是不可能脱离政治的。任何进步的、革命的文艺工作者都不能不考虑作品的社会影响，不能不考虑人民的利益、国家的利益、党的利益。培养社会主义新人就是政治。"文艺不能脱离生活，也就无法脱离政治。人民群众的根本利益，国家的利益，党的利益，这是生活、人民、政治三者一致起来的基点。在这个基点上，我们来理解文艺同生活、同人民、同政治的关系，自然不难得出清楚的结论，自然会更深入地认识到，文艺为人民服务，为社会主义服务的提法，是我们文艺方向的准确、科学的表述。

无论是社会生活还是群众的政治，都是客观的社会实践，当然就不能和作为意识形态的政治观点等同起来，划归上层建筑领域，与作为这个领域构成部分的文艺搅在一起，认为二者是无关的，互相独立的。按照我的理解，在文艺与政治关系问题上的这些论点，并不符合邓小平同志在这个问题上的思想，在理论上和创作实践上，都是不能成立的。坚持这种观点，必然会逐步背离邓小平同志所阐述的社会主义文艺发展的根本道路。

人民群众的根本利益，同社会历史发展规律是一致的。规律的实现，就是利益的获取。因此，一切抹杀生活真理，蔑视历史规律的思想、观点，无论以什么形式表现出来，都是同人民根本利益不相容的。一些主张中国文学需要"现代派"的文章，无论作者的主观动机怎样，他们在对"文学概念本质的新理解"中，实际上是漠视以至否定唯物辩证法的真理论的，是漠视以至否定事物的质的规定性及其发展变化的客观规律的，因而，也就不能不在实际上漠视以至否定生活、人民、政治对作家、对文学的意义，最终使文学成为远离人民根本利益的难以理解的东西。譬如，有一篇文章认为，"人的大脑活动方式是流动的、跳跃的、纷杂而不连贯的，作家应当遵循人的正常思维活动方式来写作"。把人的正常思维活动方式仅仅归结为曲解为"是流动的、跳跃的、纷杂而不连贯的"，根本不谈现实关系对人的思维内容以及最终趋向，对人的本质的制约和决定作用，几乎等于是用人的大脑的某些生理机能方式来规定文学创作所应遵循的路子，这能被认为是正确的吗？这种提法，这种对"文学概念本质的新理解"，同马克思主义关于文学本质的提法，关于文学与社会生活关系的提法，不相同；同马克思主义对生活的本质、人的本质及其与文学创作关系的著名论断，大相径庭，已经滑入唯心论的歧途。我认为，这里的分歧，根本不是要不要吸收国外现代派文学的某些新手法的问题，也不仅仅是一个文学概念理解的问题，而是我们的文学创作到底应当走什么道路才能繁荣发展的问题。

文艺进入新时期以后，创作和理论方面提出的问题，发生的争论，广泛而深刻，几乎包容了五四以来，新文学运动六十年历史上曾经提出和争论过的所有重要问题。其中文艺和人民，文艺和政治的关系问题，就是一个很引人注目的问题。这看起来是以往历史现象的极为相似的重复，但实际上却是在新的现实条件下的一种强有力的推进，带着明显的巨大转折的意义。人们都看见，我们是在争论和批评中前进的，是在一条曲折的征途上攀登高峰的，曾经有过迷乱，而且谁也不能保证今后就一定不会再出现新的失误。但是，我们在《邓小平文选》所表述的党中央关于文艺问题的一系列决策和重要思想的指引下，所取得的拨乱反正的成绩，使我们对冲破迷乱，克服失误，纠正错误倾向，充满了信心。我们将在反复的否定与肯定中，不断地深化自己的思考，一步一步地进入更新的境地。无论如何，坚冰已经打破，航向已经指明，文艺界志士仁人驰骋的天地，一天比一天开阔起来了。任何一个严肃认真的文艺工作者，都会感受到，文艺进入新时期所萌发的春的生机，正在蓬勃发展。我们文艺界，在深入学习《邓小平文选》的过程中，将会进一步统一思想，加强团结，更高地举起社会主义文艺的旗帜，为繁荣创作，推动理论批评发展，尽更大的努力。

原载《延河》1983年第11期

倾向性是从哪里来的？

明确的革命倾向性，是社会主义文学的优点，不是缺点。在这点上，我们和非社会主义作家，尤其是欧美资产阶级作家的看法，是很不相同的。马克思主义经典作家，例如恩格斯，是拥护文学的倾向性的。现在的问题是，这种倾向性是从什么地方来的？它和社会生活实践，和艺术的真实性，是什么关系？

有一种意见认为，真实性，并不是我们文学的全部要求，还有其他要求，如倾向、理想、激情等等。这种谈法，是不是包含着把真实性和倾向性割裂开来，在真实性之外寻求某种倾向性的看法呢？我以为是这样的。

如果考虑到现实主义流派的作家和反现实主义流派的作家对真实性有不同的理解，而我们所谓的真实性是对社会生活的历史唯物主义的认识和把握，那么，不能不说，倾向性来自生活实践。作品的倾向性，即包含渗透在文学的真实性之中。任何离开生活实践、艺术真实寻求倾向性的企图和努力都会把创作引入歧途。

社会生活自身就存在着倾向性，当马克思和恩格斯理所当然地把实践看作社会生活的本质，揭破了一切旧唯物主义者对社会生活和人的本质的抽象的直观的理解的时候，人类社会或社会化了的人类生活的无比生动性、丰富性，便以空前明晰的状态呈现在我们的眼前了。按照恩格斯的看法，在社会历史领域内进行活动的，全是具有意识的，经过思虑或凭激情行动的，追求某种目的的人。"人们通过每一个人追求他自己的、自觉期望的目的而创造自己的历史，却不管这种历史的结局如何，而这许多按不同方向活动的愿望及其对外部世界的各种各样影响所产生的结果，就是历史。"当然，这些在大多数场合都彼此冲突、互相矛盾的无数的个别愿望和个别行动，看起来好像是被偶然性支配着，但在偶然性起作用的地方，却始终接受着内部的隐蔽着的规律的支配。就是说，社会人的各种各样的表面的动机和真实的动机，他们的愿望、激情、思虑，他们的精神动力，背后还隐藏着一种动力，问题只是在于揭示这种动力，发现这些规律。恩格斯的这些看法是为以往的和现今的生活历史所证实的结论。它对我们理解生活真实适用吗？完全适用，它是我们对生活真实和艺术真实进行科学解说所必须遵循的观点。自然，人们从恩格斯的论述中，也是不难得出社会生活本身就存在着倾向性的结论的。构成社会生活内容的彼此矛盾冲突的愿望和行动，这种愿望和行动背后所隐藏的不同的动力，它们在历史和生活中的位置所反映的规律，不就是通常我们所说的倾向性吗？而这些都是客观地存在于社会生活的历史发展过程中的。它们不依赖于作为反映主体的作家的主观意识。作家的任务，只在于感受它，发现它，把握它，典型地反映它，而不是以各种借口人为地臆造它。说作家作品的倾向性是在生活中形成，它包含孕育在生活之母中，这是完全正确的。

作家存在于生活实践，自身的倾向性的认识、把握和反映，应当是积极的能动的。这种能动性，不仅表现于他在生活实践中对客观现实关系的全面把握，从这种把握中寻求到了生活中有希望的力量和社会冲突的历史解决办法，并由此焕发出自己对有希望的力量和腐朽事物的爱憎激情，对社会冲突的历史解决办法的崇高理想，作家主观和现实生活、和实践统一与融合，而且也突出地表现在马克思主义世界观对准确地认识和把握生活真实的极端重要性方面。活生生的在实际生活中起作用的马克思主义来自社会生活实践，是和客观事物的进程、和生活的进程相一致的。它一旦形成，作为人类精神思维的历史发展所结出的最美丽的花朵，作为一种认识现实和进行实践的指导线索，便会以巨大的力量，帮助作家观察和思维，为他们不断开辟感受和把握生活自身运动变化的现象和逻辑的正确道路。

题材的开掘与作家的世界观

——关于提高小说创作水平的一个思考

对在《长安》上发表过作品的青年作者，如果我还能够提出自己的期望，那首先就是鲁迅先生的两句话："选材要严，开掘要深。"

《长安》上的小说，我读过一些。就我眼目所及，敏锐而颇具才气的作者，新颖而显出深度的作品，时有所见。但平庸之作，数量也不能说是很少的。这在整个创作的发展过程中，在一个作者的文学追求道路上，是并不难理解的正常现象。形成这种状况的原因，是多种多样的，但因为选材不严，开掘不深，从而导致了作品的平庸，却是一个比较普遍的现象。其中，有些主要因为题材本身的局限甚或没有意思，使得纵有水平的作者，也无所施其技，题材选择的失误，就决定了艺术创造的败北；而更多的，则是题材具有一定的意义，或者说包含了发展的某种可能性，因为作者浅尝辄止，开掘不深，遂有赝品出现。那并非属于佳作的部分小说作品，往往是既选材不严，也开掘不深。这在婚姻爱情题材创作中，尤显突出。《林荫畅想曲》《发生在山区小站》和《金色的苹果园》等作品，就程度不同地存在着这类问题。

按照我的理解，所谓选材要严，开掘要深，是说作家在整个艺术构思过程中，或者是进入艺术表现阶段之前，面对纷纭万状的生活素材，或者是进入艺术表现阶段之后，面对相对局限了的生活题材，都要审慎抉择，寻根究底，处于强烈的追求境界和高度的自觉状态，都要在反复的思索和比较中，以燃烧的热情，不断地探寻某个事件、某种情节，以及由此所显现的某种性格、某种命运的历史的和美学的价值，探寻它们所容纳的历史生活或者现实生活的广度和深度，揭示它们所包含的生活演化的底蕴。俄罗斯文学的无与伦比的巨匠列夫·托尔斯泰，在创作他的长篇小说《复活》时，从开始酝酿到最后完成，前后经历了十多年的漫长岁月，经受了那么多创作上的折磨和痛苦，他在追求什么？也许可以说，他在追求一种宏伟而严整的艺术形式，以便恰当而充分地包容他对俄罗斯现实生活的巨大的深沉的感受和理解，但显而易见，是内容要求某种相应的形式，是充满着矛盾冲突的现实生活，跳动着，呼喊着，摇撼和推动作家的历史的和艺术的思考，扩充和丰富他的观察视野和观察内容，使晚年的托尔斯泰，无法安于早先的艺术构思。《复活》的创作历史，首先是不断地深入开掘题材领域和题材内涵的历史。最初的《科尼的故事》，情节尽管是"绝妙"的，但相当狭窄，仅仅包含了一个诱惑者在被诱惑者之前的道德忏悔。托尔斯泰艺术追求的罕见的痛苦，主要来自突破科尼讲述的具体故事的"狭窄境界"的限制，把它引向更为广阔的社会范围的紧张的努力。我们看到，在《复活》里，容量令人惊异地扩展开来，原先的使作者动心的《科尼的故事》，仅仅保留了"某种痕迹"，而在这个"痕迹"基地上，却长出了那么丰茂的富有强大生活魅力的枝叶和果实。《科尼的故事》，只是诱发作家艺术创造全部活力的一种契机，当生活这架机器以内在的固有的力量转动起来的时候，作家的艺术开掘便进入左右逢源的境地，促使他终于远远脱出原来构思所具有的那种道德伦理的"狭隘性"，把自己的陈述范围，转向尽可能广阔的社会生活领域，在"道德"题材的框架内，放进了那么重要的全民性政治问题，在社会揭露方面，赋予了那么强大的控诉力量。

题材有大和小之别，构思有宏阔与否的区分，但选材要严，开掘要深，却是任何一种类型的文学创作的共同要求。鲁迅先生对青年作者说，

"不可将一点琐屑的没有意思的故事，便填成一篇，以创作丰富自乐"。这个不无尖刻的告诫，其所针对的，就是选材不严，开掘不深的一种突出表现。不能说，《林荫畅想曲》和《金色的苹果园》的题材就一定多么琐屑，格调就一定多么低俗，其中不包含任何可以生发的基因，作品的倾向没有任何积极的东西，但是，它们已经揭示出来的，能够给予读者的，毕竟太少了。这两个短篇的作者，把自己人物的生活范围，人物的思想感情，驱赶到一个相当狭窄的胡同里去了，以至使我们觉得，这些男女所咀嚼的悲欢，他们内心所掀起的感情波澜，过于微茫，未能脱离不足道的身边琐事的陷坑。《林荫畅想曲》实际上是在演绎着一种完全正确然而十分寻常的美丑观念，这就是规定人的崇高、人的价值的东西，能够维系人们爱情的牢固基础，不是或者不完全是人的外在美，而是人的内在美。但选材和开掘的明显的缺陷，使得正确的题旨缺乏应有的独创和新意。在"我""他"和莎莎之间的矛盾纠葛中，作者所能放置的富有社会意义的冲突内容太稀少了，人物的向往和感情未能通向稍为厚实的生活天地，也许正因为如此，导致美丽得"令人晕眩"的莎莎的性格、追求及其遭逢挫折之后的悔悟，显得那样地含混而不具备明确性，这样也就不能不同时导致"我"的追求倾向的游移不定，模糊不清。而在"他"的背后特意安置的那个"柔和的线条"，像一件不中用的道具，不但未能扩展那位"古罗马雕像"似的"男中音"的思想感情的内涵，反而立即把"他"固定在一个非常狭隘而浅薄的人生舞台上，一切都显得缺乏深意了，"我"和莎莎的感情和行动的价值，作品的赞美的和批判的力量，自然就被局限在极其微弱的程度上。《金色的苹果园》的富有诗意的景物描绘，苏兰与何森微妙感情的敏锐捕捉，对苏兰美丽、温柔的渲染及其金色的甜蜜的梦想破灭之后复杂心境的巧妙展现，并不能改变整个作品基调的浅薄，即使苏兰的"大花环"上，编织了"乡野里所有的一切花草"，都没有使作品编织进更多的生活内容和人生意义。艺术美，人物性格美，总是在一定的社会关系中显现的。自觉不自觉地削弱作品已经包含了的矛盾冲突的社会意义，不愿或不能充分展示围绕人物并促使其行动的特定现实社会关系，使人物的某种思想性格，感情意绪失去生活的具体性，陷入对某种抽象的人性美的醉心追求，这是许多作品，尤其是以婚姻爱情为题材的一些作品流于平庸甚或出现失误的一个突出表现和重要原因。

如果说，《金色的苹果园》触及的是两女爱一男所荡起的微波，那么，《发生在山区小站》展开描写的则是两男爱一女所掀起的大澜。赵平、小马和杜玉蓉之间感情纠葛和矛盾冲突的社会意义几乎完全被排除了，他们都是长相体面，心地单纯而净洁的青年，他们都被某种感情本能所驱使，深深地陷进盲目的爱情追求的痛苦之中，没有一个人物是自觉地具有某种稍微明确的人生目标和伦理道德要求。"三角"所酿成的几乎要打起来的轩然大波，作品矛盾冲突的发展变化，是在杜玉蓉和小马这样的感情表白和心境吐露中结场的。女的说："我是没有法子！要是世界上没有他，我会爱你一个。偏偏世界上多了他，偏偏又成日在一起。"小马说："如今三人里头，总得有人满意，有人难过。就让我当一回窝囊废，让我当一回王八呗！"如此说来，还有什么美丑、善恶、是非之别呢？这至少是卑俗的糊涂主义。从这里，我们多少看见了人生世俗追求的无法排遣的痛苦，看见了非理性主义为这种痛苦所涂抹的浓重阴影。当然不是说可以不顾生活真实，取消作者描绘这种确实会有的人物的权利，而是说作者在他所选定的题材范围内，在他的人物的矛盾冲突发展过程中，传达了什么样的社会理想和审美情趣。《发生在山区小站》正是在这上边失了足。

我认为，当前在一些人中颇为时兴的对抽象的人性描写的追求，是艺术探索过程中会引人坠入深渊的歧途。对题材的深入开掘，没有比这种提倡更糟糕的主张了。只要把性格美、人性美等等变成远离具体社会实践的抽象的东西，它们就会立刻成为不能说明任何生活现象的惊人贫乏的空洞说教。在一定的构思意图的制约下，尽量扩充和延伸具有对立意向的人物之间的冲突，或者某种人物内心冲突的生活容量，尽量把作品的矛盾冲突放置在特定的时代背景上，使其发展变化的脉络同广阔的社会历史的风云变幻相汇通，使人物的"行动的动机不是从琐碎的个人欲望里，而是从那把他们浮在上面的历史潮流里汲取来的"，这是选材要严，开掘要深的关键一环。而对抽象的人性描写的追求，是排斥这些的，是脱离生活实践的，是一个严肃的郑重的艺术家所不足取的。

选材要严，开掘要深的一个十分重要的问题，是作家的世界观水平问题。

在拥有一定的生活积累的情况下，可以说，作家的世界观水平的高低，是同作品思想水平成正比例的。鲁迅说："自己本是糊涂的，写起文章来自然也糊涂，读者看起文章来，自然也不会倒明白。"作家进行艺术创作，大体上也是这样。形象的客观意义大于作家的主观意图的现象，在艺术创作中是不乏其例的，但题材开掘的深浅程度同作家世界观水平的相一致，却是创作的带普遍性的规律。《林荫畅想曲》《发生在山区小站》和《金色的苹果园》的作者们，面对自己的题材范围，他们的眼光和思索，不只停留在"林荫道"上，"山区小站""苹果园"里，而且停留在这些狭小的生活天地里那些浮光掠影的生活现象上。他们没有"畅想"起来，他们思索的列车，没有从"小站"开出，越过"苹果园"，跃向更广阔的田野。无论出于何种原因，或者是多少受到错误思潮的影响，或者是理论素养不够，或者是洞察力较差，或者是疏于和懒于思索，总而言之，这些作品所显示的他们的世界观水平，同他们所应达到的高度相差较远。假使他们在生活中就只看到了这些，他们对题材就只能感受、理解到这种程度，你怎么能离开这个前提和基础，期望他们开掘得更深呢？

列宁说，列夫·托尔斯泰是俄国革命的镜子。这是对托尔斯泰创作意义的最为精要的评价。作为这位伟大作家在思想、宗教伦理和美学探求上的总结性作品的长篇小说《复活》，是俄国文学中批判现实主义的最高峰。在这部小说中，托尔斯泰的暴露热情达到了最高潮，批判的深广度和力量是前所未见的。这是和晚期的托尔斯泰对当时生活的各个方面"事事细想，处处分析"的更加热烈的探求态度，同托尔斯泰世界观的转变直接相关的。正如列宁所扼要指出的，"乡村俄国一切'旧基础'的急剧的破坏，加强了他对周围事物的注意，加深了他对这一切的兴趣，使他的整个世界观发生了变化。就出身和爱的教育来说，托尔斯泰是属于俄国上层地主贵族的，但是他抛弃了这个阶层的一切传统观点，他在自己的晚期作品里，对现代一切国家制度、教会制度、社会制度和经济制度作了激烈的批判"，"托尔斯泰的批判所以有这样强烈的感情，这样的热情，这样有说服力，这样的新鲜、诚恳并有这样'追根究底'要找出群众灾难的真实原因的大无畏精神，是因为他的批判真正表现了千百万农民的观点的转变"。在开始写《复活》之前，托尔斯泰承认自己进了一所大学校，为的是悟出"一些道理"，也就是锻炼出新的世界观来。他在晚期的坚决转向人民群众和他的彻底弃绝贵族阶层的见解和信仰，他的新的立场和世界观以及他作为思想家的显著的弱点，既决定性地影响和造就了《复活》的全部优点，也直接地带给了《复活》以特别刺眼的缺陷。

应当向我们的一些青年作者提出这样的问题：你有没有世界观？你的自觉的世界观是什么样的呢？车尔尼雪夫斯基在他关于果戈理研究的论文中提到，当果戈理年满三十岁之后，他开始感到，"不仅需要生活和感受，而且需要思索：他需要理论，需要一般原则，以便把那些由自然和某些个别事实所本能地引起的感受，归纳成对于生活的系统观点"。建立正确的世界观，建立对生活较为系统的相对稳定的观点，仍然是摆在许多青年作者面前的一个有待努力的严峻课题。文艺界有人所津津乐道的直觉主义，非理性主义等，是同提倡作家要树立正确的世界观直接对立的，应当拒绝接受。毫无疑问，作家需要直觉，需要感受，但同时也需要思索，需要理解。作家要有生活，但也要有世界观。缺少了哪一个方面，都是蹩脚的。我以为，理论素养不足，世界观水平较低，洞察力不够，这是陕西地区许多中青年作家都程度不同地存在着的普遍弱点，是阻碍他们创作水平较大较快提高的一个带根本性的原因。作家的世界观残缺不全，或者水平不高，便不能很好地将生活素材提高到创作所需的水平上来，将生活真实转化为艺术真实。作家的世界观水平，主要表现为他从整体上把握生活本质及其发展规律的能力，他面对一种生活题材所生发的构思总意图的准确和深刻。任何素描能手和修辞专家，都不能够利用临摹的优越和个别细节描写的逼真，来补救作品整个布局的凌乱和构思总意图的肤浅。这是因为艺术的某些才能和技巧，究竟不能代替作家的理论素养和世界观水平。只有无误地寻找到个别中的一般，特殊中的普遍，寻找到生活中的某种具体的事件、人物、性格、思想、感情、意绪等等，同一定历史时期广阔的生活运动的必然联系，它们在特定时代背景下所处的位置和应有的意义，及其发展变化的逻辑趋势，才有可能形成准确而深刻的创作总意图，才有可能使作品从独创的总体构思中，获得足够的发人深思的力量。仅凭技巧，于事并无大补。只把提高世界观水平停留在嘴上，吃亏的首先是自己。

我们正处在历史转折的伟大时期，急剧变革着的现实生活，呈现出特别复杂的状态，人们的社会关系和精神面貌，经历着异常深刻的变化。面对新旧交替、纷纭万汇的生活，作家没有相当深厚的思想理论素养，缺乏洞彻事物底蕴的眼力，就无法高瞻远瞩，就不能真正把握时代脉搏，准确地揭示客观事物发展规律，有力地传达人民群众的心声。所以，对于一个作家来说，具有什么样的世界观，以及他的世界观水平达到何种程度，对他的创作，对他的作品反映现实的准确性和深刻性是有着重要的指导意义的。我们广大的中青年作者，应该不断增强学习社会和学习马克思主义的自觉性，努力提高世界观水平，只有如此，才能更深入地开掘题材，更深刻地反映现实生活。

原载《长安》1984年第2期

自觉地"在生活中塑造自己"

一切有条件的作家艺术家，尽可能较长时间地深入人民群众的生活，自觉地锤炼自己的思想感情，塑造自己的灵魂，这是改变文艺界某些不良倾向的具有深远意义的积极措施和根本途径。

从延安和抗日革命根据地茁壮成长起来的一大批著名作家，以自己的实际行动，印证着走与人民群众保持血肉联系的道路的重大意义。已故的著名作家柳青在政治见解方面的稳定，美学思想方面的深刻，艺术创造上的独到，是同他几十年如一日地生活在人民群众中直接相关的。他说过一句很有名的话："要想塑造英雄人物，就先塑造自己。怎样塑造自己呢？在生活中间塑造自己，在实际斗争中间塑造自己。"他还在一篇题为《二十年的信仰和体会》的文章中提出："生活是作家的大学校。生活培养作家、锻炼作家和改造作家。"这是耐人寻味的。人民生活的土壤里，包含着一个革命作家健旺成长所必需的一切生命汁液。在人民群众社会实践的天地里，最少虚无主义，最少悲观情绪，而是洋溢着充满希望的乐观主义。在柳青身上表现得很突出的坚持正确原则的精神，对客观事物包括艺术创造采取实事求是的态度，是同他和农民群众心心相印分不开的。作家如果不能在深入生活中汲取先进阶级的思想感情，而自视特殊，脱离人民群众的生活实践，就会丧失抵抗力，受到形形色色的资产阶级思想和其他剥削阶级没落思想的侵袭。

文艺界有人提倡的"表现自我"的艺术主张，无论怎样翻腾，怎样标榜，把它说成是正在崛起的"美学新论"，也改变不了它在实际上坚决排斥作家在人民生活中自觉塑造自己的错误实质。

原载《瞭望》1984年第2期

评论自由断想

一

　　同提出创作自由一样，提出评论也应当自由，是会有好处的。当人们长期接受某种生活条件和意识规范的严格制约，思维活动已经陷入一种固定模式，精神倾向已经落进一种僵死定式难于进行任何新的创造，而时代环境和社会生活却发生着转折性的变化，同时要求整个上层建筑、意识形态，包括文学的一整套沿袭已久的观念也跟着变化的时候，创作自由和评论自由的提出，其破除束缚，解放思想，鼓舞开拓的意义，就更容易理解。

　　环境创造人，人也创造环境。这句谁都知道的老话，仍然能够帮助我们深入考虑创作与评论自由中的许多问题。评论家心理状态的自由舒展，他们作品的几无顾忌的坦诚倾吐，有赖于他们所处环境的豁达宽和，充满理性精神。从这个意义上说，无论是创作自由还是评论自由，其获取的程度，都是同提供这种自由的社会环境的自由程度相适应的。从指导思想上继续清除"左"的流毒、"文革"遗风、动辄一齐上手的"围剿战术"、不讲道理乱加上纲的"大批判"脾气、置人于死地而不准还口的"棍子主义"，以及正在深入进行的文艺体制改革等等，都是在全体规模上创造自由创作和自由评论的环境，创造使文艺人才能够脱颖而出的社会条件。但这丝毫不意味着自由是靠别人恩赐的，是靠环境欣然奉送的。自由的环境，从根本上讲，靠作家和评论家自己创造，靠他们的努力争取，靠他们不屈不挠的精神、顽强追求获得。创作和评论，都是一种创造性的事业，都带有征服环境的性质，哪里能够设想没有任何阻力呢？无差别境界不会产生艺术，也不会产生评论，而且这种境界一时也不会有。在我们这个文坛上，企图一种意见、看法，什么时候都通行无阻，在那里跋扈，而另一种意见、看法，永远屏声敛气，甘心充奴，这纯粹是一种幻想。我们只能立在大地上。我们只能在争论和批评中前进，在克服阻力和征服错误中前进，而且永远不会完结。这是谁也没有办法避免的事，是创作发展的规律，也是评论发展的规律。对这种状况的高度自觉和坚韧实践，就是自由。远离这种客观实际而希望一劳永逸，就会什么时候都感到烦躁不安，缺乏自由。

二

别人恩赐的自由，本身就是一种不自由。我给你自由，你为我说话，一旦越出我规定的轨道，自由立即收回，谁喜欢盲目去爬别人已经设定的这种自由圈套呢？在旧时代，例如在鲁迅所处的时代，这种把戏是很多的。在无产阶级的时代，自由是由我们自己做主的。没有自由的时候，奋力争取，有压力的时候，拼命抗争，这才是真正的自由精神。30年代左翼文艺运动时期，社会环境的自由少得可怜，白色恐怖笼罩全国，此种异乎寻常的压力，却成就了精神战士鲁迅。所以我有时想，是否获得了真正的自由，常常不在周围环境是否为你提供了充分的自由，而在自己的思想和精神境界，是否始终保持着来自生活实践的充分活力与独立意识。

三

在国内评论界，无所畏惧、敢于实言的批评家，不容易见到。对社会生活，对文艺创造，时有醒人耳目的雄肆之见的批评家，也不容易见到。而趁风扬帆，顺势立言，只图一时畅快而至于头尾不能相顾的所谓批评家，倒是屡有所见。这种人物一多，不但评论自由的环境会被破坏，而且评论自由本身，也会丧失殆尽。无思想的批评家是没有自由的。独立思索、敢哭敢笑的批评家是和自由在一起的。

四

创作自由和评论自由，是文艺自由的两个不能分割的组成部分。但我有时又觉得，它们二者似乎是矛盾的。既然评论是自由的，谁能规定只准说好，不准说坏；只能表扬，不能批评；只许浇花，不许锄草；只要笑眯眯搔痒痒，不要以严肃认真、尖锐入理见长呢？都可以。但问题接着就来了。一批评，被批评者往往就会觉得有人在限制自己的自由。试看至今弥漫在文艺界的反感批评的空气，试看风气稍微一变有些人对曾经批评过某些作品与观点包括批评错了的人的愤恨神气，你就会窥见评论自由包括批评自由的真正实现，会是多么艰难。表扬难，批评也难。但现在更为突出的仍然是批评难。表扬过火，甚至于胡吹冒撂，不要紧的，但批评错了，就得当心，有时会使你陷入左右逢敌的孤苦困境。有些人把批评看得太重要了，以为它可以判生死，定乾坤。其实哪有这种力量呢？作品的思想与艺术价值，是由作品本身决定的，是一种客观存在，既不可能由任何权威的批评家为作品增添艺术生命，也不可能由任何权威的批评家把一个作品的思想艺术光辉加以抹杀。这是绝对不可能的。时间检验文学作品，同时也检验文学评论。对待批评的态度是心平气和、冷静分析呢，还是怒发冲冠、咬牙切齿，可以测验出一个作家、评论家是比较成熟呢，还是显得幼稚。把较为普遍的厌恶批评的现象，仅仅用这是对过去极左的一套的反拨来加以解释，已经缺乏说服力了。文艺界的成熟，文艺家的自信力，是同经常的自由的批评与反批评的活跃而热烈的展开相伴获得的。创作的自由和评论的自由，是在共同追求真理的基点上统一起来的。

五

　　在现在的世界上，无论哪一个国家，自由都是有界限的。区别只在自由的内容及其范围的大小。希望创作自由，评论自由，希望思想上再宽松一些，我想，这是出于对极左根深蒂固的现状的考虑，出于充分发挥文艺家的积极性和创造性，使文艺发展更富有生机的考虑，也是出于更好地遵循文艺自身规律和特点的考虑。我们的文艺家包括评论家，绝不会糊涂到认为创作自由和评论自由是无边无界的。只要离开矛盾纷呈的现实生活，沉溺于对一般的抽象的自由的追求，我们立刻就会陷入混乱，许多现象就会无法解释。在我们这里，自由追求的结果，应当是也必然是对客观规律更加尊重，对实事求是精神更加发扬，对社会主义事业和人民群众根本利益更加忠诚。离开这些，没有自由。蔑视生活逻辑与艺术逻辑的主观任意性，不叫自由。

原载《小说评论》1985年第3期

文学理论教材建设的一个新收获

在国内已经出版的文学概论教科书中，西北大学出版社在1987年出版的张孝评著述的《文学概论新编》（以下简称《新编》）字数是最少的，版式设计和封面着色是最不起眼的，但它的体系和内容却是最具个性特色的，即使同被指定为高等院校文科教材的少数几部标志国内当代水平的文学原理著作相比，它的理论含量、逻辑论证的科学性和创造性，也是略胜一筹的，可说是大学文学理论教材建设的一个新的重要收获。

这本教材分五个部分，依次是：文学本体论、文学功用论、文学创作论、文学鉴赏论和文学发展论。这种章节划分，比之于国内已经出版的这类教材，虽有简约、集中而严整的长处，但从总体构架看，从教材涉及文学现象及其所要探索的规律方面看，并没有突破已有成果的基本框架，大体上还停留在繁简多少的量的增减和前后位置摆法的形式的变易上。同以往体系大同小异的外在面貌和首先触及读者视觉的封面设计着色的突出陈旧感，很容易拒斥人们进一步了解它的理论价值的热情。

但事实上，熟悉的外在的总体面貌，包含着许多陌生的内在的理论创造，使这个教材以它时有出现的新鲜陈述，同以往的教材显著地区别了开来。

一个是对贯穿全书五个部分的逻辑线索的清晰而自觉的把握。编著者认为，文学与社会生活的关系问题，在文学理论陈述的众多问题中，是最具囊括性的基本问题，应当成为构成自己理论体系的逻辑立足点。这是一个老看法，其他文学原理著述也未尝没有显示此种见解。但《新编》的编著者异于别人的，是他的这种观念的自觉性和深刻性，是他把这种观念自觉地显明地体现在体系的逻辑构成和一系列重要原理、规律的论述中。全书五章的划分和排列，实际上是文学与生活矛盾运动过程的两个反复的具体分析和一个完整链条的综合考察，本体论，是讲从生活到文学，是讲生活以自己的特殊内容和形态，怎样规定着文学异于其他社会意识的特殊本质和诸种形态；功用论，是讲从文学到生活，是讲文学以自己的特殊性，在社会生活中处于什么样的地位，发生着什么样的作用；创作论，又讲从生活到文学，似乎是本体论研究角度的一个反复，但这个反复已进入文学与生活矛盾运动过程中的一个新的范围、新的环节，一个中介环节，这就是生活如何经由作家的审美创造而转化为文学；鉴赏论，又讲从文学到生活，似乎是功用论研究角度的一个反复，但这个反复，同创作论的第一个反复有同样的性质，是要进入另一个中介环节，即文学作品如何经由读者的审美感受而转化为一种生活力量，重新进入社会生活。发展论，是这两个反复的一种动态的综合考察，即从生活到文学，从文学到生活，这个无穷反复的矛盾运动，经由创作主体和接受主体等中介环节，是如何推动着文学从内容到形式的不断革新与创造的。在这里，各自有别的五个部分的内容，自然成为文学与社会生活关系这个基本问题从不同侧面、不同层次上的展开研究了，体系构成的浑然一体的内在完整的面貌，贯穿整体的逻辑线索的推动理论演化的生命活力，被编著者清晰地突出地显现出来了。这是《新编》的一个深刻之处，是它的一个重大的成功，是坚持审美认识论的反映论原则的成功。如果说持有相同见解的其他教材的编著者，大多只是把他们的这种见解在有关章节中做了一种孤立的宣言式的表述，或者不经意地分散在若干具体问题的分析过程中，那么《新编》的编著者则是充分自觉地把这个见解体现在所有章节中，所有重要原理、规律的论述中，变成一种显示他的理论体系基本风貌的内在的活性基素。当文学与生活的关系，被编著者转化为客观必然性与主观能动性、客体与主体、形象性与情感性、再现与表现等等概念与范畴的对立统一关系的具体分析时，当这个问题不再是一种浅薄的僵死的模式的套用，而成为一种内在的制约和限定着文学特殊规律的深刻的活跃的多样的论证时，整个《新编》就不仅具有了它应当充分具有的哲学社会学分析的色彩，而且带上了显明的更加靠近文学实践，主要是创作实践的美学心理学分析的特征。

这个特征，集中表现在对文学的情感性与形象性本质属性的突出强调上，情感性与形象性的统一，几乎成为张孝评独编教材分析各种文学问题的一个逻辑起点，也成为他的教材区别于其他同类教材的又一个重要方面。

文学的形象性特征，一般教材是充分注意到了的，情感性的特征，许多教材也注意到了，但往往是作为形象性的附加物，后者是意识到了它的重要性和独立意义，但也只是进行了散点式的陈述，而未能将其作为与形象性同等重要的文学的本质特征之一，贯通自己的体系。《新编》的优长在这点上特别引人注目。它不仅把情感性与形象性置于文学主体与客体关系的基础上，独到地较为充分地论述了二者的对立与统一，而且突出了情感在文学活动中的作用和意义，使之真正渗透在对文学本质、作品文本构成因素及其特征、文学功用、创作过程、作家审美心理结构、文学典型、创作方法、文学鉴赏等等问题的分析论证之中。突出了情感性、心理领域，就从一个根本方面突出了文学的审美特征。在这点上，《新编》的理论建树，比国内出版的所有教材，都取得了更多的进展。

这种更新文学观念、突破旧有体系的意向，还表现在许多重要概念的精确界定和一系列规律的科学抽象方面。理论活动是一种概念活动，是概括客观对象本质的概念在特定逻辑序列中的运演，这种运演过程，显示的是某种规律。或失之于笼统，或失之于烦琐，叙述不得要领，导致理论面貌模糊，这也许是以往文学理论教材在构筑概念、揭示规律方面易于出现的两种弊端。这常常是由于编著者或者只是运用更多的文学事例，演绎着久已沿袭的成说，或者较多地拘泥于具体文学现象的罗列分析，而未能跳出事实，进行一种更科学的概念抽象和更高的理论概括。《新编》在文学现象特别是创作现象的分析方面，弱点是明显的，印证式的举例，即使是新颖的恰切的，也无法弥补对丰富复杂的文学现象宏观叙述不够的缺陷。但这可能和编著者更多地着眼于抽象和概括有关，与他更多地留意于论证的首尾呼应的逻辑严密性有关。抽象使事实得以升华，概括使理论具有更大的普遍性，而逻辑的严密性则使理论自成体系。在这些方面，可以说，编著者做得相当出色。对文学一般本质、特殊本质和个别本质的多层次的规定，对文学情感、文学形象、文学语言、典型情感、典型形象、创作灵感、创作方法、文学风格、欣赏共鸣等等重要概念的扼要界说，关于社会生活是文学源泉的规律，关于作家反映生活的心灵化的规律，关于作品内容与形式的矛盾运动规律，关于创作的主客体审美关系的规律，关于作家审美心理结构作用机制的规律，关于创作典型化的规律，关于创作形象思维的规律（该部分内容出版时因字数限制被删去，后发表于《艺术界》杂志1987年第1期，原文一万两千余字），关于创作方法的规律，关于创作风格多样统一的规律，关于作品社会效果形成的规律，关于文学发展与社会生活发展关系的规律，关于文学自身继承与创新关系的规律，等等，这些规律的论证总结，不仅具体而不失之于烦琐，概括而不失之于笼统，明确而不失之于僵死，而且几乎都程度不同地具有新意，具有自己的见解，再加上编著者的近乎没有费辞的简练和单刀直入的明快的文字表述，使得这些概念和规律，以异常清晰的面貌显示了出来。编著者在界定概念、阐述原理、揭示规律的过程中，始终注意把论证对象放在与临界事物的联系与区别中，放在纵横对比中，坚持运用对立统一原则、个性与共性、特殊性与普遍性、具体性与概括性关系的辩证法，加以具体分析。这就是《新编》理论气息浓厚，有很强的科学性和相当深度的哲学方法论证上的主要根据。同时，我们谈论这类教材不应当脱离我国目前这方面已达到的水平这个基础，那么，我还要说《新编》不是在涉及文学现象和文学问题的量的丰富性方面，而是在概念界定的精确性，原理表述的清晰度，规律揭示的充实性，以及理论阐述和内在结构的逻辑严密性方面，总的说来，是优胜于所有已出版的这类教材的。

但没有已出版的这类教材，也就没有张孝评的《新编》，这也应当是没有疑问的。它作为教材在内容上应有的准确性、科学性和稳定性，得力于它在自己独有思维格局中对以往著述成果的积极而慎重的吸取。如果把《新编》放在当前文学理论研究和创作发展现状这个大背景上观察，我们会感到，一方面，它在理论体系突破的幅度和文学观念的更新上还有待开拓，还应有一种宏观变易追求的巨大魄力，对文学创作过程、文学社会作用、作品文本构成、文学批评标准等问题的论述，还应寻求新的角度和途径，对一些重要的文学现象，例如创作方法上的现代主义，文学鉴赏与接受美学、文学象征等，亦应当给予注意，有较为充分的论述。另一方面，它对近年来大量流入文学理论领域的新观念、新概念，采取了应当采取的审慎态度，在自己体系和逻辑思维贯通的轨道上，顺理成章地消化吸收新时期创作实践和理论探索新成果。这在全书重点章节本体论和创作论的有关部分体现得很明显，成为书中写得最为精彩的篇章。在讲到作家的美感心理结构，介绍了直觉、情感、表象、认识等心理活动功能后，编著者指出：这些活动在作家自我的美感结构中，并非都处在平行或者并列的地位。如果大致地加以划分，就可以见出三个层次。其中，直觉处在最下面，是偏于感性的潜意识的层次；想象、认识处在最上面，是偏于理性的意识的层次；情感、表象处在上下之间，是沟通感性与理性、潜意识和意识的中介层次。同样，在谈到文学形象和情感时，编著者也做了两种区分，一是形象本身有偏于潜意识的印象和偏于意识的意象的区分，一是情感本身有偏于潜意识的情绪和偏于意识的情思的区分。同这种区分相联系，在文学的创作方法中，就自然有了强调理性意识、规律、法则的理性主义和强调感性直觉，强调潜意识、无规律、无法则的直觉主义的区别。这样一些构成全书整体性观点的分析未必完全无可挑剔，但这样一些观念的合理引进，对创作整体性问题的强调和研究，不但从一个根本点上批判地吸收了西方现代主义文学经验与理论的精粹部分，吸取了当前文学创作与批评的主要收获，而且，从过去长期忽视的一个重要问题上，打破了传统体系的封闭性和狭隘性，大大地拓展了理论研究空间，显示出《新编》新鲜的创造活力和广阔的向实践开放的性质。

原载《自学考试报》1988年9月25日

在鲁迅方向的启示下

——纪念鲁迅诞辰一百周年

构成鲁迅伟大文学家的基础，制约和决定鲁迅艺术创造生命力的主导因素，是鲁迅作为伟大思想家和伟大革命家所拥有的许多突出特点。

爱国主义贯穿鲁迅的一生，是鲁迅排除思想负累，探索前进的出发点和推动力。

唯新兴的无产者才有将来；马克思主义是最明快的哲学。这是鲁迅毕生探求所获得的最为光辉的历史结论，是构成"鲁迅精神"的基础和基本内容。

鲁迅毕生坚持的方向和道路，他所取得的具有长远意义的历史经验，对正在建设社会主义物质文明和精神文明的全国人民，尤其是青年一代，有着特别重要的启示和极其深刻的教益。

在鲁迅诞辰一百周年之际，我们隆重纪念这位伟大的文学家、思想家和革命家，缅怀他为民族民主革命事业所建树的卓著勋业，了解他探索前进的道路和毕生追求的方向，认识他在中国革命史上的地位，继承他的思想文化遗产，学习他的革命精神，这对处于新旧交替的伟大历史变革时期的全国人民，尤其是青年一代，有着特别重要的启示和极其深刻的教益。

我们党和毛泽东等同志，对鲁迅曾做过一系列人所共知的科学评价。

这些评价，以历史唯物主义观点，从道德情操与政治实践两个方面的结合中，从鲁迅与中国近代革命史和现代革命史的发展过程及其特点的联系中，不只是在中国人民传统优美性格代表者的意义上，准确地揭示出一种崇高的人格，一种在大夜弥天、痼疾沉沉、奴才主义盛行的世俗社会里出类拔萃的人格，而且，更为重要的是，在中国民族民主革命文化战线代表者的意义上，深刻地阐述了鲁迅性格的价值和鲁迅事业的地位。"鲁迅的骨头是最硬的，他没有丝毫的奴颜和媚骨，这是殖民地半殖民地人民最可宝贵的性格。鲁迅是在文化战线上，代表全民族的大多数，向着敌人冲锋陷阵的最正确、最勇敢、最坚决、最忠实、最热忱的空前的民族英雄。鲁迅的方向，就是中华民族新文化的方向。"毛泽东同志的这些论断，至今仍然闪耀着真理的光辉。时间的推移、历史的发展，并没有减弱鲁迅的方向和道路所具有的典型性和普遍意义。鲁迅不仅是中国近代旧民主主义革命转变到新民主主义革命时期，勇于探索和追求的一代革命知识分子的人格化的代表，而且，他在毕生的探索和追求中所得出的历史结论，也是今天正在建设社会主义物质文明和精神文明的我国人民，应该牢牢记取的宝贵经验。

一

鲁迅作为文学家，他的伟大，绝不是因为他自外于阶级的政治、群众的政治，标榜什么"纯粹"地表现"自我"，"为艺术而艺术"。这些，在他看来是不可能的，是可笑的，事实上是一种蒙骗。他的伟大，恰恰在于他把自己所从事的文学工作，同人民大众争求解放的事业紧紧地联系了起来。他的社会职业的选择，文学生涯的开始，没有丝毫的虚伪色彩。他在20年代和30年代，关于自己的创作是"遵命文学"的宣告，强烈地显示了一个革命者的现实主义的战斗风格。鲁迅是和革命共同着生命的。文学家的卓越才能和革命家的杰出特色，在他身上是如此完美地统一着，以至使我们觉得，丧失了任何一方，就丧失了鲁迅的独特风貌。他是把艺术与政治集于一身而达于化境的典范。中国现代文学史上鲁迅的巍然存在，足以驳倒关于文艺家与政治家、文艺与政治关系这个原则问题上的种种错误说法，例如，抽象地谈论文艺家与政治家的优劣，政治损害文艺，鼓吹什么文艺同政治互相独立，等等，令人信服地证明着阶级的和群众的政治的获得，对一个作家及其创作，有着多么重要的意义。

鲁迅的小说创作，是中国新文学史上的革命现实主义的奠基作品。它们之所以赢得崇高的普遍的声誉，既是因为艺术，也是因为政治，是因为完美的艺术形式和革命的政治内容的高度统一，而具有决定意义的是在内容方面，是在高度的现实主义的真实性和强烈的革命倾向性的统一。在鲁迅的小说艺术中，生活面貌的精确刻画，是那样自然地体现着他对半殖民地半封建社会的人情世态，特别是社会各主要阶级、阶层状况的即使是一般政治家也难以达到的深刻的认识和准确的判断。这种认识和判断，不是零碎的、片段的，不是对生活中个别问题的发现，而是具备着某种系统性，是对中国封建社会本质及其各种阶级表现的相对完整的正确把握和在总体上的富有远见的理解和判断。看似不露声色的浮雕式的客观描绘中，渗透着对社会情状的分明可以感受到的独到的思想理论分析，这就是鲁迅小说的根本特色。时至今日，这些作品对中国封建势力和封建意识形态的揭露，也还保持着它的新鲜的现实意义。

杂文是鲁迅毕生业绩的主要表现，既是战斗的匕首，也是艺术的珍品。这种古已有之的文学体裁，一到鲁迅手里，不但思想内容具有了全新的意义，而且艺术形式也有了独特的创造。文坛大师的匠心独运的熔铸，造就了一代小品文的蓬勃生机。严整而深邃的逻辑分析同活跃而多彩的形象描写的有机结合，形成了鲁迅杂文的独有的格调和风貌。冷峻中深藏着炽烈热情的美学风格，体现着一个不克厥敌，战则不止的先锋战士改造生活的不衰的心力和巨大的思想能力。社会批判的广泛、深刻，历史经验的丰富、精到，生活发展规律的生动概括，使鲁迅杂文成为半殖民地半封建社会生活的百科全书，世态人情的艺术浮雕，简直可以当作饶有异彩的中国文化思想史来读。在鲁迅杂文里，文学家的鲁迅与思想家、革命家的鲁迅相融合的伟大形象，比之于他的其他创作，表现得更为突出，更为鲜明，更富有个性特色。

应当说，构成鲁迅伟大文学家的基础，制约和决定着他的艺术创造的生命力的主导因素，是他作为伟大的思想家和伟大的革命家所拥有的那些东西。鲁迅是这样地深入人心，以至连他的敌人也不能不承认他是一个巨大的存在，一种不能轻易摧毁的深厚力量。这就不仅仅是一般意义上的文学家的特点所能完全说明的了，而是必须首先看到他作为伟大的思想家和伟大的革命家所具备的许多突出特点。

中国的马克思列宁主义者，几乎无例外地都首先是爱国主义者。当然，在他们成为马克思主义者之前和之后，爱国主义的基础和内容是有区别的。就是19世纪末期至20世纪初年，中国资产阶级革命派思想发展的主流，也是由爱国而革命，甚至此前的资产阶级改良派人物的某些思想和主张，同样具有救亡图存的爱国主义气息。抵抗外国侵略，要求民族解放，国家独立富强，这些爱国呼声以及基于此而掀起的各种变革浪潮，成为中国近代革命史上鼓舞人心的雄壮篇章。爱国主义，作为中华民族的优秀传统，一直是推动人民群众变革前进的巨大精神力量。它为中国近代史上许多先进分子所接受，往往成为他们奋发图强的精神支柱，为马克思主义者所保持和发展，成为激励人民群众团结奋斗的一种思想力量，是很自然的，是容易理解的。当鲁迅青年时代开始踏上生活征途的时候，他就把自己的命运，同祖国、民族的命运紧紧联系在一起，成为一个壮怀激烈的爱国主义者。1903年书写在断发照上面的《自题小像》诗，同年撰写的《斯巴达之魂》《说铂》和《中国地质略论》等文艺和科学论著，集中表达了他的反帝爱国思想，抒发了他决心为中华民族献身的崇高感情，就是今天读起来，仍能强烈地感受到它们鼓动人心的力量。同时，在这里，我们也能约略看出鲁迅爱国主义开始带有的某些特征。比之于当时一些资产阶级启蒙思想家和资产阶级革命家，例如鲁迅早期曾受过他们重要影响的严复和章太炎，鲁迅的爱国主义立场要先进一些，思想基础要深厚一些，具备了较多的广阔发展的可能性。这在他1907年所写的《人之历史》《摩罗诗力说》《科学史教篇》《文化偏至论》和1908年所写的《破恶声论》中，会看得更清楚一些。在这些篇章里，沸腾激荡的爱国热情的倾吐，已较多地为具有鲁迅个人独特色彩的更为复杂的社会、哲学和文艺思想的深沉叙述所代替，表明他已捷步走向更为激进的革命民主主义道路。此后，在几十年的革命斗争洗礼中，鲁迅由历史唯心论转变为历史唯物论；由革命民主主义者转变为共产主义者。当1931年2月，他再次书写《自题小像》诗时，所表达、抒发的虽然仍是"我以我血荐轩辕"的献身精神和爱国胸怀，但此时鲁迅的爱国主义，已经建立在无产阶级立场和世界观的基础上，具有更为深广、更为坚实的内容，进入辉煌发展的新阶段。

爱国主义像一条红线，贯穿鲁迅的一生，成为他排除种种思想负累，克服盲目性，保持自觉性，不断探索前进的出发点和推动力。鲁迅杰出的地方，不只在于他把爱国主义贯彻到底，从前期到后期，在革命斗争实践中，一直远离同振兴中华、解放人民大众相对立的利己主义、无政府主义等思想，把全身心投入这一事业，矢志不渝，而且，主要在于他的爱国主义思想和感情，同他对社会现实，对社会各阶级、阶层面貌，尤其是统治阶级和被统治阶级的状况和本质的越来越清醒的认识之间，存在着广泛而深刻的联系。他的爱国主义最终通向历史生活的最深处，同争取无产阶级和人民大众彻底解放的伟大斗争结合起来，获得了丰富而坚实的内容。

二

鲁迅的一生，是革命的一生，也是探索、追求的一生。中国旧民主主义革命转变为新民主主义革命时期，社会历史面貌的复杂和革命道路的曲折，各种政治力量的反复变化和思想潮流的不断冲击，使得鲁迅的探索和追求，不能不显得比较艰难。但正是在这艰难中，他的探索追求才显现出特有的光辉。首先，鲁迅的探索追求，始终是在一种明确的信念的支持下进行的，是一个革命者的自觉的行为，而不是盲目的奔突。他敢于直面中国的社会现实，牢牢地站在真正的爱国主义的基点上，始终从寻求人民大众解放道路这个大局着眼，这就使他同那些离开国家、民族的根本利益，离开大多数人民群众的客观实际，以探索之名，掩盖追求个人主义、无政府主义、自由主义之实的人，严格地划清了界限。其次，鲁迅的探索追求，是同他的善于总结经验，严于解剖自己的革命者的思想作风相伴随的，是建立在他对中国历史、现状的不断学习、深刻研究的基础之上的，这就使他同那些拒绝了解或严重忽视中国的历史和现状，自以为不可一世，实则没有根底的空洞的幻想家，小资产阶级狂热病患者，有着根本的区别。最后，鲁迅的探索和追求，由于是自觉的，是有坚实基础的，所以，也就必然是有结论的。在漫长的寻找道路的过程中，鲁迅有过彷徨、苦闷，但从未导向虚无主义和悲观主义；试用过多种思想武器，有过多次扬弃，但从未倒退，而是一直向前，终于得出了辉煌的历史结论。这个结论，不是爱国主义，而是由爱国主义出发，把爱国主义引向新的境界，使之得以真正实现的那个基本社会力量，是鲁迅对这个力量的理解和认识。

唯新兴的无产者才有将来，中国共产党是中华民族希望之所在，这是鲁迅毕生探索追求所获得的最为光辉的一个历史结论。

人们或许会提出这样的问题：鲁迅是伟大的，但为什么一定要把鲁迅的伟大，同他与共产党的关系问题联结在一起呢？因为，要尊重历史。把具体的历史人物，提到他们所处的历史时代，做具体的分析，这是马克思主义评价历史人物的根本要求。在中国现代史上，在五四运动以后，无产阶级登上政治斗争舞台，中国共产党在东方这样一个大国诞生，这是中国历史上空前未有的伟大事件，它深刻地决定着中国历史发展的趋向，改变了中国革命的性质。可以说，活跃在这个时期的所有著名的社会活动家和思想家，他们的价值，他们的事业的意义，主要取决于他们同这个新兴的阶级，同这个阶级的政治代表者共产党处于何种联系，在多大程度上和在什么意义上保持一致。民主主义革命的先行者孙中山先生是伟大的，不只是因为他最坚决地组织和领导了辛亥革命，而且因为他在晚年坚决地实行了联俄、联共、扶助农工的三大政策。和鲁迅差不多处于同时期的章太炎，作为资产阶级革命派的著名人物和声望赫赫的宣传家，他在旧民主主义革命中的历史作用和明显功绩，是不能抹杀的，但在新民主主义革命时期，为什么变成了时代的落伍者、封建统治的思想卫道士，终于默默无闻了呢？饶有兴味的是，他是影响鲁迅早期思想的一个最主要的人物，在坚决参与旧民主主义革命实践，反映封建宗法制农民的思想和情绪方面，和早期的鲁迅及其思想也有类似之处，但他后来丧失了前期的革命锐气，而鲁迅却大踏步地前进了，成为文化革命的伟人，这是为什么呢？把这个需要具体分析的复杂问题，归结为简单的几条，当然是缺乏说服力、不能解决问题的，但我们研究章太炎的思想和著述，却不能不看到，无论是在实践上还是思想上，他同封建阶级都保持着较多的联系，而同农民阶级之间的联系却是十分稀薄的。当历史进入新民主主义革命阶段时，他"用自己所手造的和别人所帮造的墙，和时代隔绝了"。正如鲁迅所说，他"既离民众，渐入颓唐"。这实在是一语破的之论。此时，他不仅丧失了原先就不牢固的同农民阶级之间的稀薄联系，而且远远地离开了他在生前早已碰见，而且正在中国历史上发挥着伟大作用的无产阶级，在思想上同这个阶级完全背道而驰了。这一点，不能不说是章太炎后期之所以不足取的主要原因。鲁迅和章太炎不同，和许多曾经英勇地参加过旧民主主义革命而后来终于落伍了的人不同，他随着时代前进了，他始终站在时代的最前列，他是一个彻底的革命者。这突出地表现在，当历史进入20世纪的时候，他终于和无产阶级，和中国共产党站在一起了。鲁迅的伟大，鲁迅的思想力量和他的事业的杰出意义，主要应当从这里得到阐明。这绝不是谁要硬把鲁迅的伟大，同无产阶级、共产党拉扯在一起，这首先是一个无法否认的客观历史事实，是中国革命胜利的伟大实践早已证明了的真理。不理解这一点，便无法真正认识鲁迅。

爱国主义，不仅因时代不同而有别，就是同一时代的爱国主义者，也会因为他们各自立场和世界观的不同，因为他们寻求到的实现爱国愿望的社会力量和道路的不同，而获得各自的爱国主义的有时是很不相同的性质和结局。著名的资产阶级启蒙思想家严复，这个曾经深刻地影响过鲁迅前期思想的又一个重要人物，不是也曾经有过强烈的爱国热情和愿望吗？他释述的进化论名著《天演论》，不是曾经影响和教育过几乎一代知识分子吗？但不仅在旧民主主义革命时期，他的政治立场就一直比较保守，而且，历史一有变迁，他就倒向封建阶级怀抱。这当然不是偶然的。严复比章太炎的立场和世界观还要落后。鲁迅是真实的革命的爱国主义者。他之所以能把他为之奉守的振兴中华、复兴民族、为人民大众的彻底解放而献身的崇高理想付诸实践，贯彻到底，是因为他在立场和世界观上远远地超过了严、章等这些曾经影响过他的人物，而达到了一个新的高度。

这是鲁迅几十年艰苦探索、执着追求的结果。在鲁迅思想发展的前期，当他还是一个小资产阶级激进的革命民主主义者，立场和世界观还没有发生质变的时候，在反帝反封建这个民主革命对象的问题上，他一直是明确的、坚定的，他和无产阶级是最一致的。问题在于依靠什么力量，通过什么道路，才能胜利完成这个革命。在鲁迅所处的历史时代，对鲁迅这样一个以从生活实践的基础上形成自己思想观点为特色的人来说，这个问题的解决就绝非轻而易举了。可以说，鲁迅毕生探索追求的中心课题，就是寻找中国革命胜利发展的道路，寻找解放人民群众的主要力量。鲁迅思想的战斗性和它的历史价值的不朽性，即在于他的思想发展及其丰富成果，是同中国革命发展的方向，同这个革命的艰苦、曲折和胜利的道路，同对这个革命的主要承担者力量的认识和估计，紧紧地结合着。这种结合是这样地血肉相连，以至我们可以说，鲁迅一生的战斗历程和思想发展，深刻地反映着中国旧民主主义革命过渡到新民主主义革命时期的历史进程的大体轮廓，而鲁迅的道路和结论，则是鸦片战争以来中国先进分子的代表者必然要走的道路和归宿。

中国民族民主革命，无论新旧，其根本问题，都是农民问题。所谓民主主义的思想和要求，实质上就是封建社会农民阶级的革命思想和要求。

同中国革命的这个历史课题相适应，鲁迅探索解放群众的主要力量，也是围绕着这个问题，或者说是从这里开始，而后逐步认识无产阶级及其政党的。前期一段时间，鲁迅的哲学、社会思想的纲领是"拾物质而张灵明，任个人而排众数"，这里所包含的一个激进的革命民主主义者在社会实践中的战斗光辉，和它所表现的一个启蒙思想家未能避免的缺陷和弱点，是同时存在的。这就是过分地看重和估计了少数最先觉悟的知识分子的作用，而对农民群众的革命性和革命力量，则是怀疑的，是估计不足的。没有疑问，少年家道的败落，短暂的乡村寄居生活，对鲁迅一生思想的发展有着不容忽视的极为重要的影响，这使他从青少年时代起，就同被压迫者，同农民群众保持着比章太炎以及同时代的许多进步知识分子远为深厚的联系，使他前期的立场和世界观，更为明显、更为强烈地反映着宗法制度下农民革命的思想和情绪、愿望和要求。成为鲁迅前期相当长一段时期内探索的中心课题的"国民性"问题，当然主要反映着他对农民群众精神解放的高度关注，但这不仅是建立在人性进化这个在社会历史领域并非科学的观点上，而且着眼点也侧重在农民群众的愚昧麻木和不觉悟方面。政治实践方面的彻底的革命民主主义立场和社会活动，同思想观点方面的明显的问题，就这样统一存在于当时的鲁迅身上。既然把思想启蒙的任务放在了首先的地位，自然，就多少忽视了社会制度革命的严重意义。和这种思想革命与社会制度革命关系上的颠倒相联系的，则是对知识分子和农民群众关系及其作用认识问题上的偏颇。辛亥革命的最终的失败，鲁迅对这个革命由热烈欢迎、积极参加到深深失望的思想变化，同时就表明他对自己曾经不正确地估计了的资产阶级及其知识分子作用的怀疑和失望。此后有七八年时间，鲁迅基本上陷于沉默。表面上的沉默掩盖着思想上的剧烈冲突。解放人民群众的崇高理想与在现实中一时还未找到这个力量之间的矛盾，因为辛亥革命的失败和此后一系列封建复辟丑剧的演现，格外突出起来了。

生活实践是最强大的思想消毒剂。伟大的十月社会主义革命的成功，中国工人阶级走上历史舞台的巨大声响，重新焕发出鲁迅久被抑制的革命热情。《呐喊》和《彷徨》中的二十五篇小说创作，可以看作他在辛亥革命之后到五四运动前后，长期思索中国社会问题的艺术结晶。在这些杰出的现实主义篇章里，鲁迅把农民问题和知识分子问题作为他小说创作的两大历史主题，绝不是偶然的。如果说这些作品对农民问题的描写反映，已经显示出他对农民阶级的反抗性和革命性的认识有了新的进展，那么，对小资产阶级知识分子问题的描写反映，则不但近乎完全正确，而且从这一侧面表现着他对农民问题的重视，已在知识分子之上了。他是把知识分子问题放在同农民群众的关系，同对中国革命的道路和主要力量问题的探索这个高度上来考察的。

五四运动以后，对农民问题的正确认识，就同对工人阶级及其政党的正确认识，不可分割地联系起来了。革命的知识分子，如果他敢于和能够同封建阶级及其支持者帝国主义彻底斩断瓜葛，敢于和能够同投向反动统治者怀抱的资产阶级坚决对立起来，勇于奋斗，坚持前进，那么，他必然会同无产阶级的革命道路结合起来，最终追寻到中国共产党这个人类历史上最先进的力量的代表者。这是中国现代文化思想史发展的一条规律。鲁迅的思想发展过程，是这个规律的典型反映。五四以后他的又一度的彷徨，"新的战友在哪里？"的深沉发问，深刻地表现着他在继续找寻真正的革命力量时的紧张心情。社会物质生活的发展，已经提供了解决这个问题的客观条件。在北伐战争特别是"四一二"反革命政变中，工农运动的空前发展，共产党人的英勇斗争，给鲁迅以强烈的感染，推动着他的思想迅速跃入崭新的境界。无产阶级和它的先锋队中国共产党，以自己改造社会的无可抗拒的伟力和影响，深深地吸引着鲁迅，不仅使他长期追求的理想有了牢固的附着，而且使他艰苦探索所积累的宝贵的实践经验，终于凝聚成颠扑不破的真理："惟新兴的无产者才有将来。""倘若不是一切做的都和工农大众的利益相关，不身为工农阶级的战斗之一员，那是不能称为马克思主义者的。"长期的马克思列宁主义理论学习，在鲁迅伟大革命斗争实践的基础上，化为他的世界观的血肉。他和无产阶级真正融为一体了，"他的一身，就是大众的一体，喜怒哀乐，无不相通"。晚年，他庄严宣告拥护中国共产党的主张和路线，以把共产党人引为同志而觉得光荣，以能充任党的一名"小兵"而感到自豪，一扫前期曾有的彷徨苦闷，表现出更为年轻的力量，开始了更为辉煌的战斗。

找到无产阶级和共产党，这是鲁迅思想升华的最高境界，是他的力量的最深厚的源泉。如果说前期的鲁迅的战斗，是和我们党采取了同一的步调，那么，后期的鲁迅，则是以高度的自觉性，在党的领导下，展开自己的更富有成效的斗争。难能可贵的是，在敌人的残酷的反革命"围剿"中，在受到自己战友的误解和不正确的指责，或者党的领导人犯了路线错误而招致革命挫折，压力更大的时候，鲁迅识大体，顾大局，仍能坚定不移地站在党的正确路线的立场上，为党的工作奋斗，同党一起前进。鲁迅是坚持党性原则的模范。

三

鲁迅与工农大众相结合，是与获得马克思主义世界观同步到达的。无产阶级是改造客观世界的强大的物质力量，马克思主义则是这个阶级改造世界的犀利的精神武器，二者统一的基础，是革命实践。鲁迅说："马克思主义是最明快的哲学，许多以前认为很纠缠不清的问题，用马克思主义的观点一看，就明白了。"这里以明了朴素的语言所表达的思想，是他毕生探索追求所得出的又一个辉煌结论。

鲁迅前期的革命民主主义世界观的形成，是同他接受我们民族优秀文化思想的民主传统分不开的，但主要是接受19世纪末期到20世纪初年传入我国的西方资产阶级社会科学思潮和自然科学知识的影响。以卢梭、孟德斯鸠为代表的法国启蒙主义者的天赋人权论，以达尔文和斯宾塞等人为代表的进化论和以施蒂纳、尼采为代表的极端个人主义思潮等等，都曾经引起青年鲁迅的极大兴趣。他立足于现实的民主革命斗争的需要，以救国救民的急切心情，如饥似渴地广泛地汲取着这些思潮，使它们各以不同的意义和作用，成为铸造自己世界观的思想材料。而当时已经传入我国的马克思主义，鲁迅虽有接触，却并未能给予足够的注意，以至这枝人类精神思维结出的最美丽最有生命力的花朵，直到五四运动前后，在中国大地上虽有遍布之势，却还没有成为构成他的世界观的理论基础。从鲁迅到南京求学，开始接触西方思潮算起，中间经过二十多年，到了1927年以后，原来的世界观的理论基础彻底轰毁，马克思主义才真正成为他的人生哲学。

这里，我们不想勾画出明晰的鲁迅思想发展的艰苦历程，只是想简略说明鲁迅接受马克思主义理论的过程的特点。比起19世纪末到20世纪初绝大多数资产阶级革命家来，为什么鲁迅的思想要比他们高出一筹？为什么鲁迅比他们都要高明一些，较好地批判地吸收了西方思潮？为什么鲁迅在接受了马克思主义之后就那么坚定，信守不渝，贯彻到底，越战越强？当然，这同鲁迅执着坚毅的个性、深沉机智的气质和超乎寻常的巨大的思考能力是有直接关系的，但主要的具有决定意义的因素，是他的社会实践。积极参加旧民主主义革命斗争的社会实践，反帝反封建的小资产阶级革命派的激进立场，促使他以自己当时所能达到的鉴别水平，扬弃西方思潮中那些对革命有害的或者无用的东西，尽量吸收那些对唤醒国人有所助益的成分，并且，能够从实践中，不断引出那些远离社会实际的书呆子所不可能引出的具有革命意义的结论，而达到思想启蒙的先驱者的水平。更为活跃而深刻的新民主主义革命斗争的实践，更为厚实而前进的被压迫的人民大众的阶级立场，促使他逐步放弃经过实践证明不能用的西方思想武器，而逐步接受最能帮助人民大众求解放的马克思主义理论。实践是检验理论好坏的试金石。鲁迅接受马克思主义理论过程的根本特点，就是它的强烈的实践性。鲁迅的思想发展，始终是同旧民主主义革命和新民主主义革命的斗争实际密切结合的。他的思想是从现实出发的，也是为着现实斗争而思想的。鲁迅说："马克思主义，倘若不是为的实行和抽去了战斗精神，那就不是马克思主义。"在鲁迅那里，马克思主义确实不是空洞、贫乏的教条，而是指导他行动的具有丰富内容的指南；不是以大量的哲学抽象的理论形态出现，而是以饱含着现实斗争的经验与教训内容，以对中国历史和现状的空前深刻和精辟的解剖的活生生的形态出现。他的后期的全部杂文，从《而已集》到《且介亭杂文末编》，就是明证。鲁迅的马克思主义，是最富于现实性和战斗性的在实际生活中起作用的活的马克思主义。鲁迅的思想，是彻底的现实主义和革命的理想主义的高度结合，是对现实的清醒而透彻的认识同对将来的坚定而乐观的信念的结合，它有自己的特色和体系。鲁迅是中国30年代富于创造性的伟大的马克思主义思想家。

可以说，鲁迅是最善于独立思考，最善于解放思想的。他的著名的"拿来主义"，就体现着这种精神。独立思考是什么意思？就是从现实生活实践出发进行思考；解放思想是什么意思？就是为着解决不断发展变化的现实生活中的实际问题，而使我们的思想也随之继续前进。无论是独立思考还是解放思想，都是为了更好地寻求事物发展的客观规律，而规律是同主观随意性不相容的，因此，当然它们也就都不是无所依傍的胡思乱想。它们共同的根本的要求是理论同实践结合。我们绝不应该丢弃这两个方面中的任何一方。马克思主义基本原理是经过百年来伟大革命实践反复证明了的真理。中国文化革命伟人鲁迅思想发展的过程及其所得到的结论，就是马克思主义必然胜利的一个有力旁证。要求理论与实践结合，要求在实践中不断发展，是马克思主义理论的基本品格。非常明白，它同独立思考、解放思想，不仅是不矛盾的，而且是更好地独立思考、解放思想的指导线索。借口独立思考、解放思想而放弃马克思主义的基本原则，是完全错误的，这样做，必然会陷入歧途。我们应当牢记列宁的论断："遵循着马克思的理论的道路前进，我们将愈来愈接近客观真理（但决不会穷尽它），而遵循着任何其他的道路前进，除了混乱和谬误之外，我们什么也得不到。"（《唯物主义和经验批判主义》）

鲁迅的马克思主义思想光辉，是在他的战斗实践中充分显现的，也是在这个实践中有所发展，显得更加灿烂夺目的。对"新月派"的斗争，对"民族主义文学"的斗争，对"自由人""第三种人"的斗争，对国民党反动派法西斯罪行和思想统治的揭露，等等，这些至今想起来都令人神往的对敌斗争中所表现出来的鲁迅的马克思主义战斗威力，不必说了；就是在革命阵营内部的思想论争中，例如1928年左右关于革命文学的论争，1935年到1936年关于"两个口号"的论争，不是也显示了鲁迅马克思主义理论素养的深厚和纯熟吗？我们阅读《三闲集》和《且介亭杂文末编》中有关这两次论争的文章，不是分明可以看到，鲁迅对问题的分析，鲁迅的意见，既体现着他对中国社会现状和革命实际的卓越见地，也体现着他对党的正确路线和策略的准确把握和深刻领会吗？他真正是操着马克思主义枪法的熟练的老手，非当时左翼文坛任何人所能企及。同阵线分明的对敌斗争比较，似乎可以说，是非界限往往一时难于分辨的革命阵线内部的论争，能更为充分而独到地显示出鲁迅马克思主义理论水平的杰出。战斗的实践和党的影响，不断地提高着鲁迅。抗日战争爆发前夕，当民族斗争和阶级斗争形势发生了剧烈变化，党内党外的思想和情绪正处在转折的重要关头的时候，民族英雄鲁迅，紧紧地跟着党前进了，他更加重视马克思主义的战略和策略思想，进一步走向炉火纯青的成熟境地，成为胜任愉快的伟大的共产主义战士。

鲁迅在毕生探索和追求中所得到的上述两个方面的结论，就是构成我们通常所说的"鲁迅精神"的基础和基本内容。政治上的高瞻远瞩和洞察幽微，在任何艰难困苦中始终确信有光明的未来，百折不挠的韧性战斗精神和站在战士的血迹中呼啸着前进的牺牲精神，等等，都是基于此而张扬的鲁迅精神的具体表现。脍炙人口的"横眉冷对千夫指，俯首甘为孺子牛"这两句诗，就是鲁迅立场、鲁迅方向、鲁迅精神的典型写照，高度概括。我们应该学习鲁迅的榜样，做无产阶级和人民大众的"牛"，鞠躬尽瘁，死而后已。鲁迅说："我好像一只牛，吃的是草，挤出的是牛奶，血。"这种忘我的牺牲精神，不是促人猛醒，鼓人奋进吗？那些很少或者干脆就没想到自己如何更好地为人民服务，为国家兴盛出力，而只是一味地要求别人、要求社会尊重自我的极端利己主义者，面对鲁迅精神，能不感到深深的愧疚吗？革命斗争，什么时候都不会是一帆风顺的，总会有困难、挫折和牺牲。正如鲁迅所说："革命是痛苦，其中也必然混有污秽和血，绝不是如诗人所想象的那般有趣，那般完美。"我们参加到革命这个神圣行列中来的所有同志，都应该像鲁迅那样，真正明白革命的实际情形，充满艰苦奋斗的牺牲精神，随时准备为我们的事业贡献一切。

鲁迅是不朽的。鲁迅精神仍然活着。鲁迅对于后人，对于我们，具有无尽的教益。今天，我们处在一个伟大的历史变革时期，全国人民正为建设社会主义的物质文明和精神文明而努力。在这个时候，我们纪念鲁迅诞生一百周年，重温他所走过来的道路和一生探求所得出的历史结论，感到特别亲切。共产党的领导是我们事业胜利的根本保证，马克思主义、毛泽东思想是我们指导思想的理论基础，这不是任何人的随意规定，这是百年以来中国近代、现代历史发展选择的结果。在新民主主义革命时期这是真理，在社会主义革命和建设的今天，它还是真理。我们纪念鲁迅，就要牢记鲁迅在毕生探求中所取得的历史经验，学习和发扬鲁迅精神，坚持四项基本原则，贯彻执行党的三中全会的方针、路线，埋头实干，做好各方面的工作，为建设现代化的社会主义强国作出更大的贡献。

让我们沿着鲁迅的战斗方向继续胜利前进！

选自西北大学鲁迅研究室编：《鲁迅研究年刊——纪念鲁迅诞辰一百周年》，陕西人民出版社，1981年

（本文系与郭琦合作，发表时蒙万夫使用的是笔名晓言）

为农民翻身解放而战斗的伟大文学家

——纪念鲁迅诞辰一百周年

在1919年五四运动以来的中国现代文学史上，鲁迅是最懂得中国社会的一个伟大作家。所谓懂得中国社会，主要是懂得中国农民。鲁迅为中国革命，为我们民族思想文化的发展，作出了多方面的杰出贡献，而为农民群众翻身解放所建树的功勋，则占着重要的突出的地位。有人说，鲁迅是中国第一位农民文学家，他的小说是中国乡土文学的代表，这是有道理的。

鲁迅出生在浙江绍兴的一个封建士大夫家庭。因为鲁迅母亲的娘家在农村，他小时候常到外婆家去，和农民的孩子一起放牛、钓虾，一起玩耍，所以有机会接触贫苦农民，交了许多农民朋友，逐步对农村生活有了认识和了解。正如鲁迅自己后来所说："我生长于都市的大家庭里，从小就受着古书和师傅的教训，所以也看得劳苦大众和花鸟一样"，"但我母亲的母家是农村，使我能够间或和许多农民相亲近，逐渐知道他们是毕生受着压迫，很多苦痛，和花鸟并不一样了"。当鲁迅十三岁的时候，就是1893年，因祖父关了监狱，父母为免孩子受累，便把他送到外婆家避难，一直住了十来个月，使鲁迅有更多的时间同劳苦农民相处，有更多的机会感受他们的生活。第二年，鲁迅的父亲又病倒了。此后，一方面为医治父亲的病，一方面为营救祖父，家里变卖田产、典当衣物，很快就穷下来，几乎变为城市贫民了。在鲁迅那个时代，对鲁迅这个具体人来说，家庭变穷是一件好事。鲁迅说："我的祖父是做官的，到父亲才穷下来……不过我很感谢我父亲的穷下来（他不会赚钱），使我因此明白了许多事情。""有谁从小康人家而坠入困顿的么，我以为在这途路中，大概可以看见世人的真面目。"世态的炎凉，人情的冷暖，上层社会统治者的虚伪腐败和不可救药，下层社会劳动者的真诚淳朴和痛苦悲愤，在家境破败、被挤到靠近社会下层的时候，鲁迅对之体会得更深刻了。他后来不但同少年时期的农民朋友，同农民会党成员和领袖，多有接触、来往，而且在思想感情上一直同他们保持着越来越密切的联系。

在鲁迅生活的后期，因为受国民党反动派压迫，他没有到工农群众中去的自由。每谈到这点，他都感到非常气愤和遗憾，常这样说："现在，我连到各地走走都不可能了！""其实，现在回绍兴去，同农民接近也不容易了，他们要以不同的眼光看我，将我看成他们之外的一种人，这样，就不是什么真情都肯吐露的。"鲁迅从来都没有忘记农民群众。当他和文化战线上的朋友谈到他的童年，谈到绍兴，谈到他和农民的关系时，总是充满了感情。当他听红军将领陈赓谈到红色根据地农民起来和地主斗争时，更是由衷地喜悦。1934年，鲁迅在杂文《中国人失掉自信力了吗》中谈到支撑"中国的脊梁"，其中就包括广大的农民群众。现在，我们有个别青年作家以鄙薄的态度看待农民，有人甚至把中国的落后和现实生活中的一些问题，归罪于农民，说是因为农民太落后，影响了中国的进步。看看鲁迅对农民群众的感情和态度，这些同志该是多么地浅薄和糊涂啊！

青少年时期的一段农村生活，同农民的接触和联系，对鲁迅的一生产生了深刻的影响，有着重要的意义，不只是对他前期革命民主主义世界观的形成，对他从前期的民主主义转变到后期的共产主义，起了决定性的作用，而且，对他的文学创作，特别是小说创作的思想内容、历史深度以至艺术风格，也都发生了十分明显的影响。"左联时期"，鲁迅说过，"比较起来，我还是关于农民，知道得多点"，"要写，我也只能写农民，我回绍兴去"。鲁迅同农民群众在思想感情上的联系，他为农民群众彻底解放而战斗的精神，集中表现在他的小说和杂文创作中。

从1918年开始到1925年止，鲁迅写的小说，收在《呐喊》和《彷徨》两个集子中，共有二十五篇作品，其中《狂人日记》《风波》《故乡》《阿Q正传》《社戏》《祝福》和《离婚》等七篇作品，是直接描写农民生活或涉及农民问题的。农民问题，是鲁迅一生最关心的一个问题，在他的小说中占有特别重要的位置。他对农民问题的描写反映，比他同时代的其他许多作家要好得多，要高明得多。

首先，他真正揭出了农民的病苦。鲁迅不只是写出了那个半殖民地半封建的黑暗社会里，农村的萧条和破败，农民和地主阶级的对立，农民在封建势力的压迫剥削下，经济生活的极度艰难困苦，而且写出了农民在思想上受封建意识、封建道德的毒害，是很深很重的，这是他们精神痛苦，愚昧麻木的根源。《故乡》中的闰土，《阿Q正传》中的阿Q，《祝福》中的祥林嫂，都表现了这一点。这是当时许多作家没有办到的。由于鲁迅写得真，揭得深，说出了农民自己在实际生活中感觉到了，却说不清、道不出的矛盾和问题，所以，作品对封建势力的控诉就特别有力量，引起了人们疗救的注意。

其次，鲁迅写出了农民群众的自发的反抗意识和潜在的革命性。祥林嫂要摆脱不幸命运的顽强意志，爱姑对"老畜生"和"小畜生"胡作非为的揭露，都写得很感人。就连落后思想最多，精神十分麻木的阿Q，也要革命。这是鲁迅笔墨很厉害的地方。鲁迅深深地同情农民，"哀其不幸"，这是许多作家都可以做到的，甚至一些有进步思想的资产阶级作家也可以做到，但写出农民有自己解放自己的力量，只是这种力量被压抑着（因而鲁迅"怒其不争"），这却是当时的一些革命作家没有做到的。不是直到几十年之后的今天，还有人以欣赏的笔调，只写农民的落后、愚昧，甚至把农民写成阿Q式的怪诞、可笑吗？

最后，鲁迅站得高。他是把农民问题，放在中国革命的出路这个高度上来考察的。没有农民的真正的觉醒，不把农民发动起来，任何革命都不能成功，农民也打不掉自己身上的枷锁，得到彻底解放。鲁迅早在1921年写下的《阿Q正传》中，就表达了这个思想。

鲁迅写农民的作品，也反映了他作为伟大的思想家和伟大的革命家所具有的特点。正是这个特点，使他成为农民群众的忠实代言人，为农民群众彻底翻身解放而战斗的伟大文学家。

原载《陕西农业报》1981年9月23日

论《创业史》矛盾冲突的典型化

柳青是我国当代作家中为数不多的具有鲜明的独创性风格的作家。在他的强烈的富有时代特征和阶级特征的艺术家的气质中，渗透着哲学家和历史学家的特点。当他置身在农村社会主义所有制改造的洪流里，怀着人民作家的高度责任感，观察和反映这段革命历史的时候，自觉地注视着唯一能够解释这场革命发生和发展的必然性的社会内部的矛盾运动，努力把现实生活中的矛盾冲突，典型地概括在艺术冲突之中。柳青是当代作家中精心于矛盾冲突的研究和探索，并且在作品矛盾冲突的典型化方面取得了卓越成就的艺术创造家。他的这一成就，集中地体现在长篇巨著《创业史》里。这部作品，以它所显示的社会矛盾冲突发展变化的无可辩驳的历史逻辑令人折服。尽管在目前留下来的前两部里，故事情节还只是初步展开，人物性格还正在发展，蛤蟆滩翻天覆地的变化才初露端倪，作家的笔却紧紧牵引着我们的视线，让我们看到了我国社会主义革命初期历史的总画面。人们把《创业史》称为社会主义革命的"艺术史诗"，并非过誉之词。在反映我国社会主义革命初期农村现实生活的长篇里，《创业史》在揭示历史演变过程及其规律方面所达到的深度，至今也还是突出的、独到的。这显然不是作家在艺术创造的个别方面的成功所能取得的，而是作家艺术创造的多方面成功的结果。而矛盾冲突的高度典型化，则是其中一个极为重要的方面。柳青曾说，我的困难就在于从几部《创业史》的整体观念出发，来写作每一部每一章。这个整体观念，主要就是指作家对作为生活冲突发展过程反映的艺术冲突发展过程的准确的把握和完整的构思。总结和汲取柳青在这方面的经验，对促进新的历史时期社会主义文学创作的发展，是不无益处的。

一

社会科学家和艺术创造家叙说历史的方式虽然不同，但是，历史只是在对社会矛盾的正确陈述中才被清理出来，显出它的本来面目，这对于他们二者却是相同的。离开或者歪曲了社会矛盾，无论是在科学家的笔下还是在艺术家的笔下，历史的面貌都会混沌不清，失去真实。作家柳青是自觉地以马克思主义的对立统一法则剖析社会生活的。当他以革命者的眼光观察社会和历史的时候，生活在他面前所呈现的常态，就只能是一个矛盾运动的过程，旧的矛盾解决了，新的矛盾又发生了，永无停息。社会历史正是在这种过程中曲折地前进，不断地进行着新陈代谢，新生的事物胜利了，衰亡的事物退出历史舞台。史诗《创业史》思想内容的深度，首先取决于它对当时现实生活中带根本性质的矛盾冲突概括得准确，挖掘得深刻。

50年代初期，当新民主主义革命在全国范围内取得胜利，地主阶级和农民阶级持续了两千多年的矛盾基本解决之后，在广阔的中国农村土地上，小农经济迅速地发展起来，人们开始迈上了各自的新的创业历程。《创业史》这部作品，就是紧紧围绕着"创业"这个关系到亿万农民群众的命运和前途的问题，展示了新的历史时期我国农村各阶级、阶层人们之间的具有新的性质和新的特点的矛盾冲突，以及它的必然的发展趋向。在第一部"题叙"里，梁三父子两辈人悲惨的创业经历，概括了广大农民在旧社会里无法避免的走向破产的命运。可是，当推翻了封建制度以后，这种命运悲剧还会不会重演呢？事实是，当官渠岸富裕中农郭世富煊煊赫赫地盖起了囤粮的前楼，几乎所有的富裕农民都抵制了人民政府活跃借贷的号召，觉得不再需要用粮食去联络贫雇农的感情，而做着各种发家的美梦的时候，官渠岸的贫农高增福却在一系列灾难面前失去了自救力量，陷入难以摆脱的困境，梁三老汉的邻居任老四打短工给全家人糊口，靠借债艰难度日，更有二十来户穷庄稼人披着褴褛的衣衫，熬煎着不能度过春荒，就要把土改时得到的土地证，低声下气地送到富户手里了。农民群众当中贫富的两极分化现象重新发生了。同时，我们还看到，黄堡集上，富裕中农、富农和粮食投机商们互相勾结，囤积居奇，哄抬粮价，造成城乡粮食贸易的严重紧张，给工业建设和改造资本主义工商业带来很大的困难。十分明显，如果维系小农经济，能创家立业的只是少数人，多数农民仍然会走向破产，如果维系小农经济，社会主义国营经济和无产阶级政权都将处于不稳的地位。这就是为什么在完成民主革命以后要立即进行社会主义革命的根本原因。所有制的改造成为历史发展的必然要求。历史上，任何一个新的剥削制度都是在旧制度的母体内发育成熟的，而崭新的根除了剥削的社会主义制度，却不可能在小农经济中自发生长。这就需要社会主义的上层建筑，把新经济的秧苗"移栽"到小农经济的土壤里。如果说，我们一些反映农业合作化的小说的作者，把自己艺术表现的注意力集中在写一个党的工作组，如何困难地帮助一个乡村建立了互助组、合作社，让人们较多地看到了这个"移栽"的过程，那么，柳青的开掘就要深一些，他把自己艺术表现的注意力放在这一点上：社会主义公有制能否最终取代私有制，根本在于它能否取得促进生产力发展的实际成就，充分显示优越性。因此，《创业史》所着重描写的是新经济的萌芽在小农经济土壤里的生长过程、斗争过程，它让人们看到了社会主义制度怎样战胜了农村资本主义生产关系，怎样为农民群众所逐步接受，真正成为他们乐于为之献身的生活理想。在解放了的蛤蟆滩，有郭世富、郭振山式的创业，也有梁生宝式的创业，还有姚士杰式的重振家业。在这个特定的环境中，过去的成分和将来的成分交织在一起，历史的道路和现实的道路错综并陈。只是由于有了年轻党员梁生宝领导的创立互助组合作社大家业的斗争，才使这里的矛盾冲突具有了鲜明的时代色彩。梁生宝互助组和蛤蟆滩"三大能人"这两股力量之间的冲突所包含的意义是，解放了的中国农村向何处去？是走社会主义道路还是走资本主义道路？而其中梁生宝和郭振山之间的矛盾冲突，具有全新的性质和意义。和这个冲突并存而又受着它的制约的，还有梁生宝式的创业道路同梁三老汉梦想着而为梁大老汉等老中农实行着的创业道路之间的冲突。它包含的意义是，如何用新生产方式的实际优越性，影响和教育农民群众，使他们克服长期的小农经济生产方式所加于自身的资本主义自发倾向，心悦诚服地接受新的生产方式和生活方式，并且在这个过程中同时改造自己，健全心理，把自己变成新型的人。柳青准确地抓住了现实生活中这样两个富有历史意义的矛盾冲突，而对这两个冲突所提出的问题的解答，就成为《创业史》艺术处理的主要课题。

非常明白，抓住了这样两个历史性的矛盾冲突，还不是问题的全部。艺术构思的困难在于，这两种冲突在作品中应当各处于何种地位。这首先还不是一个艺术问题，而是一个对现实生活的理解问题。广大农民群众是站在社会主义和资本主义两条道路的十字路口上的。他们本身具有私有者和劳动者的两面性。作为私有者，他们在习惯上、心理上倾向于资本主义，作为劳动者，他们受到严峻生活的逼迫，蕴藏着巨大的社会主义积极性。民主革命胜利后，资本主义和社会主义像两块磁铁在不同的方向上吸引他们。这时候，资本主义和社会主义两条道路的斗争，决定着广大农民的趋向，成为主要的矛盾。而解决这个矛盾的领导者，是以毛泽东思想为指导的成熟了的中国共产党。所以，柳青在认识这个历史时期各种矛盾冲突的地位时，不同意把"几千年来个体农民的精神负担"片面地强调到不适当的程度。柳青说，他描写的是几千年来受剥削受压迫的贫苦农民蕴藏着社会主义革命积极性和党对他们的教育、改造，抵制改造的在蛤蟆滩只有几个人。他坚持把这几个人即"三大能人"同梁生宝互助组合作社的冲突，当作贯穿《创业史》的中心冲突线索。应当说，柳青的这种艺术处理，是从生活出发的，对《创业史》这部艺术史诗极其出色地显示历史真实，具有决定性的意义。我们知道，马克思在1859年4月致拉萨尔的信中，将戏剧的矛盾冲突与社会革命的本质联系起来考察，他完全赞成把反映社会革命本质的冲突"作为一部现代悲剧的中心点"。他从这一前提出发，批评拉萨尔的剧本，指出拉萨尔所选择的主题同他所要表现的冲突不相适合。我们认为，马克思实际上是批评拉萨尔没有正确理解现实生活中的矛盾冲突，以至在安排戏剧冲突时忽略了主要矛盾冲突对次要矛盾冲突的制约。试引恩格斯同时对拉萨尔的批评为证。恩格斯说："这里就有着悲剧的矛盾：一方面是坚决反对解放农民的贵族，另一方面是农民，而他们两人（指拉萨尔剧本中的人物济金根和胡腾——引者）就站在这两者之间。在我看来，这就构成了历史必然的要求与这个要求实际上不可能实现之间的悲剧的冲突。您（指拉萨尔——引者）忽略了这个要点，您把悲剧的冲突降到了很小的范围"，"您忽略了农民运动，因而就把贵族的国民运动表现得不正确，同时您就看不出济金根的命运中的真正悲剧的因素"。（《马克思恩格斯全集》第29卷）马克思、恩格斯的这一作品分析实践，实际上提出了一个重要的美学原理：一部作品无论是从正面还是从侧面表现历史运动，都必须准确地把握现实生活的各组矛盾冲突及其地位，只有这样，才有可能正确地解释矛盾冲突。柳青在《创业史》中对矛盾冲突的构思，是努力实践了这一美学原理的。

以上，我们简述了柳青对社会矛盾的总体概括。没有这种总体概括，作家可能迷惑于同样真实地存在着却居于次要和服从地位的矛盾。我们应当看到，这种总体概括还只是对矛盾冲突的一般性的归纳。恩格斯指出，"正确地把握了现象的总画面的一般性质"还是不够的，我们要是不知道"构成这幅总画面的各个细节"，"就看不清总画面"。（《马克思恩格斯选集》第3卷）矛盾冲突必须具体化、多样化。柳青依据他在农村长期生活所积累的经验，依据他对农村社会各种人物的解剖，在梁生宝的对面，树立起姚士杰、郭世富、郭振山以及梁生禄父子、梁三老汉、王二直杠、白占魁等迥然不同的人物，构成这些人物同梁生宝为代表的社会主义力量之间以及他们互相之间的错综复杂的矛盾关系。各组矛盾都有不能为他者所代替的特殊性质，都有不同的内在根据和不同的表现方式，但它们又都从各自的角度丰富着反映着主要矛盾。它们都循着自身特定的逻辑发展，呈现出各自的特点，但又相互影响，经常发生连锁反应。矛盾冲突的整体性和局部性、普遍性和特殊性、一致性和丰富性的统一，使蛤蟆滩成为容量很大的个别环境，而这个环境正是被一张纲目分明的巨大的矛盾冲突网络笼罩着。

恩格斯在1888年4月致马·哈克奈斯的信中说道："照我看来，现实主义是除了细节的真实以外，还要真实地再现典型环境中的典型人物。"柳青通过他的创作，体现了自己对恩格斯所提出的这个著名的现实主义原则的理解。这里有两个问题：第一，典型环境的实质是什么？第二，环境和人物性格之间依据什么发生着有机联系？先谈第一个问题。什么是典型环境？许多人引用恩格斯自己的话来说明，即"环绕着这些人物并促使他们行动的环境"。其实这句话并不能作为对典型环境的实质的注释。环绕着人物的环境，其一是自然界，其二是人类社会。自然界对于人类是外在的，而人类社会只有对于个人来说是外在的，对于人类整体来说却是人类自己行动的结果。人与人互为环境。人类社会就是由人与人、集团与集团、民族与民族、国家与国家等等之间的矛盾构成的。在阶级社会里，这些矛盾具有阶级斗争的色彩和性质。因此，环境的实质，就是普遍存在于自然界和人类社会的矛盾运动。能够促使人物行动起来的并不是环境中包括风俗习惯在内的一切因素，而只是那种反映了经济的和政治的各种利害的矛盾冲突。柳青把典型环境解释为典型的冲突，他的这个理解是正确的、深刻的。现实主义艺术作品中作家所创造的个别环境，是作家对社会矛盾冲突的形象的概括。环境的典型化问题，归结为艺术冲突的典型化问题。我们判断一部作品的矛盾冲突的典型化程度如何，就要看它所结构的艺术冲突，与社会生活中带根本性质的矛盾冲突的实际接近程度如何。无论怎样伟大的文学作品，都不可能尽数囊括无限复杂多样的社会生活中的矛盾冲突。但是，作家创造的艺术环境中的矛盾冲突，却可以而且应当比现实中某个具体环境中的矛盾冲突丰富典型。作家能够将现实生活中掩盖了的矛盾暴露出来，分散了的矛盾集中起来，冲淡了的矛盾强化起来。这就叫艺术的典型化。一部作品的矛盾冲突越是丰富典型，它就越是不能等同于现实生活中的某个具体环境，它也就越是接近于现实整体，从而对于更多的具体环境就更具有普遍性。柳青笔下的蛤蟆滩，是比他创作素材的来源地皇甫村，甚至比驰名全国的王国藩合作社所在地更为典型、更为真实的环境。它几乎概括了当时中国农村社会的一切矛盾，造成了艺术冲突的量的方面的丰富性，也为这部史诗性作品的质的方面的深化打下了基础。

二

　　恩格斯提出了环境和人物性格之间存在着必然联系这样一个极为重要的艺术创造的命题。柳青遵循着马列主义经典作家的教导，努力探索能够把环境和性格凝聚在一起的东西，在创作实践方面做出了人们公认的卓著的成绩。

　　环境和性格之间存在着什么样的关系呢？简言之，性格是环境的产物，环境由各种性格的冲突所构成。整个社会环境，就是由不同经济、政治利益而产生的阶级感情力量支配下的人们之间的不同愿望和意志的冲突，即性格冲突构成的活剧。作为"人学"的文学，自然要以性格冲突作为自己注目的中心。这样，环境和性格这两个东西就由一个东西统一起来了。原来似乎是分为两个问题的环境的典型化和性格的典型化，实质上是一个问题，即性格冲突的典型化。由于柳青把艺术冲突，即各阶级的对立的政治思想和道德观念的冲突，在作品中正确地融贯在对立的人物性格冲突中，这就使《创业史》在矛盾冲突的典型化方面，不仅具备了它所应有的广度，而且具有了独到的深度，这就使各种社会势力不再作为抽象概念，而是作为活生生的人物表演于历史舞台。

　　典型化，简单地说，就是本质化。性格冲突典型化，是以性格典型化为前提的，它要求鲜明对立的性格，各自都应是阶级特征、职业特征和个性特征的高度统一，各自都应是一定的思想倾向的代表，他们行动的动机，不是从琐碎的个人欲望里，而是从那把他们浮在上面的历史潮流里汲取来的。他们之间的矛盾和斗争，他们冲突的内容和形式，以及这种内容和形式的变化，都应体现着各自所代表的阶级、阶层或政治集团的意志、愿望和要求，反映出一定历史时期社会潮流运行的规律、特点和动向。《创业史》所塑造的一些主要人物形象的思想性格和他们之间的冲突，例如梁生宝同郭振山，高增福同姚士杰，郭振山同郭世富，欢喜同王二直杠，冯有万同白占魁，素芳同栓栓，等等，都鲜明地具备着这样的性质。在性格冲突的典型化方面，柳青精心解构情节和细节，充分显示每一性格形成和对立性格冲突及其发展变化的历史的和现实的根据。在《创业史》第一部里，他以集中的篇幅，分别写了梁生宝、梁三老汉、郭振山、郭世富、高增福、王二直杠等人的经历，在第二部里，又写了姚士杰、梁大老汉、刘淑良等人的经历。这些都是为了帮助读者更好地理解各种性格的现实冲突的来龙去脉。在提供某种性格形成的历史根据的时候，柳青不是罗列和堆砌无关紧要的生活细节，而是紧紧抓住历史生活中曾经对形成某种性格或对某种性格的质变发生了根本影响的那些环节，着力予以描绘。在他的笔下，人物性格发展的历史线条，是洗练而有力的。柳青首先把握着阶级划分的历史事实。姚士杰在继承父辈的剥削本领的同时，形成了阴险毒辣的冷血性格；郭世富在巴结官僚大地主，求取庇护，谨慎悄然地创业的同时，形成了奸诈精明的两面性格；王二直杠在封建阶级的压迫和毒化下，形成了迂腐僵化、失节忘辱的奴隶性格；高增福在贫穷和艰难的苦斗中，形成了坚韧而又带着悲哀色彩的性格；等等。柳青又不满足于一般的阶级划分，他更细致地进行阶层和类型的划分，研究每个人物的特殊的生活经历，突出地显示人物个人经历之间的关键的区别，以及这种区别所造成的人物性格上的独特色彩。梁生宝和郭振山的阶级地位和政治遭遇都很相似，然而作品却告诉我们，梁生宝被阶级压迫逼出了家院，郭振山却被苟活的一线希望钉在家院。一个是在广阔天地的巨变中认识党的，另一个却是在狭小的个人奋斗中感觉到党的。虽然在这两个性格的形成和发展中，同样的关键的因素是党的吸引，但是，一个彻底丢掉了原来就不牢固的农民意识，从内心里去吸取党的精神，另一个却带着牢固的原封不动的农民意识加入了党，同党只有暂时的缘分。这就决定了他们在新的历史条件下，一个在党为公，另一个在党营私，本质相异而发生冲突。现实是历史的继续和发展。柳青在《创业史》中艺术地提供主要人物性格形成的历史根据，是为了补充、丰富这些人物在现实生活中性格冲突的实质和意义。人们从《创业史》的艺术表现里可以看到，无论是某个人物性格内部的冲突和变化，还是体现不同政治思想的对立人物之间的性格冲突及其发展，其实质和意义，根本的是要从现实生活中去找根据，是要由社会运动所引起的经济的、政治的变革来阐明。50年代初期，我们党所领导的在全国范围内逐步展开的农业合作化运动，是我国农村生活中一次最伟大的变革。这场革命所引起的变动，影响和决定着蛤蟆滩各种人物思想性格冲突的发展，赋予这些冲突以新的时代内容和特点。梁生宝式的新人的诞生和他们的崭新的思想性格的形成及其日益普遍的发展，是这场革命给农村带来的巨大变动的最深刻的表现。从此，他们以同旧的所有制关系和传统观念彻底决裂的无产阶级精神面貌，逐步占据了中国农村历史舞台的前景；从此，人们的相互关系，各阶级、阶层之间的矛盾和斗争进入了新的时期，发生了新的变化。"三大能人"不约而同地从他们之间在旧时代结下的宿怨中逐步解脱出来，自觉不自觉地形成了某种程度的协调，从各自的利益出发，对付出现在他们面前的新的劲敌。而郭振山与梁生宝在土改时期形成的同心协力的情形结束了，代之以分道扬镳的趋势。就是在梁三老汉的草棚院里，也出现了新的矛盾和统一，梁生宝和他的继父在旧社会创家立业的苦难生活中结成的和谐关系，在土改之后一度出现了裂痕，而在创社会主义大业的新生活的基础上，这个裂痕又弥合起来了。《创业史》中所生动描绘的这类性格冲突及其发展变化，都不是以任何个人意志为转移的，而是社会主义革命这个新的历史动因促成的。

下面，我们具体看看柳青是如何表现性格冲突的。

第一，严格按照性格冲突的内在逻辑选择冲突的表现形式，而决不先主观择定表面激烈的冲突方式，违反性格冲突的内在逻辑。记得《创业史》第一部发表以后，有的同志批评说，作者没有让主人公梁生宝"在跟资本主义势力面对面搏斗中露锋芒"，姚士杰活动和梁生宝活动的两条线索"各不相抗，孤立发展"，梁生宝与郭振山"两次都有揭开矛盾，展开斗争的机会，但是都没有展开"。柳青同志申辩说："是某个时期社会矛盾或者社会运动的性质和特点决定那个时期杰出人物（英雄）采取什么行动，而不是某个时期的杰出人物（英雄）的主观行动决定那个时期社会矛盾或者社会运动的性质和特点。"他问道："是应该将矛盾斗争典型化呢，还是应该将矛盾斗争庸俗化呢？""可以把艺术冲突和性格冲突同实际生活中人的面对面冲突同样理解吗？艺术冲突的尖锐与否，是不是决定于有没有'面对面搏斗'呢？"（《提出几个问题来讨论》）柳青在这个争论中表明了他关于性格冲突的内容与形式相统一的观点。提出批评的同志显然没有注意到，性格冲突越是深刻，就是说人物对自己行动越是深思熟虑，排除了偶然的下意识的冲动，显出理性认识的坚定和自觉，他们的行动就越是同他们所代表的阶级的根本利益联系得紧密，这样，对立的行动无论是在同一场景还是在不同场景中表现出来，都越是具有内在的尖锐的冲突性质。主人公梁生宝之所以没有在《创业史》的头两部里与"三大能人"发生面对面的冲突，是因为他的行动要受三个方面的制约。首先受社会运动的性质、特点以及由此决定的主人公本人的战略目标的制约。社会主义革命不同于民主革命，它的任务是要显示新的生产方式的优越性，吸引农民走社会主义道路，而不是靠面对面的简单斗争取得对资本主义的胜利。其次受具体环境中敌对的各社会势力的力量对比状况，以及由此决定的主人公本人采取的策略方针的制约。最后受对立面的发展程度、冲突的深化程度以及由此决定的主人公本人对对立面的认识程度的制约。这三个方面同人物的性格特征相结合，就成为性格冲突的内在逻辑。作家不能离开这个逻辑而随意把一种冲突方式强加给人物。判断性格冲突尖锐与否，不能只看人物是否面对面搏斗，是否采取激烈的动作和言辞，是否围绕着一个具体的目标直接争夺，而是要看人物的行动和支配着行动的人物的思想、愿望和意志在根本上是否对立以及这种对立的发展程度。

第二，性格冲突主要依靠对比描写表现出来。艺术手法中的对比来源于现实生活中的对比。对比也是一种客观存在。在生活中，不同性格的人对同一事物往往表现出不同的态度，或者同时对不同的事物发生兴趣。艺术对比，就是要把生活中散乱的对比予以概括和集中，通过精心解构，将对比的画面有目的有层次地排列起来，使读者突出地分明地感觉到矛盾双方的联系和对立。离开了集中的有层次的对比描写，即使对立双方性格的发展符合内在逻辑，也会成为孤立存在，不能让读者感觉到冲突。对比描写得越强烈，艺术的冲突越尖锐。在《创业史》里，梁生宝性格和郭振山性格是相对比而存在，相斗争而发展的。这一对冲突，是作品全部冲突中极为重要也写得最有特色的冲突。柳青在表现这对冲突时是毫不匆忙的。他精细地分析了这对冲突的逻辑发展阶段，将它们有计划地安排在四部结构里。在目前留下的前两部中，我们看到，他有意识地把这两个性格的对比描写，集中在一些章节中，从而造成这样的效果：即使他们不面对面争吵，他们各自代表的道路、世界观，也是尖锐地对立着、冲突着的。例如，第一部第九章小学校的活跃借贷会议。在二十多个眼巴巴地指望党帮助他们度过春荒的穷庄稼人面前，梁生宝和郭振山的表现截然不同。郭振山"气愤、苦恼"，一会儿怀疑党的路线，说什么中央"宣布结束土改，好不对呀"，一会儿拼命掩盖自己参与私商剥削活动的丑行，咋呼道："要弄清楚是谁给我头上捏事！"对贫雇农的困难却毫不动心。当严峻的现实把问题提到他面前的时候，他的"只想给自个儿当家，不想给贫雇农当家"的灵魂就很自然地流露出来了。但是梁生宝却"眼看见那些困难户要挨饿，心里头刀绞哩"，"他觉得从这群穿破烂衣裳的人中间悄悄地溜掉，是可耻的"，阶级同情心和共产党员的责任感，促使他卒然组织他们运扫帚度春荒。梁生宝也是很自然地在严峻的现实面前显示出一个共产党人的光辉性格的。连他自己也想不到，从此，他便被历史潮流推到了社会变革的前台。这一笔对比描写，不是让我们分明地看到了两个人所代表的两个阶级、两条道路的对立和冲突吗？再如，第二十九章白占魁申请加入互助组。郭振山依凭"老党员"的优越地位，怀着满肚子的怨恨，先批评梁生宝埋头生产，失掉了"党的观念"，继而侮辱想接受白占魁的梁生宝："你想当劳动模范，……你想上省、进京，和毛主席见面吗？太年轻哩！"胸怀坦荡的梁生宝起先惭愧于自己的疏忽，后又气愤于郭振山对他搞互助合作动机的污蔑。为了不至于把关系闹僵，他控制着自己，没有和郭振山正面冲突，但终于感觉到了他们之间存在着相当程度的斗争，各自的人生目的是截然不同的。在这里，我们看到两个人虽然面对面，在表面上却没有冲突起来，以一方的不战而退告了结，但是，两个人不同的人生观，不同的品格的冲突，是针锋相对、火花迸溅的。在第二部里，这两个人物，一个倾心于灯塔社的建设，另一个拉起互助联组与灯塔社相抗衡。第十六章写郭振山在全村的公共广场大造声势地杀肥猪，企图以此分散人们对灯塔社牲口合槽的注意力。这时，梁生宝没有出场，但是作家淡淡插入一笔，通过一个灯塔社社员的嘴说，主任（梁生宝）不让杀猪，说是"叫供销社杀的卖肉，他们专门做生意，农业社不做生意"，这就一下挫了郭振山的锐气，立即造成强烈的性格对比效果。不仅是梁生宝和郭振山的矛盾，还有梁生宝同梁三老汉、同郭世富、同姚士杰的矛盾，高增福同姚士杰、同白占魁的矛盾，欢喜同王二直杠的矛盾，等等，也都相应地作了集中的对比描写，表现了不同阶级、阶层的不同世界观和道德观，不同的政治愿望和思想倾向，在性格特征上的尖锐对立。柳青认为，艺术的对比描写，主要是在情节发展中刻画矛盾双方的性格，所以性格冲突是艺术冲突的核心。性格尖锐对立的冲突，才是真正的有深度的冲突。

第三，精巧地进行心理描写，解剖特定性格内部微细的变化过程，通过这个过程反映性格之间的冲突，和特定性格内部矛盾的因素的冲突。

这对于一个作家来说，是更加困难的任务。柳青注意吸收外国文学心理解剖的特长和中国文学在行动中刻画心理的特长，创造性地运用于《创业史》的创作。我们在梁三老汉、郭振山、姚士杰、郭世富和素芳等人物的性格发展中，可以很清楚地看到这一点。试举梁三老汉和郭振山略作说明。梁三老汉是中国广大农民群众中的一种典型。他带着沉重的旧制度的思想包袱跨进了新的时代。开始，他与新时代是多么不协调，同作为共产党员的儿子几乎势不两立。创家立业的强烈愿望和自私心理、保守习惯相结合，促使他顽固地阻碍儿子梁生宝从事的互助合作事业。他内心里充满了痛苦和矛盾：一方面对生宝母子怀着患难与共的深情，另一方面又怨恨生宝"丧失了庄稼人过光景的正路"。但是，在梁三老汉的性格内部，与他对儿子强烈深沉的爱并存的是他对旧社会悲惨生活的记忆，和他对共产党的无限感激与信赖。这些积极因素，伴随着梁生宝事业的发展而发展。梁生宝准备进军终南山前后，梁三老汉给儿媳上坟，向卢支书交心，对生宝关照，说明他性格内部的矛盾运动的结果，是积极因素越来越强烈地焕发了起来。这就决定了他同生宝的矛盾进入了缓冲地带。接着，灯塔社的建立，使他进一步看到了新生活的光明，生活的奴隶终于带上了生活主人的神气，他同宝娃子在生活的基本目标上一致了。灯塔社建立之后，我们看到，梁三老汉已经不知不觉地把他的喜怒哀怨同合作社的成败得失联系起来。尽管这时他还带着一些小农的思想和心理，与儿子仍有矛盾，但矛盾只是以差异的形式存在着，而不再表现为冲突。我们再来看看郭振山。郭振山是为了个人的解放而加入党的。他的发源于小农经济的个人主义灵魂从来没有动摇过。进入社会主义革命阶段后，他的性格内部也经历着激烈的矛盾斗争过程，然而他更多地吸收了富裕中农的意识，从而排挤掉本来就不牢固的社会主义思想。土改一结束，他的思想就基本上资本主义化了。从此以后，他内心的痛苦和矛盾，就不是由新旧两种因素的冲突构成，而是由旧的腐朽因素竭力要适应新的环境、寻找发展出路而引起的。在投资参与剥削的行为被党支书揭露以后，他躺在被窝里经历了一番灵魂的苦斗。他时而掩饰错误，猜疑嫉恨梁生宝；时而想豁出来搞"社会主义"，与梁生宝争个高低；时而退回到三尺热炕头的现实生活里，感叹社会主义的渺茫，警告自己不能拿家业开玩笑；时而痛感"在党"受到的压力，想索性退党；时而又领悟到"在党"的现实利益，决定在不损害自己的前提下敷衍党。他始终不放弃个人的目的，从而与党的路线的距离越来越远，与梁生宝及其领导的互助合作事业处于越来越敌对的地位，因而冲突也就越来越尖锐。我们可以看到，柳青在表现人物性格内部矛盾过程的时候，善于准确地分析特定性格内部的各种复杂成分，而且准确地掌握着这些成分的"比例"，从而把握着性格定性的基调，以及性格变化的可能趋向。在柳青笔下，人物性格内部变化的过程，总是同外部世界的变化过程息息相关。他真实地显示着特定性格怎样在其他性格的刺激下，层层揭开自己封闭的帷幕，那些潜伏的因素如何浮上表面，沉睡的因素如何苏醒和爆发；特定性格又是怎样不断接受了其他性格的影响，改变着自身原有的成分和"比例"，最终如何显著地完成了质变。如果说生物学家解剖了细胞核内部的秘密，使人们更清楚地理解了自然界一切生命的发生发展的话，那么，柳青解剖了性格内部的秘密，也就使人们更清楚地理解了农村社会主义革命的一切风云变幻。

三

文艺创作要反映出一定时期的社会生活特别是社会革命运动的本质，就必须把生活中的矛盾和斗争典型化。生活的本质即生活发展的客观规律，通过纷纭复杂的日常现象表现出来。只要一个作家以唯物主义的态度对待生活，现实主义地真实地描写生活，他的作品就会或多或少地反映出生活的某些本质。在这里，作家的世界观是具有决定意义的。世界观的局限，常常阻碍着作家更深入地探求生活的本质，或者使作家不能把握生活整体的联系而歪曲生活。批判现实主义作家，如巴尔扎克、托尔斯泰等，无论他们怎样卓越地写出了法国上流社会和俄国农奴制社会的历史，他们都不能从现实生活的内部揭示出生活发展的前景。他们的现实主义是不彻底的。革命现实主义作家必须突破他们的水平。这个突破，并不是对旧现实主义的简单否定，不是可以避开生活的真实现象，把主观的东西强加给生活。巴尔扎克、托尔斯泰等所经历的直观过程，革命现实主义作家也是要经历的，但是后者要比前者更深入地跨进一步，即要从现实生活的内部揭示出生活运动的趋向和前景。这就是说，不仅要批判地继承现实主义传统，而且要使现实主义深化。现实主义深化，要求作家不仅不能停留在生活现象的表面，甚至也不能停留在事物暂时的定性上，而是必须进入事物内部的矛盾发展的过程中，写出每一瞬间里，哪种力量上升着，哪种力量下降着。这还不够，还必须写出现实已经发生的变化里又蕴藏着哪些必然会发生的变化。这样的现实主义即进入了列宁所说的"从现象到本质、从不甚深刻的本质到更深刻的本质的深化的无限过程"（《列宁选集》第2卷）。这种深化的现实主义，就带着它的精确的科学的预见性。建立在这种实实在在的预见性基础上的理想或浪漫精神，才能令人信服，给人力量。由此，我们可以知道，革命现实主义作家到群众中去，到火热的斗争生活中去，"观察、体验、研究、分析一切人，一切阶级，一切群众，一切生动的生活形式和斗争形式，一切文学和艺术的原始材料"，该是何等重要，学习马列主义，以辩证唯物主义和历史唯物主义世界观武装自己的头脑，该是何等重要。没有这两方面的扎实准备，怎么可能把矛盾和斗争典型化呢？柳青是当代作家中在这两方面的积累和准备较为雄厚和扎实的优秀作家。他的《创业史》是一部杰出的现实主义作品。这部作品的一个突出成就，是把社会主义革命初期的矛盾斗争高度典型化了。

柳青在《创业史》里，是如何显示社会主义革命初期，我国农村现实生活中矛盾冲突发展变化的轨迹的呢？

矛盾的各方，不仅仅是作为客观发展的结果而存在着，同时也作为继续解决矛盾、推动事物前进的力量而积极地活动着。它们各自积极活动，就造成了冲突的局面。任何时候，解决冲突的力量，都存在于冲突内部。柳青在现实生活中认识到了这一点，他的创作也深刻地反映了这一点。他要用自己的艺术创造诱导读者理会到，在对立着的矛盾的两个方面中，哪个方面的办法对历史问题的解决更为合理可行，哪一股社会势力更有希望，谁应当战胜谁，蛤蟆滩（中国农村）应当向何处去。柳青通过《创业史》，把农村所有制改造"这一革命中社会的、思想的和心理的变化过程"（着重号为引者所加），提供给了人们，展示了中国农民所应走的光明大道。

《创业史》的整个构思是，第一部，写梁生宝领导的社会主义萌芽性质的互助组，发展为半社会主义性质的初级社；第二部，写这个初级社的建立和巩固；第三部，写梁生宝领导的初级社同郭振山领导的初级社的竞争；第四部，写两个初级社合并为完全社会主义性质的高级社。从这个构思中，我们可以看到，他是想写出1953—1956年间社会主义新生事物的成长过程，写出农村的社会主义势力怎样由弱到强，终于占领了农村阵地，资本主义和小农经济势力怎样由强到弱，以至最后被排挤出历史舞台。这样，他也就要写出这场严重的斗争是怎样逐渐发展变化的，在每一显著的发展阶段（每一部）里，哪些矛盾缓和了，哪些矛盾激化了，哪些矛盾解决了，哪些矛盾发生了，从而显示出某种规律和特点。

下面，我们先看看柳青是怎样表现以"三大能人"为代表的资本主义势力，同以梁生宝为代表的社会主义势力的冲突过程的。

土改结束以后，如惊弓之鸟的首户富裕中农郭世富稳定了下来。他一不像姚士杰面临着政治压力，二不像郭振山家底不足，便无所顾忌地祭起了发展资本主义的旗帜。他成了蛤蟆滩富裕农民的实际领袖，成了不少群众仰慕的人物，也成了梁生宝互助组的主要对手。与此同时，经济上没有受到根本打击的富农姚士杰也在土改结束以后逐渐苏醒过来，迅速腾起一股疯狂的对贫雇农的报复欲。他阴险地站在郭世富背后，唆使、支持他同互助组对着干，并且在农村资本主义自发势力日益猖獗的时刻，跃跃欲试，暗中破坏了高增福互助组，并企图瓦解梁生宝互助组，发展富农经济。名曰"共产党员"、实际思想已经富裕中农化了的郭振山，竭力效仿郭世富，走个人发家致富的道路。在压制互助组这一点上，他起着配合郭世富等人的作用。这时，资本主义的力量，无论从经济实力还是从群众基础来说，都超过了互助组。但是，随着梁生宝互助组经济斗争的初步胜利，随着党的过渡时期总路线的宣传和粮食统购政策的实行，资本主义势力受到了沉重的打击，社会主义在蛤蟆滩扎住了阵脚，阶级力量的对比发生了显著的变化。在第二部里，资本主义阵线出现了新的分化和组合。郭世富感觉自己失去了同梁生宝独立抗衡的力量，姚士杰重新陷入孤立和绝望，唯有沉寂了一年的郭振山活跃了起来。他利用自己在党内的优越地位，被一批富裕中农簇拥着，从郭世富手里抓过了资本主义的帅旗。这个新的态势，还不能立刻为参与事变的所有人所理解，甚至不能立刻为梁生宝和郭振山本人意识到。然而，这却是蛤蟆滩社会矛盾发展的一个必然阶段。可惜的是，小说只写到这里就中断了。照此前的逻辑发展下去，在第三部里，郭世富可能自觉地加入郭振山的队伍，在第四部里，姚士杰也会自觉地放弃他孤军作战、破釜沉舟的斗争方式而同郭振山合流。总之，我们可以看到极其壮阔而尖锐的冲突在后两部里发生。柳青生前曾表示过的这个艺术构思，极为深刻地向人们昭示了生活发展的逻辑：土改时期被分化的"三大能人"，在社会主义革命时期却表现出某种逐渐结合的趋向（这里当然不排除在《创业史》的最后，郭世富重新被分化出来，成为蛤蟆滩最后一个跨进新时代的人物的可能）；而这个自然结合起来的资本主义营堡，同样也会自然地推举出自己的新的领袖。《创业史》的这个中心冲突的发展过程和趋势，形象地说明了社会主义同资本主义两条道路的斗争是不可调和的，而社会主义的胜利则是必然的。

我们再看看柳青是怎样表现农民群众内部，社会主义思想和小农经济的旧思想的冲突过程的。

在刚刚废除封建土地制度时，互助合作这个新生事物还处于萌芽时期，还没有来得及显出与资本主义和小农经济相比的实际优越性，这时，不要说一般富裕中农和中农，就连一部分贫农、新中农，也是不情愿走社会主义道路的。这在第一部里，典型地表现为梁三老汉和梁生宝的冲突。然而，当新的生产方式显出它的实绩，社会主义势力取得了对资本主义势力的初步胜利以后，贫农和一部分中农就表现得乐意接受这个新事物了，向往旧的生产方式的人就大大减少了。在第二部里，这个冲突主要是在富裕中农梁生禄父子和梁生宝、高增福等人之间表现的。这一方面说明社会主义对立面的缩小，另一方面也说明斗争更加深入和复杂了。因为，梁生禄父子对社会主义的感情要比梁三老汉淡漠，而他们同资本主义营垒的联系却要密切得多，这样，对他们的教育和争取工作就更加艰难。在后两部里，我们推想，冲突可能涉及灯塔社以外的那些顽固的老中农。就此前柳青埋下的伏笔而论，至少在第三部里，围绕着牲口问题，姚士杰的破坏，郭振山的挑战，梁生禄父子的离心，等等，都可能波澜起伏地展开。然而，不管社会主义新生事物要经历多少曲折，最终必然要以它的优越性，把农民们一个一个、一部分一部分地吸引过来。社会主义的这个胜利过程，也正是资本主义赖以存在的社会基础——小农经济从人数和思想上逐渐瓦解的过程。这种瓦解，必然要把对抗社会主义革命的极个别人孤立起来，也必然向领导社会主义革命的阶级提出更繁重更困难的改造小农心理的任务。这就是作家柳青准备向我们写出的中国人民自我改造的新历程。

《创业史》在矛盾冲突的典型化方面显示了许多重要的特点，突出地反映了柳青对社会主义时期我国农村生活的深刻了解和他的坚实的马克思主义理论修养。作家的生活素养和世界观水平，是决定艺术典型化程度的根本条件。从《创业史》的矛盾冲突及其发展变化的独特构思中，人们可以看到，柳青对50年代初期我国农村生活本质的把握是准确的。《创业史》艺术表现的实际说明，当资本主义自发势力和小农经济在蛤蟆滩占据主导地位，蛤蟆滩的社会面貌还没有在民主革命的基础上来一个根本转变的时候，柳青一方面正视这个现实，在艺术表现中反映出这是蛤蟆滩社会暂时稳定的本质的呈现，另一方面，他也绝没有把这种状态凝固化，看作是一成不变的。他认为事物在运动中转化是绝对的。《创业史》矛盾冲突发展变化的过程告诉我们，生活的车轮不是被一个力量推动着笔直前进的，同时推动它的有不相协调或相互抵触的力量，这些力量的冲突，使生活车轮或进或退，或行或止。然而，总有一种力量，代表革命阶级的思想和愿望，体现着历史发展的方向，经过各种艰难曲折，终于逐渐强大起来，克服各种阻力，推动生活前进，从而造成社会性质的转变。这个力量的成长过程，就被柳青当作他的艺术断代史的表现的核心。《创业史》矛盾冲突的发展过程，体现着社会主义新生事物成长的不同阶段。这些阶段之间的关节点，往往比较显著地表现出运动过程发生转折的步骤，从中可以看出阶级力量对比的明显变化，可以看出各种人物富有戏剧性的情绪逆转。这种"突变"事件，常常吸引许多作家的注意力，成为他们艺术表现的中心。然而，柳青的主要注意力却不在"突变"事件方面，他似乎更加感兴趣于这些阶段发展的细微过程。柳青的目的，显然是要通过过程本身，说明这些关节点连续发生的必然性，由一个局部地区的生活故事，说明全国形势发生急剧变化的必然性。《创业史》艺术冲突的发展过程，令人信服地展示出了现实生活矛盾的解决途径。当我们党以自己符合人民群众思想情绪和革命要求的理论、路线、方针和政策，把广大农民创造新生活的巨大热情、顽强毅力和历史主动性充分焕发起来的时候，这便会成为一股不可抗拒的力量，什么人间困难都可以克服。这就是我们生活的希望。这个力量和希望，给史诗《创业史》深沉雄浑的基调上，增添了诗一般绚烂明丽的色彩。

原载《西北大学学报》（哲学社会科学版）1979年第3期

（本文系与吴予敏合作）

关于写"理想人物"问题

——论柳青的艺术观之五

无论是社会主义时代的作家，还是以往各个时代的许多进步的作家甚或一些反动的作家，他们在创造各种各样的典型人物的时候，都注意塑造自己的理想人物。正如柳青所说，写理想人物，并不是从革命的现实主义文学才开始的，过去的现实主义和过去的浪漫主义，也有写理想人物的。《红楼梦》写了贾宝玉，《三国演义》写了诸葛亮，《水浒传》写了宋江，《西游记》写了孙悟空；在欧洲，雨果、巴尔扎克、拜伦、狄更斯和托尔斯泰，都写过他们的理想人物，甚至于连果戈理，也想在《死魂灵》第二部写他的理想人物，他写不出来，烧掉原稿，悲观绝望地死了。在历代各个阶级的作家中，都有一些执着于现实，对生活持进取态度的作家，主张写理想人物，其中有人也的确写出了他们自己的理想人物，只有那些专门宣传悲观厌世思想的颓废主义流派的作家，因为他们本身就没有什么理想，在生活中没有什么追求，因而，才不主张写任何理想的人物。

如同任何艺术典型的创造一样，理想人物的创造，也是要受到时代的和阶级的制约的。不同的时代、不同的阶级，各有着不同的理想人物。在每个时代里，真正进步的作家，都是为推动社会前进而拿起笔来的。这种责任感，使他们必然要把在先进的社会思潮的影响下，由现实生活所培育和激发起来的爱憎感情和美丑观念，熔铸在自己作品人物形象的刻画里。

由于各种原因，主要是生活和世界观的原因，他们之中一些人的作品，只能写一些反面人物，只能在暴露黑暗、否定丑恶事物的过程中，或隐或显地透露出自己所向往的光明和所赞颂的美好事物；而另外一些人，则不满足于仅仅写一些反面人物，他们同时塑造出正面形象，以便鲜明而充分地体现生活中美好的事物和自己对生活的肯定的理解。柳青说："各个时代积极的进步作家，现实主义也罢，浪漫主义也罢，都是通过社会实践获得了对社会的认识。在这认识里，总有一部分是他所反对的，还有一部分是他所赞美的。作家把他所反对的事物概括到一部分人的形象里，又把他所赞美的事物概括到另一部分人的形象里，其中有一个人物，作家把自认为最先进的世界观，最美好的愿望和理想，以及最高尚的道德伦理观念都灌注进去了。这就是他的理想人物。"每一个时代的社会现实生活，都会创造出自己时代的先进人物。文学创作中的理想人物，就是作家对这种先进人物的艺术的再现。这种再现的现实主义的真实程度，同作家对生活中的先进人物的认识和理解程度是相一致的。

19世纪中期和后期，马克思和恩格斯在他们关于文艺问题的著作中，都曾经根据历史发展的要求，表达了对无产阶级革命文学的理想和无产阶级文学创造自己的理想人物的热烈期望。从那时到现在，时间已经过去了一百多年。无产阶级的革命事业，无论是在理论上还是在实践上，都有了创造性的发展，取得了伟大的历史性的胜利，涌现出了成千成万的披荆斩棘的拓荒者和建设新世界的英雄模范人物。伴随着无产阶级革命运动的蓬勃兴起和不断胜利，无产阶级革命文学在创造自己的理想人物方面，也有了巨大的收获，积累了丰富的经验。无产阶级的共产主义事业还在继续发展，无数的革命者和仁人志士，还在不断地开辟着新的实践道路，焕发出新的思想光辉，他们在前进的道路上，无论还有多少失败和牺牲，艰难和曲折，斗争都不会止息，最后的胜利是必然的。这些都属于历史，因而也属于同无产阶级事业一起前进，并且推动着这个事业发展的革命现实主义文学的基本内容。为马克思主义科学理论体系所武装的无产阶级，以它所从事的人类历史上最崇高最宏伟的事业，以它在思想上和政治上比任何其他阶级都要强大的力量，以它所特别具备的革命的彻底性和远见性，滋养着培育着自己的革命现实主义文学，赋予这种文学以强烈的理想主义色彩和塑造全新的理想人物典型形象的历史使命。

正是在这个意义上，柳青认为，"无产阶级革命的时代特征规定了无产阶级革命文学的任务是创造正面人物的典型形象。这是文学的党性要求"。他说："比过去任何时代的作家都要负更重大的历史使命的无产阶级革命作家，怎么能满足于仅仅写些反面的人物呢？他们光荣的任务是努力通过尽可能生动、尽可能美好、尽可能感人的形象，把他经过社会实践获得的认识和理想传达给人民，帮助人民和祖国达到更高的境界。"这种看法，和我们革命文艺所应有的批判的战斗作用以及它的真实地反映生活，为人民服务，为社会主义事业服务的目的和根本任务，不仅是不矛盾的，而且可以说，只有做到了这一点，才能更好地达到这个目的，完成这个任务。

塑造我们时代革命和建设的理想人物的典型形象，是社会主义文学创作的一个不容忽视的重要课题。柳青认为，这要经过几代作家的努力，才能作出人们公认的新的建树。我们提倡作家们努力于这方面的艺术创造，是从整个文学创作发展趋向的全局着眼的，并不是要求我们每一个作家、每一部作品都要写理想人物，都要以理想人物为主人公，把写理想人物绝对化，用理想人物的塑造排斥作品人物形象的多样化。社会生活的内容是复杂的，多方面的，是由不同阶级、阶层和政治派别的各种人之间的矛盾斗争构成的活剧；广大读者艺术欣赏的要求也是多方面的，他们需要从我们的文学作品中看到各种人物形象，真正享受到丰富多彩的生活表现的真实；而文学形式的多样性，每一种形式在反映生活、刻画人物方面的特长和局限，以及各个作家生活道路和创作道路所具有的实际复杂性和各自的特点，凡此种种，都决定着我们的文学创作在人物形象的塑造方面，必须多样化，而绝不能像"四人帮"那样，采取行政命令的办法，做出硬性规定，只准许以所谓理想人物为作品的主人公。

应当说，作家在坚持马列主义基本观点和为社会主义事业服务的原则下，根据自己进行创作的实际条件和具体作品艺术构思的需要，服从于真实地反映生活，选取某一生活片段中的任何一种人作为作品的主要描写对象，这不仅在文艺的百花园中是允许的、必需的，而且应当受到鼓励。只允许以某个阶层的某一种人为理想人物，充任作品的主人公，其余的人只能当跑龙套的角色，而且把谁是一部具体作品的主人公，同哪个阶级在现实生活中占据统治地位这样两个不同范畴的问题完全等同起来，这在理论上是极端荒谬的，是唯心主义横行，形而上学猖獗的一种表现；在实践上是非常有害的，会把创作引向一条脱离生活真实的死胡同，应当坚决予以摒弃。就是在以理想人物为主人公的作品中，尤其是长篇小说中，也不能只是孤立地、单独地写理想人物，而是同时必须程度不同地从正面或侧面描写这个理想人物周围有关的各种人物。道理是容易明白的。因为理想人物不能脱离环境，他的思想性格及其作为理想人物的意义，只有在一定的社会关系中才能得到充分的揭示，才能为人们所真正理解。当作家把生活作为相对完整的活生生的画面展示出来的时候，活跃在作品艺术环境中的每一个人物，在他所处的位置上，都具有为他者所不能代替的重要作用，都在同其他人物的相互制约和相互影响的过程中，从各自的思想性格发展的逻辑上，阐明着生活本质的某个方面的意义。在现实生活中，不是谁一个人或者某个英雄好汉单独地孤立地体现着生活的面貌和本质，其他人都是为了突出和陪衬他而存在的，而是各自都有着相对独立意义的各种不同人们之间的对立统一的关系，以及这种矛盾斗争关系的发展趋势，表现着某种生活的内容和规律。试想，一切矛盾着的事物，任何一方能够独立地存在吗？能够离开对方孤立地体现出什么意义吗？显然是不能够的。生活的辩证法就是这样。在文艺创作中，其情形在本质上也不会是两样，只不过是经过了作家的典型化的艺术处理罢了。

从这种意义上讲，作家所选择的题材范围内的所有人物，都是相互依存的，他们共同完成着作品主题思想的表现，传达着某种思想感情和生活真理。当然，作家在对作品中的各种人物进行具体的艺术处理的时候，不是平分笔力，而是根据主题构思的需要，有一个突出描写某些人物的问题，但这不是也不应该是以牺牲其他人物思想性格的真实性和独立意义为前提的，相反，为了突出某种人物，必须同时写好有关的其他人物，尽可能使这些人物获得足够的独立存在的思想性格。这样，作家所要突出的人物才能显出强大的生命力。理想人物是作品要着力展现的人物，他的思想性格的生命力，他的典型性，从作家艺术描写的角度上说，同时取决于他周围人物的思想性格的刻画。因此，柳青在谈到写理想人物的时候，总是要强调其他人物描写的重要性，他说，在创造理想人物的典型形象的前提下，"作家还要创造许多非英雄人物的典型形象和反面人物的典型形象。可以说，只有同时做到这个程度，才算真正完成了英雄人物的典型化，否则英雄人物的典型形象还是孤立的、单薄的和肤浅的"。

显然，柳青的成功的艺术实践所显示的这方面的道理，要比他的这个理论说明更全面一些，更辩证一些。在《创业史》中，我们可以看出来，理想人物梁生宝形象塑造所取得的超出当时一般水平的成就，得力于郭世富和郭振山、梁三老汉等这些非理想人物形象和姚士杰等反面人物形象的成功塑造。离开了同这些人物之间的联系，作家有什么办法写出梁生宝的思想性格来显示这个形象的社会意义呢？我们又怎么能够理解这个形象的价值呢？反过来说也一样。离开了梁生宝等社会主义力量代表者形象的刻画，那些非理想人物和反面人物的形象，也是无法塑造出来的。这两方面的人物在作品中相得益彰，那么真实而生动地显示着蛤蟆滩社会的历史面貌。能不能说作家是在要写理想人物梁生宝的前提下，才要塑造许多非理想人物的形象和反面人物的形象呢？显然是不可以的。似乎换一种说法更好一些，作家首先是为了完整地本质地反映50年代初期，我国农村的合作化运动的现实生活，才写这些人物的；他们存在的必要性，同理想人物一样，首先是现实主义文学真实地反映生活的需要，其次，才能谈到他们在具体作品结构中的主次地位和艺术描写上的映照关系。柳青说："语言艺术家要塑造一个站得住的理想的人物形象，并不是那么容易的。他不仅要深入理解各种复杂的社会矛盾，不能把任何别人的认识代替自己的认识；他还要解决艺术结构上的种种问题，不能套任何别人的作品代替自己的创造。"这里，除了艺术结构方面的问题，柳青提到"要深入理解各种复杂的社会矛盾"，其意思，也就是要全面地理解生活，要研究、分析一切人，一切阶级，一切群众，一切生动的生活形式和斗争形式，真正从各种现实关系的普遍联系中，从生活的辩证发展中，孕育出独创性的见解，这样，才有可能创造出理想人物的典型形象。

写好理想人物，一直是柳青创作探索的中心课题。从40年代《牺牲者》中的马银贵，《种谷记》中的王加扶，50年代《铜墙铁壁》中的石得富，到60年代所写的《狠透铁》中的老监察，《创业史》中的梁生宝和高增福，我们可以明显地看到他在这方面的努力和追求。《创业史》第一部问世之后，柳青曾经依据自己的实践，谈论过塑造理想人物的体会。

他论述理想人物塑造的一个立足点，是理想人物同广大群众的关系问题。在谈到写什么样的理想人物，理想人物应该具有的最基本的特色时，他说：

> 历史唯物主义关于杰出人物有很清楚的阐述。如果杰出人物的思想和愿望竟与社会的经济发展背道而驰，竟与先进阶级的要求背道而驰，那么这种杰出人物就会变成无用之物；反之，如果杰出人物的思想和愿望正确表现着先进阶级的要求，那他们就能成为真正杰出的人物。如果需要把这段话印证得更具体一点，那么马克思主义的经典著作都教导过我们：真正的共产主义领导者是这样的领导者，他们和劳动群众有密切的联系并以自己的知识和才能为这些群众服务；他们不仅善于教导工人和农民，并且还善于向工人和农民学习。

> 我们把这当作我在文学作品里创造英雄人物的格言。我们的英雄人物应经常关心群众有什么困苦，群众有什么愿望；他不应该念念不忘和经常向人宣传他受过什么困苦，他自己有什么愿

望。相信群众的力量，英雄就有了革命的乐观主义；懂得群众的愿望，英雄就有了革命的理想主义。这样的英雄就是有光彩的。相反的，我如果在写作中不注意使革命浪漫主义精神和个人英雄主义对立起来，以至读者混淆了两者的界限，才糟糕呢。

我们通常说历史创造英雄，人民群众是历史的真正主人，这个马克思主义的基本观点，对文学作品塑造理想人物形象有什么意义呢？它是我们塑造理想人物形象的指导思想的理论基础，它把理想人物的创造放在了牢固的现实生活的基点上，使无产阶级作家得以据此写出符合社会发展规律的英雄人物。经济发展以及生产关系发展的客观规律的社会表现，就是先进阶级的思想和要求，人民群众的意志和愿望。任何历史时代的杰出人物，他们真正的价值和意义，只是在于集中地代表着一定历史时期的先进阶级和人民群众的思想和愿望。既然文学作品中的理想人物是现实生活中的某种杰出人物或先进人物的艺术再现，那么，这种理想人物的思想性格的真实性的根本依据，就只能在他所代表的人民群众的生活实践中；他的思想意义和感人力量的大小，也就只能取决于他的作为理想人物的思想、愿望和要求，同人民群众的思想、愿望和要求在本质上相切合的程度，以及作家对他的艺术个性化的程度。

文学评论界和广大读者普遍认为，梁生宝形象在当时同类题材所塑造的英雄形象一般水平以上，这是在什么意义上说的呢？是在思想性和艺术性相结合的意义上说的。这主要表现在作家对梁生宝的思想感情、愿望，同蛤蟆滩大多数劳动群众的思想感情、愿望之间的内在联系的揭示上更真实一些，更深刻一些，更充分一些，使这个形象成为从民主革命向社会主义革命转折时期，我国广大农民群众要求变革前进、创造新的美好生活的历史主动性的集中代表者。梁生宝在去郭县买稻种、进终南山割竹子等事件中所表现的思想行动的深刻的社会意义和感人至深的力量，不是来自这些思想和行动，同像高增福、任老四、欢喜以至梁三老汉等这样一些贫苦农民的生活命运的紧密联系吗？《创业史》第一部第九章所写的蛤蟆滩普小的活跃借贷会，就极为生动而出色地表现了梁生宝同群众之间的这种极为紧密的联系。在新政权成立不久，生活的发展要进入一个新的阶段的年头，"不贫困的庄稼人和贫困的庄稼人"各自的痛苦和欢乐、失望和希望，他们各自对生活的思索和感受，他们的深深植根于各自的经济生活条件和社会政治地位的历史情绪，是那样深刻、那样真切地被展现出来了。我们看到，严重的春荒，把蛤蟆滩从前被压在底层的穷庄稼人置于一时无法摆脱的困境，"但贫穷给了他们同一个思想、感情和气度"，这使得他们"如同一个人一样，纯朴的脑里进行同一种思索，心情上活动着同一种感受"。富裕的庄稼人不再借粮食给他们了，活跃借贷没指望了，郭振山所召集的这次会无法继续进行下去，但一伙穷庄稼人坐在普小的教室里不走，"理直气壮地想依靠共产党和人民政府。因为他们是用褴褛的衣裳里头，跳动着的心脏发出的全部心力和热情，支持这个党和它领导的政府的啊！"在这绝望和希望交织着的时刻，梁生宝不多的几句和贫困庄稼人心贴心的话语，梁生宝毅然肩负起他们生活困难的担子、组织他们进山运扫帚度春荒的打算，给了这些被困难和失望沉重地压迫着的穷庄稼人以多大的满足啊！他们觉得"生宝从他们身上，卸下了沉重的精神负担"，"顿时感到轻松了许多。他们用喜欢和感激的眼睛，在刚刚上来的月光中，盯着生宝敦厚的脸盘。他们恨不得抱住他，亲他的脸"；"生宝见义勇为的做法，使增福忠诚的心，被激发得颤抖着"，"就好像一匹骏马看见其他的马跑开的时候那样，他控制不住自己渴望着跑的激情"。梁生宝的思想性格，就是这样深刻地植根于他所代表的劳动群众的心田里，这也就是他作为理想人物形象的活跃的生命力的源泉。

理想人物，是作家通过社会实践所获得的对生活的一种认识，是作家对推动社会前进的阶级和群众的精神风貌在人物形象创造上的一种艺术升华。因此，社会主义文学作品中的理想人物，应该和劳动群众保持最密切的联系，"应经常关心群众有什么困苦，群众有什么愿望"，真正成为传达他们革命心声的热烈的代表者、维护他们根本利益的积极的实践家；而绝"不应该念念不忘和经常向人宣传他受过什么困苦，他自己有什么愿望"，群众却只有称颂他的义务，只能听从他的指示，跑跑龙套，就像"四人帮"作品中的那些英雄人物一样，成为凌驾于群众之上的训导者，徒托空言的清谈家，包打天下的救世主，用个人英雄主义代替革命的浪漫主义精神。

我们的理想人物，要能够激发广大群众的社会主义积极性，推动他们从事四个现代化建设的历史性创造活动。他们就应该具有革命乐观主义和革命理想主义的色彩。什么是革命的乐观主义？什么是革命的理想主义？柳青说："相信群众的力量，英雄就有了革命的乐观主义；懂得群众的愿望，英雄就有了革命的理想主义。这样的英雄就是有光彩的。"柳青的这种概括，极为恰当地把理想人物的乐观主义、理想主义同群众创造历史的具体现实生活深刻地结合起来了，从根本上划清了革命浪漫主义精神和个人英雄主义之间的界限。英雄人物的乐观主义和浪漫主义精神，其实是他们所代表的革命群众的力量和愿望的性格化的表现，而个人英雄主义则是脱离和违背群众的力量和愿望的。由此可见，所谓乐观主义和理想主义，仍然是建立在群众实践这个深厚的现实生活基础之上的。我们的作家只有在深入生活的过程中，从群众改造客观世界和主观世界的丰富而生动的实践中，真正获得了对他们力量和愿望的真知灼见的时候，真正熟悉和把握住了他们这种力量和愿望的各种具体生动的表现形式的时候，才有可能写出理想人物身上令人信服的乐观主义和浪漫主义精神来。

《创业史》中写得比较成功的几个正面人物形象，例如梁生宝和高增福等，都不是以理想主义的色彩取胜的，而是革命现实主义在人物创造上的胜利。应当说，作者在其中的一些人物身上也赋予了某种程度的理想主义的色彩，也有写得相当出色的，例如高增福，就是一个写得很丰满、很扎实，富有坚定理想信念的人物。他在运扫帚的深山老林中，不知疲倦地"向他的贫雇农追随者"讲社会发展史，"宣传共产党互助合作的政策，讲解这条道路的光明和伟大"，并且"不厌其烦地一再向同道的贫雇农们保证，人类社会将来发展到社会主义和共产主义，是绝对的，不管你喜欢不喜欢"；他目睹了割扫帚的收获和集体力量的巨大，黑夜间拉着李铁蛋去喝酒，在心情极度畅快之际，"向黑暗中已经拔了三节的冬小麦宣布：'等俺才才长大了看吧！到那时，看咱中国是啥社会！'"这些理想信念的表白和抒发，我们读起来不是觉得空洞无力，而是感到那么真实，那么亲切，那么富有生活的魅力和激发人心的力量，这是因为作者在情节的发展中，充分地提供了这些理想信念萌发的历史的现实的根据和人物思想性格的根据，它带着高增福以往生活道路的痛苦经验，饱含着他在新时代的全部热情和心力，是高增福思想性格发展的必然表现，正如柳青对高增福的议论，"说出他所得到的真理，是他内心的要求么，是自己感情上的需要么"；同时，这些理想信念交融于高增福在农业合作化运动中的有力的行动和实践中，也符合他在特定情景下的心理活动的特征。高增福的思想性格，真实而生动地体现着觉醒了的老一代农民群众新的生活理想和他们实现这种理想的信心和力量。显然，这同作家对高增福这一类人物的生活、思想的理解、感受的深刻和准确，有着直接的关系，说明了深厚的现实生活基础，对写好人物的理想主义色彩的极端重要性。

比之于高增福，作家花了更多的笔墨来刻画梁生宝形象，赋予了梁生宝以更多的无产阶级的思想和气质：他更成熟一些，遇事思虑更多一些，看得更远一些。但是，我们在阅读《创业史》的时候，有一个实际感觉，就是整个说来，梁生宝形象好像不如高增福那么生动，那么厚实，那么具有感人的力量。这是不是没有足够地注意梁生宝形象在政治思想上的重要性，忽视了他作为我们时代生活前进方向的代表者的意义呢？恐怕不能够这样说。我们正是从梁生宝作为作家理想人物的典型形象这个高度，来肯定他的重要的成功方面的，同时也是从这一点出发，来看这个形象塑造的某些不足的地方的。如同分析任何艺术形象一样，我们评价理想人物形象塑造的成就，不只要看他的思想性，同时还必须看他的艺术性，要求思想性和艺术性的高度的统一，也就是柳青自己所说的，"生动性和深刻性要结合起来"。生动性指艺术性；深刻性指思想性。艺术性的高低，同作者的生活素养是有很大关系的。同高增福形象比较，如果说梁生宝形象塑造方面的某些不足，是因为作家没有赋予他像高增福那样独特而鲜明的个性特点，还毋宁说是因为作家对梁生宝这类人物及其生活的熟悉和了解还没有到足够的程度。应当说，闪耀着共产主义思想光辉的新人形象，比之于人们通常所说的所谓处于中间状态的人物或落后状态的人物，理解和掌握起来是更困难一些，这是因为他们在生活中的出现还不是大量的，思想性格的表露也往往还不是很充分，或者因为种种原因，作家对这一类人物的了解、研究和认识还不够，这就形成了艺术刻画方面的这样或那样的不足。当作家把自己的生活视野较多地局限在一两个或极少数几个这类人物身上，而没有尽可能广泛地更多地接触这类人物，更深入地熟悉和研究他们，达到足够准确地把握他们的思想性格及其富有独特色彩的各种生活表现的程度的时候，他们对这一类人物的掌握和描写，就有可能较多地停留在静态的理性分析方面。在这种情形之下，作者所赋予人物的理想主义的色彩即便是正确的，也会使读者产生某些现实生活基础不足的感觉。柳青说，"学习党的政策、方针，经常回忆党的教导和领导人的谈话，我是把这当作主人公的优秀品质来描写的"，这当然是无可非议的，是完全必要的。但当作家在生活方面存在着上述的不足和局限，未能把党的方针、政策和教导足够充分地化为人物自己的独特的性格表现，或者未能足够深入地揭示这种性格表现同群众生活实践之间的内在联系，足够充分地提供主人公优秀品质的广泛而深厚的群众愿望、群众力量这个基础的时候，就会削弱主人公这些优秀品质的生动性和艺术感染力量，就会给读者留下人物形象不够丰满和生活真实感不足的印象。柳青在典型性格塑造方面的巨大成功和某些不足，深刻地表明，作家的现实生活基础，支撑着他的整个艺术创造，包括人物的理想主义色彩的真实描绘。

原载《齐鲁学刊》1981年第2期

（本文系与刘建军合作）

论柳青创作的现实主义特色

把自己的一生毫无保留地贡献给革命文学事业的柳青，以他不倦的艺术创造劳动，特别是以其史诗性的巨著《创业史》，为我国社会主义文学宝库增添了财富，对革命文学事业的发展作出了积极的努力和应有的贡献。

柳青在我国当代作家中，独树一帜。形成他创作个人风格和艺术特色的主要东西，他所追求和遵循的基本原则，应当说是现实主义。柳青的深厚的生活素养，他对待生活的严肃的实事求是的态度，他对人类进步艺术的现实主义优秀传统的学习和借鉴，他坚韧不拔地攀登艺术高峰的"愚人"精神，都促使他创作的现实主义能够在许多方面比较充分地、典型地体现这一真实地描写并反映生活的原则的根本特点。谈论柳青这方面的经验，对正在走向新的发展阶段的我国社会主义文学创作，不会是没有意义的。

一

柳青全部文学创作的一个突出特点，就是浓厚的生活气息，描写反映上的高度真实。这正是现实主义创作的基本特点。真实性虽然是一切进步艺术流派的作家艺术家共同追求的目标，是优秀创作必备的品格，但在现实主义创作上具有特别突出的意义。现实主义文学的真实性，是和严格地按照生活的本来面貌描写生活分不开的，既要有外在现象的真实，更要有内在规律的真实，情感上的真实和读者感受上的真实。广大读者非常朴实地以"真不真"来衡量一切文艺作品，而读者也正是在这一点上称赞柳青的作品的，赞他的所有描写是那样地酷似生活，赞他刻画成功的人物是那样地真实，赞他追求描写上的真实时的严格态度，同时，对他某些不符合生活真实的理想化的描写有所批评，展开了争论。

在追求真实性的道路上，柳青一开始的创作，基本上是沿着五四新文学运动开辟的现实主义道路前进的，着眼于社会人生，注重客观描写上的严格真实。这是从他的处女作《待车》、短篇小说集《地雷》和标志着他创作成熟的第一部长篇小说《种谷记》中，可以看得很清楚。作家极力要使自己笔下描写的一切，都符合现实生活的本来面貌，所以柳青常常自觉地追求一切艺术描写都要有生活原型。陕北的农村，他家乡的农民，他的亲属，必不可免地经过程度不等的艺术加工，进入了他的作品。这不是说柳青不注重艺术虚构，他同样是有想象才能的，不过他的想象虚构，是沿着一条比较严格的轨道前进的。这就是一切诉诸笔墨的具体描写，都力求符合生活的本来面貌。

艺术描写具有充分的生活具体性，逼真，入情入理，酷似生活，这是柳青创作的现实主义的一个显著特色。

柳青认为，艺术描写的这种生活具体性，就是现实主义的细节真实。他在60年代初写的《艺术论》（未刊稿）中写道，细节真实"就是作品关于人与人、人与物、物与物、时间和空间的关系的描写真实，关于行动、言语、景色、音响等等客观事物在人的生理上和心理上反映的描写也真实"；就是作品关于"人对人的拥护和反对的感情、喜欢和讨厌的感情、亲爱和仇视的感情，人的力量促使物的变化，人在高兴时的感觉、人在疲劳时的感觉、人在饥饿时的感觉……所有这些社会特征，心理特征和生理特征"的描写，都带着生活的具体性，"使读者感觉到作品里所写的一切，如像现实生活里真正发生过的事情一样，令人那么愿意接受，简直找不出什么漏洞来"。艺术描写如果缺乏这些生活具体性，或不符合这些生活具体性，即缺乏细节真实或在细节描写上虚假，就不能给读者造成生活的气氛，也就达不到艺术描写的逼真和入情入理了。在这种情况下，艺术描写反映生活真实，就成了一句空话。

细节的真实，对文学艺术作品具有特殊重要的意义。服从于完整地表现生活的严格的细节真实，是构成现实主义创作方法根本特色的基础，是把现实主义同其他创作方法区别开来的一个显著标志。有的现实主义作家提出，文学作品，应当像一面镜子一样如实地反映现实。这就是说，现实主义在反映生活上，必须具有充分的客观性和精确性。而只有严格的细节真实，充分的生活具体性，才能把反映现实的客观性和精确性突出地显示出来。因此，细节的真实，艺术描写的生活具体性，对形成现实主义创作方法的特色，就具有了规律性的意义。现实主义作品的艺术魅力，以至它的巨大的认识价值，都是和它的丰富的严格的细节真实分不开的。

柳青的艺术风格的严谨、细致的特色，是直接得益于他的作品的细节的真实，艺术描写的充分的生活具体性的。人们阅读柳青的作品，尤其是他后期的作品《创业史》，首先产生的一个突出感觉，就是逼真，酷似生活。作家笔下的一切，自然景物，风土人情，人物的音容笑貌、所作所为，特定人物的一投足、一举手，甚至人物最细微的心理活动及其外在表现，都像现实生活里真正发生过的一样。读者常常忘记自己是在阅读作家虚构的故事，而是觉得自己在经历和体会着真实的生活。柳青的整个创作历程，从30年代的处女作《待车》，到60年代的压卷作《创业史》，都在严格地追求着艺术描写的充分的生活具体性，尽量避免因任何细节描写上的失真，而影响和削弱现实主义艺术创作反映生活的真实性。

标志着他特有的严谨、细致的现实主义风格已经形成，并且趋于稳定的，是他在1947年写成的《种谷记》。《种谷记》是一个粗读会觉得沉闷、平淡，细读却会被它浓烈的生活气息越来越强烈吸引的、耐人寻味的好作品。有人称赞它是一幅很好的工笔画，有人说它简直像巴尔扎克的小说，这些赞誉都从一个共同的方面道出了这部作品的特点和价值。这就是对解放区的农村生活，做了相当真实的反映，对一些人物思想性格做了精确刻画，对生活场景以及情节、细节做了逼真描绘。

《种谷记》第十七章，描写了富裕农民王克俭去桃花镇赶会，听到伊盟事件后的反应和表现。作者通过一段不长的描写，把富裕农民王克俭的矛盾性格和惶遽心理，反动富农王国雄的奸猾本性和蛊惑煽动，精细地勾画出来了。王克俭对王国雄的为人一向是十分鄙视的，在共产党天下稳定的时候，他常有许多和王国雄划清界限的表示，不得不打招呼时，也是不论辈分，直呼其名。但当他感到共产党天下不稳，形势好像对王国雄有利时，便一反常态，变疏远为靠拢，对这个反动富农叫起"四爷"来了。作者对王克俭视钱如命心理的细节描写，是很精彩的。王克俭从戏台下的人群中挤出来后，先想到的是腰里的钱包，摸了一把还在，才放了心。当王国雄问他，"你身上边区票还多少哩？"他以为老雄要借他的钱，便撒谎说："不多几张了。"等他明白老雄并非借钱，而是劝他赶紧把边区票花完，免得国民党来了变成废纸时，他的自私用另一种形式表现出来了。我们看见，他先是在干炉（一种类似烧饼的食品）担前惶惶惑惑地站了一阵，好像在左右盘算，是花了合算，还是不花合算，最后终于咬了咬牙，横下一条心，罄其所有，买了一褡裢干炉。而当他自以为聪明，确信自己占了便宜，卖干炉的吃了大亏，窃窃自喜之时，他的自私自利损人利己的思想性格，跃然纸上。作者在这里对王国雄仅有几笔简单的勾勒，却把这个反动富农刻画得惟妙惟肖。佯装撒尿，是为了和王克俭搭话；欲擒故纵的交谈，是为了引诱对方上钩；最后表示的一点关怀，乃是为了证实他的"消息"的可靠。这些描写，突显了王国雄阴毒、奸诈、狡猾的思想性格。作者现实主义细节描写的精确、细致和逼真，在这里得到了充分的表现。

当然，《种谷记》在细节描写上是有缺陷的，作者对自己搜集到的大量生活素材的加工提炼不够，典型化不够，这就形成了生活场景和人物刻画上一定程度的拖沓和芜杂。但是，注重作品内容和所写事件的现实生活根据，注重人物思想性格同它所处的环境之间的关系，注重场景、情节和细节的精确，一句话，注重艺术描写的客观性和生活的具体性，却是《种谷记》的主要特色和艺术上最有价值的地方。

细节的高度真实，生活具体性的充分展现，常常是对一个作家生活基础和素养的严峻考验，也是形成作家艺术创造独创性的重要因素。创作上的捉襟见肘，往往首先不是因为技巧上的不足，大多是由于生活基础的薄弱。只有当作家对自己描写的对象，熟悉到有把握的程度，他才能选择出真实反映现实和准确表现人物性格的精当而典型的细节，他才可能拥有自己对生活的独特发现。仅从细节描写这一方面讲，现实主义作家必须具有深厚的生活功力。60年代初期《创业史》的问世，标志着柳青在生活素养上的丰富深厚，同时也标志着他在现实主义道路上新的飞跃。

《创业史》足以说明，柳青运用现实主义创作方法，已经趋于全面成熟。现实主义细节真实的原则，在这部作品里以富有作家个人独特色彩的面貌，得到了更加清晰的显现。作家不仅使作品的艺术细节建立在更加充分的生活根据之上，而且努力在细节的丰富性、生动性和典型性上下功夫。单薄的细节，绝不足以支持像《创业史》这样的鸿篇巨制，这部史诗式的作品能够给人以扎实、深厚的感觉，是由于其中包含着来自生活的有机联系的丰富多彩的艺术细节。作为作品骨骼的大事件和主要情节，在《创业史》中是很一般的，作者对事件过程的勾画是极其简单的，并无曲折离奇、引人入胜之处。吸引读者的，是作为作品血肉的大量的生动细节，是一连串数不胜数的充满着生活情趣和性格魅力的具体描写。类似《种谷记》王克俭桃花镇赶集这样精彩的细节，在《创业史》里比比皆是。在《创业史》第一部第一章里，读者在刚刚看到梁三老汉在草棚院里寻衅闹事，指鸡骂狗，发泄他对梁生宝的不满之后，紧接着又看到他独自一人躺在地里，被天空的老鹰误认作尸体，引起他极大的愤懑的有趣细节，而一阵阵噼噼啪啪的鞭炮声，又把心事重重的梁三老汉引到了围观郭世富架梁的热闹场面中，他羡慕的眼光，他眼里周围各种人物的神采动态，他被孙水嘴一伙放肆奚落时的窘态，这一个又一个的生动细节，把1953年春天蛤蟆滩两种势力对比的形势和梁三老汉的思想性格，活生生地呈现在人们眼前。《创业史》里的呼之欲出的各种人物形象，是同表现他们性格的丰富、生动的精彩细节，一起深深印入读者脑海的。

其次，是细节的独特性和典型性。如果说《种谷记》在细节的运用，生活具体性的描绘上，尚有失之于拖沓芜杂之处，那么《创业史》就完全避免了这方面的弊病。细节描写的独特性和典型性，把现实主义的细节真实和自然主义的细节堆砌严格地区别开来了。在《创业史》里，细节的独特性和典型性，是以准确而传神地表现人物性格为其标志的。《创业史》第一部第三章，活跃借贷会上，郭世富把郭振山滔滔不绝的演说完全当成耳边风，专心不二地用烟锅在地上画自己马厩图样的细节，是多么准确、有力而独特地传达出了这个富裕户发家致富劲头上的踌躇满志，对代表主任的藐视，在贫雇农面前的优越感和逼人气势。《创业史》中类似这样的精彩细节，举不胜举。例如，梁生宝听到乡长樊简单说他继父忘本之后的动怒，高增福抱着娃深夜蹚水过汤河参加生宝互助组的会议，冯有万在入党会上剖心亮胆的发言，素芳在瞎眼公公坟头撕心扯肺的痛哭，王二直杠临终前夕的沉默寡言和惨然一笑，姚士杰在烧掉第二张国民党党员证时对蒋介石的怨恨咒骂，郭振山在梁生宝面前所经常扮出的长者面孔和指导者的神态，如此等等，无不典型地揭示着特定人物在特定情景下的性格和心理。

二

细节的真实，生活的具体性，仅仅是现实主义文学起码的、初步的、一般的真实，还有更高的艺术的真实，这就是马克思主义创始人恩格斯要求的典型环境中的典型性格的真实。柳青在追求细节真实的同时，创造典型环境中的典型性格，力图在更广阔、更深刻的程度上，反映出社会历史的某些本质，使作品的内容具有更充分的客观真理性。这在柳青后期的创作中表现得特别明显。

柳青在坚持现实主义文学真实性原则的道路上，越来越清楚、深刻地认识到典型环境中典型性格的真实的重要。在这一方面，他在写《种谷记》时并不是很清楚的。这部小说典型化的不足，主要表现正在这里。写《铜墙铁壁》时，他已经从理论上明确了追求典型环境中典型性格的真实的必要，但由于理论指导和艺术实践结合得不够完美，因而使得作品在揭示客观真理时，多少带有公式化、概念化的痕迹，人物性格的丰富生动性不足。不完全成功的尝试，倒给富有坚韧不拔的探索精神的柳青开辟了通往成功的道路。

柳青从创作实践中认识到，作为文学作品核心的人物性格的真实，即典型环境中的典型性格，既不是一般的细节真实能够达到的，也不是简单的历史背景的设置的问题，关键在于揭示出真实的社会关系。一定的人物性格是一定的社会关系冲突的产物，对于典型性格来说，典型环境就是形成它的典型冲突。因之，柳青认为："有理由把典型环境解释为典型的冲突。"（柳青《艺术论》未刊稿）

实际生活中具体环境里的矛盾冲突是多种多样的，但并不是每一种矛盾冲突都能够充分反映它那个时代的社会面貌或对人物性格具有决定意义。因此，作家在写作的时候，不能照搬实际生活环境中的各种冲突，而是要根据艺术创造的需要，对实际生活中的各种矛盾冲突进行分析和比较，经过选择和提炼，概括为艺术的典型冲突。怎样的冲突才算是典型冲突？柳青曾进一步解释说："按照一定历史时期的广阔历史背景创造的环境就是作品的典型环境。"（柳青《艺术论》未刊稿）所谓典型冲突，就是能够充分反映一定历史时期社会生活本质面貌的矛盾冲突。这里所说的本质，就是对立面矛盾斗争的过程及其发展趋向，它的表现是极其丰富的。不可对本质作形而上学的、简单化的理解，把本质看成凝固的、一成不变的东西，或割断本质与现象之间的丰富联系，那样势必导致粉饰文学和公式化、概念化作品的大量产生。

因此，现实主义艺术创造达到更高真实的一个关键问题，即在于冲突的安排与发展，在于作者是否能够把生活的冲突化为典型的艺术冲突，在于这种典型的艺术冲突和它所反映的时代的主要矛盾结合的程度。

《创业史》的矛盾冲突，是50年代初期我国农村现实矛盾冲突的高度典型化。这部作品，几乎触及了这一时期农村所有重要的阶级和阶层，揭开了最隐蔽的角落的奥秘。同《种谷记》相比，《创业史》在矛盾冲突的典型化方面高出一筹的，不只在于它准确地概括了特定历史时期现实生活的主要矛盾及其在各方面的具体表现，而且在于它把蛤蟆滩的这种斗争，从纵横两个方面延伸开来，使冲突具有了更为广阔的规模和更为丰厚的内容。作品的"题叙"以及许多章节中对主要人物生活史的出色介绍，从纵的方面把蛤蟆滩的过去和现在，把蛤蟆滩人们的生活和思想的历史的变迁同眼前所发生的矛盾斗争连接了起来，使人们更加清楚地看到了农村正在进行着的这场革命的历史渊源、阶级性质及其必然胜利的前景。作品对粮食统购统销、总路线宣传、朝鲜战争、第一个五年计划的实施等全国社会主义革命和建设中所发生的重大事件，在蛤蟆滩生活中所激起的波浪的叙述和描写，从横的方面把蛤蟆滩的阶级斗争同全国阶级斗争的总形势连接了起来，使人们从这个小小的村庄的风云变幻中，强烈地感受到整个时代的脉搏的跳动，使蛤蟆滩的矛盾斗争，成为整个中国农村斗争的缩影，从而大大地扩展了《创业史》艺术冲突的历史容量。

《创业史》矛盾冲突的典型性，不只是表现在这个冲突所概括的内容的广度方面，更重要的是表现在对这个冲突的深度的开掘方面。现实主义艺术创造的更高真实，要求作家在作品矛盾冲突深度的开掘方面，不仅不能停留在生活现象的表面，甚至也不能停留在事物暂时的规定性上，而是必须进入事物内部的矛盾发展的过程中，写出每一瞬间里，哪种力量上升着，哪种力量下降着，现实已经发生的变化里又潜藏着哪些必然会发生的变化，准确而深刻地揭示出处于不断运动中的矛盾冲突发展的趋向和前景。在反映我国社会主义革命初期农村现实生活的长篇小说里，《创业史》在揭示历史演变过程及其规律方面所达到的深度，至今也还是突出的、独到的。读者深为折服的是，这部作品艺术冲突发展变化的逻辑过程，是那么真实地体现着它所反映的那个时期现实生活的历史规律。艺术冲突发展的辩证法和现实生活发展的辩证法，在《创业史》里被高度地统一起来了。人们从《创业史》矛盾冲突的发展过程中可以看到，随着梁生宝互助组经济斗争的初步胜利，新的生产方式显出它促进生产力发展的实绩，随着党的过渡时期总路线的宣传和粮食统购政策的实行，资本主义势力受到了沉重的打击，社会主义在蛤蟆滩扎住了阵脚，阶级力量的对比发生了显著的变化。到《创业史》第一部结尾的时候，原来是那样执拗地要走小农经济的老路的一些贫农和中农，就表现出乐于接受互助合作这个新事物，开始把自己的生活命运同这个新事物的发展联系起来了。梁三老汉思想的前后变化，就显示着这种意义。越来越多的农民群众，从心理上和感情上倾向于社会主义，就大大地削弱了资本主义势力的社会基础，使它陷入日益孤立的境地。在第二部里，资本主义阵线出现了新的分化和组合。郭世富感觉自己失去了和梁生宝抗衡的力量，姚士杰又跌进了绝望的深渊，唯有沉寂了近乎一年的郭振山活跃了起来。他利用自己在党内的优越地位，被一批富裕中农簇拥着，从郭世富手里抓过资本主义的帅旗，要和梁生宝见个高低了。这个新的态势，还不能立刻为参与事变的所有人所理解，甚至不能立刻为梁生宝和郭振山本人意识到。然而，这却是蛤蟆滩社会矛盾发展的一个必然阶段。这个阶段，被郭世富从他周围事态的发展中领悟到了，在1953年冬季灯塔社筹建过程中，他就这样想："将来在蛤蟆滩有资格、有本事同灯塔社较量的，恐怕只有郭振山。"（《创业史》第二部上卷）同以梁生宝为代表的社会主义力量相抗衡的势力的挂帅人物，由富裕中农郭世富转到"共产党员"郭振山，这不但表现了两条道路斗争的不断深入和它的复杂性，而且显示了这场斗争的新特点。斗争无论怎样复杂，社会主义事业都最终要胜利，这就是《创业史》揭示的规律。不要说姚士杰这类曾经在蛤蟆滩的生活史上煊赫过一时的人物，在新的历史潮流面前将被淹没，就说郭振山吧，他在土改中的勋业，曾经赢得多少劳苦群众的敬仰，给他带来了多大的声誉啊！但在互助合作运动中，当他不能继续代表他曾经为之奋斗过的群众的时候，就立刻失掉了在蛤蟆滩生活中的分量，连经常把他当作生活顾问的改霞母女，也不再相信他了。而梁生宝及其伙伴们，这些过去不被人们注意的默默无闻的人物，从来也没有想到要抛头露面，充当什么英雄好汉，但当他们把自己的生命同广大劳动群众变革前进的思想、愿望和要求结合起来的时候，生活便把他们推到了蛤蟆滩群众的心头。谁失败，谁胜利，最终不是由任何个人的才能或主观意志所左右，而是由客观规律决定的。《创业史》艺术冲突的变化过程所昭示的这个真理，难道不是生活发展的辩证法的真实再现吗？

性格冲突，是艺术冲突的核心。《创业史》富有深度的矛盾冲突，是在尖锐对立着的性格冲突中体现出来的。在这部作品里，50年代初期中国农村两个阶级、两条道路的斗争这样一个富有重大政治意义的矛盾冲突，生动地化为体现社会主义力量同体现资本主义势力的各种人物的活生生的性格之间的对立和冲突。对立双方各种人物不同的生活经历和教养所形成的各有特征的性格之间的冲突，这些冲突的内容和形式，以及这种内容和形式的变化，都准确地体现着各自所代表的阶级和阶层的意志、愿望和要求，反映出农业合作化初期农村现实生活发展的规律、特点和动向。《创业史》所塑造的一些主要人物形象的思想性格和他们之间的冲突，例如梁生宝、高增福等同蛤蟆滩的"三大能人"姚士杰、郭世富、郭振山，任欢喜和王二直杠，冯有万同白占魁，郭振山同郭世富之间的冲突，都鲜明地具备着这样的性质。在强化性格冲突的深度方面，柳青不仅牢牢地把握着阶级划分的基本事实，充分地显示每一性格形成和对立性格冲突及其发展变化的历史根据和现实根据，而且，更细致地进行阶层和类型的划分，精确地表现每个人物的特殊生活经历所形成的他的思想性格上的独特色彩。梁生宝和郭振山的阶级地位和政治遭遇都很相似，然而作品却告诉我们，梁生宝被阶级压迫逼出了家院，郭振山却被苟活的一线希望钉在家院。一个是在广阔天地的巨变中认识党的，另一个却是在狭小的个人奋斗中感觉到党的。虽然在这两个性格的形成和发展中，同样的关键的因素是党的吸引，但是，一个彻底丢掉了原来就不牢固的农民意识，从内心里去吸取党的精神；另一个却带着牢固的原封不动的农民意识加入了党，同党只有暂时的缘分。这就决定了他们在社会主义革命的新的历史条件下，一个在党为公，代表着大多数农民群众走社会主义道路的意志和愿望；另一个在党营私，体现着少数富裕农民走资本主义道路的倾向和要求，性格质异而发生冲突。柳青笔下的蛤蟆滩合作化运动的磅礴气势和两条道路的惊心动魄的斗争，来自活跃在蛤蟆滩这个天地里的对立着的人物性格冲突的深度。唯其如此，《创业史》所概括的农村的两条道路的斗争，它所反映的体现着这个时期社会生活历史面貌的各种势力的冲突，才不是肤浅的、抽象的、概念化的，而是深刻的、活生生的、激动人心的生活图画。正是在这方面，《铜墙铁壁》显示了它的缺陷。

《铜墙铁壁》的大背景是明确的，这就是解放战争时期的沙家店战役。但是，这个大背景并没有真正化为作品的典型环境，没有化为具有深度的艺术冲突，特别是没有化为丰富而尖锐的性格冲突。作品中除了石清良老汉形象比较鲜明生动以外，其他人物形象包括主人公石德富的形象，都是一般化的。作者没有写出在这场伟大的战争中，人们的思想、感情和心理的丰富的变化和表现，没有具体刻画战争生活中不同人们或者敌对阶级人们之间的愿望和意志的冲突的实质及其发展变化。因而，作品也就不能够充分地揭示出蕴藏在这个战争背后的深刻意义，具体而清晰地展现出这个时代的本质面貌，缺乏从感情上打动读者的艺术感染力量。《铜墙铁壁》的艺术实践能够说明，作家在作品中写不出有深度的性格冲突，便无法创造出典型的艺术环境；而没有典型环境，作家也就无法塑造出典型性格。典型环境和典型性格，这是现实主义艺术创造的一个问题的两个方面，是不能够也无法分开的。

三

文学创作的现实主义，要求作家历史地具体地准确地描绘现实社会关系，创造典型环境中的典型性格，从而达到对社会生活某些本质方面的真实反映。柳青在抗日战争时期、解放战争时期和社会主义建设时期的作品，通过对不同时期人们的各种现实关系的准确描绘，塑造了一系列鲜明生动的典型形象，提供了我国人民在中国共产党领导下谋求新生活的斗争历程的鲜明生动的画面。在柳青的笔下，严格的现实社会关系的描绘，主要表现为对于人的思想感情变化过程的深入细致的艺术剖析。诚如作者为《创业史》所写的出版说明所言："《创业史》是一部描写中国农村社会主义革命的长篇小说，着重表现这一革命中社会的、思想的和心理的变化过程。"人们已经看见，在《创业史》里，50年代初期我国农村社会各种复杂的现实关系，是如何化为各种生动的人物思想感情的纠葛及其发展变化的。把作为现实关系中心的人放在第一位，着重表现人的思想感情的发展变化过程，这是柳青小说创作所一直追求并且是构成他的现实主义个人风格的一个重要方面，也是文学作品达到情感真实的基本途径。

文学作品是作家以自己体验到的人类的各种思想感情的波涛汇成的激流。它所翻动的每一个波浪，它所演现的千变万化，都是现实生活在不同人身上激起的反应。从人的思想感情的变化上，能更深刻地看到社会现实的变化。现实复杂关系的任何变化，总会集中地表现在作为这个关系焦点的人的身上。人的现实性不是抽象的阶级概念，或集团利益的单纯物质需要和占有，它一定要表现为一定社会实践造成的个别人的喜、怒、哀、惧、爱、恶、欲这"七情"的变化上。柳青说，作品不是故事的发展过程，是人的"思想感情的变化过程"①。正是基于上述认识，他认为作家不应把力量用在陈述事件演变上，而要用在刻画人物思想感情，剖析人物灵魂，从而更深刻地反映现实上。他写《创业史》，完全实践了自己的理论。他通过社会主义革命在我国农民身上所引起的社会的、思想的和心理的变化，深刻地反映了这场社会革命的重大意义。

在这里，我们要特别注意，柳青并不是一般地说文学创作重在写人的思想感情，而是明确地说写人的思想感情的变化过程。不仅仅是捕捉一瞬间的感情流露，而且是要在人的感情的整个经历中，发现一些什么，暴露一些什么。人物思想感情的变化过程，就是人物性格发展的过程，就是这一部分人和那一部分人关系的演化的过程，就是社会现实的变化过程。描写人的思想感情和描写社会生活现实，就是如此地统一，当变化的过程愈显得充分、清晰，这个统一也就愈加令人信服。一个卓越的作家，不仅有能力使读者接近他的人物的思想感情的激流，观察各种人物思想感情的万花筒，而且有能力引导读者和他一道去分析人的心灵，并从这种分析中得出某些心理学的、社会学的规律。读《创业史》，人们觉得有味、耐读。作品中人物的命运对读者具有强大的吸引力。蛤蟆滩上的人们，从单干到参加互助组、合作社的过程中，谁也没有逃脱地经历了一场思想感情的变化。这个变化过程，被作家描写得如此细致、如此逼真、如此独特，正是这些东西吸引了读者，深刻地反映着社会现实的变化过程。

我们就以《创业史》里并非主要人物的王二直杠和素芳为例，看看农村的社会主义革命，是如何震动着生活的每一个角落；一些过去任何风都吹不到的死角，是怎样激起了波澜；不为人注意的一些人内心掀起的波涛，是如何折光地反映着现实关系的巨变。王二直杠的感情似乎僵化了，清朝年间华阴县太爷的八十大板把他打成了一个顺民，他不敢再有任何的非分之想，把穷人给有钱人做牛马看成天意。解放了，土改了，王二直杠

---

① 柳青：《在陕西省出版局召开的业余作者创作座谈会上的讲话》，载《延河》1979年第6期。

天官赐福的观念并没有摧毁，他还顽固地用统治阶级灌输给他的观念，对待和解释一切。他相信富裕户甚于相信穷庄稼人，在两条道路的斗争中，他总是往富裕户那边靠拢，他觉得只有那边靠得住。但是互助组优越性的铁的事实，不能不使他屈服。这个草棚院的独裁者，在总路线宣传和灯塔社建立的欢庆声中悄悄地死去了。他并不是带着花岗岩头脑去见上帝的，而是在旧的观念轰毁了，新的观念没有建立起来的自愧中，离开属于新人的世界的。死前，他听着栓栓陆续报告的农业社的一切，"瞎老汉皱纹脸上带着惭愧的晦暗，用干柴似的瘦手摸着炕席片，凄惨地一笑，低下头去了。他显得难受极了。"他不再阻挡儿媳去开会，再不到草棚屋前晒太阳，饭越吃越少，终于无声无息地死去了。谁能说现实的冲击没有激起他内心深处的巨大波澜？他比谁都要年龄大的身份，他屈辱的一生，他衰老的身体，都不允许他有更强烈的感情表白，然而内心的强烈震动却是无法掩饰的，他说不出任何反对的话，他无力再作些微的狡辩，他只感到无地自容，干柴似的瘦手无所措地摸着炕席片，凄惨地一笑，低下头去。他是应该离开这个世界了，让儿子儿媳按新的观念生活。

　　一个被旧社会歪曲了的灵魂，来不及彻底觉醒，便死去了。但是更多的被歪曲了的灵魂终于被新的生活唤醒了。农业合作化不仅改造着人们的生产方式和生活方式，还改造着人们的精神面貌。王二直杠的儿媳赵素芳的觉醒是有代表性的。在私有制社会，人们之间为了金钱、财产的欺骗、争夺，与此相联系的种种罪恶，不仅毁了素芳的家庭，而且毁了她青春的灵魂。她作为一个名誉不好的女人被抛到了王二直杠家的草棚院内。公公唆使呆丈夫用棍棒打得她更柔顺了，她不能反抗，只能安于命运的安排，卑微地活着。她的感情似乎是冬季冰封的河流，只能在越来越厚的冰层下流淌。她的微笑只能换来正派农民的白眼，她得不到同情和温暖。当姑夫姚士杰把污辱加于她身的时候，她只能惊异于人心的污浊，却无力从中拔出。她并不认为污泥也给她以温暖，而是顾虑到不会有人原谅她的失足陷身，她只能逆来顺受，不企图做任何反抗。互助合作运动，把素芳从草棚院和亲戚的四合院里拉到了更广阔的天地里，她坐在妇女小组学习会不引人注意的旁人的脊背后头，静悄悄地纳鞋底，静悄悄地听别人发言。她的被冰封的感情的河流，是从最深处开始融化的，两条道路的教育对她而言变得容易理解了，命运原来也是由人弄成的，她不能不为自己卑微的过去而悲哀，羞耻心像虫子一样咬痛了她，她没脸在人前痛哭，只好假装上茅房去，偷偷宣泄感情的郁结。新的生活道路的入口，就直深入她的脚下，她必须与过去告别。公公的死去，解除了对她的现实束缚，她的感情的闸门再也堵塞不住了，解冻的河流奔腾起来了。她借灵堂哭凄惶，公开地、放声地大哭。哭旧制度造成的她家的不幸，哭她自己被污辱了的灵魂，从哭中她开始觉醒。她不能不怀着自惭的心情走新的道路。这是她的悲哀，悲哀中有着庆幸。作家柳青就是这样细致微妙地剖析着一个不幸的被歪曲了的妇女灵魂的觉醒的复杂过程，让读者感到社会改造的强大威力。

揭示人的灵魂最深处的秘密，是描写人物思想感情变化的极致，人的本质也是在这里得到最彻底的暴露。人可以掩饰自己的感情，不使它流露于行动上，但在内心深处，它总是存在的，作家可以追魂摄魄地把它挖掘出来。柳青是富有这种能力的作家。郭振山土改后经济地位发生了变化，发家致富的念头燃烧着他，他和党的农业集体化的方针严重对立，他经常处于严重的思想矛盾之中；姚士杰在强大的政治压力下，不得不隐蔽起来，然而伺机反攻报复的怨毒心理却越来越强烈，都被柳青准确、鲜明地揭示出来。在《创业史》里，人物心路历程的严谨而细腻的刻画和中国农村社会现实关系的巨大变革，是完全和谐地统一在一起的。这就使他的小说创作，迥异于那些重在写事件过程和以情节曲折见长的作品，拥有一种内在的高度的真实性和独创性，获得了强烈的震撼读者心灵的艺术感染力量。优秀的现实主义作品，不只是给人们提供一些客观现实的准确描绘，而且能帮助人们通过这些客观现实的准确描绘，体会感受到人们在那种特定情境下的所思所想，人类社会各种现实关系下的真实内容。没有梁三老汉、素芳、王二直杠这些人思想变化过程的反映，我们对农业合作化的艰难过程和改造社会的巨大作用的认识，就缺少了丰富的内容。对这个时期社会本质真实的认识就不够完全，不够深刻。只有深入人们思想感情反映上的真实，才能深刻地把握客观现实关系的本质。现实主义作家的努力，无疑应该着力于这个方面。

四

现实主义创作方法，在不同个性作家成功的艺术创造中，必然体现为不同的艺术风格。鲜明而独特的风格的形成，是由时代和社会生活铸造的作家精神面貌和艺术修养在创作中的综合反映，是作家刻意追求的结果，是作家在语言、结构、表现手法等方面不断地进行创造性的探索的结晶，是作家在艺术上成熟的标志。柳青的现实主义艺术风格，大体上可以这样概括：严谨细致而又疏朗恢宏，深沉中显出明朗，朴素中时见幽默，遒劲舒畅中有着简约含蓄。柳青艺术风格的发展过程，是他追求完美的艺术形式的过程，是他在人物、情节和细节描写等方面追求准确性和深刻性的过程，是他寻求更充实的文学真实性，发挥现实主义力量的艺术途径的过程。如果说柳青前期的作品，包括《种谷记》和《铜墙铁壁》，在人物、情节和细节描写的准确性和深刻性方面，在作品的现实主义力量的蕴含方面，还存在着较多的缺陷和不足的话，那么，他后期的作品《狠透铁》和《创业史》在这些方面，则有了显著的提高。他的创作的现实主义力量更加充分，更加强烈。

现实主义艺术描写的客观真实性问题，是和作家所采取的艺术表现手法紧密相关的一个问题。对客观现实展开真实的艺术描写，有两种基本的办法，也就是两种不同的表现角度。一种是作者直接对一个人物或众多人物进行对面的、平列的客观叙述，也就是一切描写都是通过作者的眼光介绍给读者的；另一种是作品的情节和细节，是通过书中这个或那个人物的行动、语言、感觉、思维和情绪的角度来描写的，也就是作者尽量把自己隐蔽起来，一切艺术描写，都是通过作品中某一个人的眼光和心理表现出来的。比较起来，后一种手法掌握起来更困难一些。它对艺术真实而生动地反映生活更理想一些，为许多前辈艺术大师所更多地采用，是艺术表现手法的上乘。柳青在创作的后期，一直孜孜不倦地追求并且在《创业史》中做了成功尝试的，也就是这种表现手法。我们根据柳青艺术思想的理论体系，和他创作实践上的表现，姑且把这种手法称作"对象化的艺术表现手法"。这种表现手法，要求作者在做任何艺术描写的时候，都不能采取旁观的第三者的态度，首先要把自己变成作品中的人物，进行艺术表现上的对象化，即通过书中某一个人物的角度，来表现所描写的一切。

应当说，对象化表现手法的成功运用，为《创业史》艺术性的完美，给读者造成完全逼真和非常亲切的生活感觉，增色不少。在《创业史》里，严格地运用对象化表现手法的精彩篇章是不少的。为许多评论文章所称道的《创业史》第一部第一章，整个情节的发展，从梁三老汉的寻衅闹事，到郭世富新瓦房架梁，蛤蟆滩两种力量对比的形势，各种人物的表现，都不是作者站在第三者立场上做的平面介绍，而是通过一个在生活道路的选择上，处于极度惶恐和愤懑境遇中的特定人物梁三老汉的眼光、情绪和心理感受描绘出来的。第一部第五章梁生宝去郭县买稻种的描写，是通过一个把全身心沉浸在集体事业中的互助合作带头人的心情和眼光，将春雨中的郭县车站和渭河上游平原的自然景色，展现在读者眼前。写得非常出色的第二十五章黄堡镇粮食集市贸易上熙熙攘攘、诡谲多变的场景，是透过发家致富的兴头正浓、满肚子怀着鬼胎的富裕中农郭世富的眼光和心情表现出来的。

从特定人物的角度展开艺术描写，在柳青的笔下，常常是把作者的叙述同人物的内心独白糅合在一起，作为情节进展的行动部分；同时，不断地写出其他人物的思想行动表现在特定人物心理和情绪上的反映，使这个特定人物成为联络和贯穿某一部分情节进展的纽带。例如《创业史》第二部上卷第十二章，关于灯塔社成立大会的描写，梁三老汉就充任了这样的角色。灯塔农业社成立之日的各种热烈场面，县委副书记的来临，四处农民的祝贺，牲口合槽的喜悦和忙碌，成立大会的庄严隆重，等等，都通过曾经是多疑的、不坚定的、守旧的而如今却是真心信服新生事物、把自己的苦乐和互助合作事业联系起来的梁三老汉的两只小眼睛描绘了出来。同时，这些纷乱的事件和场面，以及活跃在各种场面里的一些主要人物的行动和思想情绪，都通过梁三老汉心理感情起伏变化的描绘，联结了起来，构成了一幅完整的生活图画。在这个生活画面里，许多事件发展的过程，往往被作者推到了后面，而以简洁的叙述和梁三老汉内心活动的铺陈来代替它。用人物内心活动的富有密度和强度的描写，来填充情节进展的一般过程，这是《创业史》艺术结构幅度巨大，艺术描写扎实和深厚的奥秘所在。

对象化的艺术表现手法，要求作者叙述的文学语言和人物内心独白的生活语言自然美妙地协调起来。《创业史》第二部上卷第二章中，铁爪子富成老大，对他十一岁的儿子姚士杰进行家教。他翻出一张放账的契约让儿子念过以后，柳青是这样描写的：

> 不识字的铁爪子很详细地给儿子讲这张契约。为什么要写明"米要白细净亮、保吃保桑、黑蠅碎烂不要"呢？这不是太絮烦了吗？光写明要最好的大米，行不行呢？不！不行！尽管借出去的不是这样的大米，借约上也要这样写。不这样写，不给人借。借债的人没办法喀！非借不结喀！为什么要写明"插犁种地、上槽牵马、上房揭瓦、刨土取木"呢？这不是太无情了吗？光写明到期不还就要财产顶账，行不行呢？不！不行！债户和债主中间，说什么有情？什么无情？不这样写，到期不还，你不能动手种人家的地、拉人家的牲口、拆人家的房、伐人家的树嘛！嗯！

这实在是一段刻画铁爪子性格的剔肤见骨的绝妙文字，连他的狠毒的神态也跃然纸上了。从表现手法上讲，除了第一句话是明确的作者的叙述语言而外，其他的文字都好像是铁爪子给儿子讲契约的一席训导之言，但没有加引号，又似乎是作者对铁爪子如何训导儿子的叙述，然而又带着鲜明的铁爪子的口气、声色。作者叙述的文学语言和人物性格化的生活语言，在这里是很难断然划分开来的。

　　同对象化的艺术表现手法相联系的一个问题，是作品中的议论问题。许多评论文章都把议论作为《创业史》的一个突出的艺术特色，为它的哲理和诗情的结合而倾倒。其实，想在作品中以议论取胜，降服读者，倒不是作者的本意。柳青自己就曾说过，我一直努力着想使作者叙述的文学语言和人物内心独白的群众语言，尽可能地接近和协调，但我的功夫不够，"为了使读者不至于模糊了作者的观点，只好在适当的地方加上作者的评论，使思想内容更明显、更强烈一点。"（柳青《艺术论》未刊稿）很显然，柳青认为，他自己的作品议论愈少愈好，有时是不得已而为之，因为他对一些描写对象的内心活动还没有熟悉到随心所欲不逾矩的程度，这就是所谓功夫不够。他是衷心赞成作者的观点愈隐蔽愈好的艺术规律的，并且在创作过程中努力加以实践。如果说，在《创业史》第一部里还较多地出现了他不得已而为之的作者的议论，那么到了《创业史》第二部里，这种议论就极其少见了。长期以来，不少读者包括一些评论文章，对《创业史》中的议论，是存在着误解的，把小说中一些不是作者议论的文字当成了作者的议论，把作者对象化的表现手法，人物在特定情景下的内心独白，当成了作者站出来对自己观点的表白。例如，韩培生到蛤蟆滩的第一天，当生活向他表明了它的复杂性和尖锐性，而他已经有所警觉的时候，作者写了一段"同志！请注意你的书呆子气"的文字。有的评论文章，就把这段文字看成作者对韩培生的麻痹思想的批判，认为作者的这个一针见血的议论，非常精辟。这是明显的误解。实际上，这段文字，是融合着作家感情态度的韩培生的内心独白，是这位充满着革命热情但又缺乏实际生活锻炼的学生出身的农技员，在复杂的阶级斗争面前，对自己的严格要求和告诫。这是符合韩培生在特定情景下的思想性格的表现的，不能看成作者对人物的批判性的议论。为了消除粗心读者的误会，柳青在1977年的修改本中，特地在这段文字之后加了一句话："他这样警告他自己。"这也不是说《创业史》中没有作者的议论，如前所说，在第一部里，这类议论还是不少的，大多数都很精彩，但也有少数是不甚成功的。凡是具有魅力的议论的一个突出特点，就是情节的发展已经提供了充分的基础和根据，是作者的某种感情的抒发或者对事物意义的某种性质的评论，成为完整的艺术描写的有机部分，起着画龙点睛的作用。这种议论，或者使情节进展的意义更为豁亮，感情评价的色彩更为强烈，或者使人物的性格得到深化，清晰地显露出他的面目，常常是作家对象化的艺术表现手法的一种补充。议论，应当尽可能地做到对象化，这样，它才能够成为作家艺术描写的有机组成部分。构成《创业史》的一个突出的艺术特色的，与其说是作者的精彩的议论，还毋宁说是作者的对象化的艺术表现手法。

一切艺术表现手法的革新创造，其目的都在于更真实地反映生活，更完美地传达人民群众的思想情绪，有力地发挥文学的美感教育作用。柳青对对象化艺术表现手法的追求，即努力实现这个目标。造成"动"的感觉和"不隔"的感觉，是柳青的新的表现手法给他的作品所带来的显著的艺术效果。所谓"动"的感觉，就是作者所描写的一切，行动中的人和不行动的环境，由于都是通过作品中特定人物的眼光表现出来的，因而，就有了强烈的感情色彩，充分的生活具体性，活跃的客观真实的生命力，成为情节发展的行动部分，唤起和带动读者的感情活动，始终处于起伏变化的状态之中。这也就是我们通常所说的，作者把一切都写活了。作者的笔墨，把读者的生活经验和欣赏情趣充分调动起来了，使读者和作品中的情节和人物一起在活动。而那种没有进入人物精神状态的自然景物的静止介绍，人物动态的平面摹写，事件过程的客观罗列，则无法带来艺术描写的"动"的效果，只能给读者造成僵死的同生活隔膜的感觉。所谓"不隔"的感觉，就是作者对象化的艺术描写，使读者直接进入作品所提供的生活境界，如同身临其境，真切地感觉到人物各自独特的真实的思想感情和心理活动。这首先是作者艺术描写的真实性，同客观事物的真实性完全吻合，其次是作者的主观感情和谐地融合在作品人物思想感情的客观展现中。这样两个方面的统一，就造成了读者同作品之间的"不隔"的感觉，也就是王国维在《人间词话》里所推崇的"无我之境"："以物观物，故不知何者为我，何者为物。"作者在写景、状物、描绘人物形象时，不是从"我"的角度出发，把自己的感觉强加给人物，而是通过作品中特定人物的感觉，来表现作品里面的情节和环境，"我"则隐藏在背后。这样，作者就不会把自己变成一堵墙，把读者同人物、同生活隔绝开来。读者的感觉，书中人物的感觉和作者的感觉，三者被有机地结合了起来。读者在阅读作品时，感受到的是作品中人物的各种思想活动，而不是作者的说教；享受到的是真切的生活，而不是作家的艺术技巧。柳青在《创业史》里所竭力追求的，就是这种艺术上的"动"和"不隔"，用他经常使用的另外的语言来表达，就是艺术表现上的"柔和"。柳青所乐道的"柔和"，是说作家的整个艺术描写，要和生活真实非常和谐，十分贴切，自然天成，不露斧凿痕迹，使读者完全信服，觉得和生活是一个样子。描写的生活，比普通的实际生活更完整，更富有生活气息。应当说，柳青在艺术上的这种刻意追求和革新创造，是取得了令人满意的成果的。他是一个在艺术高峰的攀登上，从来没有满足和止步的严肃认真的现实主义艺术创造家。

原载《文学评论》1981年第1期

（本文系与刘建军合作）

作家的生活素养是艺术创造的真正基础

作家的着落点在哪里？1977年，北京有人到西安，就恢复文联、作协以后，作家编制放在哪里好的问题，征询柳青的意见。柳青回答说："不论编制放到哪，人得放在生活中扎根。"作家的着落点在生活中，这就是柳青的回答。

深入群众斗争生活，生活对一个作家及其创作的意义，这是柳青几十年来谈得最多也最充分的问题。直到去世前三个月，在向青年作者和业余作者的最后一次讲话中，他仍反复强调"生活是创作的基础"，重申了多年来他所谈的"生活是作家的大学校"的观点。他说："所谓生活的学校，就是毛主席在《讲话》里说的：深入生活，改造思想，向社会学习。这是文学工作的基础。如果拿经济事业来和文学事业比的话，那么，这个就是基本建设。""中国有句古语说：'万丈高楼平地起'，就是这个意思。搞文学工作，不要搞空中楼阁。空中楼阁搞得再漂亮，是不扎实的。我希望同志们从一开始就注意这个问题。培养一种实事求是、从实际出发的精神。要想写作，就先生活。"①作家要攀登艺术创造的高峰，就必须首先攀登深入生活这个高峰。"生活培养作家，生活改造作家，生活提高

---

① 柳青：《生活是创作的基础——在〈延河〉编辑部召开的短篇小说创作座谈会上的发言（录音）》，载《延河》1978年第5期。

作家。"①"在生活里，学徒可能变成大师，离开了生活，大师也可能变成匠人。"

生活是作家全面成长的基础

柳青的思想、个性、才能、气质和他的高度艺术成就，是在他所选择的生活道路上逐步形成的，而他对毛泽东同志关于社会生活是文学艺术的唯一源泉的著名论断的深刻理解和刻苦实践，则起着决定性的作用。几乎所有具有一定成就的作家，都是从生活中涌现出来的，都是生活造就的。在中国当代作家当中，柳青就是在自觉地在生活中培养自己、锻炼自己和提高自己方面成绩最突出的一个。他对生活是创作源泉的见解，同那些把深入生活只当作获取创作题材、内容，得到生活体验、感受的显得狭窄的看法比较，具有全面完整的特点和独到的深度。

"要想写作，就先生活。要想塑造英雄人物，就先塑造自己。"②这是柳青总结自己创作道路，语重心长地告诫青年作者的一句名言，是他对生活是创作源泉的全面而深刻的理解的一个方面的表现。怎样塑造自己呢？柳青回答道："在生活中间塑造自己，在实际斗争中间塑造自己。不要等到拿起笔来写小说的时候，在房子里头塑造自己。"③文学艺术作品，从某种意义上讲，不可避免的就是作者的人生态度、灵魂深处的一种暴露和展现。一个作家想在自己的作品中表现积极的人生态度，传达人民群众健康美好的思想感情，就必须首先使自己具有积极的人生态度，健康美好的思想感情。这是无法矫饰的，也是不容吹嘘的。弄虚作假终究会露出破绽，从而败坏创作，葬送自己。因此，作家在创造艺术作品、塑造人物以前，先要在生活中塑造

---

① 《作协西安分会举办报告会 柳青同志谈作家的学习问题》，载《陕西日报》1962年5月17日。

② 柳青：《生活是创作的基础——在〈延河〉编辑部召开的短篇小说创作座谈会上的发言（录音）》，载《延河》1978年第5期。

③ 同上。

自己。在柳青看来，生活具有头等重要的意义。因为它不仅是文艺创作的源泉，而且是文艺作品的创造者全面成长的基础。

在塑造自己的问题上，对马列主义、毛泽东思想的作用和意义，柳青并没有忽视，而是经常强调，给予了足够的重视。但是，当他谈到这方面的学习时，总是把它和生活实践结合起来，把它看成生活实践的内容之一。我们阅读柳青的全部理论文字和他的作品，能够强烈地感受到他在运用马列主义、毛泽东思想的基本原理和党的方针政策，阐明社会生活和文学艺术的各种实际问题的努力。1960年，柳青在《永远听党的话》一文中说道："不要以为到生活中去，就自然而然地解决了一个现代中国作家所面临的一切问题了。不，远远不是这样！还要努力学习马克思列宁主义和毛泽东思想。""一个作家面对着中国社会、中国革命和中国的伟大群众运动，来施展他的文学技巧本领，如果不好好学习毛主席的著作，就不要想写得准确和深刻。"①柳青是把马列主义、毛泽东思想作为指导自己认识生活、反映生活的指南来看待的，他不是在经典著作里寻章摘句，实用主义地运用个别原理，而是努力学习革命导师的立场、观点和方法，来指导自己的思想和行动。所以，他在1961年就能这样明确地讲："我们要努力掌握马克思列宁主义和毛泽东思想的基本原理，做到大体上能够把导师们的个别观点放在他们完整的思想体系里来理解。这样我们才能在复杂的社会问题和艺术问题面前，保持清醒的头脑。"②学习和掌握马列主义、毛泽东思想的科学体系，就是在生活实践中学习活的马列主义。柳青认为，这对作家是一个不可缺少的素养。他说："一个人的政策水平和他的马克思列宁主义理论的修养，主要是一个素养问题，要靠日常不间断的学习和一定的实践过程提高。我很难举出党的哪一条政策或我的马克思列宁主义理论知识的哪一条帮助我深一步理解了哪个社会生活的现象。它们每天随时都帮助着我理解事物。它不是一条一条而是以一定的水平在我的头脑里

---

① 柳青：《永远听党的话》，载《人民日报》1960年1月7日。

② 柳青：《三愿》，载《陕西日报》1961年7月8日。

起作用。一个人不懂得三大原则，自然不能正确理解互助组的纠纷。但是一个人只懂得三大原则，而不懂得其他政策，譬如说农业贷款、信用合作甚至婚姻法，他怎么能完全理解互助组里所有复杂的纠纷呢？"[1]在柳青看来，对马列主义、毛泽东思想的深刻理解，把书本上的口头上的马克思主义变成在群众生活、群众斗争里实际发生作用的活的马克思主义，要靠对社会生活的深刻理解。这是一个问题的两个方面，需要长期的锻炼。这就是柳青常说的作家必须进的"三个学校"之一的"政治的学校"。"政治的学校"不能脱离"生活的学校"，离开了"生活的学校"，"政治的学校"就是空的。所以，柳青在表达自己学习马列主义的强烈愿望时，这样说道："在不脱离社会生活的基础上，同时有计划有重点地认真阅读马克思、恩格斯、列宁、斯大林和毛泽东同志的著作，动用自己的全部活生生的社会生活经验和书本知识，努力理解导师们的思想，指导自己的文学活动。"[2]生活的观点，实践的观点，是一个革命作家应该树立的基本观点。

生活的力量是伟大的，社会实践在不断地塑造着作家。革命的作家，只有在社会生活的实践中，才能形成正确的世界观，克服不符合客观实际的主观观念。社会生活是一个不断发展着的矛盾运动的过程，是成长着的新生事物和衰退着的腐朽事物新陈代谢的过程。这就是社会生活的内容和规律。作家深入生活，无论是进入生产斗争领域，阶级斗争领域，还是科学实验领域，面对着的就是事物的矛盾运动过程。事物在矛盾运动过程中所显示的必然的客观规律，总是或快或慢地有力地推动着作家的思维，影响着他的爱憎感情，铸造着他对人生对社会总的看法。忠实于现实的作家，总是要服从于事物发展的客观规律，站在成长的新生的事物一边，把自己的同情和热爱倾注在有希望的力量上。因此，"作家的倾向，是在生

---

① 柳青：《回答〈文艺学习〉编辑部的问题》，载《文艺学习》1954年第5期。
② 柳青：《三愿》，载《陕西日报》1961年7月8日。

活中决定的，不是在写作时候决定的"①。作家和生活的联系越是密切，越是尊重客观规律，他的思想便越是具有牢固的基础和真理的内容。作家一旦脱离生活，脱离群众的实际斗争，他的思想对现实的反映的能力就会变弱，甚至于出现各种偏差和谬误。而能够有力地纠正这种偏差和谬误的，仍然是生活。换句话说，当作家的某些主观观念与他接触到的客观实际和他认识到的客观规律相矛盾时，敢于正视现实，善于修正错误的作家，总是放弃自己的主观观念，服从于客观事物的真实。中外文坛上都流传着一些著名作家改变最初构思的佳话。做一些认真的考察，我们就会发现，除了少数是为了追求艺术形式上的完美而在某种程度上改变初衷的人而外，大多数人属于思想内容的重大改变。这常常是生活迫使他们改变了思想认识，从而导致了最初创作构思的改变。他们往往是由于某些个别事物的激发，或者某种主观观念的促使，产生了最初的创作设想，但当他们着手实现这种设想的时候，他们就必然要对生活进行再分析，或者是动员过去的生活积累，或者是到生活中去丰富加深自己的认识，而重新发现的隐藏在客观事物内部的规律，就会以一种顽强的力量，把他们的创作引向一个和他们的最初设想不同的新的方向。俄国著名作家托尔斯泰曾多次表示，真正的艺术家不应该强制自己的主人公按照作者所想象的一样行动，而是要照他们实际生活中那样去描写他们的行动。高尔基在评论托尔斯泰时也指出，托尔斯泰作为一个现实主义艺术家，是超越于他的哲学趋向之上的，"他的使命，是替贵族寻找在生活中应有的地位。这位作家便不能不顺带触及生活的一切方面，不能不陷入在我们是明显的而且具有教育意义的，但同他的基本观念相抵触的这一矛盾之中，不能不好几次破坏了他的思想底完整性，最后，他，消极的人生态度的宣传者，也不得不在《复活》中承认，而且几乎是证明了积极斗争的正确性"。②过去时代的作

---

① 柳青：《生活是创作的基础——在〈延河〉编辑部召开的短篇小说创作座谈会上的发言（录音）》，载《延河》1978年第5期。

② 高尔基：《俄国文学史》，上海译文出版社，1959年，序言。

家，当他们远离社会生活，受自己思辨哲学观点的拘囿，就常常陷入自己不正确的主观观念中去，而当他们重新面对现实生活，就常常会突破自己思辨哲学观点的拘囿，在不同程度上接近生活真理。社会主义时代的革命作家，只要他们的生活态度和写作态度是严肃的，大体上也会经历类似的思想认识的变化过程，只是由于有马列主义理论的指导，他们的这个变化过程进行得更加自觉罢了。柳青就深有体会地说："写个戏，写一个短篇小说、长篇小说，第一次的认识和最后的认识，总是有变化，有发展，发展的过程也是一个提高的过程，也是你自己提高的一个过程。""《创业史》的构思，就不是一次完成的"，"最初想的，最初设计的草图，跟最后完成的东西，中间距离很大，改变很多"。①促使这种改变、发展、提高的过程的因素，是多方面的，但最主要的是作家不断地分析生活、认识生活。作家对生活认识到什么程度，他的创作对现实的反映的水平才会达到什么程度。任何离开生活，而想凭借自己的主观愿望和艺术才能提高创作水平的努力，都将是徒劳的。柳青在《创业史》的整个写作过程中，始终不愿意离开他的生活基地，以至在"四人帮"逼迫他离开农村之后，他仍然克服各种困难，重新回到原来生活过的地方，就是要尽可能地和生活保持密切的联系，使自己的思想继续受到生活的陶冶。

柳青说："读者要求我们：作家的日常生活态度，和作品里面的先进思想一致。到底一致不一致呢？这个东西是骗不了人的。作家要使读者信服的，首先是实事求是的精神。其次才是作品中的具体内容。所谓作品扎实不扎实，就是在这一方面来看的。"②作品的扎实，是指内容的真实、丰富和深刻，它是作家对生活的实事求是的态度和对生活的熟悉、了解的深度的反映。社会生活内容的相对的历史确定性和它的作为过程存在的

---

① 柳青：《在陕西省出版局召开的业余作者创作座谈会上的讲话》，载《延河》1979年第6期。

② 柳青：《生活是创作的基础——在〈延河〉编辑部召开的短篇小说创作座谈会上的发言（录音）》，载《延河》1978年第5期。

发展变化的绝对性以及它们多姿多彩的表现，培育了那些和生活保持着密切联系的作家，使他们不仅能牢固地立足于现实，实事求是地看待客观事物，清醒地估计现存的各种社会关系，在严峻的生活规律面前毫不任性，而且能够在对现实发展的一定阶段的肯定的理解中，预计到潜在的必然会有的革命转化，科学地展望未来，富有乐观主义和理想主义的精神。作家的实事求是的精神和革命理想，归根到底，是生活的赐予。

作家的工作，是从事人类灵魂的建设，即从事人的思想、意识、心理、感情、意志、性格等的建设，是以艺术特有的方式进行这种建设，不是用公式、数据、逻辑推理、理论说教，而是用活生生的行动、声音、画面即具体完整的人生图画，把自己的思想感情诉诸读者，影响读者，教育读者。作家工作的这种性质，艺术创造的这种形象性的特点，就使作家和生活的密切联系成为绝对不可缺少的。柳青认为，作家对自己所描写的生活，如果可能的话，最好有亲身的直接感觉；这种感觉敏锐、精细、真切的程度，最好能像工人对工厂生活，农民对农村生活，战士对部队生活，学生对学校生活那样熟悉。他说："这是因为文学的第一个特征是形象，而形象离不开感觉；要使读者能感觉到，就要作者自己首先感觉到。使人们能够感觉到的形象，要根据实际生活经验才容易创造出来。"[1]读者公认，《创业史》是一部生活气息浓郁，人物形象真切的优秀作品，这和柳青扎根长安十四年的生活是分不开的，和他对关中农村风土人情的熟悉是分不开的。他对他所描写的生活场景和人物形象，大部分都是有着直接的感受和体验，有些是自己亲身经历过的，有些甚至是反复经历过的。长安县一些熟悉柳青生活根据地人事的基层干部和农民，他们阅读《创业史》，常常以知情者的亲切心情，乐于向人们指出，小说中的某某人，就是本村或邻村的某某人，小说中的某件事，就是那一年那一天实际发生过的某件事，甚至《创业史》中的所有主要人物，他们都能指出生活中的原

---

[1] 《作协西安分会举办报告会　柳青同志谈作家的学习问题》，载《陕西日报》1962年5月17日。

型来。这绝不是说，柳青的《创业史》仅仅是一部农村生活见闻的实录，而是从这些读者对《创业史》的朴素感觉的生动事实中，可以明显地看出，柳青在创作中，不是向壁虚构，而是有着坚实的生活基础，写的是自己的感受。实际上，《创业史》中有着大量的艺术虚构，作者也驰骋了他的想象。但是，由于作者深厚的生活功力，以至他描写的一切生活场景包括生活细节和典型人物，都使读者倾心信服，是那么真实，好像和生活中的真人真事完全一样。作家笔端的具体可感的生活画面和栩栩如生的人物形象，来自他对生活的热情和直观感受。《创业史》第一部第二十五章粮食集市贸易的场景和郭世富的投机心理状态，写得那么真实生动、活灵活现，使人有亲临其境之感，是因为作者不止一次地到过这种场合，观察、研究、揣摩过活跃在这种场合中的各种人物的心理和表现。梁生宝互助组进终南山割竹子是写得有声有色的篇章，习惯于平原生活的人们进入深山老林，对大自然的新鲜喜悦的感受，刚刚组织起来的农民群众在生产自救的集体劳动、集体生活中的理想和情趣，都跃然纸上，因为其中包含着作者的亲身感受。柳青曾经挂着棍子，带着干粮，亲身体验进入终南山的生活。是对生活的熟悉了解，赋予作家把生活真实地再现出来的本领，赋予他把思想感情形象化地表现出来的能力。直接体验对作家创作有着极端的重要性，但是，作家的亲身经历终究有限，常常要运用间接材料。如何运用间接材料，柳青曾经有过精到的说明："作家必须有对付间接材料的消化力。组成这种消化力的因素很多，其中最主要的还是生活积累。想象并不能在任何时候帮助作家，它只是有条件地帮助作家。任何作家，对生活的重要性只停留在口头上，不能把它表现在行动上，总是吃亏的。"①公式化、概念化的作品，既没有对生活的深刻理解，也没有或缺乏揭示这种理解的富有特征的生活形象和人物形象。它们的作者，不是不懂得文艺的主要的特征就是它的形象性，但由于他们常常缺乏足够的生活积累和必要

① 柳青：《在中国作家协会第二次理事会会议（扩大）上的发言》，载《文艺报》
1956年第5、6期合刊。

的生活体验，对他们所描写的生活和人物的复杂性、丰富性和独特性，不熟悉或者没有熟悉到有把握的程度，所以，他们既不能解决作品在思想方面深化的问题，也不能解决作品在艺术方面的独特的形象化的问题，只好依赖于一些流行的理论和公式，写出一些思想肤浅、形象苍白的雷同化的作品。

提高创作的艺术水平，增强作家的艺术修养，基础仍然在生活。柳青多次论述过艺术技巧、吸收中外文学作品的优秀传统锤炼文学语言等同生活之间的联系。他曾经提出过这样一个发人深思的问题："技巧是从哪里来的呢？一般地认为，技巧是从别人书里学来的，前人的书或者是现代人的书。其实呢？其实，技巧主要的也是从研究生活来的。所以叫作创作。每一个时代的文学，都有新的手法。谁来创造这种新的手法呢？就是那些认真研究了生活的人。而不是认真研究了各种文学作品的手法，就可以创造出一种新的手法。"①艺术技巧是属于艺术形式范围内的问题。内容决定形式。内容和形式的统一，这是艺术的规律。每一个新的内容，都要求一种表现它的新的形式。没有一种万古不变、可以适合处理各种题材和内容的艺术表现手法。因此，不断地探索和创造新的表现技巧，就成为一个革命作家经常面临的重要课题。社会生活是在不停息地发展变化的，表现这种社会生活的艺术手法和技巧也在不停止地革新着、创造着。作家总是在认识、研究、分析丰富复杂的现实生活中，寻求准确、鲜明、生动的表现形式，艺术技巧创造性的因素隐藏在生活中。只有那些在研究生活中创造出的新的艺术技巧，才是富有生命力的。作品的独特的结构，人物行动和思想感情表达的独特方式，艺术描写的留有余地、淋漓尽致和朴素鲜明，以至景物的独特色彩和和谐配置，等等，这些创造，难道不是生活发展的客观逻辑、现实生活中各种人物的个性特征和客观事物丰富多彩的表现对作家的启示吗？能够有力地传达出生活内容的技巧，能够使读者在阅

---

① 柳青：《生活是创作的基础——在〈延河〉编辑部召开的短篇小说创作座谈会上的发言（录音）》，载《延河》1978年第5期。

读作品时首先享受生活的那种技巧，才是真正的技巧。只有踏踏实实研究生活，研究社会，研究人，才能找到创造性地解决表现技巧问题的正路。

研究优秀的文学作品，学习古今中外人类进步文学遗产的艺术手法，对一个作家全面地丰富和提高艺术修养也是不可缺少的。正如毛泽东同志所说，"绝不可拒绝借鉴古人和外国人"。但是，这种学习和借鉴，必须和作家对现实生活的研究结合起来。生活是这种学习和借鉴的出发点和归宿点，也是这种学习和借鉴的消化力的源泉。柳青在这方面谈过自己的具体的体会。1952年，他说："难道我们不应该在这些方面学习施耐庵、吴敬梓和鲁迅吗？但是作品也是一个世界，没有生活经验和分析生活的能力，根本谈不到批判地学习。我曾多次读过《三国演义》《水浒传》和《儒林外史》。在中学里的时候，以至初到延安的时候，兴味索然，不是读不到底，就是读过就忘了，因为我对那些人物的遭遇、想法和做法不能很好地理解。最近几年，我把《三国演义》从头到尾一字不漏地读完。我又读了两遍《水浒传》，三遍《儒林外史》，而且我随便翻开什么地方读起，就不由得要读下去。我觉得我从它们得到了好处，但是我自信读者不能指责我从哪一本书里割来一块贴到我自己书里。生活使我们能向人生和社会深入一步，也使我们能向别人的作品深入一步，进去了还出得来。"①只有那些生活积累丰富、理解力强的作家，才能真正认识古典作家在自己作品中所反映的彼时彼地的现实生活，才有力量从创造性地反映此时此地的现实生活的需要着眼，正确地汲取古典作家作品中认识生活、反映生活的基本原则、方法和技巧，思想内容方面的民主性的精华，艺术方面的现实主义和浪漫主义传统，语言运用方面的凝练和个性化，等等。生活，使作家在古典作品面前，能进得去，也出得来。

文学是语言的艺术。作家运用语言的能力，主要在于他是否能以自己的作品引起读者的艺术感觉，也就是人们常说的，造成如见其人，如闻其

———————
① 柳青：《和人民一道前进》，载《人民文学》1952年第6期。

声，身临其境，引人入胜的场景。读者追求的，不是作家用"光滑的"文学语言，介绍人物的衣服、动作和观点，而是作家进入人物的精神状态，用结实的生活语言，使人物自己动起来说话、感觉和思索。有人曾问过柳青：你是怎样提炼语言的？柳青答道："这不容易。文学语言和生活语言在作品中结合得很自然，不牵强，这是个大题目。"关于这个大题目，柳青认为，生活的语言是第一位的。他说："毛泽东同志说：'第一要向人民群众学习语言。'外国语言中对我国有用的东西和古人语言中有生命的东西，我们也要学习，但却不要第一。这个顺序是不容颠倒的。语言的魅力在于表达人物自己的感情，而不在于用华丽辞藻罗列自然的静物和摹写人物的动态。生活语言之所以宝贵，就是因为只有它才能最具特征、最有力地表达人物自己的感情。在特定的场合，无论多少文学语言，结构得怎样精美，也不能起一句普通的简单的生活语言的作用。"而柳青在谈到生活语言的获得和运用的时候，总是和作家深入人民群众生活这一点结合起来进行论述。掌握生活语言，实际上就是熟悉、理解生活语言所包含的和揭示的社会内容，仍然是个学习社会的问题，是一个作家深透地了解自己描写对象的各种特征的问题。所以柳青说："人物的语言能够和人物的社会意识（阶级的）特征、社会生活（职业的）特征和个性特征完全相贴切，这就并不是作家离开生活远一点也可以办到的事情了。……如果他还不能向生活学习得好，好到足以使人物的语言与人物的阶级特征、职业特征和个性特征相贴切，那么，就差这一步，他还不可能成为真正的作家。"

在创作中，既要分清楚借鉴和独创的区别，又要分清楚借鉴和模仿的区别，关键是研究生活。刻苦地向社会学习，扎实地生活，能使一个作家把从别人那里借鉴来的东西，化为自己艺术创造的血肉，必然会走出一条独特的创作道路。柳青在谈到高尔基和鲁迅时说，高尔基和鲁迅读过大量的本国的和外国的、古典的和现代的作品，从那里吸收到丰富的营养，但他们自己的作品，一开始就带着独到的思想和独创的风格，其根本原因，在于他们是以自己的生活经验为基础进行学习和创作的。一个从事创作的人，如果不深入生活，只会模仿，就是写一辈子，也只能在别人的路上跑来跑去。

富于独创性的作品，常常能提出生活中的新问题，发人深思，促人猛醒。作家是以生活的干预者的身份出现在读者面前的，他不是落伍于生活潮流之后的消极冷漠的记录者，而是置身于生活潮流之中的积极热情的战士。他们以人生崇高目的不倦追求者的姿态，不只是忠实地再现生活，而且解释生活，对生活现象下判断，预示生活的发展方向。我们的文学创作不仅可以，而且应该走在现实生活的前列，因为作家站在生活前进的立场上，观察生活，反映生活，捕捉生活中萌芽状态的事物，这是社会主义文学的特殊使命。"提倡作家大胆地干预生活，这是非常要紧的事情"，柳青写道，"但是作家不熟悉生活，对生活缺乏深刻的研究，哪里来的那么大的胆子呢？在这种情况下表现自己的勇敢，造成的结果只有不愉快。作家都是聪明人，谁肯自找没趣呢？于是大家都拣轻便路走。"[①]最常见的轻便的路子，就是按照教条主义的理论和抽象的阶级分析的方法，改变某些生活事件，使之适合于某些主观意图，或者是按照过时的经验，推测地描写发展着的新的现实生活。这样的作品，既无革命精神，也无生活气息。柳青认为，造成这种文学创作和现实生活脱节的现象的原因，主要是作家落后于生活。作家只有勇于做生活激流的弄潮儿，才能锻炼出正确地再现生活、判断生活和预见生活的胆识，才有可能写出真正使人民群众感奋起来，走向团结和斗争的生活教科书。

作家对象化的理论和实践

作家在社会生活实践中的对象化和艺术创造中的对象化，是柳青艺术观中的一个重要思想，是他对生活是创作源泉的深刻而全面理解的集中表

---

① 柳青：《在中国作家协会第二次理事会会议（扩大）上的发言》，载《文艺报》1956年第5、6期合刊。

现。柳青认为，作家在生活实践中的对象化和艺术创造中的对象化，是作家生活深度的标志，是作家艺术创造的核心问题。

柳青第一次公开提出并且做了比较完整的说明的关于作家对象化的思想，是在1962年第3期《延河》上发表的《关于〈创业史〉复读者的两封信》一文中：

> 马克思说："人不仅通过思维，而且也用一切感觉在对象世界中肯定自己。"马克思把这叫作艺术工作者的对象化。这意思正如今天人们所说的：演员登台要进入角色，作家写小说要通过人物。不仅仅作家的五官感觉对象化，而且包括精神感觉对象化的功夫，决定艺术形象化的程度。鲁迅"曾想装作酒醉去打巡警，得一点监牢里的经验"，来写阿Q被捕以后的情节。毛泽东同志的《在延安文艺座谈会上的讲话》所讲的思想感情的变化，我理解和马克思所讲的对象化是一个意思。毛泽东同志不是把"大众化"解释成"文艺工作者的思想感情和工农兵大众的思想感情打成一片"吗？毛泽东同志不是反对"衣服是劳动人民，面孔却是小资产阶级知识分子"的人物描写吗？作家无论在生活实践中对象化，还是在艺术创造中对象化，都是毛泽东同志所说的熟悉和懂得"描写对象"的问题。这是艺术的核心问题。

柳青在这里引用的马克思关于对象化的论述，来自马克思的早期著作《一八四四年经济学哲学手稿》。马克思关于对象化的思想，是非常丰富的。柳青引用的这段话，是马克思在论述人的艺术感觉产生的历史过程及其特点时讲的。马克思认为，人类的艺术感觉和艺术思维，是在改造自然和社会的实践中产生并且得到丰富和发展的，同时，人类又是按照创造人的本质和自然的本质的全部丰富性相适应的人的审美感觉和审美原则，在自然界和社会生活中进行着新的创造。柳青运用这种思想，来解释作家的生活过程和创作过程，认为其就是艺术家的对象化的过程。

柳青关于作家对象化的思想，主要包含三个方面的内容。首先，作家必须熟悉和懂得自己的描写对象，不仅通过思维，而且通过全部感觉把握自己描写的对象，即从直觉到精神都能使描写对象的丰富的本质和独特的存在形式，生动地准确地活跃在自己的头脑里，也就是说，作家对描写对象熟悉和懂得的程度，要达到可以把自己化为对象的程度。马克思说："眼睛对对象的感受不同于耳朵，眼睛的对象是与耳朵的对象不同的。每一种本质力量的独特性，正好就是它的独特的本质，因而就是它的对象化的独特方式，是它的对象化的、现实的、生动的存在的独特方式。所以，人不仅通过思维，而且也用一切感觉在对象世界中肯定自己。"[①]人类认识和把握客观事物的方式是多种多样的，而艺术的认识和反映客观事物是一种独特的方式。这种独特性是由客观事物的独特本质和独特的存在方式以及与此相适应的作家的思维和感觉的独特方式所决定的。用人们经常运用的表达方式来说，就是自然界的事物和社会生活现象只有被作家所熟悉和懂得之后，才能成为他的描写对象，作家不仅通过抽象思维认识和理解客观事物的相互联系及其本质，而且也通过眼、耳、鼻、舌、身这五个感觉器官把握客观事物的具体的生动的形态和性质。作家的富有特色的写景状物，生动逼真的人物音容笑貌和服饰体态的刻画，离开了直观感觉是无法进行的。也就是说，作家必须运用形象思维才能进行艺术创造。只有在和各种对象反复的接触中，作家的思维和感觉才能和对象的本质的全部丰富性相适应，达到谙熟于心、出神入化的境地。所以，柳青说："作家无论在生活实践中对象化，还是在艺术创作中对象化，都是毛泽东同志所说的熟悉和懂得'描写对象'的问题。"

其次，作家在生活实践中，在熟悉和懂得自己描写对象的过程中，不断地丰富和发展自己的艺术感觉和艺术思维，同时，纠正自己头脑中不符合描写对象的独特本质和独特存在形式的主观观念，使自己的感觉和思维尽可能和客观事物相吻合，也就是说，作家在深入生活和熟悉人的过程

---

① 米海伊尔·里夫希茨编：《马克思　恩格斯论艺术》，人民文学出版社，1960年，第204页。

中，才能使自己的全部艺术感觉和艺术思维，永不僵化和枯竭，始终保持新鲜的活跃的生命力。马克思说："只有凭着从对象上展开的人的本质的丰富性，才能发展着而且部分地第一次产生着人的主观的感受的丰富性：欣赏音乐的耳朵，感到形式美的眼睛，——简单地说，能够从事人的享受和把自己作为人的本质力量来肯定的各种感觉。因为不仅五官的感觉，而且所谓精神的感觉，实践的感觉（意志、爱情等等），——一句话，人的感觉，感觉的人性，——都只凭着相应的对象的存在，凭着人化了的自然，才能产生。"①马克思这段话所表述的重要思想，就是人们的感觉和思维，是在改造自然和社会的实践中逐步得到发展和完善的。作家艺术感觉和艺术思维的丰富性和独特性，从根本上说，也是来自生活实践的。柳青说，生活改造作家，就包含着这样的意思。前引柳青在《关于〈创业史〉复读者的两封信》一文中所说的"毛泽东同志的《在延安文艺座谈会上的讲话》所讲的思想感情的变化，我理解和马克思所讲的对象化是一个意思"，这是有道理的。革命的作家艺术家，他们的立场、世界观和思想感情的转变，只有在和工农兵大众的结合中，使自己对象化，才能够完成。

最后，作家在生活和创作中，不是一个消极被动的反映者，而是一个积极能动的反映者，他总是按照一定的凭着人化了的客观事物产生的审美意识审美原则，加工着改造着自己的描写对象，这是作家对象化的又一个内容。柳青说："生活'是自然形态的东西，是粗糙的东西'（毛泽东语），'被粗糙的实践的需要所支配的感觉，只具有被局限的意义'（马克思语）。而文学艺术则是人民生活在'作家头脑中的反映的产物'（毛泽东语），'凭着人化了的自然才能产生'（马克思语）。这里的'自然'也指未经艺术加工的社会生活。艺术给人一种逼真的生活的感觉，但它已经不是生活本身了。它只是'创造与人的本质和自然本质的全部丰富性相适应的人的感觉'（马克思语），是'观念形态的'（毛泽东语）东

---

① 米海伊尔·里夫希茨编：《马克思　恩格斯论艺术》，人民文学出版社，1960年，第204—205页。

西了。"柳青在这里所说的是艺术和生活相区别的一面,这种区别就在于艺术是经过加工和改造了的生活。事实上,作家的这种加工和改造在生活实践中对象化的时候就已经开始了。作家的倾向是在生活中形成的,同时,作家又按照一定的倾向进行生活实践和艺术实践,正如马克思所说:"对象世界的实际创造,无机自然的加工,是人作为有意识的种属的存在的自己肯定,即作为这样一种存在的自己肯定,这种存在把种属当作自身的本质看待,或者把自己当作种属的存在看待。""动物只是按照它所属的物种的尺度和需要来造成东西,可是人善于依照任何物种的尺度来生产,并且到处善于对对象使用适当的尺度;因此,人也是按照美的规律来造成东西的。"①

我们从柳青关于对象化的论述中,可以看出,马克思是在广义的意义上阐发人类的对象化的问题的,柳青则是在狭义的意义上讲述这个问题的,即在作家艺术家深入生活,进行创作的意义上来讲述对象化问题。柳青认为:"不仅仅作家的五官感觉对象化,而且包括精神感觉对象化的功夫,决定艺术形象化的程度",这"是艺术的核心问题"。艺术的核心问题是塑造生动鲜明的形象和典型,真实深刻地反映客观事物的本质和规律,而刻画人物,则是艺术形象创造的主体,不仅要准确地描绘人物的全部外在特征,更重要的是要真切地揭示人物的丰富的内在本质,人的各种复杂、微妙的思想感情,深藏着的灵魂的隐秘活动,并且通过人物自己,把这一切像实际生活中一样真实地传达给读者。这就远非脱离实际生活,不熟悉、不懂得自己的描写对象的作家所能办得到的了,只有那些熟悉生活,透彻地了解自己的人物,有着对象化功夫的作家,才能够做出独特的艺术创造。艺术创造的形象化的程度,首先取决于作家的对象化的程度,这是为中外许多优秀作家艺术家的生活经验和创作经验所一再证明了的。巴尔扎克在描写高老头的死后,他几天都不愉快;福楼拜在描写包法利夫

---

① 米海伊尔·里夫希茨编:《马克思　恩格斯论艺术》,人民文学出版社,1960年,第225—226页。

人服毒时，感到自己嘴里也有砒霜味；屠格涅夫在写小说《父与子》的过程中，花了两年时间，替作品主人公巴扎洛夫写日记；传说《水浒传》的作者施耐庵为了把人物写得气韵生动，曾请画家给他画了一百零八将的挂图，以便自己面对这些形象经常揣摩、体会；工画草虫的大画家曾云巢，在谈到自己作画时说："方其落笔之际，不知我之为草虫耶？草虫之为我耶？"这都说明，那些曾经创造出脍炙人口的作品的作家艺术家，他们都在对象化方面下过自己的功夫。柳青自己经常刻苦地、自觉地进行着对象化的实践，不断地积累着这方面的感受和体会。他曾向人说过，在林彪、"四人帮"猖獗时期，因为遭受让人几乎难以存活下去的迫害，"祸兮福所倚"呀，倒使自己获得了平常绝难得到的两种真切感受。一种是人在受到平白无故的诬陷而又不能辩白时的痛苦和愤懑心情；一种是人无辜受害而面临死亡前夕的心理和感情。他诙谐地说，以后在我的创作中如果写到这两种情况，就会有把握把它写成功。我们阅读柳青的作品尤其是后期的作品，叹服他把关中农村的生活场景、风土人情、各种人物的心理和言行写活了，那么真实，充满了生活气息，这和他在生活实践中和创作实践中独到的对象化功夫是分不开的。

在作家的对象化的问题上，柳青的理论说明并不多，但他的实践经验却是丰富的、深刻的。人们可以举出许许多多具体生动的事例，说明柳青在生活上如何群众化了，他的穿着外貌如何像农民，他对他生活根据地皇甫村的几乎所有的群众的姓名、出身、经历以至几代人的家史如何了如指掌，他同当地的农村基层干部的关系是如何亲密，等等。这些对于像柳青这样的作家来说，是在深入生活的过程中，起码应该做到也比较容易做到的。但是，要达到对象化的程度，这一切还是远远不够的，只能算是作家进行对象化的一些不可缺少的准备条件。更重要的工作，是观察、体验、研究、分析一切人，一切阶级，一切群众，一切生动的生活形式和斗争形式，深入人们的精神世界。从某种意义上说，长安十四年，也是柳青在生活和创作中对象化的十四年。他的实践和体会，为作家如何更好地对象化，提供了值得重视的经验。

选择一个固定的生活基地，长期扎根，和那里的人民群众始终保持密切的联系，使自己的感觉和思维一直活跃在生动丰富的对象世界里，这是柳青对象化实践的总的特征。和这个总的特征相联系，柳青在生活实践里对象化的过程中，主要做了两个方面的工作。

一是进入各种人物的精神领域，了解和熟悉各种人物的思想感情。在实际生活中，认真地研究各种人，深入地解剖他们的灵魂，准确地掌握他们的思想感情，对于一个作家来说，比之于了解和熟悉某种事件的过程，是更困难、更艰苦的工作。作家在生活中的主要的注意力和兴趣，就应该放在这里。这是柳青几十年来，特别是长安时期在生活实践中对象化所追求的目标。柳青自述道，在农村生活中，"举例来说，地主喜欢什么？贫农喜欢什么？地主有什么要求？贫农有什么要求？"[1]"农民为什么劳苦？""他们怎那么爱儿子和土地？"[2]凡此种种，他都密切关注，潜心研究。《创业史》中的人物，在柳青的生活根据地都不只有一个模特儿。柳青同这些模特儿的关系以及对他们的熟悉程度，简直如家人一般。柳青和农民中的先进分子，像王家斌这样一类人物之间的亲密无间、患难与共的关系，十分典型地体现了一个作家和他对象化世界中的主要人物对象化的生动过程。他和他们在精神上息息相通，在思想感情上互相影响。王家斌在旧社会的苦难遭遇和在新社会的先进事迹，曾经深深地激动过和教育过柳青，而柳青也曾用党的思想和政策启发和帮助过王家斌，使他逐步克服身上所保留的一些小生产者的思想意识。当王家斌被错误地批斗，柳青听到时，气得嘴唇发抖，不顾个人安危，前去辩护，据理力争。王家斌在农业集体事业中的苦乐，也成为柳青这一时期的主要苦乐。王家斌就说

---

① 柳青：《在陕西省出版局召开的业余作者创作座谈会上的讲话》，载《延河》1979年第6期。

② 柳青：《转弯路上》，见《中华全国文学艺术工作者代表大会纪念文集》，新华书店，1950年。

过，咱农业社千万不敢出事，出了事，柳书记（柳青当时兼任长安县委副书记）的魂就丢了。粮食统购统销中，在斗争一个不法富农时，作为会议组织者和领导者的柳青，有意识地夹杂在群众队伍当中，同不法富农进行面对面的斗争。区委书记后来问他：你为什么不到前面来？柳青说：我想体验体验群众的思想情绪。生活是复杂的。各个阶级各个阶层中的各种各样的人物，作家都应该熟悉了解。柳青对自己平常较少接触的农村的地主分子、富农分子以及其他落后分子，更是有意识地进行这方面的工作。王家斌的生产队有个二流子，解放前是个兵痞，不务正业，曾经和一个能说会道的有夫之妇私通，后来便霸占了这个女人，是村子里大家厌恶的人。他有一个嗜好，就是爱玩鸽子。柳青为了接近和了解这类人物，也买了两只鸽子，和这个二流子一起放鸽子、拉家常。这对夫妇也视柳青为"知己"，对柳青无话不说。我们在《创业史》中写得极为生动的白占奎夫妇的形象上，可以看出这对夫妇的影子。

二是对社会各阶层的人们的心理状态，进行历史的系统的了解和研究。《创业史》第一部出版以后，柳青和出版社都收到了许多读者的来信，他们殷切地期望第二部早日问世。柳青对这些热情的读者公开回信答复说："我想：至少在两三年内，不可能出版。这是因为对农村社会各阶层人物的精神状态进行系统的勘察、掘进、开采、提炼和加工，是很费功夫的工作。不错，我从头至尾参加了我国农村的社会主义革命，整个《创业史》的故事情节大体上也想好了；但对于这种内容的小说，所完成的，包括第一部在内，难道不仅仅是一点基础，远远地没有决定性的意义吗？"①柳青的这个回答，并非自谦之词。《创业史》这部巨著，正如作者自己所表白的，是着重表现中国农村社会主义革命中社会的、思想的和心理的变化过程的。或者说，作者是要通过我国农村各阶级、阶层人们心灵的发展变化的历程，体现出这场革命给农村所带来的巨大变革。因此，

---

① 柳青：《关于〈创业史〉复读者的两封信》，载《延河》1962年第3期。

只想好整个《创业史》的故事情节，当然是没有决定意义的。而具有决定意义的是，作者对农村各种人物的精神状态的勘察、掘进、开采、提炼和加工的程度如何。作者不仅要熟悉特定人物在现实斗争中的思想感情的各种表现形态和内容，而且要了解这种思想感情现状的历史根源和可能具有的发展动向。只有对人物的心理状态进行历史的系统的了解和研究，才能更准确地把握他们的思想和性格，才能使作家的对象化具有本质的深度。柳青决心在一个固定的地点，长期安家落户，从作家对象化这个意义上讲，就是为了更好地从事这方面的工作。《创业史》第一、二部，描写的不过是关中平原上一个小小村庄几十户人家在一年左右时间内的生活故事，但它却使读者有一种强烈的广阔感和纵深感，也就是说，人物的思想感情和心理状态不仅具有现实的充分的真实性和概括性，而且具有必然的特定的历史深度。这同柳青在生活实践中，系统地勘察各种人物精神状态的巨大的对象化功力是分不开的。

作家在生活实践中的对象化，是他在艺术创造中对象化的基础。"作家如果没有在社会生活实践中对象化，即熟悉和懂得他的'描写对象'，他就不可能在艺术创造中对象化，即一切情节发展要通过人物的行动、感觉和思想。"创作过程，实质上是生活过程的继续和深入。当一个作家在房子里写作的时候，主要的功夫，还是用在研究生活上。他总是要不断地回忆过去体验过的生活，反复分析这种生活，深刻理解这种生活，然后才能进入表现阶段。回忆、分析和理解过去体验过的生活的核心问题，是集中和概括生活当中的各种人物，进入特定人物的精神世界，使人物按照自己思想、性格的逻辑行动起来。这对于一个作家来说，是更为艰巨的工作。所以柳青说："比较起来说，深入生活还是容易的，愉快的；而从生活里钻出来又进入特定人物的精神状态，就更困难、更艰苦了。"[1]

为什么说，作家在创作中的对象化，比在生活中的对象化更困难、更

---

① 柳青：《关于〈创业史〉复读者的两封信》，载《延河》1962年第3期。

艰苦呢？

因为作家在生活中的对象化，面对着的是实际存在着的人，已经发生过和正在发生着的事，实际存在着的情与理，作家在这个过程中，主要依靠的是直观感受和深入细致的观察力；而作家在艺术创造中的对象化，头脑里活跃着的是虚构的人，必然会发生和可能发生的事，必然会有的情与理，作家在这个过程中，主要依靠的是建立在对实际生活熟悉和理解的基础之上的想象力。这些虚构的人物以及他们之间的关系，是作家对自己接触和了解到的现实生活中实际存在的各种各样人物和他们的活动方式，经过集中和概括而重新创造出来的，更具有普遍性和典型性。这是一种创造性的劳动。正如柳青所说："这是非常困难的，许多原来毫无关系的人，被作家调动在一块工作和生活，性格各不相同，思想很不一致，多方面发生矛盾，要完成一个任务，这个任务在世界并不存在，只是作家的头脑想象出来的。组织这个矛盾，展开斗争，并不是没有限制。它在大的方面要合乎客观事物发展的规律，在小的地方要合乎实际生活的细节，就好像世界上有过这个事一模一样，就好像这些人本来都在一块一模一样，不能给人看出破绽。"[1]作家在创作中构成一个合乎逻辑的新的人物关系的世界的整个过程，在柳青看来，就是作家在创作中对象化的过程。在这个过程中，还有一层困难，就是作家不像演员一样，只扮演一个角色，而是要扮演各种各样的角色。柳青说："作家呢？就是用笔来扮演自己书里的人物。作家的困难在于：演员每人只要扮演一个角色，而作家呢？要扮演他书里所有的角色。平庸的作家，不善于把自己变成他作品里面的人物，或者是善于变成这一类人物，而不善于变成另外一类人物。就是说，他呀，不能拿他的人物的感觉，来表现作品里面的情节、环境；而是把作者的感觉，强加给他的人物。"[2]作家在创作中对象化的程度，即进入各种人物

---

① 柳青：《回答〈文艺学习〉编辑部的问题》，载《文艺学习》1954年第5期。
② 柳青：《生活是创作的基础——在〈延河〉编辑部召开的短篇小说创作座谈会上的发言（录音）》，载《延河》1978年第5期。

的精神状态的程度，从根本上决定他的作品所反映的生活内容的真实程度，决定他的作品中的人物的形象化和典型化的程度，即使人物的对话和内心独白的生动性和丰富性，同人物的阶级特征、职业特征和个性特征相贴切的程度。读者公认，《创业史》在艺术手法上，在人物形象的塑造和环境气氛的描写上，有新的突破。柳青也曾以一个探索者的自豪心情，反复谈及他对这一种新的艺术手法的追求和运用。在《创业史》里，作者的叙述和人物的内心独白即心理描写，糅合在一起了，作者在每个章节里，透过特定人物的眼光、思维和心理，来表现其他人物和各种生活场景，写出了许多引人入胜的艺术篇章，表现了柳青在创作中对象化的功力。

人们都说柳青是一位严肃认真的艺术创造家，这也表现于他在创作中的对象化的努力方面。柳青所在的皇甫村罗家湾生产大队的党支部书记罗昌怀曾谈到，1966年以前，他经常去柳青家，因为人熟，常常不打招呼就进去了，几次看见柳青在写作的时候，不是趴在桌子上，而是胳臂上挎着一个竹篮，在脚地学农村老婆走路；有时手里又拿着旱烟袋，好像在学农村老汉走路。他真专心，连外人来了都不知道。罗昌怀所谈的这个情况是真实的，也不奇怪，因为柳青主张作家在创作中必须对象化，进入他所描写的各种角色。所以，他在写作中模拟各种人物的姿态、动作，以便揣摩、体验各种人物的心理和精神状态，是完全可以理解的。《创业史》的责任编辑王维玲也谈到，"柳青写小说的时候，总是在房子里，从一个角落到另一个角落，踱来踱去，他想好了，觉得满意了，停下来，站在桌边，拿起笔刷刷地滑过稿纸。之后，又踱来踱去，就这样，他把自己沸腾的心血，带着特有的激情和诚意，进入了创作境地"①。柳青自况道："《创业史》也是我自身的经历，我把自己体验的一部分和我经历过的一部分，都写进去了。生宝的性格，以及他对党、对周围事物、对待各种各样人的态度，就有我自身的写照。"②柳青逝世前一段时间，因病住在西

① 王维玲：《柳青和〈创业史〉》，载《延河》1980年第8期。
② 同上。

安第四军医大学附属一院，同时修改《创业史》第二部。有一次，陕西京剧院一位同志去探望他，见他精神非常痛苦，问他病情是否加重了。柳青说，这几天我正在扮演一个反动富农角色，高低扮演不好，很伤脑筋，倒不是病重了。在进入特定人物内心世界的过程中，作者自己产生精神上的痛苦，这不只是柳青，也是许多有成就的作家所常有的事情。

作家无论是在社会生活中或是在艺术创造中对象化，都要求他们进入各种人物的精神领域，准确地把握多种人物的心理和感情，但这并不是要求作为一定社会力量代言人的作家，在社会实践和艺术创作中，把自己的立场、世界观和思想感情完全消失在描写对象中。柳青在他关于对象化的论述中，虽然没有专门谈到这一点，但我们从他的其他文章中，却可以看出来他是特别强调作家必须是一个能动的反映者，是一个站在先进阶级和先进社会力量立场上的人民群众思想感情的表现者的。他说："接受什么政治思想的指导和接受什么阶级意识的影响，永远是每个作家最根本的一面。"[1]事实上，作家也是不可能完全变成他所描写的各种人物的，他总是要保持自己的独立性。既要对象化，又要保持独立性，这就是作家在生活实践中和艺术创造中对象化的辩证法。在"文化大革命"中，一些批判者指责柳青在《创业史》中，借反动富农姚士杰之口，恶毒地咒骂共产党。他们的逻辑是，柳青如果没有仇视共产党的心理和感情，他就不会把姚士杰对共产党的恶毒劲写得那样真实，入木三分。这种批判，弄得柳青哭笑不得。关于这些批判者，他们是否有别的用心，这里不谈，仅就他们使用的逻辑所反映的他们对文学作品的赏鉴能力来说，也是缺乏基本常识的。他们根本不懂得作家在艺术创造中，既要对象化，又要保持独立性的辩证法。正因为柳青进入了姚士杰的精神领域，他才能真实地揭示出这个反动富农分子仇视共产党的阴暗心理。作者批判暴露的立场，渗透在这一切描绘中，这是广大读者都能共同感受到的。读者从作家的描绘中，既看

---

① 柳青：《谈谈生活和创作的态度》，载《文艺报》1960年第13期、第14期合刊。

到了一个反抗社会主义改造者思想感情波动的逼真过程，同时也看到了他们的行动和心理是违背广大人民群众意愿的，是违背社会发展的客观规律的，是应该批判的丑恶的事物。作品歌颂什么，暴露什么，是作家在对象化中保持相对独立性的鲜明体现。一个作家进步的立场、明确的是非观念和强烈的爱憎感情，必然使他在对象化的过程中同对象保持各种意义上的距离，不能等同于对象。一方面作家能够变成各种各样的人物，准确地把握和表现各种人物在各种情景之下的心理和感情；另一方面作家又始终是他自己，是一定阶级和社会集团的代言人。先进的革命的理论武装，丰富的深厚的生活经验，不但能使一个作家很好地和他所代表的所歌颂的阶级的各种人物打成一片，而且能够帮助他准确地判断、揣测、把握，以至间接地体验他所暴露和反对的阶级的各种人物的思想感情，把对象化和保持相对的独立性统一起来。这个既要对象化又要保持独立性的艺术创造过程，中外许多作家艺术家都自觉不自觉地意识到了，并且做过不同程度的探讨，有的在艺术实践方面进行了成功的创造，有的在理论研究方面作出了自己的建树。例如18世纪法国启蒙运动的思想家狄德罗，就曾提出过有名的"演员矛盾说"。他认为演员要保持清醒的理智，不能听任人物感情的驱遣而失去自己冷静的控制。狄德罗的这种演员要和自己扮演的人物保持距离的观点，有它正确的一面，但笼统地反对演员进入角色，否认演员体验人物的思想感情，这就使演员要保持自己独立性的观点，带上了绝对化的弊病。柳青关于对象化的论述，避免了这种片面性。我们研究柳青以及其他作家艺术家关于对象化的理论和实践，总结和吸取他们在这方面的成功经验，对促使我们的作家艺术家在生活实践方面更深入一步，在艺术创造方面更趋真实完美，是大有裨益的。

生活真实与艺术真实

　　作家的对象化，是整个艺术创造过程中的一个核心问题。在柳青看来，整个艺术创造过程，包括相联系的两个部分，前一部分是生活过程，后一部分是创作过程。"前一部分生活过程，就是作者自己思想感情发生变化的过程，后一部分创作过程，也就是作品中人物思想感情发生变化的过程。"[①]这两个过程结合起来，就是从生活到艺术的整个艺术创造过程。显然，这两个过程，都离不开作家的对象化。作家对象化所追求的目标，应该是艺术的真实，不能仅仅满足于生活现象的真实，或者仅仅满足于一般的逼真地再现各种人物的喜怒哀乐的感情。这里，就涉及对生活真实和艺术真实及二者关系的理解问题了。

什么是生活的真实？什么是艺术的真实？两种真实的关系是怎样的？对人们经常谈论的这些问题，柳青有着自己的富有启示的理解和回答。他说：

细节的真实就是生活的真实，就是作品关于人与人、人与物、物与物、时间和空间的关系的描写真实，关于行动、言语、景色、音响等等客观事物在人的生理上和心理上反映的描写也真实。真实就是逼真，就是入情入理，使读者感觉到作品里所写的一切，如像现实生活里真正发生过的事情一样，令人那么愿意接受，简直找不出什么漏洞来。

人对人的拥护和反对的感情、喜欢和讨厌的感情、亲爱和仇视的感情，人的力量促使物的变化，人在高兴时的感觉、人在疲劳时的感觉、人在饥饿时的感觉……所有这些社会特征、心理特征和生理特征，都带着生活的具体性。艺术描写如果缺乏这些具体性，或不符合这些具体性，就不能给读者造成生活的气氛，就是缺乏生活真实。艺术描写在这种情况下，当然就达不到艺术的真实——逼真和入情入理了。这是非常浅显易懂的道理。

但是这仅仅是革命的现实主义文学起码的、初步的、一般的真

---

① 柳青：《在陕西省出版局召开的业余作者创作座谈会上的讲话》，载《延河》1979年第6期。

实。还有更高的艺术的真实，那就是马克思主义创始人恩格斯要求的典型环境的典型性格。在艺术的创造过程来说，就是典型化。

这个回答是耐人寻味的。人们可以看出来，柳青在这里所讲的生活真实和艺术真实都有两种含义。一种是起码的、初步的、一般的真实，在这个范围内讲，所谓生活的真实，就是指现实生活中存在的一切人、事物和现象，例如人与人、人与物、物与物、时间和空间的关系，种种客观事物在人的生理上和心理上所引起的反应和感情；作家艺术家只要对这些事物和现象做出具体的、逼真的、入情入理的描绘，使读者觉得像现实生活里真正发生过的事情一样，这就是艺术真实。柳青又称这种艺术真实为细节的真实，因为这种真实只达到了对生活中个别的人或者局部的现象的真实描绘，同柳青所讲的更高的艺术真实比较，它还是偏重事物的外在联系和特征的反映，也可以说只是达到了生活现象的真实。这两种真实，也就是我们通常所说的生活现象的真实和艺术描写的细节的真实。这两种真实，对艺术描写给读者以准确的和足够的生活感觉，是必需的；对于革命的现实主义文学达到更高的艺术真实，是一个基础。另一种是更高意义上的真实，在这个范围内讲，所谓生活的真实，就是指现实生活中事物之间的内部联系，事物的本质特征和发展规律；作家艺术家以自己的带着充分的生活具体性的艺术描写，把事物的本质和规律揭示出来，这就是艺术真实。柳青认为，对于叙事性的文学作品来讲，也就是塑造典型环境中的典型性格。这种典型环境中的典型性格，它所显示的是一定历史时期现实生活中富有本质意义的矛盾冲突，以及这种矛盾冲突的发展过程和趋向，它提示给人们的，已经不是生活中个别的人或局部的现象的外在的真实，而是生活整体的内在的真实。柳青认为，作家艺术家在生活实践中和艺术创造中，在对象化的过程中，所追求的主要是这种真实，他也是在这种更高意义的真实上，来讲生活真实和艺术真实的关系的。

生活真实是艺术真实的基础和源泉，艺术真实是生活真实的反映。生活和艺术的这种关系，是质的关系呢，还是量的关系？柳青回答说：

"我理解是质的关系。作家到生活里去发掘的是事物的本质，而不是搜集事物的数量或去求平均数。作家在作品里反映的也是本质的真实，而不是数量的真实，更不是现象的真实。搜集材料的作家生活方式之所以不行，是因为它没有丝毫美学理论根据。列宁劝高尔基'到外地的工人居住区或到农村去观察'的时候，说：'在那里用不着在政治上掌握许多极复杂的材料，在那里可以专门从事观察。'我理解：能够帮助作家发掘生活的本质的，不是在隔手的材料上贪多，而是作家的马克思列宁主义世界观水平和他对生活熟悉的程度。"柳青又说："生活与艺术的质的关系，我理解在思想力量上就是要反映事物的内在规律性，在艺术力量上就是要反映事物的表现特征。我理解革命文学的生活和艺术的美学关系，就是这样的关系。"革命文学的艺术真实，就是通过事物的表现特征，反映事物的内在规律性。这样，它就在本质这一点上，和生活真实一致起来了。不反映生活真实的艺术真实是不存在的。作家艺术家只有到生活中去，认识生活，发掘事物的本质，才有可能创造出更高的艺术的真实。

正确地认识和把握生活的本质真实，对作家艺术家成功的艺术创造，是具有决定性意义的。

什么是生活的本质真实？

多少年来，这个问题被搞得相当混乱，教条主义和形而上学观点统治了许多人的头脑。他们运用一些固定不变的公式，脱离实际的框框，强行要求文艺创作。反映革命斗争的作品，只能描写革命力量攻无不克的胜利进程，不能描写革命斗争过程中必然会有的困难、失败和挫折；反映社会主义生活的作品，只能歌颂光明，不能揭露黑暗；在塑造人物上，只能以工农兵英雄形象为主角，不能让其他人物在作品中占主要地位；对英雄形象的刻画，只能写他们完美无缺，不能写他们的成长过程；等等。否则，他们就认为是不符合生活的本质真实，歪曲了历史和现实。在他们看来，生活的本质真实，只是通过一种固定不变的生活形态反映出来，而不是或者不能通过丰富多彩的生活形态和生活现象得到多方面的表现。既然他们把生活的真实这样凝固化、简单化了，那么，他们所要求的创作中的所谓艺术真实，也就只能是公式化、概念化的东西了。努力清除这种对生活的本质真实的教条主义和形而上学的了解，是推动作家更好地深入和理解生活，促进文艺创作健康发展的一个重要课题。

我们只能按照生活的本来面目来了解生活。历史唯物主义观点认为，人类历史和社会生活是一个矛盾运动的过程，是一个处在相互联系中的两个对立面的不断冲突和不断变化的过程。本质和现象是这个客观发展过程的两个不同的方面。事物的本质就是事物的内部联系，就是决定事物性质的内在矛盾和这种矛盾的发展趋向。事物的现象就是事物的本质在各个方面的外部表现，是直接能被我们的五官感官所感知的事物的外表形态。本质总是要通过一定的现象表现出来，而任何现象又总是从某一特定的方面表现着本质。现象是表面的，丰富多变的，而本质则是隐蔽的，相对稳定的，是贯穿于各种局部现象之间的深刻的内部联系。我们对生活的本质真实，要做具体的历史的了解，要把它放在一定的历史范畴内进行考察。就生活的总体来说，所谓生活的本质真实，就是决定一定历史时期社会生活性质和特点的各种矛盾冲突的发展过程和演变趋势。社会生活中一切人、一切派别、一切阶级、一切生动的生活形式和斗争形式，都总是从不同的方面在不同的程度上和不同的意义上，直接地或间接地体现着社会生活的本质。而社会生活的本质，只是在社会关系中，在人与人、集团与集团、阶级与阶级等等之间的对立统一的关系中才能显示出来。离开了这些关系，离开了人与人、集团与集团、阶级与阶级等等之间的对立和联系，所谓生活的本质就无法理解，不能把握。社会主义历史时期生活的本质真实，是通过同这一历史时期发展变化着的社会的基本矛盾和主要矛盾相联系的各种各样的、丰富多彩的生活形式和斗争形式表现出来的，它既有合理美好、欣欣向荣的一面，也有缺陷阴暗、困难挫折的一面，但无产阶级和社会主义的胜利，是必然的趋势。写光明面可以表现我们生活的本质，写阴暗面也可以反映我们生活的本质，实际上光明面和阴暗面是对立的统一，作家也只能在这种对立统一的联系中去描绘光明，揭示黑暗。革命的作家艺术家在揭示黑暗的时候，总是要把这种黑暗放在一定历史时期社会生活的广阔背景上，从联系和发展中去暴露这种黑暗的本质。他们的目的，不是渲染黑暗所造成的恐怖和痛苦，不是渲染人们在黑暗面前的盲目和无能为力，向群众灌输悲观绝望的情绪，而是要唤起群众的生活热情、斗争精神，去驱赶黑暗、创造光明。如同各个社会历史时期生活本质的表现是多样的一样，社会主义历史时期生活本质的表现也是丰富的，作家驰骋自己艺术表现才能的范围是极其广阔的。对生活的本质真实的教条主义和形而上学的观点之所以错误，是因为这种观点不符合生活的本来面目，违背了事物发展变化的客观规律。持有这种观点的人，他们不是在事物的对立统一的矛盾运动的过程中，在事物的多种多样的联系中，在事物的不断的发展变化中，去理解和把握生活的本质，而是把生活的现象和本质简单化、片面化和绝对化了。他们或者把生活矛盾中的主导方面，从本来就存在着的多种联系中孤立出来，使它无法体现生活的本质；或者把本来能够在某种意义上比较充分地体现生活本质的现象绝对化，使它脱离具体的历史内容和具体的历史条件，成为空洞的教条；或者把革命力量的前进道路看成笔直的，把事物发展的螺旋形的上升运动直线化，从而抹杀了生活辩证发展的丰富内容。这种错误观点的认识论的根源，是主观和客观相分裂，理论和实践相脱离。持有这种错误观点的人，他们对生活本质真实的解释，不是从复杂的生活中得来的，而常常是从某种抽象的理论概念中演绎出来的。生活之树常青。它不仅赐诸作家以生活真实的真知灼见，而且使作家能够在这种真知灼见的基础上，创造出绚丽的艺术真实之花。

柳青的生活实践和创作实践生动地说明了，人民生活的土壤，对作家形成生活真实的正确见解和艺术真实的独创表现，具有多么重要的意义。

《创业史》是真正来自生活的作品。它对社会主义革命开始一个时期，我国农村社会生活本质的艺术概括，是相当深刻的。蛤蟆滩的变迁史，就是这个时期整个中国农村历史面貌的缩影。这不是一幅静止的生活画面，而是社会生活变动发展过程的真实的再现。它在社会主义力量和资本主义势力反复角逐的生动描绘中，显示出社会主义这个新生事物以它的优越性和生命力，越来越强有力地吸引着广大农民群众，突破了资本主义势力和小生产势力的严重包围，逐步地占领了农村这块阵地。这一时期历史的本质真实，以生活发展的逻辑力量，在《创业史》中被无可辩驳地展示出来了。柳青自己曾经做过这样的表述："《创业史》简单地说，就是写新旧事物的矛盾。蛤蟆滩过去没有影响的人有影响了，过去有影响的人没有影响了。旧的让位了，新的占领了历史舞台。第一部大家已经看见了。第二部试办初级社，基本上也快写完了，没有多少了；第三部准备写两个初级社，梁生宝一个，郭振山一个；第四部写两个初级社，合并变成一个社，成了一个大社，而且是一个高级社。大体上这样。事情简单地说几句就完了，但作品中人与人的关系变化说起来就多了，处理起来就麻烦了，就复杂了。我用的是很陈旧的词句，简单一句话，就是新旧力量的斗争，就是毛主席在《矛盾论》里所讲的新的胜利了，旧的让位了。"[①]这个新旧力量的斗争，这个社会主义力量战胜并且取代资本主义势力的过程，以及在这个过程中人们的经济生活方式和相互关系的根本变化所显示的中国农村社会性质的转变，就是柳青《创业史》的艺术表现的中心。柳青以独特的艺术力量所表现的新旧斗争及其发展趋势的生活真实，是他在长安农村从头至尾参加农业合作化运动的火热斗争生活中，长期观察，入微体会，潜心研究，从纷纭的生活现象和大量的生活事件中选择和提炼的结果。

　　50年代初期，柳青同时以一个党的实际工作者的身份，定居于长安农村。他曾经担任县委副书记的职务，在王莽村和皇甫村等地，帮助群众组织和发展互助组、合作社。在这个时期的实际生活中，柳青看到了些什么呢？他是怎么思考的呢？1956年作家出版社出版的柳青的散文特写集

---

① 柳青：《在陕西省出版局召开的业余作者创作座谈会上的讲话》，载《延河》1979年第6期。

《皇甫村的三年》，可以说是这一时期他的关于农村生活思考过程的翔实记录。我们从他对农业合作化初兴阶段耳闻目睹的真人真事的朴实而时见幽默的叙述中，能够清楚地看到，在喧腾不息的生活潮流里，虽然不时出现一些令人迷乱和困惑的现象，但是，当那些体现着历史长河运行方向的力量，以坚韧不拔的毅力克服重重困难，作为改造着生活的现实的实践力量，在人们不知不觉中涌现出来的时候，它是那么激动着作者，启示着作者，使他获得了新的活生生的生活真理，曾经有过的苦闷和困惑为之一扫。我们转述会有损于作者自述的真实和生动，还是请看柳青自己是怎样说的吧：

　　我到皇甫村，不相信在这里搞不出个局面。整党的时候，我在这个村里住过几天。我发现这个在镐河边上号称十里长的大村子，有一个在减租减息、反霸斗争、土地改革和镇压反革命运动中显示过坚强力量的党支部；虽然很多党员有骄傲自满的情绪或退坡思想，经过整党教育也大体上克服了。我利用晚上的时间，给党员、团员、村干部和积极分子讲互助合作课本。乡干部也领导大家分行政村讨论了，大家也认识到新的任务是来了，可是整顿互助组的成绩很小。我们曾要求每个行政村组织一个像样的常年互助组做重点，给临时互助组带头，他们如果没有人带头的话，说起就起，说散就散了，而且总是在夏天活紧正需要互助的时候，散了。但是，我发现我们的要求和事实的距离很远。在七个行政村里只有三个村达到了目的，而且一村搞起不久就散了，重点组长刘远峰远远地看见我就躲。我追上他，他痛苦地发誓说人心不一，他这辈子再也不闹这事了。插秧的时节，有一天晚上，我帮助十字村郭远文重点互助组开会解决纠纷，他们说找不到副组长郭远彤。我满村打听，谁也没看见他。我到他家里，门上挂着锁。我用手电棒往里照，他在炕上用被蒙着头睡了。他在多半夜长的会上，除了重复坚决退组的话，再没吭过一声。结果这个组退出了两户，郭远彤不久搬到三村去住了；到那里，他进了一个寡妇的门。这个在土地改革中分配果实的时候被人称为大公无私的郭远彤，过他的小日月去了。我没办法把这个穷到三十几岁讨不起老婆的生产能手巩固到互助组里，是我去年最难受的事情。

我那时候听到的尽是困难和麻烦。三村的富裕中农郭公平和几户贫农已经互助过二年，土地复查以后，他觉得再也不害怕谁了，退出互助组拿胶轮车赶脚；互助组缺农具和牲口，只好散了，各想各的办法。镐河南岸四村的中农董廷义原来是受过丰产奖励的互助组长，他从县上回来，把奖状压在箱底，不给任何人知道。土地复查以后觉得又敢买地了，他就宣布不当组长了，而且说他的马有驹，不能给别人下水耕稻地；他地多，现在又只能开工资，没空给别人做活了。二村的中农董廷杰怕互助组使唤自己的大牛，卖了买小牛。六村的贫农高传正退出互助组，给富农做活，让富农的牲口捎种他的地。四村的民兵队长董炳汉觉得自己四口人分得七亩半地，又生了儿子，地太少了。他参加不参加互助组是淡事，可是挣死也得再买几亩地；于是改革土地制度才三年，他的地就加了一番。

自然，这只是我听到的——我听不到的要更多些……"世事就这样了。那社会主义不知在何年何月……""到啥时说啥时的话，人家到社会主义，还把咱给丢下？……"

"哥们先走一步，好了兄弟跟上来。街坊邻居天天看见，丢不远的……"

……这就是我常听到的反映。这就是许许多多困难和麻烦的根子。

实在说，夏收以后，我的劲头也不那么大了。局面并不是容易搞出的，我开始很少跑，关住门写东西了。皇甫村的互助组散得剩不几个了。两个重点组，一个在镐河那面，过河要蹚水，河底是卵石，夜里去开会，行动很不便，我一回也没去过，有一个农业技术指导站的同志经常住在那里。河这面的一个，乡政府联系着，我也只是隔几天才去问问情形。我只要求他们尽力不要使这两个组散了，并且最好能达到丰产，因为在农忙时很难发展互助组，就为来年打算吧。秋收的时候，有一天，区委书记孟维刚高高兴兴地跑来找我了，说四村那个重点王家斌互助组丰产了。他们有一亩五分九厘做合理密植试验的稻田，达到了每亩九百九十七斤半的平均产量，其余都达到平均六百二十五斤，创造了全区的丰产新纪录。这时我才后悔我没到四村去过一回。我知道王家斌是四村的农会主任，整党以后才入党的；但是我甚至连王家斌是怎样个人也想不起来。我自愧我不会深入生活，联系群众。孟维刚说王家斌认识我，他听过我的互助合作课，在乡政府也常见；施肥的时候，他曾要求乡长请我去帮助他解决威胁互助组存在的纠纷，乡长怕打扰我的工作，没有告诉我，自己帮他解决了。

"家斌和梦生不一样"，区委书记给我夸耀，"他不大爱说话，只是眼睛注意盯着听人家说话，完了低下头想想，抬起头笑笑。红脸，两道浓眉，大嘴巴，下嘴唇略微长点。三十来岁，彪壮得很。他是在夏收时代替中农董廷义当互助组长的……"

我想不起来。我问到他领导互助组的事迹，我被一个具有社会主义觉悟的新人的性格抓住了。王家斌在人们不注意他的时候，他偷偷地下了决心干。农业技术指导员曹大个帮他们的互助组订了水稻合理密植计划，他就自告奋勇坐火车到几百里以外的眉县去买优良稻种。他除了车票、稻种价、脚价，没多花一个钱。他用竹篮子提着干锅饼，来回吃了一路。他在眉县下车时，天下大雨，光脚片走了三十里，找到良种户。他买了二百五十斤稻种，雇毛驴驮了二百斤，自己背了五十斤，赶脚的说他是傻瓜。他回来把稻种分给大家，分冒了，自己少了，他就用当地能找到的次品稻种。他为了要达到计划里订的施肥标准，满头大汗地跑钱项。他到合作社交涉油渣，他到银行请求贷款；数不够，他掏了在区上工作的一个亲戚的腰包凑数。他为了组织组员们进终南山搞副业生产，把他母亲喂的正下蛋的母鸡卖了，凑伙食钱。大风卷起了一个组员的破茅棚顶，他在风雨的夜里上房顶帮人家缮稻草。在那个被自发思想迷了心窍的组长董廷义一再拒绝给缺粮组员借粮，宁肯放账不借钱给组里买油渣以后，王家斌代替他当了组长。现在，全组丰产以后，没有一个男女不感激他们的"家斌"的。孟维刚说好多人要求参加这个互助组，王家斌不敢接受，他怕人多了顾不来；他说他的互助组不光在劳动方面互助，经济方面也要互助……

我的兴奋是可以想象的。新的人物总是在人们不知不觉中生长起来，当他们做出了惊人的业绩时，人们才看见他们。我说这是皇甫村一九五三年里重大的收获，区委书记不同意；他说这是全区的收获。我很喜欢听他这争辩，这表示他将会很好地用王家斌互助组的事实，推动全区的互助合作。

接着，作者在叙述了1953年冬天宣传过渡时期总路线运动所引起的农村生活的巨大变化，王家斌互助组已转为初级社之后，说：

我在村里游转，在麦田里的小径上散步，听到多少有趣的事。那个发誓一辈子不闹互助组的刘远峰说："再也不敢往下蹲了，再蹲就追不上了。"他的互助组恢复起来，现在十二户了。那个搬到三村的郭远彤搬回十字村了，他还是副组长；那个组退出了两户，进来了五户。他们看见王家斌农业社全体青壮年女人锄麦，第二天他们的女人们也锄起来了。村里思想落后的人，现在也露相了，六村的人民代表高梦彬卖余粮不积极，又不接受批评，他直至开锄时还找不到着落，孤零零地单干着。一村有三个人自私自利心太重，哪个组也不收；虽然他们一个在村东头，另

一个在村西头，第三个在中间，也联络在一块临时互助了。他们

怕光他们不互助，往后办社时再不要，事就大了。[①]

读过这段较长的引文，人们自然会联想起《创业史》，清楚地看到这部史诗的全部艺术构思，同作者在实际生活中的见闻之间的内在关系。有兴趣做进一步了解的读者，可以翻阅《皇甫村的三年》一书中的所有文章，他们会发现，《创业史》的矛盾冲突、重要事件、主要人物和次要人物，甚至一些艺术细节，都不是凭空杜撰的，都有着深厚的生活根据，是现实中曾经发生过的矛盾斗争和曾经有过的事件、人物的艺术升华。灯塔社的历程，就是"胜利农业生产合作社""七一联合农业生产合作社"发展过程的艺术写照。梁生宝的思想性格特征及其经历、作为，大家已经熟知，是以王家斌为模特儿加工塑造的。而《皇甫村的三年》中写到的皇甫村生活中曾经活跃过的一些人物，如高梦生、郭远彤、董廷义、宋志让、陈恒山、王明发父子等，他们的经历、思想、性格，他们做过的一些事，说过的一些话，都被柳青巧妙地摄取，落入自己的艺术描写中。镐河畔皇甫村在农业合作化运动初期的巨大变化所显示的生活的本质真实，分明是《创业史》的作者创造艺术真实的依据和基础。前引柳青的自述虽然并不完整，但它所表明的这一时期农村现实生活中带普遍意义的社会矛盾，这种矛盾的内容、性质，这种矛盾的对立、斗争和发展，群众心理和思想情绪的变化，特别是社会主义力量的壮大和成长过程，同《创业史》所揭示的新旧两种势力的矛盾冲突的内容、特点，在历史本质上和辩证逻辑上，都是一致的。一部作品的矛盾冲突概括得深刻不深刻，矛盾冲突是不是反映了事物的本质，能不能令读者非常信服，根本上是由作家的生活基础决定的。1953年，在柳青的生活根据地，小农经济还是像汪洋大海一样，包围着、冲击着为数不多的成立时间不久并且不够巩固的生产互助组。一个时期，乡村的资本主义势力和自发倾向重新活跃起来。那时，柳青听到的

---

① 柳青：《灯塔，照耀着我们吧！》，见《柳青小说散文集》，中国青年出版社，
1979年，第23—24页。

尽是困难和麻烦，甚至于长安县试办的第一个农业生产合作社的主任、著名劳动模范蒲忠智，也向柳青诉说，自发势力压得他背不住了。面对这种局面，柳青有些茫然和束手无策，苦闷和困惑的情绪向他袭来。启示作家的是生活。正是这个时候，默默无闻的王家斌和他的互助组，却扎扎实实地前进着，在人们不注意的时候，以集体的力量创造出了全区水稻丰产的新纪录，用惊人的业绩显示着生活前进的方向。王家斌式的新人和他们互助组的业绩所闪现的思想光辉，吸引着越来越多的群众，为柳青打开了一个认识和思索的新的天地，使他欣欣鼓舞，喜不自胜。生活的主流，很多时候是潜藏的，不容易为人们所觉察。只有那些和生活保持着密切联系，沉入生活底层，做着紧张追求的作家，才能洞察生活的全貌，及时地准确地把握到生活的本质真实。生活的本质真实在这些作家的头脑里，不是抽象的空洞的理论概念、政策条文，而是包含着它所应有的全部丰富性和生动性的活生生的生活形态。

把生活作为对立面的斗争过程来观察，有时候，作家描写非主流的事物，生活中的阴暗面，同样可以揭示出生活的本质真实。这里面当然有一个怎么写的问题，但是正确的方法，都不应该脱离生活的实际。一部作品能否站住，经得起现实的和历史的考验，首先取决于作者对他所描写的生活的认识程度，作品内容和生活规律的实际接近程度如何。文学理论批评中的教条主义倾向的致命弱点，是既脱离作品的实际，更脱离生活的实际，抹杀社会生活内容的丰富性和复杂性。作家坚持原则、干预生活的勇气，歌颂光明、暴露黑暗的胆识，一方面来自他对人民事业的高度负责精神，一方面来自他对生活真实的深刻把握。《狠透铁》这部作品以及对它的批评，是能说明关于这方面的许多问题的。

1958年4月号《延河》上发表了柳青的短篇小说《狠透铁》，随后，《延河》编辑部在长安县皇甫村召开了一次座谈会，讨论这个作品。座谈会上，大家普遍高度评价了这个作品，同时也有一种意见，认为作者把老监察写得太孤立，把水渠村的群众写得太落后。解放后这么些年，经过许多次运动，群众还能像这样落后吗？针对这种意见，柳青解释道：

> 大家知道：水渠村是个民主改革不彻底的村子，有漏网的富农。用土改时大家最熟口的一句话说，就是羊群里有狼；但已经不是狼的面目，而是诡计多端地换了羊的面目，混过关隐藏下来了。换句话说，就是人民里头保存了敌人。敌人总是要兴风作浪的。他不是以敌人的姿态，而是以人民的姿态兴风作浪。通常人们把它看作人民内部矛盾，看不成敌我矛盾。常说"不团结问题"，工作中是有很多不团结问题，因为人们平时各项任务繁忙，或者领导水平低，怀疑不到老根本上去，所以这类敌我矛盾就以人民内部矛盾的名义长期在某些地方纠缠着，弄得那里的党、团员很苦很苦。

> 譬如水渠村，只能有两种局面：一种是王以信得势，老监察孤立；另一种是王以信被揭露，群众受到教育。希望有第三种情况：一部分人拥护王以信，另一部分人支持老监察做斗争——这心是好的，恐怕不够现实。小说所写的这一段时间，王以信是在搞倒老监察的基础上抓到权的。他要巩固他的权力，必须把老监察彻底搞臭，以便为所欲为，平稳地混过每次运动和工作检查。皇甫乡的实际例子比这篇小说写的还要严重，××庄两个漏网地主暗里操纵了村子，弄得那里多年建不起党，各次运动都走过场，人们只知道那里上下村的不团结，直至全民整风才彻底解决了问题。××社一个漏网富农掌握了社委会，搞倒了社主任，换了一个完全听命于他的社主任，在社里叱咤风云，动不动以群众要搞大民主威胁乡干部，也在全民整风中揭破了，原来根子并非东西堡子不团结。这两个村的情况是：在上级党的领导采取措施揭露敌人的真面目以前，群众中一部分被利用的忘本分子很活跃，为敌人打掩护；大部分群众是死气沉沉的，奸溜溜的。有些人肚里打转转，嘴里说不出话，问题一揭露，群众如洪水冲破了

闸口，我的小说因为集中写一个人，次要人物写得很少，给读者不够全面的印象是可能的。[①]

这是一个和群众的革命斗争保持着密切联系的作家，在生活当中所看到的实际情况。在水渠村能不能出现第三种局面，一部分人拥护王以信，另一部分人支持老监察做斗争呢？柳青认为，"这心是好的，恐怕不够现实"。道理在什么地方呢？因为它不符合作者所看到的不只是一个地方的生活实际，因为它忽略了生活的复杂性和矛盾发展的曲折过程。希望出现第三种局面的意见的本质的问题，就是认为，解放后经过多次运动，群众的觉悟普遍提高，他们的眼睛是雪亮的，不应该像柳青在《狠透铁》中所写的那样落后。这里有对生活的本质真实的理解问题，也有对艺术如何反映这种本质真实的看法问题。小说写的是王以信搞倒老监察抓到权后的一段情况，这时大多数群众保持沉默，采取观望态度，和老监察这一类坚决斗争的人比较，呈现落后状态。但这只是生活发展过程中的暂时现象，作者并没有把它看成和写成贯穿整个生活发展过程的稳定的本质。关于这一点，作者在小说中曾经作过一段富有哲理意味的议论："群众的眼睛是雪亮的！但有时也有盲目性，这就全看指导了。当不正直的人以伪装的面目做了领导，用假恩假惠蒙蔽群众，以自私的目的利用他们落后的因素或看事情的局限性，造成一种是非不明的局势的时候，从他们中间会产生盲目信任、盲目听从……总之是为满足自己一时不正当的要求，任性地损害自己的长远利益和根本利益。我们已经有无数次经验，当盲目性变成主导的时候，大多数好的群众沉默了，他们谨小慎微地保持观望的态度：'少说话，多通过，楞做活，早睡觉。'水渠村那些既不能达到分队的目的，又不得不接受王以信领导的社员，现在也归入这一类人里头去了。只有忠诚——对党和人民的事业的无限忠诚，牺牲过自己的健康还准备着牺牲生命的忠诚，被误解或被冤屈而不放弃努力的忠诚……只有这样的忠诚，

---

① 《座谈〈咬透铁锹〉》，载《延河》1958年第7期。

才能在任何是非不明的时候看透底层，挺立在歪风逆流中一分一寸地前进。"这种分析是符合生活实际的。那些在特定情况下保持沉默的群众，当问题的真相一旦被揭明了的时候，便"如洪水冲破了闸口"，显示出自己的力量。他们和邪恶势力始终保持距离，不同流合污，是他们眼睛雪亮的本质表现。大多数群众的本质，生活的本质真实，就是在这种和敌对势力相联系的斗争过程中被揭示出来的。希望出现第三种局面的意见所根据的理由，是表面化的，简单化的。问题的症结不在于作家描写了什么样的生活现象，而在于他是否写出了这些生活现象和事物本质的各种直接的、间接的、曲折的联系。只要写出了这种联系，他就可以揭示出生活的某些方面的本质真实。正如柳青所说："写东西要努力抓本质，不要从现象到现象，要写事情为什么是这样。这是事物内部的因果关系，不要光写是这个样。这样，造成你所描写的社会现象的原因，就跟社会制度、政治方向、路线斗争有联系了。因此，就反映出我们这个社会的本质。"[1]

深入生活的道路

社会生活是文学艺术的唯一源泉，柳青不仅从唯物论的认识论的角度，满腔热情地接受了这一光辉思想，而且从马克思列宁主义美学观点的角度上，心悦诚服地接受了这一思想，从而，能够几十年如一日，从这两方面的结合上不断地严格要求自己，在生活实践和艺术创造上，都做出了人们公认的显著成绩，走出了自己独特的生活道路和创作道路。

现在，一提起柳青的道路，人们自然会联想到选择一个固定的生活基地，安家落户，长期扎根，是这位作家获得不平凡成功的值得人们仿效的生活和创作道路。一些评论文章是这样写的，一些指导创作的同志也是这样告诫青年作者的，一些作者也真心实意地已经或者准备实践这条道路。

---

① 柳青：《在陕西省出版局召开的业余作者创作座谈会上的讲话》，载《延河》1979年第6期。

而当他们按照这条路子，搞了一段时期拿不出作品来的时候，又转而怀疑这条道路的正确性。事实上，这类情况已经发生了。问题恐怕不在于这条路子是否正确，是否可行，而在于如何理解，如何实践。应当说，把柳青的道路简单地归结为长期地在一个固定的生活根据地安家落户，虽然抓住了柳青道路的显著特点，却没有揭示出它的丰富内容，特别是对一个作家深入生活的全面要求。实际上，柳青对自己的道路，对作家深入生活的一些特点，是有着比较全面的说明的。

柳青认为，只有生活经验，还是不行的。作家艺术家深入生活，并不是就解决了他进行艺术创造所面临的一切问题。他说："工人、农民、战士和学生最熟悉自己的生活，没有所谓深入生活的问题；但是他们中间有人要写出作品来，还要首先有正确深刻地理解生活的能力。""无论有怎样丰富的社会知识和生活经验，如果没有先进的政治眼光和艺术眼光来进行分析和处理，那么，还不能把这些社会知识和生活经验提升到进行艺术创造所需要的意义上来。从社会实践的角度观察生活和从艺术创造的角度观察生活，这是作家要同时具有的两套本领。"[1]柳青在其他一些文章和场合中所说的作家的政治立场、世界观水平、党性原则、政治观点等，都属于作家从社会实践的角度或者说从政治观点的角度观察生活的能力；他所说的艺术感觉能力、艺术修养、对象化的功夫、艺术眼光、美学观点等，都属于作家从艺术创造的角度或者说从美学观点的角度观察生活的能力。这两套本领或者说这两种能力，缺少了哪一方面，都不能够进行成功的艺术创造。柳青说："一方面进入生活的境界，另一方面进入艺术的境界，以当代最先进的世界观水平将二者结合起来，对进行文学创作的人是非常重要的。先进的世界观和先进的艺术观在具有各种丰富生活经验的许多作家精神上个性化的结果，生动的、鲜明的、深刻的文学作品就会大量

---

[1] 《作协西安分会举办报告会　柳青同志谈作家的学习问题》，载《陕西日报》1962年5月17日。

地产生出来。"①

　　从政治观点的角度观察生活的能力，是人所共有的，而从美学观点的角度观察生活的能力，却是作家所应该具备的特别突出的能力。这后一方面，是作家艺术家观察的特殊性的所在，它把作家艺术家在生活中的观察，同非作家艺术家的一般人在生活中的观察的不同点揭示出来了。柳青说："作家不是专门去观察，主要是去搞工作，通过工作搞文学。""当然，各人到工作中抱有不同的目的，艺术家也有艺术家的特点。银行的人到农村和文学家是不同的。"这里所说的特点和不同，主要就是指作家艺术家在工作和生活中进行观察的美学要求或者说艺术创造的要求。这是柳青的生活道路，也是一切有成就的作家生活道路的丰富内容的一个突出表现，是作家整个艺术创造过程的规律性的一个突出表现。那些简单地理解了柳青的道路，在工厂或农村的实际斗争中搞了一段时间而拿不出作品来的人，如果他们在生活中是扎实的，那么，他们在艺术创造上无所收获，往往是因为不懂得或者没有掌握从美学观点的角度观察和处理生活的规律。他们要改变的，不是道路，而是对这条道路的认识和实践它的方法。按照柳青的观点，一个作家深入阶级斗争、生产斗争和科学实验三大革命运动的实践，观察和分析一切人，一切阶级，一切生动的生活形式和斗争形式，不仅应该具有人们都应有的政治观点角度的要求，而且应该特别突出地具有一般人可以不显著具备的美学观点角度的要求。

　　作家从美学观点的角度或者说从艺术创造的角度观察生活的能力，柳青认为包括洞察力、记忆力、想象力、概括力、表现力这几个方面。对这五种才能，柳青都做了简括的具体的说明。所谓洞察力，就是"对某一事物高度集中的注意力"；所谓记忆力，就是"把形象的印象在头脑里保持久远的能力"；所谓想象力，就是"形象与形象联想的能力"；所谓概括力，就是"把许多形象集中起来的能力"；所谓表现力，就是"再现形象

---

① 《作协西安分会举办报告会　柳青同志谈作家的学习问题》，载《陕西日报》1962年5月17日。

的能力"。这五种才能，都涉及作家在生活中把握具体形象的问题。这是由作家的艺术感觉、艺术思维和艺术创造的特殊规律所决定的。作家不仅通过思维，而且也用一切感觉具体感知客观事物的形象和内容，要依靠自己的全部直觉，深入统计学和逻辑学难以深入的领域。作家的全部推理、比较、分析、综合、概括和艺术表现的工作，都是通过作者感受过的生活形象来进行的，而不是通过调查统计来的抽象材料进行的，虽然后者在一定情况下也是有帮助的。因此，作家除了和一般实际工作者到生活中去一样，接触各种人和各种事物，进行调查研究，尽可能准确、深刻地理解和把握事物的本质和内在规律而外，还要始终保持对各种人和各种事物的活生生的具体形态的自己的独特感受，迅速地捕捉能够充分地表现特定环境中的特定人物的本质和灵魂的各种外在特征。每一个人，每一种事物，在不断发展着的现实生活中，都具有不同于其他任何人、任何事物的表现特征。作家艺术家在生活中，不仅要注意事物之间普遍的共同性的东西，而且要特别仔细地观察一事物区别于他事物的个性化的东西。法国著名作家福楼拜对莫泊桑说："为了形容草原的树或燃烧的火，我们要站在这个树或火焰前，直到我们觉得它不像别的树或别的火焰为止。"（莫泊桑《〈毕尔与哲安〉序言》）这是对作家在生活中观察的特点的极好说明。这种本领，也可能会是一般人所具有的，但对作家艺术家来说却是必须具有的，这种本领愈强，愈有利于他的独特的艺术创造。

艺术观察注意力的中心是人。客观世界的万事万物，只有在和人相联系的意义上，才为作家所注意。1954年，一个杂志的编辑部问柳青，在日常生活或工作中，你特别注意些什么？柳青回答道，特别注意的是人。他说："我看每一个有正常思考能力和认真活着的人，都注意观察人的活动，何况准备描写人的人呢？一个和我相处了一个时期的人，后来回忆起来总是先想起他做的事情，接着就想起他的姿态、相貌和声音。也许还想起他穿着什么衣服，戴着什么帽子，也许根本想不起这些。代表着一个人的思想和性格的行为，是给人印象最深的，这就是文学创作描写的主要方面，也就是我特别注意的地方。"柳青在60年代和70年代所写的一些文章和讲话中，曾经反复强调，要把叙述事件过程、编故事的工作和真正的艺术创作区分开来。这个区分点，主要即在于前者注意的是事，是事件发展的外在过程；后者注意的是人，是人的思想感情的发展变化。要想在作品中真实而生动地描写、表现人物的思想感情，自然首先得在生活中深入而细致地观察、体验各种人的思想感情。一切文学创作上的有志之士，他们不仅应当下决心到生活当中去，而且应当下决心在生活当中观察、体验、研究、分析一切人，一切群众，一切阶级，真正掌握他们在各种生动的生活形式和斗争形式中跳动着的感情脉搏和变化着的思想历程。一些在生活当中搞了一段时间的作者，当他们坐下来要把自己的见闻和感受表现在纸上的时候，常常感到力不从心，或者写出来的总不如生活中那样生动和感人，究其原因，大多是因为作者对自己所描写的生活，没有熟悉到有把握的程度，特别是对其中的各种人缺乏观察和研究。只有当自己描写对象的内在本质和外在特征，各种人物的思想性格和音容笑貌，都活生生地清晰地呈现在作者脑海中的时候，他才可能把这些艺术地再现出来，才可能创造出和生活相称的作品。

艺术观察的一个特点，就是始终伴随着强烈的感情活动。审美意识的判断，不能不同时是一种感情的判断。柳青认为，一个作家在生活中，"最重要的还不是观察与否和特别注意什么的问题，而是观察的态度问题。一个对人冷淡无情和对社会事业漠不关心的人，无论他怎么善于观察人，也不可能成为真正的作家。这就是说在生活中或工作中要有热情——热情地喜欢人、帮助人、批评人或反对人……最近，我深深地体会到这种热情与我描写人的时候所用词句的分量都有关系。当你缺少这种热情的时候，你在生活中或工作中也许观察不到多少东西，观察到的也许并不深刻，并非本质，在写作时也不免嗟叹创作的困难"[①]。观察的热情并不是

---

① 柳青：《回答〈文艺学习〉编辑部的问题》，载《文艺学习》1954年第5期。

每个到生活当中去的作家都足够地具备着，只有那些热烈地主张着所是，热烈地攻击着所非，执着地酷爱生活的人，才能在人类活动的广阔天地里，如饥似渴地寻觅并且得到艺术创造的宝藏。鞭笞资本主义金钱关系下人欲横流的热情，推动巴尔扎克去深入研究法国上流社会的各种现实关系；对俄国农民的从民主主义观念出发的强烈深沉的爱，促使托尔斯泰以追根究底的热情去探寻揭发造成农奴制社会罪恶和各种不合理现象的根源；对封建家族由盛而衰的痛切感受和对美好合理生活的热烈向往，激发曹雪芹从血迹泪痕中看出了康乾盛世的表面繁荣掩盖着的封建制度的种种腐败迹象和必然灭亡的命运；"我以我血荐轩辕"的献身精神和冷峻背后的火一样燃烧着的爱憎感情，激励中国文化革命的伟人鲁迅，对旧中国的脓疮和痈疽，洞察幽微，对新时代的萌芽和生机，预见分明。赤诚的历久不衰的热情，是作家艺术家在生活里深入观察，不断探求的一种动力。

创作需要才能。这种才能实际上就是艺术的观察力和表现力，也就是柳青所说的洞察力、记忆力、想象力、概括力和表现力这五种能力。一定的天赋是人们发展这五种能力的基础，但起决定性作用的是后天的实践的锻炼。柳青说："人类历史上有过无数聪明的废物。文学才能的绝对因素是实践的锻炼。勤于实践的人有可能成为文学天才。仰仗天资而不深入实践的人，有可能自误前程。马克思主义创始人关于个人才能与社会条件的关系，早已规定了作家才能的社会实践性质。脱离社会实践，作家才能就变成不可理解的事物了。"这也是柳青的经验之谈。既然作家的才能，出自实践的锻炼，那么，一切初学写作还不善于进行艺术观察的人，就应该由此得到鼓舞，勇敢地投入生活的海洋，在游泳中学会游泳。

作家在生活实践中，同一般的实际工作者比较，应该保持自己的相对的独立性，在和艺术相联系的环境中，发展自己的艺术观察力。柳青曾经说过这样一件事，他到一个省里，遇到那里的所有作家都给他说，这里有一位青年作家，从1958年起就在一个生产队里当社员。三年以后，他是五好社员，却不仅写不出好作品来，甚至于写不出可以发表的作品来。柳青说："我完全能够相信这是事实。我非常敬佩这位青年作家的精神。我认为：如果他能够把这种精神坚持到底，总结经验，改变方式方法，他比那些脱离生活的作家更有可能获得成就。但是现在，他成了一个好社员，暂时还没有成为一个好作家。这位同志把自己对象化了，却没有按照工作的要求保持住自己的独特性。"在柳青看来，作家在生活实践中，他的文学才能和艺术家的气质，要在对象中肯定下来，这还需要他有别于他要对象化的人。他一方面以一个同群众一样的实际工作者的身份活跃在生活中，另一方面，他又是以一个艺术创造者的身份深入生活的。他的工作的特殊规律和特殊要求，就不能不使他既要和人民群众保持最密切的联系，又要保持自己的独特性。

所谓作家在生活中的独特性，柳青认为，就是要不间断地读书和写作，给自己创造艺术的环境。他说："一方面坚持自己作为社会活动家的生活，另一方面保持住一部分艺术的生活（读书和写作）"，"这不仅是可能的，而且如果能做到的话，是最理想的。作家具有丰富的、生动的、正确的现实感，读文学作品的时候，他在书籍面前就可能是独立的、主动的、自由的，不至于把伪装的魔鬼当作上帝跟着跑。"把深入生活同读书写作结合起来，这就是在文艺创作中把源和流、理论和实践统一起来，可以促使一个作家更健康地成长。各个作家的实际情况是不尽相同的，因而，他们各自实现这两个方面的结合的具体途径，也不应当强求一致。不管具体途径多么不同，把二者结合起来，使之互相促进，对一切在创作上做出了成绩的作家来说，却是相同的。柳青在自己四十年的生活和创作道路上，始终以坚韧不拔的毅力，克服客观环境的各种困难，把这两方面很好地结合了起来。一方面，他热情地参加党的各种实际工作，在文化机关，在连队，在农村，他都是积极的革命战士；另一方面，无论是在戎马倥偬的行军打仗中，还是在艰苦的农村生活环境中，他都尽可能地挤时间读书和写作。即使在炮火纷飞的战场上，为了行军的轻捷，连长让他把带在身边的书全部扔掉，他都宁肯舍弃所有的物件，也舍不得把他经过千辛万苦珍藏下来，供他经常翻阅、鉴赏，从中吸取借鉴的中外文学名著丢掉。全国解放以后，柳青按照自己的情况，选择了长期在农村安家落户的途径，既做一些基层的实际工作，研究现实斗争，始终不脱离人民生活的土壤，又排除干扰，创造一种有利的艺术环境，不倦地学习和写作，锤炼和提高自己的艺术观察能力和艺术表现能力。这对他后期在思想上和艺术上更趋于成熟，起着极其重要的作用。某省那位当了五好社员的青年作家，他的活动对于文学创作的要求来说是有缺点的，但他的方向却是正确的。他需要改变的是方法，不是方向。柳青认为，对于一个作家的一生来说，当了三年社员写不出东西来，这事一点也不可悲，甚至于在长远的观点上来看，可能是可喜的。如果他认为这是失败，怀疑我们文学的根本方向，那他会走上完全错误的道路，很可能写出一些不三不四的作品来，损害我们的事业。柳青说，"那位青年作家如果能多做一些基层党的工作，在政治上提高，不要光当社员；如果挤时间读一些书，写一些东西，将当时当地的新人新事在报刊上发表"，就会逐步有所提高，有所前进。

实现深入生活和保持作家相对的独特性这二者的结合，是会经常出现各种矛盾的。对于广大业余作者来说，这种矛盾和困难就可能更突出一些，更多一些。他们要完全受现实生活的支配，必须也应当首先做好自己的本职工作。他们的环境，对培养生活的观察能力是有利的，对培养艺术的观察能力则有不利的一面。他们应该充分利用有利的条件，努力克服不利的因素，这"是革命者的决心、毅力和自我克制功夫可以做到的事情。人一方面受环境的影响，另一方面也改造环境、创造环境"，"这当然需要明辨是非、坚韧不拔，实事求是、发愤忘我的精神了。我们生活的时代，作家在社会生活中保持住一部分读书和写作的生活，没有什么根本不利的条件"。旧时代的高尔基就是从这条道路上走过来的。今天，在无产阶级领导的新时代，对于广大业余作者来说，这条道路就更为宽阔了。

作家的生活道路，从根本上决定他的创作道路。人民群众对文学艺术的体裁和题材的要求是多种多样的，从事不同体裁和题材创作的作家的生活道路也是多种多样的，不能强求作者都到农村中去，或者都到工厂里去。就是以现实生活为题材的专业作家，由于各种原因，对他们的生活道路也不宜做出硬性规定。作家的生活道路有他们的实际复杂性。每个作家，都应该遵循革命文学的党性原则和美学原理，根据自己的条件和可能，选择自己的生活道路。作家柳青用了几十年的时间和全部心力，一步一步地踏出了自己的生活道路。在他创作的前期，他曾经在专业文艺团体和文化机关待过，同时，用了长短不等的时间，深入部队和农村。但是，他始终觉得这种状况不是最理想的。只是在总结了前期生活创作道路的经验和教训，经过严肃认真的思考之后，他才确定了自己的创作后期的生活道路，这就是在一个固定的生活基地，长期扎根，在那里生活和写作，深入展开作家的全部工作。柳青生活道路的特点，就在这里。

1952年，柳青一头扎入长安农村以后，很长一段时间内，文学艺术界很少听到他的消息。这期间，他虽然也发表过一些散文、特写，但为数极少，也没有引起人们的特别重视。到农村六年之后，1958年初，他发表了继《铜墙铁壁》之后的第一个短篇小说《狠透铁》，仍然没有引起多大反响。直到1959年《创业史》问世之前，注意柳青生活和创作动向的文艺界的一些同志，还怀疑他所选择的这条道路，有的同志甚至在公开场合不指名地批评柳青，认为一个作家，不到处跑跑，搜集各种材料，广见多识，而把自己长期地局限在一个狭小的生活天地里，是不会写出好的作品来的，这个路子是不足取的，应当加以改变。柳青对一些同志的暂时的不理解，没有做任何申辩。他实事求是、坚韧不拔、自我克制，默默地顽强地继续实践着自己认定的道路。实践是检验真理的唯一标准。《创业史》问世了。柳青的道路是不是正确的答案，摆在了人们的面前，大部分人原有的怀疑基本为之冰释，但疑虑和误解仍然是存在的。一个作家长期生活在一个村庄、一个工厂或者一个连队，会不会影响他观察生活的广度和深度呢？这是需要进行具体分析才能说清楚的问题。

毛泽东同志在1956年说："调查有两种方法，一种是走马看花，一种是下马看花。"①这也可以看作是作家深入生活的两种方法。所有的作家，特别是那些生活积累较少，社会接触面狭窄的青年作者，都需要"走马看花"，利用各种机会，尽可能地扩大自己的生活接触面，多到一些地方，多了解一些事情。古人云"读万卷书，行万里路"，就是这个意思。但是，正如毛泽东同志所说："走马看花，不深入，因为有那么多的花嘛。""看一看望一望就走，这是很不够的，还必须用第二种方法，就是下马看花，过细看花，分析一朵'花'，解剖一个'麻雀'。"②下马看花，解剖麻雀，这是我们作家深入生活，研究社会，研究人的主要的基本的方法。无论是阅世未深的青年作者，还是养之有素的老作家，他们要在深入生活方面有所突破，就不能不采取这种方法。走马看花所得到的浮光掠影的生活印象，也只有在解剖麻雀的基础上，才能变为一个作家真正的生活积累。就是具有比较丰富的生活经验的作家，假若他们对前进着的生活不继续做解剖麻雀的工作，他们也就无法创造出表现新的世界和新的人物的具有新的水平的作品。

柳青在长安县皇甫村长期安家落户，观察和研究社会，从方法论的观点来说，就是解剖麻雀。柳青认为，能够帮助作家发觉生活的本质的不是占有很多的隔手材料，而是对生活深入熟悉的程度。对作家的工作来说，一个普通的村庄、工厂和部队，它们的内外、上下、左右关系已经够复杂的了，包含着社会生活的丰富内容。他曾对一位来访者说："一个几百户的大村庄就是一个社会。要解剖麻雀。你如果真正吃透了一个村庄，就会懂得整个社会。"③

社会生活面是非常广泛丰富的，任何一个作家，即使有各种便利条件，毕其一生，也无法亲自接触生活的所有方面，亲自观察生活中发生的

---

① 毛泽东：《我们党的一些历史经验》，见《毛泽东选集》第5卷，人民出版社，1977年，第308页。

② 同上。

③ 徐民和：《一生心血即此书》，载《延河》1978年第10期。

所有事件的过程，跑遍每一个农村，每一个工厂，每一个连队，接触每一个人，了解每一件事。没有这种可能，也没有这种必要。作家在生活中，不是搜集事物的数量或去求平均数，而是要发掘事物的本质，他总是通过对个别的事物的分析和研究，来认识事物的普遍的本质，以至生活的全貌。因为矛盾的普遍性寓于特殊性之中，个别中就包含着一般。这个马克思主义的道理，是人所共知的。人类认识的历史，也是沿着这条道路发展的。曹雪芹只写了贾、史、王、薛四大家族的兴衰史，概括了整个中国封建社会的真实面貌。鲁迅通过描绘祥林嫂的一生，概括了中国封建社会整个劳动妇女的悲剧命运。法捷耶夫在《毁灭》中，通过一支小小的游击队的活动，反映了苏联人民无畏的革命斗争精神。类似的例子，不胜枚举。这些作家由于种种限制，他们在写上述作品时，生活接触面都是有局限的，但没有妨碍他们广泛深入地认识生活和反映生活。"麻雀虽然很多，不需要分析每个麻雀，解剖一两个就够了。"[1]事物的基本矛盾形态和由此决定的事物的本质及其演变规律，存在于一切相同的个别事物之中。当作家把一个村庄，一个工厂，或者一个连队，放在一定历史时期的社会背景上进行观察和解剖的时候，他就会由此认识到一定历史时期社会生活的某些本质。

社会主义的文学创作，特别是长篇小说的创作，应该具有历史的广度和深度。深度是广度的灵魂。作家的生活的深度，对一部作品的历史内容的深广是具有决定意义的。解剖麻雀，对于作家深入地全面地认识生活，是一个基本途径。"麻雀虽小，五脏俱全。"柳青居住的百十户人家的皇甫村，比起一个区，一个县，只是一个小的局部。但是，中国农村生活的历史内容和基本特点，在这里都是完全具备的。只要你不是平面地去看它，而是立体地去看它，用阶级分析的观点，研究各阶级、各阶层的矛盾和动态，那么，吃透了一个皇甫村，就会懂得整个中国农村。柳青在皇甫

----

[1] 毛泽东：《我们党的一些历史经验》，见《毛泽东选集》第5卷，人民出版社，1977年，第308页。

村待了十四年，这种系统的观察和解剖，对于全面地认识这个时期的社会生活，准确地把握这个时期的历史发展过程，不是任何蜻蜓点水式的，或者是走马观花式的，甚至一般的下马观花式的深入生活所能代替的。深入一点，解剖麻雀，从皇甫村看全国，每一个社会运动在皇甫村不同人们身上引起的震动和反响，柳青都能及时地捕捉到。农业合作化运动不同发展阶段的矛盾斗争状态，柳青都有着完整的了解。作家的工作，正如柳青所说，主要是了解人、研究人、表现人的工作。因此，深入社会生活的一个具体组成部分，解剖麻雀，有利于研究人的工作。柳青长期扎根皇甫村，这就为他在艺术上塑造生动鲜明的典型形象，深广地概括社会主义在中国农村发生、发展的历史，奠定了雄厚的基础。

局部毕竟不是全部，解剖麻雀也并不排斥作家对全局的了解。柳青说："作家在村庄里、工厂里或部队里不是一个孤立的收购员，而是一个热情的革命活动家，党的组织、党的文件和党的报纸都帮助他了解当地的、外地的和全国的情况。"柳青并没有把自己的眼界局限在皇甫村，他通过自己所从事的党的各项基层工作，通过对马列主义和党的方针政策的学习和思索，开阔眼界，把自己和我们的国家、我们的民族、我们的人民的命运紧紧地联系在一起。善于学习的作家，他们总是打破各种界限，在生活的广阔天地里自由翱翔。

柳青的这种生活道路，在方式上不一定具有普遍意义，但是，在深入观察研究社会，采取解剖麻雀的方法上，却是具有普遍意义的。人民生活的土壤，含有作家进行艺术创造所必需的丰富养料。我们的作家艺术家，只有深深地扎根于这个土壤之中，饱吮这些生命的汁液，才能孕育出散发着浓郁的生活芳香，为人民所珍爱的艺术之花。

选自《论柳青的艺术观》，上海文艺出版社，1981年

（本文系与刘建军合作）

略谈柳青的生活创作道路

——兼及柳青的同辈陕西作家

柳青的生活道路和创作道路，作为中国现、当代文艺运动发展过程中一种触目的历史现象，我想尽可能客观地描述它的本来面目，勾画出它的一个粗略轮廓。

这位杰出的无产阶级革命作家，在四十年的文学生涯中，用全部心力一步一步地踏出来的道路，按照我的理解，大体可以划分成前期和后期两个大的发展阶段。这两个大的阶段的区分，是以抗日战争后期的1943年至1945年，即米脂三年为标志的。前期，从世界观上说，他还没有超越革命的小资产阶级知识分子民主主义思想的范畴。他的生活和创作道路，还不能不带着某种盲目性，处在一种并非完全自觉的摸索的过程中。他还不能明确意识到自己有些脱离人民群众，脱离革命斗争实践的根本弱点。米脂三年，是柳青生活和创作道路上的转折时期。此后，他的思想，他的精神面貌，他对自己今后如何生活，如何写作的考虑，发生了巨大变化，进入自觉追求状态，开始按照一个无产阶级战士的要求，把自己的生活和创作，安置在一个新的轨道上。这个新的轨道的显著表现，就是我们通常所说的长安十四年。如果说，米脂三年，主要还是受着环境的驱使，把他推上这条对他以后发生了深远影响的道路，他的实践还有一个从不太自觉到开始自觉，从比较粗糙到多少显得精致的过程的话，那么从1962年下半年开始的长安十四年，则是他的这条道路的继续和深化时期，是柳青生活、创作进入高度自觉和成熟的时期。他的生活道路和创作道路的基本内容和特点，它的实践成果，以更加完备的形态，呈现在文艺界面前了。

这条道路的特点，就是在一个固定的生活基地，长期扎根，在那里生活和创作，深入展开作家的全部工作。这个工作的主要内容，包括政治、生活和艺术三个方面。就是柳青自己所说的，"在群众中生活、创作、政治艺术学习，三者扭成一股"。他是把生活基地，把人民群众的火热生活实践，作为他提倡的作家要进"三个学校"主张的全部课程的综合课堂。他认为这是一个革命作家，一个无产阶级作家的最理想的课堂。长安十四年，体现着柳青四十年文学生涯的丰富成果，是他毕生艰苦探求的生活创作道路的最精彩的富有创造性的实践。

柳青，出生于20世纪第二个十年的中期。他历经了第一、二次国内革命战争，抗日战争，解放战争，以及社会主义革命和建设时期。他的文学活动，是第二次国内革命战争后期开始的。他是我们党自己培养的抗日战争时期成长起来的作家。如果把鲁迅、郭沫若、茅盾、巴金等，大体算作我国现、当代文学发展史上的第一代革命作家，那么，柳青和他的同辈陕西作家杜鹏程、王汶石、魏钢焰、李若冰等，则大体可以说，属于现、当代文学发展史上的第二代革命作家。在第二代作家中，他们的生活、创作，他们的艺术风格，各有自己的偏重和特点，但在他们所走过来的道路中，也有许多相类或者基本相同的东西。至今活跃在全国文艺界的这一代革命作家，人数是不少的。而柳青的生活、创作道路，这个道路的一些基本点，在第二代作家中，是有某种代表性的。我认为，柳青毕生追求的生活实践和艺术实践的道路，是中国新民主主义革命时期涌现的一代无产阶级革命作家的具有典型意义的道路，是一条根本不同于任何旧时代文艺家所走的新的独特的生活和创作道路。它在中国当代文艺运动史上，是具有长远意义的。

这条道路的内容是丰富的。它的主要特点、它的基本点是什么呢？

一、从革命到文学，以人民革命利益为出发点，把文学和革命融为一体

这不是一个职业选择的先后次序问题，不是做职业政治家、革命家还是做专业作家艺术家的问题。事实上，在柳青这一代作家中，也有从文学到革命的。这主要是一个文学事业和党的其他的工作、和人民革命事业、和人民根本利益的关系问题。在这个关系问题上，到底谁是出发点和归宿？是为革命而文学，还是为文学而"革命"？是党的事业、革命工作第一，还是文学创作第一？归根结底，在这二者中，谁是立足点？这个关系问题，对一个共产党员作家，对任何愿意为无产阶级事业奋斗终身的作家，都是实际存在的，是十分严峻的，它的真正的正确解决，更多的，不是显示在作家口头的声明上，而是深刻地体现在他的生活道路和创作道路的实践中，体现在作家的真情实感中。

在中国新文学的第一代作家中，这个问题解决得最好，堪称典范的，是鲁迅。柳青和他的同辈陕西作家，王汶石、杜鹏程、李若冰、魏钢焰等，他们所处的历史阶段，和鲁还是不完全相同的。他们在革命和文学关系的解决过程中，在开始，也许没有鲁迅那么自觉，那么明确，但十分自然。他们在青少年时期，因为种种原因，例如，因受时代环境影响，因贫困生活所迫，因受革命书籍熏陶，等等，都先后走进了革命队伍。杜鹏程是当代中国作家中出身最苦的作家之一。他十七岁即辞别寡母，只身到延安参加革命。当杜鹏程还没有到延安时，王汶石在他的家乡即加入了中国共产党，随后于1942年也到了延安。李若冰在抗战全面开始的第二年，当他还是一个十二岁的孩子时，已因贫困卖给了人家，在八路军的协助下，逃出家乡，到了延安。魏钢焰十六岁参加八路军，1942年整风前后也到了陕北革命根据地。至于柳青，在第二次国内革命战争初年，当他十二岁时，便加入了共青团。西安事变发生的年月，他二十岁，加入了中国共产

党。他和杜鹏程、李若冰是同年到延安的。他们都是从青少年时起就直接参加党所领导的民族民主革命的积极的战士；他们也都是从"昨天"走到"今天"，是党所领导的社会主义革命和建设的严肃认真的实践者。无论是在民主革命时期，还是社会主义建设时期，他们都曾经或者至今还在担负着党的各种实际工作任务或者领导职责。他们中的一些人，也许在青少年时期就喜欢文学，曾经幻想过在这条道路上奔驰，但时代环境，主要是民族斗争和阶级斗争的客观情势，却首先把他们推上了革命的道路，推上了从事党的各种实际工作的道路。这在他们，都没有感到勉强和为难，相反，是他们梦寐以求、乐于为之的，是符合他们的理想的。在全身心投入革命工作的过程中，当党的事业，当革命需要他们搞文学工作的时候，他们把文学工作当作革命工作的一种，当作自己为无产阶级解放事业出力报效的手段，当作自己发光发热的具体岗位，是很自然的事情。他们自己的偏好和特长，对他们后来的道路是有影响的，但起决定作用的因素，却不是这些，而是时代环境，是革命斗争实践，是他们在这种实践中所处的位置和逐步自觉的态度。

杜鹏程、王汶石、李若冰、魏钢焰等陕西老一辈作家的文学生涯，都能说明这一点。而柳青的道路，似乎更明显一些。

当柳青稍懂人事，还是一个十多岁的孩子时，社会环境，革命潮流，便促使他把自己的命运，和受苦受难的劳动群众，和正在曲折发展的无产阶级争求解放的斗争，联结在一起了。此后大约半个世纪，历经三次国内革命战争，抗日战争，社会主义革命和建设，他在急剧动荡的时代风浪中，一直和养育他的劳动群众息息相通，和推动社会前进的革命共命运。他的一生，是一个忠诚的革命者的一生，是无愧于共产党人光荣称号的文化战士的一生。革命者和文学家，在柳青身上是统一的。

实现这种统一，对柳青和他的同辈陕西作家，是很自然的，但并非容易的。因为这不只是一个形式问题，一个是否担负文学以外的党的其他实际工作任务的问题，而是一个带实质性的问题，一个作家在社会生活中，在政治生活中的立足点和思想感情倾向问题——首先是这样一个问题。陕西的老一辈作家，面对这个问题，几乎都经历过或长或短的变化过程。

真正解决人民革命利益和文学创作关系的核心问题，是作家在社会生活中找到一种值得信赖、足以依靠的革命的阶级和力量，并毫不犹豫地真正地同他们"喜怒哀乐，无不相通"。批判现实主义大师托尔斯泰为此痛苦、奋斗了一生，最后离家出走了。柳青生前曾说，托尔斯泰的出走是伟大的。为什么伟大？因为托尔斯泰在找寻这个力量的艰苦道路上，迈出了也许是有决定意义的一步，可惜这位老人刚出走就死掉了，"下文"我们无法知道。鲁迅在五四运动之后，曾借用屈原的话说：路漫漫其修远兮，吾将上下而求索！"求索"什么呢？求索的内容，就包括寻找革命的力量。他终于找到了，成为光辉的共产主义战士。柳青他们是幸运的。当他们加入革命队伍时，革命的道路，革命的动力，已经明确地摆在面前了。他们的问题，已经不是寻找，而是和这个力量，和工农群众如何结合起来，使自己的一身，成为他们的一体。

杜鹏程在他的许多文章中，都谈到战争的血与火对自己灵魂的洗涤，都谈到自己对人民群众的深情。柳青何尝不是这样呢？我说前期的柳青，还是一个革命的小资产阶级知识分子的世界观，也从这个问题上反映出来了。1943年，柳青有这样的自白："老实说来，我在高中以后才关心政治。小时候参加革命全是环境的影响。我并不懂政治，只是革命潮流里的一滴水星，大家都革命，我也革命。……中学环境一变，大家都读死书，我也读死书，连报也不习惯去看。"又说："我自己是一个小资产阶级知识分子，虽然共产主义是我的基本方向，但在实际生活中，统治我行动的，却是小资产阶级思想占主导地位。""毛主席在文艺座谈会上说：'必须长期地无条件地全身心地到工农兵群众中去……把研究过程和创作过程统一起来。'我的缺点就在这里，我到群众中去了，比文艺工作团强，但渴于表现（作品），并不'长期'。我写了一些人物，坚强、勇敢，有政治立场，如《牺牲者》里的马银贵，《地雷》里的银宝，《一天的伙伴》里的吴安明，《废物》里的王得中，《家庭》里的腹斗子，等等。但我依实说，同他们还没有全身心地结合，意思是，我把他们当作'人物'处理了，没有当作最好的朋友，即毛主席所说，工农兵群众里的'知心朋友'。"

柳青的这些自白，是真实的，虽然在说这番话之前，1936年"一二·九"运动一周年西安学生的救亡运动，紧接着的西安事变，和1937年的七七事变，都给身处其中的柳青以巨大的震动，强烈地吸引了他，使他"最后对一般课程断念，专致于文学生活"，开始把眼光较多地投向广阔的社会政治生活领域，但并未真正认识文学和革命的关系，更谈不到正确的实践。我们从上引的自白中，能够看出来：首先，前期柳青的革命倾向一直是明显的，但不稳定，随着革命斗争的时起时伏，曲折发展，他的这种革命性也时高时低；其次，思想上，有小资产阶级的个人主义，自由主义等杂质；最后，无论是在生活上还是创作上，都还有着某种脱离群众，脱离斗争实践的倾向，这在他1951年说的一段话中，有更清楚的表露："从1938年到延安至这次下乡（指1943年3月）当乡文书中间的几年里，我总是以一个文艺工作者的名义吃饭穿衣和游来游去。我到实际斗争中去是看别人工作，在部队里是马上来马上去的客人，在农村里是把两手插在裤袋里站在旁边看群众开会。"这时期他参加救亡运动，经办各种具体工作，跟部队上前线打仗，这些"里面也有为革命的成分，但极大的成分是个人的抱负，总不愿意做一个无声无息的人。难道小资产阶级知识分子带着纯粹个人的志愿到革命队伍里来还是少见的吗？"

去米脂农村前后一段时间，柳青有了这样的认识和态度：

　　我对实际工作，抱这样的态度：实际工作做不好，文艺工作也做不好，至于根本不到实际工作中去，那就更难写出像样的东西。

　　今年，我离延前，同林默涵买了半斤白干，一个肘子，在华北书店话别。他要搬到解放日报去，我要到米脂来，两人相约一

句共同的箴言，曰："努力工作，改造自己。"我下乡去，便是
这八个字的主意。

      我今后思想锻炼的方向……就是中央关于文艺政策的决定
所指示的方向。我在文抗时已经看出，仅仅检讨和反省不足以克
服我们的缺点，必须投身于群众斗争中去锻炼。《佛经》曰：
"不受磨，不成佛。"我们是不受锻炼，不经自我否定与肯定，
不成布尔什维克。今年在乡下，我对知识分子工农化的思想问
题，作过好久思考，我觉得……主要是实际工作和思想的表现问
题，总的方向是布尔什维克化。工农也有落后意识，他们走不同
道路，走向布尔什维克化。至于我呢，还须经过他们那一站，幻
想少，工作多，加上研究深。工农不会多少研究，但他们有前二
好处。

这些话说在1943年11月，柳青到米脂乡下已经八个月的时候。后来的
事实证明，柳青是说到做到的，他把自己的这些认识和态度，老老实实地
体现在同群众结合的实践中。米脂三年，柳青最大的收获，首先还是真正
懂得了革命是怎么回事，怎样才叫与工农群众相结合，不仅在理性上，而
且在感情上，比较好地解决了这个问题。这是柳青实际走过来的道路。首
先是认识革命，认识群众，其次呢，是解决文学创作中的具体问题。或者
说，二者是同时获取，同时解决的。但在柳青看来，第一个问题通不过，
第二件事，文学创作，也就搞不成了。

米脂三年，已经包含了长安十四年实践的雏形，已经初具柳青日后生活
道路和创作道路的基本形态。在米脂乡下，他已经把生活、政治艺术学习、创
作实践三者初步结合起来了。他说：前二年，他担任乡文书，"第三年没担
任工作，住在乡下，写《种谷记》的初稿"。

米脂三年以后，1956年，当柳青整四十岁，入党整二十年时，他觉得
"艺术的道路越走越艰难"，曾沉重地说："我这二十年东奔西跑，不曾
在一个地方稳住。假使我1945年不要到东北去，也许我会写得好一点。到

处跑，哪里也不深。1943到1945年，在米脂的三年较深，可惜思想水平太低，没有把生活表现得好。"

这就是柳青要久住长安农村在文学创作方面的思想考虑，但同时也是对自己生活道路的考虑。由于走过了米脂三年这个转弯路，长安十四年就成为作家后期生活道路和创作道路的完全自觉的更加完备的实践了。文学家和政治活动家，文学创作艺术实践和革命事业、党的工作，在长安十四年期间，在柳青的生活实践和艺术实践中，被有机地融合在一起了。有三个突出的事实可以印证。一是刚一解放，他就紧紧追踪历史发展的脚步，下决心写走向社会主义的东西。他把自己的文学创作，同我们党的革命斗争密切结合起来。前、后期都是这样，越到后期，越加自觉。为实现这一点，便在生活道路方面不断开拓，遂有长安十四年。二是长安皇甫村的基层干部和农民群众，一谈起柳青，都把他看作是为他们办了许多好事的党的县委书记，他们印象中的柳青，是优秀的与基层干部、群众一起活动的党的实际工作者，但同时，柳青也拿出了文艺界公认的史诗性的巨著《创业史》。三是1953年，他写了一本二十多万字的长篇初稿，也是关于社会主义的东西，但统购以后，他被新的农业合作化的火热生活所吸引，坚决将其废弃，开始了新的创作构思。文学创作，是和柳青的革命工作同步进行的，是柳青全部工作的一个特殊结果。1961年8月，当有人问道："你是怎样从生活中提炼素材的？"柳青回答道："作家不是专门去观察，主要是去搞工作，通过工作搞文学。……当然，各人到工作中抱有不同的目的，艺术家也有艺术家的特点。"柳青注意到了文学家深入生活的特点，同时，他也强调了文学家和党的其他工作者，对待革命事业态度方面的一致性。1962年3月，柳青在一篇带有总结自己生活创作道路性质的文章中说："文学的马克思列宁主义党性原则和美学原理的一致性，建立在作家对待整个革命事业和对待革命文学事业的态度的一致性上。"这就把问题完全说清楚了。这就同这样一种思想观点和态度划清了界限：把文学和革命，看作是若断若续的两只船，一脚踩一只，借革命推销自己的文学。

二、"从延安出发",忠诚实践《讲话》精神,坚持作家与人民群众、文艺与生活关系方面的马克思主义原则

从革命到文学,把文学同人民群众的革命斗争紧紧地结合起来,纳入党的整个事业的轨道,作家始终是革命工作、党的斗争任务的实践者,而决不做旁观者,柳青和他的同辈陕西作家生活道路的这种特点,使他们易于接受和理解毛泽东同志的《在延安文艺座谈会上的讲话》。他们真正自觉地作为党的作家,从事生活和创作,都是从延安文艺座谈会以后开始的。正是在这种意义上,我们说,柳青和陕西的老一辈作家,是从"延安"出发的。他们的革命作家的生涯,他们文学创作的生命力,是到了延安,从《讲话》以后,才真正开始,才真正获得的。历史事实是,《讲话》作为我们党在一个历史时期关于文艺发展方向、道路的基本思想,它培育了柳青及其与他大约同辈的一代作家。

在中国现、当代文艺运动史上,柳青和陕西的老一辈作家,分布在全国各地的在抗战中成长起来的这一代许多作家,是《讲话》的最早的一批实践者。他们的文艺观点,创作道路,受到《讲话》的深刻影响。王汶石说:"人是跳不过自己的影子的,作家也难跨过自己的生活阅历","我是在中国共产党诞生之后五个多月来到这个世界,在延安文艺座谈会之后两个多月参加文艺工作的。这两点就决定了我日后从事文学创作的生活观和文艺观。"《讲话》之前,1938年底到1942年,杜鹏程已有三四年的农村工作的实际锻炼,延安文艺座谈会之后,他又被分配在延安附近的工厂,使他有较长的时间和工人群众接触。1947年初到1951年,有四年多时间,他随军打仗,一直从陕北打到新疆的帕米尔高原,经历了血与火的严峻考验。他说过和王汶石类似的话:"人总是按照自己的经历走路的。比如说,文艺工作者深入生活的过程同时也是改造和提高自己的过程,这早为人熟知的道理,我是经过几年战斗生活以后才懂得的。"在陕西老一辈

作家中，杜鹏程是经历多方面生活磨炼，阅历丰厚的作家之一。"时代环境，社会生活在直接影响着作家。"作家的这些经历，只是在《讲话》思想的光照下，才真正升华为他们创作道路上富有意义的东西。成为柳青生活创作道路新开端的米脂三年，是在《讲话》精神的直接推动下开始的。1962年，当《讲话》发表二十周年的时候，他写了一篇文章，叫《二十年的信仰和体会》，从中可以清晰地看出他的文学道路和《讲话》精神的深刻联系。《讲话》，成为柳青和他的同辈陕西作家生活艺术实践的重要精神支柱。他们几乎都经历了或长或短的群众生活的磨炼，经历了自我思想转变过程。他们从自己的切身体会和经验中，都感受到《讲话》精神的长久的生命力，以更加忠诚的态度和富有创造性的实践，前进在《讲话》所阐明的道路上。

照我看，柳青和陕西的老一辈作家，主要在三个方面，坚持和实践着《讲话》精神。一是革命文艺的服务方向；二是作家和新的时代、新的人民群众相结合；三是文艺和生活的关系。柳青、杜鹏程、王汶石、魏钢焰、李若冰等，在他们关于文艺问题的谈话、文章中，讲得最多的，贯穿其中的根本内容，他们阐述各种文艺问题的出发点，常常是这三个方面的问题，或者是其中的某一个问题。柳青提出的作家要进"三个学校"的主张，"六十年一个单元"的主张，集中表现着他对这三个方面问题的高度重视，实行这些要求的决心和毅力。

柳青认为，党的文学的原则，其核心问题，是作家和人民群众的关系问题。他说："作家的生活道路是多种多样的，因为文学的式样是多种多样的。……就是以现实生活为题材的专业作家，由于种种的限制，对他们的生活道路也不适于作出规定，而是要热情地帮助作家拿出自己的全部心力一步一步地踏出来。但这种情况的意义仅仅是，作家的生活道路有他们的实际复杂性，不是革命文学的党性原则和美学原理，也会因这些复杂情况而改变。"革命文学的党性原则，实质上就是"作家和革命群众相结合，和革命斗争相结合"。他甚至认为，无产阶级的美学原理，也是和这个原则密切联系着的，也是在和这个原则的联系和区别中，获得自己的独特生命的。长安十四年是柳青把文学的党性原则和无产阶级的美学原理统一起来，进行实践，取得丰硕成果的十四年。

这里，我想简略叙述一下柳青关于文学和生活的关系的主要观点。这是他一生谈得最多、实践最有力的一个问题。

生活是创作的基础，这是一个总题目。在这个总题目下，柳青依据自己的实践、体会，作了许多有独特色彩的好文章，说出了一些并非老生常谈的启人深思的观点。主要的是：第一，作家的思想、个性、才能和气质，是在社会生活和艺术创造的实践过程中形成的，都不能不归结为一个作家的生活道路问题。第二，作家的倾向，是在生活中决定的，不是在写作时候决定的。作家的风格，是在生活中形成的，不是在写作时候才形成的。技巧主要也是从研究生活来的，每一个时代的文学，都有新的手法，创造这种新手法的，是那些认真研究了生活的人，而不是认真研究了各种文学作品的手法，就可以创造出一种新的手法。第三，生活是作家学习和借鉴古今中外人类进步文学遗产的出发点和归宿，也是这种学习和借鉴的消化力的源泉，是这种学习和借鉴的方向的制导器。第四，作家在生活实践中要做到对象化，也要保持相对的独立性，作家生活的过程，不断地从生活的环境进入文学的环境，又从文学的环境进入生活的环境，无论是进入生活环境或文学环境，都有一个做到对象化的问题，同时也有一个保持相对独立性的问题。做到对象化，是作家生活深度的显著标志。第五，"无论有怎样丰富的社会知识和生活经验，如果没有先进的政治眼光和艺术眼光来进行分析和处理，那么，还不能把这些社会知识和生活经验提升到进行艺术创造所需要的意义上来。从社会实践的角度观察生活和从艺术创造的角度观察生活，这是作家要同时具有的两套本领。"简单地说，作家深入生活要有两副头脑，一是政治头脑，一是美学头脑。第六，"作家到生活里去发掘的是事物的本质，而不是搜集事物的数量或去求平均数。""搜集材料的作家生活方式之所以不行，是因为它没有丝毫美学理论根据。"

正因为生活实践对作家，对文学创作具有这样的意义，所以柳青才说，"对于作家，一切归根于生活"，"生活培养作家，锻炼作家和改造作家。在生活里，学徒可能变成大师，离开了生活，大师也可能变成匠人。"所以，他的艺术道路越艰难，他在这条道路上获取的成果越大，他深入生活的决心也越大。1958年11月，他这样表示："终生和群众在一起的决心更坚定了。我将死在农村，埋在生前和我在一起的群众的坟墓里。过去有人怀疑我住在一个村子里的做法，现在许多人都走这条路子了。这是一条非常结实的路子……我获得了一个新的概念：在群众中生活、创作、政治艺术学习，三者扭成一股，没有搞不好的！……我认为：个人的创作只要和工农兵的事业结合起来，就做不出坏事。脱离了工农兵，就有可能做坏事。"柳青实现了终生和群众在一起的诺言。

由此可见，狭隘地理解作家生活实践的内容，把它简单化、贫乏化，把作家的艺术实践同生活实践割裂开来，局限、忽视、贬低以至否定深入生活的意义的观点，是片面的，是不正确的。而那种公然主张"背向现实，面向自我"的创作思想，和柳青这一代作家面向现实，尊重客观生活规律，追求艺术真实的文学思想，是根本不同的，是作家生活观和艺术观走向衰退的一种表现。

三、遵循革命现实主义原则，追踪时代前进步伐，力求创作在更高程度上达到现实感与历史感的结合

柳青和陕西老一辈作家在创作中遵循的基本原则，他们作品所显示的共同的突出的特点，应当说，是革命现实主义。柳青、杜鹏程、王汶石、李若冰等，他们遵循的是革命现实主义，这是大家公认的。就是浪漫主义较多的魏钢焰，他的创作，他的散文，其主导的方面，也还是革命现实主义。诗人戈壁舟、玉杲，他们的绝大多数诗作，无论带着多么浓厚的主观色彩，把生活形象重新改制、组合到什么程度，仍然是属于革命现实主义

范畴的作品。

紧紧追踪时代的步伐，在中国革命历史和社会生活发展的制约和规定下，不断地探求强烈的现实感与深沉的历史感的高度结合的途径，力图传达时代的最强音，这可以说是抗战中成长起来的许多作家，也是柳青和他的同辈陕西作家，在创作道路上一直追求的目标，是他们创作道路，是他们作品所试图获得或者已经获得了的特点。柳青、杜鹏程、王汶石、李若冰、魏钢焰等，他们都从党所领导的民主革命阶段，走到了社会主义时期。其中一些人，在民主革命时期就有著名作品问世，或者在后来写出了反映民主革命时期斗争生活的著名作品。从《种谷记》《铜墙铁壁》到《创业史》；从《保卫延安》到《在和平的日子里》以及《年青的朋友》中的许多短篇，从短篇集《风雪之夜》中，我们可以看到从民主革命到社会主义革命时期许多重大斗争的真实的历史记录，我们可以看到作家的创作是怎样追随着时代的脚步而前进着。生活发展着，作家的创作也发展着，一步一步走向更高的思想和艺术境地。在50年代军事题材文学创作中，《保卫延安》是最好的作品之一。在当代文学史上，在"文革"前十七年的工交战线题材的作品中，《在和平的日子里》无论在思想或艺术方面，都是突破性的作品，其中显示着杜鹏程对生活的许多独特发现和独到见解。这部作品所给予人们的现实感和历史感，它所具有的感染力量，大大超出了当时许多同类题材的作品，就是《保卫延安》，在历史纵深感方面，也有不及此作之处。至于柳青的《创业史》，那在我们当代文学发展的历史上，是有里程碑意义的。它概括生活的广度和深度，它在现实感与历史感的高度结合方面，它的史诗效果，无疑把我们那个时期的文学创作引向了一个新的水平，的确可以说是革命现实主义的重大胜利。

1954年，当柳青写出《创业史》的初稿时，发觉"还是脱不出过去叙述过程的老一套"，感受到了突破的艰难。这时期，文坛上出现了《保卫延安》和它的作者杜鹏程。后来，柳青就此事说道："我分析杜鹏程同志写《保卫延安》成功的原因，一个是自始至终生活在战斗中，小说是自己长期感受的总结和提炼，所以有激情；另一个是写作的时间长，改写次数很多，并且读了许多许多书，使写作的过程变成提高的过程。当时我想，既然要搞创作，就要认真地搞，不苦搞的话，何不做其他工作去呢？55年春天，我下了最大的决心，搬到村里住，把合作化运动搞到底。"1956年，柳青写出了《创业史》的二稿。这是一次"脱胎换骨"的修改，使作品面貌焕然一新，思想和艺术跃入新的境界。作者艺术上的这种突破，是和在杜鹏程创作启示下实现的生活上的突破同时进行，相伴达到的。

现实主义艺术创造的深化，首先要求作家生活方面的深化。现实主义的性质和特点，旧现实主义和革命现实主义的根本区别，是由社会历史的发展，特定时代的生活内容，以及作家对这种生活内容感受把握到什么程度决定的。所以，现实主义的固有品格，是发展的变革的，是和任何僵死的思想、艺术模式不相容的。只要不是用形而上学的观点来看待现实主义，把它当成抽象的教条，而是如实地把它看作是历史的具体的东西，那么，它的性质和特点，它的内容和色彩，总是要由特定社会历史时期的现实生活的内容和特点，以及作家在作品中如何具体反映这些来确定。这样，我们今天的现实主义，和以往任何旧时代的现实主义，当然就有着质的不同。

柳青认为，矛盾冲突，是现实主义的基础。他特别说明，"不是落后的现象、困难和复杂性是现实主义基础"。说"矛盾冲突是现实主义基础"，这个提法也许有不确切之处，但却深刻，发人思索。应当说，社会生活中现实的具体的矛盾冲突，是现实主义的基础。因此，现实主义的深化问题，也就不能不归结为作家概括反映社会生活矛盾冲突的深度问题。这种看法，符合生活发展的规律和现实主义艺术创作的规律，从理论上堵塞了文学片面反映生活的空隙。

柳青的现实主义美学理论是丰富的。从60年代初期开始，他一边创作，一边着手总结自己的艺术经验，写了一些关于这方面的文章和笔记。研究这笔宝贵遗产，是亟待进行的工作。就我接触到的材料，他的现实主义美学理论，大体说来，涉及这些方面：第一，关于生活与艺术，生活真实与艺术真实的美学关系问题；第二，关于典型环境、典型人物与典型化问题；第三，关于写"理想人物"的问题；第四，关于生活冲突与艺术冲突的问题；第五，关于内容和形式，革命的政治内容和完美的艺术形式统一的问题，其中包括艺术结构、文学语言等问题；第六，关于作家的才能、气质和风格问题；第七，关于艺术表现手法的问题；等等。柳青论述了艺术创造规律中的一系列重要问题，作出了自己的独特的理论建树。

严格遵循马克思主义基本原理，从社会历史生活发展规律这个实际，和艺术创作规律这个实际，从这二者既相联系又相区别的辩证关系中，阐述现实主义美学中一系列重要问题的质的规定性，使理论既具有哲学深度，又带上强烈的实践色彩，这是柳青美学思想的一个显著特点。

四、在生活和创作中，把发现和描写新时代的英雄人物，作为重要课题

这是柳青和王汶石、杜鹏程等陕西老一辈作家创作道路的一个特点和优点，成为他们文艺观中居于突出地位的很强固的内容。

这主要是由他们的生活道路决定的。从这里，我们可以特别明显地看出，他们的生活道路和创作道路的内在的一致性。

如果说，柳青是较多地从无产阶级的历史使命，和无产阶级文艺所应承担的任务方面，阐述这个问题的必然性和重要性，那么，杜鹏程和王汶石等，除从这个角度说明外，近年来，则更多的是以深沉的笔调，动情地叙述他们的人生经历，从中显示这个问题对自己的创作是多么地不容忽视也无法忽视。我记得，在我们文学进入新时期不久的一次座谈会上，杜鹏程曾说，他和王汶石的经历，使他们没有办法不以主要笔墨去描绘劳动人民中的英雄人物，他们这个主张是不能改变的。1979年9月，王汶石在一个有全国各地高等院校文艺理论教师参加的会议上，叙述自己的生活经历和

对我们时代先进人物、英雄人物发自内心的爱戴之情后，说道："我深为崇敬他们，描绘他们的形象，展现他们的心灵，讲述他们的生活和故事，更易于激起我的创作冲动，更易于使我想象活跃，左右逢源。"接着，他作出了这样的结论："一代生活培养一代作家。建国后，为数众多的一批作家，把他们的笔墨献给了革命现实生活中的新人，是合乎革命文学的历史进程的。这是中国无产阶级大众牺牲奋斗数十年，夺取到手的权利，也是以鲁迅为旗手的无产阶级文化大军殊死战斗数十年赢来的权利。"这些肺腑之言，是耐人寻思的。柳青、王汶石、杜鹏程等作家的人所共知的创作实践，比他们的文字阐述，更有说服力地印证着他们这种主张的真实程度。

写好新时代的英雄人物，一直是柳青创作探索的中心课题。当作家以几十年的努力，先后塑造出马银贵、王加扶、石得富、梁生宝、高增福等这些不同历史阶段的英雄人物形象，积累了许多正反两个方面的经验后，曾从历史的和美学的角度，探讨过这方面的一系列重要理论问题，例如，关于杰出人物的思想、愿望同社会经济发展、先进阶级要求的关系，关于英雄人物思想性格的基调和色彩，关于英雄人物的革命乐观主义和革命理想主义，关于英雄人物典型形象的塑造与非英雄人物以及反面人物典型形象塑造的辩证联系，等等。而这一切论述的一个立足点，则是英雄人物同广大群众的关系问题。

在新人形象塑造问题上，柳青的两个论点，是特别应当提到的。这两个论点是：第一，塑造我们时代革命和建设的英雄人物的典型形象，这是要经过无产阶级自己的几代作家的连续努力，才能作出人们公认的新的建树的。柳青把这看作是我们文学的一个战略任务，并且认为自己已经做到的，也只是开始努力的初步成果，远没有达到理想的境地，希望在于坚韧不拔的后来者。第二，作家和自己所处时代先进人物、英雄人物结合的程度，从根本上决定着作家作品爱憎感情的鲜明程度和爱憎力量的强烈程度。因此，作品的爱憎感情模糊，冲击读者心灵的艺术力量薄弱，绝不是写了生活和人物思想性格的复杂性造成的，单是用艺术表现方面的缺陷，也无法完全解释清楚，不能从根本上解决作家创作思想上的问题。因未能真正融合于人民群众之中，脱离群众建设新生活的火热斗争实践，致使作品显出一派萎靡之气，这在我们当前的一些作家作品中，是不乏其例的。我们的作家，特别是那些踏上文学道路不久的青年作家，应当通过各种有形无形的渠道，经常使自己的精神，使自己的艺术感觉和艺术思维，和最广大的人民群众，和我们时代的英雄模范人物，保持一种鲜活的血肉相连的内在联系，这样，才有可能在自己的作品中，真实地有力地传达他们的心声，在塑造他们的典型形象方面，为无产阶级的文学事业，作出自己的独特贡献。

深厚的马克思主义理论素养，广泛的文化科学知识学习，古今中外著名文学遗产的精心研究和优秀文学传统包括技巧手法的借鉴继承，都对柳青和他的同辈陕西作家的世界观和艺术观，产生过重要影响，帮助和促使他们不断地开拓自己的生活创作道路，丰富和深化自己的生活实践与艺术实践。

我认为，研究柳青和陕西其他老一辈作家生活创作道路中的一些基本点，总结他们的经验，对我们新时期文艺运动和文学创作的健康发展，对作家队伍的建设，是很有意义的，是能启示我们更清楚地认识当前文艺界的许多重要问题，帮助我们更加坚定地沿着正确方向和道路前进的。没有疑问，我们应当研究和汲取他们的宝贵的具体的艺术创作经验，并且也不能说这种研究和汲取的工作已经做得很好很够了。不，不能这样说。我们今后应当在这方面做更多更深入的工作。但同时，我们也应当特别注意他们的生活创作道路的研究。这也许是更为重要更为根本的东西。

原载《西北大学学报》（哲学社会科学版）1983年第3期
本文系1983年6月7日在中国作协西安分会召开的纪念柳青同志逝世五周年创作座谈会上的发言

柳青生平述略

——1916年至1952年

一

柳青，姓刘，名蕴华，字东园。1916年7月2日（农历六月初三），生于陕西省吴堡县张家山寺沟村一户破产的富裕农民家里。"柳青"，是他1935年冬发表散文《待车》时开始使用的笔名。

柳青的父亲刘仲喜，是一个很会经营而又好胜的农民，他不识字，但极力支持子女读书。母亲马氏，为一贤明的农妇，先后生过八个儿子，两个女儿。柳青在弟兄中，排行第四。

1924年，柳青八岁，入本村龙岩寺私塾读书。发蒙第一年，学的是商务版的"新学制教科书"国文和修身二科，第二年（1925年）前半年依旧，后半年加学《孟子》，半部而终；第三年（1926年）改学新出的小学教科书，分国语、常识、算术、图画、唱歌、体操等，直到初小毕业。

1927年，十一岁，考入佳县螅镇小学，读高小一年级。

1928年初，随大哥到米脂县东街小学，仍读高小一年级。

柳青的大哥刘绍华，字春园，系北平大学1931年的毕业生。20年代曾参加过共产党，立三路线时期脱党。他处世为人小心谨慎，一生信从党外爱国民主人士杜斌丞，对共产党一直很友好。他对青少年时期柳青的生活和学习，有过重要影响。

1928年5月，日本侵略军在济南大肆屠杀中国人民，"济南惨案"发生，陕北反帝反封建浪潮澎湃。十二岁的柳青，参加米脂学生的示威游行，开始投身于革命活动。放暑假前，他由本村同学刘义维介绍，加入共产主义青年团。

1928年12月，柳青在米脂东校读完高小一年级，回到家里。

1929年2月，再到螅镇小学读高小二年级。在周围环境的影响和共产主义青年团组织的教育下，柳青追求革命真理，阅读进步书刊。当国民党清党之风传到陕北，当地驻军检查学校时，他在进步老师带领下，藏书埋文件。

1930年前半年，在螅镇读高小三年级，后半年，离毕业尚差半年，去绥德投考由革命先烈李子洲和民盟爱国人士杨明轩创办的陕西省第四师范学校。考取之后，入四师第十三班学习。在这里，柳青虽为共青团员，但在学校佩戴红领巾，以儿童团名义活动。四师有革命传统，至此时弄得很"红"，遂在同年冬天学校放寒假前夕，被陕北反动当局解散，学生限一日内由军队遣送出城。柳青被迫回家。

二

1931年上半年，柳青在家闲居。

同年夏天，柳青到了榆林。几经曲折，考入榆林省立第六中学。

这时的陕北各校，处在白色恐怖之中。大家都读死书，柳青也沉默地在功课上下功夫。他最喜欢国文和英文，课外阅读鲁迅、郭沫若、茅盾、丁玲、成仿吾、蒋光慈等人的作品和大量的苏联文学名著。到三年级即读英文版的屠格涅夫的《初恋》、安德耶夫的《红笑》、萧伯纳的《卖花女》、歌德的《少年维特之烦恼》和哈代的《雅丽莎日记》等世界文学名著。

1934年上半年，临近初中毕业，肺病严重，90%的时间躺在床上看小说。6月底，带病通过初中毕业考试。

在榆林省立第六中学，英文教员赵曼青对柳青的英文学习和初期文学鉴赏能力有过极大的影响。柳青说，他同赵曼青"个人感情极好"。

1934年7月1日，偕同学、好友董学源，以二十二天时间，经太原、石家庄、郑州到西安，居住在当时在西安高中任教的大哥处。每天去医院治疗颇为严重的肺结核。

同年9月，以第一名考入西安高中。酷爱西方文学，主要精力用在看小说和学翻译上，经常到省立图书馆阅读美国进步杂志《亚细亚》和英国的《左翼评论》。开始向西安地方报纸的副刊投稿。

在西安高中，国文教员郝子俊对柳青产生过重要影响。柳青说，郝子俊"指导我文学上的习作和鉴赏"，"他劝我立刻退学，回陕北参加红军，过奖说，以我的才能，会有很好的收获。我必须承认，这给我以后选择的道路有很大影响。"

1935年4月至7月，国民党实行全国第一次学生军训，豫、陕两省高中一年级学生集中到开封。柳青被编入第二中队，住第九营房。军训开始不到三周，因肺病发作咯血而住进了医疗所，常借故到开封风景区禹王台和城中心的书店街去，时间多花在看《译文》等杂志上。

暑假回到西安，一边休养，一边习作诗和散文，并向上海的文艺刊物投稿。此时较多地注目于政治，留心国内外局势。他成了上海《立报》的长期订户，《文学》《译文》《大众生活》的不懈读者。他每篇不隔地读《大公报》上连载的范长江关于红军的通讯。他渐渐地对世界和中国社会有了自己的看法和思想，越来越认清了国共两党的不同本质。

1935年秋，接到上海《创作月刊》拟在该刊第4期刊载他的短诗《香客》的通知，雀跃之至。但该刊出至第3期即被迫停刊，原稿退回。

同年冬天，上海《中学生》文艺季刊第2卷第2号登载了他首次署名"柳青"的散文《待车》。这是柳青在全国性杂志上发表的第一篇文章。

1935年，著名的"一二·九"学生运动爆发后，西安学生抗日救国联合会于同年底成立，柳青受聘编辑学联机关刊物《救亡线》。该刊第1期未及发行，即被陕西省政府主席邵力子下令销毁。

1936年12月9日，西安各界举行"一二·九"运动一周年纪念大会，特务警察开枪打伤一名十二岁的小学生，激起公愤，于是万余名学生，星夜赶赴临潼向当时住在华清池的蒋介石请愿。柳青置身其间，受到巨大震动，使他最后对一般课程断念，专致于文学生活，把眼光投向更为广阔的社会政治生活领域。

同年12月12日，西安事变爆发。柳青应西安学联会聘请，搬到西救会（会址在今西安市第二十中学内）住宿，主编会刊《学生呼声》，并参加校对和装订，还为学联会拟写传单，累得大口咯血。

12月底，经董学源介绍，与李一氓、冯文彬、王俊等从延安来的同志建立联系，并加入中国共产党。同时，参加由李一氓领导的中共陕西省委临时宣传委员会的工作，在《西北文化日报》社长宋绮云家里开过几次会。柳青根据会议决议的宣传方针，编辑出版《学生呼声》计三期。在该刊第1、2期上，分载了他从《密勒氏评论》上翻译的毛泽东同志和斯诺的谈话。

1937年2月，西安事变和平解决。国民党顾祝同军进入西安前，因党内搞文字工作的同志一度显得太"红"，李一氓便指示柳青，随同博古、罗瑞卿撤回延安。在延安待了十二天后，又与罗瑞卿同车返回西安。3月，仍回西安高中，读完最后的半年。同时，任该校新建立的支部的宣传干事。

同年6月，高中毕业。再次邀请从西安师范毕业的董学源做伴，经请示党组织同意，一同去北平考大学。1937年七七事变时，柳青正在平汉路特别快车上。7月9日晨，车到保定时受阻，停止北开，他们急于同北平学生一起参加最前线的抗战，便冒险换乘普通快车继续北上。在长辛店遇阻后，又改骑毛驴转门头沟，乘平绥支线列车到达北平。

在平期间，住在陕北会馆（后改榆林会馆），后移居市民家。未及一月，平、津突告陷落，变为死城。遂与常友章（杜斌丞先生女婿）乔装成商人，经天津、烟台、济南等地，于1937年8月中旬，回到西安。

十天后，经宋绮云介绍，任《文化日报》副刊《战鼓》的编辑。

两个月后，考入西北临时大学俄文先修班。住西安开明书店后院，只到临大三院去听曹靖华教授的俄文，季陶达教授的政治经济学和沈志远教授的思想方法论三科。不参加学校的其他活动和生活。

1938年4月，敌机轰炸西安，临时大学南迁汉中城固县。柳青向省委要求去延安，从事文学创作。当月中旬拿到八路军西安办事处的护照，奔赴延安。

从北平返陕去延安之前，柳青同时负责西安青年文艺协会的党团工作。

三

1938年5月初到延安。边区党委介绍柳青到文化协会，任"海燕"诗歌社秘书，民众娱乐改进会秘书，兼做机关党的工作。

6至9月，翻译了辛克莱关于西班牙战争的小说《马德里之战》，计十万字。因别人已先他翻译出版（书名《此路不通》）而搁置起来。这期间，曾与刘祖春、严文井一起去了一次晋西前线，主要从事新闻报道。八九月间，写了《萧克将军会见记》等几万字的散文和特写，并与刘白羽一起编了几期《文艺突击》。

同年11月，刘绍华在日军飞机空袭西安时被难。柳青于12月去西安料理大哥后事，将其遗体送回原籍出殡。

1939年1月返回延安。

同年2月，随民众剧团下乡，走了延安、延长、延川、安定（后改为子长县）、靖边、定边、盐池、志丹八县的城镇和乡村，一边给剧团青年教文学课，一边任李初犁负责的《新中华报》特派记者。

同年6月回到延安，写过两篇小说，未见发表。

同年8月，经请求组织获准，到八路军总政治部报到，当月中旬，即到晋西南一一五师独立支队任教育干事。同月，在隔县川口村写成短篇小说《误会》，后收入《地雷》集。11月中旬，随军越过同蒲路，进入太岳区活动。12月28日，转到了太行前敌总政治部。

1940年1月，到太行一二九师三八六旅，住一月后，到七七一团一营任教育干事。4月，到晋中平原游击队去体验生活，因身体不支，至6月又转回三八六旅，再转至总部，到华北《新华日报》做记者，任驻济南、太行、太岳行政联合办事处特派员，在清漳河畔一边休养，一边工作，专门编写及收集联合办事处的消息、命令、条例等，寄回报社发表。

同年8月，百团大战后，日军进行报复扫荡，其残酷无以复加。这时，柳青又开始咯血，同时发疟疾，经总部劝说，与四十多名病弱同志一起，于9月初出发，过黄河，经洛阳，到西安，住在八路军西安办事处治病。半月后，动身回陕北。10月25日，回到延安中央组织部，次日转回文协，住在杨家岭后山上。

同年11月，写短篇小说《牺牲者》，12月写《地雷》，分别刊登于茅盾在重庆编的《文艺阵地》第6卷第3期和第4期上。

1941年初，参加《谷雨》文学月刊的编辑工作，编了最初两期。

同年2月，与林默涵一起，做延安向重庆寄稿的工作，当时叫文化站，其任务主要是，第一集稿，第二看稿，与中央组织部接头，请首长出延安时带稿。同时应胡乔木约请，给青年干部学校四年级生和民众剧团青年教国文选修课，每两周教三小时，三个月后辞去。这期间，柳青担任文协支部组织干事，至同年8月，中华全国文艺界抗敌协会延安分会成立，与文协分开，柳青被分配到文抗，任支部宣传委员。同年12月，转到绥德文协，住在绥德师范教员院内，继续做文化站工作，至1942年7月结束。

这一时期，是柳青短篇小说创作的高潮期。1941年1月写《一天的伙伴》，载《谷雨》创刊号；3月写《被侮辱了的女人》，在6月2日和3日《解放日报》文艺栏连载；5月写《废物》，载9月份的《解放日报》文艺栏；9月写《家庭》，载《学习生活》文艺版第4卷第4期；4月至7月间，还创作了一部三万余字的中篇，自己不满意，搁置未发；1942年初探过一次家，2月返回绥德，3月在绥德故雕山庄书院写小说《在故乡》，载《谷雨》第5期。

这一时期，又是柳青个人私生活中交织着欢乐和痛苦的多事之秋。1942年2月，柳青与绥德干部子弟学校教员马纯如认识，同年7月结婚。

1942年7月，脱离文化站工作后，由绥德到米脂，在米脂县印斗区"帮助工作"式地参加乡选和县委领导的减租运动，并借机搜集创作材料。

同年9月，回到延安。这时机关里的整风学习刚刚进入检查思想阶段，党组织指示他参加文艺界整风，并帮助文抗支干会组织干事工作，后被选为党支部委员和党小组长。在思想检查阶段，他听取了毛泽东同志《在延安文艺座谈会上的讲话》的传达报告。

同年10月，在兰家坪抽空写短篇小说《喜事》，后收入《地雷》集。

1943年1月，中央决定结束文抗，并对每一个同志进行鉴定。2月，中央决定文艺工作者到工农兵群众的实际工作中去，柳青作为头一个被讨论通过鉴定的同志，头一个被中央组织部抽调下乡。当月到米脂县，在县委住一个月后，被分配到该县民丰区吕家崄乡政府当文书。

四

1943年3月初，柳青到了吕家崄乡政府。从此，开始了他近三年的农村生活。在这里，他从事大量的具体琐细的实际工作，经受了艰苦生活的严峻考验。他除完成上级交付的各项任务外，老百姓写介绍信，开路条，了解种棉花的方法，吵嘴打架，以至娃娃头上生了疮能否治疗，都来找他。每天吃的是糠炒面、高粱饭和干白菜、山药蛋，还得经常拖一条打狗棍，没黑没明地在山村奔波。

同年4月，柳青去银城，采访米脂桃镇区女劳动模范郭凤英，完成人物特写《一个女英雄》后，即回到吕家硷乡。5月，大病一场。

是在农村坚持下去呢，还是就此退却？柳青经历了一次痛苦而深刻的思想斗争。这时期，他读了党中央按党内文件印发的《湖南农民运动考察报告》（只是以后公开发表的前一部分）和五大本《斯大林选集》，也读了英文版的18世纪法国著名作家雨果的《悲惨世界》。柳青感到，这些书籍在他当时的生活和工作情况下，是非常亲切的。他不仅从书本上而且从感情上，真正接受了马克思主义关于革命者和人民群众关系的教导。乡村党员和农村积极分子的革命热诚和坚强品格的感染鼓舞，优秀文学作品的熏陶影响，都从精神上支持了柳青，使这位青年知识分子在农村待住了，坚定地走上同人民群众相结合的道路。

1943年秋天，他们乡上首先发动减租斗争，接着全区全县闹得热火朝天。同年冬天，审查干部，柳青被调到县上的整风班。半个月后，县委决定他任整风班支部书记。四个月后，他们把尚未解决问题的同志移交给新成立的地方干部训练班，结束了整风班。

在写《种谷记》以前，柳青曾在吕家硷、麻家渠、刘家峁等村庄安过家，同很多行政村主任和农会主任打过交道。他在《种谷记》里王克俭的生活原型的家里食宿过两个月，同六老汉的生活原型做邻居两年，存恩老汉的生活原型就在他出生的故乡，王克俭的身上也有着他父亲的影子。1944年春天，有个行政村主任不愿让别人使唤自己的驴，执意不参加变工队。这件事触动了柳青，他在夏天将故事写成三万字的短篇，但作为积极分子代表的农会主任，形象却太薄弱。柳青下决心写个长的，从此，有了《种谷记》的构思。

在米脂的前两年，柳青担任乡文书，第三年即1945年，没担任具体工作，住在乡下，写《种谷记》的初稿。

1945年3月6日，《解放日报》发表了柳青写的《米脂县民丰区三乡领导变工队的经验》。

同年4月，柳青在吕家岭乡刘家峁写了短篇小说《土地的儿子》，后收入《地雷》集。

米脂三年，在柳青的生活创作道路上，是有转折意义的。

五

1945年8月，日本侵略者投降。抗日战争胜利后，中央组织部抽调赴东北的干部的电报名单中有柳青，他即于当月底，从绥德随军出发，至第二年1月末，到达设在辽宁海龙的中共中央东北局，先在招待所住了一个多月。

1946年3月间，柳青被分配到大连，任我党控制下的大众书店主编，主要负责翻译出版进步书籍，同时写《种谷记》的二遍稿。中间，去辽南参加过一次短时期的土改。

1947年1月18日，柳青写了散文《冰雪中悼大化》，后收入《柳青小说散文集》。

同年2月，光华书店出版了柳青的短篇小说集《地雷》（同年10月，由该店再版；1950年12月，由青年出版社再版）。

同年5月，柳青的第一部长篇小说《种谷记》脱稿，7月，在山东新华书店出版。随即，柳青要求回陕北参加人民解放战争，得到中共中央东北局同意。一切都准备好，等候登船时，胶东半岛形势突变，交通断绝。同年10月间，柳青到辽南军区，准备乘秋季攻势，随军去热河。但这次攻势没有截断北宁路，这样，柳青不得不在1947年12月，经在大连工作时结识的一位苏联朋友帮助，坐苏联"里加"号货船，经朝鲜，于1948年1月，到达设在哈尔滨的东北局。在这里，他找到了在松花江一带随军转战的刘白羽，两人促膝作彻夜谈。

1948年1月，柳青由哈尔滨骑马，坐车，走热河、冀东、晋察冀，到中央组织部，于同年10月初，再回到延安。其间经过沙漠、草原、大山，过了几次封锁线。

途中，当经过尚处在敌我双方拉锯地带的保定地区一个村庄时，柳青发现一群一群向敌方逃难的人。他惊讶，着急。经深入群众了解，原来是我们土改工作中"左"的偏向造成的。他立即给周恩来同志写报告反映了这一情况。当时主持这一地区工作的负责同志，深为柳青的负责精神和政策水平所感动，便劝柳青留下来，就地参加了半年土改纠偏工作。

一回到陕北，他就在沙家店被一个干部办粮站的故事所吸引，随即买了一匹骡子，骑着它没黑没明地在沙家店一带跑来跑去，详细地采访了这个粮站从头到尾的情况。他访问了很多人，白天黑夜谈，历时半月之久，记下了几万字的采访笔记。在此基础上，综合以前所积累的有关区干部，民兵，仓库保管员，战斗英雄的大量战时材料，柳青开始了创作上新的"妊娠"期。

因为在刚刚长途跋涉后就开始紧张的采访，加之生活的艰苦，1949年正月初的一天下午，柳青正参加米脂县召开的县、区、乡三级干部会时，旧病复发，开始咯血，十天以后始停止。1949年正月下旬，柳青离开米脂，先到绥德，继而到延安，住在中共中央西北局休养。这期间，他拟写了他的第二部长篇小说《铜墙铁壁》的提纲。

1949年4月，柳青与马纯如离婚。

同年4月16日，柳青离开延安，于月底到达北平，先住中央组织部，不久，被安子文部长介绍给周扬同志，并让他准备参加第一次全国文学艺术工作者代表大会。

同年6月26日，柳青在北平写了《转弯路上》，回顾了他在米脂农村三年思想感情的变化过程，论述了这种变化在他文学道路上的意义。此文刊于《中华全国文学艺术工作者代表大会纪念文集》。

同年7月，他参加了第一次全国文代会后，旋即到秦皇岛市，撰写反映陕北农民在解放战争中英勇支前的长篇小说《铜墙铁壁》。12月完成初稿，即回到北京。

1950年1月，到共青团中央，写《铜墙铁壁》的二遍稿和三遍稿，至

1951年3月脱稿。在等候审阅、校对及出版期间，参加《中国青年报》的创刊工作，任编委和副刊主编。

1951年5月5日深夜，写了纪念史沫特莱女士逝世一周年的散文《中国人民的好朋友——史沫特莱》，后收入《柳青小说散文集》。

同年9月，《铜墙铁壁》出版。9月10日，《人民日报》刊载了柳青写的《毛泽东思想教导着我》一文。

1951年10至12月，参加中国青年作家代表团，访问了苏联。

访问团是在北京度过了10月1日国庆节后出发的——从祖国边陲城市满洲里换乘苏联火车，越过西伯利亚，到达莫斯科。在莫斯科欢度了十月革命的三十四周年纪念日，第二天，即11月8日，柳青写了散文《我到苏联的感想》，发表于同月27日《人民日报》。之后，乘飞机往返于莫斯科与苏联南方的广阔原野，参观城市和农村。这个时候，柳青在创作方面孕育了一个新的主题，决心写一部关于农民出身的老干部在新形势下的思想问题的小说，目的是鼓舞大家向社会主义前进。

在访问临近结束的12月11日，柳青应邀参加了莫斯科全苏作家协会举行的座谈会。

1951年年底，柳青随代表团回到北京，仍住在共青团中央。

回国一周后，应中央电影局约请，柳青同武兆堤同志一起，着手把《铜墙铁壁》改编成电影脚本《沙家店》，于1952年3月底完成。1952年2月26日，《人民日报》第三版刊载了柳青的散文《苏联人民——真正幸福的人们》。

1952年4月初，柳青到上海参加"五反"运动。

同年5月3日，他在上海写了《和人民一道前进——纪念毛泽东同志〈在延安文艺座谈会上的讲话〉十周年》一文，刊于1952年6月号《人民文学》。

因为听不懂上海话，开展工作困难颇多，经周扬同意，柳青决定回西北深入生活。他在上海参观了两个大工厂，到西湖游览了三天，即于同年5月16日，回到北京。

5月24日，柳青参加了中宣部文艺处召开的纪念《在延安文艺座谈会上的讲话》发表十周年座谈会。

5月25日下午，柳青告别首都，登上直达西安的列车，到西北农村深入生活。

从此，柳青开始了他生活创作道路上最光辉的阶段——长安十四年。

原载《西北大学学报》（哲学社会科学版）1984年第2期，是《柳青生平述略》"1916年至1952年"部分的压缩稿

（本文系与王晓鹏、段夏安、邰持文合作）

柳青生平述略

——长安十四年

一

1952年5月26日，柳青由北京到了西安，参加西北党校的整党工作。此间，认识了在该校工作的马葳同志。随后与马葳结婚。

1952年9月1日，到陕西省长安县，任县委副书记，并立即参加了县委正在举办的互助组长训练班，熟悉全县情况。

9月下半月，同长安县委工作组一起深入农村，参加基层互助组的整顿工作，同时跑全县各区、乡，了解全面情况。

9月13日，柳青这样写道："我已经下了决心，长期地在下面工作和写作，和尽可能广大的群众与干部保持永久的联系。""我今后作品的数量和质量，将表现我的决心是否被坚持了。"

同年10月6日写就的《在农村工作中想到苏联》一文，刊于11月13日《群众日报》上。

10月21日下午参加县委会议，在发言中强调："互助合作工作也是个教育农民的工作。谁不会教育农民，谁就不会组织互助组。"

同年10月24日至30日，参加长安县冬季县、区、乡三级干部会议。

同年11月，和长安县委工作组一起下到王莽村，帮助蒲忠智建立全县第一个试点初级农业生产合作社，协助制订了"三年建设计划"。

这时，柳青决定到各区再跑一跑，选择一个更理想的点蹲下去。

同年12月参加农村基层党组织整顿工作。当月底来到王曲区皇甫乡，认识了《创业史》中梁生宝的生活原型王家斌，并且发现"这个在镐河边上号称十里长的大村子，有一个在减租减息、反霸斗争，土地改革和镇压反革命运动中显示过坚强力量的党支部"，加之皇甫当时的互助合作运动还处在互助组的最初阶段，便于他从头参加整个运动的过程，遂决定把皇甫作为自己的生活根据地。

1953年2月20日至3月3日，参加长安县委召开的春季三干会。

1953年3月6日，按陕西省委给长安县委书记李浩的指示信，长安县委同意柳青辞去长安县委副书记职务的请求，保留县委委员职务，移住位于皇甫村西的常宁宫。县委指示，王曲地区的互助合作运动由柳青具体指导。柳青刚到皇甫，广播里传来了斯大林于3月5日晚逝世的噩耗。一直到9日，他都沉浸在极度的悲痛中。3月10日，写成了一篇悼念斯大林的文章，自觉太低沉，未寄出。为加深对斯大林的认识和理解，开始第三次阅读《斯大林传略》。

同年4月10日，写了《学习苏联人》一文，载4月16日《群众日报》。

1953年春季和夏季，正是农村资本主义自发势力猖獗，互助合作面临严重考验的时刻，柳青把全副精力花在了解村子里的情况和帮助农民巩固互助组的工作上。

柳青到皇甫不久，马葳也去了，担任皇甫乡党支部副书记兼文书职务，后调到王曲区委任团委书记、党委副书记。

1953年夏收以后，柳青用比较多的时间待在常宁宫里写东西。

秋收时的一天，王曲区委书记孟维刚兴冲冲地跑到常宁宫，给柳青报告：镐河南四村王家斌重点互助组的稻子产量创造了全区的丰产新纪录，接着介绍了王家斌一心一意领着群众搞互助合作的事迹。柳青完全被这一个具有社会主义觉悟的新人的性格抓住了，决定到镐河南去看一看王家斌。第二天吃过早饭，在王家斌住的茅棚檐下，两人整整谈了一个上午，使柳青对王家斌有了进一步的了解。此后，柳青便把互助合作的注意力，集中在对王家斌互助组的培养上了。

1953年冬季，轰轰烈烈的宣传总路线和粮食统购统销的群众运动很快在农村展开。柳青说："我在家里越来越坐不住了。""我不说写完一章，就是一页也写不下去了。"柳青要求参加了西北局组织的工作组，具体分在高家湾村搞试点，同时指导四村王家斌互助组的工作。这一年冬天，雪很大，柳青穿着一双烂皮鞋，没黑没明地在村子里跑，参加各种会议，两条裤腿上老是沾满了泥点子。

1953年12月，皇甫的统购统销工作结束后，柳青赶到王莽，参加了王莽村"七一"社的扩社工作。其后回到皇甫村，安排王家斌和四村的代表主任高梦生到王莽村去学习管理经验，自己到县上去参加有关互助合作的会议。

1954年春节刚过，县委组织的建社工作组来到皇甫，和柳青一起着手在王家斌互助组的基础上建立合作社。柳青整天泡在王家斌所在的四村，从开始酝酿到动员群众、组织群众、讨论社章、土地入股、牲口折价、评工记分，以及对每个入社对象的审查，样样他都参与，甚至于像牲口盘槽，成立大会的具体安排，他都亲自过问。同时说服其他不断地找上门来要求办社的干部和群众，让他们先办好长年互助组，等干部、群众的条件都成熟了，再转合作社。

1954年3月10日（农历二月初六），王曲区第一个初级社——胜利农业生产合作社在王家斌长年互助组的基础上诞生了。在成立大会上，社外的互助组长们争相登台讲话，表示回去一定把互助组搞好，争取早日转农业社。这种热烈场面，使柳青心情不能平静。事后，他写了《新事物的诞生》和《灯塔，照耀着我们吧！》，记叙自己这一段难忘的生活。

还在1953年年底，柳青就把自己那个关于老干部思想问题的长篇写到了二十多万字。这时，新的生活极大地吸引了作家，他决定放弃这个长篇，重新调整自己的创作计划，以全副精力来描写中国农村的合作化运动。

二

从1954年春天起，柳青在常宁宫开始了《创业史》的写作。最初设想为三部。

在写作过程中，只有十三户的胜利社还不断地发生着问题。而只要胜利社出一点点问题，他就急得在家里坐不住，赶紧往社里跑。1954年五六月间，正是小麦扬花时节，有个别社员看见麦子长势特别好，就闹着要退社。当时正患哮喘病的柳青知道了这件事，连夜和区委书记孟维刚蹚过镐河，召开社员会解决问题。会议一直由月亮东升开到东方泛白，柳青才拖着疲惫不堪的身子回常宁宫去了。这时期，柳青感到自己在生活中的一个重要收获，就是更深刻地认识了胜利社的社主任王家斌。

1954年秋收前胜利社扩社，柳青在皇甫乡帮助建社。在建社过程中，他更深刻地认识了《创业史》中高增福的生活原型——皇甫一村的刘远峰。刘远峰才死了女人，留下个孩子还小，家里还有一个年老的母亲。为了互助组的事，他整天背着孩子在外开会，回家还要照顾老母亲的吃喝。一村建社时，他当选为社长。

这一年冬天，四村连续死了三头牲口，引起群众和一些社员思想上的混乱，柳青忙着处理牲口死亡事件。村子里事少了，他就抽出更多的时间写作。当区、乡干部向他汇报工作或请示问题时，他也常常请他们讲讲当地的乡风民俗、村史、家史和历史掌故。到春节那一天，他特意招呼王家斌和王曲区委副书记董廷芝一大早就到他家里，用糖果、点心、花生、烟酒、饺子热情招待两位知心朋友，对他们说："咱今天是这样，吃一天，说一天，你两个给我说，我光听。随便说，凡你们记得的事都说。"他也让谈村子里其他人家的事，连谁家的媳妇嫁汉的事都谈，还让一位基层干部领他去看过一个嫁汉的女人——《创业史》中李翠娥的生活原型。

1954年底，柳青已经大体上写完了《创业史》第一部的初稿。他总觉得还是脱不出过去叙述事件过程的老一套，非常不满意，感到无论是在生活上还是艺术上都非突破一下不可。正是这一年，文学创作上出了《保卫延安》。杜鹏程的成功给了柳青极大的刺激和促进。他分析《保卫延安》成功的原因，认为一个是杜鹏程自始至终生活在战争中，小说是自己长期感受的总结和提炼，所以有激情；另一个是写作的时间长，改写的次数很多，并且读了很多书，使写作的过程变成了提高的过程。他深感有必要在深入生活方面更进一步，使自己在生活上精神上完全和描写对象融化在一起，于是，下决心搬到皇甫村去住。

1954年第5期《文艺学习》刊登了柳青的《回答〈文艺学习〉编辑部的问题》。

三

1955年春，柳青通过组织，用西安一处房子换下西北军区所属的皇甫村的一座庙宇中宫寺。他自己掏钱，花费了很大气力收拾了一番，把家安顿了下来。

此后，柳青住了三个月医院，治疗拖了多年的老病。这期间，他仔细地全面地考虑了自己的生活和创作问题，发现自己这些年来在生活中奔波，一坐下来就急于完成自己的创作计划，而不能把学习、生活与创作这三者很好地结合起来。如何解决这个问题呢？他认为一切都归之于刻苦的、深入的生活和执着的、坚韧的创作，加上密切结合生活和创作的学习。

同年7月初出院后，柳青准备进一步修改关于合作化的作品。动笔之前，他反复研究了各种流派的艺术表现手法，也摸索出了一套严格的生活规律：清晨起得很早，听过新闻广播，就到田野里散步，或到后院里开水车浇菜。8点以后吃过早点，翻阅一阵报纸、杂志，就开始写作。11点30分以后开中饭，饭后休息到下午2点左右，起来继续写作。到5点以后开始接待客人，或者到村子里和群众拉话。6点多钟吃晚饭，饭后常常找干部到家里谈工作，直到午夜12点以后才休息。

1955年下半年，农村的合作化运动进入高潮。柳青一时还把握不准生活的潮流，只是在区、乡干部会上反复强调，一定要扎实地做工作，坚持办社条件，坚持成熟一个，办一个，发展一批、整顿一批、巩固一批的原则，反对盲目冒进。

从1955年9月份起，开始大规模地动工修改《创业史》第一部，写第二稿。他感到最困难的是题叙，于是下功夫调查王曲一带的历史。

同年12月，皇甫乡五个社主任从县上总结评比会上带回丰产乡的光荣称号，村里锣鼓喧天地闹了一番，主任们想趁着这股热劲儿，在各社鼓动转高级社。柳青知道后，和他们一起研究决定，冬季先并社，制定三年生产规划，发展多种经营，增加生产设施，到1956年夏收以后再转高级社。

1956年2月27日至3月6日，柳青在北京参加中国作协第二次理事会，当选为大会主席团成员，并在会上的发言中，总结了自己几年来学习、生活、创作的成败得失。这个发言刊登在《文艺报》1956年5、6期合刊上。

柳青在京开会期间，县上指示皇甫乡要尽快办高级社，于是全乡成立了胜利、团结、前进三个高级社。有些人刚进初级社几天，有的根本没进过初级社，这时都已是完全社会主义性质的高级社社员了。

柳青从北京开会回来，感到很惊奇。尽管他觉得合作化的步子急促中有点忙乱，还是以全部热情投入了高级社的巩固工作，亲自领导处理具体问题。他建议把许多在区、乡工作的干部调回村里，分别担任几个高级社的重要职务。他还把自己的组织关系转到中宫寺下边的罗家湾支部，常常利用晚上时间，在磨坊里点上马灯，给党员和积极分子上党课。这时，柳青的指导思想是通过加强管理和大力发展生产巩固高级社。他经常对县、区、乡的干部讲："建立一个社很容易，只要三个月时间就够了，但巩固一个社，却是一个长期的任务。"他亲自领导各社制订了五年规划。他帮助社里换来了日本良种稻——矮秆粳稻，买来了化肥，和县上农业技术推广站的技术员曹大个一起帮助社里制订水稻丰产方案。他天天到稻地中间的田埂上转悠，看稻子的长势情况。他还计划结合农村特点编写一本扫盲"三字经"。他说："如果社里公布账，社员都认不得，公布有啥用？民主管理怎么能落实？"

1956年秋，胜利社一千三百八十三亩水稻获得了平均亩产七百一十斤的大面积丰收，创造了本地区历史上的最高纪录。柳青禁不住自己的喜悦之情，停下了《创业史》的修改工作，于11月26日写下了记叙皇甫村高级社成立后第一次特大丰收的散文《邻居琐事》。同时，他把记叙这几年在长安亲身经历的农村社会翻天覆地变化的全部散文结集为《皇甫村三年》，由作家出版社于1956年11月出版。

1956年是农业生产获得巨大丰收的一年，也是柳青创作最紧张并取得决定性进展的一年。这一年，他食不香，睡不宁，变得又黄又瘦，长了一身黄水疮。他曾对人说："那才真是脱胎换骨，狼狈极了，这是我创作上最艰难的一年！到了1957年就有转机了，终于闯过了这一关。吃饭，饭香了：喝茶，有味了；人也胖了。"

1957年3月，《创业史》第一部第二稿全部完成。这是一次根本性的、脱胎换骨的修改，经过这次修改，《创业史》的面目焕然一新。

这时，经组织决定，马葳辞去王曲区委副书记职务，编制在作协西安分会，暂不领国家工资，回到家里帮助柳青工作。

四

1957年4月，党中央发出关于整风的指示。5月，整风在全国范围内展开。这时，柳青因支气管哮喘病复发住进医院。

同年6月底，当柳青出院时，反右斗争已经在全国各条战线全面展开。不久，他接到通知，到县上看了两回大字报，后来又到作协西安分会参加了一个时期的整风"反右"斗争，写了一篇杂文《请靠近人民些吧》，刊在1957年第8期《延河》上。

同年8月，去北京参加全国作协会议。随后又在作协西安分会参加了一段反右斗争，写了思想评论《走那一条路》，发表在同年第11期《延河》上。

这时，他曾说："终生和群众在一起的决心更坚定了。我将死在农村，埋在生前和我在一起的群众的坟墓里。过去有人怀疑我住在一个村子里的做法，现在许多人都走这条路子了。这是一条非常结实的路子……我获得了一个新的概念：在群众中生活、创作、政治艺术学习，三者扭成一股，没有搞不好的！过去有人说我脱离集体，我心里总不平服。我有点脱离作家协会的集体，而不脱离社会主义事业的集体。我认为：个人的创作只要和工农兵的事业结合起来，就做不出坏事。脱离了工农兵，就有可能做坏事。"

他给自己订出了这样四条规划：第一，终生在农村群众中生活、工作、学习。第二，把一个一百万字以上的关于合作化历史的小说写出来。第三，在哮喘病和风湿病允许的情况下，尽力参加集体劳动。第四，生活上不计较任何待遇问题。

反右以后，"左"的急于求成的做法在农村造成的危害已经日益突出地表现出来。柳青明显地感觉到合作化初期培养起来的那些建社骨干，由小当家一下子变成了大当家，缺乏经营管理经验，使合作社出现了更多的混乱。于是，在继续修改《创业史》的同时，开始构思、写作中篇小说《咬透铁锹》。

1958年3月12日完成《咬透铁锹》，发表于同年4月号《延河》上。此后，"大跃进"的高潮在全国各条战线掀起。柳青以谨慎的态度观望着，除了参加党的组织会议外，县、区、乡的其他会议都很少参加。平时只在私下里向群众问问情况："这样搞行吗？""大家愿意吗？"自己从不在公开场合发表意见。有时也在背地里和王家斌、冯继贤（当时任皇甫乡支部书记兼团结高级农业社主任）等一些知心干部议论，支持他们不赶潮流，不放卫星，不搞浮夸风。更多的时间是待在家里修改《创业史》。同年8月以后，人民公社化和食堂化的高潮相继兴起，"一平二调"的"共产风"有所抬头。11月间，柳青开始感觉到"一平二调"、浮夸现象和"共产风"的缺点，他愤愤不平地对知心的县、社干部说："人民是主人，不能把人民当泥片子看待，不尊重人民的权利。人民的利益是最实际的利益，不能漠不关心。"他曾向当时的陕西省委书记张德生反映过这类问题，也暗里帮助王家斌和罗昌怀（当时任皇甫村罗家湾大队党支部书记）等农民干部总结了食堂的十二条弊病和四条不能办的理由，向县委召开的三级干部会议反映。

1959年二三月间，中共中央召开第二次郑州会议，着手纠正"一平二调""共产风"等问题。这样，柳青对中国农村向何处去的一颗疑虑的心才算放了下来。他对周围的人说："毛主席说不剥夺农民，这话讲得好！讲得好！""每来一次大的运动，都冲击着我，使我不得不重新考虑一番自己写的这个东西。""我不怕，我相信我的作品是能站得住脚的。""一部作品，如果没有作者对客观事物发展的准确把握和独立见解，要想经得起历史考验是不可想象的。"

从1959年4月起，经过六年呕心沥血、四次大改的《创业史》第一部，以《稻地风波》为题，开始在《延河》上连载。由同年8月号起，改题为《创业史》，至11月号全部载完。《创业史》第一部脱稿的时间是1959年10月3日下午4时。

同年5月至6月，柳青在延安躲病，对《咬透铁锹》进行了两次大的修改。

同年7月回到皇甫。9月份对《咬透铁锹》又做了一次修改，由陕西东风文艺出版社于同年11月以《狠透铁》为题出版了单行本。

《狠透铁》修改完毕，省委委托柳青帮助长安县委工作组整理关于樊川人民公社的调查报告，上报中央。这件事又使《创业史》的写作中断了两三个月。

1959年第12期《思想战线》，刊登了柳青与长安县委干部合作的《长安县王曲人民公社的田间生产点》一文。

1960年初，他写了《永远听党的话》，刊于同年1月7日《人民日报》。文章中说："作家在展示各种人物灵魂时，同时展示了自己的灵魂。"

1960年《收获》转载了《创业史》第一部。之后，柳青亲自进了一次终南山，回来后再次修改了梁生宝领的割竹子队伍在深山劳动的篇章。

1960年5月，《创业史》第一部由中国青年出版社出版。柳青亲自写了出版说明。其中说："全书共四部。第一部写互助组阶段；第二部写农业生产合作社的巩固和发展阶段；第三部写合作化运动高潮；第四部写全民整风和"大跃进"，至人民公社建立。"

还在第一部出版前一个月，柳青已将该书的全部基本稿酬和印数稿酬共一万六千零六十五元，一文不留地捐献给了当时的王曲公社做工业基建费用（公社用这笔款修建了一座农业机械厂，1961年大社化小社时，厂房又让给了王曲卫生院）。

同年5月，柳青到钢都鞍山躲病，参观了鞍山钢铁厂，写了《鞍钢，向你致敬》一文，发表在1960年6月9日的《人民日报》上。

同年7月下旬至8月下旬，他在北京参加中国文学艺术工作者第三次代表大会，当选为大会主席团成员。在会上作题为《谈谈生活和创作的态度》的发言，刊于《文艺报》1960年第13、14期合刊。会议期间，周恩来总理在人民大会堂走廊上亲切地询问了他在皇甫村搞农业合作化运动的情况，使他受到极大鼓舞。

同年9月初回到皇甫，继续写作。

从60年代初开始，为了解决艺术创作中一系列疑难问题，柳青一边写作，一边认真地研究马克思主义文艺理论著作，结合自己的创作实践，写了一些美学论文和读书笔记。

1961年2月22日，参加作协西安分会主席团扩大会议，在发言中提出："文学是愚人的事业"，"只有愿意为文学卖命的人，才能干这一行"，作家"要把六十年作为一个单元"。

同年5月去四川躲病。

同年6月28日，在皇甫村写了《三愿》一文，发表于7月8日《陕西日报》。文章中表示：永远不脱离人民，永远不脱离生活和永远脚踏实地、辛勤创作。

同年8月16日，写成《关于风格及其他》一文，刊于1981年第2期《小说季刊》。

同年9月19日，写成《怎样评价徐改霞》一文，刊于1961年10月12日《文汇报》。

同年11月26日，写完《谈典型》一文，这是他的长篇美学论文《艺术论》的一部分，刊于1983年第7期《延河》。

1962年1月26日、28日，在皇甫村写了《关于〈创业史〉复读者的两封信》，刊于1962年第8期《延河》。在第二封信中，第一次提出了生活实践和文艺创作中的对象化问题。

同年3月17日，写成《二十年的信仰和体会》，刊于1982年第3期《青年文学》。

同年4月19日，中国作家协会西安分会举行报告会，邀请柳青谈作家的学习问题。柳青在报告中提出：作家要进"三个学校"，即生活的学校、政治的学校和艺术的学校。

4月间，由于饲养管理不善，皇甫公社各生产队普遍发生牲口死亡现象。柳青停止了《创业史》第二部的写作，同公社干部王培德、胜利大队王家斌一起，检查了全公社各生产队的饲养室，和饲养员们一起座谈，最后执笔写了《耕畜饲养管理三字经》，交全社的饲养员和干部、群众讨论后油印下发。后来长安县政府印成插图小册子，发给全县的饲养员。同年12月22日在《陕西日报》发表。

1962年6月16日，为答复一个回乡知识青年的来信，写了《农业劳动和远大理想》一文，刊于6月27日《陕西日报》。

这期间，柳青一边写作《创业史》第二部，一边大量阅读马列著作、毛主席著作以及其他哲学著作。他参照艾思奇主编的《辩证唯物主义和历史唯物主义》，把亚历山大罗夫主编的《辩证唯物主义》和康士坦丁诺夫主编的《历史唯物主义》系统地研究了一遍，着重研究了有关规律、阶级、国家、社会革命、人民群众和个人在历史上的作用问题。他想通过这些学习，进一步加深对这个世界和文艺创作的认识，以便把《创业史》后几部写得更好。

同时，为了深入探索艺术创作中的一系列重要问题，柳青结合创作实践，比较系统地研究了心理学和美学。

1963年5月，先后到广州、济南等地躲病。

同年6月返回西安，柳青说："这次回来要恢复以往的干劲。第二部的情节安排好了，二部上卷只剩下两章了。前一阶段，进度太慢了，以后紧张一点，一个月写一章，中间休息两个礼拜。"

7月21日，针对严家炎发表在同年第3期《文学评论》上的《关于梁生宝形象》一文，写了《提出几个问题来讨论》，刊于同年8月号《延河》。

同年8月至1964年1月，参加长安县在皇甫公社进行的第一批面上"四清"试点。

此后一直在家写作，很少与外界接触。

1964年冬初至1965年春节前，在北京参加全国作协理事会。从北京回来的当天，社教工作队正召开批斗王家斌等广大基层干部的全社群众大会，他气愤极了，即奔走于长安县和皇甫之间，向社教总团和一些工作组的负责同志直陈己见，保护王家斌等基层干部。

由于广大干部、群众的抵制，皇甫的社教工作无法收尾。1965年5月初，经工作队再三请求，柳青以上党课的名义，在皇甫小学的大操场上给全社基层干部作了一次报告，讲话的大部分内容是针对社教工作团的谬论的。报告的当天晚上，仍被隔离审查的干部中，就有一半人实事求是地做了检讨，下了"楼"。

此后，柳青再未参加过大的农村运动。

1965年5月下旬，去延安躲病。他在给一位朋友的信中说："我在延安写了一章，的确注意力集中后，工作效果好，不到二十天写了二部上卷最难写的一章，第九章比这一章好写。"

1965年10月18日，柳青写道："《创业史》第二部上卷初稿已完成。"这时，关于自己在农村十几年的生活和创作，他讲了如下两段话：

> 由于写作上的需要，我对党的方针、政策总是努力体会的。有些是我很容易理解的，我就很愉快地把它体现在我的工作中。有些是我很难理解的，我不轻易写文章、发表意见或随便谈论。到了后来，实践表明有不符合客观实际的，党就改变了这些方针、政策；实践表明是自己水平低，长期住在一个地方，观察问题有局限性，我就受到了教育，提高了认识水平。我考虑到：不采取这种态度，我要完成《创业史》的全部工作，并使作品经得起历史的检验是不可能的。

> 我的生活方式不是唯一正确的方式。作家生活方式应当是多种多样的。但是我的生活方式也不是错误的方式。它是唯一适合我这个具体人的生活方式。我走过的道路，我的写作计划，我的身体和家庭条件，等等，我都经过长期反复仔细的考虑。我的态度是这样的：一方面在这种生活方式的怀疑面前绝不动摇，以免丧失信心；另一方面坚决不宣传我的这种生活方式，拒绝《人民画报》和新华社拍照，以免经验不足的青年作家同志机械地效仿。当然，在坚持这种生活方式时，我遇到了一些困难。在克服困难的时候，我感觉到过吃力。但在困难克服以后，就觉得不值一提了，心情反而更加愉快了。

1966年3月17日，写了《革命理想和革命意志的化身》一文，刊于同年3月23日《陕西日报》。这是柳青在长安县皇甫村写的最后一篇文章。

1966年5月16日，中共中央发出了关于开展"文化大革命"的通知。柳青仔细地回顾了自己走过的道路，自信不是搞什么资本主义、修正主义，不会成为运动的重点。这时候，他的《创业史》第二部已写到第二十五章，他安下心来，准备把剩下的三章写完，就投入第三部的写作。

1967年1月1日早晨，一伙人闯进了中宫寺，柳青的家几乎被洗劫一空。柳青被揪到西安市，关进"牛棚"，失去了人身自由。

随后，马葳同志也于1967年2月13日，带着五个孩子把家搬到了西安市小南门外大学东路一条小胡同里的一座简易楼上。

从此，柳青文学创作道路上最光辉的长安十四年被迫结束了。

原载《人文杂志》丛刊1983年第1辑《柳青纪念文集》，是《柳青生平述略》"长安十四年"部分的压缩稿，标题系编者所加，内文略有删节

（本文系与王晓鹏、段夏安、邰持文合作）

柳青的现实主义的生命力量

——柳青十周年忌辰感言

柳青四十年文学生涯终结之时，恰是我国历史新时期开端之期，到今天，已经整整十年了，十年来，我国文学的突破和深化，并没有证明现实主义过时了。无论是以情节的生动性和丰富性见长的现实主义，还是以心理描写的密度和强度取胜的现实主义，都没有衰落。现实主义在发展着，深化着，继续显示出自己的独有的强大的生命活力。

新时期的文学并没有笼统地拒绝先驱者的遗产，它在有选择的吸取中壮大了自身。柳青以及其他许多在中国现、当代文学发展历史上作出过重要贡献的无产阶级革命作家，他们的美学思想，他们的艺术创造，仍然以各种形式和途径，进入了新时期文学发展的滔滔洪流。

柳青现实主义美学思想和艺术创造的生命力量，是他的整体人格力量的一种显示。或者说，柳青的人格力量，是构成他的理论与实践的无处不在的灵魂，是他的理论与实践能够不断地焕发生活与创作激情的热力源泉。他的"三个学校"的有名主张，其中就包含着培植作家人格的突出内容，他在生前的最后一次公开讲话中，这样告诫青年作者："我希望同志们从一开始就注意这个问题，培养一种实事求是，从实际出发的精神。要想写作，就先生活，要想塑造英雄人物，就先塑造自己。""怎样塑造自己呢？在生活中间塑造自己，在实际斗争中间塑造自己。不要等到拿起笔来写小说的时候，在房子里头塑造自己。"米脂三年，长安十四年，是柳青塑造自己的带有标志性的两个重要实践阶段。柳青的人品和文品是完全一致的。我们已经有了"文如其人"的古话。作家在作品中塑造各种人物形象，表达各种情感欲望，同时也刻画着自己的面目，展示着自己的魂灵。读者阅读作品，也在有意无意地审视着作家的人格和境界。在作品中说假话，蒙蔽读者，岂能长久？因此，一个有责任感的作家，总是自慎自重，严于解剖自己。他们在生活实践与创作实践中，力求使自己的人格高尚一些，情感美好一些，欲望健康一些。我们不是大声呼唤作家主体性的复旧吗？当生活形态和人的精神领域，不断演现"乱花渐欲迷人眼"的景象时，当追求人的自由自觉的本质的全面占有的议论越来越强烈的时候，当纷至沓来的种种新的人生观念、价值观念冲击着原有的思想体系的时候，作家主体性问题，作家的人格塑造，刻不容缓了。我们应当同人民相通，在那里寻求精神归宿。我们的审美态度，审美理想，那种由审美需要决定、在长期审美实践中积累和凝结起来的审美心理定式，情感向往，应当是丰富而活跃的，健全而崇高的。

柳青现实主义的生命力量，是以社会生活实践为基础的。在抗日战争时期成长起来的中国当代作家中，柳青是杰出的，这不仅表现在他是他们之中的一个人格化的代表，而且表现在他在现实主义美学理论一系列重要问题的具有哲学深度和强烈实践性的建树上，表现在他的史诗性的长篇巨著《创业史》的创造上。社会生活对作家主体意识及其创作的意义，是柳青一生谈论得最多，也最能显示他的理论见解深度的一个问题。他不只是在作家人格塑造的意义上反复地讲了客体生活的重要性，而且在作家审美意识建构的意义上，从艺术创作规律着眼，突出阐发了生活实践的重要性。他晚年写作的《二十年的信仰和体会》《艺术论》《生活是创作的基础》等重要论文，是当代美学理论建设的不可多得的珍贵遗产。他在60年代初期，就已经充分注意到马克思的这样一些重要论点："人不但在思维中，而且在全部感觉中肯定自己"；"社会人的感觉是和非社会人的感觉不同的。只有凭着从对象上展开的人的本质的丰富性，才能发展着而且部分地第一次产生着人的主观的感受的丰富性"；人的各种感觉，不仅五官的感觉，而且所谓精神的感觉，实践的感觉等，"都只凭着相应的对象的存在，凭着人化了的自然，才能产生"。柳青是当代老一辈作家中从美学角度论述《讲话》思想最早的作家之一，是最早最好地吸收和消化马克思主义美学观点的作家之一。他没有把社会生活实践和作家主体意识包括美学意识的充实与丰富，看成两张叠加的皮。现实主义美学思想的生命力，源于变动不居，日新月异的社会生活实践。主体与客体的交互作用是以包括人的活动在内的客体实践为基础为前提的，忽视以至远离社会生活实践的任何谈论和行为，都会导致作家主体意识的迷误，文学创作的苍白软弱。离开生活大地，大谈作家的"超越"，是动听的空话。认为历史发展的合力是在外在的平行四边形（客体）之上叠加一个内宇宙（主体）的平行四边形，并在这种极不确切的历史发展观表述的基础上强调作家的主体性，其用心甚好，但对作家益处不多。我们赞成青年作家路遥的看法："这几年是否对观念、意识关注太多，对描写对象的关注又恰恰少了一些，最重要的，也许不是观念"；"作家不能用一己的狭隘情，来代替生活自身的情绪"。我们愿意推崇那些真正来自生活的现实主义作品，原因就在这里，它们较少观念的捉弄，而较多真实的保留。柳青生前最后一次对青年作者的忠告是："谁是有出息的？谁没出息？我认为，谁老老实实地按照客观规律办事，谁就有出息。那些不尊重客观规律，随心所欲的人，终究是一事无成！"当一般思想理论界，文学评论家和作家艺术家在历史大变革面前多少感到陌生和困惑，感到缺乏一种规律把握、价值判断和前景预见的充分自信和能力的时候，强调一下客体真实、客观规律的重要性，对焕发现实主义美学理论和艺术创造的生命活力，不会是没有益处的。

　　社会生活在杰出的现实主义作家那里，转化为对现实社会关系的高度真实的描写和人物形象的典型化的塑造，这也是柳青现实主义理论与实践最为关注的问题，是现实主义生命力量之所在。现实主义的真实性，首先是现实社会关系描写的真实性。在文学对生活的审美反映里，现实关系主要是以包容丰富的矛盾冲突，尤其是以情感力量支配下的性格冲突的形式实现的。作品反映生活的深广度，作品打动人心的强大力量，在很大程度上取决于艺术冲突的深广度和力度。忽视艺术冲突构思，把笔触停留于平面的狭窄的某种心绪和情感的抒发，是我们一些作品显得贫弱，缺乏更大的冲击力的重要原因。把作为现实关系中心，活跃在各种冲突里的人放在第一位，着重表现人的思想感情的发展变化过程，塑造典型环境中的典型性格，这是柳青小说创作所一直追求并且是构成他现实主义鲜明风格的一个重要方面。"三无"小说的探索，淡化时代背景的努力，也许不失为一种有深意的艺术实践，也不能说就一定不会产生传世力作，但截至目前，按照我们的看法，现实主义所特别强调的现实关系描写的高度真实和人物形象塑造的高度典型性，仍然是最深刻、最有力地反映时代生活的一条重要途径。这仍然是不能也不应忽视的。

（本文系与刘建军合作）

生活的思索与题材的开掘

——兼论京夫近一两年的小说创作

第一，当前陕西地区反映农村生活的中青年作家创新的焦点在什么地方呢？或者说，文学界已有人提出的"当前文学创新的焦点是形式问题"的观点，对我们陕西地区的中青年作家是否合适？我们应当接受这个观点呢，还是应当拒绝这个观点？

1. 陕西地区中青年作家的创作情况可能是复杂的，也许，对个别老作家来说，突破的焦点是形式问题，但我看不但是个别的，而且是短暂的，不具有普遍性。普遍性的问题，不在形式，不在技巧与手法，而在对生活的思索，对题材的开掘，在思想内容的充实和深度，在作家的洞察力和思想评论水平。

2. 确定这一点，我们应当研究近几年来陕西地区反映农村生活的作家作品，已经做了一些什么，我们还应当对它们期待些什么，它们对生活和将来发展能够提出一些怎样的展望，它们还缺少什么。

文学的状况是由社会的状况来决定的，文学始终从属于社会生活。这也包括文学的内容和形式的问题。当说到这一点的时候，我们可以这样提出问题：把我们的文学创作同当前农村现实生活的发展变革，做一个历史和美学的比较，怎么样呢？难道生活的发展变革，文学对它的描写反映，已经提出当前小说创新的焦点在形式方面吗？引起广泛关注、震撼人心的作品有多少，假若有，到底主要是由什么决定的？这一点不但可以问陕西，也可以问中国。还有，我们陕西的认真而有思索的作家，大部分人现在苦恼什么呢？对当前农村生活，对农民精神领域的历史和现状的认识和掌握，达到了什么程度呢？

以京夫和他近一两年来发表的二十多篇作品说，不是也可以突出这样的问题吗？当然，这是一种要求，并不是对京夫创作思想和当前创作现状的公正评价。

3. 这里我想涉及一点京夫的生活道路、创作思想和作品状况。

应当说，京夫正在发展，他的创作历程虽然不长，但起步是不错的，他的创作历程中包含了许多十分宝贵的具有健康发展的巨大可能性的因素。我主要是指：他同农民群众的长期的、富有生气的、直接的联系以及因此而形成的认真、刻苦、善于思考的个性。幼年的艰难困苦的生活、近四十年的同生养自己的农民群众的直接联系、对农民世界的崇敬，给他的作品增添了耐人咀嚼的生活魅力和感情道德魅力，保持它们的正义性，这同京夫本人是直接相关的。正是在农民群众中间，他的道德感情，自从走上文学创作道路以后，基本上没有动摇过，保持着自己的纯洁性。京夫作品所渗透着的健康的道德感情和美学理想，来源于他对农民群众的深厚的同情。对于京夫来说，我以为，他主要的还不是通过分析的途径来获得农民群众的道德感情，而是从和他们的相处中，和他们的甘苦共享中，从他们身上汲取了这种道德感情，化为自己的血肉，成为自己的世界观的很深刻的构成因素，或者说，至少在目前，这是他世界观的基础，是制约全局的因素。这些，对他今后、对他一生都会产生巨大的影响，好呢，还是不好？问题是要自觉。

4. 因此，我认为，对京夫来说，他的创作突破的方面，还是在内容方面，焦点，还是生活的思索和题材的开掘，一句话，是在思想理论水平的提高，在对生活描写反映的独特性的创新和突破。这一点，即理论素养不足，洞察力不够，是陕西中青年作家比较普遍的弱点。

我给京夫及其作品，再具体说一说这一点，这就是第二点。

第二，当前生活的思索和文学的思索问题。

有人说，当前，我们的文学进入思索阶段，也许是这样吧。但是首先是因为新的历史时期的生活，是值得思索的。这里，我只是谈这个问题中的一点，先说作家的思索问题，因为京夫就此专门写过一篇文章，登在《延河》上。

1. 只要生活是发展的，只要还存在着生活真实和艺术真实的区别，就有一个思索问题。这里，主要还是指理论抽象能力。深入生活是什么意思？就是深入矛盾，寻找事物的最有个性、最为鲜明的表现特征和显示了前景的内在规律，寻找这二者统一的完美形式。这简直就是一个艰苦得令人难以想象的思索过程。

2. 思索的基础和支撑力量，从理论方面说，是作家的世界观。京夫的自觉的世界观现在是什么，将来又会是什么样呢？

果戈理年满三十岁之后，开始感到自己不仅需要生活和感受，而且需要思索，他需要理论，需要一般原则，以便把那些由自然和某些个别事实所本能地引起的感受，归纳成对生活的系统观点。

我们的时代，和果戈理不同，有马列主义，但建立对生活的较为系统的相对稳定的观点，即世界观，也还是艰难的。对于京夫来说，即使在被局限的意义上来说，也不能说已经完成了。不但作品思想内容所显示的他的生活的见解，是零碎的，是不稳定的，是缺乏独特的个人发现的说明了这一点，而且他的作品的基本思想倾向、生活意念、道德情操等，也能说明一些问题。后边，我将具体说明这一点。

3. 在作家的自我塑造中，在创作中，崇拜自发性、崇拜非自觉性，对作家的思索，对作家自觉的正确的世界观的确立，是不利的。

鲁迅在农村只待过不到一年的时间，为什么写出了那么深刻的反映辛亥革命前后农村和农民生活的作品，对整个中国社会的见解和洞察起了主要作用？

托尔斯泰呢？《复活》写了十年，主要是追求什么呢？

当前农村现实生活发展变革的深刻性和复杂性，特别排斥作家的非自觉性、自发性。

农村现实生活中进取因素、革命因素、理想因素的增强和削弱问题是要注意的。

对"人道"的文明生活的要求，对自己保护自己的尊严以及人权的要求，对思想精神解放的要求，成为不可阻挡的强大的生活潮流和生活意向，联合了一切人，刺激着、激励着一切还不能提到党的思想高度的人们。由于迫切需要实现直接的、必需的、起码的生活要求和人身权利，一些群众对以后一切事情的想法和考虑都变了。对当前现实需要和斗争的热衷，这些必要的合理的要求的争取和实施，使人们把这些最近的起码的目的理想化，把它们描绘得十全十美，甚至有时给它们披上了幻想的外衣（或采取了幻想的形式）。京夫的作品中，例如写得十分优美的《深山夜月》中的老汉的梦境，写得不是十分好的《跟生老汉》中跟生老汉的梦境，以及流露在他的许多作品中的农民的生活理想，不是都带着这种色彩吗？还有张一弓的《黑娃照相》以及高晓声的一些作品，其实都带着这种色彩。

这是值得思索的。一个时期，这成为时髦。而时髦，就是毫无办法地跟在实际生活后面做尾巴。这类理想尽管是非常合理的，但激动人心的长久的力量，却是有限的。为什么？

4. 京夫说，作家要诚实。巴金的创作理念，几乎都集中在这一点上，这当然是最重要的，是必需的，是对的。但不能止于此。诚实是品质，却不是思索的能力。是的，它是正确思索的基础，却不能代替能力，更不等于正确。诚实，也可以陷入非自觉性。

5. 和作家的思索直接相关的又一个问题，是内向追求和外向追求的问题。

生活的逼真性与内心世界的逼真性的关系。

我引用卢卡契的一句话：

"反抗愈内在，愈抽象，就愈少地接触到资本主义的利益。"

旧的、较受约束的、不太意识到独立和自由的艺术在社会批评中与自己时代的关系比今天的情况要自由得多。抽象的、消极的、形式主义的自由的获取，是以放弃具体的自由为代价的，现代的艺术为了主观的自由而放弃了对客观实际的征服。

结论是：背向现实，表现自我，局限于意念而忽视了行动，忽视现实关系的必要的描写，不是一个善于思索的作家所应追求的，是会使作家的现实思索力枯萎的，是会引导艺术走向脱离生活、脱离群众的纯思辨道路的。

第三，农民的民主主义与无产阶级的社会主义的联系和区别问题。

这是第二个问题中已经接触到的一个问题，即对京夫作品中所显示的生活见解、道德情操、生活理想的评价问题。实际是想讲作家思想水平的提高问题，站得高一些的问题，看得透一些的问题，对生活的发展前景、对我们文学的生活教科书作用，看得更清楚一些的问题。

1. 在谈到这一点前，我想先从艺术上说一些对京夫近一两年的创作的总的想法。这算插进来说了。

在我看过的二十篇作品中，《娘》《深山夜月》《家丑》《路》，甚至于《人非草木》《哥哥》，是比较好的，而《陈跛子与裘队长》《王社长种责任田》《二嫂交猪》，甚至于《女大当嫁》，是比较差的。这是在艺术追求的路子的意义上说的。

比较好的，是从生活出发，接触到或者是着眼人的感情领域、心理领域、情绪领域、思想领域，总之，叫灵魂吧。《深山夜月》中，朦胧而又像水雾一样轻柔的诗化的意境，同一对老年农民夫妻的带着对过去一段生活的轻淡而又深沉的哀怨的回忆，同他们对美好生活，也许还显得朦胧但又信心十足的憧憬，是和谐的。老年农民群众的写得也许不丰厚的生活理想、生活希望被情感化了、被诗意化了，也就是说，被艺术化了。《家丑》，一个正直而倔强的农民的一种传统的狭隘心理、虚荣心理与维护正当的做人尊严之间的心理冲突，被安置在老汉临终之前，以谢世也不能容忍的感情深度，呈现出来了，尽管它的典型程度还远远不够。《路》，把新的生活潮流与一种根深蒂固的旧的伦理道德观念、婚姻观念之间的冲突，放在表面的欢乐与内在的悲剧气氛的对比中，以生活的本来样式多彩地表现出来了。《娘》《山楂糖》《干爹与干娘》绝没有着眼于生活故事的一般铺陈，而是把无私、诚挚、博大的母子爱、夫妻爱、亲子爱等这些劳动者的传统的美好道德感情，密布在渗透在作品所接触到的零散的日常生活事件中。就是《人非草木》也是把一个干部为人民群众服务的思想自觉过程，交织在夫妻伦理感情和父子伦理感情的纠葛中表现的。这是一种路子，艺术的路子。

比较差的，有框子，人物的活动和思想情感多少被局限在其中了，多少失去了它应有的生动性和丰富性，失去了它的生活具体性，失去了它的真实性。这是背离艺术路子的办法，不足取的。

2. 现在，我想浅谈一下民主主义和社会主义的区别问题。

我认为，这是当前农村题材创作，在思想内容方面深化，题材开掘，使作品具有历史的现实的纵深感的一个重要问题，也是提高作家思想理论水平的一个很现实很具体的问题。

要有时代精神，就要有反映社会主义的东西。京夫的作品中，有大量的社会主义的东西，我只是从提问题的方面，从研究的需要方面，谈一些其他性质的东西。无法解说，只算提出问题，从这个具体方面，做作者提高自己的思想理论水平之参考。

感情是思想的形象表现，因此，我们用民主主义和社会主义两个范畴，不但可以规范思想，也可以考察感情。

追求富裕和勤劳、诚朴、宽和，以及由这些理想品质所激发的作者流布于作品的由衷的憧憬、赞美之情，怎么看呢？

追求个性解放与人的自由、尊严以及因此而倾注的赞美之情，怎么看呢？

这些东西，在京夫的作品中是很多的。《深山夜月》中老两口对生活的希望，《女大当嫁》中梨花在爱情婚姻抉择中所倾吐的对富足生活的追求，《陈跛子与裘队长》中对做人尊严的涉及，《追求》中兴才与刘琪对新的精神生活（主要是文化生活）的追求，《哥哥》中王山山对富足而知理的生活的向往（耕读治家），《称》中的世和老汉的处世哲学（"积福行善""仁义和善处事对人""与人不争不碍"），《跟生老汉》中跟生老汉的生活理想的梦境，《路》中所追求的生活自由的理想，等等。这些，是京夫很多作品悲喜剧的基调。

这些，当然是美好的，是值得描写反映并予以赞美的。在"文革"之后的今天，更有必要，有很多强烈的现实意义。但仅止于此，是狭窄的，是比较浅的。

农民关于幸福生活的观念，依照车尔尼雪夫斯基的说法是，"生活富足而又经常地、认真地但并不过度地劳动"。这种向往以及因这种向往而产生的审美理想，是同农民革命的思想最紧密地联系在一起的。

不要把普通的民主主义范畴的东西，当作社会主义，列入社会主义范畴，不能把这两者混为一谈。

农民革命的立场、思想、感情，与社会主义、无产阶级的东西是不同的。

农民的革命思想，是民主主义的，它不反对资产阶级制度的基础，不反对商品经济，不反对资本。顶好的结局是小资产阶级的社会主义。当然，这些很容易引向社会主义。这就是我们文学的一个任务，这就要我们的文学进行开掘。

关于社会主义范畴的东西，我向大家念几段《共产党宣言》中的话：

"在所有这些运动中，他们（共产党人）都特别强调所有制问题，把它作为运动的基本问题，不管这个问题当时的发展程度怎样。

"消灭先前的所有制关系，并不是共产主义所具有的特征。

"共产主义的特征并不是要废除一般的所有制，而是要废除资产阶级的所有制。

"共产党人可以用一句话把自己的理论概括起来：消灭私有制。"

如果我们再想到马克思、恩格斯的这句话，"人们的观念、观点和概念，一句话，人们的意识，随着人们的生活条件、人们的社会关系、人们的社会存在的改变而改变"，那么，社会主义精神、思想的特征，不是很明显吗？

这些，当然是从历史学和社会学的角度进行的最一般的逻辑说明。美学表述有它的特殊要求和特殊方式，但不管怎样特殊，不管出现多么复杂的情况，美学的反映，能离开历史学和社会学的分析吗？而况，共产主义思想已是我们当前的实践。

我的想法是含混的，甚至是不妥的，但我的结论却是明确的：提高思想理论素养，是创作深化的一个前提，是一个根本条件。例如研究人，这是马克思主义哲学的一个主要问题。它是萨特和存在主义研究的中心议题。在这个问题上不自觉、不学习、不研究，老是处在盲目中，只依靠作家的直觉、直感，创作能深化吗？我希望这一点能引起我省写农村生活的中青年作家的注意。京夫说："创作的突破，就是思想的突破。"这话说得好，我赞成。

1982年10月8日上午匆草

本文系1982年10月8日京夫作品及小说创新问题座谈会发言提纲，原文为手稿

简评《平凡的世界》第一部

在百万字的《平凡的世界》的整体构思中，作家路遥把他直接反映的时空跨越，安置在"文化大革命"结束前后十年期间，城市和乡村的广阔领域，这显然是一种史诗规划，显示了他的艺术雄图与魄力。剧烈动荡的历史转折时期，往往是最能产生史诗性作品的时期。《平凡的世界》概括生活的构架和审视生活的角度，从宏观上看，应和了它所反映的时代对史诗性作品的呼唤。作家的这一创作实践，有重要的开拓性的意义。

当我们把评论眼光仅仅局限在这部多卷本长篇的第一部时，就会看到，那个时期，影响中国命运的重大社会历史事件，几乎是以编年史式的精确性被叙述出来的，强加于农村生活的政治斗争的荒谬性，以多少带有闹剧色彩的真实面貌被反复描写着。但这些构成侧重反映"文革"结束前后时期的史诗性作品的必要而重要的笔墨，却不一定是形成史诗性作品的真正特征的基石。在典型的社会冲突中所显现的典型的社会情绪、社会心理、社会情感和社会欲望的深广度，才是作家建筑宏伟的艺术大厦所应最为关注的部分。路遥在这方面所作的努力是明显的，建树是卓著的。他的艺术描写在相当广阔的领域展开，但视点集中在一个村子的历史变迁上，联系于地、县、公社三级政权内部纷争，受制于政治风云变幻刺激的双水村、金、孙三家矛盾纠葛的精心安排，孙少安与田润叶生活命运的贯穿铺排，孙少平由学校到农村生活经历的连续陈述，孙玉厚一家祖孙三代患难与共的至爱亲情的反复渲染，孙玉厚家与金俊海家父子两代情谊的穿插刻画，等等，这一切富有黄土高原特色的人际交往与世俗情态的描写，成为支撑《平凡的世界》第一部宏观构架的鲜活血肉，成为作品富有审美意义的动人内容。

第一，在《平凡的世界》第一部里，一个时期居于主宰地位的政治潮流，在物质生活领域，主要以难以维系起码生计的极端贫困的形式，在精神生活领域，主要以任意剥夺人的应有的自由和尊严的形式——以这样两种带有浓重悲喜剧色彩的形式，自然渗入作品所描绘的农民世界，渗入这个世界普通人的日常生活、心理、情绪、欲望，形成一种煎熬、挣扎、惊恐、抑郁等等相混合的沉闷而又躁动的社会心理和社会情绪。这种来自生活自身的心理与情绪，弥漫在《平凡的世界》第一部的绝大部分篇章的艺术氛围里，显示出它的普遍性，成为社会巨大变革必然性的广泛基础。准确而真实地揭示出这一点，是路遥现实主义艺术表现的一个重大成功，一个对他作品第一部具有全局意义的成功。

第二，在《平凡的世界》第一部里，不正常的时代和几乎遍布于那个时代不正常的物质、精神生活特征，演化为种种严峻的左右着人物思想情感和生活命运的社会关系，显示出一种客观的个人意愿无法抗拒的必然逻辑。这在写得相当精彩的孙少安与田润叶的爱情抉择和婚姻结局中，表现得特别明晰。现实关系描写的准确性和深刻性，是现实主义的一个根本要求，是它的力量之所在。现实主义的真实性，首先是现实社会关系描写的真实性。《平凡的世界》第一部在这方面的追求是自觉的。人们也许可以指出它在人际纠葛和事件过程铺叙、描写上的若干繁复之处，但它的总体面貌的客观真实性，无可置疑，它在复杂社会关系描绘中所透示的必然性力量，雄强而能征服人心。

第三，《平凡的世界》第一部所显现的生活的内在逻辑，同时包含着传统文化环境和文化心理的深厚力量的强大影响。在作品的艺术天地里，各种人物同周围环境的或和谐或对抗的种种复杂状态，同时接受双重社会因素的制约，一是特定社会地位和政治欲念的制约，一是特定文化传统长久铸成的具体的个性化的个性的制约，而后者在《平凡的世界》第一部的艺术表现中，往往被突出，形成人物特定性格、情感的基调，这样，作家所提供的农民世界所演现的种种痛苦与欢乐，幻灭与追求，信念和欲望，衰颓与崛起，等等，就不仅具有了它们的生活表现的丰富性和复杂性，而且获得了一种艺术描写的农民天地所特有的真实性和可信性。

《平凡的世界》第一部的问世，不只是在更广阔的规模上，在许多方面，深化了引起很大反响的《人生》真实性，而且也可以说是对《人生》倾向争论的一种艺术回答。田润叶形象中有刘巧珍的影子，但这个形象却比刘巧珍形象包含了更丰富的生活内容和意志力量，她的命运给人以更多的启迪。孙少平形象也有高加林形象的某些心理、性格特征，但作家为他提供的成长依据，却要比《人生》充分得多。这个形象在第一部还不能说是丰满的，还没有获得高加林形象所具有的那种真实的感人力量，但在他身上，作家赋予了高加林形象所没有的新的精神素质，这就是剪除人间弱者苦难与不幸的博大同情心和人道主义胸怀。这个形象，可以说是高加林形象与孙少安形象的"中介"。和孙少平形象属于同一系列，但又居于另一层次，自有特色的孙少安形象，是《平凡的世界》第一部里刻画得最为丰满、动人的形象之一。这个形象的典型性，绝不亚于写得也很出色的田福堂形象和孙玉亭形象。《平凡的世界》第一部的审美理想，是《人生》审美理想的展开和弘扬。对农民世界人生价值观念、伦理追求和情感向往的倾慕与陶醉，同对他们处境深刻不满所激发的新的人生观念和人生理想的热烈追求相结合，乃是路遥审美理想的主要特征。二者都很强烈，都很鲜明。但这二者的结合，立足点仍在农民世界。我认为，作为写农村与城市交叉地带的农民群众而仍以农村为根基的路遥，他的优势，他的力量，正在这里。

路遥以生活情感的饱满积累和审美情感的淋漓抒写见长，以侧重于心理现实主义的气势、磅礴的客观描绘取胜，这在他的长篇创作中，有了比以往更为充分的发挥。当然，他的长篇《平凡的世界》第一部，在冲突典型化、情节结构和题材提炼等方面，是有弱点的。但我仍然认为，这是一部恢宏而厚实的在艺术上有独到成就的现实主义力作。

原载《文化艺术报》1988年4月13日

读《迷人的少妇》致邹志安

志安：

咸阳一见，匆匆又别。你何时由农家回到西安？

6月3日上午收到大作《迷人的少妇》，十七万字，华岳出版社1988年4月出版。从昨天下午开始拜读，中间夹以杂事缠绕，到今天上午11时看完了。还来不及同《眼角眉梢都是恨》放在一起体味思索。两个长篇，都是一口气读完的，欲放不忍，欲罢不能；中间如有人打扰，或不得不暂时放下去办其他事，便觉愤然，亦记挂书中人物命运。可读性极强。烛幽探微，毫发不爽的婚姻爱情心理离析，左右逢源，挥洒自如，时显幽默，多见机巧，相当出色的叙述描写才能，痴情的牺牲者、无言的奉献者同农民生活世界的内在联系，婚姻爱情深层心理波动，人性潜在层次丰富复杂的变异及其与所深藏的社会生活内容之间的应有逻辑的显示，等等，这一切都引起了我的浓厚兴趣。一旦笔触进入农村，艺术描写立即生花。多么漂亮而准确的对话描写，多么入微而令人激赏的心理、情感体验，多么令人高兴的艺术家在历史进入80年代以后的大踏步的前进！

我急于读到以后的几部。

《迷人的少妇》后边逊于前边。陈可春形象心理、情感、性格演变逻辑有"生硬"之处，就是说，艺术描写上有不"柔和"之处。我是这样想的。

《眼角眉梢都是恨》，大学生生活的描写逊于农村生活描写。我以为。

　　我一直想思考爱情心理（狭义的）和一般的社会心理，爱情追求和一般的生活追求，爱情心理结构同一般的文化心理结构，总而言之，爱情心理同社会、同历史之间的联系，以及艺术描写在这方面应有的深广度。这个问题，也许同这类题材作品的厚度和力度有关，但同我读的你的两部大作，也许无关，只是由此引起的一些胡思乱想罢了。

　　我向你祝贺。祝贺你在艺术上的新的拓展、新的收获。

　　13号作协开会，我们会相见。

　　匆此奉闻，顺颂

　　撰祺

蒙万夫

1988年8月4日下午

原载《小说评论》1988年第6期

在现实主义的道路上

——陈忠实小说创作漫论

    陈忠实是一位严谨的年轻作者。我们从他已经发表的十几篇作品中，突出地感觉到，在艺术创造这条特别艰辛的道路上，他的步子是坚实的。尽管他的作品还存在着这样那样的弱点和不足，在思想艺术上的突破还不是人们所更高期望的那么显著，但他的方向和路子是完全对头的。

    陈忠实所追求和遵循的路子，他的作品在艺术上所呈现的基本风貌，他在生活具体性的展示、矛盾冲突的构思、人物形象的塑造和思想倾向的形成等方面所显示的主要特点，都更多地表明他的创作的现实主义发展趋向。

一

    一个作家的生活道路，深刻地影响着他的创作的思想和艺术。陈忠实长期生活在农民群众当中，几乎有十年时间，处在党的农村基层工作的领导地位上。这不只铸就了他的不尚空想肯于务实的"庄稼人"气质，而且给了他大量的经过亲身感受的农村生活经验，使他同自己的描写对象，在思想和精神上有了更深入的接触。他以朴实的文笔在作品中所传达的，就是他在农村生活中的所见、所闻和所感。真切的生活感，是陈忠实小说创

212

作的一个显著特色。

陈忠实作品的生活真实感，主要是由他的艺术描写的生活具体性，亦即作品细节的真实体现出来的。

艺术离不开虚构，这是人所共知的，但还应当知道，艺术还有最不能虚构的一面，这就是它赖以建立的基础，就是大量细节描写的现实根据，就是它的生活具体性。可以说，拥有丰富的农村生活经验的陈忠实，再现事物表现特征，展示生活具体性的艺术描写能力，是很突出的。

短篇《南北寨》的生活感不能说是充分的，介绍性的平面叙述有余，富有魅力的生活描写不足，但从其中仍然不难找出真实而独特的艺术细节。比之于《南北寨》，《徐家园三老汉》在生活具体性的展示上要充分一些。荡漾在作品里的富于喜剧意味的健康情调，对比描写中三个农村老汉各自的性格特色，是由许多看似平淡实却耐人寻味的艺术细节渲染出来的。徐治安是三个老汉中刻画得比较突出的一个形象。他进菜园之前对徐长林不便直吐衷曲的转弯抹角的谈话，他的先是闲散超然，接着小心打探，继而嘘叹难受，最后拍胸脯保证的神态的急剧转换，把一个怀着自私盘算，表里不一，言过其实，精于应付的"奸老汉"的神情和心理，生动地印在了读者的头脑里。

极少量的细节，即使是精当的，也往往不足以构成一篇作品的充分的生活感觉，这是只有依靠有机联系的一系列细节才能达到的。《猪的喜剧》的细节的丰富性，超过了前述两个短篇，因而，它所给予人们的生活感，也要比《南北寨》和《徐家园三老汉》突出一些。总的说来，这篇作品前半部分生活感充分一些，后半部分则差一些。在后半部分，粗线条的事件演变过程的匆忙交代，排斥了作者所可能展开的人物思想性格的富有生活具体性的细致刻画。从作品的整体构思方面考虑，它的开篇所展开的关中城镇猪市交易的描写，也许不是简洁有力而又十分必要的艺术笔墨，但从作者艺术描写的生活具体性方面看，这却是一幅充满了生活情趣的风俗画。倭瓜脸上长着个瓢儿嘴的来福老汉，同母猪所有者之间的伴随着几个动作的讨价还价的简单对话，是多么生动、真实地显示了一个富于经验，诚心买猪的老实买主，同一个急于腾手、多少有些狡黠的卖主之间，经过扯皮，终于成交的生活场景。来福老汉养猪的喜剧中包含着深刻的悲剧。骨头棱嶒的病母猪养活得壮实起来了，来福老汉却累瘦了。他是天天把自己仅能维持肚饱的不能再少的口食，悄悄分出一半倒给了"亲爱的畜生"。当老伴发觉，以痛苦而爱怜的心情，嗔怪他何以不从锅里省而只从自己一个人碗里省的时候，作者写到来福的反应，只有这样一笔："来福老汉闪一下眼，顺着围墙就势蹲下去，抬不起头来了。"这是多么含蓄而又淋漓尽致的艺术细节啊！一个勤劳而老实的农民，要维持有吃有穿这样一个简单的起码的完全正当的生活欲望，竟是如此地艰难，不识字的"笨来福"从切身生活经历中分明感受到了这一切，但他能说出什么呢？面对着甘苦与共、要分担艰难的老伴痛苦而责怪的眼光，以来福的心理和性格，他又能讲出一些什么宽慰老伴的话语呢？是的，他只能"闪一下眼""蹲下去""抬不起头"。在作者所巧妙捕捉的这些极细微的无声的动作中，包含着多少对老伴体贴的感动之情，又包含着多少竭诚负重、苦奔日月的心酸！极左路线加于农民群众心灵上的这种折磨和痛苦，不是令人战栗吗？

生活具体性的充分展现，细节描写的高度真实，是以准确而传神地表现人物思想感情，揭示人物心理奥秘为其主要标志的。这在《信任》中看得更清楚一些。"四清"运动中受整蒙冤、补划为地主成分，粉碎"四人帮"后得以平反昭雪、重新担任大队支书的罗坤的儿子罗虎，蓄意寻衅闹事，希图报复，严重打伤了"四清"运动中工作组依靠的积极分子、贫协主任罗梦田的儿子罗大顺。事发之后，罗坤一面让人立即给派出所报案，一面亲去医院护理伤者大顺。大顺伤愈出院，罗坤回村碰到派出所来人要拘留罗虎。大队长意气用事，不服判决；罗坤态度明朗，支持按法律办事。当民兵把罗虎带进大队办公室，所长拿出拘留证时，作者写了罗坤这样一个动作细节：

罗坤瞧一眼儿子，转过脸去，摸出烟袋的手，微微颤抖。

作为共产党人，罗坤自觉地意识到自己所肩负的群众的希望和信任，遇到这类破坏安定团结、损害群众利益的打人事件，无论凶手是谁，都会感到异常气愤，自然要以原则精神，公正态度，主动要求惩办，"瞧一眼儿子，转过脸去"，就显示着他的这种决绝态度，但同时，这个动作不是分明还表现着更多的感情吗？作为父亲，在自己被冤专政的十多年里，牵连着孩子也受到了不堪回首的屈辱；孩子如今做下了糊涂事，要受法律制裁，他能无动于衷，不感到痛苦吗？"摸出烟袋的手，微微颤抖"，这个细微到令人难以察觉的动作，包含着多少难以言传的气愤和痛苦交织在一起的思想感情啊！一个共产党人博大灵魂的美，它在特定情景中独特而丰富的内涵，以这个真实的细节，出色地充分地体现了出来。

服从于完整地表现生活的严格的细节真实，是构成现实主义创作方法根本特色的基础，是把现实主义同其他创作方法区别开来的一个显著标志。现实主义在反映生活上，必须具有充分的客观性和精确性。而只有严格的细节真实，丰富的生活具体性，才能把反映现实的客观性和精确性明晰而突出地显示出来。因此，细节的真实，艺术描写的生活具体性，对形成现实主义创作方法的特色，就具有了规律性的意义。业余作者陈忠实在创作初期，就显示出他在生活具体性展示方面的特点和突出能力，这是令人十分高兴的。

二

在叙事性文学作品中，无涉于任何矛盾冲突的"静穆幽远"之作也许真有吧，姑置不论，但陈忠实的小说，却都包含着矛盾冲突，而且，他的作品的矛盾冲突，完全来自现实生活，是客观存在的生活冲突的忠实的艺术的再现，并无哗众取宠之意的奇思异想。作者构思艺术冲突的这种现实具体性，突出地表明他的小说创作的现实主义发展趋向。

我们经常说，作家要写生活。什么是生活？生活就是矛盾，就是矛盾运动过程。写生活，就是写矛盾，写矛盾运动过程，写作为对这个过程及把它联结起来的各种各样的人的思想感情的反映。现实主义创作原则赖以建立的真正的深刻的基础，就是现实生活中以各种形式具体存在的矛盾冲突。人们之间因为现实地位、生活经历、个人教养等等的不同而形成的认识、愿望和意志的种种矛盾和差异，通过思想、言谈和动作表现出的各种方式的斗争，在深谙艺术创造门径的作家笔下，都有可能构成包含一定社会意义的富有生活魅力的艺术冲突。

　　文学作品的矛盾冲突，应是事物之间的内部联系及其本质规律的某种反映，应是生活面貌的相对完整的真实揭示。因此，它往往集中体现着作家的世界观水平和概括生活的能力。善于解构矛盾冲突，是获得创作成功的一个重要条件，也是作家熟悉并掌握艺术规律的表现。在这方面，陈忠实显然还处在摸索过程中。同他在细节描写、生活具体性展现方面已经显露的突出能力比较，他在矛盾冲突构思方面的能力，似乎显得不足，还存在着某种盲目性。比较成功的创造是有的，例如《信任》；也有许多不甚成功的。认真总结创作实践中成功的经验和不甚成功的教训，是使自己在艺术上更快地成熟起来的重要途径。

　　《信任》无论在思想上或艺术上，都应得到较高的评价。从艺术上讲，这篇不足七千字的作品，同作者的其他短篇比较，在矛盾冲突的构思和描写方面，取得了显著的突破。它摆脱了着重写故事，叙述事件发展过程，单以外在的强烈动作和激烈言词人为地构成尖锐冲突的羁绊，而转向以人物为中心，突出人物的性格刻画，在人物性格矛盾纠葛中，构成有一定内在逻辑的冲突发展过程。

　　作品开始即以突兀而引人深思的笔墨，开门见山地把双方的矛盾以打架的激化状态，摆在了读者面前，一点也不显得拖泥带水。矛盾双方家庭背景的简洁交代，打架过程的几笔描画，事件后果的概括叙述，不只是提示了这场纠纷深藏的社会原因，而且透露出它是罗村长期潜伏的某种矛盾冲突在新的现实条件下的一种爆发，牵动着各种人的思想情绪，"那些参加过'四清'运动的人，那些'四清'运动中受过整的人，关系空前地紧张起来了"。一个粉碎"四人帮"之后现实生活中关乎全局的富有意义的矛盾问题，被作者从一次农村不难遇见的两个小青年的打架事件中，尖锐地提出了。

冲突刚刚开端，生活的复杂面貌便初步显现。不同政治经历、处于不同社会关系中的人们，在这突然事态面前，因为各自相异的思想性格，产生了相互抵触的反应，具有了相互背离的行动趋向。动荡出现了，"一种不安的因素弥漫在罗村的街巷里"。这场打架事件激起的罗村两派群众对立的思想感情的波澜，在矛盾开端之后的作者的冲突发展的构思里，没有被削弱，被分散，使其淹没在众多人物平分笔力的泛泛描绘和故事进展的一般过程的铺叙交代中轻易消失，而是很快地被凝聚，被加强，在对立人物之间的性格冲突中，集中而深刻地展开了。带头寻衅闹事者罗虎，气盛，莽撞，敢作敢当，打了人还觉得自己有理，满不在乎；"四清"运动中挨过整的现任大队长罗清发，自私，糊涂，不仅不责怪儿子参与打架，而且火上泼油，煽惑那些挨过整的干部和家属。被打者的父亲罗梦田老汉，是一个直性子人，倔强，执拗，不理解共过患难的战友罗坤，怀着满腔怨愤；一些"四清"运动中的积极分子和罗梦田的几个本家，本来就对平反上台的干部存着戒心，这时更是怒气冲冲，不愿同打人者善罢甘休。他们都是极左路线的受害者，却都没有真正醒悟过来，彻底摆脱这种不自觉状态，以自己的言行，加剧着罗村的分裂。具有共产党人高度觉悟的罗坤，就处在这两派群众矛盾的焦点上。他的思想性格、精神风貌，使他同儿子、大队长，主要是罗梦田之间的冲突必不可免。而他的灵魂的美，也正是在同这些人之间的富有层次的性格冲突中，逐渐地显现出来。

《信任》成功了。而写之于《信任》之后的《七爷》和《猪的喜剧》等短篇，在矛盾冲突特别是性格冲突的构思方面，则没有达到《信任》的艺术水平。这是耐人寻思的。作品冲突概括的准确深刻程度，是同矛盾双方人物性格刻画的准确深度程度相一致的，二者互为存在前提。任何一方人物性格塑造上的单薄或浮浅，都会给作品矛盾冲突的深化带来损害。《信任》成功的一个重要原因，是矛盾双方人物性格刻画得较为有力；而《七爷》和《猪的喜剧》等短篇的一个失足之处，则是消极力量、反面人物描写的颇为明显的概念化。《南北寨》中也有类似败笔。《七爷》中马队长形象的思想性格是简单化、表面化的，而《猪的喜剧》中的韩主任，则几乎是影子式的人物。消极力量刻画上的这种弱点，使这类人物无法在作品中获得他们应有的强固位置和必然表现，似乎成为可以随意调遣的工具，这就自然会形成冲突结构上的松散，使作品缺乏明晰的贯穿始终的性格冲突线索。《七爷》和《猪的喜剧》的这些不足，恰都是《信任》所已避免过的。《信任》冲突构思的得法处，不仅在于冲突的性格化，冲突安排的紧凑集中，贯穿始终，而且在于矛盾冲突的展开符合一定的内在逻辑，显示出某种生活真理。这个经验，值得记取。

三

现实主义作品的思想倾向性，渗透包含在作者揭示的矛盾冲突过程及其发展趋向的真实性中。艺术冲突对生活冲突的反映概括越准确、越深刻，作品的思想倾向性就越强烈，越富有客观真理性。这里有一个作家对现实生活中矛盾冲突的认识和态度问题。这是很要紧的，因为它决定性地影响着作品思想倾向的性质。但是，这种认识和态度的正确性的依据，终归还是在客观生活实践中。

和农民有着紧密联系的陈忠实，对长期受极左路线干扰破坏的农村生活，重新作着自己的严肃的思考。他的思考，和广大农民群众的思想、情绪和愿望，有着深刻的联系。劳动群众所处的生产实践地位，不但使他们对违背实际的极左路线的严重危害，有着真切的感受，而且使他们在任何艰难困苦的境遇中，都能够保持一种坚强乐观的态度。尤其是他们从历史的和现实的严峻生活的逼迫中所逐步建立的对共产党和社会主义制度的坚定信赖，成为支撑他们在崎岖道路上顽强生活的力量源泉。这些，对陈忠实的思想和精神都发生着重要影响，铸造着他的世界观和艺术观。他在谈到自己的创作时曾经说道："我不喜欢写那种叫人看了只是生生气，心里难受的作品；我喜欢写那种经历许多艰难困苦甚至折磨委屈，而对党、对人民丝毫不变心，无怨言，始终如一的勤恳工作的英雄模范。"这个创作思想自白，也可以看作陈忠实对生活的一种认识和态度。无论是对极左路线猖獗时期的农村生活，还是对正在拨乱反正中的农村生活，陈忠实都在不断观察的过程中，在认真地探寻生活中的腐朽力量、消极因素的同时，把他深切关注的目光，更多地投向生活中与邪恶势力相对抗的积极力量、美好因素，细心发掘那些能够引人向上的显示着生活矛盾演化前景的东西。这一些，就规定了他的小说创作的基本思想倾向及其特点。

诚如陈忠实在他的创作思想自白中所表示的，他在作品的思想倾向上，是有明确追求的。这是优点，也可能成为缺点。当创作中的"目标感"的追求，牢固建立在作者深厚的生活素养和自觉遵循艺术反映生活的规律的基础上时，它所带来的是作品思想感染力量的更大发挥；而当这种追求或多或少地离开生活素养和艺术规律时，便会导致创作中程度不同的公式化、概念化倾向。陈忠实有比较扎实的农村生活积累，加之艺术上的刻苦探索，使他完全有可能避免走上图解说教的道路。他现有的大部分作品，既有着鲜明的社会主义思想倾向，又没有失去真切的生活感觉，便说明着这一点。他在近一年多来的作品中写得最多，艺术上也显示出了光彩的人物，是经历了土改、合作化直到"文革"十年期间的党的农村基层干部，如《七爷》中的田学厚，《小河边》中的刘老大，《信任》中的罗坤等。他没有回避现实所强加于他们身心上的异乎寻常的压迫和折磨，没有抹去他们灵魂上受到的深重的创伤，但是，作者在这些经历过大苦大难锤磨的农村干部身上，却集中挖掘了他们无比忠诚于人民、忠诚于党的事业的崇高的精神美，以不能抑制的炽热感情，赞颂了他们在疾风中的劲草风貌，重压之下的顽强生命力。如果说《七爷》中的田学厚是"四人帮"横行时期这类农民干部的代表者，他曾以自己的忠诚和坚强，有力地影响、感召过那个时期无数的农村干部和群众，那么，《信任》中的罗坤，则是粉碎"四人帮"之后这类农民干部的代表者，他在摆脱极左路线的精神枷锁之后，以共产党人的新姿态，鼓舞着更多的干部和群众拧成一股劲，热腾腾地奔向"四化"前程。而在《猪的喜剧》里，虽然作者还可以站得高一些，使作品批判丑恶事物、赞助积极力量的倾向性更理想一些，但是它里面的来福这个形象的顽强生命力，克贤这个形象所体现的农民群众的宽厚道德、同情心肠和是非观念，不是十分感人吗？至于《徐家园三老汉》，则是农民群众对集体的实心的颂歌。所有这些，就构成了回荡在陈忠实大部分作品里的一股令人振奋、促人向上的感染力量。色彩明朗，感情健康，基调昂扬，这就是陈忠实小说创作显示的思想倾向的基本特色。

陈忠实对社会主义时期农村生活真实的一些看法、他的作品的思想倾向，是从生活实践中孕育出来的。他发表在1979年7月15日《西安日报》上的作品《忠诚》，也许因为它的报告文学的真实性，那感人的力量，是在作者同类主题的其他小说作品之上的。把这篇《忠诚》同《信任》《七爷》《小河边》放在一起看，是很有意味的。可以说，它们是姊妹篇，前者是后三者人物、主题倾向的生活根据的一种简括展示。类似《忠诚》里所真实记叙的陈万纪这样的"躯干"人物，他们的所作所为，精神境界，不是在现实生活中活生生地存在着吗？正如作者在谈到《信任》写作的体会，提及陈万纪事迹时所说："生活中原来有罗坤这样的好人啊，只是我们没有发现他！这样优秀的共产党员可能为数不多，唯其少，才更珍贵，才更有宣传以造成更大影响的必要。"[1]在这里，我们看到了作者的倾向性、作品的倾向性，统一于生活真实的生动事实；现实主义作品的强烈的

---

① 陈忠实：《我信服柳青三个学校的主张》，载《陕西日报》1980年4月23日。

思想倾向性，是在生活中形成的，是作家对客观生活的本质及其发展规律的一种正确反映。

陈忠实正在现实主义的道路上探索。这条道路是广阔的，但也是特别艰辛的。只有那些具有"愚人"精神，不畏险途的跋涉者，可望达到较高的境界。我们对陈忠实寄予热烈的期待。

原载《延河》1980年第10期

（本文系与曹永庆合作）

在现实与历史交合中的深入探索

——评陈忠实的小说创作

　　当陈忠实以四个短篇、六个中篇的创作收获站在文坛上的时候，我们对这位作家生活与创作已经显现的一些重要特点，就有可能做出概括的描述了。

　　他是真正从农村大地上，从农民群众中走出来的作家。这块天地所特有的那种空气、阳光和雨露，曾经有力地培育过并且至今仍在深深地熏陶着他的气质、才能和智慧。60年代末期到70年代结尾的十年公社生活，是他的一种幸遇，农村基层实际工作，把他切切实实地推向农民世界，使他的精神根须深深地扎在这块广阔而肥腴的土壤里。正是在这个时期，在70年代初期，他开始了自己的文学生涯。即使是在历史车轮的运行脱出常轨，生活的迷雾弥漫于整个大地，沸扬的沙土遮掩着人们视野的时候，他的几篇发轫之作，虽也难免受乱世之风的深重影响，但仍以久蓄而突发的壮气，带着新鲜的生活露珠，严肃的人生思考在当时荒凉而寂寞的文坛上，多多少少给了读者耳目一新之感。一个作家开始踏上文学长途时，他的装备的优劣多寡，是千差万别的。陈忠实的农村生活装备较之于他的理论水平、文化知识和艺术素养装备，要饱满而深厚得多。这为他在小说创作长跑赛中的持久耐力和飞跃冲刺，奠定了难得的良好基础。

　　他的创作活跃期，是同我国历史发展的新时期一并开始的。昨天的旧的生活秩序被冲破了，今天的新的生活秩序正在安排。农民群众的习惯心理和精神生活，也正在经历着一个重新安排的过程。昨天向今天转化，历史向现实推移。昨天的创伤与今天的新机，历史上的瑕疵与现实中的生机，错综复杂地交织在一起。蝉蜕时期的迷茫和清醒、痛苦与欢乐、懊悔与希望、沉沦与崛起等等，都在这个交叉时期纷至沓来，演现出平静生活中所难以看到的五彩缤纷的景象。陈忠实的全部作品，他的小说创作的主要成就和不足只有放在这个时代背景上，才能看得清楚一些。连续地描写农民群众在转折时期精神生活重新安排的过程，是小说创作最为突出的内容。在农村生活的现实发展中进行深入的历史探索，构成了他的作品的最为显著的特征。如果说，我们的一些作家，我们一些反映今天农村生活的小说，较少或者避开昨天的农村，较多或者只注目于农村革新的种种欢欣景象，那么，作家陈忠实的一系列作品，则在农村变革大潮的背景上，在新时期农民精神生活变化的展现中，常常反顾着昨天的农村，思考着这二者之间的联系与区别，追寻着革新生活中的精神继承，力求艺术反映的强烈的现实感与深沉的历史感的相互统一。他是站在现实与历史相交合的角度上，来感受、看取、把握、反映农村新时期的生活的。短篇《早晨》《第一刀》《初夏》《反省篇》《大地诗篇》《霞光灿烂的早晨》以及中篇《初夏》《梆子老太》等等，从某种意义上说，是可以当作系列小说来读的，能够明显地表现出他的这种艺术探索的足迹和进展。就是中篇《康家小院》，对农民历史生活中伦理道德冲突的突出描绘，也透露着作家对现实社会中新的潮流汹涌而来的复杂感受。农村基层干部形象的塑造，特别是处在交叉路口上的农村老一辈基层干部惶惑心理和精神动荡的准确而真实的刻画，是陈忠实小说创作在思想与艺术上具有新鲜意义的贡献。

陈忠实对变革中的农村生活的感受和认识，他的情感态度和审美理想，带有自己鲜明的色彩和特点。同农民群众的富有生气的直接联系，对农民命运的深厚同情和感受的体验，对农民世界的发自内心的崇敬，使得这位作家的作品，始终渗透着健康的道德情感和纯洁的伦理观念，获得了人民中间所特有的那种求实精神、乐观情绪和对其真善美与假恶丑的判断力量。他的作品的倾向是明朗的，基调是和谐统一的。这是一种带有强烈爱憎情感色彩的明朗，融合着迫切的生活追求目标的和谐统一。这种明朗和统一，形成了他作品的某种稳定性与确定性。它的内在根据是作家与农民群众休戚相关的深情。这种深情，使他无法接受一些高楼上的冷眼旁观者看取农村生活和农民命运时的那种冷漠感与任意性，而总是保持着一种深沉的内在的激情力量。我们在最近的《西安晚报》上读到他的报告文学《大地的精灵》，倍加新鲜地感受到了这一点。作家对劳动群众命运追求的深刻理解，同他们亲密无间的感情交流，在恳切而圆熟的叙述中，动人地体现了出来。对于一个作家来说，再没有比这种感情更值得珍视的了。陈忠实创作的现实主义个人风格，他的艺术描写笔墨所自然带有的浓烈的农民气质特点与真切的农村生活风貌特点，也只有从作家的这个立足点上才能得到较为深刻的解释。

对新时期农村生活在现实与历史交合中的深入探索，特别突出地要求着作家的思考力和洞察力。在这方面，陈忠实具有自己的优势，但也存在着某些不足。他的一些作品，在相当精确而稍觉壅塞的生活细节描绘中，在相当真切而稍嫌平实的感情渲染中，往往缺少那种引人遐想、耐人寻思的深藏着的哲学意味，缺少那种摇撼人心的只有揭破生活底蕴才能产生的感染力量。这种缺陷，在目前的创作中具有一定的普遍性。我以为在陈忠实努力充实自己的作家装备的过程中，哲学理论装备的极力扩充与不断更新，乃是当务之急。

原载《西安晚报》1985年4月14日

陈忠实论

在文学园地上，陈忠实耕耘的时间不算是很短的。从他开始以试探的心情闯入这块天地，中间几经徘徊挫折，到他真正不惮辛劳，立志为之献出毕生精力，至今大约有二十个年头了。当这位作家进入不惑之年，以五十个短篇、七个中篇的艺术创造收获，跻身于异常热闹的新时期文苑中的时候，我想对他生活与创作道路上已经显现的若干重要特点，做一些概括的描述。

他是在两个转折关头起步的

1965年，二十三岁的陈忠实，刚刚涉足文坛，在地方报刊上接连发表了包括引起读者注目的《樱桃红了》在内的六篇散文，开始吐露一个单纯的年轻人对新生活的热爱与欣喜之情。但遏制接踵而至。一场席卷中国大地的疾风暴雨，使得满怀追求热情的年轻人，立即哑然了。沉默持续了八年，直到1973年，这位作家冷冻的心似乎又复苏了。此时已入而立之年的陈忠实，以一种在创作上"过瘾"的奇特的不稳定心情，重新操笔，一年一篇，接连发表了四个短篇，这就是1973年的《接班以后》，1974年的《高家兄弟》，1975年的《公社书记》和1976年的《无畏》。这四个短篇给作家带来的声誉，远远超过1965年的几篇散文。人们对陈忠实刮目相看了。但巨变也跟着发生了。《无畏》问世不久，1976年10月，一场结束中国混乱，把全体人民引向新的生活航程，同1966年开始的那场动荡性质完全不同的变革，在中国大地上展开了。陈忠实又沉默了。这次时间不长，只有两年。

这位作家文学道路上的两次起跑点，一次是1965年前后，一次是1975年前后，恰恰是两次性质截然不同的历史性巨变爆发的前夜。

无论陈忠实是否自觉地意识到，这两次历史性的巨变，对他都是严峻的。

60年代中期发生的第一次巨变，单从社会心理、社会精神领域这个角度看，它侧重在延续、凝聚、发挥了新中国成立以来，人们意识范畴内那些脱离血肉鲜活的客观实践的虚假因素，那些扼杀生机和性灵的丑恶的因素。面对这股汹涌而来的排天浊浪，作家在情感上是拒绝的。他感到，这场动乱，把他创作的梦彻底摧毁了。"我十分悲观，看不出有什么希望，甚至连生活的意义也觉得黯然无光了。我一生中最悲观的时期，就发生在这一段。我发现，为了文学这个爱好，我可以默默地忍受难以忍受的生活的艰难和心灵上的屈辱，而一旦不得不放弃文学创作的追求，我变得脆弱了，麻木了，冷漠了，甚至凑合为生了。"我不怀疑陈忠实这些话的真实性。作家在事隔近乎二十年之后的1985年的这段自述，虽然是在被局限的意义上表白着那场巨变带给他的绝望心情，但它仍然显示着当时作家生活态度的整体面貌，透露了他的几乎全面崩溃的心理状态。与这个自述同年发表的中篇小说《夭折》，从某种意义上讲，也可以视为作家的一种艺术自况。这是一支交织着欢乐与痛苦的农村知识青年的奋斗曲，是一个成功者唱给不成功的殉道者朋友的怅恨绵绵的歌。一张鼓满理想的风帆，在驶往充满希望的彼岸的中途，被忽然腾起的狂风恶浪摧折了。在对主人公惠畅理想幻灭、追求夭折之后的哀伤与绝望情绪的真切描写中，我们能够感受到陈忠实的同样心境。惠畅慨叹"生活是最严厉的老师"，这不过是说60年代中期的那场巨变，是一次摧毁人的理想和追求的灾难。"没有理想和追求而只有刨食的生活，不是人的生活，是猪的生活。"作家的心情是极度愤懑、惶遽而又无可奈何的。

可以说，这是陈忠实60年代中、后期，在剧烈动荡的社会环境促使下形成的一种不稳定的心态，一种危机的过渡性的心态。寻求摆脱这种心态的努力，有可能导致情感与理智、生活与观念的某种分离。时间老人，会把来自生活的真情实感深埋起来，而把一种脱离实践的被神圣化了的理念，膨胀起来，使之逐渐成为人的精神活动的主宰。或者相反，理智与观念好像被抛弃了，而无节制的情感却泛滥起来。陈忠实所面对的历史条件，他的自身状况，使他在后来，在60年代即将结束的时候，以一种被迫的姿态，自觉不自觉地趋于前者。

这样，我们在70年代，在第二次巨变爆发的前夕，便在陈忠实重新起跑之后的小说创作中，看到了一种现象：与甚嚣尘上的时兴思潮不和谐的反叛的情绪和心境消失了。

但在实际生活中，这种反叛的情绪和心理，却日益加剧起来了。历史进入70年代以后，在中国的城、乡，矛盾冲突以更为深刻而剧烈的潜在形态，在地下运行着。一方面，扼杀生机而扶植僵枯的"左"的理论和实践，借助于舆论和权力的力量，进行着各种稳定与巩固已经形成的统治局面的努力，强化和发展着60年代中期始发的动乱的成果，加倍浓重地涂抹着生活中的阴影，另一方面，不满情绪，反叛心理，在城乡广大人群中滋生蔓延起来了，隐蔽的甚至于公开的对抗时有出现，我们的堂而皇之的生活大厦，已经是"山雨欲来风满楼"，但人们只能"于无声处听惊雷"。也许，困难就在这里。困难还在于看透底里的识别，喊出自己声音的胆量。今天，我们审视这一段历史生活，并非完全确切地勾勒它的面貌，也无意苛求一位踏上文学途程不久的青年作家，一定要如此这般地反映它，而只是想如实地说明，在这样一个历史关头，陈忠实精神追求的复杂走向。

在我看来，陈忠实是矛盾的，他的灵魂既稳定又不稳定，不稳定中包含着发展为另一种倾向的稳定方面。内向的稳定而不善多言的性格，他所处的农村基层工作的实践地位，使他的内心的这种矛盾深藏起来。因为种种原因，这里头包括作家自身理论素养的原因，使忠实不得不逐渐接近、领受、吸取风行一时的理论说教，尽量把自己的人生思考纳入这条轨道，为自己年轻的曾经紊乱了的灵魂寻求一个安妥的地盘，这就形成了作家那个时期精神领域相对稳定实际上不稳定的一面。这一面直接而明显地投射在他的创作中。我不认为忠实70年代的四个短篇可以全盘否定。应当说，这四个短篇在思想与艺术上是不平衡的，《公社书记》显然要比其他三篇优胜一些，其中一些篇章所包含的思想内容，也不是没有可取之处，它们曾以久蓄而突发的生活壮气，独具异彩的艺术追求，在当时荒凉而寂寞的文坛上，多少给了读者以耳目一新之感。但乱世之风的深重影响是显而易见的，它们那么清晰地显示着作家精神中不稳定的一面。在这几个短章中，一些真实的冲突，一些崇高的愿望，一些合理的欲求，大都被嵌入流行的理论框架，生硬的理论缝合痕迹不难发现。作品中的人生，被一根理论的绳索牵引着，导向既定的目的，生活真实的天地缩小了，而观念的地盘扩大了，把作家的艺术创造挤向越来越缺乏生气的狭窄胡同。整个说来，这个时期，陈忠实的创作，他的思想、精神，未能摆脱动乱年月那股强大的理论思潮的影响，在严肃地描述和推演着当时普遍流行的一些生活逻辑。

但这些理论影响，生活逻辑，是可以分析的。它们进入作家精神领域的变形状态，也是千差万别的。就其脱离生活实践的荒谬性一面而言，陈忠实的失误，是特定时代酿成的我们许多作家的一种不幸。人们可以在这种事情上保持一种心照不宣的互解互谅的沉默态度，过去的就让它过去吧，但对一个把文学当作人类的崇高事业，把思维体系构筑视为立身之本的郑重的作家、评论家来说，沉默却不能窒息他的严峻的思索。急剧变革的时代，在一些平庸的普通人身上可以见不出多少反响，但在一个作家、评论家内心，却不能不掀起一场风暴。他们会从各种角度审视自己的灵魂：我从这个时代领受了一些什么样的精神资料？这些精神资料在我思维流程中如何消长变化？它们对我的生活实践与美学创造具有怎样的意义和影响？等等。这些问题的深入探索，圆满解决，极有助于形成自己独特而美好的整体精神结构。

当我们考察70年代中期只有三十多岁的陈忠实的精神流程时，我们会发现，那种造成不幸的荒谬的理论观念，在这位作家复杂的多层次的整体精神结构中，只构成了一个较浅的层次，一个来势凶猛、欲居统治地位却始终处于游离状态的极不稳定的外在层次。这主要是因为作家精神中更深层次的因素，那些深入骨髓的更内在的因素，那些真正构成作家精神生命的因素，在自觉不自觉地消化、排斥着这些同机体血肉不相投的异物。这也就是陈忠实精神结构不稳定中所包含的可能发展为另一种倾向的相对稳定的方面。

这个相对稳定的方面，也许从作家的生活实践中可以得到一些说明。

当陈忠实从他创作道路上的两个起跑点拔步的时候，他是牢牢地站在农民群众生活实践这个基点上的。他出生于也生长在关中平原一个地道的世代农耕的家庭，至今全家仍然居住在农村。他是真正从中国农村大地的深处，带着农民群众厚实的精神装备走出来的作家。这块天地所特有的那种空气、阳光和雨露，灞河两岸田园风光所蕴含的诗情画意，曾经有力地培育过并且至今还在强烈地影响着他的气质、才能和智慧。1969年到1978年，整整十年时间，他在公社以一个党的基层工作者的身份，从事农村各种实际工作，参与了农民改变自己生活命运的一系列实践，同群众一起承受过这个时期生活的种种痛苦和欢乐。这对陈忠实的影响会是久远的。作家曾经有过这样的表述："经过十年的农村工作，我才深深地了解了农村的过去和现状，关切起农民的命运来了。如果一个农民在城里的商店或饭馆受到冷遇和歧视，我看见了往往会火冒三丈的。"公社十年生活，把陈忠实切切实实地推向农民世界，使他的精神根须深深地扎在这块广阔而肥沃的土壤里。他从农民先辈那里，从这块丰饶的土地上，所能接受的遗产，主要还不是笔墨典籍之类的文化习染，而是源远流长的精神熏陶。一方面，农民群众在长期的历史生活中形成的、世代相传的民族文化心理，他们从严峻的生活经验中所铸就的人生哲学、价值观念、伦理道德信条等等，会以强大的惯势，渗入作家的灵魂，成为作家精神结构的基础元素；另一方面，他们接受新时代各种理论思潮的途径、能力和方式，他们在受到无产阶级思想教育之后对自己政党所怀抱的那种特有的心理、情感和观念，他们在风风雨雨的历史变迁中所持的现实态度，也会有力地吸引、影响作家，使作家往往更习惯于倾向他们，更易于用他们的眼光审视周围的一切。这些熏陶，历史的现实的，可能是守旧与进取、消极与积极、弱点与优长相混合的交叉感染，但在我看来，它们给予作家的，主要是优秀的东西，我们民族生活中孕育出的那些精英，那些真、善、美的素质。这些，就构成了陈忠实整体精神结构中相当强固的有力的一面。

这有力的一面，往往成为作家感受生活，认识社会，接纳时代思潮的立脚点。农民群众改造自然的生产斗争，特别是他们在先进阶级领导下变革社会的客观实践，犹如一架庞大的不息运转的过滤器，拥有一种极强的分解力，常常自发地排除着生活中的毒素，而保留并生发着壮大生命的汁液。对那些离开大地的虚无缥缈的崇论宏议，对那些无补于实现自身利益的轻举妄动，他们具有一种天然的抗拒心理和辨析能力。这是因为他们始终站在大地上，站在客观实践中。人们可以认为中国农民是当代社会急剧变化的最大的历史惰力，应当全力以赴地评判这个阶层的意识和心理，但我却认为他们是中国历史进步的打硬的筋骨，稳定而富有创造性的力量。陈忠实的血脉，是同这个阶层相通的。50年代和60年代，他曾以这个阶层的心理和眼光，沐浴着党的雨露和阳光，吸取过它的富有生命力的理论营养。到了70年代初期，在他开始文学创作上的第二次起跳的时候，我们党正陷入严重的"左"的错误境地，违背生活实践的理论正在日益广泛地灌向各个角落，身处此种局势的陈忠实，不能说是完全清醒的，但他的胸脯紧贴着农村大地，时时都会真切地感受到农民群众的脉动，谛听到生活实践的真正音响和呼声，因而，他面对各种理论思潮，就自然地以一个农村实践者的心力和智慧，在困惑和迷惘中，进行着一种近乎这个阶层的本能的是非判断和取舍选择，常常淡化着毒素，而摄取着真善。不但是他写于这个时期的以《公社书记》为代表的几个短篇，其失误和它们有力的一面、真实的一面，可以从这里得到深刻的说明，而且，他在历史新时期的精神变化，创作的长处和短处，他区别于其他作家的艺术风格特点，甚至他的审美感受和审美理想的一些特征，都同他的这种生活历程，他的这种精神结构特点，有着直接的联系，都可以从这个基点上得到解释。

如果对陈忠实的文学历程做一些阶段的划分，那我们可以这样说，大体上以粉碎"四人帮"前后为界，分为两个大的时期。1965年到1976年上半年大约十二年，是一个时期。这个时期，中国整个社会生活的突出特点是剧烈的动荡，而对陈忠实来说，则是在动荡中进行着农村生活的积累，在挫折中强化着创作的意识，在试探中进行一些创作的练习，总而言之，是他在生活、思想、艺术上艰苦准备，建立信心，初显头角的时期。我们从他这个时期的一些作品中，可以窥视到一些重要的特点：其一，从作品本身看，存在着生活真实与理智倾向之间的分离，内心情感与外在观念之间的脱节，后者排挤、损害着前者；其二，从作家本身看，主体意识总是紧密地拥抱着时代，强烈地映照着现实；其三，从艺术方法角度看，追求环境与人物的犹如生活本身一样的精确刻画，现实主义表现手段的运用是明显的，而且逐步趋于稳定。这些特点，在陈忠实文学追求的第二个时期，有的变化了，而有些则被延续下来，加以巩固、发展了。

作家创作的第二个时期，从1976年下半年至今，已有九个年头了。这个时期又可以分为三个小的阶段。1976年下半年至1978年上半年为一个阶段；1978年下半年至1980年，为一个阶段；1981年及其以后是一个阶段。第一个阶段的两年，实际上是一个过渡阶段，是作家在1976年10月历史性巨变之后，潜心读书，认真反思，重新清理思想，刻苦钻研艺术，准备脱离旧的昨天，跃入新的今天的精神酝酿阶段。陈忠实的整体精神结构特点，使他易于趋向实际。所以，对体现国情民意的巨大变化，他从感情上接受并不困难。但思想上的拨乱反正，精神结构秩序的再度安排，往昔生活的重新思考，以至艺术追求的更新，都需要一个过程。这个过程，对作家也并不轻松。他说："我当时因一篇不好的小说而汗颜和内疚不已，就近于残酷地解剖自己。我躲在文化馆的一间废弃的破房子里，潜心读书，准备迎接文艺的春潮。我明白，从思想上清除极左的东西也许并不太困难，而艺术上的空虚却带有先天的不足。我企图通过一批优秀的短篇的广泛阅读，把'左'的艺术说教彻底扫荡；集中探索短篇的结构和表现艺术，包括当代的一些代表文学新潮流的作品，也都读了，企图打破自己在短篇结构上的单调手段。在泛读的基础上，我又集中研究了莫泊桑的一些代表作。到1979年春天，我觉得信心和气力都充实了，就连着写出了一些短篇。"[①]从此以后，作家的思想与艺术，也就跨进一个新的阶段。

在现实与历史交合中的探索

我们从陈忠实身上，可以看到一个十分显眼的现象：作家心灵进程的重新安排，同历史进程的重新安排，大体是同步的。1978年岁尾，党的十一届三中全会之后，当历史巨人结束了自己步履维艰的困境，以少有的轻松而豪迈的姿态，大踏步地迈向新的征程时，我们的作家调整自己的精神结构，挣脱思想教条与艺术教条束缚的努力，也恰好告一段落，以少有的坚定而舒展的心劲，腾跃在文学追求的道路上。陈忠实的创作活跃期，他"真正把文学当事业干"，是同我国历史发展的新时期一并开始的。时代铸造着他的灵魂，他的灵魂折射着自己的时代。作为这种折射的第一批艺术产品，就是《乡村》集中所收录的十九个短篇。

这十九个短篇，正如结集题名所示，写的全是"乡村"。陈忠实生活的敏感区，最能引起他创作冲动，触发起他的诗情的题材领域，是中国的农村，更准确地说，是经过几十年社会主义改造和革命理论教育的

---

① 陈忠实：《答读者问》，载《延河》1985年第5期。

农村和农民群众。这些短篇问世的1979、1980年前后，大体上是我国新时期文学，在走过自己的所谓"伤痕文学"阶段，而进入通常所说的"反思文学"阶段的时候。几乎所有的作家都在重新体味、思考着生活的昨天与今天，以各种各样的新观念探寻着它的来龙去脉，力图使历史与现实更准确、更深刻地进入自己的艺术创造天地。但差异不仅是多方面的，而且往往是巨大的。单从作家对生活的感受与判断这个角度看，这种区别，在农村题材创作领域，似乎显得更为突出。假使一些作家在感受、理解、反映农村生活时，或者更多地带着距离我们已经非常遥远的那个时代的古典文人的意味，或者更多地带有五六十年代深罹灾难而被抛入农村的不幸者所特有的那种阴郁而调侃的心态，或者更多地带着80年代富有进取精神的知识青年的强者眼光，或者更多地带有历史新时期睿智而气度恢宏的改革家的气息，那么，陈忠实则更多地带有社会主义农民先行者的色彩。即使面临种种东方的、西方的思潮的冲击，种种盛极一时的创作思想的诱惑，他对农村历史的"反思"，现实的观察，也不能不总是带着农民阶级的眼光，带着历经几十年革命实践与先进意识熏陶的农民群众的情感、心理、思想和愿望。这构成了陈忠实的"反思"小说，他的全部创作的一个带有总体性的特征。在"文革"以后崭露头角的专擅农村题材的中青年作家中，陈忠实属于为数不多的最熟悉农村，最懂得农民，农村生活积累丰厚的作家之一。他的艺术反映，他的情感态度，更接近于农村生活和农民心理的真实。

但这种真实是多层次的。在这位作家不同阶段的小说创作中，它的程度，它的突出方面，它的感染力量，是有差别的。

《乡村》集已经接触到农村的历史和现实。这两类题材，在集子中大约各占一半。《南北寨》《小河边》《幸福》《七爷》《猪的喜剧》《回首往事》《尤代表轶事》《乡村》和《铁锁》属于前一类。《徐家园三老汉》《信任》《心事重重》《立身篇》《石头记》《枣林曲》《早晨》《第一刀》《反省篇》和《土地诗篇》属于后一类。在陈忠实新时期起步的第一批作品中，无论他是否意识到这一点，客观情势，作家拥抱时代的热情，都把他推向一个严重的课题：对农村历史与现实从整体上的综合把握。

这种把握，在《乡村》集中有突出优胜的一面，也有明显不足的一面。

从不同的侧面揭露极左势力给农村生活和农民精神所造成的伤害，展现人民为摆脱、抗拒这种伤害所进行的种种心灵活动，是《乡村》集的总主题。围绕这个总主题，作家从现实的横向上与历史的纵向上展开了他的艺术描绘。当作家侧重从历史生活的反顾中来实现他的这个总意图时，他在艺术上的优胜之处，主要在两个方面。首先是真实地抒写了蕴藏在农民群众中的富有传统色彩的、深厚的道德感情。这种道德感情，流贯在作家的许多短篇中，往往构成它们最为动人的章节。在《猪的喜剧》里，它主要表现为劳动者之间在不幸遭遇中的一种凝聚力，一种由他们对自身价值的尊严感，宽厚仁爱的胸怀和扶贫济困的同情心肠所形成的凝聚力。在作家反思以往生活的几个短篇中，《猪的喜剧》是出色的，来福老汉形象是生动感人的。作品对扼杀人的正当生活欲望的强烈控诉的力量，自然而然地包含在只知道"靠双手出笨力吃饭"的来福老汉悲剧命运的真实而朴素的艺术描绘中。一个庄稼汉的一线谋生希望被断绝之后的绝望与悲愤，在老伴和克贤老汉以及众多乡亲的抚慰中缓解了，他又"平静地对待已经发生并且过去了的一切"。众乡亲的仁爱与同情，虽然并未消除来福心中的积怨与痛苦，却使它深埋下来，重新唤起了老汉的生命热情。在另一个短篇《乡村》里，这种道德感情，主要表现为善良的劳动者对邪恶力量的一种排斥力，一种由疾恶如仇的正义感和得之于长久经验的信任感所形成的排斥力。正直而执拗的王泰来队长，在"失去了正常是非标准的生活旋流中"，下决心只搞生产，不染是非，但无意中却因一项钱财手续，被诡诈而无赖的九娃，扯进一桩关于道德尊卑的一时难于分清的是非里了。令人啼笑皆非的"左"的政治处置，把清白的泰来推入污池，他气急而双目失明，躺进医院。排除这种欺善纵恶处置所造成的无形压力，鼓舞泰来走

234

进人群，重新出任队长的力量，是人心倾向。乡亲格外热诚的医院探视，群众挟带情绪的轰然掌声，把九娃的诬陷，工作队长的助纣为虐，抛到九霄云外，而把出于相知的尊重和信赖，送进了王泰来老汉心里。《乡村》的思想与艺术，均不及《猪的喜剧》，但它的道德力量展现，却要比后者充分而强烈。在这些常常并非作家刻意经营的轻描淡写里，情感与理智的和谐统一是以情感为主，理智包含在情感中的。陈忠实似乎有这样一种看法，在那种动乱年月，在善与恶的冲突中，劳动者高尚的道德倾向，是一种批判是非的尺度，祛邪扶正的力量，抗拒极左势力的手段。其次是有力地描绘了农村基层干部中，那些在大难中宁折不弯的硬汉子性格。把动乱年月的农村基层干部，纳入自己的艺术视野，发掘他们美好的心灵和不屈的品格，倾心描绘，是陈忠实创作在题材内容上的一个突出特点。"疾风知劲草，板荡识诚臣。"这些基层干部形象，《七爷》中的田学厚，《小河边》中的"刘老大"，《尤代表轶事》中的尤志茂和《乡村》中的王玉祥，他们都是从土改、合作化走到60年代的党的农村基层领导者，但都在60年代初期的"四清"运动中被戴上地、富帽子，成了阶下囚。覆盆盖顶，难以望天。天上、人间的跌落，异乎寻常的重压和磨难，几乎难以预测前景的打熬，没有使他们屈服，放弃自己的追求和信仰。田学厚在显示着屈辱的定期思想汇报材料中，偷偷挟带着为慌了手脚的新任队长出主意的字条，而并无任何人让他这样做。"刘老大"已成无人敢于交往的孤独者，以老迈之身，默默地好像为自己干活一样认真地在河滩搬石头垒坝，却不忘记按期交纳党费，把钱如数存在木匣里，而他已经被开除出党了。他们未曾一日割断自己同党在精神上的联系，没有一时忘记自己曾经为之奋斗的公众事业。在作家笔下，大约是由于这些形象往往不是作品中要以浓墨重彩加以描绘的主要人物吧，他们的个性特色渲染未必足够，内心世界刻画未必充分，也许还会多少给人们留下雷同的感觉，但他们性格的核心，忠诚与刚毅，这个特点却是突出而鲜明的。人们可以察觉，在塑造基层干部形象的情节画面里，作品感情与理智的和谐统一是以理智为主，情感渗透在理智中的。陈忠实认为，在中华人民共和国的历史上，首先给中国农村带来巨大损害的，是60年代初期的"四清"运动，这种损害的集中表现，就是打击、伤害了一大批解放以来成长起来的优秀的基层干部。作家在他的许多作品中，对此屡有触及，虽然未能展开，以更为成功的典型形象，示其状貌，显其成因，却也是寄托了他的这种难以忘怀的历史感受的。

比之于反顾历史的作品，《乡村》集里那些反映新时期农村生活的短篇，更富有生气，好像现实更容易唤起作家热烈的情思。这里，有像《徐家园三老汉》这样，在人物个性刻画上颇见功力，对农民集体主义追求的赞颂，有像《心事重重》这样，在心态描绘上多显逼真，对一个劳动者正直的心遭到蹂躏时的幽深意绪的抒发，有像《立身篇》这样，在艺术表现手法上具有特色，对一个共产党人受到腐败风气侵袭时立身于人民的凛然正气的讴歌，也有像《枣林曲》这样，笔锋活跃，语言泼俏，写得情深意长的恋乡曲。但更能引起我们兴趣的，是那些揭示历史变革激起的农民群众精神领域的种种波澜，具有鲜明时代色彩的短篇。首先应当提到的是《信任》。一次农村不难遇见的两个小青年的打架事件，却被作家那么自然地引向对现实情绪的历史心理的追溯，显示了它的深刻而丰富的社会内容。公正消除人们之间的对立，热诚促使大家心与心靠拢。《信任》以它朴素、精练而完整的艺术，把"文革"结束所引起的最初的农村社会关系的变易和不同经历人们内心世界的骚动，富有强烈感染力地呈现出来了。这种变易和骚动，在《早晨》《第一刀》《反省篇》和《土地诗篇》里，以别种形式，不同的深度，继续演化着。同样面对农村正在进行着的历史变革，如果说，在艺术上显得粗疏的《早晨》里，我们看到的是一个模糊的没有醒悟的灵魂，一位农村老支书的孤独而忧伤的惆怅心境，那么，我们在《反省篇》里，在这个谋篇布局得法，艺术容量较大，具有深度的短篇里，看到的则是一个清晰的觉醒了的灵魂，一位公社书记从委屈怨愤中挣脱出来的昂奋、进取的心境。而在艺术描写疏密有致、形象刻画多显异彩的《第一刀》里，我们却已经强烈地感受到了一代青年后起者，那种基于摆脱贫困处境，争取做人尊严而激发出来的凌厉气势，农村变革潮流的不可阻挡。时代春风中沉睡的锈损了的灵魂上，可能覆压着各种各样的累物，而觉醒的净化的灵魂，却总是连通着出于一脉的源泉。"黄土一样纯朴的人民啊"，这就是陈忠实在《土地诗篇》里，以动人的艺术描写所展示的擦拭精神污秽，滋润心灵"绿地"的活力无尽的土壤，是他寻找到的人们摆脱历史枷锁的动力源泉。

主要是受时代环境、生活实践的推动，《乡村》集中的许多短篇在反映今天或者昨天的农村生活时，都或多或少地显示出一种现实与历史相融合的艺术表现趋向。这大概是新时期农村题材创作的一个带有普遍性的倾向，不过陈忠实具有自己相异于其他作家的特点罢了。在这方面，在《乡村》集中，他的不足也是明显的。我愿意更多地从短篇的特点，从它的篇幅限制上，来思考这种不足，说明它是如何地不可避免，但我也想提出自己的苛求，这就是作家创作思想与艺术表现上的局限。如果我们把自己的眼光不是局限在某一个具体作品上，而是从《乡村》集的整体，从宏观的角度来审视，就会看到，这里的现实与历史的综合把握，还多是零碎的、单味的，自发而不自觉的，还停留在一个较浅的层次上。按照我的理解，对现实与历史的综合把握，它在艺术表现中，总是一种扬弃过程，是一种肯定与否定，继承与批判，歌颂与暴露，是在具体题材基础上的不同侧重的独特结合，从而获得具有双重意味的形象生命与情感生命。当陈忠实把笔触伸向昨天，对农村生活进行历史反顾时，他往往较多地停留在昨天。在他对生活的肯定性的描绘中，他的感受、情感与思想，往往缺少那种社会实践中潜藏的通向未来的东西，那种属于将来的诗情。农民群众灵魂中的人性美与道德美，基层干部性格中的忠诚与刚毅，等等，在作家的审美意识里，未能充分拓展开来，跳出狭窄的天地，引向广阔的人生领域，升华到应有的历史高度。这就形成了他的一些作品的某种浅近感和力量不够浑厚的弱点，虽然它们的生活逼真感常常是无可挑剔的。而在作家对生活的否定性的描绘中，虽然他的心情是真诚的，感受是痛切的，但他的批判与暴露，往往缺少那种真正来自生活的丰富性与活跃性，他的审美判断，往往较多地停留在已有的正确观念与理论框架中，未能足够地转化为情感与性格形象，缺少一种真正来自生活经验的独创性与新鲜性。这就形成了他的作品中的大部分消极力量、反面人物的某种程度的表面化与简单化，虽然他们的存在与影响是无可怀疑的。总而言之，缺乏那种内在的强烈的现实感。一件仿古文物，即使逼肖到可以乱真，它也仍然不会失掉今人制作的特有的质地和色泽。新时期的作家反顾以往生活，其应有的现实感，似亦大体可作如是理解。当陈忠实把眼光转向今天，对农村生活进行现实反映时，无论是肯定性的描绘还是否定性的描绘，都带来了更多的易于察觉的双重色彩，现实的感受里可见的流露着的某种历史情绪，但在作家的笔下，它们的融合，却不是饱满而充分的，而且常常是既缺乏一种应有的现实深度，也缺乏一种应有的历史深度，徘徊在诸如贫穷与富裕、害民与爱民这样一些也许可以称作浮泛的易于判断的现实与历史发展的理解上。

　　假使我们把现实与历史的交合反映，不是简单化地理解为主要是特定时空的某些情节事件的铺排，而是理解为，主要是一种独特的冲突，一种意绪，一种心理，一种情感，一种性格，是这些属于美感范畴的艺术反映对象的典型性，它们的纵向与横向的包容性，那我们就无法否认，对撷取生活海洋中的一朵浪花的短篇，提出这种要求的合理性与必要性。事实上，不仅在众多的其他当代作家的一些优秀的短篇中，而且在陈忠实1981年及其以后写的一些短篇中，例如《正气篇》《冯二老汉》《霞光灿烂的早晨》《土地——母亲》以及《珍珠》《鬼秧子乐》和《田雅兰》等，我们不是可以看到现实与历史相融合的不同程度的较好描写吗？《冯二老汉》（发表时题名《初夏》，后改为此名）中的冯二老汉形象是较为丰满的，作家在对他的优越心境与苦恼情绪的细致而准确的描写中，投放进了对以往生活中的僵枯荒谬与眼下变革中的活跃生气的感受。《珍珠》里的珍珠形象略显模糊，但在她从一个有着高尚追求的天真美丽的少女到成为

238

一个落入世俗打算的农村中年妇人的心态变化的粗笔勾勒中，寄寓了作家多少难以理清的当初与今日的人生沧桑的感慨啊！《霞光灿烂的早晨》是一个有重要特色的短篇。它的主要人物形象的意绪描写逼真而动情，作家的生活感受独到而新颖。在恒老八黎明时分短暂的混合着留恋、失落、伤感的心境的渲染中，在他离别久居之地前夕对饲养员生活回顾的富有抒情意味的描写中，包含着一个整整喂了十九年牲畜的老饲养员，在昨天的生活刚刚结束，今天的生活刚刚开始的交接当儿，多少耐人寻味的富有现实与历史意味的情绪啊！这篇作品的内容，有着广阔的开掘余地。可惜作家的心力不足，左顾右盼，笔力游移，浅尝辄止，致使作品前半部分已经蓄积得相当饱满的情绪势头与演化逻辑，未能一脉贯通，自然而充分地延伸到作品的后半部分的情节里，造成这个短篇前后两相断裂之感。杨恒老汉的心态，恰如早晨的苍茫暮色，难于分明道出，而作家却笔锋一转，使之成为早晨灿烂的阳光，顿然明朗而无可道了。人物性格的逻辑，实在不是作家可以任意强为的。如果说，杨恒老汉形象不够完整，因而大大影响了它的艺术容量，那么，《鬼秧子乐》中的鬼秧子乐形象，则以其性格的完整，扩充了它的现实与历史的内涵。这个形象栩栩如生，有高度的典型性，是近几年来同类题材的作品所少见的，绝非远离农村生活的作家能够塑造出来。把一切真实的心里的谋算都埋藏起来，把一切能够使人一目了然的透示着欢乐或忧戚的种种感情都从脸色上抹掉，在若无其事的声东击西的谈吐中，在开设油炸糕铺子、接受县委致富表彰、准备收摊子交代后事以及复开一字歌饺子馆而同时捐款建校等等难以捉摸的活跃多变的行为中，悄悄地又是异常迅速地领受着周围环境传递的信息，默默地又是十分警惕地实现着自己的欲求。作家把一个倾听新时期变革大潮呼唤而跃跃欲试的老一代农民，由于以往不正常的多变的生活所冲击成的犹如惊弓之鸟的诡秘心态，活脱脱地呈现在我们面前了。鬼秧子乐叔心态的清晰轨迹，不是分明深印着历史与现实的痕迹吗？在《土地——母亲》中，老母亲在弥留之际不能瞑目的遗憾，令担任县委书记的儿子难堪的遗嘱，《正气篇》中新任队长南恒的开拓气魄，一往无前的勇气，《田雅兰》中农村妇女田雅兰做人尊严的失而复得，这些性格、心理、情感、愿望的或丰满或单薄的艺术表现中，都或多或少地折射着农村生活发展的历史与现实。

提请我们的作家，那些农村生活的反映者，特别注意今天与昨天的交替，这不只是或者说主要还不是出于对创作深广度的一般要求，而是着意于我们当前时代生活特点的考虑。无论人们持有怎样的观点，抱着什么样的态度，都不会没有感受到，我们的生活，它的现实与历史的反差是惊人的。昨天熟悉的旧的生活秩序、生活观念被冲破了，今天陌生的新的生活秩序、生活观念正在重新安排，重新形成。不单是农民群众，各种各样的人们，包括作家本身，他们的心理和精神世界，都在经历着一场或长或短、或大或小的震动，都在经历着一个重新安排的过程。昨天向今天转化，历史向现实推移。昨天的创伤与今天的新肌，历史上的瑕秽与现实中的生机，以及蝉蜕时期的迷茫与清醒、痛苦与欢乐、懊悔与希望、沉沦与崛起等等，纷至沓来，错综复杂地交织在一起，在这个交叉时期，演现出平静生活中所难以看到的五彩缤纷的景象。一个希望深刻反映时代、解剖人生的作家，是无法也不应该回避这个当前生活的重要的真实的。

这种生活真实的侧面、层次，进入作家的审美意识越是多样、丰富，作家对生活的诗意感受，对现实与历史相融合的审美把握，越是饱满而完整。它们进入作品的深广程度，往往同作家意识到它们的自觉性与作家世界观水平的高低成正比。《乡村》集以后，陈忠实作品在这方面的进展，他对现实与历史的综合把握、反映的丰富性，更加艺术化，达到一个较高的层次，这是同他在创作思想上对这种重要真实的逐步自觉直接相关的。创作心境的模糊性，艺术感受的非自觉性恐怕不好一概抹杀，否认它们在复杂的艺术情感与形象的反复酝酿，反复构思中，是一种时会出现的客观现象。但我在陈忠实的文学实践中，却没有看到作为创作的总体指导意识，它的非自觉性，它的模糊性，会有什么好处。倒是相反，只有摆脱这种状态，才有可能促使生活与创作，走向更高的境界。1981年以后，忠实曾经多次谈及自己对农村现实生活的感受与理解，自己创作思想上的一些变化，我们从中可以看到作家逐步走向成熟与自觉的追求。在《关于中篇小说<初夏>的通信》里，他说：

近几年来，我在创作的路上经历着许多苦恼。

党的十一届三中全会以后，随着农村经济改革的开始，农村生活出现了剧烈的变化，呈现出纷繁复杂的现象。我首先感到的是自己的理论对于生活理解上的无能为力。加之惧于对于图解政策的农村题材的创作教训，我曾经一度想到写过去了的已有历史定论的生活，或者写点童年的回忆，躲避现实生活的困扰。

这种想法是徒劳的。我无法背向现实，在生活的巨大的变革声浪中保持沉默，也无法从嘈杂的实际生活中超脱出来。一九八〇年冬到一九八二年春，农村再也找不到一个可以潜心静气地读书和写作童年回忆的安静去处了，此时我虽然离开了农村变革的旋涡，不在公社作实际工作了，依然被那里正在发生着的事情所牵扯，所苦恼，甚至牵肠挂肚。……我无论如何无法与乡村间突然掀起的这股汹涌的声浪隔离间断，或者至少保持一段能使自己超然物外的距离。生动活泼的生活现实，常常使我激动得难以入眠；生活里好多有趣的带着变革时期浓厚色彩的小故事，我往往忍不住讲给许多人听，我在努力理解我周围发生着的这种变化，写下了一组变革时期的农村题材的短篇小说。我没有一篇自己满意的稍好稍深刻一些的短篇，终于想通过用较大的篇幅来概括我经历过的和正在经历着的农村生活了，这就是《初夏》。

生活发生了重大的变化，像流水有了跌差，有了跌差就有了瀑布，有了飞溅的浪花，有了喧闹的声响，也产生了平流无石处所看不到的壮景奇观。

这里的叙述，是忠实对农村现实的感受，是他在生活实践推动下创作思想的一些变化。还是在这篇通讯里，他概括了自己对生活，对农村变革的理解，更为明确地表述了自己创作思想的一个重要方面：

> 生活如果只有衰竭和死亡而没有新生，社会和自然界一样早
> 该完结了。因为有沉重的昨天，才有奋发的今天，更可以预示有
> 光明的明天。昨天和今天——历史和现实，正在我们生活的一切
> 领域进行交替，它不是简单的交接和替代，而是对已经意识到的
> 新的使命的热情，是对已经廓清的历史教训的责任感，是对我们
> 党的一切优秀传统的继承与发扬。

在比通讯稍后一些的《答读者问》中，作家反复申述了这个思想：

> 这样一场除旧布新的改革，牵连着过去和历史，几十年的
> 过去和几千年的历史，有极左的禁锢和封建意识的沉积。传统的
> 和陈旧的观念都将受到冲击，为新的观念所替代，这一点也不容
> 易，也不简单。一切人都无法超脱新的观念对自己旧有观念的冲
> 击时所产生的烦恼和不安，整个社会就呈现着一种躁动不安的气
> 氛。文学是社会生活的反映，作家必然要把这种变革的生活诉诸
> 文字。

我引述这么长的文字，无非是要确证，忠实近几年小说在反映农村变革生活方面的开拓，是同他的创作思想更加靠近生活实践，不断地得到丰富和升华同步的。

陈忠实是站在现实与历史相交合的角度上，来感受、看取、把握、反映新时期的农村生活的。他的全部作品，他的小说创作的主要成就，放在这个角度上观察，会看得清楚一些；他的不足，从这个角度要求，也许更有意义。连续地描写农民群众，特别是那些处在交叉路口上的农村老一代基层干部，在历史转折时期精神生活重新安排的过程，是忠实小说创作最为突出的内容。在农村生活的现实发展中进行深入的历史探索，力求艺术反映的现实感与历史感的统一，是他作品日渐显著的特色。1981年以来作家所写的几个中篇，突出的具有代表性的是《初夏》，它最能集中而较为全面地显示出他在这方面的追求和已经取得的成就。

《初夏》的写作，前后历经近乎三年时间，作家为之倾注了较多的心血。它的矛盾冲突，可以简单概括为：父子两代，情人一对。这个冲突构思，即立足于现实与历史的交叉点。忠实在近三年岁月中反复酝酿、修改所要实现的主要意图，是把交叉时期意识到的社会历史内容尽量扩充开来，转化为富有审美意义的独特的冲突，独特的人物命运和人物性格，传达出自己对新时期农村生活的感受与判断。《初夏》是作家在艺术上的一个成功。首先是冲突构思与冲突开掘上的成功。《初夏》情节结构的中心骨架，是党支部书记冯景藩同儿子冯马驹之间围绕着两种人生追求的对立及其发展。交织在这个结构中心里的，是冯马驹与冯彩彩的爱情纠葛以及冯家滩三代干部命运的精心描写。作家把这些冲突放置在80年代初期农村变革的广阔背景上，从生活出发，赋予它们充分的时代活力，在新时期农村生活的一个侧面的细致展现中，在各种人物命运与性格的刻画里，揭示出深广的现实与历史相交合的复杂内容，勾勒了几十年来中国农村曲折发展的历史轮廓和人们的精神历程。这部十余万字的中篇，是近几年来作家艺术追求的一个结晶，当前农村题材创作的一个重要收获。

　　在《初夏》里，冯马驹是作家付出较多笔墨刻画的一个相当鲜明而真实的艺术形象。剧烈变动的现实关系，异常复杂的社会思潮，可以产生灵魂卑俗丑恶的迷途者，也必然造就一大批精神纯净美好的清醒的开拓者。当生活中金钱拜物教的思想在一些人中有所显露，利己主义的冰水在某些地方开始冷却人情暖流的时候，当人们的生活哲学、伦理道德观念、感情意趣等出现引人瞩目的变化，一代面貌全新的人物开始登上农村历史舞台的时候，冯马驹的形象保持着他独异的精神光彩，具有特殊的典型性。他是80年代富于理想的献身于农村改革事业的一种新人。也许可以说，在他身上，现代文明、科技革命的信息太少了，从自给自足的小农经济转向大规模的商品经济的开发性事业的前行者的特征太少了，但他不是这种典型，作家也无意于使他突出地具备这些特点。他是另一种典型，是在农村变革的时代潮流的冲击下，从关中平原一个历经几十年社会主义革命曲折过程，至今仍然贫困落后的农村走出来的真实的人，一个立足于农村大地而要改造农村的精神富有者。劳动者的正直和骨气，改革者的雄心和顽强，对群众苦难和不幸的热烈同情心，关注广大农民命运的集体主义胸怀和勇于挑起改变他们生活境遇重担的献身精神，构成了冯马驹宽阔而崇高的灵魂世界，一个农村共产党员最富有光彩的性格特点，使这个形象获得了公而忘私者所能有的那种感人力量。正是这种情愫和胸怀，成为稳定他在出路选择中的惶惑心理，鼓舞他在农村干一番事业的强大精神支柱。

作家在冯马驹身上，寄托了自己的理想。这个形象所体现的那种最珍贵的思想感情，他对那些单靠个人无法主宰自己生活命运的农民的贴心感情，毅然组织和领导他们齐心奋斗改变自己处境的无私精神，被作家浓墨重彩地渲染着，成为流贯在整个作品情节发展中的各种喧嚣声浪和感情格调鸣奏曲的主旋律，成为决定作家审美思想和道德判断趋向的立足点。在《初夏》所展示的农村现实关系画面里，作家主要从两个侧面，在两个方向上，揭示和深化冯马驹的精神和感情。一个是从横向上，侧重在马驹和他的同道者德宽、牛娃和来娃等的关系中，显示马驹形象思想性格的广泛现实生活根据和它的生命力的群众源泉，一个是从纵向上，侧重在马驹和其父冯景藩以及冯志强、冯彩彩的关系中，在这三代人生活命运的连续描绘中，发掘马驹形象思想性格的深刻历史生活根据和它在内容上对以往的继承与扬弃。历史与现实的交合展现，显示着转折时期生活演进中的新旧变易，人物命运的浮沉升降，带来了《初夏》内容庄重而深沉的显著特点。

德宽、来娃和牛娃形象，他们的历史命运和现实追求，在作品中自然各有自己独立的艺术意义，但同时都联系着丰富着马驹形象的刻画，既显示着马驹精神的巨大感召力，又净化和铸造着他的感情世界。德宽的形象是独具异彩的。温和而善良，宽厚而能忍耐，这些鲜明的个性特色，一个劳动者特有的性格神韵，在作家不动声色的朴素的极见功力的艺术描绘中，很突出地活现了出来。当年轻的复员军人冯马驹出任队长时，这个和媳妇兰兰过着穷到叮当响的日月，因为此种境况至今被岳丈拒之门外的中年庄稼汉，"抱着改变自己婚姻问题上的屈辱境地的强烈心情"，走上领导岗位，挑起了砖场的担子。而在得知马驹将要外出工作的传闻后，他却悄悄打着自己生活的主意，"谋划着下一步到河西镇上摆一个修理小家什的摊儿"。正直得可爱，也简单得近乎粗鲁的牛娃，守着瞎眼寡母，"没有出路"，他"豁上一切"，参加改变冯家滩面貌的"背水一战"。听说马驹要走，他干脆撂挑子，寻找跑运输的表哥当帮工去了。他们的生活命运，深深地牵动着马驹的感情。就是年逾七旬的德宽父亲，拿着干棉花叶子当烟叶抽的悲凉境况，对当年劝说冯景藩留在农村大干一场的痛心追悔，也在马驹的内心掀起了波澜。而写得很有特色的诚实的"半截人"来娃，在面对马驹，申述自己要求喂牛的心情时所道出的那一席动人的肺腑之言，把一个在艰难困苦中撑持着家庭局面，深感无力掌握自己命运，但又保持着劳动者的自尊和对生活的信心的废疾者，一个从几十年的亲身感受和经验中，建立起对共产党和社会集体的无限信赖的庄稼人的纯真心理、全部感情，那么富有个性地显示出来了。正是这种信赖，这种感情，这种发自内心的期望，像一股股激流，以不同的力量，冲击着冯马驹的心灵，刷洗着他精神上的负累，推动他把个人的命运同来娃、德宽、牛娃这些人的命运紧紧地连接在一起，完成了人生道路三岔口上的一次选择。"一个人，尤其是一个共产党员，能受到众人的信赖，是一种巨大的幸福。马驹觉得，失掉了这种信赖，是很可悲的。"他决心用行动，用艰苦卓绝的奋斗，改变农村现状，"证明一个普通庄稼汉对共产党的信任是应该的，去证明庄稼人跟共产党追求生活的理想是完全对头的"。冯马驹的精神境界，在作家对他与"三击掌"的伙伴们关系的具有灵魂深度的揭示中，得到了令人信服的升华。

交织在《初夏》的中心冲突里，比冯马驹同伙伴们关系的铺叙显得更突出、更耐人寻思的，是作家对冯家滩三代干部命运的精心描写。这种被凝缩于有限时空和篇幅里的富有浓厚抒情性的描写，这种描写所概括反映的也许并非充分明晰和完全饱满的三十年来农村发展的风云变幻和曲折历程，扩充着作品现实的和历史的社会生活容量，揭示着老一代农村基层干部面对今天农村新的形势时，灵魂深处的复杂动荡；探寻着80年代初期变革潮流呼唤出来的冯家滩第三代干部冯马驹，他的精神和感情，同他的前辈，同50年代的冯景藩、60年代的冯志强之间的内在联系，他的性格内容的历史根基。

《初夏》在思想与艺术上的一个重要成就，即在于它在农村生活的现实发展中所进行的深入的历史探索。它在细腻的农村变革现实关系的正面描绘中，穿插进众多人物的生活历史的叙述，使二者有机地融合起来，力求强烈的现实和深沉的历史感的统一。这个特点，反映在作品整个情节的结构布局上，也表现在一些主要人物形象思想性格的刻画中。似乎可以说，马驹的思想感情，就是那种曾经吸引和凝聚过千百万人的崇高的历史精神，在现实变革潮流为他注入新的生命中的一种复活，作家让二十年前牺牲在极左路线摧残下的冯志强的幽灵，一直回荡在作品情节的发展里，让许多人物以不同的心情，一再回顾这位献身于农村事业的冯家滩第二代领头人的悲壮历史，又在作品结尾别出心裁地安排冯马驹和他的同道者，以古老的方式追奠他的业绩，这些意味深长的描写，都在力图使前驱者冯志强那种一心为众人谋利益，"埋头奋斗，终生不悔"的精神，进入现实，进入后来者的灵魂。就是在马驹与冯景藩的现实冲突里，也仍然包含着现实与历史的统一，今天的儿子与昨天的老子的统一。冯家滩第一代领头人在50年代所曾经占有的那些宝贵精神财富，为80年代新崛起的第三代领头人所吸收，在当前农村变革生活中，重新焕发出光彩。虽然，作品的这些描写，包括马驹与其父的冲突，从刻画马驹的角度看，在较多地写到意念性的东西、认识性的内容时，未能将其充分化为独特的性格冲突，完全渗入感情领域，直接影响了这个形象性格的生动性与丰富性，但作家力图在现实与历史的交合中塑造人物的这种艺术探索意向，却是深刻的，而且获得了令人瞩目的成就，开拓了形象的思想容量。这也表现在作品对另一个重要人物冯景藩的刻画上。

冯景藩的形象是有深度的。在冯家滩的三代干部中，他是唯一经历过合作化、"大跃进"、"四清"运动、"文化大革命"而至今还担任着党支部书记的老者。二三十年来，农村生活的风风雨雨，在冯景藩的精神上留下了各种各样的烙印。历史和现实，昨天和今天，二十年来的农业合作化道路和推行不久的农业生产责任制政策，等等，社会历史的这种新旧交替的复杂演变，个人经历中的种种酸甜苦辣，造就出这个"老土改"干部当前独有的思想和性格。作家在《初夏》里，以同情、理解和深为惋惜的心情，以公正的态度，陈述着冯景藩的过去和现在，描绘着他的心理、意绪和感情。分完冯家滩最后两槽牛马以后在不眠之夜的寂苦、失落感，参加喜庆宴席面对曾经同伙举办农业社而今天当了公司经理的冯安国时的懊丧、灰败情绪，为儿子办理参加工作手续时的欢快、急切，面见河西公社党委书记后的怨懑、凄惶，回顾"三年困难"时期领着社员大战小河滩时的豪壮、悲愤，听到马驹坚决拒绝外出工作时的绝情、愤怒，以及为尽快扫清儿子外出障碍而对牛娃、德宽的冷漠、粗横和因为与冯志强共患难而对他的遗孤彩彩的倍加怜爱，等等，这些心理和情绪的准确描绘，都在那么真实地显现着一个处在历史转折时期，面对农村变革潮流而落伍了的老支书特有的内心世界和精神面貌。他对集体化是怀恋的，有感情的，因为他曾经为之付出过心血，抛洒过汗水，他对极左的一套是憎恶的，反感的，因为他曾经备受其摧残，吃尽了苦头。实行新农业政策，划地分牲畜，他流眼泪，表现着一个"老土改"仍然沿袭着旧有的道路审度时势，而坚决主张儿子离开农村出外工作，则显示着一个曾是农村生活的勇士，现今却陷于自私的盲目境地了。这一切都显得那么合乎情理。在冯景藩的性格结构层次里，几十年来农村革命潮流所赋予一个共产党人的优秀品质，构成淡远的背景，其上浓抹着长期极左路线重创后所形成的精神负累的色彩，而这些又自然地融合在一个劳动者朴实而善良的特有性格调里。这是一个真正来自农村变革现实土壤的生活容量丰厚的艺术形象。尽管作家对他的描写是有缺陷的，开掘的深度是不够的，当冯景藩进入以往生活的回顾时，其内心活动是独特的、丰富的、有层次的，而当他进入同儿子的现实冲突后，却显得简单了，其内心世界复杂动荡的一面，一个狭隘利己的庄稼汉同一个公而忘私的老共产党员之间相矛盾的一面，未被充分揭开，但这仍然属于《初夏》中写得较为丰满的一个人物，突出地表现着作品的艺术成就。和一些作品中的同类形象相比，同那些把一些农村基层干部不满意或抵制生产责任制，简单地归结为是怕劳动、爱占公家便宜，或者是别有居心的坏蛋的单纯暴露性的负面描写相比，冯景藩形象不但显示着它特有的深度，鲜明的时代色彩，而且可以说是作家为我们提供的一个具有新鲜意义的艺术典型。

如果说，作品中冯景藩的精神面貌，是农村发展的历史和现实生活的变革沉淀出的一种消极结果，那么《初夏》中冯彩彩的思想性格，则是农村历史与现实的一种积极的折射。这也是作家塑造出的一个颇具特色的艺术形象。

在昨天已经结束而充满希望的今天刚刚开始之际，当生活在冯彩彩面前铺开一条能够自由追求的道路时，作家把他富有诗情的笔触，伸向彩彩多难的以往岁月，揭开了这个农村姑娘的内心世界，使她以独有的面貌和风采显现在我们面前。正像作者所感叹的，"彩彩的命太苦了。她的尚未成年的幼嫩的肩膀，她的尚不懂得人生的无邪的心灵，过早地承担起生活强加给父亲的灾难，悄无声响地在冯家滩长大成人了"。应当享受足够的人间抚爱的童年，对她却变成了代替父亲清还人间灾难的难熬的时月。她的命运，是冯志强遭遇的一种映照和延伸。严酷的现实，剥夺了这个少女应有的正常交往和抒发性灵的自由，迫使她把心灵的窗户，警惕地对周围关闭起来。在她寡言而宁静的外表下，深藏着无法向人倾吐的衷肠，掩盖着被压抑的纯洁的灵魂。她的冷峻而带有浓重悲剧色彩的性格，混合着忍耐、冷漠、理智和忧郁的复杂情绪的眼睛，是那个曾经产生过许多人间悲剧的时代，在一个农村姑娘不屈的心灵上的投影，渗透着这个被损害者无可奈何的强烈的抗拒情绪和无法排遣的郁闷、痛苦心情。她的爱情悲喜剧，被布局在《初夏》的大量篇幅里，属于作品中写得深情意隽而最为动人的章节，构成了揭示彩彩内心世界的主要场景和最富有魅力的生活画面。作家的高明处，就在于他把这个爱情悲喜剧，非常自然地引向广阔的生活领域，使一个处在偏僻农村中不幸地位的姑娘悄然抉择的内心隐秘，灵魂深处的感情波澜，蕴蓄进深刻的现实与历史相交叉的复杂内容。彩彩和冯文生关系的先续后断，与她同马驹的续而又断、断而复续，互相扭结，逆向变化，既显示着她的灵魂的美好，操守的高尚，同作品所揭示的最为珍贵的献身农村改革事业的感情倾向相融合，又准确地透示着政治生活中的风云变幻而脱开了狭窄的感情天地。断马驹而定文生，这种完全抛开爱情而纯粹出于理智考虑的选择，是一种迫于极左压力的不得已的饱含着辛酸的选择，她最后的断文生而定马驹，又同时代的变迁解除了她的精神枷锁，给了她做人的应有尊严，恢复了她自由追求的权利必然地联系着。彩彩的遭遇和命运，反映着我们时代曾经发生过的"左"倾错误所造成的深重的精神灾难，包含着深刻的控诉力量。同时，她的爱情悲喜剧，把马驹与父亲这个中心冲突撑持起来，使之具有充分的生活的色彩与活力，是形成《初夏》浓厚诗情画意美的内在源泉。彩彩内心世界潜在变化的清晰展现，感情深处涟漪四起的精心描绘，她的幽怨、哀伤、欢乐、向往种种心绪波动的敏锐捕捉，使作品字里行间荡漾着细腻委婉的流韵，强化了《初夏》的艺术感染力量。从作品结构角度看，彩彩形象的刻画，又从一个特定的侧面，联系和丰富着作家对冯家滩三代干部命运的描写。一方面，她是冯志强与冯马驹之间精神承传的一个纽带，马驹与彩彩的爱情，未尝不包含他们对为冯家滩献出生命的冯志强，出于不完全相同心情的共同仰慕，可惜作家对此点的描写多有缺陷；另一方面，在彩彩心灵的荧光屏上，在她对马驹亲疏远近的变化里，敏锐地显示着马驹与其父矛盾冲突的变化趋向，而作家对此点的描写，却是显得出色而极见匠心的。

我认为，在新时期农村题材创作中，《初夏》的独立价值，它的突出的意义，就在于其中所洋溢的一种崇高精神，所回荡的一种美好情感，是那种在新的经济关系基础上产生的，同我们民族传统的优秀人文主义精神相联系的集体主义精神，是那种在人类先进社会制度中形成的，同我们民族传统的优秀的伦理情感相联系的人道主义情感。这种精神、情感，在人民革命的历史上，在五六十年代，在包括农村在内的各个领域，曾经以它的强大的感召力和凝聚力，唤起千百万人民群众的生活热情，以摧枯拉朽之势，洗刷旧的山河，开辟新的天地，打掉屈辱的精神锁链，取得人的尊严和价值，同心同力地走向全新的人生道路。这可以称为一种深扎在中国大地上，植根于农村土壤里的宝贵的历史精神、历史热情。生活发展的辩证法，决定着艺术描写的辩证法，也决定着人物性格内容发展的辩证法。从70年代末期开始，在神州大地上掀起的变革浪潮，以汹涌澎湃不可阻遏之势，迅速地刷新着农村生活的面貌，大幅度地改变着人们的意识观念，剧烈地推移着中国历史的进程。它涤荡着窒息生命的瑕秽，结束了郁闷的昨天，灌注勃勃跃动的生机，开拓出明朗的今天。昨天和今天，历史和现实，像泾渭一样分明，判然区分开来，又千丝万缕地联系着，难于截然划出一条界线。历史发展中的这种肯定与否定、继承与革新的对立统一运动，总是存在的，尤其是在思想精神领域，更为明显。还应当看到，我们的昨天和今天，历史和现实，是我们党统一实施的两个既有显著区别，但又有密切联系的社会主义实践时期，它们之间不能不存在着许多根本上的相通之处。即使在错误路线居于统治地位，邪恶势力猖獗的时期，人民群众的客观实践也仍然是可以分解的，他们在长期生活中所培育的美好精神素质，仍然在曲折地发展着。在新的历史时期，人们种种新的精神素质，新的思想观念，新的道德理想，一般说来，不会完全脱离我们民族生活的土壤，完全脱离几十年的社会主义实践，总是这样那样地同历史上的某种精神沟通着，或者是它们的否定，或者是它们的一种在新的形式中的继承与发展。我认为，从艺术上准确而深刻地揭示这些，是当前农村题材创作进一步深化的一个重要课题。如果说，我们的一些作家，我们一些反映今

250

天农村现实生活的作品，较少或者完全避开了昨天的农村历史，昨天农村人物的精神状貌，较多地或者只注目于农村革新生活的新气象，今天农村人物的种种焕然一新的思想境界，理想追求，那么，陈忠实的《初夏》，他的许多写农村的作品，则在变革大潮的背景上，在新时期农民精神生活变化的展现中，常常反顾着昨天的农村和农民，思考着这二者之间的区别与联系，紧张地追求着革新生活中的精神继承。《初夏》里由冯马驹形象集中体现的那种精神、那种情感，我们在其他当代作家的一些优秀作品中，例如在蒋子龙的《燕赵悲歌》中也能强烈地感受到，但《燕赵悲歌》有更多理想的睿智的当代气息，而《初夏》则有更多现实的深沉的承传色彩。马驹形象的性格内容，不只是《乡村》集里的一些人物，例如《小河边》中的"刘老大"，《徐家园三老汉》中的徐长林，《七爷》中的田学厚，《乡村》中的王玉祥，《立身篇》中的王玉生，《反省篇》中的黄建国，《土地诗篇》中的梁志华，以及《早晨》《第一刀》中的冯豹子和《乡村》集以后的《正气篇》《征服》中的南恒等这些形象的精神的一种独特的荟萃和张扬，而且同问世于70年代初期的《公社书记》中的徐生勤形象和《铁锁》中的铁锁形象所多少显示的那种乐于献身公众事业的忘我精神，是一脉相通的。它构成陈忠实小说创作内容深刻而有力的一面，它的一种内在的生命力，也显示着作家精神结构中那些不稳定和相对稳定因素的历史演化的主导倾向。我们可以具体分析这种精神、这种情感的艺术表现的独特性、丰富性、新鲜性与审美性是不是足够的，却不可以视其为陈旧而排除在审美创造之外，因为它毕竟属于历史的崇高内容的一个重要部分，理应在文学创作中占有自己的地位。

心理上的沉重感以及艺术上的现实主义

文学的力量在于真实基础上的判断。现实生活呈现出的异乎寻常的纷繁复杂的色调，农村变革所激起的多种音响交合的喧闹声浪，在有力量的作家笔下，绝不导致作品思想内容的扑朔迷离，情感倾向的驳杂含混。恩格斯认为，倾向应当从场面和情节中自然而然地流露出来，而不应当把它特别指点出来，同时认为，作家不必要把他所描写的社会冲突的历史的未来的解决办法，硬塞给读者。这些说法都不是降低文学的思想性要求，不是否定文学的倾向性本身，而是在那个历史时代，强调了文学的真实性，强调了倾向性应当渗透、包含在真实性中，指出了倾向性表达的途径和方式，应当更加艺术化、审美化。恩格斯对无产阶级未来文学的要求，是巨大的思想深度和意识到的历史内容，同莎士比亚式的情节的生动性和丰富性这三者的完美融合。既然如此，怎么能设想，他会漠视以至否定文学的倾向性本身呢？文学作品总体倾向的含混、神秘现象，常常并不表示艺术描写的蕴藉深厚和作品内容的含蓄隽永，它往往是作家对他所反映的生活缺乏足够的把握、稳定的理解和在思想上苍白软弱的一种表现。陈忠实的生活观念、审美理想，他对农民群众变革要求的感知与理解，他对农村发展趋势的观察和把握，也许有他不可避免的局限性，有他不够开阔的方面，但基于熟悉、深知而保持着的某种稳定性和确定性，却主要显示着他艺术观和创作上有力的一面。他的全部作品的倾向性，都是明朗的，基调是和谐统一的，是一种带有分明的美丑是非判断和强烈的爱憎情感色彩的明朗，融合着农民群众迫切的人生追求目标的和谐统一。这种明朗和统一的内在根据，主要是作家与广大农民群众的那种特殊关系。同农民群众的富有生气的直接的联系，对农民命运与希望的感同身受的体验和深厚的同情，对农民世界的发自内心的热烈的崇敬，使得这位作家无法接受和保有那些远离农村和农民的高楼上的冷眼旁观者看取农村生活和农民命运时，会带有的那种冷漠感与任意性，那种恩赐者的"贵族"气息，使得他的作品，总是回流着一种深沉的内在的生命热情，始终渗透着健康的道德情感和纯洁的伦理观念，获得了人民中间所特有的那种求实精神，忠厚心理，刚壮情感，忍耐毅力和对真善美与假丑恶的判断力量。这是规定和制约陈忠实审美理想趋向与特点的根本的东西。在当代中青年作家中，陈忠实的个性、气质、心理、情感，他的审美感受和审美情趣，是最富于农民群众心理结构特征与生活经验色彩的。

历史与现实一旦进入陈忠实的精神领域，审美视野，即被或多或少地纳入农民天地，自然地导向农民情感的基本轨道，往往融合进这个阶层的历史愿望与要求。如果说，在中篇《初夏》和《乡村》集的一些篇章里，我们所能感受到的作家的人生理想，还带有更多的农民世界所具有的那种当代性，更浓厚的我们这个时代特有的社会色彩，人们对公众事业的倾心维护，对自己实践道路的充分自信，那么，在他新时期的其他一些作品里，我们感受到的作家的生活理想，则带有更多的这个阶层在历史生活中早已形成的民主性要求，确切一些说，带有更浓厚的农民革命民主主义的色彩。对一般的富足生活的追求，对日出而作、日落而息的劳作习惯的赞叹，对农民人格尊严与个性自由的仰慕，对亵渎农民尊严与压抑他们精神解放的种种心理、社会现象的愤慨，这些渗透、流布在作家许多小说中的常常带有某种忧伤心绪的思想感情，由它们激发而产生的审美理想，是同农民变革自身地位、变革历史的有局限的要求，紧密联系在一起的，还没有来得及升华到一个应有的更高的水平。一个时期里，这种创作思想状况，在一些作家中带有普遍性。它在很大程度上是由历史造成的。当窒息人间生机、扼杀人们心灵合理发展的"左"的枷锁被忽然解除后，对"人道"的文明生活的要求，对保护与发展自己尊严和人格的期望，对吃饱穿好的富足生活的向往，成为一股强大的追求意向和历史潮流。由于迫切需要实现直接的、必需的、起码的生活要求和人身权利，许多人把对以后事情的想法和考虑，都或近或远地推迟了。对当前现实需要和斗争目标的热衷，对这些必要而合理的要求的争取和实施，使人们把这些最近的起码的目的理想化，把它们描绘得十全十美，而未能在现实的反映中引出更具有诗意的理想，未能用历史已经具备或者已经提出的理想，来照亮对既定现状的反映。陈忠实审美理想的一个侧面，他的人生理想，不能不受现实思潮与历史惯性的双重制约和影响，而呈现出一种复杂的性质和状貌。

作家的生活理想中，包含着他的伦理道德理想。陈忠实的含蓄的情感流程中逐渐沉淀下来的伦理观念和道德愿望，似乎带有更多的传统性。《夭折》对苦乐与共，危难相助，分担丈夫精神创痛的诚挚的夫妻情爱的赞美，《马罗大叔》对60年代初期困顿境遇中人与人之间的心的相通，以及劳动者"不求回报"的人性美的讴歌，《田园》对50年代故乡田园中特有的常常令人思念的那些东西，对农村妇女身上蕴藏的历久不衰的挚情、宽容灵魂的深深的缅怀，都可以看作是作家对这块土地上曾经孕育的传统美德，对我们民族在长期历史中形成的优秀心理意识的一种肯定。在《播种》里，作家插叙了一个普通的农家，从破裂走向和谐、从不睦走向融合的变化的故事，好像要显示出一种更深刻的东西，即令人舒心的人伦关系的形成，有赖于自奔日月的劳动。这当然是伦理根源在一个短篇中的不自觉的不完全准确的描述。而在中篇《康家小院》里，作家则在较大规模上，展示了一种更为复杂的伦理道德感情，进行了一种更为耐人寻味的探求，但其传统色彩依然是明显的。

对《康家小院》的创作意图，作家曾有这样的自述："我自己觉得，对于生活的描绘，对于生活蕴藏的诗意的描绘，对于一个特定地区的民族习俗中所隐含的民族心理意识的揭示，只有在《康》文的写作中才作为一种明确的追求。"这个中篇，是陈忠实创作路子的一种新的开拓。如果把作家"充分地写生活"的创作追求，理解为打破自己已经形成的束缚和局限，摆脱某种艺术构思模式和陈旧僵化的思维定式，面对生活，充分尊重自己的感受和体验，真实地写出人物的复杂性格、复杂心理、复杂情感，那么，《康家小院》的实践，无疑是体现了作家的意图，获得了很大的成功。它是陈忠实作品中，最少观念框架，最多真实描绘、真情抒发，最多奥秘心态准确显现，有较高艺术性和审美价值的佳品。但它也有不尽令人满意之处，这就是康家小院的家庭悲喜剧，同它所反映的时代的社会悲喜剧之间的内在联系，显得稀薄而松弛，使得作品的内容未能取得足够的深广性和新鲜性，还较多地局限于一个显得狭窄的天地里。在这里，时代运动的折射，淡远了，外在了，而伦理道德冲突的内容，尽量突出起来了。当冬学教员这只粗暴的大脚还没有踏进康家小院时，这个农家小院充满了早春和煦温暖的阳光，一切都显得那么宁静而和谐，丈夫勤勉，妻子贤惠，父亲是没有任何非分之求的地道的好庄稼人，父子、夫妻、翁媳之间，相依相爱相敬，多么令人舒心而向往的牧歌式的农家乐啊！维系这种乐融融局面的无形的力量，是父辈从长期艰难生活中形成而传递给子嗣的庄稼人过日月的本分，勤快，诚实，善良，俭省，忍耐，门风观念，孝悌之道，等等。即使在农村一些古老习俗譬如闹新房的着意描写中，作家也在真实地透露着庄稼人淳朴而美好的愿望。他们固守的沿袭已久的习惯心理，做人的道德，编织成包含着人伦之情、人伦之乐的家庭以至社会的秩序之纲。我是偏重从这个方面，来感受作品所揭示的"生活蕴藏的诗意"的。作品前半部分对这种诗意的抒情渲染，当然体现着作家的伦理道德向往。但也不能说作家对这些传统的东西是毫无保留的。这在作品后半部分会感受得更突出一些。康家小院静谧、欢乐的气氛被扫掉了，痛苦和不安被送进了父子、夫妻三人心头，冷落、沉闷的空气，又充塞着这个农家小院。而这些不幸的制造者，却是一个"很惹人喜爱的小白脸"，一个风度高雅、谈吐文明的冬学老师。当作家对康家的悲剧及其制造者进行描写时，他的情感态度是复杂的，大体上沿着三个方面辐射。他为勤娃父子无可奈何的内心创痛深深叹惋，也对玉贤接受新道德而萌动的灵魂苏醒和她的遭遇寄予同情。庄稼院传统风俗中的陋习，愚昧导致的狭隘守旧，以及爱面子心理、门风观念、忍耐习性中所包含的消极方面，他是不满和痛心的，而对那些金玉其外败絮其中的伪君子，作家则以愤怒的心情，进行暴露和鞭笞。这些灵魂卑劣者，逢场作戏，蹂躏纯洁，破坏和谐，是生活诗意的肆意践踏者。陈忠实对关中地区民族习俗中所包含的农民心理意识的不同侧面、不同层次内涵的揭示，真切而细腻，他的审视，公正而严厉。他的目光更多地投向昨天，但立足于今天。农村伦理道德的历史描绘，寄寓着作家对新思潮汹涌而来的复杂的现实感受。简陋的庄稼院所保持的传统的美好的伦理观念，道德情感，远胜于那些包裹着文明外衣的现代的颓风恶习，它是农民心灵的堤坝，抵挡着他们所厌恶的污泥浊水，但它也可能成为面对新潮时的一种本能的逆反心理，排斥真正的时代文明。《康家小院》不是完全离开当前现实而在单纯向读者描述一个陈旧的生活故事。现代文明之风骤起中的文学"寻根热"，其现实用意，恐怕也是各种各样的吧？

这里应当说到作家心理上的沉重感了。它流露在作品中，构成了陈忠实创作的感情色彩的基调。

在《康家小院》的艺术画面里，我们已经强烈地感受到了弥漫于其中的沉重气氛。康家父子在艰难的人伦追求中得而复失的剧烈的痛苦情感的出色描写，找不到摆脱路径而只能压抑着创痛的困兽犹斗心绪的反复渲染，是那样明显而强烈地显示着作家生活感受的独有色调。如果说，这里的沉重感，还较多地局限在伦理范围，还是作家看到美的道德情感遭遇丑恶行为的蹂躏，民族心理意识中的消极因素禁锢着农民群众的精神解放而产生的一种不够宽阔的悲愤、忧戚心情的抒发，那么，在陈忠实的其他一些作品中，例如在短篇《绿地》和中篇《十八岁的哥哥》以及《最后一次收获》里，这种沉重感，就被引向较为宽广、较为深刻的社会生活领域了。

作家在同笔者的一次交谈中，提到《十八岁的哥哥》，他说："写《十八岁的哥哥》，短篇都写成了，又改成了中篇。开始只想写得轻松一点，写一个少年在生活中遇到了很多美好的事情，不期而遇的事情，写生活的那种偶然性，大家看后有一种轻松的感觉，这就达到了目的。但是写开以后不行了，感到偶然性里还有必然性的东西，那些不期而遇的事情进一步发展会怎么样？这样一步一步下来，发展成一个中篇。我后来还比较喜欢这个作品。常常是这样：写作的过程，也是不断认识生活，深化主题的过程。"原先打算轻松，后来变成沉重。作家的简略叙述，透露了他的情感衍化轨迹。当他的艺术思维还只停留在生活的偶然性上时，他的心绪，他的创作意图，被引向轻松，而当他的艺术思维深化一步，生活的必然性便把作家和作品推向沉重。十八岁的高中毕业生曹润生，结束了充满幻想的学校生活，踏进漫长而曲折的人生旅程了。他刚走上社会，以一个青少年惯有的诗一般纯净的心理和没有前瞻后顾的热情，追求着自己的理想，咀嚼着生活中许多不期而遇的美事所带来的欢欣。但偶然性究竟是易逝的，必然却有它的稳定性。神秘而动人心魄的初恋，在他毫无精神准备的时候突然发生，又在他毫无精神准备的时候突然中止。未料到忽然被庄稼人推举为"捞石头协作会"的会长，又在他正一心一意为众人奔忙的当儿，突然被村长不动声色地排斥到一边去了。简单头脑所编织的生活蓝图，所腾起的美好幻想，一旦碰到坚硬的现实，便轻而易举地被撞碎了。"十八岁的哥哥躺倒了"，"他心里有点冷，却不空虚"。作家在曹润生短短四天的农村生活经历中，描绘了这个年轻人在人生道路上的第一次觉醒，他第一次萌发了对他人、对社会的沉重的责任感："人需要别人的信任。被别人尤其是被众多的一群人所信任，所拥戴，会产生一股强大的心理力量，催发人为了公众的某种要求，某种事业而不辞艰辛地奔走，忍受许多难以忍受的苦难，甚至作出以生命为代价的牺牲，也在所不惜，心甘情愿。"《十八岁的哥哥》的构思和个性刻画不是没有弱点的，但它在艺术描写上有突出的深刻之处。作家把一个年轻人的初次觉醒，交织在复杂的社会关系展现中，揭示了它同公众心理情感之间的交流与相通，赋予这种觉醒以广泛而有价值的内容。一颗纯洁而幼稚的灵魂，虽被生活大浪撞击，却未染污泥，仍然保持着它的美好色泽，更加充实、有力了。

《十八岁的哥哥》里所显现的作家心理上的沉重感，是一种对社会现实的曲折艰难有所察悟而产生的历史责任感。而在《最后一次收获》里，这种沉重感，就包含了更为幽远而颇费捉摸的内容。

《最后一次收获》在艺术上，比《十八岁的哥哥》要略胜一筹，突出地显示着作家艺术追求的新进展。它以工程师赵鹏在举家迁往城市前夕的最后一次夏收中的心理感受和情绪波动为构思中心，抒写了男女主人公对土地的恋情。画面是沉重的。儿时生活的甜蜜回忆，夫妻相处的欢悦描写，怎么也冲刷不掉这块沟壑纵横、黄绿相间的大地上固有的沉重。这里有单调到使人乏味的生活方式，有艰辛到令人怯惧的谋生劳动，有不堪回首的酸辛往事，也有种似乎难以扫除的陋习恶风，这块厚土上盛载着多少现实的与历史的负累啊！但这块大地上，也渗透着祖祖辈辈的血汗，培育过一代又一代的子孙，有民风淳厚的温暖，观照劳动成果的喜悦，亲邻情谊的珍贵，自食其力者的尊严，即使城市现代文明的强大诱惑，也难以完全割断男女主人公同它的千丝万缕的情感联系。妻子淑琴跟随丈夫进城的打算终于动摇了，而陈鹏在临行前还是默记着那"苍苍茫茫的黄土高原之中的小河川道的天地"，那"牛皮车绊和蜷卧小推车的滋味"。他们是欣慰的，但又是沉重的，欣慰中的沉重啊，这里头积贮着多少耐人体味的内容！请读一读作家发表在1985年6月18日《陕西日报》上的乡村散记《迪斯科与老洞庙》吧，你会发现，《最后一次收获》以及陈忠实其他作品中的那种沉重感，同他在这篇有深度的散记中所表述的对中国社会，主要是农村现实生活的心理感受与认识，竟是那么地吻合。

作家自己就是这样说的："决定一个作家气质的主要因素，我以为是作家个人的经历和他所经历的全部生活。我个人的经历和我后来从事的工作，给我心理上造成的直接的无法逆转的感受，是沉重的。是的，我生活和工作的渭河平原的边缘地带的历史和现实，太沉重了。这种感情色彩不自觉地就流露在文字之中了。"用不着多加解释，陈忠实和他作品中的沉重感，是有深厚的历史意味的。作家又说："我的业余爱好是观赏体育比赛，尤其是较高水平的足球比赛。那种激烈的竞争，对抗，常常使我的神经处于一种亢奋的状态。"这又显示着陈忠实个性气质的另一个侧面。他不是人生痛苦的咀嚼者，直面现实艰难的伤感主义者，而是一个吃沉耐厚的奋争者。他的作品中的冲突往往是有力的，正面人物常常是强悍的。这样，他的沉重感中，又总是蕴蓄着一股刚烈之气，而具有了自己独异的特色。

这种独特的沉重感，不仅是他审美理想的主导格调，而且是他创作的现实主义精神的一种突出表现。我以为，陈忠实创作的艺术特色，无论是总体构思，冲突设置，形象塑造，情感抒发，还是语言运用，结构安排，表现手法，等等，使用严格的现实主义这句话来概括，是完全恰当的。他的艺术师承，他特别喜欢的作家，例如中国的赵树理、柳青、王汶石，外国的莫泊桑、肖洛霍夫、柯切托夫、斯坦培克等等，几乎都是著名的现实主义艺术家。而柳青及其《创业史》对他的影响，则是巨大的。陈忠实作品的现实主义特色，突出表现在四个方面：一是他在"充分地写生活"的追求中，在环境与人物的典型化方面，逐步自觉地站在现实与历史交叉的宏观角度上，选材立意，施展构思。他善于提供精确而逼真的农村客观生活图画，铺叙丰富而独特的人物生活细节，这些强化了他的艺术描写的密度和强度，带来了他的作品所特具的那种农村天地才能有的准确而足够的真实感觉，浓郁而鲜活的生活气息，而农村中年农民特别是老年农民形象的塑造，尤显他的深厚功力。二是他的作品结构，一般遵循社会生活矛盾演化的逻辑，由开始的较多注目于故事情节的完整安排，逐步转移到以人物性格、心理、情感的演变历程作为构思中心，而情节的连贯性和统一性，只能从某种性格或心理情感的相对完整性上理解，才是成立的。三是他在表现手法方面，努力追求从作品中某一特定人物的眼光和心理感受的角度，亦即从一个特定的视角，来展开其他人物、情节的描写，由开始的特定视角观察，缺乏足够的独特性，逐步进入特定视角观察的鲜明的个性化，这带来了他的艺术刻画的充分的客观性。四是他的作品语言，是准确而严整的文学性与鲜明而活跃的生活化的和谐统一，带有浓厚的农村生活风貌气息和农民气质特征，显得相当圆熟，相当出色。陈忠实创作的现实主义个人风格正在发展，逐步走向稳定。如果要对他的风格趋向进行一些简单概括，似乎可以这样表述：朴素自然而略显机锋，忠厚凝重而偏于健豪，沉实严谨而时见峻洁。陈忠实作品突出反映的是生活中的纯朴美与沉雄美，这是他的小说最能引起读者兴味的审美创造。

当我将要结束对陈忠实及其创作的粗略论述时，我想提到他的中篇小说《梆子老太》，并由此出发，简单地谈一谈作家现实主义的一个不足。

　　可以说，写于1984年的《梆子老太》，是作家写于1980年的短篇《尤代表轶事》的创作思想的一个延伸和扩充。这两个作品，是作家在题材领域方面的新的开拓，它们在艺术结构上也有特点，进行了以人物性格为中心谋篇布局的尝试。在我看来，《尤代表轶事》要比《梆子老太》好一些，尤喜明形象要比梆子老太形象显得真实而有力。作家写这两个作品的意图是相当积极的，他试图通过这些被扭曲的人物形象及其命运，剖析我们这个时代的国民的劣根性，透视我们非常关注的几十年的历史。不能说作家的意图在作品中完全落空，但可以说，作家的努力，未能取得如愿的令人十分满意的效果。《梆子老太》的时空跨度是十分广阔的，它从解放前十多年梆子老太同胡景荣结婚，一直叙述到80年代的历史新时期，这位曾经风云一时的人物，寂寞地离开了人间世界，概括反映了她的整整一生的经历。这个恢宏的构想，梆子老太的命运，提供了从一个特定的侧面折射我们这个时代的生活，特别是曾经深重地影响过人民命运的"四清"运动、"文化大革命"等历史运动的巨大可能性。也许同题材容量的这种过分沉重不无关系，作家在《梆子老太》里未能圆满实现这个应当实现的艺术创造任务。

　　原谅我不能对作品内容进行详细的引述分析了，我只是想说，由于作家在人物形象，主要是梆子老太形象刻画上典型化的一些不足，造成了这个人物形象性格内涵的某种程度的狭窄、单薄和作品社会历史容量的某种程度的浮泛、贫乏。这是作家始料不及的。典型化，是任何方法的创作，当然也是现实主义创作，不能不遵循的基本规律。离开典型化，就没有文学对社会生活的审美反映。现实主义的典型化的高度，我认为，主要是看作家在他塑造的形象中，在他的人物的某种独特的性格、心理、情感、意绪、动机等等之中，能够熔铸进多少历史的或者现实的生活深处动荡的潮流和喧闹的内容。它们是某种性格情感形成的根据，也是某种性格情感应当充分显现的审美内容。《娣子老太》艺术刻画上的一个明显弱点，即在于作家把人物身上的某种生理缺陷，例如娣子老太不能生儿育女，把人物的某种心理痛疾，例如"盼人穷"的嫉妒心，把因此而导致的人与人之间的一些恩怨，例如娣子老太与胡学文妈妈之间的纠葛等，自觉不自觉地多多少少地凝固化了，非社会、非历史化了，似乎把这些写成了一种与生俱来的隐藏着的"病灶"，只是在遇到自感活动方便的适宜的气候和有利的客观环境时，便暴露出来，引发起种种疾患，而不是在展露它的同时，即足够充分地显现它的病理根源，它所包容、联系的周围机体的鲜活血肉。这样，就造成了一种对扩充作品容量十分不利的局面，作家触及的情节事件，重要的历史运动，较多地变成了一种外在的浮面的可以任意调用的单纯工具性的东西，成为一种引发娣子老太显示自己生理缺陷和心理痼疾的带有极大的不确定性的契机，娣子老太带着自己的几乎没有多少变化的劣根性，一直地走了下去，却没有在她走过来的历程中，使她的心理性格获得令人折服的丰富活跃的现实生命，把客观社会关系、历史运动，充分地化为她的性格、心理形成的内在根据和有机内容。娣子老太的性格内容，同历史与现实之间的联系，显得模糊了，松弛了，缺乏足够的必然性了。人们在《娣子老太》里，可以看到导源于一种生理缺陷的畸形的心理和畸形的作为的有些漫画化的表现，也可以由此多少理会到我们时代一些生活浪涛的闹剧意味，却不能够由形象性格的审美内容中，足够鲜明而准确地感知和判断历史与现实生活的美丑是非，演化逻辑。这首先是一个艺术的典型化问题，但它同时在某种程度上，显示着作家从宏观上把握生活整体的能力和理论见解水平的不足。

我们的历史与现实是异常复杂的。从艺术上准确而深刻地反映它，对作家在把握生活与理论素养方面提出的要求，不能不是特别苛刻的。生活要求作家描绘历史与现实交汇中的奇景壮观，而陈忠实也有志于在这个复合地带耕耘，那他的自身精神素质提高的任务，也就不会是轻松的。我愿意在这里花费一些篇幅，引述恩格斯在《路德维希·费尔巴哈与德国古典哲学的终结》中的一些话，以期提起我们对自己把握生活能力和理论见解水平进取的思考。

恩格斯是这样说的：

"在社会历史领域内进行活动的，全是具有意识的、经过思虑或凭激情行动的、追求某种目的的人，任何事情的发生都不是没有自觉的意图，没有预期的目的的。……无数的个别愿望和个别行动的冲突，在历史领域内造成了一种同没有意识的自然界中占统治地位的状况完全相似的状况。""人们通过每一个人追求自己的、自觉期望的目的而创造自己的历史，却不管这种历史的结局如何，而这许多按不同方向活动的愿望及其对外部世界的各种各样影响所产生的结果，就是历史。因此，问题也在于，这许多个别的人所期望的是什么。愿望是由激情或思虑决定的。而直接决定激情或思虑的杠杆是各式各样的，有的可能是外界的事物，有的可能是精神方面的动机，如功名心、'对真理和正义的热忱'、个人的憎恶，或者甚至是各种纯粹是个人的怪癖。但是，一方面，我们已经看到，在历史上活动的许多个别愿望在大多数场合下所得到的完全不是预期的结果，往往是恰恰相反的结果，因而它们的动机对全部结果来说同样地只有从属的意义。另一方面，又产生了一个新的问题：在这些动机背后隐藏着的又是什么样的动力？在行动者的头脑中以这些动机形式出现的历史原因又是什么？""旧唯物主义在历史领域内自己背叛了自己，因为它认为在历史领域中起作用的精神的动力是最终原因，而不去研究隐藏在这些动力后面的是什么，这些动力的动力是什么。不彻底的地方并不在于承认精神的动力，而在于不从这些动力进一步追溯到它的原因。"照恩格斯看，这个原因，这个动力的动力，就是"生产力和交换关系的发展"。

恩格斯的话，并不太难懂，人们凭自己的生活经验，也大体上可以理会它的意思，用不着多加说明。这里阐述的历史演变规律，没有丝毫的教条意味，不是僵化的模式，至今也不过时，可以用以指导对以往历史的观察，也可以用来理解今天的现实。恩格斯是讲历史，但何尝不是谈美学呢？典型化，在这里就可以理解为，从宏观上把握精神动力背后的动力，把握这种动力的生活表现特征，从一个特定的侧面，使之充分地体现在自己的审美创造中。现实主义的深化，也可以这样理解。我们常常是只看到或者只反映了生活中的各种各样的精神动力，而且往往是不准确的、不真实的、不充分的反映，却没有看到或者未能在作品中显示出某种精神动力背后隐藏的动力，这就导致了文学反映生活的浅近，缺乏深厚的哲理意味。陈忠实的《梆子老太》，他的还有一些作品，就程度不同地存在着这类缺陷。柳青的道路，《创业史》杰出成就的启示，一个顶突出的方面，就是下功夫长期沉入生活，对特定历史时期人民群众精神的心理的历程及其推动它们的动力，进行准确的系统的把握与反映。柳青是陈忠实十分尊重的作家，他的"三个学校"的主张，也为这位后来者所信服。陈忠实会像他曾经说过的，学习并发扬柳青的精神，不断地突破自己，冲出平庸。我还是用陈忠实的话来结束这篇已经很长的文章吧："我们面临的这种变革的生活，不是每一代人都能遇到的，算我们这一代人的幸运，我们将亲眼看见一个满身伤痕的巨人怎样重新获得活力，这是怎样重要的一个历史时期。我有一种预感，这是一个产生伟大作家和伟大作品的时代！"

原载《文学家》1986年第4期

余小沅和他的长篇通俗小说《女杀手》及其他

在西北大学首期作家班学员中，余小沅是我最先认识并记住名字的一位作家。因为他的形貌和性格，特征鲜明，撩人注意。我和他曾有过一些交谈，但漫天闲聊者居多，认真说创作者极少。当他的长篇通俗小说《女杀手》决定出版，他要我写一篇序文时，我才问及他的经历和创作。他的身世陈述非常简单，却几次强调党的十一届三中全会在他生活历程和创作道路上的重要意义。这是肺腑之言，我能理解。中华人民共和国诞生前三年，他来到这个世界。他出生的杭州是一个美丽的城市，但他的故乡生活却不是美丽的。

可以说，困窘多于舒畅，沉重多于轻快，痛苦多于欢乐。当余小沅睁开眼睛开始观察这个陌生的人间的时候，家庭和社会强加在他身上的不幸是双重的。50年代的多舛命运自然延续到60年代，他的青少年时期，一直处在数以亿计的人群最底层。我们的这位青年作家，是侧重从政治的角度，从个人命运的角度，感受到党的十一届三中全会对他的永志难忘的解放意义，而我在这里，却想从文学创作的角度，从作家审美心理结构的角度，极为简略地谈谈他的生活经历对他的创作的意义。

文章憎命达。无论人们对这句古训有多少批评，都无法扫除我对这个论断的赞赏之情。无论人们怎样强调作家的主体性的重要性，都不能转移我对制约和决定作家主体精神的文化环境和背景的首先关注。我赞成作家王汶石的见解，"人是跳不过自己的影子的，作家也难跨越过自己的阅历"。在这种意义上，我想，最好再不要谈什么作家主体意识的"超前""超越"的动听的空话了。原因十分简单：办不到。犹如多难兴邦，作家命运的不幸，往往使他能更多更深地领略到人生的种种真实，成为他创作生命的强大内驱力。在余小沅的生活经历中，有两点引起了我的注意：第一，幼年和少年时期，先是父母离异，继之双亲政治上落难，他坠入人群歧视的包围圈了。第二，青年时期，适值"文化大革命"，到西北边陲插队，身历五年农村生活，十年煤矿工人生活。其间，到内蒙古做过常人难以忍受的各种苦工，饥饿难耐的行乞者，苦不堪言的一线采掘工。他被挤到人生途程的艰难境地了。青少年时期，余小沅比一般人更多地领受了生活的严峻，世态的冷暖，人间的辛酸，以及处于社会底层的人群的种种心绪、情感、欲望和意志。无论作家是否处于自觉状态，这一切，对他的个性和气质，对他的人生观和艺术观，对他的创作，都会产生一种内在深远的影响。他的全部创作所显示的共通的重要特征，例如观察与反映社会生活的明显的现实主义精神和方法，反思民族历史性格时的深憎与深爱，即使幽默也难脱深重忧患的个人风格，等等，都能够在他的人生经历中，寻求到深刻的说明。

余小沅是一位多产而"雅、俗"兼营的作家。从70年代中期至今，他已有近百万字的作品问世。除《韩宝泉分房》《美容家"王八"》《矿山情》等这样一些通常被称为"雅文学"的作品外，还有大量诸如《商鼎》《微小的女郎》《女杀手》等这样一些发行量相当大的"俗文学"作品。文学有"雅""俗"之分起于何时，"雅""俗"二类何者为优，以及"雅""俗"是否应当分流共存，以适应不同层次读者的审美需求，等等，这些至今还争论不休的问题，我全然没有兴趣。有多少意思呢？"雅文学"就一定高妙，划入好作品之列，"俗文学"就一定卑庸，归进莠草之类？或者，反过来建立论断？应当蠢笨到这种地步吗？把"雅"和"俗"推向极端，"雅"到只剩下作家自己能看懂，别人一律瞪眼，"俗"到无涉严肃人生，堕入无聊的闲扯淡，能被认为是有益于人类的好作品吗？既然"雅"和"俗"的区分，只是相对意义，它们仍属于文学，那么，无论是从事"高雅"作品创作的作家，还是从事"通俗"作品创作的作家，都应当沿着各自的路径，尽量充盈作品的文学性，提高作品的审美价值。在这点上，余小沅的进取，他的建树，是引人注目的。我们在他的一系列反映城市下层市民生活以及煤矿工人命运与追求的所谓"纯文学"作品中，固然能读到不少具有强烈艺术感染力的精彩篇章，就是在他的写破案、叙锄奸的所谓"通俗"文学作品中，也会得到不令人失望的美的享受。他的"通俗文学"的创作，不以情节奇险取胜，而着意于事件本身的超越的追求，往往通向更为广阔的社会人生，以独到而细腻的心理刻画，揭示处于重大变革时期社会各阶层人们的种种情感和心态，具有浓厚的文学性和强烈的穿透力。我所期望于作家余小沅的，是消解生活的含纳喷吐能量的猛烈增长和高瞻远瞩的哲学意识的迅速强化。我相信，他不会懈怠自己不断冲出平庸的种种努力。

原载《西安晚报》1988年11月13日

后　记

　　蒙万夫教授是我在西北大学中文系本科读书时的业师，他离开我们已经三十七年了。每当我们谈起在大学读书的岁月，或者阅读陕西作家的作品，或者讨论起新时期的文学变革，或者研讨现实主义文学在中国的命运，都会情不自禁地想起他，想起他那抑扬顿挫、斩钉截铁的语气，充满思辨张力的话语。他的富于艺术哲学特色的文学批评，曾经引领我们窥探文学创作的堂奥。

　　非常感佩陕西文学院和陕西省作家协会组织编选"当代陕西文学评论文丛"，这是系统总结当代陕西文学批评成就的重要举措。因为这个契机，我的师弟，西北大学文学院的段建军教授热心联络了蒙老师的家人和咸阳师范学院的黄玉杰老师，悉心搜集编辑了这本蒙老师的文集，并以《在现实与历史的交合中进行探索》作为文集的名称，精准地反映了蒙老师文学评论的思想理论特色。

　　我是"文革"以后恢复高考时考上西北大学中文系的。刚进校的第一个学年，蒙老师就给我们主讲"中国现当代文学作品"这门课。他是一位个性非常鲜明、讲课极富感染力的老师，从来不拿讲义，绝不照本宣科，一支烟一支粉笔，烟雾缭绕伴随笔走龙蛇。中国现当代文学是何等地风云变化，何等地丰富多姿，在他举重若轻洋洋洒洒的陈述中，如画卷一般展示出来。他从不掩饰自己的艺术偏好，这就是中国现当代的现实主义文学主流。蒙老师的课程重点不在完备的知识性，而更多侧重于作品鉴赏：

作家与作品两者交融，作品主题、题材、情节、语言、人物性格、矛盾冲突、细节、结构、风格和场景等要素都结合具体作品的赏析，灵活地编织在一起。这是他的课程之所以生动活泼，又富于理论思辨性和方法示范性的关键所在。这是一位真正懂得文学艺术奥秘、懂得作家创作心灵的学者，是一位和作家心贴心、和读者同呼吸的学者。他教会了我们如何阅读文学，如何敏锐地鉴别出文学作品的优劣，如何写出自己对文学作品的感悟。在蒙老师的这门课上，我完成了一篇作业，是对柳青的《创业史》的评论。还记得一天下午，我正在学校体育场锻炼，蒙老师兴冲冲地跑来找我，要我到他家去，说一说我的作业。他对我的这篇作业给予了很高的评价，认为我讲出了一些新东西。接着他就建议，在这个基础上两人合作，重新写一篇论文来好好讨论《创业史》现实主义的典型化成就。这对于一个大学一年级学生来说是何等庆幸和深受鼓舞的事情啊！从那一天起，我就经常往他家跑，商讨文章的主题、观点、结构、材料组织。每次讨论时，他坐在一张单人床上，我在桌边执笔，两人研讨辩驳，全无遮拦顾忌，有好的想法击节称许，陷入思维困境彼此沉默。每次讨论完，我回去修改，改完拿过来再讨论。有的时候蒙老师认为我没有改好，显得很不满意，脸色难看，令我忐忑；有的时候我受到他的称赞，不由暗自得意。他将柳青女儿收藏的未发表过的文稿《艺术论》借给我看，给我很多启发。经过他这样严格的理论思维和写作训练以及最终的文字把关，我们成功完成了论文《论〈创业史〉矛盾冲突的典型化》，发表在1979年的《西北大学学报》上。从这篇论文开始，我走上了学术研究的道路。今天在这本文集中我再次读到这篇早年的论文，回想起当年日日夜夜如琢如磨的师生情谊，真的是非常感慨！

蒙老师的生命过于短促，他走得太早了！过去我只知道他和刘建军、张长仓两位老师合作完成的一部专著《论柳青的艺术观》，以及他在《文学评论》《齐鲁学刊》上发表过的论文。更多的文章，我也是这一次在这本文集中才读到。这些文章连缀起来，构成了他在陕西文学评论家序列中独具特色的面貌。可以说，他是新时期现实主义创作论的赤诚的探索者。

现实主义文学在中外文学史上是群星荟萃的主流。在20世纪中国新文学的发展中，以鲁迅、茅盾等为代表的现实主义文学创作更是与新民主主义革命的伟大历史紧密联系着，树立了展现时代历史变迁和精神主潮的典型的文学形象丰碑。然而，现实主义文学也曾经是20世纪中国文学发展中最具复杂性和争议性的领地。它经过了30至50年代的"社会主义现实主义"话语论争，又经历了40年代至70年代的关于"革命现实主义"和"两结合"创作方法的话语论争。在20世纪中叶至70年代末，因为当时的历史原因和观念局限，现实主义文学竟一度成为中国作家创作和理论的"禁区"。直到粉碎"四人帮"、彻底结束"文革"，文坛解除了极左的和僵化的禁锢，现实主义文学才摘掉了"修正主义文艺"的黑牌子，恢复了自己本来的尊严和光荣。

就现实主义文学本身而言，并没有多么复杂深奥的观念内涵，它无非体现为：作家高度忠实于自己对生活和人性的直观经验，坚持在文学表现方面忠实地描写现实生活和现实人物，不以任何主观的意念和想象去扭曲生活真实，无论作家本人是否充分理解和正确解释生活表象，只要他保持对生活原生态的尊重和敏感，生动地描写生活，忠实呈现生活的结构样态，他就有可能超越个人理性认知或情感倾向的局限，而成为时代和民族乃至人性情态的"镜子"，使得文学具备审美认识的永恒价值。上述现实主义文学的理念，是由古今中外若干著名作家作品所确证的朴素的审美原则。马克思主义的经典作家们在对莎士比亚、巴尔扎克、托尔斯泰等作家创作的评论中，曾给予现实主义文学的价值以高度评价，并且将其作为对历史唯物论原理的形象诠释。后来，"社会主义现实主义"和"革命现实主义"概念提出，逐渐给现实主义文学创作原则增加了一些新的内容，由此划分出"旧现实主义"和"新现实主义"。概括起来说，就是划出所谓"现象的真实"和"本质的真实"的界限，作家要表现的一定是反映本质的真实，而不能是直观的现象真实，并要求作家超越直观生活经验，将体现"生活本质力量"的理想人物作为文学表现的主要对象。看起来正确的文学主张一旦强调过了头，一旦打破了"写真实"的文学创作的底线，就会将文学创作引导到错误的方向，用政策理念代替生活经验，用概念化人物代替真实丰富的人物，使文学创作陷入公式化、教条化的死胡同，作家的创作思维完全被窒息。否定现实主义文学传统的恶果，就是"文革"时期的"三突出"文艺样板，导致中国文坛出现不该有的百花凋零、百家噤声的不可思议的局面。"文革"结束以后，经过"实践是检验真理的唯一标准"的大讨论，人们开始解放思想。文学理论界首先为现实主义正名，给"写真实"的创作口号平反。我记得当时西北大学中文系以刘建军、蒙万夫、赵俊贤等老师为代表的文艺批评家在国内评论界响亮提出，在创作方法上要坚持百家争鸣，必须重视恢复现实主义文学的优良传统。

蒙万夫老师可以说是现实主义文学的忠实信徒和热烈倡导者。他在80年代所写的系列文艺评论，可以说贯穿了现实主义文学这一条红线。他的理论主张，也许在今天看来并不出奇，但是在当时却具有振聋发聩的作用。蒙老师坚定地主张作家要从真实的生活经验出发，坚持写真实，坚信真实的生活规律本身即包含着社会历史的真理性；作家理念上的正确性只能从他真切的生活里面获得，即便是从其他方面获得的，也要最终由作家自己的生活经验和生命体验来确证；真实生活是充满矛盾运动的过程，作家穿越生活现象的表层深入生活的底层，才能洞察社会矛盾的运动和趋势。从蒙老师的评论中，我们可以得到以下的认知：写真实，最关键的就在两点，第一是写出真实生动的细节，第二是写出生活的丰富而复杂的变化。因为这两点是无论如何不能从抽象理念当中产生的，也是任何作品都无法掩饰和编造的。作家有没有真功夫，是不是有深厚的生活积累，他对社会和人性是不是有深刻的洞察，在他的作品中，主要就是看这两点。这也就是蒙老师对文学作品进行现实主义文学审美价值考量的尺度。我觉得这个尺度简洁而精准，拿来对文学作品进行鉴赏，是屡试不爽的。

现实主义文学的艺术魅力并不仅仅在于它是现实生活的忠实镜子。有时候我们用"镜子说"来概括现实主义文学特征，是过于简单化的曲解。蒙万夫对现实主义文学的典型化创造的成就进行了深刻的读解。我和他合作的那篇文章着眼的是现实生活的矛盾运动如何经过典型化的形象思维转化为文学作品的情节结构、人物关系和性格冲突。这种转化不是概念图解式的，而是充满个性场景的戏剧式的。蒙万夫对现实主义文学艺术魅力的另一个阐释集中在他揭示的"对象化描写"的文学技巧上。所谓"对象化描写"，在中国古典文学中是有丰富表现的，尤其是在伟大的小说《红楼梦》里发挥到了精妙绝伦的地步。而柳青的《创业史》完全继承了中国这一传统的表现艺术，将其融入了当代小说创作。蒙万夫老师将这一技巧和现实主义文学创作的原则结合起来探讨，很好地诠释了现实主义文学中作家将个人的观念和情感"隐蔽在人物描写的场景"中这一规律性现象。

蒙万夫老师可贵的地方在于不是坐而论道式地空谈现实主义创作理论，而是将文学理论的反思和陕西作家群的创作实践紧密结合，从作家的创作经验中获得理论灵感，再用理论反思总结提升创作经验，充分阐发出活的现实主义文学。蒙万夫老师将现实主义文学传统看作贯穿20世纪中国文学的最具思想价值和审美创造价值的主线。他深入学习鲁迅的文学思想，阐发以鲁迅作品为代表的革命现实主义文学的伟大成就和精神遗产，并将这一宝贵遗产总结为"高度的现实主义的真实性和强烈的革命倾向性的统一"。鲁迅树立了中国现代现实主义文学的最高典范和革命文学的光辉旗帜，但在蒙万夫老师的视野里，他更加倾心于研究以柳青为代表的新中国作家的现实主义文学创作道路。他的数篇关于柳青的研究论文，完全经得起时间的考验，至今仍然是关于柳青研究的最具理论启发性的文献。他系统研究了柳青文学创作走过的曲折而坚实的道路，抓住柳青在每一时期的代表性作品进行剖析，揭示出柳青文学思想的成长和成熟历程。我和蒙老师在共同研究《创业史》的时候，他多次跟我谈起柳青艺术观念和创作实践的思想价值和时代意义。柳青是中国共产党领导的人民革命伟大事业的献身者，这决定了他不同于旧时代的现实主义作家，也不同于五四新文化运动时期的现实主义作家。柳青的现实主义文学创作和他自觉担当的革命者的历史使命凝结为创作的灵魂。文学创作是他献身于人民解放事业、全心全意服务于人民的途径和方式。柳青的文学道路就是从延安文艺座谈会以来在毛泽东文艺思想指引下无条件地与工农兵相结合的道路。这条道路如此宏阔，如此艰辛，柳青在这条他认定的最有前途的道路上付出了自己的一生。对此，蒙老师是从心底里无比佩服的。这种感情超过了一般的评论家对作家的欣赏，而是思想感情深处的共鸣。蒙老师热爱柳青，热爱他的作品，痴迷于他的文字，热切追踪他的步履。他带领着我们西大中文系几届的学生，多次踏上皇甫村（《创业史》里蛤蟆滩的原型地），或许他想在柳青踩踏过的土地上嗅到那伟大作家足迹的气息吧。我们知道，柳青的《创业史》原来有类似于《静静的顿河》那样的四部曲的宏大构想，这四部曲将描绘出中国农民如何在社会主义革命的伟大历史进程中，彻底摆脱千百年来的封建土地制度和小生产方式的束缚，特别是摆脱旧的生产方式对农民们的社会精神生活的束缚，一步步创造出全新社会的过程，这是土地和人共同改变面貌的充满了悲喜剧的宏大史诗。然而，柳青并未能如愿，他的创作终止在第二部。在他完成并且多次修改第二部的过程中，他已经处于复杂的创作纠葛中。真正的困惑和痛苦，并不是创作技巧的问题，而是社会现实的发展和文学理想之间的距离。柳青无条件地深入农村生活，完全将自己变为一个田间老农，由此获得的最真切的生活感受，使他在20世纪中叶体会到现实主义文学创作的那个"作家魔咒"：现实和观念的冲突。平和安宁的创作环境被破坏了，艺术和历史的内在逻辑已经难以和当时的意识形态话语逻辑相一致。对于严格忠实于生活、忠实于人民立场感情的作家来说，能如何解决这个问题呢？蒙万夫老师对柳青《创业史》创作后期的艰难和痛苦感同身受。有一次我和蒙老师谈起文学评论界关于梁三老汉和梁生宝两个形象的创造所引发的争议。蒙老师说，柳青爱他的梁生宝啊，他把改造农民的理想赋予了这个人物。言下之意，蒙老师意识到了这两个文学形象在艺术真实性上的质量的不够平衡。

梁三老汉是多么真实而又典型，而梁生宝在真实和典型的基础上，承担了更多的理想色彩。这一理想色彩符合作家的革命理想，也符合当时合作化运动的政治导向，但就其现实主义文学的审美价值而言，则要受到历史的检验了。

蒙万夫老师的文学评论就是这样内在地包含着"无间距"和"间距"的张力。就"无间距"而言，是他和所评论的作家作品的爱憎分明的立场情感，几乎就是同频共振的关系；就"间距"而言，是他和自己的评论对象保持着审美认知的距离。他并不因为对作家作品的倾慕和热爱而放弃严肃冷峻的批评视角。对于一个评论家来说，他同样要忠实于他的审美的第一感觉，要忠实于他自己信奉的审美原则，他不能因为对作家和作品的偏爱而使自己的评论有丝毫的庸俗化。

和蒙老师走得比较近的朋友，包括陈忠实、路遥、贾平四、京夫等著名的作家，也包括我们这些学生辈的生瓜蛋子，还有社会上的文学青年，都感觉和他相处是没有身份障碍、没有交往距离的。他是一个情感热烈、个性张扬、草根气十足的知识分子。他是可以直接蹲在马路牙子上、蹲在田间地头跟你谈论文学的人。他诚恳地讲出他心里的看法，从那副黑框眼镜背后直视你的眼睛，那种眼光绝没有躲闪。他欣赏别人的才华，那种对思想火花的欣喜是他精神生活深处的快乐。我想，这也是他得以和一大批陕西作家结成真挚友谊的原因。在蒙老师评论陈忠实等人作品的那些文章里，可以看到这位评论家是如何倾注心血地关注着作家们的文学创作。那个时候，正是陕西文学界柳青等一批老作家谢幕，而一批中青年作家迅速成长的关键时节。蒙万夫老师及其他评论家通过全面总结柳青等的文学道路，全面论述现实主义文学的美学原则，连接起了陕西文学世代传承的美学精神链条。如果问什么是文学"陕军"的基本精神，我们会毫不迟疑地回答，当然是在现实和历史的交合中生生不息成长壮大的现实主义文学！这是深深扎根在三秦大地上的人民文学，是由华夏传统和伟大革命的历史动力托举起来的人民文学。蒙万夫老师过早地去世了，他没有能够读到

《白鹿原》这样的不仅继承了批判现实主义、革命现实主义，还融汇了魔幻现实主义的时代杰作。这是他作为一个评论家的遗憾。不过，当我写下这篇怀念文字的时候，他和陈忠实、路遥又都在另外的文学世界相聚了，但愿他们恣意畅谈，重叙人间文学的无限美景吧。

吴予敏

2025年4月1日

他都听取专业人士的意见，并以强大的意志将其贯彻到底。况且在登基后，他便不再公开纵饮。

亚历山大三世与父亲之所以关系糟糕，除了相互妒忌外，一定程度上缘于亚历山大二世晚年出轨。俄国王室的宫闱虽然从来不乏风流韵事，但由于东正教严格的道德约束，基本上遵循一夫一妻的婚姻制度。1838年身为王储的亚历山大二世在普鲁士的宫廷宴会上，对14岁的黑森公主玛丽娅（Maximiliane Wilhelmine Auguste Sophie Marie，1824—1880）一见钟情。热恋三年后，两人修成正果。

或许亚历山大二世与玛丽娅之间的爱情是真挚和热烈的，否则两人也不会冲破地域和家庭的层层阻碍走到一起。但来自莱茵河河畔的玛丽娅受不了俄国的严寒，频繁的生育又损害了她的健康。亚历山大二世开始移情别恋，1864年，他在视察一所女子学院时见到了他眼中美艳得不可方物的17岁少女——叶卡捷琳娜·米哈伊洛夫娜·多尔戈鲁斯卡娅（Yekaterina Mikhailovna Dolgorukova，1847—1922）。

多尔戈鲁斯卡娅来自俄国本土贵族多尔戈鲁科夫家族，这个在彼得大帝时代曾权倾朝野的豪门此刻虽然已没落，但依旧拥有一定的社会影响力。也有传闻称，多尔戈鲁斯卡娅12岁时便曾见过来家中拜访的亚历山大二世。

两人感情不断升温，玛丽娅皇后的身体也每况愈下。亚历山大二世急不可耐将多尔戈鲁斯卡娅接入皇宫居住。1880年5月底，玛丽娅皇后去世后仅40天，亚历山大二世就和多尔戈鲁斯卡娅秘密结婚。母亲尸骨未寒，父亲就迎娶继母，自然令亚历山大三世颇为不满，更何况亚历山大二世与多尔戈鲁斯卡娅还育有一子二女，父亲是否会一高兴便废长立幼也时时刻刻离间着父子感情。

1881年3月1日，亚历山大二世遭到民意党人的炸弹袭击，下车查看卫兵时被歹徒丢过来的第二颗炸弹炸伤，下午3点30分，伤重驾崩。沙皇的灵柩由冬宫运往彼得罗巴夫洛夫斯基大讲堂之前，多尔戈鲁斯卡娅将自己的一撮头发剪下放入已故君主的手中，作为他们相爱十余年的纪念。但这个举动并不能改变亚历山大三世对她的厌恶。他一纸诏令便将她赶出了国，令她居住在亚历山大二世生前为她在法国巴黎和尼斯购买的豪宅。拿着俄国宫廷每年3.5万卢布的赡养费，多尔戈鲁斯卡娅靠撰写回忆录度过漫长的余生。

亚历山大三世当政后深居简出。外界认为，他是因为害怕被暗杀才经常住在圣彼得堡郊外的行宫加特契纳的，列宁甚至称他为"加特契纳的隐士"和"革命的俘虏"。但事实上，亚历山大三世是为积重难返的俄国贵族政治所累，这一点在他逝世

▶ 亚历山大二世病逝前的全家福，
站立最左侧的为尼古拉二世

后尼古拉·亚历山德罗维奇（Nikolai Aleksandrovich，1868—1918）的即位过程中表现得最为清晰。

　　在后世的很多记载中，尼古拉二世的即位宛如一场闹剧。1894 年 11 月 1 日，亚历山大三世病逝于黑海沿岸的皇家疗养胜地——雅尔塔的里瓦几亚宫。尼古拉二世哭着说："我该怎么办？我没有心理准备，从未想过做沙皇。我对做一个统治者要注意的事一无所知，我甚至不知道该怎么样对大臣讲话。"这段话如果放在任何一个王储身上都不是什么大问题，但皇太后玛丽亚（Maria Feodorovna，1847—1928）随后对在场的皇室成员说的话就令人大吃一惊了："我的儿子无力统治俄国，他无论在智力上还是在精神上都软弱无能，这样的沙皇会使我们大家都灭亡的。"她说出这样的话，让人怀疑尼古拉二世到底是不是她亲生的。随后，罗曼诺夫家族的人纷纷表示自己的夫君或儿子才是最合适的王位继承人，直到近卫军的骑兵团包围会场，大家才假惺惺地向尼古拉二世宣布效忠。

　　尼古拉二世是罗曼诺夫王朝和俄国的末代皇帝，生母皇太后玛丽亚可谓一语成谶，但他真的就是软弱无能之辈吗？罗曼诺夫王朝灭亡就是因为他？

第二章
权臣

在欧洲，越往东，政治理想就越抽象、越笼统……政府的绝对主义、中央集权和官僚主义的性质就越浓，而夹在无知的农民和军事化的国家质检的中间阶层则变得越来越小和越来越弱。

——玛丽亚

第一节 不祥之兆

亚历山大三世的灵柩按照俄国的惯例，从雅尔塔的里瓦儿亚宫先行运抵莫斯科，在克里姆林宫的升天堂停放一天，随后再转运圣彼得堡，安葬在涅瓦河畔的彼得保罗大教堂。养尊处优的皇室成员在数以千计的牧师、近卫军的护送下千里扶榇，在过去自然是一件苦差事，好在此时悄然兴起的铁路建设热潮改变了出行方式。

俄国的第一条铁路建于1836年，尼古拉一世聘请奥地利工程师弗朗茨·冯·格斯特纳连通了圣彼得堡与沙皇村。尽管往来于两地的俄国贵族大多视铁路为游乐设施，但作为连接各地、巩固统治的利器，铁路干线很快在俄国广袤的土地上延伸开来，亚历山大三世执政末期还出现了"西伯利亚大铁路"这样的世纪工程。

当然，亚历山大三世大力发展铁路并非他高瞻远瞩，而是国家发展模式转型的结果。自亚历山大二世解放农奴以来，俄国昔日倚为基础的封建农庄经济瓦解。从政府手中领到巨额土地赎金的贵族投资工商业，加上此时以电力的广泛应用和内燃机的发明为标志的"第二次工业革命"的浪潮席卷欧美，俄国工商业迅猛发

▼ 俄国早期的铁路和火车

展。因此，在1861年①之后，被列宁称为"资本主义工业的最重要部门，即煤炭和钢铁工业的总结，世界贸易发展与资产阶级民主文明最重要的指标"的铁路建设呈现井喷状态。

不过，在亚历山大二世执政时期，俄国的铁路建设仍以民营为主，政府仅通过国家银行认购私有铁路公司5%的股份。亚历山大三世即位后，铁路被视为国家经济的重要组成部分。俄国政府一面主导铁路的建设，一面开始从民营资本家手中收购已有的路网，奠定了俄国国营铁路的基础。

俄国国营铁路系统与西欧同行相比仍存在诸多问题，甚至连亚历山大三世乘坐的皇室专列都曾于1888年10月在哈尔科夫附近出轨。事后，俄国政府为掩饰不祥，鼓吹出了亚历山大三世手托崩塌的车厢保护家人的"英雄事迹"，但国营铁路管理的混乱仍难以掩饰。

1894年11月19日，亚历山大三世的遗体通过铁路运抵圣彼得堡。俄国政府的大小官僚及自发前来的普通民众云集在火车站为先皇送行，争睹新沙皇御容。有关尼古拉二世的未婚妻——德意志黑森公爵的千金亚历山德拉·费奥多萝芙娜（Alexandra Feodrovna，1872—1918）赶来奔丧的消息也不胫而走。很多人对这位未来皇后的登场似乎颇为期待。

有趣的是，很多后世的传记认定亚历山德拉·费奥多萝芙娜为俄国崩溃起了推波助澜的作用，因此她抵达圣彼得堡时，一些迷信的俄国老太太在胸口边画十字边喃喃地说："她是跟在棺材后面来到我们这里的。"一些贵妇更私下称她为"黑森的苍蝇"。真正导致这位德国公主在俄国初次亮相未能惊艳全场的，其实是一个颇为尴尬的误会。

财政大臣维特（Sergei Yul'jevich Witte，1849—1915）事后曾回忆，装载亚历山大三世棺椁的灵车驶进月台后，年轻的沙皇尼古拉二世率先下车，紧随其后的是两位浅黄色头发的贵妇。维特虽然身居要职，但也没见过尼古拉二世的心上人。于是，当他看到一位非常年轻，身材十分匀称的美丽女士，便认定她是黑森公主。但

---

① 1861年2月19日，亚历山大二世颁布了17个文件，其中比较重要的是《1861年2月19日宣言》《关于脱离农奴依附关系的农民的一般法令》《关于脱离农奴依附关系的农民赎买其宅园地及政府协助这些农民把耕地购为私有的法令》《关于省和县处理农民事务的机构的法令》《关于安顿脱离农奴依附关系的家奴的法令》，正式宣布解放农奴。

▲ 俄国皇后亚历山德拉·费奥多萝芙娜　　▲ 英国王后亚历山德拉

　　很快就有人告诉他："那不是我们的皇后，而是英国国王爱德华七世（Edward VII，1841—1910）的老婆，她后面的那位才是亚历山德拉·费奥多萝芙娜。"维特仔细观察后发现，亚历山德拉·费奥多萝芙娜嘴角如怨如诉的表情大大降低了颜值。

　　有意思的是，这位抢了尼古拉二世爱人风头的英国王后也叫亚历山德拉（Alexandra of Denmark，1844—1925）[①]，她之所以出现在这里并不是因为英俄两国的传统友谊，而是因为尼古拉二世的母亲是她妹妹，因此沙皇只能看着自己的女人被抢了风头。联系到坊间传闻皇太后玛丽亚早就看自己未过门的儿媳不顺眼，因此，她请姐姐出面打压儿媳似乎也有可能。皇太后玛丽亚之所以看未来的

　　① 全名亚历山德拉·卡洛琳·玛丽·路易丝·朱丽亚，其父为丹麦国王克里斯蒂安九世（Christian IX of Denmark，1818—1906），因此又被称为丹麦的亚历山德拉。

儿媳不顺眼，许多史料都称是因为此前普鲁士在德意志统一战争中向玛丽亚的祖
国丹麦宣战，并夺走了石勒苏益格—荷尔斯泰因和罗恩堡两块膏腴之地。这一说
法看似合理，但经不起推敲。

　　玛丽亚的父亲克里斯蒂安九世育有三子三女，因为儿女的婚配都是豪门望族而
被称为"欧洲岳父"。除了长女亚历山德拉许配给英国国王爱德华七世、次女玛丽亚
嫁给沙皇亚历山大三世外，与三女儿赛拉喜结连理的是德意志诸侯——不伦瑞克公爵
恩斯特·奥古斯特。何况德意志统一战争，黑森公国和丹麦都是受害者，玛丽亚没有
理由因此敌视自己的未来儿媳。那么，导致两人不睦的真正原因是什么？有必要从尼
古拉二世与本名为阿历克丝的妻子相恋说起。

　　尼古拉二世的叔叔谢尔盖·亚历山大罗维奇（Sergei Alexandrovich，1857—
1905）可以算他的半个媒人。亚历山大三世有兄弟五人，除了长兄尼古拉早年死于肺
痨外，其余四个弟弟均身体健康。罗曼诺夫王朝向来人丁单薄，因此这四个皇弟便是
他拱卫王权的股肱之臣。其中，排行老五的谢尔盖虽然早年醉心于文学艺术，一度与
当世的文豪列夫·托尔斯泰（Lev Nikolayevich Tolstoy，1828—1910）和陀思妥耶夫斯

▼ 亚历山大三世时代的罗曼诺夫家族全家福

基（Fyodor Dostoyevsky，1821—1881）交好，但成年后投身军旅。在1877—1878年的第十次俄土战争中，谢尔盖一度栖身于罗马尼亚宫廷，名义上只是罗马尼亚国王卡罗尔一世（Carol I of Romania，1839—1914）的近卫军指挥官，事实上却是俄国在罗马尼亚的代理人。

不过，谢尔盖在罗马尼亚逍遥快活的日子并没过多久，随着战争结束，宣布独立的罗马尼亚国内民族主义情绪高涨，奥匈、德国、英、法又竭力拉拢这个新生政权，谢尔盖无力应对如此复杂的局面，只能返回圣彼得堡，接受父亲亚历山大二世的新任命——主持远东朝圣工作。耶路撒冷不仅是基督教的龙兴之地，也是东正教的圣地。国内虔诚的信徒也以能够前往圣地朝圣为荣，但要从陆路穿过宿敌奥斯曼帝国的控制区并不容易。因此1881年，谢尔盖与弟弟保罗跟随叔叔康斯坦丁·尼古拉耶维奇大公①一同前往意大利，谋求建立假道地中海前往耶路撒冷的通路。

康斯坦丁·尼古拉耶维奇大公是当时俄国海军的灵魂人物，谢尔盖和保罗两位王子此前也积累了一定的军事和外交经验，因此打通"海上朝圣之路"的背后也许有趁势在远东扩张影响力的军事意图。可惜相关的行动尚未展开，圣彼得堡就传来了亚历山大二世遇刺身亡的消息。谢尔盖一回国随即被哥哥亚历山大三世任命为守卫王室安全的近卫军"普列阿布拉仁斯基"步兵团的指挥官，名义上只是团长，实则掌管着整个俄国的中央警卫工作。

谢尔盖以皇弟的身份干着为家族看家护院的活，身为兄长的亚历山大三世自然要在其他方面给予补偿。1884年，一场盛大的婚礼在圣彼得堡郊外的夏宫举行。谢尔盖正式迎娶德意志黑森公国的二公主埃拉。早在亚历山大二世在位时，这桩政治联姻便已敲定，但谢尔盖与妻子还是经历了长达三年的爱情长跑才走到一起。之所以出现这种局面，完全是因为谢尔盖的未婚妻有个强势的外祖母。

黑森大公路德维希四世（Louis IV, Grand Duke of Hesse，1837—1892）不反对将女儿嫁入俄国，但他老婆是英国女王的掌上明珠——爱丽丝公主（Princess Alice of the United Kingdom，1843—1878）。远在伦敦的维多利亚女王听说自己的宝贝外孙女要远嫁苦寒之地，随即跳出来反对。夹在英、俄两大强国之间的路德维希四世左右为难，最后只能宣布尊重女儿自己的意愿，谢尔盖只得开始了自己的求爱之旅。

---

① Konstantin Nikolayevich，1827—1892年，尼古拉一世次子，长期致力于俄国海军建设。

年仅 16 岁的尼古拉二世就是在叔叔的婚礼上结识了未来的妻子——谢尔盖的小姨子阿历克丝。当时,阿历克丝不过 12 岁,尼古拉为何对一个小姑娘一见钟情?多半是受了叔叔谢尔盖的鼓动。两人虽然是叔侄,却仅相差 9 岁,在尼古拉的眼中,谢尔盖更像一个大哥哥。

尼古拉正式提出迎娶阿历克丝的时候,他们已鸿雁传书 8 年。此时,维多利亚女王已老,黑森公国被统一在德意志第二帝国内,似乎再没有人能阻挠尼古拉求婚了。偏偏亚历山大三世这时不怎么乐意。亚历山大三世干涉这桩婚事的原因各类史料语焉不详,但无论从国际外交还是国内政治的角度来看,尼古拉选择阿历克丝均非最优选择。

一方面,德意志统一后,黑森公国再无远交近攻的联姻价值;另一方面,太子尼古拉与皇弟谢尔盖成为连襟,势必会有结党之嫌。因此,尼古拉二世的婚姻问题始终悬而未决。如果不是阿历克丝坚贞不渝守护着自己的爱情,谢绝了英国国王爱德华七世长子艾伯特·维克托(Prince Albert Victor,1864—1892)的求婚,婉拒了德意志帝国皇储威廉二世(William II,1859—1941)的追求的话,那么这段"异地恋"可能早就无疾而终。而尼古拉在父亲刚刚离世就火速将按惯例改名为亚历山德拉(东正教名)的阿历克丝娶进门,

不仅是为了报答这份厮守,还是为了坚定与叔叔谢尔盖的政治同盟。毕竟此时的谢尔盖官居莫斯科总督,是保证政权能顺利交接的核心人物。但这一政治同盟很快便迎来了严峻的考验。

1896 年 5 月 26 日,尼古拉二世和皇后亚历山德拉于莫斯科举行加冕典礼。按照俄国的政治传统,只有这一典礼完成后,尼古拉二世才真正意义上完成了登基。值此普天

▶ 身着俄国传统皇室服装的尼古拉二世夫妇

同庆之际，沙皇自然要与民同庆。于是，一场盛大的游乐会被安排在莫斯科城外的霍登训兵场举行，届时除了各类文艺表演和娱乐活动外，俄国政府的工作人员还将以沙皇的名义分食物和纪念品：男性可以得到印有双头鹰徽章的啤酒杯，女性可以得到印有相同图案的手帕，有吃有拿的便宜自然令莫斯科居民踊跃前来申领。然而，在上午分发食品和纪念品时，发生了严重的踩踏事故，史称"霍登惨案"。

"霍登惨案"的具体伤亡数字历来有多种说法，比较常见的是 2000 余人死伤。但也有一些数据将 2000 这个数字定义为现场死亡的人数，宣称还有数万人受伤。考虑到整个活动的参与者有 50 万人，2000 余人为死伤总数似乎更合理一些。但无论如何，沙皇加冕日出现这样的惨剧都颇为扫兴。

加上典礼时镶满钻石的圣安德烈勋章银链从沙皇的肩膀上滑下落在了地上，重达 4 公斤的帝国皇冠卡在沙皇 5 年前被砍的旧伤口上令他疼痛不已，尼古拉二世的统治似乎从一开始便笼罩在一片不祥中。尼古拉二世出生于 1868 年 5 月 18 日，这一天在俄历中恰是东正教的"约伯纪念日"。约伯在《圣经》中是上帝的忠实仆人，以虔诚和忍耐著称，但在恶魔的诅咒下，他却横遭不幸，后来穷困交加，否定了自己。将尼古拉二世与神话人物约伯联系在一起，显然是为了迎合日后他在东正教中殉教圣徒的形象。

不过，根据权臣维特的回忆录，他显然更喜欢将尼古拉二世与俄国历史上的"昏君"保罗一世联系在一起。他接着亚历山大三世内务部长——伊凡·尼古拉耶维奇·杜尔诺沃之口说道："（尼古拉二世）同保罗一世就像是同一个模子里倒出来的，只不过有一副现代的外表。"为了印证自己的说法，维特还宣称尼古拉二世即位的头几个月里，英国王储爱德华七世到彼得堡访问，期间曾当面对着皇后亚历山德拉说道："你这位丈夫长大好像保罗一世啊！"令这对新人颇为不悦。有趣的是，从一些照片来看，尼古拉二世与爱德华七世的弟弟——乔治五世倒是颇为相像，两人合影时宛如孪生兄弟。

因此，维特真正想说的，是他回忆录中就伊凡·尼古拉耶维奇·杜尔诺沃所言的个人感想："尼古拉二世不是保罗一世，但他的性格跟保罗一世有很多相似的地方，甚至与亚历山大一世也相似（神秘主义、狡黠甚至阴险），不过，他没有受过亚历山大一世那样的教育。亚历山大一世在当时是受教育最高的俄国人之一，而尼古拉二世只在良好的家庭环境中受过近卫军上校的中等教育。"言下之意，自然是尼古拉二世不学无术，必须依赖于他这样的人辅佐。

第二节 维特

勋章银链的脱落和帝国皇冠太过沉重或许可以归入"不可抗力"的天灾，但"霍登惨案"这样的人祸却只能归咎于组织和协调不力。很多史学家都批评尼古拉二世在"霍登惨案"发生后并未第一时间叫停庆典活动，举行哀悼仪式，是对死伤者极大的不尊重，并由此引申出俄国政府漠视生命等结论。维特更在回忆录里着重提了前来观礼的清朝特使李鸿章的反应。

据维特说，李鸿章在得知维特将"霍登惨案"一事如实奏报了后，摇着头说道："唉！你们这些当大臣的没有经验。比如我任直隶总督时，那里发生了鼠疫，死了数万人。然而我向皇帝写奏章时，一直都称我们这里太平无事。您说，我干吗要告诉皇上我们那里死了人，使他苦恼呢？要是我担任你们皇上的官员，当然要把一切都瞒着他，何必使可怜的皇帝苦恼呢？"这番谈话在中国史料中并无记载，以李鸿章在外交事务中向来沉稳的个性来看，他应该不会这么好为人师，借着"霍登惨案"传授维特为官之道。

当天中午，尼古拉二世按原定计划携一干王室亲贵及外国来宾抵达会场，观赏由著名音乐家萨弗诺夫担纲指挥的大型音乐会时，现场已经看不到任何异样了。尽管尼古拉二世神色有些忧郁，但无论如何加冕典礼还是画上了一个相对圆满的句号。庆典活动结束后，俄国政府启动了对事故原因的调查。此举扯出了宫廷两大派系的明争暗斗。

"霍登惨案"的责任方主要有两个：一是组织游乐活动及食品、纪念品发放的宫廷部；二是负责维持现场秩序的莫斯科警察局。出现如此严重的踩踏事故，这两个部门难辞其咎。但宫廷部的负责人是皇太后玛丽亚的宠臣——沃隆佐夫－达什科夫伯爵，这位亚历山大三世时代便左右俄国宫廷生活的老臣岂肯轻易认错，他认为宫廷部在此事上毫无责任，造成"霍登惨案"的主要原因是莫斯科警察局的不作为。

莫斯科警察局长弗拉索夫斯基在同僚眼中虽然是个捷尔日莫尔达式①的人物，但却是皇叔——莫斯科总督谢尔盖大公的亲信。他自然也不甘就范，于是攻讦宫廷部事先准备不足，导致分发礼品时出现僧多粥少的局面，引起踩踏事故。由此，"霍登惨

---

① 捷尔日莫尔达是果戈理的名剧《钦差大臣》中的一个警察，后来逐渐成为横征暴敛、趋炎附势的代名词。

▲ "霍登惨案"发生后，庆典现场很快恢复了欢乐祥和的气氛

案"的归责问题成了打狗也得看主人的政治角力。甚至两任司法大臣先后主持的事故责任调查，最后也成了详细记述过程却没有结论的和稀泥。

事实上，"霍登惨案"不能完全怪罪于宫廷部和莫斯科警察局。沙皇加冕类似的庆祝活动已经举办过多届，之所以之前相安无事，偏偏在尼古拉二世的加冕时发生，完全是因为俄国的社会经济结构发生了颠覆性的变化。亚历山大二世解放农奴前，俄国是一个由少数贵族、富农统治庞大农奴阶层的巨大金字塔。但是随着农奴解放、资本主义工业化生产的发展，农村大量人口开始投身工厂。到 19 世纪末，俄国已经拥有一千万无产者。莫斯科、彼得堡大型城市更宛如磁铁一般吸引着他们。但在城市里，无产者也享受不到自己辛勤劳动的成果，他们忍受着企业主的盘剥和恶劣的生存环境。一次加冕庆典自然令他们欢呼雀跃，甘愿冒着生命的危险去抢夺价格低廉的纪念品。可以说"霍登惨案"是未来俄国一系列社会悲剧的预演。

宫斗大戏虽以莫斯科警察局长弗拉索夫斯基被解职而告终，却折射出尼古拉二世登基之初尴尬的政治地位。

亚历山大三世的几个兄弟中，二弟弗拉基米尔（Vladimir Alexandrovich，1847—1909）表面无心政治，满足于收罗欧洲各种装饰风格的房间和艺术品。三弟阿列克谢（Alexei Alexandrovich，1850—1908）可谓雄才伟略，他7岁便被特召进入俄国海军，此后曾多次驾船访问世界各地，甚至与印第安人一起策马于美国西部的荒原猎杀野牛。彼得大帝曾言："凡是只有陆军的统治者只能算有一只手，而同时拥有海军的统治者才算是双手俱全。"历代沙皇似乎也据此有将海军交由兄弟管理的惯例。

亚历山大三世驾崩后，几位亲王大公在宫中的影响力更是急增。诸如沃隆佐夫－达什科夫伯爵等先王老臣则团结在皇太后玛丽亚的身边。一时间，尼古拉二世成了孤家寡人。要从母亲和叔叔们手中夺回权力，他需要在政府部门培养亲信。财政大臣维特因其特殊的履历，很快便被他相中。

谢尔盖·维特，1849年出生于远离政治中心的第比利斯，父亲是一个来自德国的工程师，在俄国政坛算是一个异类。维特生命中的第一个贵人是交通大臣鲍勃凌斯基公爵（Konstantin Posyet，1819—1899）。在他的安排下，1869年，年仅20岁的维特进入敖德萨铁路局，然后在基辅铁路部门任职。维特日后在回忆录虽未过多谈及这段经历，但根据俄国当时的财政状况和铁路建设来看，交通大臣鲍勃凌斯基公爵此举实则另有深意。

克里米亚战争以来，俄国的财政状况一直不佳。政府虽然倡导大力建设铁路，但建设铁路的投入和运营皆依赖民营资本。一时间，打着新建铁路旗号的各类投机企业纷纷成立，通过贪污和盗用国家扶植资金，一夜暴富的大有人在。面对这种局面，对铁路系统实行改革在

◀ 鲍勃凌斯基公爵

俄国政府内部逐渐形成共识，但由谁来主导却成了一场权力之争。与铁路系统相关的部门主要有三个：负责拨付扶植资金的财政部、对铁路建设实行立案审批的交通部以及监管资金运用的监察部。

监察部无疑是主导俄国铁路改革的最佳部门。1878 年 4 月，监察部提出要求成立由 3 名监察部人员、2 名交通部人员和 1 名财政部人员组成的特别办公室，却遭到了财政大臣本格和交通大臣鲍勃凌斯基公爵的联手抵制。但是，监察大臣索尔斯基深得亚历山大二世的信任，财政部和交通部最终双双败下阵来。

通过监察部监督私营铁路公司的周转和经营状况，俄国铁路的盈利能力得到了极大提升。如莫斯科至布列斯特铁路段 1881—1884 年的年均纯收入为 198.1 万卢布，监察部接手后的 1885—1888 年，年均纯收入提升至 372.3 万卢布。但这种盈利的增加并非建立在生产效率上，而是通过严格的政府审计迫使私营铁路公司吐出更多的利

▼ 今天仍在运行的建立在俄国时代的铁路

润。因此，在利益集团的鼓动下，交通大臣鲍勃凌斯基公爵不断向新任沙皇亚历山大三世鼓吹监察部官员缺失专业知识，为了维护国家和铁路交通业的利益，交通部必须掌握监督权。

经过漫长的游说，加之监察部工作人员的热情日益消退，1887 年 6 月 16 日，亚历山大三世同意将铁路系统的运营监管权从监察部调出。鲍勃凌斯基公爵还未来得及与各私营铁路公司的巨头弹冠相庆，新任财政大臣维什涅格拉德斯基（Vyshnegradsky，1832—1895）就跳出来搅局。

维什涅格拉德斯基的理由很简单，既然交通部认为监察部的人员缺乏运营铁路的专业知识，那么交通部拟向各铁路公司派驻的职业经理人也不具备财政的专业知识。既然要管，那就应该大家一起管。鲍勃凌斯基公爵一时难以辩驳，只能将交通部派驻各私营铁路公司的职业经理人挂靠在财政部。基于这一决定，长期在鲍勃凌斯基公爵与俄国私营铁路财团之间扮演中间人的维特被迫转换门庭。

1888 年，亚历山大三世因为火车出轨受伤，交通大臣鲍勃凌斯基公爵难辞其咎，被迫离职。曾在交通部出任俄国铁路厅厅长和运费委员会主席的维特也由此转入财政部，成为俄国首任财政部铁路司司长。后来，财政大臣维什涅格拉德斯基因为没有处理好 1891 年席卷伏尔加流域的饥荒离职后，维特靠着在财政部、交通部都有人脉，接任了财政大臣的职务。

除了在财政部和交通部两大系统均有出色表现外，尼古拉二世之所以对维特格外青睐，还因为维特接任财政大臣只有两年，在臣僚中资历较浅，在朝野中党羽较少，又是先王老臣，俄国宫廷、政府的各大派系都对他颇为认可。于是，尼古拉二世即位后就召见维特，主动与他聊起了摩尔曼斯克军港工程。

由于北侧的斯瓦尔巴群岛和法兰士约瑟夫地群岛阻挡了北冰洋浮冰群侵袭，东侧的新地岛又像巨大的天然屏障，使喀拉海终年不化的海冰无法"破门而入"，加上西南侧门户洞开，世界上最大的暖流——北大西洋暖流的注入，摩尔曼斯克港虽然位于北极约北纬 68° 处，但即使在最冷的月份海水温度也不低于 3 摄氏度。然而，这个俄国在北冰洋地区最大的"不冻港"长期以来发展缓慢：海港虽然终年不冻，但周边却是一片苦寒之地。亚历山大三世曾有意修筑一条铁路连通摩尔曼斯克和圣彼得堡，但计划未成形他便病逝了。尼古拉二世此时向维特旧事重提，除了想实现父亲的遗愿外，更重要的是，海军大臣阿列克谢正在推动利巴瓦地区的军港项目。

利巴瓦位于拉脱维亚，较之俄国海军邻近圣彼得堡的喀琅施塔得海军基地前出了数百公里，但这改变不了俄国海军主力仍被封锁于波罗的海的尴尬现实，因此，尼古拉二世特意召见维特，有意借其之口，推翻阿列克谢的利巴瓦军港项目，改在摩尔曼斯克港建设大型海军基地。维特支持沙皇的决定，但尼古拉二世的决定随即遭到皇太后玛丽亚和皇叔阿列克谢的联手抵制。

尽管维特事后在回忆录辩解，称是尼古拉二世的懦弱导致此事这种结果。但事实上，他也提到自己与海军的诸多头面人物是莫逆之交。海军部总监奇哈切夫的秘书奥勃鲁切夫还向他透露了利巴瓦军港项目背后有其哥哥——总参谋长奥勃鲁切夫的推动，因此维特审时度势将年轻的沙皇"卖了"也在情理之中。维特还在回忆录中写道，尼古拉二世向康斯坦丁·尼古拉耶维奇大公哭诉阿列克谢的种种无礼，也记了第二年沙皇罢免奇哈切夫、收回海军控制权这一事。

摩尔曼斯克军港工程的搁浅似乎并未影响尼古拉二世对维特的信任。从他继位到举行加冕典礼的这两年，他曾多次在高层人事调动方面垂询维特的意见。对君臣之间的这些互动，维特在回忆录中不惜笔墨。仔细分析不难发现，尼古拉二世并没有维特说的那般懦弱无能、毫无主见，维特也绝非他自己标榜的那样"公忠体国"。尼古拉二世第一次与维特探讨人事问题，是继位两个月后。当时，新近上任的交通部长克里沃舍因涉嫌挪用公款和滥用职权被解职[①]，尼古拉二世在加特契纳宫召见维特，并向他宣布了准备任命退役海军军官卡齐为交通部长的决定。维特宣称他对克里沃舍因被解职一事不太清楚，也坦承无铁路建设经验的卡齐不是交通部长的理想人选，但他又暗示他和卡齐其实私交不错。卡齐还是尼古拉二世未来的妹夫——亚历山大·米哈伊洛维奇（Alexander Mikhailovich，1866—1933）大公的幕僚。

亚历山大·米哈伊洛维奇大公是尼古拉一世的孙子，论辈分是尼古拉二世的堂叔，但仅比其大 2 岁。面对叔叔把持朝政的局面，尼古拉二世有意从远房亲戚中寻找助力，因此在海军里颇具影响力的亚历山大被选中，以制衡把持海军的皇叔阿列克谢。维特虽然看破了其中的利害关系，却拒绝将自己掌控的交通部拱手出让，于是向沙皇推荐了自己以前的助手伊瓦申科夫。这个明显带有利益集团性质的人事提案，尼古拉

---

① 按照维特的说法，克里沃舍因之所以被解职主要是因为涉嫌通过自己的庄园高价向铁路系统出售枕木，其次是生活奢靡。更重要的是，维特是交通部元老，克里沃舍因上任后却逐渐与自己疏远，这让维特心里很不痛快。维特认为"他（克里沃舍因）当上交通大臣我也出了一把力，因为在任命我为财政大臣时沙皇曾问我，派谁接替我任交通大臣为好。如果我那时说几句对克里沃舍因不利的话，那么他就不会被任命为交通大臣了"。

▶ 亚历山大·米哈伊洛维奇大公

二世无法接受。最终，维特将希尔科夫（Mikhail Khilkov，1853—1905）推到了前台。

希尔科夫是俄国的传统贵族，其家族与沙皇一家关系亲密。但在亚历山大二世的农奴解放运动中，希尔科夫被迫将拥有的地产分给治下的农奴，前往美国留学。维特将希尔科夫在美国的生活描述成一场苦难的"洋插队"，但在美国学习了大量先进铁路技术的希尔科夫，回国后即被委以重任。

希尔科夫在铁路建设领域的许多任命均与军事挂钩，如在克里米亚战争期间希尔科夫被派往保加利亚维系当地军用铁路的运行；俄国入侵中亚的军事行动，希尔科夫跟随俄国陆军的脚步保障铁路线。当然除了履历外，更重要的是，希尔科夫与皇太后玛丽娅关系不错。维特这样说道："玛丽娅是先皇的遗孀，希尔科夫有时仍上她那里去。总之，玛丽娅对希尔科夫很有好感。"总之，尼古拉二世经过一番权衡后，任命了希尔科夫为交通大臣。

如果说维特在交通大臣人选上的进言还有些许公心的话，那么此后他对外交大臣和内务大臣的人事任命的评价就多少有些小气了。尼古拉二世继位后不久，外交大臣吉尔斯病逝。尼古拉二世随即任命俄国驻维也纳大使——洛巴诺夫－罗斯托夫斯基公爵（Lobanov-Rostovsky，1824—1896）掌管外交部。维特与罗斯托夫斯基公爵也是旧相识，但关系不太好。因此，维特在回忆录里认为他虽然仪表堂堂、博闻多识，但拈花惹草，很不严肃。但罗斯托夫斯基公爵背后是国务会议主席——米哈伊尔·尼古拉耶维奇亲王（Michael Nikolaevich，1832—1909），作为尼古拉一世最小的儿子，米哈伊尔·尼古拉耶维奇亲王在俄国皇室德高望重，因此他推举罗斯托夫斯基公爵，尼古拉二世自然同意。

负责治安的内务大臣向来是俄国的要害职务。维特对侵犯个人隐私的行径向来颇多微词，出乎他意料的是，他自己险些被推上了这个位置。原内务大臣杜尔诺沃调任大臣委员会主席时，维特正在法国访问。尼古拉二世曾向维特咨询新任内务大臣的人选，但维特对几个候选人的评价均不高，因此相关事宜始终处于搁置状态。当维特回国后，尼古拉二世便提出由他出任内务大臣。维特随即意识到这是尼古拉二世的"帝师"——颇别多诺斯柴夫的主意。

颇别多诺斯柴夫是亚历山大三世时代的老臣，他的职务不过是东正教事务总管理局局长，但在竭力推崇东正教的俄国，他是意识形态领域的权威。而且，他还是尼古拉二世的私人教师，他对沙皇的影响力远在维特之上。维特深知颇别多诺斯柴夫不会真的让自己执掌内务部，之所以这么做无非是回击自己此前在内务大臣人选上的挑三拣四。无奈之下，维特只能赞同颇别多诺斯柴夫提出的将原内务副大臣戈雷米金（Goremykin，1839—1917）扶正的建议。

总体来说，尼古拉二世继位初期，维特作为新旧两派官僚的中间人，其各项建议对尼古拉二世调整执政班底颇有用。在调整交通、外交、内务等部门要员时听取财政大臣维特的建议，是尼古拉二世即将展开的"东进"策略的第一步。

第三节 东进

克里米亚战争败北后，西进欧洲之路被英法封了的俄国便将扩张的热情投入到辽阔的亚洲腹地。事实上，早在彼得大帝执政时期，莫斯科方面便以探险队的名义向中亚的沙漠、西伯利亚的冻土甚至是北太平洋的冰海伸出了触须。但那时的俄国羽翼未丰，由少数贵族和精英统率的哥萨克虽然骁勇善战，但往往难敌对手优势兵力的围剿。在中亚，由别科维奇·切尔卡斯基公爵（Bekovich-Cherkassky，？—1718）为首的远征军为希瓦汗国歼灭；在远东，俄国趁明清交替之际在黑龙江流域建设的据点群，也在雅克萨之战中被清朝拔除。

1689年，被清朝驱逐出黑龙江流域后，俄国探险家们向《尼布楚条约》中被笼统称为"待定地区"的外兴安岭北支、白令海峡及堪察加半岛渗透。在西伯利亚及远东滨海地区建立了一连串贸易和军事据点后，俄罗斯人试图圈占横亘于北太平洋的阿留申群岛及北美大陆西段的阿拉斯加半岛。他们在北太平洋乱窜，误打误撞闯入了德川幕府治下的日本人的平静生活。

1699 年，被普希金盛赞为"远东叶尔马克"①的哥萨克头目——阿特拉索夫（Vladimir Atlasov，1661—1711）在扫荡堪察加半岛的原住民部落时，意外俘虏了一名自称传兵卫的日本商人。史学家对这个因海船失事漂流到堪察加的传兵卫的国籍和身份有颇多疑问，认为他可能只是接受了日本文化的阿伊奴人，但还是将他写入了呈给彼得一世的报告。

彼得一世向来注重海权和异域文化，随即命阿特拉索夫除了严加盘问传兵卫，以获取有关日本的有用信息，还要将其护送到莫斯科。传兵卫抵达俄国首都时，恰值彼得一世游历西欧后不久。彼得一世命人教传兵卫俄语，再由他培养第一批日语翻译。不过，对此时正全力筹备对瑞典的战争，以便夺取波罗的海出海口的俄国而言，此举是下闲棋布冷子。此后，俄国在远东又接收了一批遭遇海难的日本人，在西伯利亚开设了日语学校，对日本的情报收集和外交准备再未断过。

十年后，当彼得一世在涅瓦河两岸营建的新都——圣彼得堡接近完工时，在遥远的东方，一支由 75 人组成的俄国官方探险团亦进入了海雾氤氲的千岛群岛。千岛群岛位于堪察加半岛和北海道之间，扼守着俄罗斯人控制的鄂霍次克海通往太平洋的交通枢纽，因此一经发现便引起了俄国的高度重视。彼得一世随即颁发敕令，要求深入勘察，同时还在秘密手谕中训示探险队员占领这些无主之地时，开辟出通往日本的航线。

---

① 叶尔马克·齐莫菲叶维奇，Yermak Timofeyevich，1532—1585 年，顿河哥萨克和丹麦女奴之子，曾长期因盗马和抢劫而被俄国通缉，但 1579 年为俄国探险家族的斯特罗加诺夫招安，参加了与西伯利亚汗国的战争，1585 年战死后，他成为俄罗斯的民族英雄，甚至俄国第一艘在北极地区航行的破冰船亦以之命名。

千岛群岛虽然没有千个岛屿，却包含了总面积 15600 平方公里的 56 个岛屿，俄国探险队竭尽全力也仅勘察了其中 14 个岛屿，并仅在北部的 6 个岛屿树起十字架算是占领。血洗阿伊努人部落之余，俄罗斯人发现他们已接近日本的外围，在写给彼得一世的报告中，探险团提到了"日本人已到第六岛（即俄国控制的占守岛南部的春牟古丹岛）采掘矿山"，并献上了缴获的日式铁锅、刀剑等战利品。在与清朝交往时，俄国深知贸然激怒一个东方大国的风险。随着彼得一世去世，俄国对千岛群岛和日本的兴趣虽没有大减，但基本停留在海盗式的逐岛劫掠和奴隶原住民的阶段。

俄罗斯人重返千岛群岛是在 80 年后叶卡捷琳娜二世执政末期。出身德国的叶卡捷琳娜二世有着不弱于历代男沙皇的扩展欲望，在她的统治下，俄国不仅伙同普鲁士三次瓜分波兰，更两次击败土耳其，将环黑海的大片土地纳入版图。俄罗斯不仅向千岛群岛输出武装移民，还谋求直接与日本政府接触。莫斯科方面之所以如此重视日本列岛，除了想扩大远东贸易圈外，更重要的是想在日本获得一个不冻港——俄国在太平洋沿岸拥有的港口在冬季均会遭遇封冻，舰队前往日本过冬无疑是唯一的选择。

可惜的是，此时的日本仍处于奉行"锁国令"的德川幕府统治下。1792 年，叶卡捷琳娜二世听取了常年居住在俄国西伯利亚心脏地带的学者基利尔·拉克斯曼的建议，决心正式与日本建交，但得到的答复却是日本唯一的通商口岸是九州岛西岸的长崎，俄国如有心通商可转泊该地。以俄国海军当时的航海技术，要远征长崎绝非易事。莫斯科方面觉得被玩弄了，于是加大了对千岛群岛的移民速度。不久，38 名流放犯和 20 名猎手被送到位于千岛群岛中央的得抚岛。

随着俄国对千岛群岛的渗透进入了殖民阶段，德川幕府于 1799 年宣布将北海道东部和南千岛群岛收归为幕府直辖的"天领"，在择捉岛设立官方渔场，由南部、津轻两藩交替派遣兵力前往驻防。此举并未拦住俄国入侵的脚步，此后日俄之间仍龃龉不断。1805—1813 年，俄国在千岛群岛不断骚扰日本人，这段时期在日本历史上被称为"北寇八年"。

俄国窥探千岛群岛，受损最大的一方无疑是失去了东部管辖权的松前藩。当时的北海道并不产米，松前藩作为"无高大名"，经济全靠海产品和承包海岛的商贾缴纳的"运上金"。在地形和气候的限制下，松前藩对北海道西部的开发长期有心无力，失去了东部的地盘，松前藩可是伤筋动骨了。不过，德川幕府随即准许松前藩将位于北海道西部的库页岛纳入管辖。松前藩也算是"失之东隅，收之桑榆"。松前藩对库页岛的开发，为后世解决千岛群岛的争端打开了方便之门。

事实上，库页岛隶属清帝国，但清朝仅在康熙年间派出过考察队。日本的松前藩也只是在岛上设立交易所和渔场，影响力长期以来只限于"东不过雪兰，西不过沙耶"的库页岛南部。因此，这两国都不是流放囚犯到库页岛的俄国的对手。

1840年爆发的中英鸦片战争不仅是中国近代史的重要转折点，也是震惊东亚的大事件。面对老大被打倒在地的现实，原本以为"清国无论如何乃一重要大国，夷狄不敢轻易问津"的日本政要感受到一种前所未有的压力——"今清国被打，难保何时波及日本"。俄国趁机加速了在远东的扩张步伐。在新疆地区，因"虎门销烟"被革职流放的林则徐目睹俄国步步紧逼的态势，发出了"终为中国患者，其俄罗斯乎！吾老矣！君等当见之！"的惊呼。在远东，俄国加紧了对西伯利亚的军事化进程。1851年，俄国组建外贝加尔哥萨克军，要求在当地定居的哥萨克年满20岁后轮流进入军队服役，中俄东部边境的力量对比逐渐失衡。

1858年，利用清朝与英法爆发第二次鸦片战争，无暇北顾的有利时机，俄国东西伯利亚总督穆拉维约夫（Muravyov–Amursky，1809—1881）出动哥萨克步兵16000人、骑兵5000人逼迫黑龙江将军爱新觉罗·奕山签署《瑷珲条约》，割走了黑龙江以北60多万平方公里土地。恩格斯如此评价此事："俄国不费一枪一弹，就从中国夺取了一块大小等于法德两国面积的领土和一条同多瑙河一样长的河流。"

1860年，随着英法联军逼迫清朝政府签署城下之盟，俄国也紧跟着将《瑷珲条约》规定为中俄"共管"的乌苏里江以东40多万平方公里的土地强行割占，是为《中俄北京条约》。此后，利用清朝在第二次鸦片战争和太平天国运动的双重打击下元气大伤之际，俄国在中亚大肆扩张。

1863年，亚历山大二世下达深入中亚的总动员令，随后，数万精锐猛扑浩罕、

◀ 5000卢布纸币上的穆拉维约夫

布哈拉、希瓦三大汗国。至 1867 年，俄国不仅将曾是战略缓冲带、拱卫中国西北的三大汗国先后占为附庸，还武装阿古柏等极端宗教势力进入新疆地区建立割据政权。这一局面，直到陕甘总督左宗棠收复新疆才有所改观。1881 年，中俄在圣彼得堡签署《伊犁条约》，重新划分两国疆域。此时，清朝在西北地区已经总计放弃了近 60 万平方公里的固有领土。

俄国后来愿意吐出伊犁等占领区，除了忌惮清朝洋务运动后军力有所提升外，更重要的是其在中亚的扩张威胁到了英国在南亚的势力范围。在内陆，俄国对英国拥有压倒性优势，但由于在中亚地区的扩张过速，俄军依赖骆驼等畜力的后方补给线已到达极限。因此，与英国正面交锋前，俄国需停下脚步，消化中亚地区 390 万平方公里的新增领土。

英俄两国都谋求在东亚找盟友以包抄对方侧翼。鉴于清朝在洋务运动中更乐意与德国等新兴强国合作，英国抛弃了扶植中国的既定方针，与明治维新后国力抬头的日本联手。俄国则将目光投向了夹在中日之间的朝鲜王国。在德国籍海关总税务司兼外交顾问穆麟德的穿针引线下，朝鲜和俄国签署了《朝俄通商修好条约》。由于该条约包含了朝鲜延请俄国教官训练军队，出租不冻港给俄国以抵销练军教官薪酬等秘密条款，因此又被称为《第一次朝俄密约》。当然，穆麟德此举并非个人行为，自1871 年完成统一以来，德国便在全球范围内积极扩张，拉拢俄国始终是"铁血宰相"俾斯麦的外交重点。在自身力量暂时无法企及远东的情况下，德国乐于出卖朝鲜以化解与俄国在欧洲的其他利益冲突。

朝鲜投向俄国的怀抱，不仅令中日两国颇为不爽，也使英国如芒刺在背。为了

▼ 在中亚地区行进的俄军

警告朝鲜，阻止俄国舰队进入西太平洋，1885 年 4 月 15 日，英国海军突然出兵占领了扼守济州海峡的巨文岛，随即引起清朝政府与英国旷日持久的外交纠纷。

1885 年 7 月，李鸿章下令罢黜穆麟德在朝鲜的官职，代之以美国人李仙得。但是以朝鲜王后闵兹映为首的闵氏外戚却一心想摆脱清政府的影响，因此非但没有将穆麟德赶出朝鲜，反而将他聘为私人顾问。在这种情况下，清政府只能将此前发动宫廷政变而被捕送保定的"大院君"李昰应送回朝鲜，以制衡闵氏外戚一家独大的局面。

"大院君"李昰应是朝鲜国王李熙的生父，一度把持朝纲，虽然后被儿媳赶下了马，但在朝鲜仍有不小的势力。随着他返回首都汉城，朝鲜国内本不平静的政治局面波谲云诡。1886 年 8 月，俄国驻朝公使韦贝与朝鲜政府签署租借元山港的双边条款，明确表示如遇第三方干涉，俄国将派出舰队予以支援，史称"第二次朝俄密约事件"。

对于俄国的武力威胁，李鸿章以强硬的姿态予以回击："朝鲜系我属邦，向来自有办法。与俄仅领境通商，大有区别。"而为了一劳永逸地解决朝鲜问题，"驻扎朝鲜总理交涉通商事宜大臣"袁世凯向李鸿章建议："先派水师，稍载陆军，奉旨迅渡，废其昏君，另立李氏之贤者。"

袁世凯口中的"李氏之贤者"指的是李昰应的嫡孙李埈镕，而在废黜李熙的善后问题上，袁世凯力主让李昰应摄政"人心瓦解，各国怨谤，如明降谕旨，再由宪授谕李昰应相助，三五日可定，尚不难办"。李鸿章也一度认为"非诛乱党，废国君无以挽回局面"。但是朝鲜政府迅速将签署密约的责任推给臣僚，以"韩廷信诸小人愚弄，时派人赴俄使韦贝处，求相助保护"为李熙夫妻洗脱罪名，最终，袁世凯颠覆闵氏政权的计划胎死腹中。

《第二次朝俄密约》的无疾而终有积极的一面。由于朝鲜提出签署密约的理由之一是"为巨文岛，亦求俄派船助韩防英"，因此在清朝政府的全力斡旋下，飘扬在巨文岛上两年之久的"米字旗"得以降下。鉴于清朝政府拥有一举颠覆朝鲜政坛的能力，闵氏一族和包括日本在内的列强不得不承认清朝的宗主国特权。袁世凯一跃成为凌驾于李熙夫妻之上的"太上皇"。

但是第二次朝俄密约事件遗祸无穷，一方面，闵氏一族和"大院君"系人马均未获得独霸朝野的特权，自然还要继续内斗；另一方面，清朝对朝鲜政治和经济的干涉触犯了西方列强的既得利益。英、美为了驱逐清朝、对抗俄国，全力扶植日本，德、俄、法等国表面上尊重清朝对朝鲜的干涉政策，实则作壁上观，等待中日两国为争夺朝鲜半岛两败俱伤后，渔翁得利。

第三章

日俄战争

要描写阿穆尔河（中国称黑龙江）两岸那样美丽的景色，我是毫无办法的；我在这样的景色面前只能表示屈服。

——契科夫

第一节 尼古拉遇刺

1891年5月11日，日本滋贺县大津附近的街道上，两位外国来宾的到访打破了当地人安宁平静的生活。在诸多日本警察的护卫下，当时仍是俄国王储的尼古拉乘坐着富有东方特色的人力车穿行而过。就在他沉浸于眼前的异国风情时，尼古拉右耳上方突然被人连续重击了两下，一阵头晕目眩后，他顾不得流血的伤口慌忙跳下人力车拼命向前跑。

他身后高举着利刃的刺客还想再次挥刀，却被从旁赶来的希腊王子乔治（Prince George of Greece and Denmark，1869—1957）用刚买的日本竹杖打倒在地。此时在旁护卫的日本警察才如梦初醒，然后一拥而上将刺客制服，此即"大津事件"①。事后经调查确认，试图行刺尼古拉二世的是日本安排的随行警卫之一——隶属滋贺县警察局的津田三藏。

尼古拉二世虽然头部连中两刀，但所幸有礼帽遮挡，仅受皮肉擦伤。但身为王储在他国遇刺，无疑兹事体大。在巨大的外交压力下，日本政府随即对此事展开了深

◀ 在日本访问时乘坐人力车的尼古拉二世

---

① 大津事件又因为发生在日本风景名胜琵琶湖以南，被称为"湖南事件"。

▲ 尼古拉二世乘坐"波尔塔瓦"号从圣彼得堡出发时的盛况

入调查。坊间有人认为，当时法国作家皮埃尔·洛蒂的小说《菊子夫人》①风靡亚洲，尼古拉二世因此对亚洲女人产生了兴趣，因而在日本多次出入风月场所，这种行径引起了津田三藏的强烈不满，最终拔刀相向。

还有人认为，尼古拉二世此行的目的是威慑日本、刺探日本军情，因此言辞傲慢、行踪可疑，津田三藏非常愤怒，因此铤而走险。诸如此类的奇谈怪论数不胜数。但客观分析后不难发现，尼古拉二世在日本的遇刺折射出了日、俄两国在战略层面的冲撞。

出访日本，已是尼古拉二世亚洲之行的最后一站。1890 年 10 月，尼古拉二世乘坐俄国海军装甲巡洋舰"波尔塔瓦"号从圣彼得堡出发，经地中海访问希腊等国时捎上了自己的远房表弟——希腊王子乔治之后，通过苏伊士运河进入印度洋。在印度、锡兰（今斯里兰卡）、新加坡等英国殖民地港口停泊后，"波尔塔瓦"号又访问了当时仍处于荷兰统治下的爪哇岛、亚洲的独立王国暹罗，以及中国的香港、上海、广东等地，最终才抵达日本的长崎。

因此，尼古拉二世此次出访名义上是前往海参崴主持西伯利亚铁道开工仪式，实际上却是在勘查俄国海军从欧洲开赴远东的航线和沿途的补给港口。毕竟此时的俄国虽然在太平洋西岸拥有诸多军港，但无大型造船工业，这一方向所需的战舰均得

---

① 一般认为，《菊子夫人》是皮埃尔·洛蒂根据自己在东亚海域服役的真实经历撰写的爱情小说。文中的菊子是男主人公在日本度假时租的临时夫人。皮埃尔·洛蒂将这段苟合的关系描述成了一场旷世绝恋，无形中向读者灌输了日本乃至亚裔女性娇小婉约的形象。

从欧洲调拨。而且，一旦在远东发生战事，俄国海军主力需要万里驰援。事实上，尼古拉二世所走的航线是俄国海军进入东亚的最佳航线。可惜的是，日后奔赴战场的"第二太平洋舰队"没有英国政府的绿灯，只能取道非洲沿岸，最终师老兵疲，全军覆没。

日本之行是尼古拉二世此行的重中之重。从 1891 年 4 月 27 日抵达长崎到 5 月 19 日离开，他计划在日本停留约一个月。如此长的一段时间，他计划怎么度过？无非是修好日俄关系，毕竟在西伯利亚铁路全线贯通之前，俄国在远东地区尚无力发动大规模战争，因此他向日本示好，希望日俄共同钳制清帝国。

这就解释了尼古拉二世为什么在日本期间频繁参与日本民间的祭祀活动，甚至在自己的右手上纹上龙形图案。《菊子夫人》的确影响了尼古拉二世的此次访问，许多俄国海军的将校抵达长崎后，纷纷想要效仿皮埃尔·洛蒂去租用一个日本的"临时太太"，但被尼古拉二世喝止了："马上就到复活节了，你们还在想这些下流的事情！"

日本政府对尼古拉二世的到访也是极为重视，派出曾在英国留学的有栖川宫威仁亲王全程陪同，迎娶了俄国人为太太的公卿万里小路正秀担任翻译。日本之所以如此高规格地接待沙皇，无非是想在与清朝争夺朝鲜时，俄国不是敌人。但就在两国高层营造的"日俄亲善"氛围下，日本国内的民族情绪不断抬头。

明治维新之前，日本是一个等级森严的封建社会，武士阶层大多为依赖田租生活的有产者。随着"四民平等"和"版籍奉还"，自藩主以下的武士阶层没有了土地收入。为了安抚这些改称"士族"的特殊阶层，明治政府以"家禄支给"的方式维持他们的基本收入。根据 1871 年编制的"壬申户籍"，日本士族约占总人口的 5%，尽管比例不是很高，但近 200 万人的绝对数量使明治政府每年支出的士族俸禄高达财政收入的四分之一。

为了摆脱这个沉重的财政包袱，自 1872 年开始，明治政府连续出台了"禄制整顿""家禄奉还"以及"金禄处分"①等政策。应该说，当年德川幕府是可以维持收支平衡的，但明治政府又扩充新式海、陆军，进行名为"殖产兴业"的工业改革、铁路、电信、邮政网络的基础建设，以及现代化的教育普及，这些项目都耗资不菲，需要农民和士族来买单。

1876 年 8 月 5 日，明治政府宣布发行"金禄公债"，也就是说士族往后本应拿

---

① "禄制整顿"指的是，将三分之一的俸禄以六年期国债的形式发放。"家禄奉还"指的是，士族归农、归商，可一次性获得相当于 5 年左右的俸禄作为创业资金。"金禄处分"指的是，俸禄由米谷支付改为货币支付。

▲ 明治维新前后迷茫的日本武士阶层

到手的俸禄，被政府强制购买了五年期的国债。士族每年只能支取 5%—7% 不等的利息，本金在 5 年后以抽签的方式分 30 年支付。此时，日本的士族仍超过 30 万人。理论上，包括皇亲国戚和公卿贵族在内的华族也在这次改革的范畴，但这些人家大业大且大多担任了公职，不在乎发到手的那几个钱。而士族平均每人只能拿到 500 日元，仅相当于德川幕府时代的 100 石。

　　当然，明治政府也不想将士族赶尽杀绝，在宣布"金禄公债"改革的同时，开展了名为"士族授业"的活动，即号召生活困难的武士移居北海道，加入当地"屯田兵"的行列。但日本武士以家族为单位厮杀了上千年，为的就是关西的膏腴之地，谁愿意去苦寒的虾夷呢？于是，在良驯者举家迁徙的同时，各地对明治政府不满的士族开始聚集起来，最终引发了西南战争。

　　试图在大津刺杀尼古拉二世的日本警员津田三藏也出身于武士阶层，其父曾是效忠幕府的藤堂家藩医。明治维新后，津田三藏加入了新组建的日本陆军，并参与了西南战争。带着一身伤结束远征鹿儿岛的军事行动后，津田三藏没有被加官晋爵，而是被赶出现役成了地方警察。巨大的心理落差令他的心理严重扭曲。

无独有偶，西南战争结束后，日本陆军近卫炮兵大队也曾因为政府未能支付"特别津贴"而炮击大藏卿（财政部长）大隈重信的宅邸，酿成了史称"竹桥兵变"的恶劣事件。津田三藏没有向领导挥刀的勇气，只能找尼古拉二世出气。事情发生后，明治天皇睦仁不顾可能被扣留的风险，赶往尼古拉二世的座舰致歉。对于尼古拉二世的指责，他除了一句"哪个国家都有神经病"之外实在给不出其他解释。

　　总之，尼古拉二世的日本之行可谓"乘兴而去，败兴而归"。此后，关于津田三藏是否应被处以死刑的问题在日本引发了长久的争论，但他的生死其实对日俄关系早已没有任何影响。尽管尼古拉二世因"大津事件"对日本产生敌意或者恐惧的说法并不成立，但他回国后不久，日俄在远东地区的利益冲突还是令两国关系恶化。

　　甲午中日战争爆发之际，俄国由于西伯利亚铁路尚未修筑完成及亚历山大三世恰巧驾崩而无力介入，但随着战事以清帝国的全面战败而告终，俄国勾连法、德两国，提出"日本不得要求清朝割让辽东"的外交要求。4月23日，俄、德、法三国驻日公使一同前往日本外务省递交备忘录，劝告日本政府放弃确实领有辽东半岛一事。俄国公使在递交了备忘录后还算客气，只说了一句"恐有招致冲突之虞"，德国公使哥特米斯德则由于日本政府此前多次无视自己的存在而显得嚣张，公然表示"日本必须让步，因为对三国开战是没有希望的"。刚以武力恐吓过清朝的日本政府显然没有想到报应来得如此之快，只能连忙在广岛召开"御前会议"讨论是否可以拉拢英国，凭借已动员的海、陆军力量与三国一拼。

　　英国政府虽然授意"专家"在伦敦《新闻日报》宣称，"假如日本能承认英国确有在（中国）北方得一舰队支点之必要，则英国便可成为日本之友"，日本也有意让出威海，但英国政府最终给出的正式答复却是"已决定局外中立"。没有了英国的支持，在陆军主力深陷辽东、山东战场，海军联合舰队远征台湾的情况下，日本根本无力对抗磨刀霍霍的俄国。得知俄国已向远东增兵29500人，俄罗斯太平洋舰队出现在神户、烟台附近海域，德国、法国同样派出战舰游弋于黄海的情况后，伊藤博文无奈地向天皇睦仁报告："抵抗这些国家，开启战端，现在是不可能的。"毕竟日本联合舰队即便算上俘获的北洋水师战舰亦不过8万吨，而俄国海军仅在远东便有12万吨的战斗舰艇，日本无力独自战胜俄国，更不用说是三国联盟了。

　　5月5日，向英、美、意大利等国求助无果后，日本政府选择了屈服和退让，陆奥宗光以日本外相的名义向俄、德、法三国发出回复："根据三国政府之友谊的忠告，约定放弃辽东半岛之永久占领。"三国干涉日本"还辽"，不过是出于各自国家的利益，并非为清帝国主持正义。因此，在日本宣布放弃辽东半岛后，俄、德、法三国反过来逼迫清政府承认和履行《马关条约》的其他条款。5月8日，中日双方在烟台完成了互换条约的相关手续，《马关条约》正式生效。

日本认为，放弃对辽东半岛的所有权，不仅丢了面子更蒙受了巨大的损失，于是再度找到清朝政府索要"赎辽费"。不过，这笔钱却不能由日本"狮子大开口"。在俄、德两国的不断干涉下，赎金由1亿两降到5000万两，后又降到2500万两左右。陆奥宗光反复乞求后，俄、德、法最终同意赎金定在3000万两。

1895年11月8日，中日双方在北京又签署了《辽南条约》，规定清政府支付"赎辽费"3000万两后，日本陆军在3个月内从辽东半岛撤出。然而，"三国干涉还辽"并非是中国丧失国内主权的休止符，而是列强瓜分环渤海湾地区的冲锋号。1897年11月4日，德国海军借口传教士能方济和韩理加略在巨野县张家庄为当地居民所杀，派出"羚羊""普林采斯·威廉""哥尔莫兰"3艘战舰，运送了700名海军陆战队成员强行登陆胶州湾。

清朝政府深知德国的野心，无奈甲午战争后国力衰弱，只能将处置教案不利的李秉衡革职，赔款22.5万两白银，还派李鸿章与德国签署《胶澳租借条约》，将胶州湾的使用权"租给"德国99年。谋求远东利益的西方列强对中国辽阔的海岸线垂涎已久，甲午战争后，夺取胶州湾的计划便由名将提尔皮茨等人递交到了威廉二世的案头。

德国占领胶州湾后，俄国也命太平洋舰队于1897年12月14日开进旅顺，并强迫清政府于1898年3月27日签订《旅大租地条约》。租期虽然只有25年，但条约明确规定期满得续租。英国外交部随即宣称"列强在北直隶湾的均势实际上已被打破"，要求在日本军队撤离威海卫后获得该地租借的优先权。

甲午战争可谓一场中日两败俱伤的战争，日本虽然侥幸获胜，窃取了大量经济利益和中国大量领土，但在清帝国倒下后，不得不在西方列强的压力下让出辽东半岛。如果不是伊藤博文等日本政客及时抽手，俄国的西伯利亚铁路当时仍未贯通，英国认为日本仍是对抗俄国的盟友的话，日本很可能将在甲午战争中沦为不知"黄雀在后"的螳螂。

日本放弃辽东半岛未必就是坏事。毕竟日本以当时的国力，不足以在殖民朝鲜半岛之余再向辽东扩张。维特明确指出："日本进行战争，是我们开始修筑西伯利亚铁道的后果，欧洲列强及日本大概都意识到，不久的将来就要瓜分中国。他们认为，在瓜分时，由于西伯利亚铁道，我们的机会将大大增加。假如日本占领南满，对我们将是威胁。"

▲ 驻守旅顺的俄国士兵

第二节 黄色俄罗斯计划

甲午中日战争吸引了全世界的目光，其中最关心的莫过于朝鲜王国。战争虽然以日本战胜清朝而告终，但三国干涉还辽的消息却令亲日的开化派举步维艰，无力对抗在中国广为人知的明成皇后王妃闵兹映的大举反扑。

多年的摸爬滚打早已令闵兹映成为左右政坛的老手。见以俄国为首的西方列强对日本独霸东北亚强烈不满，她便在俄国驻朝公使馆附近成立"贞洞俱乐部"，在宴请各国驻朝公使的同时，网罗了李范晋等一批过去的失意政客，形成了一股颇为可观的新势力——"贞洞派"。

对于这一股政治力量，日本一度打算收买，准备从给予朝鲜的 300 万日元贷款中拿一部分作为收买闵兹映的"政治献金"。面对日本的主动示好，闵兹映根本不为所动。在她看来，俄国有能力逼迫日本放弃辽东，那么借助西方力量，勒令日本从朝鲜半岛撤军也并非难事。如果说闵兹映高估了俄国对她的承诺是个错误，那么她低估日本政府的无耻和粗暴则是致命的。

1895 年 10 月 8 日凌晨，800 名原朝鲜新军"训练队"成员会合日本陆军汉城守备队后，开始向朝鲜王宫发动进攻。无力抵挡的朝鲜国王李熙只能签署《王后废位诏敕》，宣布将闵兹映废为"庶人"，但此时他并不知道妻子已死于日本浪人的刀下。[①]闵妃被害的经过，坊间流传的版本众多。但无论如何，随着她被乱刀砍死，尸体被拖入景福宫内的松林中烧毁，这位把持朝鲜王国 21 年的后妃终于退出了历史舞台。

"乙未事变"后，朝鲜国王李熙就一直生活在恐惧中，因此当臣僚向他传递日本正谋求废黜其王位，另立新君的传闻后，早已习惯了傀儡生活的他终于坐不住了。1896 年 2 月 11 日凌晨，李熙带着王太子李坧等人逃入汉城的俄国公使馆，是为"俄馆播迁"。随着一份份罢免、逮捕亲日派政客的"诏敕"源源不断从俄国公使馆发出，日本自甲午战争后独霸朝鲜半岛的野心破灭。在俄国的支持下，李范晋入主中枢，朝鲜王国进入"亲俄派"主导政坛的新时代。

但在实现对中国东北的殖民野心之前，俄国也对朝鲜半岛鞭长莫及。在彼此均

---

① 1895 年 10 月 8 日（农历乙未年八月二十日）朝鲜王后闵氏（明成皇后）在汉城景福宫被日本浪人谋杀的历史事件，是为乙未事变，又称王城事变、闵妃弑害事件。这次事件由日本驻朝公使三浦梧楼策划，并有部分朝鲜人协同参与。

无力独占朝鲜的情况下，日俄双方于5月14日签署了旨在分赃的《第一次日俄协定书》。不到一个月，日本政府又借参加沙皇尼古拉二世加冕典礼之际，派遣山县有朋前往莫斯科与俄国外交大臣罗巴洛夫商谈朝鲜问题。日本政府的如意算盘是以北纬38度线分裂朝鲜。但前往俄国观礼的外国嘉宾并非只有日本的山县有朋，6月3日俄国权臣维特与李鸿章签署了"共同防御"日本的《中俄密约》。自恃已与清帝国秘密结盟的俄国自然不甘只获得半个朝鲜。

1897年2月20日，朝鲜国王李熙正式离开了被称为"行在所"的俄国公使馆。为了报答俄国的"大恩"，朝鲜王国先后出让朝鲜北部的矿山和森林采伐权。讽刺的是，明明处于进退维谷的境地，朝鲜王国上下却认为可趁清朝刚遭遇甲午之败，日、俄维持着微妙的平衡的时机升级为"帝国"，与中、日、俄三国分庭抗礼。事实是，1897年10月12日李熙登基为帝后，朝鲜除了改名为"大韩"外，其他方面没有得到任何提升。

1900年5月22日，在西方列强的紧逼下，崛起于山东的义和团大举进入直隶，并在涞水县石亭镇击毙了前来弹压的练军都统杨福同。义和团本不是一个统一的民间组织，其名称最早出现在山东巡抚张汝梅的奏折。张汝梅在写给清政府的报告中，创造性地借冠县农民起义军领袖赵三多教授的"义和拳"之名，将围攻梨园屯等地教堂的民间武装称为"义和团"。不要小看这一字之差，根据张汝梅的继任者毓贤的理论"民可用，团应抚，匪必剿"，义和团跨入了应该招抚的民间团练行列，而不是理应被剿灭的"拳匪"。

张汝梅和毓贤对义和团组织的粉饰并不能改变义和团"仇外"的本质，在"兴清灭洋"的大旗下，山东境内连续发生了多起义和团袭击教堂的事件，因此当义和团逼近北京的消息传出时，中外震惊。英、法等国于5月28日正式向清朝政府提出了派兵驻守使馆区的要求。

5月31日，清政府允许各国以"每馆以二三十人为率"的限额派兵进京后，一支由英、法、德、俄、日、美、意、奥匈八国海军陆战队组成的联军抵达北京，是为"八国联军"的雏形。值得一提的是，列强中只有日本遵循清政府的要求仅派了24人。在西方列强的面前，羽翼未丰的日本显然高调不起来。

义和团无论从组织架构还是人员素质上，均与太平天国有巨大的差距。清帝国虽然腐朽，但将义和团扼杀于襁褓中仍不是难事。可是，自戊戌变法以来，以慈禧太后为首的"守旧派"便怀有深切的"仇外"心理。目睹了"刀枪不入"的神功后，慈禧太后开始谋划借助义和团的力量，于是默许他们进入北京。

6月20日下午，义和团开始向东交民巷及周边使馆发动进攻。除了早已人去楼空的比、荷、奥三国使馆被焚烧，意大利公使萨瓦戈因己方使馆处于防线的突出部，兵力薄弱，难以防守为由主动放弃外，其余使馆不仅击退了义和团的攻势，更在清朝政府的接济下过着衣食无忧的生活。

关于围攻东交民巷之战，慈禧太后曾颇为得意地表示："我若是真正由他们尽意地闹，难道有一个使馆打不下来的道理？"显然，在她眼中，各国使馆是重要的人质，所谓"荣禄自持橄榄之，欲尽杀诸使臣"的说法完全是误会了清政府的本意。慈禧太后的亲信荣禄亲自上一线无非是为了调控火候，以实现"以打促和"的目的。

6月21日，清政府以光绪帝的名义发布了"宣战诏书"，但未明确宣战的对象，只用了含糊不清的"彼等"。这可以理解为是向全世界的挑衅，也可以认为是一份呼吁民众自强的动员令。对于清朝帝国的"宣战诏书"，西方各国均做了强烈的回应。

德国军队从本土长途跋涉两个月才能抵达战场，意大利和奥匈帝国无心远征，只以在京、津一线作战的海军陆战队虚张声势。美、法两国虽然均在远东拥有殖民前哨，但美国陆军正忙于镇压菲律宾土著游击队，法国人在印度支那的力量有限，因此，美、法均只派了3000余人。

▼ 西方记者镜头下的八国联军

八国中，英国在华获得的利益最多，但此时英国陆军主力正在非洲与布尔人厮杀，几乎动员了印度和澳大利亚所有可用之兵后，凑上在威海组建的"华勇营"和以印度土著为主力的"香港团"，大英帝国在中国的陆军勉强有1万人。

八国联军中真正的大股东是对中国野心勃勃的俄、日两国。6月15日，日本内阁会议决定立即派遣由福岛安正少将指挥的一个混成联队（3800人）向天津进发；6月25日，日本政府又下达动员令，任命第五师团长山口素臣中将为司令官，统一指挥第五师团及第十一师团一部，共计18000余人赴华参战。7月4日，福岛安正所部在大沽口登陆时，发现由旅顺出发的俄国陆军已经提前扮演了救世主的角色。

然而，俄国对攻占北京没有太大兴趣，此时，义和团运动业已蔓延至东北，俄国开始派"护路军"进入黑龙江流域。7月6日，尼古拉二世任俄军总司令，勒令远东俄军重新编组为三个军。旅顺、海参崴两地的驻军编组为西伯利亚第一军，在伯力和赤塔的分别为第二军和第三军。加上预备队，俄国总计动员了近18万人的大军，形成对中国东北的四面夹击之势。

▼ 八国联军攻占北京

7月9日，宾县、吉林、呼兰、阿城等地的义和团捣毁了哈尔滨四郊的铁路、桥梁，开始围攻俄国在东北最大的这座据点。7月15日，强行驶往哈尔滨的俄国货轮"米哈依尔"号和"色楞格"号在瑷珲江面与清朝边防部队发生交火。这一起造成俄国5人死伤的"黑龙江事件"随即使俄国对境内的中国侨民血腥报复。海兰泡和江东六十四屯惨案合计近万名华侨遇难，史称"庚子俄难"。

　　俄国全力筹备鲸吞东北的大战略，自然无暇顾及京、津一线的战局，本已属囊中之物的八国联军总司令一职，尼古拉二世也拱手给了自己的表兄——德皇威廉二世，不过德国陆军元帅瓦德西（Alfred von Waldersee，1832—1904）此时仍在旅途中。京、津一线的八国联军的指挥权实际掌握在出兵最多的英、俄、日三国手中。

　　8月13日，八国联军进逼北京，此时东北战场俄军已解除义和团对哈尔滨的围攻，向吉林、奉天等地进犯。慈禧太后深感木兰秋狝不安全，随即于8月15日带着光绪帝，在马玉昆、董福祥所部的护卫下向西北逃亡。前一天，英国军队已由西直门进入内城，抵达了他们想象中人间地狱般的东交民巷使馆区，但是眼前的景象却令联军以为误入了宴会会场。

　　八国联军虽然攻占了北京，但目标并不统一。俄力主向山海关、锦州一线挺进，以便策应东北战场。9月抵达的德国陆军元帅瓦德西则急于向西进犯，以便追击以慈禧太后为首的清政府；英国则希望先行肃清直隶境内的义和团；法国政府于10月4日拟定了议和备忘录，希望能够结束与清政府的这场战场；自知在瓜分中国的问题上属于迟到者的美国大唱"和平外交、公正贸易"，主张"门户开放，利益均沾"；意大利和奥匈帝国则继续扮演打酱油的角色；至于日本，西方列强俨然已经忽视了其存在，直到日本海军登陆厦门的消息传来，其余七国才明白这位看似任劳任怨的"盟友"不是什么善男信女。

　　1901年1月28日，清政府代表庆亲王奕劻和李鸿章在北京与西方列强展开谈判。西方列强关于清政府的赔款数目各有算计。法、德、俄三国均力主最大限度地压榨中国，英国和日本则希望给清政府喘息之机。因此，出兵最多的日本所获的赔款不及法国的一半。日本人抱怨"少得令人失望"。但日本希望给清政府喘息之机这种态度却使清政府对日本另眼相看。八国联军攻占北京期间，竭力保护满蒙贵族府邸的日本人川岛浪速被聘为"客卿二品"的北京警务厅总监督，此举开启了日清两国最后十年的"蜜月期"。

　　日本之所以急于与清朝结盟，是为了对抗俄国。就在八国联军与李鸿章交涉之际，俄国已经密谋单独与清朝政府签署旨在独霸中国东北的《暂且章程》。眼见焦头烂额的清政府即将向俄国妥协，日本驻华公使小村寿太郎连忙发出警告："若东省阴为俄有，英必占长江，德必踞山东，日本亦不得不起而争利。"

日本虽然表面给予清政府精神上的支持，但深知自身国力不足以阻击俄国南下，于是在清帝国拒绝与俄国媾和后，试图与俄国瓜分东北亚，这便是著名的"满韩交换论"。所谓"满韩交换论"，指的是日本承认俄国对中国东北的支配地位，换取俄国对韩国的支持，任由日本操控朝鲜半岛。

但伊藤博文亲赴莫斯科换来的却是俄国拒绝"满韩交换论"，而且以"临时训练锚地"和"捕鲸港"的名义强租了朝鲜半岛南端的马山浦。马山浦位于朝鲜半岛的东南端，不仅是俄国舰队从海参崴前往旅顺、大连的绝佳补给点，也是扼守对马海峡的咽喉。蒙元帝国第一次远征日本就是从马山浦出发的。俄国迟迟不肯从中国东北撤军，是因为还打算独占朝鲜。就在伊藤博文失望地结束俄国之行时，一个天大的利好消息从遥远的伦敦传来：英国意欲同日本结盟。

很少有人知道"英日同盟"的始作俑者其实是德皇威廉二世。进入20世纪的欧洲随着"铁血宰相"俾斯麦的离去，均衡格局倒塌。与法国在普法战争结仇后，德国迫切需要在英、俄之间寻找盟友，以免陷入两线作战的窘境。德意志雄踞中欧，拥有世界一流的陆军和军工系统，英、俄应该没有理由拒绝威廉二世伸出的橄榄枝。向来自负的威廉二世有鱼与熊掌兼得的野心，希望挑动英俄双虎相争，坐收渔翁之利。

1899年10月爆发的第二次布尔战争，本是德、俄联手推翻英国世界霸权的绝佳机会。沙皇尼古拉二世曾前往德国试图说服威廉二世一起干掉英国，但威廉二世深知俄国的目标是谋取在阿富汗和波斯的利益，而这些地区对德国毫无意义。英国支持"柏林—

◀ 1000日元纸币上的伊藤博文

▶ *威廉二世*

巴格达铁路"计划，从西班牙买下
加罗林、马里亚纳群岛后，德国抛
弃了与其颇有渊源的布尔共和国。

第二次布尔战争令英国把非洲
南部的殖民地连成了一片，世界最
大的兰德金矿的黄金令伦敦迅速成
为全球金融和黄金交易的中心。但
英国深知自己陆军力量不足，要弥
补自己的短板，最佳方案便是与德
国结盟。英国著名的新帝国主义论
者——殖民地大臣约瑟夫·张伯伦[①]，
首次提出了英德联盟的构想，以便
在从巴尔干延伸到朝鲜的延绵战线上对抗俄国。面对张伯伦的提案，威廉二世自作聪
明提出，应该让日本加入这个联盟。

威廉二世的如意算盘是挑动英、日在东北亚与俄国火并，德国趁机打造一支不
弱于英国海军的海军。1902 年 1 月 20 日，在德国始终保持游离状态的情况下，《英
日同盟协定》正式签署。随后，英国开始与法国展开了关于非洲、北美、东南亚及太
平洋岛屿上众多殖民地问题的一系列谈判。显然，在英国勾勒的未来世界政治地图中
没有德国的位置。

威廉二世并没有放弃自己挑动英俄战争的计划。1902 年夏天，他前往爱沙尼亚
的塔林。在这次著名的雷维尔港会晤中，他搬出了自己发明的"黄祸"论[②]，以上帝

[①] Joseph Chamberlain，1836—1914 年，英国历史上颇具争议的政治人物，他最著名的主张便是所有盎格鲁－
撒克逊民族的后裔应团结成一个国家，进而统治全球。当然，与他那个以绥靖政策和《慕尼黑协定》而闻名的儿
子——内维尔·张伯伦（Neville Chamberlain,1869—1940）相比，他在中国的知名度要小得多。

[②] 黄祸最早起源于欧洲各国对蒙古西征的恐怖记忆，此后多次被用来指代中国的崛起。1895 年甲午战争后，
"黄祸"的主角成了日本。威廉二世曾将一幅全名为《世界上的民族，保护你们最宝贵的财产》的油画作为礼物
送给尼古拉二世，提醒他日本一旦窃取辽阔的东亚大陆，便将成为新时代的蒙古帝国。

"列特维然"号

的口吻指引表弟："你的未来在东方，你肩负着神圣的使命——从黄祸中拯救基督教世界。"甚至在分手时，威廉二世还让座舰打出"大西洋海军上将向太平洋海军上将致敬"的旗语。

雷维尔港会晤后，尼古拉二世就制定了一个 20 年造舰计划。尽管每年军费仅900 万卢布的俄国无力负担沙皇价值 17 亿的野心，但是在 1895—1904 年这段时间，俄国海军新增了 15 艘新型铁甲舰。除了俄国各大造船厂全力营造外，俄国还分别向美、法定制了 2 艘崭新的舰队装甲舰——"列特维然"号和"皇太子"号。

与需要"外援"支撑的清朝和日本不同，俄国购买这两艘军舰很大程度上是秉承着"它山之石可以攻玉"的理念，吸收世界先进的海军技术。以"列特维然"号为蓝本，俄国尼古拉耶夫工厂于 1903 年完工了俄国海军第一艘真正意义上的前"无畏舰"——"波将金"号。

而继承"皇太子"号法国血统的则是波罗的海工厂出品的"五兄弟"："博罗季诺""沙皇亚历山大三世""鹰""苏沃洛夫公爵"和"光荣"号。这些新锐战舰的陆续服役令俄国海军迅速跃居世界第三的宝座。强大的军备令俄国外交大臣拉姆斯多夫（Vladimir Lamsdorf，1845—1907）自负地对伊藤博文说出了"战争开始时可能对我们不利，但最后必定以日本的失败而告终"的豪言。

第三节 日俄战争

1902 年，作为对英日同盟的回敬，俄国除了强化与德国的传统友谊外，还与法国发表了"维持远东现状及全局和平，保全中国与朝鲜之独立"的联合声明。俄国之所以不顾德国的反感，急于与法国结成同盟，源于其糟糕的财政状况——俄国高达 40 亿卢布的外债中，法国占了四分之三。为了筹措战争经费，俄国不得不求助世界金主——法国。

自恃与德、法的同盟关系足以压制英、日，俄国随即于 1903 年 4 月拒绝履行与清朝政府此前达成的撤军协定。1902 年 9 月，撤出山海关、锦州一线的俄国陆军继续盘踞着由旅顺、营口经奉天、长春、吉林至哈尔滨的大片土地。此举即便在俄国招致了稳健派的财政大臣维特、外交大臣拉姆斯多夫的反对。陆军大臣库罗帕特金（Aleksey Kuropatkin，1848—1925）虽然反对在春季的泥泞中撤军，但也从军事角度考虑希望俄国陆军能够在 1903 年的冬天收缩到以哈尔滨为中心的所谓"北满"地区。

维特和库罗帕特金均属于俄国末期颇为优秀的军政干才，他们之所以主张撤军，并非鉴于日本的战争威胁，而是着眼于长远考虑。1903 年 7 月，贯穿中国东北的中东铁路便可全线通车，俄国已经具备了从经济上蚕食中国东北的能力，继续驻军毫无意义。代表俄国军方势力的库罗帕特金则是从军事上考虑，希望能够缩短战线，以摆脱兵力分散和补给不畅的窘境。但是，他们的合理化建议却被一个有实无名的"皇叔"搅了局，他便是俄国关东州总督——阿列克谢耶夫（Yevgeni Ivanovich Alekseyev，1843—1917）。

▶ 颂扬俄法同盟的报纸号外

▶ 晚年的皇太后玛丽亚和尼古拉二世

阿列克谢耶夫据说是沙皇亚历山大二世的私生子，但他似乎并未从自己的皇室血统中获得什么政治优待。1863 年自俄国海军士官学校毕业后，他便开始了四海为家的海军生涯。日本媒体曾污蔑阿列克谢耶夫身为海军上将，却因为晕船而从未登舰。事实上，阿列克谢耶夫在海军中服役了 40 年，虽然没有什么显赫的战功，但以巡洋舰舰长的身份进行过全球巡航。他真正走上升迁快车道是在 1898 年俄国强租旅顺口之后。

主政"关东州"①后，阿列克谢耶夫先是在旅顺大兴土木，大规模扩建要塞和城区，后利用八国联军侵华之际强占了本不属于俄国租界范围的金州城，将当地中国官员和驻军悉数送去库页岛充当苦力。阿列克谢耶夫"开疆拓土"的本领令沙皇尼古拉二世对他另眼相看，任命他为与清朝交涉东北事务的俄方全权谈判代表。

身为封疆大吏的阿列克谢耶夫不甘心拱手让出自己的地盘，1901 年 1 月出访远东的沙皇亲信别卓布拉佐夫（Aleksandr Mikhailovich Bezobrazov，1855—1931）也与之沆瀣一气。别卓布拉佐夫刚刚从商人布里涅尔手中买下开采日本海郁陵岛以及图们江上游、鸭绿江流域森林的特许权，一心想在中朝边界开办一个类似于东印度公司的殖民机构。当然，别卓布拉佐夫"不是一个人在战斗"，窃取自然资源这种一本万利的买卖，有俄国宫廷许多达官显贵的参与，甚至皇太后玛丽亚也有入股。

有趣的是，苏联历史学家在评论此事时，以异常轻蔑的口吻写道："森林租让这样微不足道的事情，罗曼诺夫家族是不屑于去染指的。他们的目的还是要占领这个

---

① 中国东北辽东半岛南部一个存在于 1898—1945 年间的租借地，包括军事和经济上占有重要地位的旅顺口港（亚瑟港）和大连港（达里尼港）。此地曾先后被迫租借给俄国和日本。"关东"意为位于山海关以东，与日本的关东地方无关。

比意大利稍小，面积22.8万平方公里的国家。但是，罗曼诺夫家族此举既不是为了土地、也不为了人——这两样东西俄国已经够多了。而是为了朝鲜的矿藏——金砂、煤层。"言下之意，俄国在朝鲜的扩张完全是缘于罗曼诺夫家族的贪婪和短视。但纵观欧洲历史，王室资本加入对外殖民并不鲜见，甚至可以说是早期西欧各主要强国资本主义发展的助力，但这一形式在20世纪初显然落后于时代，当庞大的帝国为了一个家族的利益而卷入一场战争，那么上下离心的困局便在所难免。

1901年，维特曾经阻止俄国皇室通过别卓布拉佐夫染指朝鲜的经济利益，这时，他再次站出来阻止俄国在朝鲜的经济扩张，但此时他已失宠。1903年5月15日，别卓布拉佐夫被任命为御前大臣，三个月后，把持俄国经济近十年的维特被解职。尼古拉二世下令设立远东总督府，阿列克谢耶夫成了俄国外贝加尔湖以东的最高长官。

除了统辖包括堪察加半岛及库页岛在内的辽阔疆域，处理俄国与远东邻国的外交事务也属于阿列克谢耶夫的工作。不过，日本政府无心和这样一介武夫交涉。8月12日，日本驻俄公使栗野慎一郎亲自向俄国外交大臣拉姆斯多夫递交了日本政府解决两国争端的提案。这份提案没有超出伊藤博文"满韩交换论"的范畴。而俄国政府的回应依旧是：满洲我不放弃，韩国我也要争取。

12月14日，在征求了英国同意后，日本做了最后的让步：只要俄国允许日本在朝鲜半岛驻军，日本可以将鸭绿江两岸50公里的范围划为"中立区"。这份修正案虽然没有明确是最后通牒，但日本政府却已经做好了全面战争的准备。12月28日，明治政府颁布紧急敕令，修改《战时大本营条例》，日本海军联合舰队也进入全面动员的状态。

1904年2月4日拂晓，65岁的伊藤博文冒着寒冷走过二重桥来到皇宫，在那里，已经52岁且身患糖尿病的天皇睦仁彻夜未眠，正等着他为自己分析一下这场关乎国家命运的战争的走向。为了战胜不可一世的强邻，日本政府从1895年甲午战争结束后，便以"三国干涉还辽"的屈辱为契机，号召全国民众展开"卧薪尝胆"式的疯狂战备。

节节攀升的军费在1898年达到了政府年度预算支出的51%。但即便牺牲了无数国民生计，日本陆、海军较之俄国仍有不小的差距。毕竟俄国的财政收入为日本的7倍。明治政府虽然励精图治，但在海军军费上的投入仍不足对手的五分之一。为了应对日本海军的扩张，俄国逐步将部署于波罗的海和地中海的新锐战舰调往远东。至1903年4月，明治政府发现日本海军不仅在总吨位上仅为对手的三分之一，在新锐战舰上亦不足对手的六成。

如果可以，日本政府上下当然希望能有更为周全的准备，但瞬息万变的局势不再给日本时间。1903年6月，俄国陆军大臣库罗帕特金出现在海参崴。这位曾在巴尔干、外高加索及中亚地区军功卓著的步兵上将被日本视为俄国陆军的灵魂人物，他的出现无疑预示着莫斯科也在紧锣密鼓进行着战争准备。就在紧张等待俄国外交回复时，海军省接到驻芝罘（烟台的旧称）情报站的急电："2月3日10点，俄国舰队由旅顺口出港，去向不明。"一时间，俄国可能先发制人的警报传遍日本朝野。

面对焦虑不安的睦仁，伊藤博文也没有更好的办法，只能以俄国国内不稳，日本则上下同心予以安慰。当天下午，明治天皇下令召集包括伊藤博文、山县有朋等元老及首相桂太郎以下的内阁主要成员开会。在这次至关重要的"御前会议"上，日本陆、海军分别陈述了应该立即开战的理由。代表陆军发言的大山岩表示："为把看起来是五对五的远东日俄两国的陆军势力导向六比四的有利形势，必须趁俄军尚未完成战备之际，展开有利的序战。"海军方面的山本权兵卫则认为："我陆、海军已大致完成百分之六十的作战准备，随时可以出动。而俄国海军，仅目前派到远东的就可与我全海军兵力相匹敌，若加上本国其他地方的兵力，其实力则大于我一倍以上。因此，一旦开战，我海军采取的战略方针是：首先歼灭远东的敌舰队，尔后截击从俄国本土开来的其他部队，以期将其各个击破。"

面对积极请战的陆、海军将佐，睦仁天皇虽然同意以木越安纲少将指挥的步兵第二十三旅团为骨干组建"韩国临时派遣队"，由佐世保出发登陆仁川，但在与俄国正式宣战的问题上仍犹豫不决。据说，当天晚上在"凤凰之间"，面对自己的妻子一条美子，天皇无奈地表示："如果这场战争失败，实在对不起……"然而，已经隆隆开动的战争机器此时任何人都无法阻止了。检验日本十年整军备战成果的终极测试由此展开。

2月5日，睦仁向日本陆、海军下达了"为保卫我国的独立，与俄国断绝交涉"的训令。随后2月6日凌晨，早已集结于佐世保近一个月的日本海军联合舰队以"千岁"号为先锋陆续驶向大洋，分兵突袭俄国海军在远东的主要锚地：仁川、旅顺和大连。

很多史学家都将日本海军的突袭得手归因于远东总督阿列克谢耶夫的麻痹疏忽。但事实上，早在1月30日，阿列克谢耶夫便已获知日本海军集中大批新锐战舰及60艘运兵船于佐世保一线的情报。他随即就此奏请沙皇尼古拉二世，要求在远东展开全面动员，甚至先发制人。尼古拉二世却回电说："最好是日本人，而不是我们首先开战。"而对怎样才算是日本已开战的问题，沙皇给出的答案也是模棱两可："你们不应阻止他们在朝鲜南部或元山东海岸登陆，但是如果他们的舰队在朝鲜西面向北越过38度线，你们便可进行攻击，不必等他们先开第一炮。"

面对含糊不清的指令，俄国海军于2月3日离开旅顺口锚地后，只进行了一轮海上演习，阿列克谢耶夫最终率舰队驶回原地，并通过强化旅顺港的防御措施来应对日本可能发动的奇袭。但是，2月7日收到日本断绝与俄国的外交关系后，旅顺口的俄军舰队昏招儿迭出，令俄军陷入了进退两难的尴尬境地。为了随时可以起航出击，阿列克谢耶夫命令驻守旅顺的俄国海军16艘主力舰艇停在外停泊场。

2月8日，俄国海军太平洋分舰队司令斯达尔克又向自己的老领导阿列克谢耶夫建议撤去军舰上的防雷网以便在起锚时节省时间。为了避免在紧急起航中出现混乱，斯达尔克还要求所有舰艇都必须"点亮前锚灯和航迹灯"。综合当时的环境来看，斯达尔克此举或许是出于好意，但他的举动却无意中暴露了自己舰队的位置。

面对呈4列停泊、舰距2链的俄国海军舰艇，做贼心虚的日本海军驱逐舰却发挥失常。在行进过程中由于严格实施灯火管制，3艘驱逐舰在黑暗中失去了联系，只能各自扑向目标。在此后一个小时的战斗中，日本海军先后发射了18枚鱼雷，但仅有3枚命中。事后，日本海军也检讨自己初次上阵情绪急躁，盲目发射，战果不佳。虽然日本海军的鱼雷突击令6500吨级的防护巡洋舰"智神"号的战斗甲板和军官住舱起火，更一举重创了俄军在旅顺最为先进的两艘外购战列舰"列特维赞"号和"皇

▼ 描绘驱逐舰队夜袭旅顺的日本浮世绘

太子"号，但这3艘战舰无一沉没。

在分兵夜袭旅顺、大连和夺取仁川的同时，由东乡平八郎亲率的日本联合舰队主力集结于旅顺口以东44海里的圆岛附近海域。事实上，遭遇日军夜袭后，俄太平洋舰队司令斯达尔克便认定对手必然会趁势强攻旅顺，因此早已命舰队中未受损伤的5艘战列舰和5艘巡洋舰处于升火待发的状态。担任全军哨舰的"大臣"号巡洋舰与"三笠"号短暂交火后，高悬着大批敌舰逼近的信号旗返回港区，俄太平洋舰队随即在炮台火力的掩护下出海迎战。

第一次强攻旅顺口虽然以日军的撤退而告终，但是日本海军新锐战舰在航速、火力和防护上的优势令对手大跌眼镜。在海战中，俄国海军"猎神"、"阿斯科利德"、"新贵"3艘巡洋舰及战列舰"波尔塔瓦"号被击伤，能够将日军击退完全是依仗岸防炮台的火力。斯达尔克意识到，在战损的两艘主力战列舰被修复及得到其他俄军支援前，自己无力与对手争雄海上，遂决定死守港区。而东乡平八郎也认为继续围攻旅顺"势必形成我与敌人的炮台交战，这不是上策，此次的挑战可到此为止"。

▼ 日俄两国舰队在旅顺口首次对决

2月10日午后，东乡平八郎率领的日本海军联合舰队主力在仁川下锚。同一天，天皇睦仁和沙皇尼古拉二世分别下诏向对方宣战。而清政府则听从日本驻华公使内田康哉的"劝告"，于2月12日宣布"严守中立"。此举实属无奈，诚如袁世凯所说："附俄则日以海军扰我东南，附日则俄分陆军扰我西北。"

为了阻击日军的突袭，2月12日，俄远东总督阿列克谢耶夫与太平洋舰队相关人员会晤后，决定在大连、旅顺一线展开防御型布雷。不过俄国海军于远东缺乏相关经验，布雷行动伊始，布雷舰"叶尼塞"号和巡洋舰"大臣"号便触雷沉没。针对这一情况，俄国海军部免除了斯达尔克的职务，代之以擅长水雷战及舰艇损管的技术型军官——喀琅施塔得港区司令马卡洛夫（Stepan Osipovich Makarov，1849—1904）。而跟随马卡洛夫一同前往远东的还有一位未来在俄罗斯家喻户晓的人物，他就是此时仍籍籍无名的高尔察克（Alexander Vasilyevich Kolchak，1874—1920）。高尔察克是个典型的俄国贵族，热衷于冒险和探索，日俄战争爆发时他刚刚跟随俄国海军的科考船深入了北极海域。荣誉和功勋被他视为生命，他甚至等不及回到家乡圣彼得堡，便草草于俄罗斯的"西伯利亚心脏"伊尔库茨克与赶来的未婚妻成婚，随后奔赴旅顺战场。

除了调集精兵强将外，俄国海军也在筹划是否需要调集更多的战舰奔赴远东。

就在马卡洛夫亲率舰队主力出港迎战时，旗舰"彼得罗巴甫罗夫斯克"号和战列舰"胜利"号先后触雷。"胜利"号虽然遭遇重创，但蹒跚着逃回旅顺。而"彼得罗巴甫罗夫斯克"号却永远留在了旅顺口外的黄金山附近海域，其残骸直到2011年才在中俄联合考察团的水下搜寻中被找到。而随着5月5日阿列克谢耶夫乘坐专列逃往奉天避难，马卡洛夫的继任者又盘桓于海参崴，旅顺港内的俄国海军指挥权暂由少将维特甫特代理。

大多数史学家均认为维特甫特优柔寡断，没什么本事。常被提及的"证据"便是维特甫特遵从要塞司令斯托塞尔的要求，将战舰上的小口径火炮拆卸上岸，将水兵编组成陆战队投入地面战。这个举动与其说是维特甫特的"过失"，不如说是他的"成绩"。毕竟日俄海军的多次交锋，已经证明决定海战胜负的不是小型火炮的数量而是主炮的口径。将这些小口径火炮和炮手闲置在船上，还不如用来阻击步步进逼的日本陆军。

至4月8日，日本陆军第一军已经控制了与中国安东隔江相望的义州。不过，战争进行至此，日本陆军的行动仍在俄国陆军大臣库罗帕特金的预料中。战争爆发前

▲ 日俄战争时期的高尔察克

▲ 被旅顺的俄国海军视为希望的马卡洛夫

▲ 日本浮世绘中赶赴前线的库罗帕特金

曾亲赴远东的库罗帕特金关于日俄地面战最著名的论调是："1 个俄国兵可以对付 3 个日本兵，而我们只需要 14 天的时间就能够在满洲集结 40 万大军，这是击败日本陆军所需数量的 3 倍。"这些话在日后时常被日方史料提及，以佐证俄国将军的无知和狂妄。其实，库罗帕特金的这番话显然有几个必要前提，其中最首要的是俄国陆军应从"南满"北撤，有效收缩兵力。

库罗帕特金预测日本陆军的首轮进攻将投入 10 个师团的兵力。而俄军在远东有 172 个步兵营，其中 27 个营驻守旅顺，21 个营部署于海参崴和南乌苏里地区，其余 108 个营均分布在鸭绿江—牛庄、大石桥—鄂木斯克的辽阔铁路沿线上。如此"连营千里"的兵力分布态势显然无法抵御日军进攻。因此，库罗帕特金从莫斯科出发时担负的使命是，按照其拟定的部署将俄军撤往"北满"。但一路上尼古拉二世不断改变初衷，以至于库罗帕特金抵达旅顺时，他的任务已变成了和阿列克谢耶夫商讨如何在俄军延后三年从"南满"撤军的前提下，加强当地的军事防御能力。

库罗帕特金深知沙皇尼古拉二世不会放弃旅顺，但从鸭绿江一线至金州一线俄军又无险可守，因此，最为稳妥的做法是将兵力集中于辽阳、海城一线，威胁日军进攻轴线的侧翼。如果日本陆军突破鸭绿江防线，由陆路进犯旅顺的话，那么俄军 3 个西伯利亚步兵军总计 60 个营的兵力将竭力拖延日军进攻的脚步。同时，依托西伯利亚铁路，俄国陆军的增援部队也将源源不断集结于哈尔滨，最终编组成具备压倒性优势的重兵集团，一举将日本陆军赶出中国东北和朝鲜半岛，"直到在日本列岛粉碎其武装部队才结束"。

库罗帕特金的计划从理论上来看可谓完美无缺，但历史上没有一场战争是完全依照交战双方事先制定的计划进行的。据说，库罗帕特金动身前往远东前，已经赋闲的维特曾半开玩笑地建议："如果想打胜仗，第一步就是逮捕阿列克谢耶夫，直接押送圣彼得堡，要不然攻守不定，非输不可。"库罗帕特金一笑置之，当他抵达战场后才发现自己原本集结于辽阳的重兵集团已被阿列克谢耶夫拆得七零八落。

日本海军的佯动还未展开，阿列克谢耶夫便将 18 个营派往了营口方向，只给库罗帕特金留下了 28.5 个营的预备队，而这不足 3 万的兵力还分驻于鞍山、辽阳和奉天等地。面对日本海军对营口的炮击，库罗帕特金也不敢轻易将这支部队撤下来，只能眼睁睁看着由陆军大将奥保巩指挥的日本陆军第二军在貔子窝一线登陆。攻占金州后，日本陆军第二军几乎在兵不血刃的情况下夺取了被俄国称为达里尼市的大连港。

▲ 斯科别列夫

大连和哈尔滨一样也是随着俄国对中国东北的殖民而出现的新兴城市。作为它的缔造者，维特不希望自己一手营建的美丽城市沦为战场。因此，他很反感阿列克谢耶夫将大连建成旅顺一样的军事要塞，最终在俄国的字典里，"达里尼"成为国际自由港的代名词。

大连的易手令日本陆军获得了威胁旅顺的重要据点，却也使坐镇辽阳的库罗帕特金没有办法再坐视不管。向来视旅顺为私产的阿列克谢耶夫以远东总督的身份向库罗帕特金提出"建议"："现在满洲集团军转入进攻的时机已经成熟了！"并提出了将日本第一军赶过鸭绿江、合围旅顺日军的两个计划。可库罗帕特金对这两个天方夜谭式的计划没有信心。

由于贝加尔湖枢纽站的交通拥堵，横贯西伯利亚的俄国铁路干线每昼夜只能通行两列军车，为前线运送 1 个步兵营、半个骑兵连和 3 门火炮。但即便是如此缓慢的增援，时间还是站在俄国这一边的，况且俄国有足够的预备队聚沙成塔。但是，库罗帕特金性格软弱，他没有勇气违背阿列克谢耶夫以及其背后的沙皇尼古拉二世。这一点，他的老领导、号称"中亚征服者"的斯科别列夫（Mikhail Dmitrievich Skobelev，1843—1882）早有察觉，他告诫库罗帕特金："一旦国家有事，但愿你永远不要担任司令官的职务，因为你虽然会做出很好的计划，但却没有坚强的毅力把它执行到底。"

6 月 6 日，西伯利亚第一军前锋攻占金州西北的瓦房店火车站。面对俄军可能封闭金州蜂腰地带的威胁，日军大本营随即下令已经有 5 个师团的第二军重新编组，第三、第四、第五师团迅速北上迎战俄国陆军主力，而第一、第十一师团则编组成第三军由乃木希典指挥，围攻旅顺口的陆路。

6 月 20 日，为统一指挥东北战场庞大的地面部队，大本营宣布成立以大山岩为司令、儿玉源太郎为参谋长的"满洲军总司令部"。7 月 6 日，离开东京的大山岩在路过长山列岛之际专程会晤了联合舰队司令东乡平八郎。对于东乡提出的"今后难保我军舰艇不遭灾祸和不受损失。反之，旅顺口敌舰已修理完毕，恢复了势力。光是对付旅顺的敌舰队，彼我的海上力量就失去了平衡"，大山岩也深感忧虑。抵达大连后，大山岩向乃木希典下达了 7 月底之前向旅顺发动强攻，8 月末攻占目标的命令。

面对日本陆军的步步进逼，旅顺港内的俄国太平洋舰队坐不住了。6 月 23 日得到了日本海军"初濑""八岛"两艘主力舰触雷沉没的消息后，阿列克谢耶夫便要求旅顺舰队"用决战的精神出港"。此时，俄国海军虽然修复了包括"皇太子"号在内的多艘主力舰，但整体实力仍与日本联合舰队有着不小的差距。

8月7日，日本陆军刚刚攻占大孤山，由黑井悌次郎率领的日本海军陆战重炮队便在当地设置观测哨，开始向港内俄军战舰实施炮击。客观来说，大孤山观测站的位置并不好。因此，大多数时候日本海军的"陆战重炮队"只能依照战前设立于烟台的"芝罘特别任务班"绘制的"旅顺要塞海陆兵营位置图"，将旅顺港区划为方格，盲目向每个方格射击。

这种"盲打"的战术虽然蠢，但是集中了43门从战舰上拆卸下的150毫米、120毫米舰炮，因此，俄军仍付出了不小的代价。这一天，旅顺口储油库被炮火击中，爆炸起火。随后，战列舰"佩列斯维特"和"列特维赞"号先后被日军炮火击中。但注重水线以上防御传统的"佩列斯维特"号受损并不严重，被7枚120毫米炮弹击中的"列特维赞"号进水倾斜。旅顺港日益危急的局面逼迫维特甫特考虑率领舰队突围。

仅从主力舰数量上看，俄国海军占据优势。但连日的攻防战早已令俄军所有战舰遍体鳞伤，舰上官兵更是惶惶如惊弓之鸟。因此，海战打响后，俄军战舰虽然多次命中日军旗舰"三笠"号并以波状阵列突破了对手的阵列，但是进入外海后，俄军舰队的阵线随即涣散。此时，散布于旅顺口外的日本大批舰艇抵达战场。在中国山东高角以北40海里的海面上，占据航速优势的日本联合舰队再度阻截了俄军的南逃路线。

连续被日军战列舰305毫米口径主炮命中后，防护出众的"皇太子"号也招架不住了。17时左右，一枚炮弹洞穿前樯，正在指挥战斗的维特甫特当场死亡，参谋长以下幕僚及舰长无不带伤。无奈之下，"皇太子"号只能打出"指挥权他让"的旗语。原本就各自为战的俄国海军顿时更加混乱。如果不是"列特维赞"号舰长辛斯诺维奇上校果断向日本联合舰队发动自杀性冲锋，吸引了日军火力，这场同样被称为"黄海海战"的厮杀，很可能以俄太平洋舰队的全灭而告终。

"列特维赞"号的全力奋战使"皇太子"号和巡洋舰"阿斯科利德""新贵"和"猎神"号突出了重围。但鉴于这3艘战舰的状况，远航海参崴显然是不现实的。舰况稍好的"阿斯科利德"号逃往上海，被得到了英国支持的清朝政府扣留。"猎神"号抵达法国控制的西贡，同样失去了自由。"皇太子"号和"新贵"号则蹒跚地驶入胶州湾寻求德国政府的庇护。

"黄海海战"的惨败终结了俄太平洋舰队在战区主动出击的历史，在此后的漫长岁月里，旅顺和海参崴的俄国海军官兵只能在默默祈祷的同时，等待改名为"太平洋第二分舰队"的波罗的海舰队千里迢迢赶来支援。而这支7月4日组建的舰队仅仅

▲ 抵达青岛的"皇太子"号

为筹备远征所需的物资便需要 3 个多月的时间，18000 海里的航程也注定是一次漫长的旅程。

1904 年 8 月 16 日上午 10 时，一名日方军使带着天皇睦仁要求旅顺居民撤离市区和要塞避难的"圣旨通知书"，以及乃木希典、东乡平八郎联名签署的劝降信前往旅顺，督促要塞司令斯特塞尔（Anatoly Mikhaylovich Stessel，1848—1915）"实行整然献城无条件投降"。俄国向来以强硬著称，对于乃木、东乡的劝降，斯特塞尔答道："没有讨论的必要。"以乃木的性格，他自然想第一时间展开强攻，但是 8 月 18 日的瓢泼大雨令进攻延后至 8 月 19 日的午后。

乃木希典的计划是，选择较为开阔，利于步兵和攻城炮群展开的旅顺东线二龙山、鸡冠山为突破口，达到"一举置要塞于死地"的目的。在他看来，旅顺东部防线尽管筑有大量永备工事，但用 300 门火炮和 3 个师团主力进攻仍有望一击得手。东乡平八郎为了支援陆军的行动，特意抽调"济远""赤城"2 艘战舰及武装商船"肱川"丸"爱媛"丸组成"但马支队"进入双头湾海域。为了牵制俄军的防御兵力，进攻首先

▲ 旅顺外围战壕里的日本士兵　　　▲ 炮击旅顺的日军280毫米重炮

于西线展开。日本陆军第一旅团在炮火的掩护下率先攻克仅有6个步兵连驻守的夹山前哨，但被阻击于203高地下。西线长期以来被视为旅顺要塞相对薄弱的地带，日军动员1个精锐旅团却收效甚微，由此不难看出俄军防御能力之强。

乃木希典第一次强攻失利，日军大本营并未太苛责。毕竟据此时的战场形势看，乃木希典仍有足够的时间积蓄力量，从而瓦解旅顺的防御。因此，从9月1日开始，第三军各师团改变战术，开始对俄军防线进行了长达一个月的坑道作业。9月14日，第一批6门280毫米重型榴弹炮运抵大连，开始了紧张的装配和试射工作。

统筹全局的大山岩和儿玉源太郎并不想过多干涉乃木希典负责的旅顺战线。因为在北线的辽阳战场，有一场更大规模的战役在等着他们。随着战线的进一步收缩，库罗帕特金手中已掌握有22万人的重兵集群，完全有能力在辽阳一线与日军打一场决战，但空前严峻的补给压力扼住了俄国陆军的咽喉。为了筹措粮秣，俄国陆军在战争爆发前便在控制区强行征收中国百姓的牲畜、口粮，甚至在直隶、内蒙强购粮食，但依旧不足以应付数十万大军的消耗。

虽然在战场上一败再败，库罗帕特金却踌躇满志。他认为，辽阳在俄军的长期经营下已拥有完备的城防工事体系，能在挫败日军攻势后大举反扑，因此在写给沙皇

准备反攻的俄国陆军士兵

L'AUTOMOBILE EN MANDCHOURIE

Le général Kouropatkine parcourt les lignes russes en automobile

▲ 法国报纸上关于俄军惨败的新闻

尼古拉二世的电报中吹嘘道："我们将欣然与敌接战。"但事实证明，库罗帕特金太过天真了，战线的收缩不仅令俄军集结了兵力，也令日本陆军有了更大的施展空间。

好不容易集中了优势兵力可以对太子河一线展开反击，库罗帕特金却无法战胜部下们的牢骚和抱怨。就在黑木为桢深感强攻无望，准备命令第一军撤过太子河转为防御的2个小时前，库罗帕特金下达了全军向奉天撤退的命令。大山岩事后对英国军方观察员汉密尔顿说："（此战）不过尔尔，俄军撤退得太顺利了！"

从战略上看，库罗帕特金放弃辽阳并非坏事，但是由于日俄战争为全球瞩目，此战的外交影响随即持续发酵。面对等米下锅、急需大批借款以填补军费缺口的日本，英、美提供了经济援助，放款的速度取决于日本海、陆军在战场上的表现。

5月，日本陆军跨越鸭绿江，英国政府便破例允许日本银行副总裁高桥是清进入伦敦交易所大厅，以示支持日本。辽阳会战结束时，日本又从英、美那里获得1200万英镑的借款。美国还将借款利息由原来的10%降至6%。与此形成鲜明对比的是，1904年5月，俄国以5%的高利息才勉强从法国获得贷款3.5亿卢布，此前，法国对俄国的贷款利率一般都在3%以下。

为了挽回国家的颜面，沙皇尼古拉二世除了强令退守奉天的库罗帕特金迅速转入反攻外，俄太平洋第二分舰队也终于在10月15日从波罗的海的利巴瓦海军基地起锚。此时，旅顺口的俄海军岌岌可危，海参崴分舰队也失去了战斗力。由于英国展开的外交攻势，包括法国在内的众多西方列强均不允许俄舰队使用自己的港口，沿途几乎没有军港或基地可供补给和整修舰艇，良莠不齐的俄海军就算抵达远东也必然是强弩之末。因此，在圣彼得堡召开的一系列军事会议上，许多重量级人物都反对进行这次自杀式的远征。

奇怪的是，舰队司令罗日杰斯特文斯基（Zinovy Petrovich Rozhestvensky，1848—1909）却力主迅速展开倾国远征，世人很难理解这位仅在风帆时代的俄土海战中立过功勋的56岁中将的自信来自何方，但有一点是可以肯定的，他的建议与尼古拉二世的意见一致。31艘舰艇和12785名水兵离开俄罗斯领海踏上不归路时，尼古拉二世还在码头主持了隆重的出师典礼。

俄国第二太平洋舰队还未驶出波罗的海便状况频出：先是驱逐舰"机敏"号由于机械故障被迫退出战列，返回军港；10月22日午夜在英国北海的赫尔港，俄军将当地的渔船误认为日本海军的伪装鱼雷艇，击沉了1艘，日后闻名于世的"阿芙乐尔"号也在炮击中中弹5处。但更为坎坷的命运还在前方等着这支宛如惊弓之鸟的舰队。

俄国海军大举来袭的消息也令日本加紧了对旅顺的强攻。11 月 24 日时，日军攻占了东线的松树山、二龙山、鸡冠山主堡垒外的明碉暗堡，西线的平行壕沟也逼近到 203 高地。但这时，大本营要求乃木希典改变攻击目标，先行攻占 203 高地。203 高地的得失实际上对旅顺地面战的成败影响并不大。大山岩给大本营回电："即使占领 203 高地，也不过是当个观测点。而 280 毫米炮队军舰的威力没有预想的那样大，莫如采取捷径置旅顺于死地。"儿玉源太郎更向海军部抗议，质问："海军为什么由害怕波罗的海舰队，到干涉陆军作战？"在海、陆军关系异常紧张的情况下，陆军元老山县有朋不得不直接越过满洲军总司令部向乃木希典申述利害。

▼ 旅顺战役地图

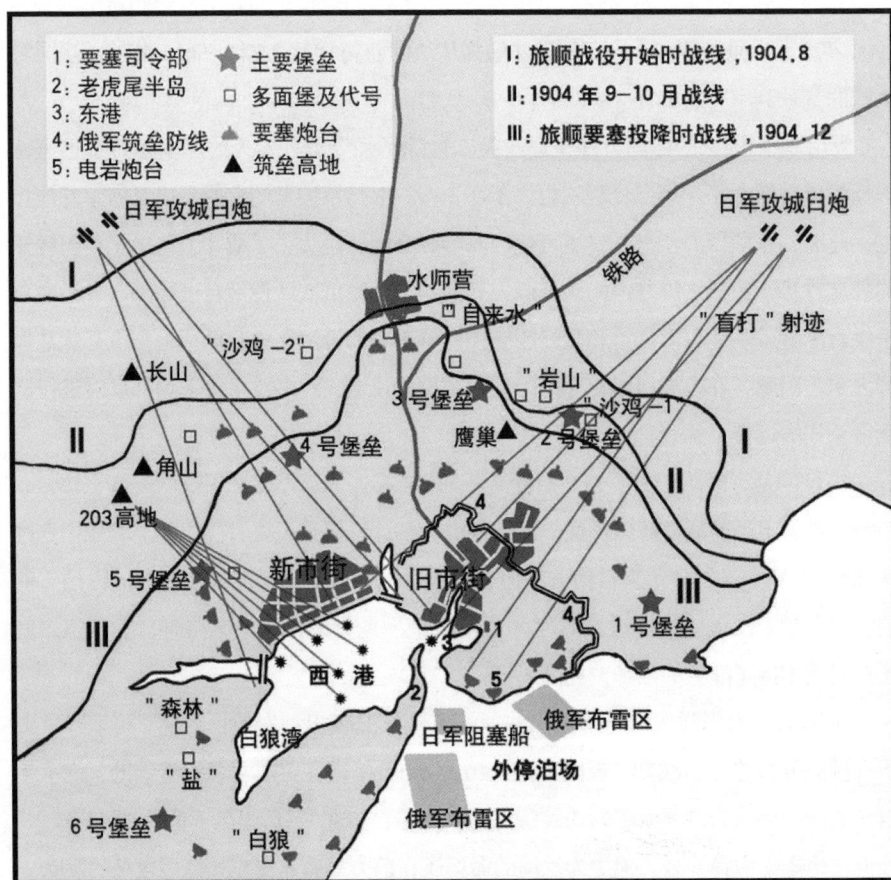

▲ *203高地的血战*

日本陆军此时动员了倾国之兵，俄国政府对前线的增援也到了丧心病狂的程度——不仅利用西伯利亚的寒冬在贝加尔湖铺设铁轨，还焚烧抵达远东的车皮以提高只能单线运输的铁路运输效率。俄国陆军在远东的增兵速度得到极大提升。因此，山县有朋直言："在北方，敌我的均势要逐渐丧失。"由于俄太平洋第二舰队的到来，到 12 月上旬，日本海军必须全部回国休整。因此，在山县有朋眼中，"现在攻占旅顺实际是早争一日的时机，其成功与否乃是陆海作战利害的关键所在，是国家安危之所系"。

11 月 26 日午后，在一线各师团均攻坚受挫的情况下，乃木希典抽调第一师团特别步兵第二十五联队二个大队、第十二和第三十五联队各一个大队，工兵第九大队一个小队及第七师团卫生队 3100 人组成敢死队，对松树山补备堡垒展开夜袭。为了便于在黑夜能识别敌我，敢死队每人在两肩斜着绑了两条白色布条，由于其造型类似于日本传统服饰中的"白襷"，因此这支敢死队又被称为"白襷决死队"。敢死队员身上的十字交叉白布起到了类似今天荧光防撞标示的作用。

　　"敢死"不代表死不了，在俄军地雷和机枪的杀伤下，"白襷决死队"损失 900 人后，最终被赶来增援的 3 个俄军水兵连赶下了阵地。"白襷队"突击失败令乃木希典对从旅顺东线打开缺口失去了信心。11 月 28 日，他将主攻方向转向 203 高地。

　　203 高地，中国当地居民称为"老爷山"。事实上，日俄战争爆发前，203 高地并非俄军的布防重点，直到 1904 年 9 月日本陆军突破旅顺西线外围防御，俄国人才在兵临城下的紧迫感中开始在 203 高地上挖壕筑垒。就是这些以 203 高地右峰炮台为中心的野战工事，令日本陆军的尸体堆积成了山。经过 9 天的鏖战，守备 203 高地的俄军在环形壕全被炸毁、隐蔽部无一完好、要塞预备队悉数耗尽后，从 203 高地上撤了下来。日军付出近万人的代价后终于获得了一个可以俯瞰整个旅顺港区的制高点。12 月 6 日，俄军出动 2 个水兵连对 203 高地展开反击，但停泊在港内的俄军战列舰"波尔塔瓦"和"列特维赞"号被艰难运至山顶的日军 280 毫米重炮击沉了。

　　为了给俄国海军最后一击，当夜，日本海军鱼雷艇队再度夜袭旅顺口。早已伤痕累累的"塞瓦斯托波尔"号宛如一头垂死的巨熊，在己方的 2 艘鱼雷艇冒死封堵对手攻击轨迹后，选择了自行了断。第二天，在日军的炮声中，俄国海军最后一艘主力战舰"巴扬"号装甲巡洋舰中弹 41 处沉没。至此，与日本海军纠缠了近 10 个月的俄军旅顺口舰队只剩下几艘可怜的小型舰艇和一堆沉在浅水的残骸。

▼　日本海军鱼雷艇队再度夜袭旅顺口

1905 年元旦，在整个东线防御体系濒临崩溃的情况下，驻守望台炮台的俄军作鸟兽散，只有 2 门从战舰上卸下的 150 毫米海军炮见证了这场血腥攻防战的落幕。当天晚上，俄军旅顺要塞司令斯特塞尔以"避免生命受无益损失"为由向乃木希典提出了"关于开城投降之谈判"的要求。与甲午战争中攻占旅顺后的大肆屠戮相比，这次付出惨重代价的日军格外克制，甚至连天皇睦仁都出面背书，保证所有投降的俄国军民都能获得人道主义的待遇。败军之将斯特塞尔在赶往水师营与乃木希典会面时虽然遭遇了日军代表迟到的羞辱，但双方正式见面后相谈甚欢。签署投降协议后，日俄的将佐不仅簇拥在一起留下了一张敌我难辨的合影，临别之际斯特塞尔还将自己心爱的西伯利亚白马赠给了乃木希典。

旅顺要塞投降的消息传回日本，一时间引发了万人空巷的狂欢热潮。无数因父亲、孩子或夫婿战死疆场的家庭长久以来压抑的悲伤和痛苦此刻也被漫天的鞭炮和烟花稀释。在旅顺战场失去两个儿子的乃木希典登上昔日的血肉磨坊——203 高地，对着炮弹形的纪念碑，吟出了"尔灵山险岂难攀，男子功名期克坚，铁血覆山山形改，万人齐仰尔灵山"的诗句。早在战前日本便出现了以幸德秋水为首的"反战论"人士，日本政府虽然以钳制言论的方式阻止这些吟唱和平高调的名士蛊惑人心，但是巨大的战争消耗也令日本的国力和民众的忍耐到了极限。为了尽快结束战争，大山岩决定集中"满洲军"所辖的 4 个军及"鸭绿江军"，向奉天发动全线进攻。

俄国陆军毕竟在奉天驻守了相当长时间，在各条战线都构筑了严密的纵深防御工事，三路强攻的日军都付出了巨大伤亡。为了争夺至关紧要的据点——于洪屯，第二军投入战场的第五旅团所部 4200 人仅存 437 人。在这场较量中，俄军率先败下阵来。在乃木希典第三军攻占奉天以北诸多据点，对俄军形成合围之势的情况下，库罗帕特金一面组建新部队填补岌岌可危的战线，一面命令左翼部队向后突围，全力打开北撤的道路。

事实证明，日军的连续猛攻也是强弩之末。俄军反扑后，扼守奉天至铁岭交通线的日军后备第一旅团败下阵来，大批俄军得以乘火车撤离奉天。依托坚固的工事群，俄军的战斗减员远小于伤亡 7 万人的日军。不过近 3 万人被俘，令一再强调是客观原因导致战败的库罗帕特金被解除了前线总司令的职务，但仍以西伯利亚第一集团军司令的身份留在战场上。此时，日军也耗尽了力量，由于炮弹紧缺，日军将俄军打来的哑弹装上 47 毫米速射炮的引信，然后放在 280 毫米重炮上，以摆脱没有炮弹开火的窘境。在此后长达半年的时间里，日俄陆军在四平一线展开了对峙。

英国当然希望能够借助盟友日本好好修理一下俄国。但才结束布尔战争的大英帝国的财政状况也不如人意，实在拿不出许多钱支持日本将战争进行到底。俄国最大的债主——巴黎的金融家们，自然不希望自己的投资由于俄国政局的波动而打了水漂。因此，奉天战役后，法国贷给俄国6亿法郎。同时，艰难抵达东亚的俄太平洋第二舰队也得以在法国控制的越南金兰湾休整。

罗日杰斯特文斯基指挥的这次远征，期间的种种遭遇只能用"人在囧途"来形容。在英国沿海误击渔船后，遭到英国皇家海军的监视和封锁，俄国舰队在西班牙的维戈港蹒跚了一周左右的时间。好不容易通过向英国政府赔偿6.5万英镑了结了这一外交纠纷，俄主力舰又因吃水较深无法通过苏伊士运河，舰队不得不分头行进。罗日杰斯特文斯基指挥的舰队主力开始环非洲航行。

1904年11月9日，俄舰队在马达加斯加重新会师，此时，旅顺口陷落的消息传来。长期生活在海上，已精神衰弱的罗日杰斯特文斯基早已没有了出发时的自信，他向沙皇请求增援。应该说，俄国海军此时仍有许多主力舰云集于黑海一线，其中就尼古拉耶夫工厂1903年完工的"塔夫里亚公爵波将金"号——堪称俄海军第一艘真正意义上的前无畏舰。但因1870年的《伦敦协定》禁止任何外国军舰通过达达尼尔海峡，被派去支援罗日杰斯特文斯基的仅有波罗的海舰队1891年完工的老旧战列舰"尼古拉一世"号以及3艘不适合远洋航行的"海军上将乌沙科夫"级岸防装甲舰。

为了等待这聊胜于无的增援，俄舰队在马达加斯加又停留了近3个月。在此期间，俄国海军的后勤补给几近崩溃。当年拍着胸脯表示将为俄国舰队提供支持的德国汉堡航运公司，突然拒绝为俄国提供横跨印度洋所需的燃煤。无奈的罗日杰斯特文斯基只能自己筹措了14船煤[①]。从后方开来的俄国补给船没有运来舰队训练所需的炮弹，而是捎来了几千套冬装以及国内动荡不安的消息。情绪波动的水兵不是上岸在酒肆和妓院里打发时间，就是以哗变来宣泄不满。面对由于各种原因挤满了医护船的伤兵，罗日杰斯特文斯基一度因精神崩溃而无法行使职权。1905年3月16日，在增援舰队未抵达的情况下，他命令舰队驶离马达加斯加，毕竟在海上管理水兵要容易一些。

长时间的停泊令俄国战舰的船底长满了水草，加上为了避免磨损驱逐舰的机械，主力舰还要拖着小型舰艇前进，因此，俄舰队从马达加斯加出发后，航速竟只有8节。

---

① 这里的"船"为计量单位。

▲ 曾经信誓旦旦要痛击日本的俄国宣传画

　　一个月后，俄国舰队才横跨印度洋抵达南中国海，停靠在越南金兰湾。由于此时俄国舰队的兵锋距离日本控制的台湾仅 4 天的航程，日本政府格外紧张，随即向法国政府施加压力。4 月 22 日，法国要求俄国舰队离开金兰湾，但却对俄舰队在金兰湾以北的万丰湾的驻留装聋作哑。5 月 9 日，从俄国本土开来的增援舰队终于抵达前线。至此，俄国海军一线舰艇增至 29 艘。此时，为了迎战俄军，日本已经动员其全部海上武装力量，早在 2 月中旬便取消了所有海军人员的休假，有 140 艘舰艇在日本近海严阵以待。

　　仅从舰艇数量上来看，俄国海军似乎没有胜算。但实际上，日本海军经历旅顺一战后，损失了包括 2 艘战列舰在内的大批舰艇。昔日的"六六舰队"仅剩 4 艘战列舰可以开赴战场。而俄国海军的 4 艘"皇太子"改型战列舰无论是火力还是防护性能，均不弱于日本海军的英制战列舰。因此，这场海上决战的关键便在于日本海军能否准确地在其行进路线上集中优势兵力。

　　面对危险的局势，俄国海军有诸多选择，最为稳妥的莫过于返航俄国本土。事实上，早在马达加斯加，罗日杰斯特文斯基便向沙皇提过类似提议。但尼古拉二世严令他向海参崴前进，毕竟俄国远东地区仍需要海军的保卫。尽管如此，摆在俄国海军面前的至少还有两条路线可供选择。除了取道对马海峡、强行通过日本海外，绕道日本列岛以东的太平洋，从津轻和宗谷海峡进入鄂霍次克海，无疑是较稳妥的选择，但罗日杰斯特文斯基选择由日本列岛西侧的对马海峡直扑海参崴。

后世很多军史学家都认为，罗日杰斯特文斯基做此决定是因为脑子坏掉了。其实，他有自己的考虑。首先，海参崴的储煤有限，舰队绕路迂回即便成功抵达目的地，也很可能再难有作为。其次，津轻、宗谷海峡相对狭窄，很容易遭到敌人的水雷攻击。事实上，日本海军的确于2月中旬便开始在其北部海域实施布雷。当然，更重要的是，在罗日杰斯特文斯基眼中，如果不能在海上中重创对手，那么海参崴亦不过是旅顺口第二，与其将舰队白白消耗在港口攻防战中，不如堂堂正正地与对手在大洋决战。

5月14日，俄国海军离开万丰湾，开始向对马海峡突进。为了吸引敌人的注意力，罗日杰斯特文斯基先派出4艘由商船改装的辅助巡洋舰进入日本列岛以东洋面实施袭

▼ 对马海战开战前的东乡平八郎

扰。但此举没有干扰到日本海军联合舰队的部署，因为日本海军临时征用了 73 艘货轮和渔船以"伪装巡洋舰"的名义进入 140 海里的纵深，开始全面探寻俄国舰队的踪影。而之所以大张旗鼓展开远距离哨戒，很大程度上是由于此时日本联合舰队内部正盛行由参谋秋山真之倡导的"七段作战"。

秋山真之主张在决战前夜先发动驱逐舰和鱼雷艇队展开夜袭（一段），然后发动主力舰队决战（二段），再发动夜袭（三段、四段），主力舰队追击残敌（五段、六段），最终将对手赶进事先布设好的水雷区一举歼灭（七段）。除了一味强调以小搏大、逐次削弱对手外，"七段作战"最重要的便是在敌人发现自己前发现敌人，并完成对预定战场的建设。

日本海军联合舰队原定与俄军决战的时间是 5 月 20 日，因为根据日本海军掌握的情报，俄国舰队中虽然不乏航速可达 24 节的新锐战列舰，但因受老旧战舰和长途航行的牵绊，平均航速维持在 10 节左右。从万丰港直驱日本大约在 5 月 19 日夜间抵达。然而，5 月 20 日，日本海军却并未发现对手的踪迹，一时间，联合舰队上下都陷入了极度的焦虑中。

5 月 27 日凌晨 2 点 45 分，日本五岛群岛白濑西方 40 海里处发现了一艘不明身份的舰艇。凌晨 5 点后，连续 4 通发现敌舰的消息通过前出的巡洋舰"和泉""严岛"号传到正在联合舰队旗舰"三笠"号上留宿的东乡平八郎手上时，他才意识到大事不好。

◀ 代表决战的 Z 字旗

第2战队

联合舰队
第1战队

第3战队　第2战队　第1战队

第2战舰队　第1战舰队

1905/5/27 13:55

第2战队

第1战队

第1战舰队

第3战舰队　第2战舰队

1905/5/27 14:05

第3战队

第1战队

第2战队

第1战舰队

第3战舰队　第2战舰队

1905/5/27 14:12

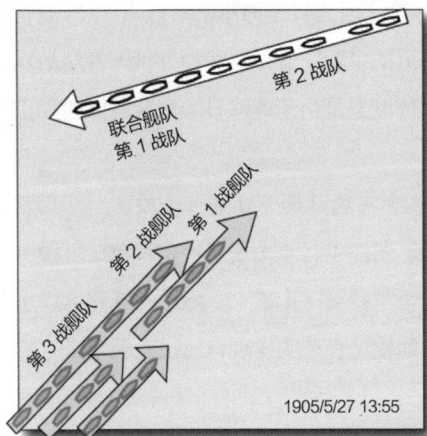

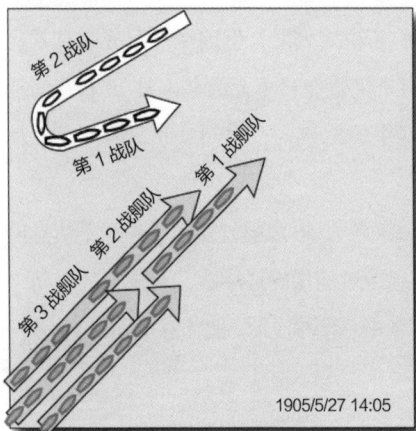

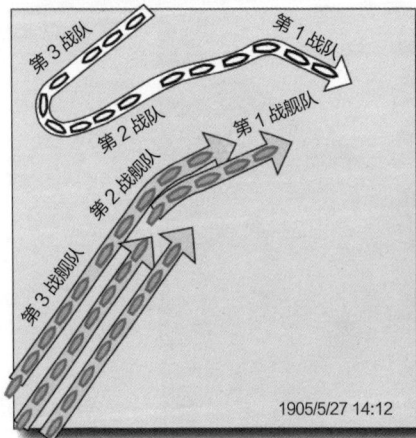

▲ 日本海军"敌前转向"的过程

他连忙命令集结在镇海府的联合舰队主力拔锚起航。待日本海军集结完毕，已经是5月27日中午了。秋山真之的"七段作战"中第一阶段的夜袭显然已经无法展开了。东乡平八郎只能将手中所有的战舰全部派往敌人的必经之路——冲岛海域。

这一天，冲岛周边大雾弥漫，能见度不过6海里。5级以上的西南风卷起的巨浪令东乡平八郎不得不命令鱼雷艇进入三浦湾避风。13时40分，俄国海军的舰影从西南方冲破浓雾进入了日本海军的视野，此时东乡平八郎手上仅有4艘战列舰、8艘装甲巡洋舰、12艘防护巡洋舰，与拥有8艘战列舰、3艘装甲巡洋舰、3艘装甲海防舰、6艘防护巡洋舰的俄国海军在数量上正好是平手。旗舰"三笠"号"皇国兴废在此一战，全体将士奋勇杀敌"的旗语并非为了煽情，而是因为心里真的没底，只能寄希望于联合舰队上下同心。由于这条旗语最后一个字母是"Z"，Z字旗日后便在日本海军中象征着决战。

进入日本列岛附近海域后，俄国海军也提升了警戒等级。从5月26日夜开始，全体船员便进入战位，准备迎击日军的夜袭。整晚无事。5月27日，尼古拉二世加冕日，俄海军进入战场。日本海军沿袭了甲午海战以来惯用的单舰纵列，联合舰队第一、第二舰队的主力舰艇以西南航向出现在呈两列纵队行进的

▲ 遭遇炮火洗礼的俄军舰队

▲ 对马海战中第一艘被击沉的俄国战舰 "奥斯里雅比亚" 号

俄国海军左舷。罗日杰斯特文斯基则将舰队分为两列，但这一阵型在主力舰决战中会令舰队的火力大打折扣。因此，在 11 点左右，他曾打算利用浓雾的掩护将舰队重新编组为单舰纵列，可惜浓雾很快散去。没勇气在敌前大举动作的罗日杰斯特文斯基只能撤消舰队重新编组的命令。

　　罗日杰斯特文斯基的畏首畏尾与东乡平八郎的霸气外漏形成了鲜明对比。14 点 05 分，东乡命令旗舰 "三笠" 向左转向，带领整个舰队在俄军的炮火射程下完成一个 360 度的大调头——著名的 "敌前转向"。此举的好处显而易见，完成转向后，日本联合舰队将以东北偏东的航线横亘在敌人前方，队列中所有战舰的侧舷火力将能有效集中在敌舰身上，这便是自风帆时代以来海战中最为有利的 "T" 字阵位。但在转向过程中，日本海军后续战舰将被己方舰艇遮挡，有 15 分钟以上的时间无法对敌展开有效反击。

　　针对东乡平八郎的变阵，罗日杰斯特文斯基有两个选择：一是集中所有能够开火的战舰全力攻击日军旗舰 "三笠"；二是抓紧时间重新编组舰队，调整航向避免与对手形成 "T" 字阵位。这两点他都想到了，但忽视了 "鱼与熊掌" 不可兼得的道理。在调整队形和航向的同时，俄国海军无法集中火力。尽管击伤了日军 "三笠" "敷岛" "日进" "八云" 等舰，迫使装甲巡洋舰 "浅间" 号因舵机受损而退出战列，但俄军不停炮击时也无法完成单舰纵列的编组。虽然改向东北航向，力争与敌人形成相对航行的局面，但由于航速的局限，在日本联合舰队完成敌前转向后，冲在最前方的俄国海军第一战列舰支队仍将面对整个日本舰队的炮火洗礼。

　　俄国海军第一战列舰支队集中了整个舰队最为新锐的 4 艘 "皇太子" 改型战列舰。

作为最后一款俄国自行建造的主力舰，"皇太子"拥有不俗的防御设计。从水线装甲带上方到中甲板都加装防弹片杀伤的薄装甲，水线装甲带下方到龙骨也装备了102毫米厚镍合金钢板加强防雷纵隔壁。但在日军凶猛的炮火面前，舰队最前方的"苏沃洛夫公爵"号迅速被打残。

俄国海军火炮数量和射速均处于下风，阵型又陷入被动状态，其结果之悲惨可想而知。海上对决仅开始45分钟，"苏沃洛夫公爵"号便严重倾斜，燃起大火。除了军官集会舱后侧一门75毫米火炮仍能射击，其余舰炮全部损毁，不得不退出战列。在15点整负伤的舰队司令罗日杰斯特文斯基被转移到驱逐舰"暴躁"号上时，他的旗舰已经成了"燃烧着的残骸"。

与"苏沃洛夫公爵"号命运相仿的、位于第二战列舰分队的前导"奥斯里雅比亚"号，15点30分侧舷被打成马蜂窝，海水如决堤般灌入舱内，最终沉没于对马海峡。随后，日本海军12艘主力舰的炮火又转向了接过指挥权的俄国战列舰"亚历山大三世"号，迅速迫使其失去了反击能力，退出战列。但此时俄国舰队完全陷入了烟雾的笼罩中，东乡平八郎只能下令停止炮击。

在这期间，俄国海军的指挥权已经落到了3号舰"博罗季诺"号舰长塞勒弗林尼克上校的手上。此时俄国海军已完成单舰纵列的编组，虽然队形不算规则，若与日本海军进入并向航行的话，仍有机会给对手造成一定损伤。但塞勒弗林尼克却选择向左转向，试图从日本海军的队尾杀出一条血路。他的企图很快为东乡平八郎所洞悉，为了避免舰队被日本海军包围，"博罗季诺"号又转向东南方向航行。

在联合舰队主力舰炮击俄国战列舰编队的同时，日本海军的巡洋舰和驱逐舰也在试图歼灭位于俄国舰队尾部的医护船等辅助舰艇。但包括名舰"阿芙乐尔"号在内的俄国巡洋舰并没有给敌人太多机会。随着"博罗季诺"号等主力舰的回航，日本海军反倒陷入了苦战。一时间，巡洋舰"笠置""千岁"和"浪速"号先后中弹，被迫退出战列。但本已摆脱了日本海军阻击，大可以南下逃命的俄国舰队此时却做了一个错误的决定：再度北上前往海参崴。

18时左右，日俄主力舰再度发生接触，这一次，东乡平八郎没有再给塞勒弗林尼克任何机会。18点30分，重新回到战列不久的"亚历山大三世"号被日本海军的炮火击沉。日本舰队的305毫米主炮击穿了其前部炮塔，殉爆的炮弹令这艘13516吨的战列舰瞬间消失在波涛中。在此之前赶到战场的日本鱼雷艇也击沉了被俄国人抛弃的"苏沃洛夫公爵"号。

涅博加托夫
第1驱逐队 第9水雷战队
"无畏"号 第2驱逐队 第5驱逐队
"伊尔特什"号
"阿尔马兹"号 第4驱逐队
第3驱逐队
第1、5、10、18
和第20水雷战队

"科列亚"号 "斯维里"号
"阿纳德里"号
"弗拉基米尔·莫诺马赫"号
"德米特里·顿斯科伊"号
"斯维特拉娜"号 "迅速"号 "卓越"号
"珍珠"号 "振奋"号
"阿芙乐尔"号
"奥列格"号

东乡平八郎海军
上将的联合舰队

片冈七郎的第5分舰队

东乡正路的第6分舰队

罗热斯特文斯基

第10、第11、第
1b、第17、第10和
第20水雷战队

出羽重远的第3分舰队

战斗开始 上村彦之丞

瓜生外吉的
第4分舰队

"乌拉尔"号
"勘察加"号

"伊尔特什"号
"罗斯"号

出羽重远

"克隆"号

罗热斯特文斯基中将的
太平洋第2舰队

安芸乃岛

战斗开始
"珍珠"号
"胆大"号
"迅速"号

"绿宝石"号
"狂暴"号
"威武"号

"奥列格"号 "阿纳德里"号
"阿芙乐尔"号 "伊尔特什"号
"德米特里·顿斯科伊"号 "勘察加"号
"卓越"号 "柯列亚"号
"无畏"号 "弗拉基米尔·莫纳马赫"号
"斯维特拉娜"号 "斯维里"号 "罗斯"号
"阿尔马兹"号 "威严"号
"科斯特罗马"号 "响亮"号
"奥廖尔"号

"和泉"号

朝鲜（日照）
合浦
釜山
北纬35度
西海峡
"秋津岛"号
朝鲜海峡
"狄珐岛"号
对马海峡
济州岛
佐世保
从波罗的海而来
东经130度
安芸乃岛
下关市
门司
中津市
福冈市
九州岛
大分
长崎
日本

俄国舰队的航线
战斗的航线
日本舰队

▲ 俄国关于对马海战的海图总结

▲ 苏联时期描述"波尔金"号起义的宣传画

　　在命令所有大型舰艇向冲岛以北的郁陵岛集结以便再战的同时，东乡平八郎下令60多艘驱逐舰和鱼雷艇编队向俄国海军展开夜袭。这次夜袭的效果经过日本海军多年的粉饰早已成神话，但事实上，日本海军所发射的100多枚鱼雷仅7枚命中。此时的俄国海军早已疲惫不堪，士气衰落到了极点。被鱼雷击中的战舰根本无力进行损害管制。最终，夜战中受损的2艘战列舰和2艘装甲巡洋舰在黎明时分自行沉没。

　　5月28日，无论是阵型还是意识都已崩溃的俄国海军最终在郁陵岛附近海面悬挂起了国际通用旗语"XGF"，宣布无条件投降。接手指挥权的涅博加托夫少将在旗舰"尼古拉一世"号对部下们说："弟兄们，我已经老了，不会怕死的。但我不愿意让你们这些年轻人送死。让我一个人接受耻辱吧！我准备接受军法审判，领受应得的极刑。"战后，涅博加托夫回到俄国被判处死刑。他在法庭上说，从离开波罗的海开始，俄太平洋第二舰队的命运便已决定了。有人揶揄道："值得惊异的倒是他们终于到了目的地。"

　　成功抵达海参崴的俄国舰艇仅有早早脱离了大队的防护巡洋舰"金刚石"号和"严

厉""威武"驱逐舰。至此，被日本海军视为经典战役的"对马大海战"画上了句号。21 艘舰艇被击沉、9 艘被俘后，俄国海军一夜之间缩水 20 万吨，由昔日仅次于英、法的世界第三迅速下滑至世界第六。也难怪在对马海战那天，愤怒的俄国民众对阿列克谢耶夫的情妇——法国芭蕾舞演员艾尔莎吼道："从俄罗斯滚出去，你身上戴的不是宝石，而是我们的战舰。"

对马海战的失利加剧了俄国的社会动荡。1905 年 6 月 14 日，俄黑海舰队主力舰"波将金"号的水兵发动起义。水兵们揭竿而起的原因很多，沙皇可能将其派往远东送死是原因之一。不过，"波尔金"号以及前来镇压的舰艇都无法穿越达达尼亚海峡。

据说，对马海战惨败的消息传到俄国皇宫后，沙皇尼古拉二世的第一反应竟是对值班侍卫说："天气多好啊！明天你想不想去打猎？"这事反映出以尼古拉二世为首的俄国贵族不再寄希望于军事行动解决日俄之间的冲突。

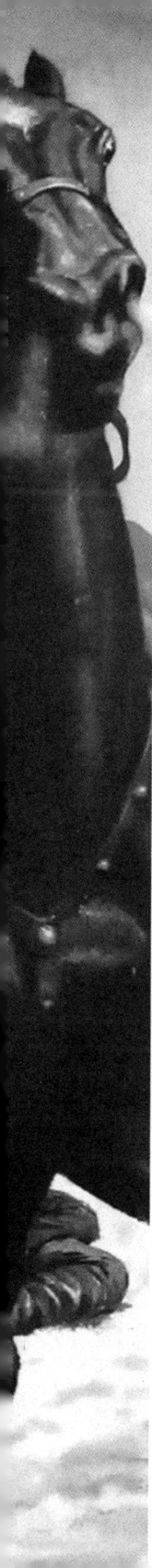

第四章
1905 年革命

20 世纪前夕的俄国，没有一个词能像"革命"那样更为俄国人着迷的了。有产者对革命充满了恐惧和仇恨，而向往自由的人却对它充满了热爱和崇拜。对那些渴望新生活的俄国人来说，"革命"一词充满了魔力。

——伊萨克·斯坦伯格

第一节 "流血星期日"

据说，1905年3月23日，儿玉源太郎奉命回国报告战况时，便曾向参谋次长长冈外史打听和谈的进程。在长冈表示仍没有眉目的情况下，儿玉有些失态地怒斥道："战争一旦开始，最大的课题就是怎样结束。连这个你都不懂，你是干什么的？"其实，儿玉错怪长冈了，恰如山县有朋在递交给首相桂太郎的意见书中所说："俄国如非莫斯科、圣彼得堡被侵占，则不会自动求和。"

面对动员了百万大军，每天耗费上百万美元的局面，债台高筑的日本和俄国一样无力将战争进行到底。好在利用日俄互殴消弭"黄祸"和"斯拉夫祸"的西方列强此时已看出端倪：日俄战争虽然有利于削弱这两个新兴强国，却会令德国渔翁得利。为了避免日本独占中国东北及德国势力在欧洲坐大，英、美两国积极奔走，为日俄和谈牵线搭桥。其中，最积极的莫过于一心想将太平洋变成"美国湖"的西奥多·罗斯福（heodore Roosevelt，1858—1919）。

8月9日，由俄国老臣维特率领的代表团抵达美国朴次茅斯海军造船厂大厦，与日本展开谈判。由于预计此次谈判将无比艰难，日本老牌外交家伊藤博文称病推辞，

▲ 美国主持日俄谈判的政治漫画

▶ 日本陆军总参谋长儿玉源太郎

外相小村寿太郎带着"七博士集团"和在国内躁动情绪下拟定的媾和条件前往美国。

所谓"七博士集团"指的是，东京帝国大学的户水宽人等七位教授，这些"专家"将俄国错当成了慷慨的清朝，竟要求俄国赔款 30 亿日元，割让包括库页岛、堪察加在内的全部俄国太平洋沿海地区。日本政府虽然比七博士理性一点，但也认为应获得巨额赔款和整个库页岛。谈判一开始，日本政府便感受到了对手的强硬，沙皇尼古拉二世宣称："一寸土地，一个戈比也不给！"而维特更在抵达美国后大打悲情牌，一时间令同为白种人的美国民众由厌恶俄国转为同情俄国。得知日本的和谈条件后，维特第一时间将其刊登在了《纽约日报》头条，一时间，美国民众纷纷指责起了日本政府的贪婪无耻。

当然，老辣的维特深知应该给日本一些甜头，于是在朝鲜半岛和中国东北的问题上，俄国大方地表示，日本可以"无偿"使用俄国修筑的中东铁路南段支线。在分界点的问题上，双方还是讨价还价了一番，最终各自放弃了哈尔滨和公主岭的要求，折中选择了长春。日本也投桃报李，表示愿意放弃库页岛北部，但依旧要俄国政府支付 12 亿日元作为"赎金"。此时，坐东的罗斯福坐不住了，他写了一封长信给日本政府，表示："如果（日本）只为一笔金钱便重新采取军事行动，它将得不到金钱而且很快会失去美国和其他国家的同情！"

事态的确如罗斯福所说，日本即使占领了西比利亚东部，也不可能迫使俄国拿出钱来，反而会耗尽自己的国力。罗斯福之所以如此坚持，很大程度上是因为美国国会认定，日本将会用从俄国获得的赔款加强日本海军，从而威胁美国在菲律宾和夏威夷的利益。有了美国撑腰，8 月 26 日，维特装模作样清算了所住酒店的房费，做好了谈判破裂回国的准备。在巨大的压力面前，日本选择了妥协。

9 月 5 日，日俄双方的代表签署了瓜分东北亚势力范围的《朴次茅斯条约》。俄国虽然放弃了在朝鲜半岛及以旅顺、大连为中心的"南满"势力范围，但缩短了战线。被俄国人讽刺为"半个萨哈林伯爵"的维特回到国内，再度成了俄国的政坛中心，因为他不仅从法国手中借到 22.5 亿法郎重振了经济，还通过颁布《十月宣言》缓和了国内激烈的社会矛盾。在支付给日本 4600 万卢布的伙食费后，大批经过战火洗礼的俄国军人从战俘营陆续归国，他们中有些人遭到审判永远离开了军队，但如高尔察克之类的年轻军官却被锤炼成了坚强的战士。在未来更为惨烈的世界大战中，是他们支撑起了腐朽的帝国，直至其崩溃。

与传统理解有所出入的是，在日俄战争爆发初期，俄国一度出现了高昂的民族

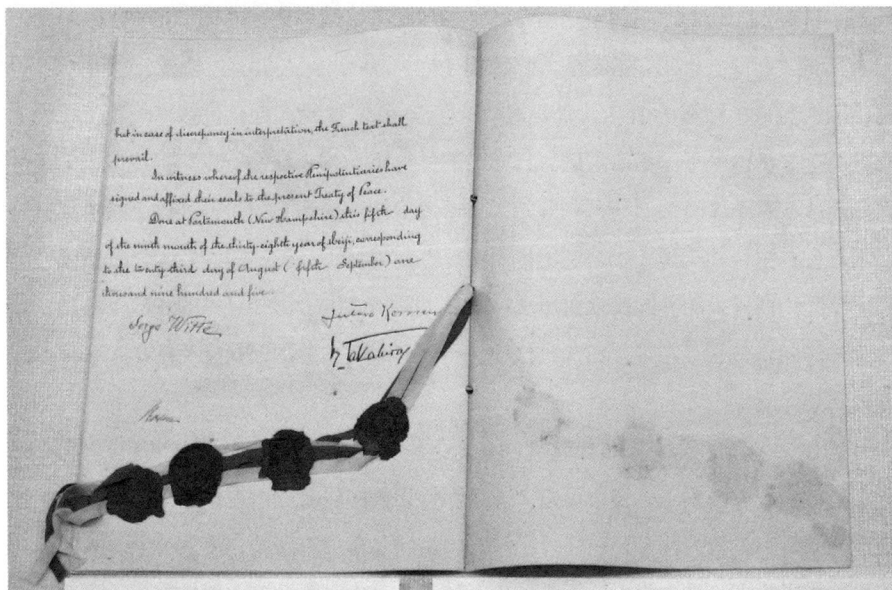

▲ 《朴次茅斯条约》

主义情绪。在旅顺遭到日本海军偷袭的第二天，尼古拉二世在日记中这样写道："群众喊的乌拉声震耳欲聋。到处是感人的示威游行，表明人民团结一致的热情和对日本人无耻行径的愤怒。"和大多数被动卷入战争的国家一样，大多数俄国人都渴望迅速展开报复行动，因此年轻的军官渴望前往一线，富有的商人慷慨解囊，妙龄少女则自愿加入红十字救护队。

只有少数有识之士看到挥动国旗、在冬宫前放声歌唱的大学生游行队伍时，表现得忧心忡忡，他们预言："这样的示威游行不值得提倡，甚至是危险的。今天，大学生表现的是爱国热情，明天就可能反其道而行之。"果不其然，随着前线不断传来不利的消息，越来越多的人开始盼望俄国军队在前线一败涂地，从而动摇罗曼诺夫王朝的统治基础。

自1861年亚历山大二世下诏解放农奴以来，俄国的统治基础——封建贵族便日益式微。昔日开疆拓土的热情，随着庄园制经济的解体逐渐黯淡。远东的纷争对那些崛起的俄国资产阶级新贵而言毫无意义，即便击败日本，从中获利的也不过是少数军事贵族以及垄断中国东北、朝鲜半岛自然资源开采权的王室成员。

相反，如果俄国在战争中败北，那么将证明沙皇独裁有问题，便有利于早已鼓

▲ 欧洲古代无政府主义行径的写照

噪多年的"立宪悬案"的解决。不过,由于社会结构的限制,俄国资产阶级发育缓慢,未形成垄断社会生产的财阀集团。大批交出土地和农奴的贵族精英,怀揣着小资产阶级的热情,以人民精粹自诩,因此他们又被称为"民粹派"(Populism)。

总体来说,民粹派的思想颇为复杂,一方面,他们以悲天悯人的心态看待俄国民众的苦难,时常以民众代言人的身份自居,呼吁回归昔日俄国村社自治时代的平均主义;但另一方面,他们又对如何改变俄国的现状存在着天真或过激的想法。

例如,有的民粹主义者认为"立宪政治"只是富人的工具,贫富不均条件下的民主是虚伪的,西方的自由与民主是抽象的、毫无疑义的,是政客们腐败的游戏,西欧所奉行的政党政治是"有害于人民群众本身利益的",远不如一个高高在上的主宰来"抑强扶弱"、"为民做主"合乎正义,专制的沙皇毕竟比立宪的沙皇要好些,因为它可以使那些"贪婪的私有者"害怕。这些民粹主义者因为与俄国警察广泛合作,被称为"警察民粹派"。

而另一些民粹主义者则认为所有政府均不能给予民众真正的自由,人性应该从政治、经济、精神的束缚中解放出来。他们在日内瓦找到了他们的理论基础,法国政论家皮埃尔 - 约瑟夫·蒲鲁东(Pierre-Joseph Proudhon,1809—1865)所倡导的"无政府主义"是他们的精神归宿。

各种思想不断碰撞和融合，最终，革命民粹派成为主流。顾名思义，革命民粹派认定，暴力革命是改变俄国现状的唯一道路。最初的组织形式是建立类似于黑社会的"民意党"，试图通过政治暗杀和在工人、军队中宣传活动来迅速夺权。

1881 年 3 月 13 日成功刺杀沙皇亚历山大二世后，民意党随即成了俄国的重点打击对象。核心成员或被捕授首，或逃亡国外，就连外围成员被秘密警察逮到后也难逃流放西伯利亚的命运。亚历山大三世统治时期，不仅民意党消亡了，民粹派也是一片茫然。但就在这种茫然中，全新的政治理念逐渐浮出了水面。

1880 年，俄国民粹主义者普列汉诺夫（Georgi Valentinovich Plekhanov，1856—1918）流亡巴黎，在那里，他首次将《共产党宣言》翻译成了俄文。他肯定地告诉民粹派和俄国工人阶级，俄国资本主义的发展已经成为不可回避的现实。

随着资本主义的发展，俄国必将诞生现代资本主义社会的两大政治力量——无产阶级和资产阶级，他们必将在未来的俄国革命中发挥重要作用。当然，此时的普列汉诺夫并不知道，在遥远的俄国，一个名为弗拉基米尔·伊里奇·乌里扬诺夫（Vladimir Ilyich Ulyanov，1870—1924）的年轻人会沿着他所指引的道路走得更远。

马克思主义的理论虽然正确，但在亚历山大三世执政时期，无论是无产阶级还是资产阶级均不可能在俄国的政治环境中生根发芽。直到尼古拉二世登基后，长期在海外活动的俄国革命者才得以回国。1898 年 3 月 13 日，俄国的无产阶级先驱在明斯克秘密召开第一次代表大会，宣告俄国社会民主工党的成立。但是，1895 年创立"彼得堡工人阶级解放斗争协会"的弗拉基米尔·伊里奇·乌里扬诺夫并不在名单中，因为此时的他仍在西伯利亚流放。不过，他署名为"列宁"的文章广受好评。因此，1900 年 2 月，列宁在西伯利亚的流放结束后，不久就从彼得堡转赴西欧，在德国创办了俄国社会民主工党的第一份机关报《火星报》。

无独有偶，1901 年秋，在长时间的谈判后，总部位于莫斯科的"社会革命党人同盟"（又称"北方同盟"），与活跃于哈尔科夫等南方城市的社会革命党（又称"南方党"）正式敲定了关于合并与建立统一中央委员会的相关事宜。至此，昔日民粹派中代表小资产阶级利益的相关派别正式以"社会革命党"（Socialist Revolutionary Party）之名在俄国大行其道。

之所以出现这样的局面，除了尼古拉二世在政治上不再推崇其父的高压手段外，跟此时俄国政治力量变得对资产阶级有利也有关。然而，社会革命党人没有揭竿而起的勇气，也缺乏发动群众的热忱。于是，恐怖暗杀便成了他们彰显存在的最佳方式。他们的第一个目标就是国民教育大臣——鲍戈列波夫（Nikolay Pavlovich Bogolepov，1846—1901）。

在维特的口中，鲍戈列波夫正派、诚笃。尽管他对教育特别是大学教育的很多管制措施被认为极端保守，但他身为国民教育的管理者，有权这么做。他在接见莫斯科大学的学生卡尔波维奇（Pyotr Karpovich，？—1901）时，颈部被卡尔波维奇开了一枪。随后，尼古拉二世迅速委任前陆军中将万诺夫斯基（Pyotr Semyonovich Vannovskiy，1822—1904）接管国民教育部。鲍戈列波夫遇刺一年后，内务大臣西皮亚根（Dmitry Sergeyevich Sipyagin，1853—1902）成为第二个牺牲品。

西皮亚根的遇刺过程与鲍戈列波夫大同小异，刺客巴尔马晓夫（Stepan Balmashov，？—1902）也是一名大学生。他伪装成一名军官，以"请签收快递"的名义接近西皮亚根，随后对这位内务大臣连开数枪。由于巴尔马晓夫宣称这份包裹是谢尔盖亲王送的，因此坊间也人认为，西皮亚根的遇刺与俄国内部的宫廷斗争有关。维特事后也认为，接替西皮亚根的普列维（Stepan Balmashov，1846—1904）更能代表王室贵族。

普列维掌管内务部后，严酷镇压各地的农民运动，同时在高加索地区加快俄罗

▼ 俄罗斯人民同盟的游行队伍

斯化的进程。令维特难以忍受的是，普列维在俄国推动"反犹"运动。

1881年3月，沙皇亚历山大二世遭刺身亡，由于有犹太人涉案，反犹主义随即在俄国空前高涨。几乎所有的非犹太民众都参与了这场血腥的反犹运动，并且首开了俄国集体迫害和大规模屠杀犹太人的先河。1903年，随着俄国国内经济形势的恶化，犹太人再度被俄国民众当成了导致一切灾难发生的"祸首"。虽然此次反犹运动的规模没有1881年那样席卷全国，却也加速了俄国国内的混乱局势。

听任各地民众以私刑迫害犹太人的同时，俄内务部又炮制了一个"俄罗斯人民同盟"。早期的俄罗斯人民同盟是一个松散的保皇党组织，其成员主要来自莫斯科等大城市的中下收入民众，他们忠于生活习惯和内务部拨的津贴。

1905年1月22日，20万名圣彼得堡居民冒着风雪前往冬宫，希望尼古拉二世能接受他们的和平请愿，停止战争。由于这次"和平请愿"是由俄国认可的半官方组织"彼得堡工厂工人大会"组织的，因此游行群众还希望沙皇能实行西欧通行的8小时工作制，给予民众更多的政治权利。可惜，尼古拉二世这一天不在冬宫。面对情绪逐渐失控的民众，冬宫前的哥萨克卫队选择以武力驱散游行队伍，史称"流血星期日"。

数千人的伤亡并没有吓倒游行群众，当天晚上，工人们高喊："沙皇揍了我们，我们也要揍他！"在宿舍区构筑街垒，一场被革命导师列宁称为"十月革命总演习"的大规模起义在俄国各地的工人罢工、农民骚动中悄然揭开序幕。

有趣的是，日本政府长期以来视俄国的内乱为"欧洲巡回武官"明石元二郎的功劳，甚至有"明石一人能敌十个师团"、"没了乃木希典大将，旅顺也拿下来了；没了东乡平八郎大将，日本海大海战也能赢；但要是没了明石元二郎大佐，日本决不能赢得日俄战争"的夸张言论。

用明石元二郎自己的话说，在俄国反情报部门的追踪下辗转于欧洲各国是一场"今夜不知何处宿，明朝晴雨喜忧间"的赌命之旅。日本政府对他的支持力度也很大：在日本，大员每月工资仅100日元，但明石有100万日元为活动资金，且日本政府从来不过问钱的去向。然而，搅乱俄国这种帝国的却不是明石元二郎一个人的功劳。

20世纪初的俄国宛如一个垂老的巨人，与腐朽的清政府相比，他的身上多了彼得大帝以来历代沙皇苦心经营的甲胄——庞大的海、陆军。其身体——政治、经济体系早已与世界脱节。在尼古拉二世上台前，亚历山大三世以思想控制和武力镇压来应对日益激化的社会矛盾，虽然取得了一定效果，但长期无法解决的矛盾在日俄战争的影响下井喷，恰如列宁在著作《旅顺口的陷落》中预言的那样："军事上的破产不可能不成为深刻的政治危机的开端。"

日本史料曾记载，明石元二郎前往日内瓦，以"你身为鞑靼人，推翻号称民族监狱的罗曼诺夫王朝才是最大的爱国"成功说服列宁出面领导1905年的俄国革命。但事实上，俄罗斯是个多民族聚居的国家，列宁体内有俄罗斯、蒙古、德国和瑞典血统。明石的这番话显然无法打动这位信奉"革命无国界"的共产主义先驱。

"流血星期日"后，被工人群众推举为彼得堡苏维埃主席的是，之前因理念之争和列宁分道扬镳的托洛茨基，连日后"反托"的旗手斯大林也坦承："起义的一切实际组织工作是在彼得格勒苏维埃主席托洛茨基同志直接指挥下完成的。"1905年俄国革命并非只有工人运动这一枝独秀，社会革命党在莫斯科等地也积极活动，组织了声势浩大的群众运动。高加索的民族矛盾，波兰、芬兰和波罗的海三国的独立热情，也牵制了俄国大批精锐部队。

因此，明石元二郎资助列宁，策划了1905年俄国革命的说法很荒诞。明石元二郎自诩赌术精湛，以至于成为日本军方中被摩洛哥赌场拒绝进入的第一人。但和日后同样以此事自骄的山本五十六一样，明石元二郎在赌场掷下的千金全是公款。

第二节 十月宣言

在很多苏联史料中，"流血星期日"的主要责任人是圣彼得堡警察局长祖巴托夫。因为是这位警察局长在"彼得堡工厂工人大会"的卧底——32岁乌克兰籍神父格里戈里·加邦（Georgiy Apollonovich Gapon，1870—1906）策划并领导了当天的和平请愿。在革命者眼中，加邦神父此举是为了将游行队伍引入俄国政府的伏击圈，这是一起有预谋的屠杀。但这一说法即便是列宁都觉得颇为荒谬，他对这位在1905年10月被工人纠察队绞死的神父的评价是："不能排除加邦可能是真正的基督教社会主义者。"要公正地评价加邦神父和还原"流血星期日"事件的真相，我们必须从祖巴托夫说起。

在维特等俄国高层人士的眼中，祖巴托夫是一个善于投机和迎合的官僚，他的主要后台是莫斯科总督谢尔盖亲王和内务大臣普列维。通过谢尔盖和普列维，祖巴托夫在俄国推行了他的治安理念：俄国要想长治久安，便必须与形形色色的社会主义者和无政府主义组织争夺底层民众的支持。

而要迎合底层民众的支持，最好的方式便是效仿革命者，建立社团，举办各种集会、讲座，通过政治宣传和信贷扶植的方式宣传忠君体国、安分守己、勤劳致富等理论。一言以蔽之，便是用保皇的宣传去遮蔽革命的宣传。应该说，这个被维特称为"祖巴托夫诡计"的想法本身并没有太大问题，但此时俄国政府效率低下，在挑选和培养意见领袖方面泥沙俱下，常被革命者利用。

在"流血星期日"事件中，加邦神父固然起到了精神领袖的作用，但面对聚集起来的数十万民众，他也无法控制局面。从他写给尼古拉二世的信中，不难看出此时他的迷茫和冲动。加邦要求沙皇和他直接对话，接受他提出的代表各阶层述求的各种政治主张。与此同时，他又向有关当局汇报了游行队伍的行进路线。正是这种试图扮演皇权和百姓中间人的欲望，导致他与和平请愿都以悲剧收场。

"流血星期日"当天，在寒冷的晨雾中，来自各个工厂和贫民窟的居民穿着他们最为得体的衣服，按照加邦神父的要求在9个集合点会聚起来，跟随着三色旗、圣像和沙皇的肖像，一路高唱着祷歌，踏雪前进。而为了维持秩序，俄国政府早已调集了大量警察和近卫军，在游行的道路两侧展开戒备。如果游行队伍并没有止步于冬宫门外，一定要向沙皇面呈请愿书，或者尼古拉二世会见了他们，那么，这次游行或许会变成政府凝聚人心、鼓舞士气的一次大检阅。

但加邦神父这个失败的案例也有价值，他向俄国政府彰显了在民智未开的情况下，培养一个意见领袖来传播"保皇"思想并不是走不通的绝路。在东正教占据主流的俄国，民众往往欢迎宗教人士。当然，不能再找加邦神父这样拥有强烈的个人意志和政治野心的人来担任沙皇代言人。"流血星期日"的悲剧发生后，尼古拉二世的当务之急是稳定圣彼得堡、莫斯科等地的局势。

很多史料都提到，在"流血星期日"事件后，俄国政府和皇室内部曾出现将责任归于谢尔盖亲王以平息众怒的呼声，但尼古拉二世选择自己出面解决问题。对这一做法，主流的解读是尼古拉二世想保全自己的叔叔。但从一些小细节来看，尼古拉二世似乎想从谢尔盖亲王手中接过莫斯科的军政大权。

事件发生后第二天，尼古拉二世便将原莫斯科警察局长特雷波夫调往圣彼得堡，并在皇村接见了34名工人代表。随着工人运动波及莫斯科，谢尔盖被迫辞去总督职务，但仍保留着军区司令的头衔。2月17日，谢尔盖离开克里姆林宫后，被社会革命党人卡里亚耶夫投掷的炸弹炸死。据说，卡里亚耶夫此前有多次下手的机会，碍于亲王的妻子和孩子在身边才作罢。谢尔盖死后，他的妻子埃拉前往监狱与卡里亚耶夫会面，表示如果他对自己的行为进行忏悔，便会特赦他。但卡里亚耶夫拒绝了，从容地走向了绞刑架。

  自己信赖的皇叔死了，向来多愁善感的尼古拉二世十分悲伤。因为日俄战争当时仍在如火如荼进行，为了能和平结束战争，他不得不频繁会见政治人物、出入近卫军营地。据说这段时间，尼古拉二世每天都要检阅近卫军一个团，晚上在部队食堂与军官们共进晚餐。最后，士兵合唱团歌颂沙皇的歌曲，军官们齐声欢呼"乌拉"将沙皇抛向空中。1905 年上半年，俄国各类罢工运动此起彼伏，农村骚动不安，波罗的海沿岸地区民族矛盾亦不断激化，但在军警的不断镇压下，这一时期俄国局势还没恶化到能动摇尼古拉二世统治的程度。《朴次茅斯条约》签署后，俄国虽然没有向日本缴纳赔款，但毕竟割让了半个库页岛，同时，战争中遭受的人员和财产损失也要自行消化。由此，好战者认为不应和谈，应该不惜国力与日本继续消耗下去，直至对方投降。而理性者则认为俄国政府不应在这场不关乎核心利益的战争中投入太多力量，特别是第二太平洋舰队的劳师远征。在这种情绪的煽动下，俄国的动荡再度加剧。这一次，民众的述求不再是结束战争，而是效仿西欧和日本，建立"杜马"①限制沙皇的无上权力，从而好在俄国确立君主立宪制。

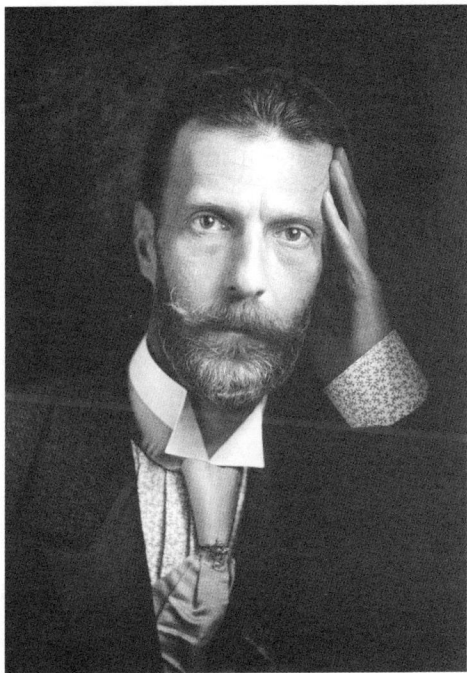

  事实上，尼古拉二世在 1905 年 2 月便颁布了允许部分人民参与"立法"的敕令，但这并不能满足俄国新兴资产阶级的需要。6 月，尼古拉二世召见农民代表。7 月，他公布了所谓"协商杜马"的相关组成计划，希望未来的杜马，地主、农民和城市居

---

  ① "杜马"一词，是俄文"дума"的音译，意为"议会"。

民各占三分之一。

但新兴资产阶级不接受这一杜马方案。于是，这一方案一经提出，便遭到了强烈反对。政府内部也出现了分裂：以维特为首的官僚阶层主张向资产阶级妥协，贵族势力和保守派则认为让步已到最大限度。恰在此时，维特受命前往美国处理日俄停战谈判的相关事宜。在这种情况下，1905 年 8 月 19 日尼古拉二世同意成立国家杜马，但限制选举方式，并仅授予轻微的权力。消息透露后，动乱加剧，引发了 10 月的大规模罢工。

10 月，归国后升任大臣会议主席的维特上书尼古拉二世，劝沙皇同意设立立法杜马和实行宪政。面对全国风起云涌的局面，尼古拉二世只能赞同维特的方案，并责成其制定一份详细的政体改革方案供他参考。维特及其助手奥德连斯基用了 10 天时间草拟出《整顿国家秩序宣言》，在 10 月 27 日面呈尼古拉二世。

维特再次进言："在当前形势下，只有两条道路可走，要么宣布军事独裁，镇压一切；要么让步，实行立宪改革。"尼古拉二世与大臣争论并考虑了 3 天，为了避免再度发生杀戮事件，10 月 30 日，他签署了《整顿国家秩序宣言》，该宣言立即以诏书的形式发给全国。根据俄国当时采用的儒略历，这一日是 10 月 17 日，因此，该宣言又称为《十月十七日宣言》，又称"十月宣言"。

十月宣言的内容大致沿自 9 月份地方自治会所提要求，允许居民拥有多项基本公民权利，包括组织政党、延伸普选权，赋予国家杜马中央立法权。因此一经颁布，主要城市舆论随即表示支持，圣彼得堡以及其他地区的动乱迅速瓦解。加上政府同时还宣布特赦政治犯，革命者开始不知所措了。

面对尼古拉二世抛出的《十月宣言》，温和派认为推动改革的目的已经达成，改良派则认为还需"听其言、观其行"，但也认为今后将以杜马议员的选举和议会政治为中心，不再以游行、革命为政治活动的中心。

唯有少数革命者向往民主共和，并坚持认定武装起义是践行这一目标的唯一办法。不过，此时的他们面对俄国军警已显得势单力孤，还要应付保皇党武装——"黑色百人团"的围剿，根本就力不从心。黑色百人团的成员虽然是些乌合之众，但其行动力却很强。

在俄国军警的默许下，他们频繁以私刑处置革命者，甚至在托木斯克将数百名革命者赶入一所剧场，然后焚之一炬。1905 年 12 月 3 日，正在密谋武装起义的圣彼得堡工人苏维埃主席——"彼得·彼得罗维奇"被捕，当时俄国当局并不知道，这个

▲ "十月宣言"颁布后欢欣鼓舞的俄国民众

原名列夫·达维多维奇·布隆施泰因（Lev Davidovich Bronstein）的犹太青年，正是当时俄国社会民主工党最具活动能力的领袖——托洛茨基（Trotsky，1879—1940）。

托洛茨基的成长历程可谓俄国社会主义政党的发展史，来自乌克兰一个富农家庭的他，最初为了尼古拉耶夫市①的工人们增加工资、缩短工时到处奔走，成立了"南俄工人同盟"。但这种自发的工人组织，在俄国的专政面前注定是脆弱的。1898年，托洛茨基及200多名南俄工人同盟的主要成员被捕，被判处流放西伯利亚。

19世纪前，流放西伯利亚可是九死一生的酷刑。但随着铁路线的延伸和沿途城镇的繁荣，前往西伯利亚不仅没有性命之虞，反而是一场与殊途同归的政治犯思想碰撞的愉快之旅。1902年春，列夫·达维多维奇·布隆施泰因以看守"托洛茨基"之

---

① 乌克兰南部港口城市，现为黑海地区最大的造船工业中心。

名逃离西伯利亚时，他在俄国异见人士中已小有名气。

1902年10月，托洛茨基抵达英国，投靠正在伦敦主持《火星报》发行工作的列宁。《火星报》之名出自"十二月党"弗拉基米尔·奥多耶夫斯基对普希金的诗《致西伯利亚的囚徒》的评价："试看星星之火，已战燎燃之焰。"他到来时，最闪亮的"火种"——列宁和普列汉诺夫之间的关系正不融洽。

这两人的主要分歧是俄国社会民主工党未来的发展方向，列宁认为应该将把党建设成一个以职业革命家为核心、有严密组织和纪律的战斗堡垒，普列汉诺夫则在很多问题上受民粹派的影响，摇摆不定。

1903年，在俄国社会民主工党第二次代表大会上，列宁进一步强化组织纪律和战斗力的提案遭到马尔托夫等人的反对。就在此时，长期被戏称为"列宁的棍子"的托洛茨基倒戈相向，俄国社会民主工党分裂为"布尔什维克"（Bolsheviks，多数派）和"孟什维克"（Mensheviks，少数派）两派。普列汉诺夫虽然表面上保持着中立的姿态，但在马尔托夫和托洛茨基等人夺取了《火星报》的控制权后，便转而支持"孟什维克"派。与列宁分道扬镳后，托洛茨基的日子也不好过。1904年4月，托洛茨基在普列汉诺夫的排挤下，被迫离开《火星报》，从此成为游离于布尔什维克和孟什维克的边缘人物。

日俄战争期间，俄国动荡，分裂的两派都意识到这是扩张自身政治影响力的良机。普列汉诺夫虽然在阿姆斯特丹与日本社会主义者片山潜热烈握手，并一度鼓动俄国工人发动武装起义，但在遭遇挫折后，却又责怪各种罢工、武装斗争"开始得不合时宜"、"本来就用不着拿起武器"，呈现出一个老"民粹主义者"的机会主义本色。

◀ 俄国社会民主工党主导的《火星报》

列宁积极关注着俄国国内局势的变化，但此时他的主要工作仍是全力整合俄国社会民主工党中的"布尔什维克"。在这种情况下，托洛茨基成了俄国社会民主工党1905年革命中最为闪亮的明星，直到他在圣彼得堡组织工人武装起义的计划随着他的被捕而中止。

消息传到莫斯科，引发了声势浩大的总罢工，3天里，莫斯科城到处是工人们筑起的街垒。但此时的尼古拉二世通过《十月宣言》稳定住了统治基础。他亲自调动莫斯科、圣彼得堡等地驻守的近卫军11个步兵团、3个骑兵团进入莫斯科城区平叛。

12月15日，曾在拿破仑战争中用白刃突击打垮法国龙骑兵的谢苗诺夫斯基近卫步兵团，开始围攻工人武装控制的勃列斯尼亚区。此时的勃列斯尼亚区俨然国中国，根据工人议会"苏维埃"的命令，一切印刷所的印刷工作都已停止，只有苏维埃的机关报——《消息报》照常出版。苏维埃执行委员会还控制了自来水和其他对城市人民生活息息相关的企业的工作。它要求开办免费食堂，要求粮店赊粮食给无钱的工人，禁止店主抬高食品价格。

勃列斯尼亚区还组建了工人法院，判处警察所长和暗探局特务们的死刑。警察都被解除了武装，武装的工人战斗队承担起维护社会治安的任务。值得一提的是，在勃列斯尼亚区还有一支来自伊万诺沃—沃兹涅先斯克①地区的工人武装，其领导人正是日后威名赫赫的米哈伊尔·伏龙芝（Mikhail Vasilyevich Frunze，1885—1925）。

不过，此时的伏龙芝还只是一个普通的工人运动组织者，尚未展现出色的军事指挥才能。在俄国近卫军11个步兵团和5个骑兵团的围攻下，12月16日，勃列斯尼亚区工人战斗队司令部发出最后一道命令："未来是属于工人阶级的。各国的人们将世世代代从勃列斯尼亚区的经验中学习不屈不挠的精神"，随后有组织地撤出了战斗。

至12月18日，莫斯科地区的街垒战基本宣告结束。其失败的原因如下："莫斯科市的武装起义基本上是区自为战，始终处于防御地位，没有采取任何主动进攻的战术。其次，这次起义没有得到社会各阶级的广泛支持和赞同，主要是工人阶级孤军奋战。再次，在这次起义过程中，孟什维克和社会革命党一直在泼冷水，制造混乱，与起义者意见不合，这些都有意无意破坏了起义。当然，起义失败最根本的原因还是

---

① 伊万诺沃和沃兹涅先斯克本是莫斯科西南部的两座小城，在19世纪中后期由于得天独厚的地理条件而成了俄国的纺织中心，被分别称为"新娘之城"和"印花之城"，1932年后改称伊万诺沃市。

革命的条件尚未成熟。"在沙皇尼古拉二世看来，平定莫斯科十二月起义意味着沙皇政府在 1905 年最艰难的时刻已过去。

1905 年 12 月，俄国政府颁布选举法，宣布第一届国家杜马将于 1906 年 3 月进行，届时 25 岁以上男性国民都是选民。对不同的社会阶层选票，将给予不同的权重，比如地主拥有比农民、工人较高的选票权重。而作为合法的政治团体，只有自由派和知识分子组成的宪政民主党、农民代表组成的劳动团体、10 月 17 日联盟（又称十月党）以及地主组成的保守联盟可以参选。至于左翼社会主义人士、社会革命党与俄国社会民主工党的布尔什维克则宣布抵制此次杜马选举。

此次杜马选举产生的 566 名议员中，宪政民主党员占据 179 席、劳动团体党员为 136 席、非俄罗斯民族代表 121 席、社会民主劳动党员 18 席、十月党员占据 17 席。但就在 1906 年 4 月 23 日（儒略历 4 月 10 日），第一届国家杜马开始运作的前夜，俄国政府突然颁布了《俄罗斯帝国基本法》，定义了政府架构，宣布沙皇为绝对的领袖，控制行政、外交政策、教堂事务以及军事武力，限定了国家杜马的政治位阶，国家杜马议员一半由选举产生，另一半由大臣会议指派，法律制定必须经由国家杜马与大臣会议核准，最终由沙皇核准才能生效，若国家杜马在休会期间，允许立法程序可由大臣会议转给沙皇核准，无需待国家杜马开议。这个时候满心欢喜的新一届俄国君主立宪派才发现，他们辛辛苦苦好多年，换来的只是一个根本没有实权的"形式杜马"。

第三节 斯托雷平

1906 年 4 月 27 日，作为俄国首届杜马开幕的日子，尼古拉二世选择在冬宫召见新近当选的议员。之所以这样安排，有人臆断，沙皇指望用宫廷的宏伟壮丽来让代表们自惭形秽。但可以想见，当议员们穿过宽阔的圣乔治大厅，来到铺着白鼬皮的皇座面前，面对两旁摆放的饰以精美钻石的权杖和皇冠时，他们或许第一时间感受到的是，他们距离权力中心如此之近，昔日由血统和财富构成的"玻璃天花板"就此被打破。这一天，跟随穿着镶金边制服的国务大臣、穿着深色制服的杜马议员进入冬宫的，还有身穿燕尾服的城市富商、穿长皮袍的农民和穿工作服的工人，他们不仅是选民代表，也是这个国家稳定和繁荣的基础。

所有来宾就座后，尼古拉二世在皇太后玛丽亚和妻子亚历山德拉·费奥多萝芙

▲ 1906年俄国第一届国家杜马宣誓现场

娜的陪伴下，在圣彼得堡、莫斯科和基
辅三地东正教牧首演唱的感恩赞美诗中
登场。值得注意的是，这一天，尼古拉
二世穿着一件近卫军奥雷奥布拉琴斯基
团的上校制服，只在胸前挂了圣安德烈
勋章和蓝色绶带以彰显喜庆气氛。接过
近侍亲贵用金盘呈上的演讲稿后，尼古
拉二世这样说道："对我来说，我会不
屈不挠保障我所允许成立的机构运转，
我坚信你们会竭尽全力为祖国效力，会
满足每一个民众的需要，会致力于人民
的教育和国家繁荣。国家要真正发展，
不仅需要自由，同时也需要基于宪法的
秩序。"尼古拉二世的这番话看似平淡，

▲ 第一届杜马开幕式上的尼古拉二世

实则却成功将国家繁荣的责任甩给了新上任的杜马议员。

议员们在群众的欢呼声中走出冬宫，当他们登上送他们前往议会的皇家汽艇行驶在涅瓦河上时，右岸彼得保罗要塞监狱的囚犯望着他们用自由推上权力宝座的议员，摇着手帕高喊着"大赦"。但议员们只挥手向他们致意。某些议员或许在想：如果让这些政治犯出狱，说不定自己就会成为他们第一个抗议和批判的对象。

何况在国家杜马中，他们有更重要的事情要做。有一位记者这样描述他在国家杜马中看到的景象："556 名议员，一天有 8—10 个小时都在开会，听讲坛上那些翻来覆去的阔论，最后鼓掌并一致通过极端的建议，这很像宗教说教。"极端的建议，指的是杜马议员试图将私有土地强制国有化。

1905 年信奉自由主义的立宪民主党成立时，就向农民宣布："我们要办的第一件事就是给你们土地和自由。"因此，他们在国家杜马中呼吁纠正"现存土地分配中的不公正"，要求通过立法无条件、强制废除大地产。立宪民主党作为本届杜马中占据席位最多的党派，其政治主张很快便得到了带有左派光谱党派的支持。

据不完全统计，第一届杜马任期内大约有十几个党派提出土地改革纲领。最初各派的观点比较简单，只是希望能尽快完成农民多年来的夙愿：收回割地。这里的"割地"指在 1861 年改革中，俄国政府为了弥补贵族解放农奴，割占的原公社土地。农民希望将割地从贵族手中夺回还有几分道理，但很快杜马中的激进派势力便将割地的范围扩大到所有土地。

杜马关于"土地改革"的争论，列宁曾这样总结道："在杜马中居统治地位的立宪民主党人既想地主吃饱，又想农民完好。在农民交赎金为前提的情况下，他们同意强制转让大部分的地主土地；第二，他们主张由自由派官吏而不是由革命农民来解

▼ 杜马议会大厅

决实行土地改革的手段和方法。立宪民主党人像蛇似的蜿蜒于地主和农民，旧政权和人民自由之间。"

这种看似两不得罪的举措，其结果正如列宁所说："官吏政府不愿意听立宪民主党的土地改革。富有的地主、官吏往往占有几万俄亩土地，以他们为首的官吏政府'宁愿改信伊斯兰教'（像一位诙谐的作家所说的那样），也不容许强制转让地主的土地。这就是说，杜马不可能真正解决土地问题，只是发表宣言，宣布要求而已。"

土地改革问题的争执虽然毫无结果，但极大激化了杜马中各政治派系与俄国贵族、地主阶层的矛盾。而始终作壁上观的尼古拉二世这段时间也绝非无所事事，他为自己物色了一位新的内政大臣——彼得·阿尔卡季耶维奇·斯托雷平（Pyotr Arkad'evich Stolypin，1862—1911），并逐渐以他取代了政治主张日益与自己分道扬镳的维特。

与尼古拉二世发生矛盾后，维特仍然前往美国与日本代表小村寿太郎会谈，签署了《朴次茅斯和约》，为俄国终结了已无胜算的战争。而在回国途中，维特又前往巴黎重建欧洲投资人对俄国的信心，并筹措了 22.5 亿法郎，开启了俄国的战后重建。尼古拉二世为此向维特颁发了奖状，将此说成是维特毕生活动中最光辉的一个。但维特摇摆的政治立场却令他在 1905 年革命后失去了沙皇的恩宠。

维特曾自称："我既不是一个自由主义者，也不是一个保守主义者，我仅仅是一个有教养的人。我不能只因为一个人的思想和我不一致，就把他流放到西伯利亚去，我也不能因为一个人不和我在同一个教堂里做祷告，就剥夺他的公民权。"这番话与其说是维特的自我标榜，不如说是他左右逢源心态的真实写照。

事实上，维特曾一度推崇中央集权，他撰写过一本名为《铁路运费原理》的小册子，宣传唯有像中央集权的、官僚制的德国那样，才能成功控制严重的社会弊病、与日俱增的收入和财产的不平等、工业领域的不诚实倾向、社会各阶级的不团结，以及下层阶级的粗鄙和不服从。但此时，维特只希望借助沙皇的权威压制那些"除了设法满足自己的欲望以外别无他图"的土地贵族抵制改革，快速建成一个以工业家和银行家为主导的现代社会。

随着俄国资产阶级的强大，维特又鼓吹："必须明智地限制独裁，必须在康庄大道上筑起几堵限制独裁之墙；除此之外，别无他路，这看来是当今人类发展不可抗拒的历史规律。"当然此时维特也清楚地看到，贵族、资产阶级和知识分子是民主制度的主张者，俄国社会的基础是农民，他们"对经济改革和社会改革的希望，要比对政治改革的希望强烈得多",工人不过是想吃得饱一点而已。因此,他才帮尼古拉二世起草《十月宣言》,开设国家杜马缓和国内尖锐的社会矛盾。

开设国家杜马可谓维特政治理念的集中体现。但这既没有使左翼满意,也未能赢得尼古拉二世的认同。最终,来自两个方向的夹击让维特这个"文明人"彻底退出了政治舞台。维特决心用国家力量推行惠及整个社会的改革,却忽略了改革高昂的代价要触怒几乎所有人;希望借沙皇压制贵族的私利,却因为沙皇的私利失去了官职;试图激发社会的积极性,却没能满足社会的要求。

据说,维特辞职时曾对周围的同僚说:"在你们面前,我是世上最为幸福的人,沙皇将我从这座感到烦闷的牢笼里释放出来就是对我的恩宠……"或许在他看来,他离去之后的俄国很快便会再度陷入日俄战争期间那样的困境,届时沙皇又将请求自己出世拯救苍生。维特猜中了开头,但没有预料到结局。俄国的确再度面对危机,但救世主却是他的继承人——斯托雷平。

仅从家族谱系,世人便不难看出斯托雷平和维特之间的天壤之别。斯托雷平出

▼ 斯托雷平家族在立陶宛的祖宅

▶ *青年时代的斯托雷平*

生于德意志萨克森王国的德累斯顿，父亲是俄国的炮兵将军和克里姆林宫卫戍长官，母亲是外交大臣戈尔恰科夫（Alexander Mikhailovich Gorchakov, 1798—1883）之女。是戈尔恰科夫的长袖善舞，令俄国走出了克里米亚战争的阴霾，重新在欧洲外交舞台上树立起了一方霸主的地位。斯托雷平可谓俄国传统军事贵族的后裔，按常理，他应该投身军旅，接过老一辈的枪，但在圣彼得堡大学自然科学部的学习或多或少改变了他。作为一名理科生，斯托雷平追求精确和效率，大而无当的俄国军队显然不适合他。

　　1885 年斯托雷平大学毕业后随即进入国有资产部土地部统计局工作，4 年后就任科夫诺省①贵族联席会的主席和农业协会主席。斯托雷平在立陶宛长大，家族拥有庞大的地产。因此，他的这两份工作不仅提高了他的行政能力，也令他开始尝试向俄国其他省份推广立陶宛地区较为先进的家庭私有农场经营方式。1902 年，斯托雷平被任命为格罗德诺省②省长，据说，当时年仅 40 岁的斯托雷平是俄国历史上最年轻的省长级别官员。

　　此后，斯托雷平又调任萨拉托夫省③省长。萨拉托夫省位于伏尔加河流域，是一个农业大省。而斯托雷平到任后不久，日俄战争所引发的社会动荡便波及他的辖区。面对山雨欲来风满楼的不利局面，斯托雷平的应对之道是提高自己手中警察部队的

---

　　① 位于今日立陶宛北部，首府科夫诺。
　　② 位于今白俄罗斯西部的涅曼河流域，与波兰和立陶宛接壤，首府格罗德诺。
　　③ 位于伏尔加河西岸，包括今日的萨拉托夫州西部和伏尔加格勒州中部等地区，首府萨拉托夫，1780 年建省，1928 年被纳入下伏尔加边疆区。

工作效率，建立全省成年男子的犯罪记录，随后按名单将他们逐一监控起来，将骚乱控制在萌芽状态。据说，在此期间有两张照片令人印象深刻：一张照片中，暴乱者正在用拳头和棍棒威胁州长；另一张中，他们跪在他的面前祈求宽恕。

在1905年革命中，斯托雷平管理的萨拉托夫省据称是全国少数保持稳定的地区。此事使斯托雷平声名鹊起，尼古拉二世"板荡识忠臣"，发了一纸电报过去："你来当内政大臣。"面对这样的召唤，斯托雷平怀着"苟利国家生死以，岂因祸福避趋之"的心情前往圣彼得堡。斯托雷平出任内政大臣时，尼古拉二世任命了维特的政敌戈雷米金为大臣会议主席（相当于首相）。戈雷米金是俄国的两朝老臣、法律专家，因为留着夸张的大胡子被法国大使笑称为"只适合搬上戏剧舞台"。

此时进入俄国中枢的斯托雷平，既没有复杂的人事关系羁绊，又没有太多的羽翼需要呵护，因此当杜马议员要求沙皇解散政府时，斯托雷平建议尼古拉二世反其道而行之，以杜马议员违反《俄罗斯帝国基本法》为由解散杜马。

斯托雷平的建议正对尼古拉二世的胃口，任命斯托雷平接替戈雷米金出任大臣会议主席时，沙皇也渴望斯托雷平为他荡平杜马。1906年7月9日，星期天，上午俄国军警封锁了杜马议会的所在地——杜利特宫，同时几个近卫军精锐步兵团封锁了周边的几个街区，雄心勃勃的议员们吃了个闭门羹，才在报纸上看到杜马已被沙皇解散的消息。

大多数议员被迫接受了这个现实，但190名"少壮派"议员逃往芬兰的维

◀ 戈雷米金

▲ 尼古拉二世、内阁重臣和杜马议员

堡，发表了号召群众抗税、拒服兵役的《维堡宣言》。斯托雷平对这些前杜马议员的行为嗤之以鼻。在他看来，沙皇解散杜马是合法行为，《维堡宣言》不过是断脊之犬的猖獗狂吠。

通过斯托雷平的舆论封锁，《维堡宣言》在俄国没有引起太大的轰动。眼看自己的号召应者寥寥，被赶出杜马的各路"革命者"再度使上了暗杀的手段，1906 年 8 月 12 日，三名无政府主义者伪装成警察潜入斯托雷平位于阿普捷卡尔斯基岛①的别墅，在宴会现场发动了自杀式袭击。

可怕的爆炸令别墅大部受损，爆炸的威力甚至让河对岸一幢房子的玻璃破碎。30 名佣人和宾客被炸死，20 余人受伤，其中包括斯托雷平最小的女儿。得到消息后的尼古拉二世随即表示要出钱替斯托雷平的女儿治疗，但斯托雷平回答道："陛下，我不出卖自己孩子的鲜血。"言下之意是"血债必须血偿"。当天晚上，斯托雷平便

---

① 位于圣彼得堡市区的涅瓦河上，彼得格勒岛北部，面积约 2 平方公里。

在冬宫召开大臣会议，宣布他的施政纲领：系统地进行镇压，同时启动合理的改革。

　　"系统镇压"指的是，斯托雷平依照《俄罗斯帝国基本法》，宣布杜马解散后的俄国进入紧急状态，随后根据《军事法》第179条，以24小时内完成从审理到执行过程的战地军事法庭取代原有的司法系统。下野的维特曾揶揄道："男人、女人甚至是孩子，都会因为在酒店偷了5个卢布被指控谋杀而遭处决。"事实上，1906—1909年，仅有3000余名嫌疑人通过战地军事法庭被判处有罪而遭受绞刑。

　　至于立宪民主党首领罗季切夫将绞刑架上的绳索称为"斯托雷平的领带"①，与其说是指控斯托雷平杀人如麻，不如说是在严刑峻法下，每个人都无法独善其身。

　　当然，斯托雷平进行这样的系统镇压，其目的不仅是为女儿报仇，也是为接下来的"合理性改革"保驾护航。1906年11月22日，斯托雷平发布法令，允许各农户退出农村村庄，"份地"归个人所有。要理解斯托雷平的这项改革举措，不得不先简单回顾一下俄国的土地所有制度。

　　长期以来，俄国奉行的都是村社土地公有制。农民属于村社，从村社中分得份地来进行家庭耕作。而村社又属于国家，国家把村社作为领地分给贵族，村社社员因而又是贵族的农奴，构成了农奴—村社（贵族）—沙皇的三级金字塔。1861年，沙皇亚历山大二世签署法令宣布解放农奴后，原有的农民与贵族间的主奴关系虽然被解除了，但村社制依旧存在，且由于大片良田被当作"割地"补偿给贵族，导致俄国农业生产效率低下，农民日趋困苦。

　　如何才能摆脱这样的不利局面，斯托雷平多年的生活和从政经验告诉他，第一届杜马提出收回"割地"乃至一切私有制土地的"历史倒车"是没有前途的，唯有将土地交给农民。因为只有这样，农民确知劳动成果将属于自己，才能焕发生产热情，才肯在土地上投资。俄国需要农民富裕起来，因为国家的福祉有赖于国民的富裕。人民的整体富裕必然带来道德水准的提高，"因为哪里有富足，那里自然会有启蒙教育，有真正的自由"。

　　不过，斯托雷平的相关改革举措要真正落实，仍需要国家杜马的批准，于是在

---

① 这是罗季切夫在第二届杜马会议上攻击斯托雷平时的发言。但他说了这句话以后，很快遭到杜马议员的围攻，于是，他趁休息时间来到杜马大臣室，跟在斯托雷平身后恳求他原谅。斯托雷平轻蔑地打量他一眼后说："我宽恕你！"但并没同他握手。斯托雷平一直留到会议结束，杜马对他采用了罗马凯旋式的欢呼。罗季切夫又登上讲坛收回他的话，请求斯托雷平宽恕。

一番准备后，1907 年 2 月 20 日，俄国第二届杜马开幕。此时，以列宁为首的布尔什维克党已经认识到抵制第一届杜马选举是错误的，因此在第二届杜马选举前，布尔什维克不但决定参加选举，而且认真分析了革命的进程和已经改变了的力量对比，从而得出结论：以杜马为讲坛，揭露沙皇制度和资产阶级的丑恶，教育和争取群众是最合时宜的策略。结果，在 1906 年秋季进行的第二届杜马选举中，左翼代表的人数大大增加，右翼代表的人数也是，立宪民主党的代表人数则急剧减少，因为他们强制国有化的政策在农村失了人心。

第二届国家杜马中，布尔什维克代表同劳动派、社会革命党、劳动人民社会主义党结成了"左派联盟"，同右派代表进行了激烈的斗争。左派联盟提出了没收地主土地、实行土地国有化的主张。看到这届杜马比上届杜马还不好驯服，"贵族联合会"便要求政府解散这届杜马，修改选举法，另外召集俯首听命的代表。

1907 年 6 月 1 日，总理大臣斯托雷平指控俄国社会民主工党策划"叛国政变"。6 月 2 日晚，政府下令非法逮捕了社会民主工党的 65 名杜马代表，随后把他们流放到西伯利亚。6 月 3 日，沙皇政府宣布解散第二届国家杜马，并公布了新的选举法。史称"六三政变"。

"六三政变"实质上并不是一次政变，只是沙皇政府以防止政变为借口，解散不驯服的第二届国家杜马。但"六三政变"具有重要的历史意义，它标志着俄国 1905 年革命的终结。与此同时，斯托雷平的土地改革迅速扩大了农业生产的规模，提高了农产品输出数量，农业收入很快占了全国总收入的 52% 以上，并使俄国粮食产量跃居世界之首。广大农民从改革中获得实利，农民中的富裕阶层显著增长。俄国农业不仅摆脱了危机，而且成为国家经济发展的动力。

值得一提的是，土地改革运动为许多农民提供了进城打工的机会，在一定程度上推动了城乡之间的人口流动，显著改变了俄国农民落后的面貌，使他们的社会地位与其他阶层逐渐平等，对俄国社会的发展产生了积极影响。在这种繁荣、稳定的局势下，斯托雷平积极推动选举法的修改、设立杜马选举期限等，努力巩固刚刚形成的俄国立宪君主制。

由于选举法的改变，政府与杜马逐步达成了妥协，使第三届杜马得以走完了五年任期，没有步前两届杜马的短命后尘。俄国新兴资产阶级和传统贵族梦寐以求的政治平衡，斯托雷平实现了。

第五章

内外交困

一个十分合理的观点是：俄国正处于一个被莎士比亚称之为"前后脱节"的时期。

——马克西姆·柯瓦列夫斯基

第一节 拉斯普京

1907 年 11 月 16 日，斯托雷平在第三届俄国国家杜马上发表他的第一次讲演，他纲要性地陈述了雄心勃勃的地方自治计划。此时，他主导的土地改革在俄国正如火如荼地展开着，他鼓励那些退出村社的农民建立独家田庄和私人农场，并为此开展了大规模、半强制性的地块合并和划界工作，又称"土地整理"。

在此过程中，一些农民还自愿将分到的土地出售给他人，视为"份地交易"。通过份地交易，一方面越来越多的土地集中在新兴的富农手中，另一方面众多农村无产者和半无产者涌入城市，成为城乡雇佣劳动者。此举既解决了土地的经营问题，又解决了城市工商业发展所需的劳动力问题。

正是基于俄国农村社会机构的变迁，1906 年 12 月斯托雷平首次在大臣会议上提出改革地方管理体制的设想。这一改革计划的重点是：由内务部任命的地区总长取代各地贵族出任的土地调节官，同时管理基本单位由各阶层代表组成的自治局取代。

从这个层面来看，斯托雷平实际是要把自治管理推行到乡村一级。他认为俄国古老的地方管理体系落后陈旧，毫无效用，这个系统中的核心人物——地方贵族，长期离开他们封地，将日常事务全部交由不学无术的代理人管理。而隶属于财政、司法、邮政、林产各部门的民政官员在各地也是我行我素。进行地方政府重组，是斯托雷平完善地方政府职能的一个重要环节。

但斯托雷平的此项改革触及了俄国贵族的传统政治地位和经济利益。随即遭遇了强烈的反弹，甚至连斯托雷平的大舅哥——纳德加特也攻击政府的政策，他表示："贵族确实不是一个政党，从来也不是。但它是俄罗斯帝国的一个具有历史意义的阶层。一旦这一阶层的根本利益被触及，我们就不仅有权利而且有义务表达我们的意见……我们爱俄国，我们要说，把贵族从地方生活中消除并不仅仅是消除了社会阶层，而是消除了俄国最珍贵的思想支柱——对君主的支柱。"

这番掷地有声的言论引起了沙皇尼古拉二世的注意。于是经过一番权衡后，斯托雷平决定缓慢推进其地方的自治改革，1908 年 3 月，来自 34 个地方自治局和 12 个城市杜马的代表参加了斯托雷平召集的地方经济会议。但其余地方仍反对设立地方自治机构。

与推行地方自治相比，斯托雷平改组中央政府的努力可谓一波三折。自担任内务大臣以来，斯托雷平便认识到俄国的中枢各部门争权夺利的热情远超相互配合。

因此，他认为有必要建立一个责任内阁，所有阁员都必须向首相负责，特别是大臣向君主做的所有报告都必须先得到主席的同意。这一点本无可厚非，但是斯托雷平的权力从内政领域扩到外交和军事层面后，他与尼古拉二世之间的关系便陷入了危机。

斯托雷平希望俄国能够维持一个长久稳定与和平的局面，避免大国之间的紧张关系导致军事冲突。因此，他竭力反对好友亚历山大·伊兹沃尔斯基（Alexander Petrovich Izvolsky，1856—1919）在巴尔干问题上的决策。

日俄战争后上任的俄国外交大臣伊兹沃尔斯基，也曾发誓要保持 10 年的和平使俄国有喘息之机。但树欲静而风不止，1908 年爆发的"波斯尼亚危机"险些令俄国陷入战争。面对奥匈帝国的欺骗，尼古拉二世一度气冲牛斗。但斯托雷平却指出："此时，俄国任何一次战备动员都将会推动革命，我们刚刚从里面走出来，这种时刻，在国际事务上不能冒险，甚至不能主动。"

如果说在外交领域，斯托雷平的指手画脚，尼古拉二世还能勉强接受的话，那么 1908 年斯托雷平卷入"十月党人"亚历山大·古契科夫（Georgy Yevgenyevich Lvov，1861—1925）在杜马抨击海军的相关事件，就令尼古拉二世忍无可忍。古契科夫不是一个传统意义上的革命者，他出身贵族世家，一度以志愿者的身份参与过布尔战争①。

此后，古契科夫又投身日俄战争，一度在"奉天会战"中被俘。这两段军旅生涯，令他成为俄国杜马议员中的少数"知兵派"。而他所提出的要求海军部清除一干无能的皇亲国戚，也合情合理。因此，斯托雷平只能一方面维护沙皇，另一方面赞成杜马加强对军事决策的参与。

但此时杜马内部敏感的保皇党却鼓噪而起，不允许讨论沙皇特权内的军机大事。事情越闹越大，尼古拉二世出面干预，他告诉斯托雷平他不接受海军部方面任何人事改革。斯托雷平只得辩解，自己没有试图削弱沙皇权力。由此可见，在奉行君主专制的俄国建立首相负责的内阁领导机制，斯托雷平可谓有心而无力。

尽管斯托雷平主导的政治改革步履蹒跚，但他在任期内取得的经济成就却是有目共睹的。国家每年的收入超过 20 亿卢布②，同时储蓄存款也由 3.6 亿增至 22 亿卢布。

---

① 1899—1902 年，英国政府与荷兰殖民者后裔建立的德兰士瓦共和国及奥兰治自由邦之间的战争。
② 当时，1 卢布可以兑换 2.67 法郎。

这么多财富来源于农产品出口。1911 年，俄国成了世界主要的谷物出口国，其产量甚至高于美国、加拿大和阿根廷的总和，同时还提供世界需求蛋类的 50%。而这一切并不是建立在俄国人自己"勒紧裤腰带"的基础上的。

这一时期俄国国内的各类农产品的消费量也水涨船高，甚至糖的消费量也从每年的人均 6 公斤上涨至 7.3 公斤。国内市场的繁荣也带动了工业发展。这一时期，俄国的钢铁年产量由 1.63 亿普特上升至 3 亿普特[①]。在这片富饶的土地上，似乎百业兴旺。与改善物质生活几乎同步的，是国家教育的推广。1908 年起俄国政府每年投入 5 亿卢布，实现了初级教育的免费义务化。从这一年开始，小学以每年 1 万所的速度增长。

有人说，俄国在日俄战争后的经济崛起，不能完全被视作斯托雷平个人的功绩。这种说法很有道理。国家的领导者——尼古拉二世，也有权分享这份荣耀。但在胜利者书写的历史中，那些本应记述沙皇的段落却被一个名叫拉斯普京（Rasputin）的"托钵僧"占据了。

关于拉斯普京的坊间传闻很多，甚至于在 21 世纪初，俄罗斯国内的摇滚歌手还以其为名谱写乐曲。这个常常出现在尼古拉二世宫廷的传奇人物，究竟在俄国的衰亡史中扮演着怎样的角色？这就需要从他走入公众视野的那一天开始讲起。

拉斯普京，原名格里高利（Grigori Yefimovich Rasputin，1869—1916），其父叶菲姆·维尔金据说早年好赌，可能是为躲避债务，也可能是为了出去闯荡，总之在拉斯普京出生前后，他家从伏尔加河流域的萨拉托夫省迁徙至居西伯利亚的秋明地区，此后一度衣食无忧，成了富农。

青年时期的拉斯普京，往往被各类传记描绘成品行不端的浪荡无赖，"拉斯普京"之名在俄语中本意便为"淫逸放荡"。这与当时的大环境也有关系：云集着各类冒险家、政治流放犯的西伯利亚没有培养圣贤的土壤。拉斯普京早年的劣迹主要是偷马、诈骗和调戏妇女。

19 岁时，拉斯普京和年长他 4 岁的一个女人结婚，并养育了 3 个孩子。关于其婚后的生活，大多数史学家都抱怨他有了家庭后，也丝毫没有悔改的诚意，反而变本加厉。由于史料中语焉不详的罪行，拉斯普京被告上了法庭。一无钱、二无势的他畏惧牢狱之灾，随即躲入了彼尔姆（Perm）修道院。

[①] 1 普特相当于 16.38 千克。

彼尔姆位于卡马河畔、乌拉尔山西麓，今天是俄罗斯的第 13 大城市，但当时还是一座起于蛮荒中的新城。根据相关的地方史志，在 1890 年东正教传入此地之前，彼尔姆是当地萨满教的圣地。诸多信奉长生天的萨满祭司隐居于瑟尔瓦河畔的昆古尔冰洞附近，在密林环抱的深邃洞穴之中感受天人合一。而拉斯普京寄居的圣尼古拉白山修道院距离彼尔姆市 85 公里，始建于 1893 年。30 岁左右的拉斯普京逃往彼尔姆时，圣尼古拉白山修道院可能刚刚建成，因此才广开方便之门，收容他这样的"迷途羔羊"。由于这所修道院开张不久，各类教义、教规尚不完备，拉斯普京因此可能在寄居期间，学习了许多萨满教的催眠术和巫术，这种"圣魔双修"的状态，为他日后成为"江湖神棍"奠定了坚实的基础。

拉斯普京在圣尼古拉白山修道院待了多久，世人不得而知。他重返故里时，行为举止已完全符合"圣徒"的标准，他不抽烟、不酗酒，甚至不吃肉，能够熟练运用《圣经》的相关教义，这样一个"回头浪子"重新出现在西伯利亚的荒原，本身就是彰显"吾主博爱"的"圣迹"。他在西伯利亚各地巡游布教之际，又受到东正教的古仪式派①、无仪式派②、阉割派③等思想的影响。

值得一提的是，拉斯普京接受的这些东正教的分支派别，虽然曾一度被主流教会视为异端，但在俄国的商贾、民众中却颇有市场，古仪式派在西伯利亚地区成立宗教社区，互帮互助，令东正教会对不敢小觑。无仪式派则发轫于俄国北方沿海的苦寒之地，信徒过着类似原始共产主义的生活。通过自我鞭挞和肆意纵欲的"阉割派"代表农奴等底层民众释放本能的渴望。

拉斯普京本身不是一个坚定的东正教信徒，此时更是大行"拿来主义"，将各派理论中有利于自己的部分全部照单全收。在他的身上，我们看到了古仪式派的穿着和装扮，无仪式派的唯吾独尊和惠及天下，阉割派的黑暗弥撒。其中，最受诟病的是拉斯普京频繁参与阉割派的宗教活动：傍晚时分，拉斯普京与身穿白衣的阉割派男女

---

① 亦称旧仪式派、老信徒派，其成员多为下层贫民和低级教士。他们反对彼得一世的改革，反对政府的横征暴敛，宣传平均主义和无政府主义。
② 又称"反仪式派"、"杜霍波尔派"，产生于 18 世纪后半期。追求早期教会的俭朴的礼仪，主张不敬拜圣像、十字架和圣徒，反对东正教的仪式和圣礼，不承认教会和神职人员，拒绝参加教会活动，视本派领导人为神圣，求内在的神灵感召，否认原罪教义，以口口相传的《生命之书》为教义。信徒多为素食主义者和和平主义者，拒绝服兵役；家庭关系注重感情而非父母的权威。
③ 又称"司科蒲派"，1770 年由农民塞列凡诺夫创立。塞列凡诺夫自称万神之神、万王之王，宣称他的使命是在俄罗斯建立弥赛亚王国。该派举行宗教礼仪时，成员会身着白衣，狂热地跳旋转舞蹈。

信徒走入密林并厮混一整夜。

但拉斯普京能踏上俄国的政治舞台，是因为他拥有独到的政治嗅觉。

1905 年，拉斯普京带着西伯利亚诸多东正教神学泰斗的介绍信来到圣彼得堡。有人认为，是拉斯普京富有磁性的蓝眼睛成功蛊惑了那些主教、牧首，也有人觉得，是因为于拉斯普京已经威胁到了传统东正教的信仰基础，所以才被"请"出了西伯利亚。这些说法都不无道理。但联系当时俄国的政治风云，我们却不难发现，挑起"流血星期日"的加邦神父倒台后，俄国民间缺乏一个宗教偶像，拉斯普京出身低微却能言善辩，信仰正教却通晓旁门左道，可谓取代加邦神父的不二人选。

因此，拉斯普京抵达圣彼得堡后不久便被"黑色百人团"发现，并引荐给了沙皇尼古拉二世。1905 年 11 月 11 日，尼古拉二世在自己的日记中简单写下了他与拉斯普京的会面。他不太在意拉斯普京，笔触中透露着轻描淡写的随意。此时，他刚刚颁布《十月宣言》，各地区的动乱要么宣告结束，要么迅速瓦解，拉斯普京作为稳定人心的一张政治牌并不需要马上打出，更何况这个在西伯利亚有一定声望的"神棍"要在圣彼得堡打响名声，还需要一段时间。

从 1905 年首次见到尼古拉二世，到 1906 年 10 月 13 日被邀请进入皇村，拉斯普京在圣彼得堡的这段时间的具体生活并没有太多的记录，所展现的"神迹"也不过是预言了 1906 年春季的旱灾和治愈了沙皇叔叔尼古拉斯大公的一条宠物狗。但根据一些后世的回忆录，拉斯普京这段时间与俄国的头面人物都有交际，并逐渐成了各类贵族沙龙的主要话题。

后人总认为，拉斯普京的出现是因为尼古拉二世夫妇对神秘主义的狂热向往，殊不知整个俄国的贵族阶层都对神秘主义如痴如狂。甚至斯托雷平这样的政治强人会见了拉斯普京后也承认："这个人具有不可否认的磁力，他面对我时，我的神经组织产生了很强的感觉。"

◀ 拉斯普京和东正教高层人士

▶ 俄国末代皇太子阿列克谢出生后不久的照片

当然，斯托雷平随后又说自己的身体很快便排斥了这种感觉，恢复了平静。

尼古拉二世邀请拉斯普京与自己的家庭成员会面，但并不像传闻的那样，第一时间提出了皇太子阿列克谢（Alexei Nikolaevich Romano 1904—1918）血友病的治疗问题。

尼古拉二世夫妇膝下唯一的男丁阿列克谢出生于1904年8月12日，他的出身对沙皇一家而言自然是莫大的幸福。但满月后，他的凝血功能便出现障碍，"血友病"的阴云笼罩在沙皇村上空。

今天看来，血友病患者只要防护得当，基本都可以活到寿终正寝。从皇太子阿列克谢后来的表现和存世的影像资料来看，血友病也并未影响他成长。唯一的问题在于，俄国皇室是否会允许携带血友病基因的皇后亚历山德拉·费奥多萝芙娜的子嗣继承大统？

要消弭这个问题，尼古拉二世夫妇需要一个"神迹"来向国人宣告血友病并不可怕，或者皇太子阿列克谢虽然罹患此病，但因为"上帝眷顾"、"天命所归"因而能遇难成祥。1907年，皇太子阿列克谢和拉斯普京首次互动。

皇太子阿列克谢再次犯病，宫廷医生们都无计可施。焦急万分的皇后说服尼古拉二世，抱着试试看的想法召拉斯普京入宫，看他能否拯救爱子。令人惊奇的是，拉斯普京进来后，仅给病情严重的皇太子喝了一小包药粉，然后进行一番祈祷后便坐在皇太子身边给他讲了些故事。接着，奇迹出现了，几天后皇太子居然恢复了健康！

今天的医学知识告诉我们，面对血友病引发的局部出血，当时的医疗条件下最好的办法是绷带加压或冷敷止血。如果拉斯普京在其中真的起了作用，可能就是利用催眠术帮助3岁的皇太子恢复平静，配合相关治疗。

拉斯普京对阿列克谢的治疗非常成功，但尼古拉二世很快便意识到自己比儿子更需要拉斯普京这样的"圣僧"。当时，正值斯托雷平两次解散杜马议会前后，各类革命党人和无政府主义者的暗杀活动此起彼伏。尼古拉二世及其家人虽然长期居住在戒备森严的皇村，但祖父亚历山大二世和叔叔谢尔盖亲王遇刺的阴影始终挥之不去。尼古拉二世需要向外界展现自己不惧暗箭，唯一的办法就是让据说有未卜先知能力的拉斯普京用预言洞破暗杀者的阴谋。

有一天，拉斯普京突然紧张地对皇后说："皇后，千万别让孩子们进儿童室，我看见了死亡。"几天以后，儿童室有一个巨大的吊灯从天花板上掉下来，摔得粉碎。

萨尔丹王

《萨尔丹王》讲述的是一个"灰姑娘＋狸猫换太子＋天鹅湖"的玛丽苏故事：从前，在民间有三姐妹，大姐和二姐都好吃懒做，爱虚荣，还幻想有一天能当上皇后。她们什么重活都不干，全部推给三妹米利特利莎来做。萨尔丹王娶了米利特利莎后，让她的两个姐姐一个在皇宫做织布工，一个当厨娘。两个姐姐嫉妒妹妹，决心害死妹妹。不久，米利特利莎有了身孕，而萨尔丹王因为出征，没能见到小王子出生。两个姐姐给萨尔丹王写信，诬告皇后生下的是一只怪兽。萨尔丹王听信谗言，以为是妖魔脱胎，紧急派使者回宫，降旨将皇后母子装进木桶投入大海。这个木桶被投进大海后，没有下沉，而是漂到一个叫布阳岛的孤岛上。王后母子死里逃生，在这个孤岛上相依为命生活了十几年，母亲给孩子起名叫格维冬。格维冬长成一个漂亮、勇敢的青年。有一天，空中有一个兀鹰正袭击一只天鹅，格维冬发现后立即营救。他用弓射中了兀鹰，这时天鹅竟变成了一个美丽的公主，并表示要报恩。原来，她是中了魔法才变成天鹅的。格维冬希望见到父王，公主前来相助。根据她的建议，他化作一只野蜂，随一艘开往特摩塔拉康尼的轮船飞去了。萨尔丹王认识到错误后，派人到各海岛寻找无辜的王后和王子，但是织布工和厨娘千方百计阻止萨尔丹王派人寻找。于是，化作野蜂的格维冬痛蜇她们。目前该歌剧已经很少出演。但其高潮部分的配乐《野蜂飞舞》却成为钢琴独奏的经典而广为流传。

看到此情景，皇后感激不已。但后来有人披露，这其实是拉斯普京的一个圈套，他已事先把儿童室内水晶吊灯的链子锯了一个口子。

这个故事或许是真的，但存在一个巨大的漏洞，除非拉斯普京真的有超能力，否则他如何才能在戒备森严的皇宫中神不知鬼不觉锯开水晶吊灯的链子呢？唯一合理解释就是，皇宫有一个庞大的团队在配合拉斯普京炒作他。这个团队的最高领导人可能就是尼古拉二世。

拉斯普京另一个著名的死亡预言则发生在斯托雷平的身上。1911 年 9 月 15 日，斯托雷平与沙皇夫妇、两位公主一道出访乌克兰首府基辅。晚上，一行人前往国立乌克兰大剧院观看由普希金同名小说所改编的歌剧《萨尔丹王》。在进入剧场之前，拉斯普廷突然指着斯托雷平的后背大喊："死亡在他身后！死亡在跟随着他！"果然，在歌剧进入高潮部分时，一个年轻人靠近斯托雷平，向他连开了两枪。

中弹后，斯托雷平冷静地从椅子上站起来，脱掉手套和解开夹克的扣子，露出浸血的背心。在示意皇帝从包厢撤往安全地带后，斯托雷平一下子瘫在了椅子上，并

▼ 斯托雷平的国葬典礼

大声说道："我很高兴为了陛下去死！"尼古拉二世仍留在原地，斯托雷平在身负重伤的情况下，还颇为夸张地为皇帝画十字祝福。次日清晨，尼古拉二世跪在斯托雷平的病床前，重复地说着："原谅我。"在遭到枪击的四天后，斯托雷平去世。

拉斯普京的预言又一次应验了，但其实谁都知道斯托雷平早晚会被暗杀，包括他自己及其卫队。因为他得罪了太多人。大地主们担心自己的财产和特权会被他倡导的地区自治改革瓜分。社会主义者则认为，一旦斯托雷平改革成功，他们就会失去人民的支持。农民渴望拥有土地，但他们并不希望将自己的所有家当，装上那列开往苦寒西伯利亚的"斯托雷平火车"。

当斯托雷平主张乌克兰等地实行"西部自治"与尼古拉二世发生矛盾，最终以辞职相要挟时，他已经失去了最后的保护者。俄国所有人都恨他。事后查明，刺杀斯托雷平的凶手博格罗夫（Dmitry Grigoriyevich Bogrov，1887—1911）是一名革命者，同时还是保安局的一名密探。他很快就被绞死，其背后主使无从查起。

第二节 保加利亚危机

斯托雷平的遇刺不仅宣告他主导的改革失败，也预示着日俄战争以来，俄国对欧洲政局特别是巴尔干事务置身事外的局面将被打破。尼古拉二世利用着斯托雷平改革的成果，在欧洲大展拳脚。或许他认为，自己面对的是一个前所未有的战略机遇期。

俄国的传统敌人：横霸中欧的波兰—立陶宛联邦，虎视黑海的奥斯曼帝国皆已衰弱不堪；普鲁士帝国经历了三场战争才完成了统一德意志的夙愿；法国在拿破仑三世败亡后，仍需要在帝制与共和中寻觅

▶ 外交大臣戈尔恰科夫

出路；爆发于非洲南部的布尔战争又大大削弱了英国。利用这有利时机，斯托雷平的外公——外交大臣戈尔恰科夫为俄国订立了"联德联奥、孤立英法"的外交政策。

1870年，利用欧洲列强将注意力集中于普法战争之际，戈尔恰科夫宣布克里米亚战争以后不许俄国在黑海保有舰队及在海岸修筑炮台的禁令无效。随后，他又与普鲁士的"铁血宰相"俾斯麦（Otto von Bismarck，1815—1898）斗智斗勇，最终于1873年促成德、俄、奥之间"三皇同盟"[①]的确立。

为了达成这一纸协议，其中艰辛远超世人的想象。后人据此认为戈尔恰科夫是唯一能与俾斯麦抗衡的外交家。两人之间的亲密互动更使人认为，戈尔恰科夫是少数能够领会俾斯麦高明外交决策的政治家，以至英国首相本杰明·迪斯雷利一听到俾斯麦和戈尔恰科夫见面的消息就头皮发麻。但从后续的发展来看，俾斯麦和戈尔恰科夫都很清楚"德俄同盟"本质上是与虎谋皮。要想双方不撕破脸，唯一的办法只能是拉打结合，相互制约。

1877年4月24日，莫斯科借口奥斯曼帝国镇压巴尔干半岛的斯拉夫人起义，挑起了"第十次俄土战争"。尽管由于戈尔恰科夫战前的外交活动，俄国的军事行动得到了罗马尼亚、塞尔维亚和黑山三个国家的支持，但装备有大量西方先进武器的奥斯曼帝国军还是给俄国军队造成了不小的损失。

或许是受了战场上巨大伤亡的刺激，当1878年俄国军队逼近奥斯曼帝国首都伊斯坦布尔时，莫斯科抛出了一份要价颇高的和平协议——《圣斯特法诺条约》。条约除了要求奥斯曼帝国向俄国赔款14亿卢布之外，还要求对方承认黑山、塞尔维亚和罗马尼亚三国独立；承认波斯尼亚和黑塞哥维那有自治权；成立北起多瑙河、南至爱琴海、东起黑海、西至奥赫里德湖包括几乎全部马其顿的大保加利亚国；并将萨拉比亚、卡尔斯、巴统和巴亚齐特并入俄国版图；修改博斯普鲁斯海峡通行规则，允许俄国军舰自由通行。

如果奥斯曼帝国完全按照《圣斯特法诺条约》执行，那么俄国不仅能一雪克里米亚战争之耻，还能将大半个巴尔干半岛收入囊中。英法曾经就出兵封堵过俄国海军

----

① 1799年，为了对抗拿破仑，欧洲三位最强势的君主：普鲁士国王弗里德里希三世、俄国皇帝亚历山大一世和奥地利皇帝弗朗茨二世结成同盟，史称"三皇同盟"。德意志统一后，俾斯麦为了孤立和打击法国，策划德意志帝国与俄罗斯帝国、奥地利帝国结成的同盟。1873年6月，俄奥两国皇帝签订《兴勃隆协定》，约定遇有第三国侵略、危机欧洲和平时，两国应立即商讨共同的行动方针。同年10月，德国也加入这一协定，从而结成"三皇同盟"。

从黑海进入地中海的通道，这一次自然也不会轻易放行——英国海军的战舰再度出现东地中海。奥匈帝国也在俄国军队的侧翼磨刀霍霍。就在战争一触即发的情况下，俾斯麦以调解员的身份邀请英、法、俄、奥匈、意大利和奥斯曼各国代表齐聚柏林。

经过一番讨价还价，各国最终同意重新订立《柏林条约》来划分巴尔干的势力范围。罗马尼亚、塞尔维亚和黑山三国的独立主张，波斯尼亚和黑塞哥维那自治得到欧洲列强的普遍支持，但俄国扶植大保加利亚的计划却被打了折扣。英国代表用自己发明的"东鲁米利亚"指代北色雷斯地区，以保护当地穆斯林信仰和人权为名，从保加利亚的领土上划分了出去。俄国虽然可以获得向奥斯曼要求的领土和赔款，但军舰依旧不得在博斯普鲁斯海峡自由通行。

但俄国的实际损失并不大。毕竟黑山、塞尔维亚和罗马尼亚的独立，令俄国在巴尔干方向有了三个坚实的盟友。保加利亚对俄国的感情也远没有莫斯科想象的那般深厚，如果真的在 1878 年便成为"大保加利亚"，那么俄国在巴尔干的势力范围可能面对更多变数。

真正令莫斯科感到颜面尽失的是没获得海峡通行权，以及英国曾从奥斯曼帝国手中夺走塞浦路斯岛——英国在东地中海拥有了一个强大的海军基地，俄黑海舰队即便突破博斯普鲁斯海峡也将遭到英国皇家海军的迎头痛击。

俾斯麦此番主持列强分赃，不仅确立了德意志第二帝国欧洲仲裁人的地位，成功用波斯尼亚和黑塞哥维那的归属权讨好了宿敌奥匈帝国，也向俄国宣告了要对抗英

▼ 战后俄国牧师抚慰亡魂

法，俄必须依赖柏林这个残酷的事实。不过，俾斯麦小看了俄国的骨气，此后几年德俄关系急转直下。

就国力而言，此时的德意志第二帝国与俄国相比，占据着压倒性的优势。但此时的俾斯麦却不得不警惕法国的威胁。被马克思调侃为"侏儒怪物"的法国政客梯也尔（Adolphe Thiers，1797—1877），虽因血腥镇压"巴黎公社"运动而声名狼藉，但其务实的内政、外交政策使法国很快便摆脱了普法战争带来的阴影，由其主持的戒严和对社会主义者的迫害，使法国免于长期的社会对立乃至新的内战，超发国债还使法国提前清偿了因普法战争欠下的高达 50 亿法郎的战争赔款。虽然梯也尔因共和党和保王党的诟病而黯然下台，但法国在他手中浴火重生是不争的事实。

国力恢复后，骄傲的"高卢雄鸡"无日不秣马厉兵，矢志复仇。为了避免陷入两线作战，俾斯麦只能积极与俄国修复关系。1881 年 6 月 18 日，俾斯麦终于说服俄、奥两国，于柏林签订了为其 3 年的同盟协定。史称"第二次三皇同盟"。但巴尔干半岛的风云变幻再度使德俄关系破裂。

1885 年 9 月，东鲁米利亚地区爆发武装暴动。尽管相关史料均强调这一事件完全是当地民众渴望加入保加利亚的自发性举措，但这一年恰逢奥斯曼帝国在当地的总督换届，因此，当地豪族之间的权力斗争也不可忽视。就在控制了东鲁米利亚地区局势的武装人员高调宣布并入保加利亚之际，1885 年 10 月，英、德、俄、法、

▼ 第十次俄土战争，需要注意的是，图中奥斯曼帝国军装备了大量的西方先进武器

▶ 英国报纸上讽刺"三皇同盟"的
漫画：三国君主是俾斯麦操控下的
木偶

意和奥匈等国家在君士丁堡举行大
使级会议。

会议上，俄国要求奥斯曼帝国
尽快以武力收复东鲁美利亚。俄国
之所以在此时抛弃了此前主张的"大
保加利亚"，主要是由于保加利亚自
1878 年独立以来，想摆脱俄国控制
的心情日益强烈。想在巴尔干扩张的
俄国显然不愿意看到一个强大的保加
利亚。

俄国的建议，得到了德国和奥匈的支持。但此时一手制造了东鲁米利亚问题的
英国却出来搅局。英国建议奥斯曼帝国任命保加利亚大公亚历山大一世为东鲁美利亚
总督。表面上，英国这个建议保全了奥斯曼苏丹的面子，保加利亚也完成了统一，但
本质上却是"看热闹不嫌事大"，在巴尔干这个火药桶上浇了一桶油。就在与会各国
对英国的无耻感到愤懑不平之际，塞尔维亚人坐不住了。1885 年 11 月 14 日，打着
维护巴尔干地区和平与稳定的旗号，塞尔维亚军队开入东鲁米利亚地区。

事实证明，塞尔维亚人高估了自己的实力，尽管背后有奥匈和俄国两大帝国的
支持，但在战场上仍被保加利亚军队打得抱头鼠窜。究其原因，一是保加利亚人维护
祖国统一的强大决心、高昂士气，二是保加利亚此时已建立起一支准现代化的国家军
队，而塞尔维亚军队则还是 19 世纪中叶的水准[1]。面对塞尔维亚的全线崩溃，11 月
28 日，当时驻贝尔格莱德的奥匈帝国大使凯文赫勒·梅斯克，访问了保加利亚国家
军事总指挥部，警告说如不停火，奥匈帝国军队将介入战局。

---

[1] 1885 年，保加利亚与塞尔维亚的战争，保加利亚投入 8 个三团制步兵师、12 个骑兵营和 8 个炮兵营，总
兵力约为 3 万人。此外，还有超过 20 个营的东鲁米利亚民兵参战。塞尔维亚军队有 80 个团、21 个骑兵营和 46
个炮兵营，总计 7 万余人、246 门火炮。但这支大军缺乏科学的调度和指挥，最终一败涂地。

保加利亚军队随即虽然撤出了塞尔维亚的领土，但吞并东鲁米利亚却已成定局。眼见强大的保加利亚即将脱离自己的控制，沙皇亚历山大三世决定铤而走险。1886年8月20日，俄国鼓动亲俄的保加利亚军官在首都索菲亚发动军事政变，迫使保加利亚大公亚历山大一世（Alexander Joseph，1857—1893）签署退位诏书。

　　但此时在保加利亚国内渴望摆脱莫斯科控制的并非只有大公一人。政变军控制首都后仅两个星期，便被从保加利亚第二大城市普罗夫迪夫赶来的勤王军推翻，但重新戴上王冠的亚历山大一世厌倦了政治。在他看来，保加利亚与俄国的矛盾不可调和，与其坐在火山口上等着被烧焦，不如自己急流勇退。

　　亚历山大一世走得洒脱，但留下的宝座成了俄国与保加利亚国内贵族争夺的焦点。起初，沙皇亚历山大三世的小舅子——丹麦的瓦尔德亲王，是双方都能接受的人选。但这位北欧亲王拒绝赴任。为了尽快结束王位空悬的局面，保加利亚国民议会在奥匈帝国的支持下，最后不经俄国的同意便选出了新的大公。1887年6月25日，出生于维也纳的萨克森·科堡—哥达家族后裔——斐迪南亲王选为保加利亚大公，是为"斐迪南一世"（Ferdinand I of Bulgaria，1861—1948）。

　　当时，很多保加利亚人对斐迪南一世的生命感到担忧，认为这位没得到俄国沙皇首肯的天主教徒，注定只是保加利亚的一个过客，但事实是，斐迪南成了欧洲王室的常青树。晚年的斐迪南一世在希特勒和斯大林的世纪大对决中竟然全身而退，由此得到了"狡黠如狐"（Foxy Ferdinand）的美誉。

　　当然这些都只是后话，斐迪南一世抵达保加利亚后，第一时间要做的还是迅速修补与俄国的关系。为了讨好俄国，斐迪南修改了保加利亚宪法，规定大公及其继承人"除了信奉

▶ 日后加冕为保加利亚沙皇的斐迪南一世

东正教外，不可信奉其他任宗教"。但是这些小花招骗不到沙皇亚历山大三世，在其任内，俄国始终拒绝承认斐迪南一世的合法地位。直到 1894 年亚历山大三世去世，尼古拉二世接见了前来奔丧的鲍里斯王储，两国才和解。

无论如何，斐迪南一世的即位都宣告了延续三年的"保加利亚危机"的终结。德意志第二帝国虽然始终置身事外，但俾斯麦却从中看出了自己构筑的"三皇同盟"最大的弱点——俄国和奥匈两大盟国在巴尔干问题上的不可调和。在危机爆发期间，奥匈帝国内部始终充斥着这样的调侃："德国有两个盟友，奥匈只有半个。"

而俄国也始终将法国作为牵制柏林的重要砝码。1886 年 11 月，沙皇亚历山大三世在接见新任法国驻俄大使拉布莱时表示："俄国希望法国强大，两国需要并肩携手，共渡难关。"在这种情况下，俾斯麦深知"三皇同盟"无法再延续，但德国保持着中欧霸主的地位，仍需在压制法国的同时，与奥匈、俄国两大邻国搞好关系。于是，一个名为"双保险"的同盟框架出世。

1887 年 6 月 18 日，在俾斯麦的筹划下，德国同俄国签订一项密约。由于 1879 年德奥同盟已经保证奥匈帝国在德、法战争中保持中立，这一条约又保证俄国的中立，德国因而获得了双重保险，故而得名。为了达成这一目标，德国承认保加利亚和东亚美尼亚暂为俄国的势力范围。双方约定，维持巴尔干半岛的现状并重申在 1881 年"三皇同盟"时的原则，即俄、德共同对土耳其苏丹施加压力，不许外国军舰进入博斯普鲁斯和达达尼尔海峡。在附加的议定书里，俾斯麦甚至同意，俄国采取行动保卫黑海入海口时，德国保证中立，并给俄国道义和外交支持。

奥匈、俄国的"双保险"条约，与这一年在俾斯麦的努力下，英国、意大利和奥匈帝国订立的旨在维持地中海现状的相关协定，共同构成了德意志在 19 世纪末期的区域安全机制。俾斯麦的外交手腕灵活且复杂，在他看来，要保证德国在欧洲大陆的主导地位，英国与法国、奥匈与俄国必须相互牵制，同时阻遏法俄结盟，但这种均衡局面本质上是脆弱的。

当时的欧洲并不存在长久和平的可能，俾斯麦的所有举措归根结底只是权宜之计。而从地缘政治的角度来看，除了奥匈帝国外，没有任何一个欧洲国家会心甘情愿被绑在德意志的战场上。因此，俾斯麦的长袖善舞，所谓"能同时玩 5 个球不落地"，最终被证明也只有奥匈这一个球在手中。1886 年 10 月，俾斯麦在给儿子的信中就已暗示：俄奥一旦开战，不论谁是进攻方，德国都别无选择，只能站在奥匈一边投入战斗。

1890 年，已经登基两年的德国皇帝威廉二世正式主政，并勒令俾斯麦辞职。尽管威廉二世与俾斯麦的政治观点存在诸多矛盾之处，但这不是德皇勒令俾斯麦辞职的主要原因，俾斯麦在外交领域的表现，才是最令德皇失望的。因为威廉二世最早接触的政府机构就是德意志外交部，据说，威廉二世的父亲腓特烈三世（Frederick III，1831—1888）曾在俾斯麦试图让威廉二世掌管外务部门时表示反对。"我的长子不够成熟和缺乏经验，他对自己过高的评价也表明了这一点。"1886年，他也明确写信告诉俾斯麦："我只能说，这么早就让他接触外交问题是危险的。"然而，俾斯麦对此置若罔闻，随后发生的事情也证明"知子莫若父"这句古话的正确性。

威廉二世刚愎自用、崇尚实力，他不理解俾斯麦的外交手腕，或者说他不愿意理解。在他看来，"铁血宰相"过分关注法国和不断安抚俄国，都是因为普鲁士时代遗留的怯懦和恐惧。在威廉二世眼中，拿破仑之后的法国早已衰弱不堪，俄国幅员辽阔，但在已经完成工业化的德意志面前也不堪一击。所谓的"双保险"，最终只会为德国和奥匈帝国未来并肩作战埋下隐患。因此，威廉二世在俾斯麦辞职后，放弃了"双保险"体系，专注维持与奥匈帝国及意大利于1882年建立的"三国同盟"。

"三国同盟"同样出自于俾斯麦之手，但仔细分析却不难发现，此举只是俾斯麦牵制法国大战略中微不足道的一环。1881年，法国从阿尔及利亚侵入突尼斯，并把其变成自己的保护国。意大利早已觊觎北非，但苦于实力不足，不能单独对抗法国，便投靠德、奥。经过谈判，1882年5月20日，德、奥、意三国在维也纳签订同盟条约。俾斯麦是为了抗衡法国与意大利结盟，意大利则是想借德、奥之势争夺北非，一旦在北非站稳脚跟，或发现与德奥结盟的成本大于收益，便会弃盟而去。威廉二世没有洞察到这些深层次的现实，便轻易放弃了俾斯麦苦心经营的"双保险"体系，可谓舍本逐末。

◀ 讽刺俾斯麦辞职的政治漫画

第三节 集团对立

在尼古拉二世执政的前 10 年，俄国与德意志基本保持着良好的外交关系，俄国凭着西伯利亚大铁路的建成，加速向东扩张。同时，尼古拉二世还在进行着结好英、法，与奥匈瓜分巴尔干的"多元外交"的布局。

通过迎娶维多利亚女王的外孙女，俄国与英国皇室建立起联系。威廉二世对"双保险"体系的废弃，也为法俄正式结盟扫清了法律障碍。1891 年 8 月 27 日，俄国驻法大使与法国外交部部长达成一项基于相互谅解、巩固共同安全的政治协定，为法、俄结盟奠定了基础。

1892 年 8 月，俄法签订《法俄军事协定》，规定："如果法国受到德国或受到德国支持的意大利的进攻，俄国应出动所有军队进攻德国，如果俄国受到德国或受到德国支持的奥地利进攻，法国应出动所有军队进攻德国。"不过，此时法俄同盟的形成并不意味着德俄蜜月期的结束，在尼古拉二世看来，俄国此时的外交重心仍是利用清朝在甲午战争后的衰弱，迅速在中国东北和朝鲜半岛扩张影响力。

此时，德、法与俄国在远东有着同样的利益诉求，甲午战争后，俄、德、法联手向日本施压的"三国干涉还辽"事件，便可以说是尼古拉二世多元外交的丰厚成果。其后，德、俄相继强租中国的青岛和旅顺，扼守了渤海湾的门户。"义和团运动"爆发后，德、俄迅速占据了"八国联军"行动的主导权，这些都与这一时期尼古拉二世与德、法的平衡外交有关。

但是日俄战争的失败终结了俄国在远东的扩张热情，重返欧洲大陆时，尼古拉二世首先要面对的就是在德、法之间做出选择。1904 年，英法在北非的争夺最终画上一个句号。英国承认法国在北非摩洛哥的特殊利益，法国承诺不干涉英国在埃及的行动。但就在 1905 年 2 月法国要求摩洛哥政府在其监督下进行"改革"，正式加入法国羽翼下的"被保护国"之际，德皇威廉二世突然乘坐军舰访问摩洛哥城市丹吉尔，声称摩洛哥苏丹是"独立君主"，各国在摩洛哥的"地位绝对平等"，言下之意是反对法国在当地享有特权。当然，德国这么说也有法律依据，因为 1880 年时，欧洲各国曾签署过一份《马德里条约》，规定所有签约国及其公民在摩洛哥享有的通商权利和其他权利均一律平等。

面对心存不满的法国，德国一方面向参加 1880 年《马德里条约》的所有国家建议，把摩洛哥问题交给国际会议讨论；一方面却向德法边境派遣军队。此时，威廉二世拥

反映列强瓜分清帝国的政治漫画

有一举解决普法战争以来法国反德情绪的最佳时机，因为俄国在日俄战争和国内此起彼伏的革命动荡中难以自拔。德国可以完全无视两线作战的阴霾，全力以赴直捣巴黎。

无奈之下，法国被迫同意召开国际会议讨论摩洛哥问题。在 1906 年 1 月于西班牙南部城市阿尔赫西拉斯召开的相关会议上，法国虽然得到了英、俄的支持，但仍不得不承认摩洛哥独立，只获得与西班牙保持摩洛哥海关和警察的控制权，是为"第一次摩洛哥危机"。

危机爆发期间，尼古拉二世的处境可谓尴尬。一方面，为了结束与日本的战争，俄国需要巴黎的银行团提供国际融资；另一方面，由于国内动荡而虚弱不堪的俄国军队不仅无力支援法国，反而面临德国武装力量的威胁。最终，尼古拉二世只能派刚刚结束对日和谈的维特从美国取道巴黎回国，而自己则于 1905 年 7 月 24 日前往芬兰湾的比约克港与威廉二世会晤。

对比约克会晤的评价中，最肤浅的是指责尼古拉二世在没有外交大臣在场的情况下，与威廉二世订立了一份德俄同盟密约。这份密约的内容不仅与此前的《法俄军事协定》的精神背道而驰，且优先级要高于《法俄军事协定》。由此，很多史料认为尼古拉二世被德国人骗了，或者缺乏外交经验。但根据事情的后续发展来看，尼古拉二世此举成功骗了当时野心勃勃的威廉二世。借口没有外交大臣在场，危机结束后，俄国政府便拒绝承认这份密约的合法性。

真正标志德俄双边关系走向破裂的是，1907 年 8 月 31 日在圣彼得堡签订的《英俄条约》。这纸协定表面上只是为了缓和英俄在波斯、阿富汗，中国西藏、新疆等地的势力范围之争，实际上明确了英、俄的军事同盟关系。就此，欧洲大陆形成英、法、俄三国构成的军事同盟，与德国、奥匈和意大利集团的对峙局面。就在此时，巴尔干半岛爆发了"波斯尼亚危机"。

19 世纪末，面对欧洲列强的步步进逼，沦为"西亚病夫"的奥斯曼帝国改革乏力，陷入对内积贫积弱、对外屡战屡败的困境，眼见家国危难，一大批奥斯曼热血青年掀起了声势浩大的救亡图存运动，其中影响力最大的是 1889 年 5 月四名医科学校学生组建的"同盟进步委员会"，吸收了许多青年学生、军官和知识分子，因此又被西方称为"青年土耳其党"。

面对奥斯曼帝国的严酷镇压，"青年土耳其党"一度陷入了分裂和迷茫。直到 1907 年其组织内的各派势力才与马其顿、亚美尼亚、阿拉伯各民族主义组织在巴黎举行代表大会，制定了废黜苏丹、恢复宪法，武装起义的共同纲领。此时，这个依旧松散的政治联盟已经在巴尔干地区掌握了部分奥斯曼帝国军队的控制权。于是 1908 年 6 月，"青年土耳其党"在马其顿首先发难，以一场声势浩大的兵变，揭开了"青年土耳其革命"的序幕。

奥斯曼帝国在马其顿的驻军肩负着稳定当地局势，警戒保加利亚、塞尔维亚，以及盘踞波斯尼亚和黑塞哥维那两省奥匈帝国的双重使命，可谓精锐之师，此刻宣布投身革命，自然引起朝野震动。有心吞并马其顿的保加利亚也趁势而动，首先解除了与奥斯曼帝国早已名存实亡的宗主国关系，随后陈兵边境地带伺机而动。而本就在波斯尼亚和黑塞哥维那两省驻有重兵的奥匈帝国，也推翻了《柏林条约》中应在 30 年占领期满后（1878—1908）将两地归还奥斯曼的相关约定，将两省并入奥匈帝国。

事情发展到这一步本与欧洲其他国家无关，但巴尔干地区偏偏有一个不安分的塞尔维亚。长期以来强烈的民族自豪感和地缘位置令塞尔维亚沉浸于南斯拉夫领袖的"大国梦"中。因此，通过第十次俄土战争赢得独立后，塞尔维亚便始终致力于在巴尔干半岛扩张影响力。在保加利亚危机之前，奥匈帝国也一度全力拉拢和扶植过塞尔维亚，但随着出身维也纳的斐迪南一世入主保加利亚，奥匈帝国的外交重点也随即转向。此举引起塞尔维亚人民强烈不满，不巧的是，塞尔维亚又出现了严重的王室风波。

由于在奥斯曼帝国兵锋下度过了 500 年，塞尔维亚早已没有万世一系的王权概念。独立后奉行的是一种类似于奥匈帝国的议会君主二元制，直白一点的表述是，国王和地方豪强共治天下。在这种情况下，国王与其说是豪强集团公推的掌舵人，不如说是内外部矛盾的减压阀。在事实独立后的不到 100 年时间里，塞尔维亚政变频繁，弑君可是家常便饭。1868 年，当米兰一世（Milan I of Serbia，1854—1901）从堂兄的尸体上接过王冠时，没人觉得他能活到寿终正寝。事实是，年仅 14 岁的他是一位翻云覆雨的政治高手：对内，他在亲俄和亲奥匈势力之间大搞平衡；对外，借第十次俄土战争的东风，扩张塞尔维亚在巴尔干的影响力，一时国泰民安。但 1885 年米兰一世在保加利亚危机中投机失败，加上与出身俄国贵族的王后娜塔莉（Natalie of Serbia，1859—1941）关系恶化，导致他在 1889 年宣布让位给儿子亚历山大（Alexander I of Serbia，1876—1903）。这一手看似退，实为进，不久后，他便以亚历山大年仅 13 岁尚不能亲政为由，回国以陆军总司令的名义摄政。

1900 年，被父亲代管国家长达 11 年的亚历山大忍无可忍，宣布自己即将成婚亲政。米兰一世此时竟乖乖交还权柄并再度出走海外。与其说米兰一世是想给儿子一个宽松的政治环境，不如说是嗅到了危险的信号。

因为亚历山大执意要迎娶的女人名叫德加拉马辛（Draginja，1864—1903），母亲是酒鬼，父亲是疯子，在塞尔维亚贵族圈是不孕不育的代名词，而且那女的还是二婚，比亚历山大足足大 15 岁。她与亚历山大唯一的交集在于，她父亲曾是米兰一世麾下的军官，两人可能在一些非公开场合相遇，从而坠入了爱河。

1900 年 8 月 15 日，亚历山大正式与德加拉马辛成婚，消息一出，举国哗然。塞尔维亚人纷纷认为这是一个中年荡妇诱骗了年轻傻瓜的笑话。三年后，亚历山大还没有子嗣，一个可怕的政治谣言不胫而走：王后有意将自己的弟弟立为王储，以实现鸠占鹊巢的野心。1903 年 6 月 11 日，28 名塞尔维亚青年军官以救国的名义冲入王宫将亚历山大夫妇乱枪打死，随后又将国内的王亲国戚一网打尽。早早离开塞尔维亚的米兰一世幸免于难。

处决了国王夫妇的塞尔维亚一时间举国若狂，但是王冠要戴在谁的头上却成为一个新的难题。经过权衡后，塞尔维亚议会最终向民族英雄卡拉乔尔杰·彼得罗维奇家族伸出了橄榄枝。卡拉乔尔杰·彼得罗维奇出身屠户，一生都致力于反对奥斯曼帝国对塞尔维亚的统治。但他家族也曾被塞尔维亚人多次出卖，以至于三世孙卡拉乔尔杰·彼得只能常年流亡国外。

面对黄袍加身的局面，年轻的彼得倒不慌乱。毕竟除了先祖余荫之外，他还有强大的政治助力。1883 年，他迎娶了黑山国王尼古拉一世（Nikola I，1841—1921）的掌上明珠，由此在巴尔干地区赢得了一个强大的盟友。而且，他在西欧各国寄居的时候，在法国军政界积累了非凡的人脉。可以说，彼得对塞尔维亚未来的规划在他戴上王冠之前就已所规划——外联法俄、内结黑山、北拒奥匈、南下扩地。

1903 年 6 月 11 日，彼得正式加

▶ 塞尔维亚的民族英雄卡拉乔尔杰

冕为塞尔维亚国王，史称"彼得一世"（Peter I of Serbia，1844—1921）。他随后便强化与法国的经济、军事合作。奥匈帝国对此十分不满，随即展开了对塞尔维亚的经济封锁。由于此时塞尔维亚仍是一个缺乏出海口的内陆国家，因此，奥匈帝国认为高额的过境关税会很快令塞尔维亚屈服。不料，塞尔维亚人竟随即与世仇奥斯曼帝国展开合作，通过奥斯曼港口塞萨洛尼基进口法、俄产品，顺利度过了危机。由于维也纳的贸易封锁以生猪为主，因此，这场旷日持久的贸易战又被称为"猪的战争"。

"波斯尼亚危机"爆发时，正值奥匈与塞尔维亚之间"猪的战争"硝烟未退，奥匈帝国筹备巴尔干铁路的消息又起之际。塞尔维亚国内民族主义情绪高涨，"不扩张就灭亡"的口号此起彼伏。不过，彼得一世深知塞尔维亚与奥匈帝国并不是一个体量级的对手，要迫使对手让步还需要一个强大的盟友。恰恰此时，俄国也对奥匈鲸吞波斯尼亚和黑塞哥维那两省心怀不满。

1908 年 9 月 15 日，奥匈外交大臣埃伦塔尔与俄国外交大臣伊兹沃利斯基举行秘密磋商。俄国同意奥匈帝国兼并波、黑两地，换取奥匈帝国修改《柏林条约》，同意黑海海峡向俄国海军开放。但后来奥匈帝国言而无信，出尔反尔，导致俄国突破博斯普鲁斯海峡的愿望再度落空。

▼ 塞尔维亚彼得一世加冕现场的照片

这种说法流行很广，并有大量相关人士的回忆录佐证。但仔细分析却不难发现其中疏漏颇多。奥匈帝国吞并波斯尼亚和黑塞哥维那已成定局，俄国的支持是锦上添花。而俄国要修改《柏林条约》，不是维也纳说了就算的。如果俄国外交大臣伊兹沃利斯基不是错误估算了形势，那么此次密约的签署是俄国精心策划的"外交碰瓷"，其用意是使本与巴尔干局势没有直接联系的俄国陷入"波斯尼亚危机"。

果然，俄国一向国际社会披露相关密约的存在，就引起了国际舆论的一片喧哗。英法要求召开国际会议协商解决"波斯尼亚危机"。德国方面也对奥匈帝国背着自己与俄国勾勾搭搭颇为不满。维也纳一时陷入了四面楚歌的窘境，只得拒绝召开国际会议，并在与塞尔维亚接壤地带集结军队。此时，德意志帝国陷入了此前俾斯麦预见的尴尬，奥匈帝国是德国盟友中唯一的一个大国，德意志必须无条件支持奥匈帝国，哪怕是卷入一场可怕的战争。

1909 年初，"青年土耳其党"领导的革命虽然成功废黜了被称为"血腥苏丹"的阿卜杜勒·哈米德二世（Abdul Hamid II，1842—1918），但其随即改立穆罕默德

▼ *1908年，青年土耳其革命的政治宣传画*

五世（Mehmed V，1844—1918）的举动，却宣告了这次革命的本质不过是一次专制政权的自我改良。奥斯曼帝国随即进入对内镇压民族解放运动，对外与德国结盟的自我毁灭之路。

在德国的支持下，奥斯曼与奥匈帝国签订协定，以250万英镑出卖了波、黑两省名义上的宗主权，这使德国和奥匈帝国对俄的态度更趋强硬。1909年3月，德国向俄国发出威胁性照会：要求俄国促使塞尔维亚承认奥匈帝国兼并两省的既成事实；如俄国继续支持塞尔维亚，德、奥将对俄作战。面对战争的威胁，俄国被迫让步，并对塞尔维亚施加压力，强迫其放弃对奥匈的战争动员。3月31日，塞尔维亚政府被迫声明取消抗议，一场几乎导致战争的"波斯尼亚危机"渐渐平息。

但巴尔干半岛的平静只是表面的。"猪的战争"令塞尔维亚深感缺乏出海口，因此一直希望取得波、黑输出农产品，但随着奥匈并吞波、黑，塞尔维亚被奥匈包围，势必采取更为决绝的手段冲破封锁。俄国在此次危机中火中取栗，不仅试探出德意志重视德奥同盟远胜与俄国的友谊，也使俄国与塞尔维亚休戚与共。可以说，"火药桶"巴尔干爆炸的引线就是"波斯尼亚危机"。

第六章

火药桶

总有一天巴尔干的一些蠢事会引
发一场欧洲大战。

——俾斯麦

第一节 泛斯拉夫

波斯尼亚危机后，巴尔干半岛大规模的军事冲突虽然在各方的克制中并未发生，但塞尔维亚人扩张土地的暗流却在马其顿、波斯尼亚和黑塞哥维那各地涌动。

1911 年 5 月，曾参与过行刺国王亚历山大夫妇的塞尔维亚军事情报部门上校德拉古廷·迪米特里耶维奇，网罗了一批激进的塞尔维亚民族主义者，以"不统一、毋宁死"为口号，组建了以建立大塞尔维亚为目标的"黑手会"。通过在波斯尼亚、黑塞哥维那、克罗地亚、斯洛文尼亚等地区发展斯拉夫民族青年，企图利用暗杀、爆炸等恐怖主义行动制造混乱，黑手会挑动了反奥匈帝国的大起义。

讽刺的是，1912 年，塞尔维亚又出现了一个与黑手会分庭抗礼的组织——"国防协会"（又称"白手会"）。同样由昔日弑君的塞尔维亚军官彼得·兹沃科维奇组建的白手会，在终极目标上和黑手会并无差别。只是在具体的行动上，白手会主张在波斯尼亚和黑塞哥维那发动广泛的游击战，光明正大推翻维也纳在当地的统治。

尽管黑手会和白手会在塞尔维亚政府内部均有高层的支持（黑手会的后台是塞尔维亚首相尼古拉·帕西奇，白手会则得到了王储亚历山大的庇护），对塞尔维亚国王彼得一世而言，鼓动民间力量对抗奥匈帝国、收复波斯尼亚和黑塞哥维那，是维护自身统治的一种手段。

塞尔维亚人好斗，稍不如意便会用暴力解决问题。彼得一世深知塞尔维亚的国力不足以与奥匈帝国正面抗衡，要扩大领土不如从南方依旧处于奥

▶ 今天的赫尔德铜像

斯曼帝国统治下的马其顿和阿尔巴尼亚地区入手。塞尔维亚军队全力南下，自然需要防备奥匈帝国从背后偷袭，因此破坏波斯尼亚、黑塞哥维那等地的治安，能大大牵制维也纳。

与此同时，已经在东欧游荡了近百年的"泛斯拉夫主义"的幽灵再度抬头，成了俄国无限制介入巴尔干半岛地区争端的理论基础。有趣的是，日后在俄国和巴尔干半岛大行其道的"泛斯拉夫主义"，最初的缔造者竟然是一个奥匈帝国公民——斯洛伐克诗人扬·科拉尔。而其精神源头则是德国古典主义哲学家——约翰·哥特弗雷德·赫尔德（Johann Gottfried，1744—1803）。

从赫尔德的学历和主要研究方向来看，他是一位神学家。不过，和大多数他那个时代的神学家一样，在如何科学解释基督教相关经典的问题上，赫尔德走得更远。1772年，赫尔德推出了语言和民族学论文——《论语言的起源》。在这篇文章中，赫尔德提出语言的形成发轫于民族和地区文化，而非《圣经》中提出的超自然力量，并由此鼓励各民族发展本土文化，产生一种表现于艺术与文学的"民族精神"。在这一基础上，赫尔德于1784年又出版了《人类历史与哲学思想》，提出了"种族纽带"和"民族特性"的概念。

赫尔德将欧洲大陆大体分为拉丁、盎格鲁－撒克逊、高卢、日耳曼、斯拉夫等主体民族。这些亘古相传的主体民族，虽然在日后的演进中形成了不同分支并组建了国家，但这些民族之间仍存在强烈的种族纽带，并彰显着趋同的民族特性。其中，斯拉夫人最初生活在波罗的海南岸，后来逐步迁移到易北河流域、东欧平原和巴尔干半岛。到7世纪，斯拉夫人分为西斯拉夫、东斯拉夫、南斯拉夫三大族群，后来逐步演化成波兰、捷克、斯洛伐克人，俄罗斯、乌克兰、白俄罗斯人，塞尔维亚、克罗地亚、斯洛文尼亚、马其顿、黑山、保加利亚人。

今天看来，赫尔德的这一理念主要是在为德意志的统一进行理论铺垫。深受其影响的德国文豪席勒日后便写下了："德意志？你在哪里？思想和艺术上的德意志兰从何处开始，政治上的德意志兰就从何处结束。"不过或许连赫尔德自己都没有想到，他的理论尽管未在德意志内部生根发芽，却在墙外开出了花朵。

由于在《人类历史与哲学思想》中，赫尔德将今天被称为"战斗民族"的斯拉夫人描绘成平静和热爱自由的种族，说他们讨厌战争而钟爱艺术，被欧洲各民族视为野蛮人的斯拉夫人从中获得了精神安慰，斯拉夫人也由此开始重新审视自己的民族。

因此，赫尔德的著作很快便被翻译成了斯拉夫文字，并成为斯拉夫爱国主义运动的工具。他对民歌理想化的赞美在斯拉夫发生了强烈影响，诸多斯拉夫学者也开始热衷于搜集民间诗歌，并相信沿着古老的习惯和传统，填补过去和现在的鸿沟是可能的，斯拉夫民族为此可能拥有光荣的未来。斯拉夫知识分子不但彻底接受了赫尔德的哲学，也以搜集和出版民歌、投入民族运动等行动表示热爱民族。在与拿破仑的对抗中，俄国赢得了卫国战争的胜利，更令斯拉夫人备受鼓舞。

此时，奥匈帝国境内德意志人和马扎尔人的扩张政策令西斯拉夫中最为先进的族群——捷克人、斯洛伐克人备受威胁，在捷克诗人多布洛夫斯基的号召下，开始了研究斯拉夫语言和文化的热潮。鉴于斯拉夫各民族发展程度不同，斯洛伐克诗人扬·科拉尔喊出斯拉夫各民族"文化互惠"的口号，并因之成了"泛斯拉夫主义之父"。

▼ 西斯拉夫、东斯拉夫和南斯拉夫的分布

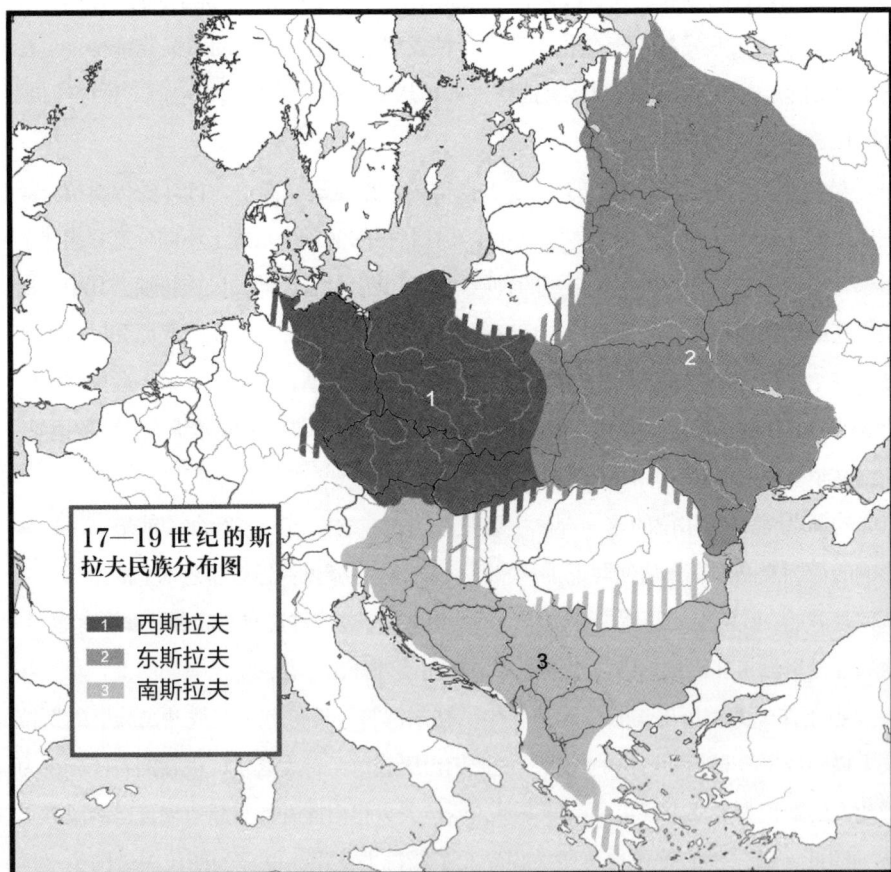

17—19世纪的斯拉夫民族分布图

1 西斯拉夫
2 东斯拉夫
3 南斯拉夫

在"文化互惠"思想的指引下，斯拉夫各民族出现了不同程度的文化复兴，并逐渐产生了民族独立于联合的政治诉求，这便是最早的"泛斯拉夫主义"。1848年，西斯拉夫人为了实现在中东欧建立统一国家的愿望而四处奔走，他们向俄国驻奥匈帝国大使送去邀请函，却被拒绝了。

随着时间的推移和拿破仑战争后俄国国力、影响力的提升，历代沙皇开始重视泛斯拉夫主义的作用，并将其作为开疆拓土的理论依据。俄国最早的泛斯拉夫主义理论家波哥廷就曾鼓吹要建立一个从太平洋到亚得里亚海的斯拉夫国家。另一位泛斯拉夫主义者达尼列夫斯基则认为，这个斯拉夫政权应该是一个以伊斯坦布尔为中心，包括俄罗斯帝国（波兰为其中一部分）、捷克—摩拉维亚—斯洛伐克王国、塞尔维亚（包括波斯尼亚、黑塞哥维那和马其顿）—克罗地亚—斯洛文尼亚王国、保加利亚王国、罗马尼亚王国、希腊王国、匈牙利和伊斯坦布尔地区在内的大联邦。

不过，这些理论在俄国外交官丘切夫斯基眼中太幼稚、太天真了，他理想中的帝国版图是从尼罗河到涅瓦河，从易北河到中国，从伏尔加河到幼发拉底河，从恒河到多瑙河。这个梦想在20世纪中叶，在斯大林的旗帜下勉强完成。

但是，泛斯拉夫主义者如此大刀阔斧开疆，欧洲各国却不买账。奥匈帝国担忧哈布斯堡治王朝统治下的斯拉夫人独立会损害其领土完整；英国担心俄国会借泛斯拉夫主义控制奥斯曼帝国境内的斯拉夫民族甚至吞并巴尔干半岛，从而威胁自己在印度和西亚的利益；法国也害怕俄国和南部斯拉夫人的联手会使自己在非洲北部的利益受损。欧洲列强一致认为，泛斯拉夫主义一旦得势，必然带来斯拉夫民族向欧洲中部的激烈扩张，俄国将长驱直入。最可怕的局面是，到那时，整个欧洲都叫俄罗斯了。基于这些顾虑，在克里米亚战争中，英、法、德（普鲁士）、奥匈才和奥斯曼帝国才联手遏制俄国在巴尔干的扩张。

克里米亚战争的失败虽然击破了俄国泛斯拉夫主义的政治梦想，但泛斯拉夫运动没有偃旗息鼓，只是从崇尚武力退回到寻求语言文化的统一，如以慈善基金、图书、津贴、奖学金等形式资助其他斯拉夫民族的东正教教会和学校。宣传斯拉夫主义，传播俄罗斯语言和文学。因此，无论是在第十次俄土战争，还是保加利亚危机、波斯尼亚危机中，俄国均通过官方渠道鼓吹泛斯拉夫主义。

在尼古拉二世看来，巴尔干不仅是俄国在日俄战争后重返欧洲、重振大国雄风的基石，也是未来牵制德国、奥匈的重要一翼。但莫斯科不希望在巴尔干地区出现一个大国，因此，大保加利亚还是大塞尔维亚均不符合俄国的国家利益，最为理想的状态是，巴尔干地区出现多个唯俄国马首是瞻的政权，彼此之间相互牵制又能在俄国需要时形成合力，化为莫斯科的利刃。这一完美的设想，通过 1912 年的两次巴尔干战争变成了现实。

1911 年春，面对法国的步步进逼，摩洛哥首都非斯爆发反对苏丹统治和法国殖民者的人民起义。但摩洛哥人民救亡图存的努力在法国政府的强力镇压下破灭。5 月 30 日，以保护侨民为由，法国陆军攻入非斯。按照惯例，摩洛哥作为一个主权国家的命运至此便宣告终结。但法国独吞摩洛哥的行为，引起德国强烈不满。

7 月 1 日，借口保护本国商业利益，德国海军"伊尔迪斯"级巡逻舰"美洲豹"号强行驶入摩洛哥港口阿加迪尔。"美洲豹"号只是 1 艘 977 吨的小型炮艇，但身后是强大的德意志帝国舰队。因此，"美洲豹"号此次行动，又被形象地称为"豹的跳跃"，预示着德国作为一个传统的陆上强国，终于开始在大洋上彰显自己的存在。

对 20 世纪初德国与英国展开军备竞争疯狂建设海军的现象，后世很多学者都归因于威廉二世对海军的狂热。威廉二世不仅喜欢身穿各国海军制服，还亲自绘制过军舰的设计图。除此之外，雄心勃勃的海军大臣阿尔弗雷德·冯·提尔皮茨也被认为是德国走向大洋的灵魂人物，是他力主建造主力舰的倡议，使德国走向了大舰巨炮的不归路。

这两种说法都有道理，但一个强大帝国的决策，从来就不是少数人可以左右的。19 世纪末，完成了工业革命的德意志第二帝国不仅迫切需要海外市场和原料产地，还渴望获得与自身实力相当的国际地位，尝试用"炮舰外交"欺凌弱小。这种需求早已不是少数王侯将相的，而是德意志帝国千百万民众共同的梦想。对德国海权的崛起，英国缺乏应有的善意。在丘吉尔感叹"大陆上最大的军事强国决心成为第二海军强国，这是世界事务中一个具有头等重大意义的事件"的同时，英国海军第一大臣约翰·阿巴斯诺特·费舍尔男爵（John Fisher，1841—1920）已经发出了"德国舰队应该被哥本哈根"[1]的战争叫嚣。

英、德两国的船台上不断有被称为"无畏舰"[2]。的新型主力舰下水，与其说是

---

① 拿破仑战争时期，英国海军曾两度以阻止丹麦舰队落入拿破仑之手而突袭哥本哈根，不仅焚毁、掠走了丹麦海军大部分主力舰，还一度用舰炮和火箭毁灭了哥本哈根大半城区。

② 无畏舰为 20 世纪初各海军强国竞相建造的一类先进的主力战舰的统称。无畏舰的分类来源于英国海军在 1906 年开始建造的"无畏"号战列舰（HMSDreadnought）。其特征可以概括为：它取消了以往战列舰上的用于攻击的二级主炮，装备了同一口径统一倍径比的主炮，仅保留了用于防御轻型军舰的小口径副炮，以及使用高功率蒸汽轮机做动力。该舰成为现代战列舰的始祖，确立了其后达 35 年世界海军强国战列舰火炮与动力的基本模式，战列舰的火炮射程以及航行速度不断大幅度提高。此类战列舰被统一概括为"无畏舰"。

▲ 法国军队开入摩洛哥首都

▲ 德国海军的"美洲豹"号巡逻艇

军备竞赛使两国走向了对立，不如说是两国的对立导致了这场军备竞赛。

这段时间，整体上来说，英国海军占据着压倒性的优势。德国所做的无非是利用海军技术更新换代的良机，努力缩小双方的差距。1909年，德国海军的力量虽然超过了法国，如愿爬上了总吨位世界第二的宝座，但与英国的差距依旧相当于日本海军的全部实力。英国国会甚至以"德国造一艘，英国就造两艘"的标准锁定了双方主力舰的比例。谁是没有安全感的一方，似乎一目了然。

第二次摩洛哥危机以法、德两国于1911年11月14日签订条约而告终。在这次"炮舰外交"中，德国并未占到什么便宜，德国被迫承认摩洛哥为法国的保护国，虽然获得法属刚果一部分（面积27.5万平方公里），但代价是将喀麦隆北部部分领土让与法国（今乍得南部）。

第二次摩洛哥危机后，英法关系更加紧密，并且达成了战时英国海军防卫英吉利海峡、法国舰队专心用兵地中海的协定。但这未必是威廉二世的蛮横造成的，因为在此之前，英、法便已视德国为共同的对手。

就在第二次摩洛哥危机全面爆发时，提尔比茨向德国国会提出了对《1900年德国海军法》的第三次修正案。1912年5月，在威廉二世和德国主要工业寡头的全力支持下，德国国会正式通过。根据这个法案，到1914年，德国海军将拥有5艘战列巡洋舰、13艘无畏舰、22艘前无畏舰、32艘巡洋舰、114艘驱逐舰和30艘潜艇；到1920年，完成舰队扩张计划后，德国海军将建成包括41艘无畏舰、超无畏舰和前无畏舰，以及8艘战列巡洋舰、12艘重巡洋舰在内的现代化舰队，以应付英国的挑战。

根据这个计划，德国海军此后每年建造的无畏舰数量将达到2艘，受直接影响的是"巴伐利亚"级超无畏舰的建造进度被加快，建造数量也增加成了4艘。德国的舰队现代化进程使深受皇家海军牵制的英国财政备受压力。于是，鉴于财政难以承受的事实，皇家海军被迫将原来是德国主力舰2倍的标准降为1.6倍，将1912—1917年的无畏舰建造计划改为25艘。

第二次摩洛哥危机中最大的获利者非意大利莫属。当欧洲主要国家的注意力被法、德两国的紧张对峙吸引时，长期渴望在北非扩张势力的意大利，借口利比亚地区的黎波里和昔兰尼加的意大利商旅受到不公正待遇，于1911年9月28日向领有上述地区的奥斯曼帝国发出最后通牒，要求对方撤出当地的驻军，否则便采取军事行动。

奥斯曼帝国虽然已沦为了"西亚病夫"，但奥斯曼军与1896年被以长矛为主要兵器的埃塞俄比亚人击败的意大利军队相比，仍有一战之力。当天晚上，意大利开始

▲ 奥斯曼帝国在的黎波里的岸炮阵地

炮击的黎波里。此时，准备以"迅雷不及掩耳盗铃之势"拿下这座城市的意大利军方才发现，陆军根本没有做好准备。无奈之下，意大利海军只能丢下一句"我会回来的"离开的黎波里外海。

6天后，第一批意大利远征军（2万人）终于抵达了战场，不过此时奥斯曼军队已经主动撤出的黎波里。尝到了甜头的意大利军继续在占领区扩张。11日，意大利远征军占领了托卜鲁克和德尔纳。19日，意军舰队掩护1个步兵师在班加西登陆，经过两天激战，最终占领了该城。至10月底，意大利军队控制的利比亚地区的主要沿海城市，军事行动似乎已经取得了圆满成功。随着沿海城市相继失守，奥斯曼帝国事实上已无力从本土给予任何支援。但事实上，奥斯曼外交官仍积极在欧洲各国奔走，希望有人能出来主持正义，奥斯曼在当地的驻军也没有放弃抵抗，他们退守内陆并组织当地的阿拉伯人和贝都因人以游击战的形式，袭扰敢于离开城市和舰炮范围的小股意大利军队。其中一位名叫穆斯塔法·凯末尔（Mustafa Kemal，1881—1938）的年轻中校表现出色，从此开启了军旅生涯的辉煌前途。

意大利军队靠着优势取得了初战胜利，但战争还是进入了僵持状态，且付出了

► 攻击奥斯曼帝国游击队的意大利飞行员

惨重的代价。1911年10月23日，的黎波里民众举行武装起义，一支意大利步兵分队被贝都因骑兵围歼。意大利政府被迫再度增兵，并开始尝试用空中打击来对抗出没无常的对手。

10月23日6时19分，意大利飞行员皮亚扎上尉驾驶一架"布莱里奥"XI飞机在的黎波里塔尼亚与阿齐齐亚之间进行了一个多小时的侦察，揭开了人类战争史上飞机首次用于军事侦察的序幕。25日，莫伊佐中尉驾驶"纽波特"飞机侦察时，机翼被3颗来复枪子弹击伤，是为飞机首次遭敌地面火力杀伤。11月1日，加沃蒂少尉驾驶"鸽"式单翼飞机在北非塔吉拉绿洲和艾因扎拉地区上空，向奥斯曼军队投下了4颗重2千克的"西佩利"式榴弹，成为人类历史上空中轰炸的先例。

先进的武器和庞大的兵力并不能改变意大利军队在利比亚被动挨打的局面。战争持续到了1912年春，意大利人才勉强守住沿海地带，但始终未能深入到内地。这期间，意大利军队频繁使用飞机向各地撒了数千张传单，规劝阿拉伯群众投降，这又开创军用飞机空中宣传的职能。2月23日，皮亚扎上尉又首次尝试用固定在飞机上的照相机进行空中照相侦察。

但这些成绩与不断涌入利比亚的突尼斯、阿尔及利亚、埃及等阿拉伯国家的游击队和志愿军相比微不足道。为了迫使奥斯曼帝国屈服，意大利海军炮击了达达尼尔海峡、贝鲁特等奥斯曼帝国港口，并攻占了罗得岛、科斯岛和多德卡尼斯群岛。5月2日，意大利第二航空队队长马连戈上尉首次进行了30分钟的夜间侦察。6月11日黎明前，他凭借固定在飞行帽上的手电筒，对土耳其营地进行了首次夜间轰炸。

就在意大利人感觉这场旷日持久的战争离结束遥遥无期之际，奥斯曼帝国却突然选择了屈服。1912年10月15日，奥斯曼和意大利在瑞士洛桑附近的乌希签订和约，奥斯曼帝国将的黎波里塔尼亚和昔兰尼加、罗得岛、多德卡尼斯群岛割让给意大利。

战争虽然降下帷幕，但利比亚当地的民众却没有停止反抗。正如列宁在《意土战争结局》中所写的那样："尽管签订了合约，战争实际上还将继续下去，因为远离海岸的、处在非洲大陆内部的阿拉伯部落没有屈服。"奥斯曼之所以选择放弃利比亚，主要是受到了另一场战争的牵制。1912 年 10 月 8 日，随着马其顿地区大规模的武装起义进入白热化状态，黑山王国向奥斯曼宣战。一场大战由此拉开了序幕。

第二节 巴尔干问题

长期以来，马其顿问题都是巴尔干半岛最难厘清的死结。有人说，将大保加利亚、大塞尔维亚和大希腊的地图拼在一起，重合的部分就是马其顿。多年以来的种族融合和信仰渗透，早已令马其顿成了一个大杂烩。1899 年，在塞尔维亚王国公布的一份人口统计数据中，马其顿地区有204.8 万名塞尔维亚人和5.7 万名保加利亚人；第二年，保加利亚却表示当地只有 700 名塞尔维亚人，保加利亚人倒有 118 万名。基于这样的事实，法语中"杂拌"（macedoine）这道菜名的词源是"马其顿"似乎就不难理解了。

奥斯曼帝国深知马其顿已经成为巴尔干地区斯拉夫人争夺的下一个目标，因此长期以来在当地驻扎有重兵。斯拉夫各民族虽然皆有心夺取马其顿的所有权，但彼此常常相互攻讦，无法形成合力。1903 年 8 月 2 日，斯拉夫人在马其顿西南部和色雷斯东部发动了起义，一度攻下一些城市，但疯狂屠戮异教徒的行径导致穆斯林殊死抵抗，后被奥斯曼帝国镇压。

事后，奥斯曼政府在色雷斯等地展开报复，数以百计的保加利亚村庄遭到洗劫

奥斯曼在巴尔干地区
抢男霸女的油画

▲ 被迫从巴尔干南迁的土耳其人同样是战争的受害者

和焚毁。这场混战中，塞尔维亚和保加利亚的志愿者武装在马其顿境内的自相残杀也是一道独特的风景线。由此可见，统一巴尔干各斯拉夫和东正教国家的行动，才是夺取马其顿的关键。

1911 年，随着意大利与奥斯曼之间战争的全面爆发，巴尔干各国夺取马其顿的军事准备再度展开。1912 年 3 月 13 日，保加利亚与塞尔维亚签订同盟条约，规定按下列方式瓜分马其顿：夏尔山脉以北的全部土地归塞尔维亚；罗多彼山脉和斯特鲁马河谷以东的全部地区归保加利亚；此二者之间的地区成立一个"自治的马其顿"，如果不能实现，则在该地区中部另画一条线，将斯科普里、库马诺沃和德巴尔留给塞尔维亚，而将科拉多伏、弗累斯、比托拉与奥赫里德给保加利亚。塞尔维亚承诺，不在此线以南提出领土要求，保加利亚则保留对此线以北土地（包括斯科普里）提出要求的权利。值得注意的是，塞尔维亚和保加利亚均认可争议地区的归属权，除了将取决于军事行动外，将由俄国裁决。

▲ 巴尔干战争前的各国疆域

　　1912年6月，保加利亚和希腊签订了共同军事防御条约。与此同时，黑山王国也和希腊、保加利亚展开两国谈判，与塞尔维亚签订了条约。至此，一个针对奥斯曼帝国的"巴尔干同盟"成型。此时，奥斯曼帝国除了在北非和东地中海与意大利展开激战，还要面对马其顿地区阿尔巴尼亚人反对增加赋税而发动的起义。

　　1912年8月，阿尔巴尼亚族武装攻克斯科普里①，奥斯曼开始考虑将马其顿及科索沃、比托拉两州在内的大片土地交给阿尔巴尼亚人"自治"。于是，"大阿尔巴尼亚"开始出现在巴尔干半岛。巴尔干同盟必须在"西亚病夫"奥斯曼临终前抢走其遗产。

----

　　① 今马其顿共和国的首都，马其顿最大的都市，也是马其顿的政治、文化、经济、学术中心。

▲ 第一次巴尔干战争简图

1912 年 9 月，"巴尔干同盟"各国颁布动员令。10 月 8 日，黑山王国率先对奥斯曼宣战。10 月 14 日，其他三国也向奥斯曼帝国发出最后通牒。10 月 17 日，奥斯曼帝国对保加利亚和塞尔维亚宣战。次日，希腊对奥斯曼宣战。一场涉及巴尔干几乎所有国家的战争爆发。

除了广泛同盟，"总体战"这种全新的动员体系也在这场战争中首次露出獠牙，保加利亚动员了 35 万人参战，塞尔维亚则投入了 22 万人的大军，希腊人为巴尔干同盟提供了 11 万人。除此之外，希腊海军还投入了巴尔干地区最强大的海军力量——意大利生产的新型装甲巡洋舰"乔治·埃夫洛夫"号。黑山王国也动员了 3.5 万人参战。

在如此强大的兵力面前，奥斯曼的防线很快土崩瓦解。无奈之下，奥斯曼帝国率先向保加利亚求和。但被胜利冲昏了头脑的斐迪南一世，此时已将目标转向了伊斯坦布尔。他显然忽略了巴尔干联军一直依赖步兵和白刃冲锋的事实，联军不仅缺乏赖以攻坚的重型武器，也没有维持长期作战的现代化后勤系统。保加利亚在马尔马拉海沿岸的恰塔耳贾战线面前，被撞得头破血流。无奈之下，斐迪南一世于 11 月 21 日接受了对方的停战协议。

▲ 第一次巴尔干战争中白刃冲锋的巴尔干联军

1913年初，巴尔干同盟和奥斯曼在伦敦开始了和平谈判。巴尔干同盟国开出的价码是，割让除了伊斯坦布尔外几乎所有欧洲领地以及爱琴海上的全部岛屿，由于谈判期间，奥斯曼帝国总理大臣马哈茂德·谢夫凯特被少壮派军人所暗杀，因此，战争一直持续到1913年5月30日才宣告结束。不过，干掉了"碍事的老头"并无法提升部队的战斗力，奥斯曼军队在巴尔干半岛发起的几次反击同样以失败告终。

巴尔干同盟在战场取得的辉煌胜利，保证了其在停战谈判中提出

▲ 马哈茂德·谢夫凯特遇刺的新闻画

▲ 鼓励奥斯曼帝国士兵士气的漫画

▲ "乔治·埃夫洛夫"号

的要求为奥斯曼全盘接受。但是列强（尤其是奥匈帝国和意大利）不愿意看见塞尔维亚在亚得里亚海岸获得立足之地，于是设法创造了一个独立的阿尔巴尼亚。俄国则不希望看到一个强大的保加利亚，于是要求保加利亚向罗马尼亚割让领土，作为马其顿境内的罗马尼亚人归属保加利亚管辖的补偿。伦敦和谈期间，巴尔干半岛诸国以及后台老板各怀鬼胎。这种相互猜忌，最终催生第二次巴尔干战争全面爆发。

　　1913 年 6 月 3 日，自恃兵强马壮的保加利亚沙皇斐迪南，下令保加利亚军队驱逐在马其顿的希腊和塞尔维亚武装。斐迪南之所以做出这样的决定，后世普遍认为是缘于国内的压力，保加利亚民众对付出巨大伤亡夺取的胜利果实，还要与塞尔维亚、希腊分享倍感不满。公众情绪激动，一心向往"更大的军事胜利"，并怀疑政府软弱。

　　内部革命组织的一帮人威胁斐迪南，而保加利亚陆军大臣萨沃夫将军则向沙皇提出了最后通牒：只有在马其顿发动进攻，才能使保加利亚免于发生军事暴动。斐迪南于是以总司令的身份干了一桩"蠢事"。这些说法固然有一定的道理，但综合当时整个欧洲的局势来看，以德国、奥匈和意大利为首的同盟国与英、法、俄组成的协约国对立形势已经不妙，双方均视巴尔干半岛为重要的侧翼战场。因此，德国和奥匈支持保加利亚打破力量平衡的外交努力也促使斐迪南展开军事冒险。

对保加利亚人的背信弃义，塞尔维亚和希腊早有准备。7月3日，希腊国王康斯坦丁指挥着6个师、7.2万人的兵力，在基尔基斯（Kilkis）击败了8万人的保加利亚第2军。保加利亚方面7000人阵亡、6000人被俘，130门大炮被敌人缴获。这次战役基本终结了保加利亚人在第一次巴尔干战争中积累的自信。希腊人则引以为傲，将此后不久从美国购买的"密西西比"级战列舰命名为"基尔基斯"号。

随着战争的全面打响，黑山作为塞尔维亚的盟友加入了战团。但真正对战局产生决定性影响的，还是罗马尼亚的参战。在第一次巴尔干战争中作壁上观的罗马尼亚，拥有强大的战争潜力。7月10日攻入保加利亚境内的罗马尼亚军队很快便占领了大片领土，并开始威胁保加利亚首都索菲亚的安全。随后，奥斯曼帝国对保加利亚宣战。

7月31日，四面受敌的保加利亚终于支持不住，向罗马尼亚、奥斯曼、塞尔维亚、希腊和黑土提出停战请求。按照随后签订的《布加勒斯特和约》相关条款，保加利亚失去了第一次巴尔干战争中取得的大部分战果：马其顿的大部分被塞尔维亚，小部分被希腊吞并；罗马尼亚获得了多布罗加的南部；保加利亚只得到了马其顿的一小角以及色雷斯的一小部分。随后，与奥斯曼帝国签署的停战条约又规定，包括亚德里安堡在内的东色雷斯大部分地区仍归奥斯曼统治。

塞尔维亚对这样的结果很满意，塞尔维亚获得了土地和人口，更为重要的是，夺取了巴尔干地区斯拉夫联盟的牛耳，消弭了近500年以来奥斯曼帝国的威胁，接下来他们要做的自然是调转矛头，从奥匈帝国手中收复波斯尼亚和黑塞哥维那。

奥匈帝国也在积极评估战争的影响：随着塞尔维亚在巴尔干崛起，奥匈帝国东进的道路会被封，维也纳统治区斯拉夫人的离心趋势会被引发。因此，第一次巴尔干战争结束后，与保加利亚东、西夹击塞尔维亚的计划便被呈上了奥匈帝国皇帝弗兰茨·约瑟夫一世（Franz Joseph I，1830—1916）的案头。

实际上，奥匈帝国此时并没有足够的力量发动一场战争，即便只是针对塞尔维亚的局部战争。这个二元帝国的军事力量主要由国防军和地方防卫部队组成。国防军相对精锐，属于正规的野战部队，战斗力可以与其他欧洲强国的一线部队比肩，但数量少，且驻扎在奥匈帝国辽阔的疆域上。

地方防卫部队虽然数量庞大，但并不擅长境外作战，在战火蔓延到奥匈帝国本土之前，仅能作为帝国防卫军的后备力量使用。因此，奥匈帝国在没有全面动员的情况下，能够投入一线的部队不超过30万人。何况奥匈帝国认定一旦战争爆发，俄国

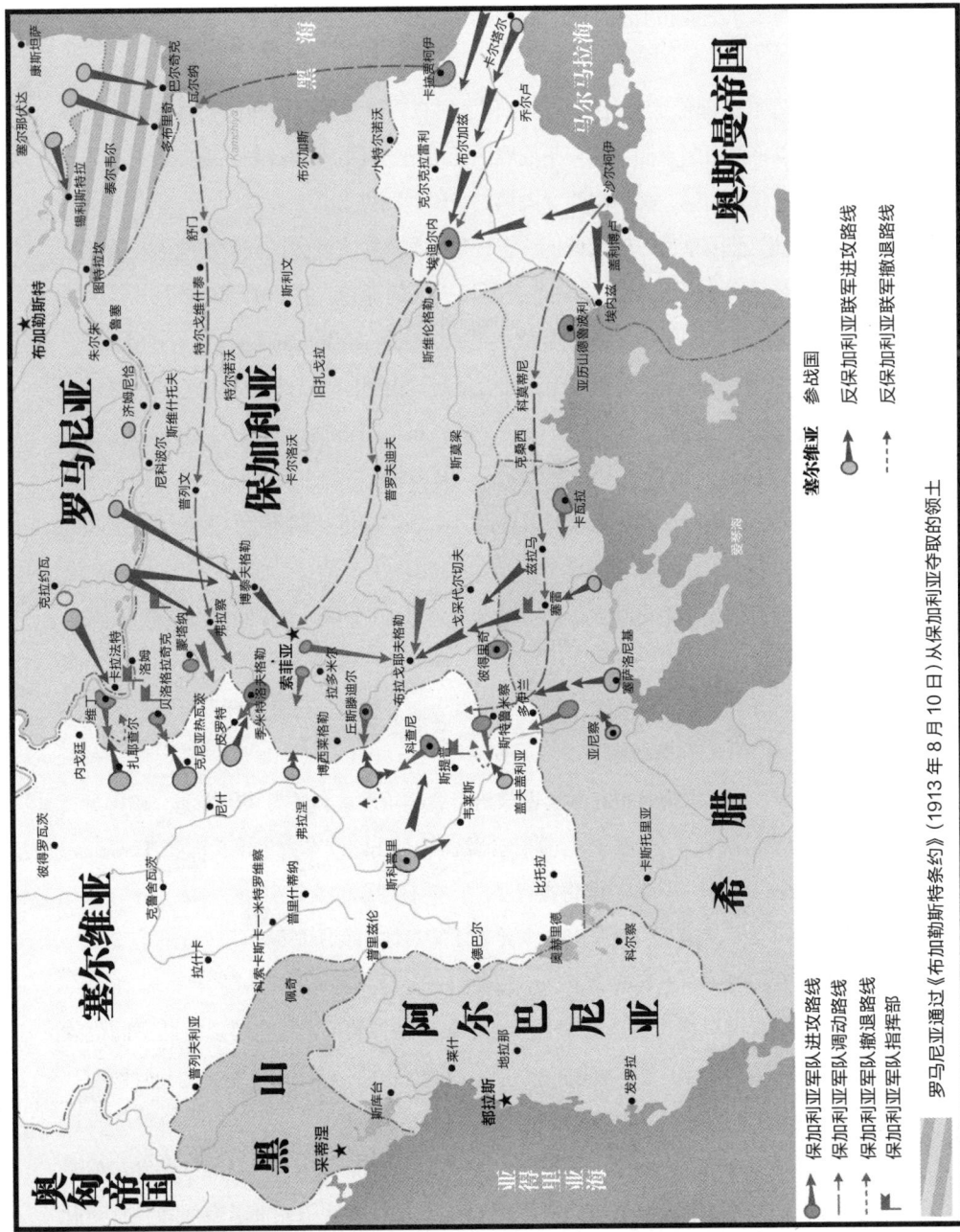

▶ 第二次
▼ 巴尔干战
争简图

罗马尼亚通过《布加勒斯特条约》(1913年8月10日)从保加利亚夺取的领土

保加利亚军队进攻路线

保加利亚军队调动路线

保加利亚军队撤退路线

保加利亚军队指挥部

塞尔维亚

参战国

反保加利亚联军进攻路线

反保加利亚联军撤退路线

不会置身事外。

有鉴于此，奥匈帝国总参谋长弗朗茨·康拉德·冯·赫岑道夫（Franz Conrad von Hoetzendorf，1852—1925）制定了两个战争计划：B 计划是仅同塞尔维亚作战，R 计划是同时与塞尔维亚和俄国作战。有趣的是，赫岑道夫还制定了多个针对意大利的战争计划。

因为赫岑道夫深信奥匈帝国与意大利之间有着诸多不可调和的利益纠葛，一纸盟约并不足以将两个国家捆绑在一条战壕。无论是怎样的战争计划，赫岑道夫都认定奥匈帝国要想获胜的话，必须与德意志第二帝国共同进退。

无独有偶，德国皇帝威廉二世也认定日耳曼与斯拉夫两大民族的决战迫在眉睫。而高卢人和盎格鲁－撒克逊人必将站在斯拉夫人的那边。在 1912 年 12 月 8 日的御前会议上，虽然代表陆军的总参谋长小毛奇（Helmuth Johann Ludwig von Moltke，1848—1916）提出战争既然不能避免，那么便应该由德国率先发起，甚至越快越好。

但代表海军的提尔皮茨（Alfred Peter Friedrich von Tirpitz，1849—1930）却提出德国至少要等到 1914 年的夏天才能发动战争，因为届时连接北海和波罗的海的基尔运河将拓宽完毕，德国海军的主力舰可以在两片海域之间迅速调动，打击英国或俄国的海军。

对这样的说法，小毛奇嗤之以鼻。他预言再过 18 个月，海军照样没有做好准备。这样的拖延只能让协约国方面加速扩展军备，最终令德国处于不利的境地。根据后来的情况，小毛奇的预见非常准确，但当时没有人愿意相信，德意志耗费巨资打造的舰队将成为常年停泊在军港的困兽。

与此同时，协约国阵营也在紧锣密鼓进行着战争准备和各类兵棋推演。1910 年 1 月，英国参谋学院院长亨利·威尔逊准将访问法国，与法国陆军大学校长福煦（Ferdinand Jean Marie Foch，1851—1929）准将进行了一次颇有意思的交谈。

威尔逊问："英国至少要派出多少兵力才能对你们有所帮助？"

福煦回答："一个士兵就够了，不过我们一定要看到他战死沙场。"

这段对话既可以视为英法两军长期互不服输精神的延续，也可以是两军同仇敌忾的写照。回到英国后不久，威尔逊就在自己办公室的一整面墙上贴了比利时地图，图上每一条他认为德军有可能通过的道路都被标记了出来。

1911 年 7 月 20 日，威尔逊签署了一份备忘录，明确指出：一旦战争爆发，英国陆军将出动 6 个步兵师和 1 个骑兵师总计 15 万大军，在法国北部沿海登陆，改乘火车开赴指定地点集结，并在 13 天内投入战斗。当然，英国主要的关注点还是在海上。

1912 年春，英国皇家海军在波特兰进行空前规模的海上演习。丘吉尔在其回忆录中这样写道："3 个战列舰中队并驾齐驱，巡洋舰和小舰队首尾相接地排列。航速提高到 20 节。每艘舰只的船头出现白色泡沫的条纹。陆地近了。宽广的海湾欣然接受这些迅速移动的巨大舰队。排成队形的舰只已经占满海湾。"展示武力之余，英国海军也制定了集中兵力于本土，封堵德国公海舰队进入大西洋，在地中海方向配合法国舰队对抗意大利和奥匈帝国海军的计划。

1913 年 4 月，法国陆军拟定了著名的"第 17 号作战计划"。在此前的 15 年，法国的战争计划——第 14 号、15 号、16 号——都是以攻势防御为主，第 17 号计划完全改变了旧有观念，以发动全面攻势为主。其结果是在第一次世界大战初期使法军受到惨重的损失，并使法国元气大伤，从此一蹶不振。

事实上，在战争爆发前，法国面对强大的德意志突击兵团，有一条漫长的国境线需要守备，如果采用传统的防御战略，那么必然会陷入《孙子兵法》中"备左则右寡，备右则左寡，无所不备，则无所不寡"的不利局面。与其被动挨打，不如先发制人。如何瓦解德国人在兵力上的优势，法国把宝押在了俄国身上。

1911 年，时任法国陆军部参谋长的迪巴伊将军奉派前往俄国，去给俄国的总参谋部灌输必须夺取主动权的作战思想。可以想见在未来的欧洲大战中，一半左右的俄国军队需要对抗奥地利，以保护其在巴尔干的盟友。那么在无法完成全面动员的情况下，俄国是否有勇气对德国发动进攻便成了问题的关键。

有人认为，正是在法国方面的游说下，俄国才承诺，一旦战争爆发俄国前线部队便将展开进攻，不等全军集结完毕就越过东普鲁士的边界。"我们应该对准德国的心脏打击，"尼古拉二世在双方签字的协议上声明，"我们两国的共同目标必须是柏林。"

后世对尼古拉二世的承诺颇多非议。在军史学家眼中，要求俄国尽早发动攻势的协议经过两国总参谋部之间一年一度的会谈而愈加牢固，并成了法俄同盟的军事惯例。1912 年，俄国总参谋长吉林斯基来到巴黎；1913 年，霞飞访问俄国。到这时，俄国已经完全被冲动的魔鬼控制了。

自从兵败日俄战争以后，他们迫切需要一雪出师败绩的耻辱，因军力孱弱而自惭形秽的心情当然需要谋求振作之道。法国"进攻学派"的创始人格朗梅松上校的演讲集译成了俄文，备受欢迎。俄国总参谋部因为领受了光华熠熠的殊死进攻的理论而神采飞扬，所以，其诺言也就一再加码。

1912 年，吉林斯基将军承诺，将用于德国前线的 80 万俄国陆军将在动员后第 15 天全部送达，而没有意识到俄国的铁路不能承担这项运输任务。动员期间，平均每个俄国兵的输送里程是 700 英里，为德国兵的 4 倍，当时俄国每平方公里的铁路只及德国的十分之一。1913 年，俄国又把进攻的日子提前两天，不顾兵工厂生产的炮弹不到需要量的三分之二，步枪子弹不到一半。

比起战备的不足来，对俄国军帅的指责更为尖锐。"耆龄老将多如过江之鲫，军官团形成了头重脚轻的局面，他们最为殚思极虑的作业是斗纸牌。不顾体力条件而让他们担任军职，为的是保全他们在宫廷里的恩宠和权势。军官的任命和擢升，主要依仗有社会地位或有钱的靠山。他们对户外运动的"怠惰和不感兴趣"使得一位英国武官为之愕然。他访问过阿富汗边境附近的一处俄国边防军驻地，使他大惑不解的是，那里居然连一个网球场也没有。

经过 1905 年革命的大清洗，大批将校不是辞职便是被迫离职。一年之间，因为不称职而退役的将官达 341 人，这个数目接近法国陆军的将官总额，同时处理的校官也有 400 人。尽管在俸金和晋升方面有所改进，但 1913 年军官仍缺员 3000 人。

尼古拉二世没有太多选择。战争不会直接针对俄国，但无论是奥匈帝国对塞尔维亚的攻势，还是德意志军团越过莱茵河，都将大大影响欧洲的局势，触及俄国利益的底线。而如果俄国不能在第一时间集中有限的兵力发动进攻，那么塞尔维亚和法国均可能很快被奥匈和德国击败，届时即便俄国已经完成动员，兵力也不足以对抗同盟国阵营。

德国有 17 条通向东普鲁士的路线，每天可以行驶 500 列列车；这样的铁路可以在短时期运送一支庞大的军队。多条支线从干线分叉到许多边境地区，以迅速调动部队应付突然事件。奥匈帝国则造了 7 条铁路经由喀尔巴阡山脉通向加利西亚，每天的运输量是 250 列列车。与之相比，俄国从内地主要城市到华沙只有 6 条铁路线，支线也太少，没有什么军事价值。因此，先发制人便计划成为唯一的解决方案。

战前，俄国制定了两个可供选择的对德国和奥匈帝国的作战方案：G 方案，即德国方案，设想德军陆军集中兵力对俄作战；A 方案，即奥匈帝国方案，设想德国在东线采取守势。俄国军队主要对奥匈帝国作战。不过，这两个方案在兵力部署上差别不大。俄国陆军在西线的野战部队分为由第 1 和第 2 集团军组成的西北部方面军，由第 3、第 5 和第 8 集团军组成的西南方面军。第 4 集团军在实施 G 方案时加入西北部方面军，实施 A 方案时加入西南方面军。此外，第 6 和第 7 集团军保护侧翼和从波罗的海、芬兰延伸到罗马尼亚和黑海的这条战线。

但在实际运作时，如果出现 G 方案预想中德军主力东向的情况，那么俄国将放弃整个波兰地区，退守俄国本土。如果情况继续恶化，那么可能将再次采取 1812 年卫国战争的策略，退守莫斯科周边区域，甚至放弃莫斯科进一步后撤，不惜一切代价赢得时间，等待亚洲方面的西伯利亚和突厥斯坦方面军赶到，同时完成整个帝国兵力和资源的完全集结，再进行决定性的反击。而如果德国在东线取守势，那么俄国两个方面军都将立即发起进攻，西北方面军攻入东普鲁士，西南方面军攻入加里西亚，并以当地为前进基地重新集合并向柏林展开钳形攻击。

尽管俄国很多权贵事后都表示自己曾无比坚定地反对尼古拉二世发动战争。但从相关的史料来看，他们中的大多数人不是沉浸在"德国永远不敢对抗联合起来的俄国、法国和英国"的幻想中，便是认定俄国强大的武装力量可以轻易攻占柏林，迅速结束战争，如同当年击败拿破仑一样。唯一明确反对战争的，是被后人唾弃的"妖僧"拉斯普京。他对这场战争给出了这样的预言："战争意味着俄国和皇帝完蛋，而且将会一个不剩死去。"

拉斯普京的预言应验了。但这真的是基于某种超自然力量吗？答案显然不是。某些史料讲述，拉斯普京年轻时曾游历过察里津和萨拉托夫等地的日耳曼移民城镇，目睹了德意志民族的勤劳勇敢。为此，他曾不止一次惊叹："如果德国人每天早晨喝咖啡，那怎么能战胜他们呢？"因此，拉斯普京对德国怀有一种先天的畏惧。不过，即便说法属实，也只能解释他对俄国战败命运的预感。真正令拉斯普京感到畏惧的，恐怕还是跻身俄上流社会后，从各种沙龙中感受到的自由、民主思潮。

拉斯普京敏锐地嗅到狂热的战争背后，革命力量正蓬勃发展。在相对和平的环境下，俄、德意志、奥匈三大帝国可以凭借强大的国家机器粉碎那些妄图推翻帝制的力量，但随着战争的消耗，帝国终将衰亡。1914 年春，拉斯普京在回西伯利亚探亲的途中遭到暗杀，一个农妇以消灭"伪基督"为名在他的肚子上捅了一刀。

事实上，自从拉斯普京成了保护尼古拉二世及其家族的"神秘力量"代言人，贵族里便流传着他和皇室成员乱搞的下流传闻。起初是他与皇后的侍女通奸，其后升级为皇后，后来，几个公主也遭了他的毒手。尽管沙皇中不乏荒淫无耻之徒，几位女沙皇也被认为不守妇道，但尼古拉二世夫妻感情很好，生活保守。这些谣言除了针对拉斯普京个人外，还是指向尼古拉二世的一支毒箭。随着事态的发展，俄国贵族阶层对皇权最后卫道者的攻击，证明真正制造这些恶劣谣言的，就是那些怀着强烈妒忌心又目光短浅的世族亲贵和浪荡贵妇。

第三节 萨拉热窝事件

1914 年 6 月 28 日，是奥匈帝国王储弗朗茨·斐迪南大公（Franz Ferdinand von Habsburg–Lothringen，1863—1914）结婚 14 周年的纪念日。14 年前，他冲破哈布斯堡家族的重重阻碍，与自己深爱的女子喜结连理。可惜的是，这段婚姻在奥匈帝国皇室内部并不受祝福。因为新娘索菲亚相比斐迪南大公而言出身卑微，只是伊萨贝拉公主的一个普通侍女。

作为斐迪南大公的伯父，奥匈帝国皇帝约瑟夫一世曾坚决反对这桩婚事。但想起独子鲁道夫（Rudolf，1858—1889）的殉情悲剧①，他最终还是认可了侄子的选择。但斐迪南大公必须放弃子嗣的皇室继承权。这段婚姻也成为斐迪南大公生活的分水岭。

婚前的斐迪南大公可以说是一个标准的欧洲皇室贵族。1892 年 12 月，时年 28 岁的斐迪南乘坐奥匈帝国的"伊丽莎白皇后"号装甲巡洋舰，从地中海的里雅斯特起航，经印度和日本前往北美。在这次规模盛大的出游中，斐迪南大公一边在日记中悲天悯人，感叹工业化对环境的破坏；一边到处猎杀各种珍禽猛兽，他骄傲地宣称自己在斯里兰卡猎杀了一只巨蜥蜴："我走近它（巨蜥）就如同圣乔治走近龙。"在印度北部，他还率领着英国尼泊尔总督安排的庞大象阵在喜马拉雅山脚下猎杀孟加拉虎。

但婚后的斐迪南大公却开始关注奥匈帝国的政治问题。当时，奥匈帝国的有识之士正在讨论建立一个"三元帝国"的可能性，也就是在奥地利和匈牙利两个相对独立的政体外，允许捷克斯洛伐克或波斯尼亚、黑塞哥维那、克罗地亚、斯洛文尼亚成为新的独立成员。

这种建议无非是为了应对国内日益高涨的民族主义情绪，却也是奥匈帝国对外扩张的利器。可以预见，如果与匈牙利取得相似的政治地位，巴尔干地区的斯拉夫民族主义情绪将得到安抚。塞尔维亚鼓吹维也纳民族压迫的政治煽动也会不攻自破。

斐迪南大公也是"三元帝国"的支持者之一。正因如此，他选择在波斯尼亚和黑塞哥维那省的首府萨拉热窝过结婚周年纪念日。当然，在这里，他的妻子将得到在

---

① 奥匈帝国皇太子鲁道夫因和比利时公主斯德法妮感情破裂，迷恋上了一位名叫玛丽·维兹拉的少女，在父亲的强烈反对下，鲁道夫选择与情人开枪自杀。当然也有人认为鲁道夫生前正在谋划一次宫廷政变，他的死完全是出于政治原因。

▲ 日本浮世绘中的斐迪南大公访日

维也纳无法获得的皇室礼遇。这一天，对巴尔干斯拉夫人而言也是特殊的日子。1389年的这一天，巴尔干地区的斯拉夫联军在科索沃之战中惨败。塞尔维亚王国被奥斯曼人摧毁，无数斯拉夫人惨遭奴役。

对大多数萨拉热窝的居民来说，斐迪南大公的访问和纪念科索沃之战并不冲突。但塞尔维亚却认定斐迪南大公此行是为了部署即将展开的大规模进攻。当地满怀热血的斯拉夫青年则视斐迪南大公为新世纪奥匈帝国对巴尔干殖民统治的代表，欲除之而后快。

面对国内黑手会积极谋划的刺杀行动，塞尔维亚政府一方面限制黑手会人员出境，另一方面通过本国驻奥匈公使提醒奥匈政府：斐迪南大公前往萨拉热窝会有生命危险。但奥匈帝国对这一警告置若罔闻，可以说从这一刻起，斐迪南大公的萨拉热窝之行便成了一场政治豪赌。奥匈帝国希望通过此举来彰显其在波斯尼亚和黑塞哥维那地区的主权，塞尔维亚则竭力洗清自己与暗杀者之间的关系。

一般认为，黑手会在萨拉热窝投入暗杀行动的共计 7 人，其中年龄最大的也不

▲ 斐迪南夫妇在萨拉热窝乘坐的敞篷汽车

过 23 岁，最小的仅 17 岁。他们的计划是利用安保措施的漏洞，栖身在与米利亚茨卡河并行的阿佩尔码头的欢迎人员中，用投掷炸弹的方式结果斐迪南夫妇的性命。上午10时左右，斐迪南夫妇在城郊检阅完奥匈帝国驻军后，乘坐敞篷汽车进入萨拉热窝城。一长列皇室汽车缓缓驶过人群拥挤的街道，只有稀疏的宪兵和警察在道路两旁警戒。斐迪南大公坐在第二辆车上，索菲亚坐在他的右边。波斯尼亚省总督奥斯卡·波蒂奥雷克将军坐在左边的位置上，司机旁边是侍从官哈拉希伯爵。

　　当车队经过市中心米利亚茨卡河上的楚穆尔亚桥，驶进阿佩尔码头时，埋伏在这里的第一个暗杀者没能动手，因为一个警察走过来站在了他的面前。相距不远的另一个暗杀者察布里诺维奇突然从人群中冲出来，向斐迪南夫妇乘坐的车掷出一枚炸弹，但被车篷弹到地上，在第三辆车前爆炸，碎片击伤了波蒂奥雷克将军的副手和索菲亚的侍女。斐迪南故作镇静地走下车，察看了现场，瞄了一眼被警卫捉住的察布里诺维奇，然后挥手登上了车，说："先生们，这个人发疯了，我们还是按原计划进行吧。"车队迅速驶进市政厅，参加了市政厅举行的欢迎仪式。

在市政府举行的欢迎仪式非常顺利，使斐迪南夫妇放松了警惕，波蒂奥雷克将军也做出了不会再有暗杀的保证。在这种情况下，斐迪南大公提出下午应该去陆军医院探望上午炸弹袭击中的受伤者。他的妻子索菲亚也不顾大公的反对，执意要与他同行。

正是这一决定将两人送入了鬼门关。由于没有得到改变路线的通知，车队出发后并没有开往陆军医院，而是按原计划驶往预定目的地——国家博物馆。当波蒂奥雷

▼ 萨拉热窝事件的相关油画

克将军发现路线有误要求停车调头之际，另一位暗杀者——19 岁的加夫里若·普林西普（Gavrilo Princip，1894—1918）冲上前来，用一支勃朗宁 M1910 型自动手枪对着斐迪南夫妇连开了 7 枪。

事后证实第一颗子弹就打中了斐迪南大公的脖子，切断了他的颈静脉。第二颗子弹洞穿了索菲亚的腹部，切断了一根动脉。但斐迪南大公夫妇当时惊呆了，依然挺直坐着。赶来的军警控制住暗杀者的时候，波蒂奥雷克将军依旧以为两人平安无恙，没有要求车队前往医院，而是命令司机回到军政府长官府邸。就在车辆调头时，斐迪南大公开始吐血，索菲亚也瘫软在座位上。据说，在生命的最后关头，斐迪南大公仍在喃喃道："索菲亚、索菲亚，为了我们的孩子，你不能死！"但已于事无补。上午11 点钟后不久，斐迪南大公夫妇双双因流血过多去世，史称"萨拉热窝事件"。

暗杀的过程充满了戏剧性和疑点。担任斐迪南大公护卫工作的波蒂奥雷克将军的每一个举动都似乎在帮助暗杀者。更为蹊跷的是，发给 7 位暗杀者的氰化物无一生效。这也就意味着他们被捕之后将在整个欧洲的关注下接受审判。在法庭上，来自奥匈帝国的法国法官引导性的发问虽然没有套出暗杀者与塞尔维亚政府之间的联系，但至少向欧洲证明了南斯拉夫人渴望的统一是多么疯狂和残酷。

在法庭上，普林西普高呼要"除掉那些挡路的和作恶的，还有那些阻碍统一的"。由于当时未满 20 岁，普林西普仅被判处了 20 年有期徒刑，但在狱中他因长期佩戴着沉重的手铐被独自关押在一间阴冷潮湿的牢房，手臂被感染，不得不截肢。1918 年 4月 28 日，他因肺结核死于监狱时，体重已不足 40 公斤。此时，认为是他引发的那场战争，正带着他痛恨的奥匈帝国走向终结。

消息传到维也纳，正在萨尔茨堡附近的别墅中休憩的约瑟夫一世咕哝道："触犯全能的上帝是不能不受惩罚的。上帝恢复了我不幸未能维护的秩序。"这句话被认为指的是，奥匈帝国终于找到借口向塞尔维亚宣战。但也有人认为，约瑟夫一世觉得是斐迪南的婚姻触怒了上帝。随着王储遇刺，奥匈帝国不用担心王储子嗣未来可能登上皇位的问题了。

当天稍晚的时候，德国皇帝威廉二世在游艇"霍亨索伦号"上获悉这个消息，当时，德国高层正在船上庆祝基尔运河建成 19 周年。此前阻挠德国发动战争的桎梏被打破。但当威廉二世从侍从递来的金制烟盒里读到折放在里面的电报时，却脸色发白，然后一声不响回了特等舱。

此后近 20 天，威廉二世始终待在游艇上，在挪威海峡巡游。他需要时间理清头绪并做出抉择。不过，奥匈驻德大使施策居尼依旧向维也纳报告，威廉二世在一次非公开的午餐会上表示："即使事态发展到了奥匈帝国向俄国开战的地步，奥匈帝国依然会得到德国的支持，德国作为一个忠诚的盟友，将站在奥匈帝国一边。"

丘吉尔这样形容此举："以整个德意志帝国的资源为担保而填写的一张空白支票。"此时，法国总统雷蒙·普恩加莱和总理勒内·维维亚尼正访问俄国。显然此时巴黎急需和莫斯科统一步伐。尼古拉二世在皇村为法国总统举行了盛大的阅兵式，普恩加莱也在座舰上为沙皇夫妇举行了盛大的晚宴。7月23日法国代表团踏上归途之际，奥匈帝国向塞尔维亚发出了限48小时内回复的最后通牒。

奥匈帝国的最后通牒由9条内容组成，并未涉及对塞尔维亚领土和主权的要求：

1. 查封所有憎恨和藐视奥匈帝国皇室的刊物；

2. 取缔民族自卫组织，并取缔其他宣传反奥匈的组织；

3. 即时删除所有有反奥匈宣传或可能会引起反奥匈宣传的教学内容；

4. 革除军部或行政部中被指在进行反奥匈宣传的官员，官员的名单由奥匈政府提供；

5. 与奥匈政府有关部门合作，在塞尔维亚镇压企图颠覆奥匈帝国领土完整的活动；

6. 在奥匈帝国政府指定部门的协助和指示下，惩罚策划或执行6月28日刺杀事件，以及在1914年于塞尔维亚进入领土的人；

7. 即时逮捕奥匈初步调查显示的两名被点名人；

8. 保持合作，以有效措施遏制境内的军火走私；

9. 向奥匈帝国解释塞尔维亚高级官员的反奥匈帝国言论。

塞尔维亚可以接受这些条款，但如果全盘接受又不好向国内群众交代。因此，贝尔格莱德方面以违背塞尔维亚宪法为由拒绝了第5条和第6条。

消息传出后，欧洲松了一口气。威廉二世接受了这个答复。他宣称，因为塞尔维亚已经屈服，需要开战的原因消失了。俄国也认为塞尔维亚表现出了足够的和平诚意并建议双方尽快展开谈判。

7月26日，英国外交大臣格雷正式提议由德、英、法、意四国调停奥、塞的不和。但这一要求遭到了德国的拒绝。威廉二世之所以这样做，一方面是因为奥匈帝国已经完成了动员，对塞尔维亚的战争已经箭在弦上；另一方面德国还幻想着战争爆发后俄国会保持中立。

▲ 战争爆发初的奥匈帝国士兵

▲ 战争爆发初的塞尔维亚士兵

▲ 1914年的俄国士兵

▲ 1914年的德国士兵

尽管各国领导人挣扎着力求避免战争，但都是枉然。国境线上的情报人员把每一支骑兵巡逻小队的出现都作为对方要先发制人的标志。各国总参谋部人员拍着桌子要求及早发出调兵遣将的命令，生怕对手占得先机。

1914 年 7 月 28 日，奥匈帝国以塞尔维亚士兵已经向多瑙河上的军用运输船舶开火为由，向塞尔维亚宣战。维也纳方面随后向莫斯科保证：他们无意永久吞并塞尔维亚，只是想要展示奥匈帝国的力量，以及征讨塞尔维亚的决心有多坚决。但 7 月 29 日上午 11 点，俄国还是动员了与奥匈帝国接壤的四个军区。

此时，英国还在为和平做最后的努力。29 日，英国外交大臣格雷接见德国大使，明确表态："如果冲突仅限于俄奥之间，英国可以保持中立；如果德法两国卷入，那么局势立刻就会发生变化，英国政府在一定条件下，将做出紧急决定，而不会作壁上观了。"当德皇威廉二世获知英国参战的真正意图后，随即要求奥匈帝国停止军事行动，同时希望俄国取消军事动员。

接到威廉二世的电报后，尼古拉二世陷入了犹豫。据说午夜前他曾试图撤销动员令。但大规模战争的准备是一项复杂的工程，数以百万计的后备军已被紧急征召，配发了补给品和装备后被塞进征集的军用列车开赴了前线。尼古拉二世中止动员的决定也遭到将军们的群起抵制。

俄国总参谋部告诉沙皇，如果只部分动员对抗奥匈帝国，将会使整个军队乱成一团。此外，众所周知，俄军必须抢先行动才能赶上德国的军事准备工作。如果无法迅速下令总动员，俄国就不能应付德国可能发动的攻击。最终，尼古拉二世在 7 月 30 日早晨再度下达总动员令。德国政府随即开出了要求俄国 48 小时内取消动员令的最后通牒，同样的文件也出现在了巴黎香榭丽宫的案头。

8 月 1 日星期六正午，德国给俄国的最后通牒限期截止，德国没有得到任何答复。柏林电告驻圣彼得堡的德国大使，令他于下午 5 时宣战。与此同时，威廉二世颁发了总动员令。从德国总参谋长小毛奇接到皇帝命令的这一刻起，德意志武装力量这台庞大机器随即运转起来。不过直到此时，威廉二世仍期望法国能在战争中保持中立，以避免陷入两线作战的困境。

为此，德国向巴黎开出了这样的条件：普法战争中割让给德国的阿尔萨斯地区将获得独立的自治邦身份，德国相信此举可以保证"西线无战事"并使英国置身局外，从而赢得时间将兵力调去对付俄国。与此同时，英国外交大臣格雷也向德国发出电报，含糊地宣称："如果德国答应不进攻法国的话，英国愿在俄德战争中保持中立并使法国也保持中立。"

威廉二世这时产生了一种不切实际的幻想，他找来正帮着签发各种命令的总参谋长小毛奇，告诉他："现在我们可以只同俄国作战了。我们干脆全军挥戈东进！"小毛奇则回答："这不可能办到。成百万大军的调动部署不可能临时调整。如果陛下坚持要把全军带往东线，那这支军队将不再是一支枕戈待旦的军队，而将是一群带着枪却没有给养供应的乌合之众。单单安排他们的那些给养，就花了整整一年时间。"最后他还说："凡事一经决定，就不能变动。"

事后，德国铁道兵军官冯·施塔布将军特意写了一本书，以许多图表和图解说明他如果在 8 月 1 日得到通知，德国陆军可以在七个集团军中留下三个集团军守卫西线，把余下的四个集团军于 8 月 15 日前调运到东线。而另一些当事人则宣称毛奇本人曾承认，一开始就袭击法国是个错误。"应该先将我军大部分兵力派到东线粉碎那部俄国压路机，而把西线的军事行动限于击退向我国境进犯的敌人。"但这些说法毫无意义，因为就在拒绝威廉二世改动战略计划后的几个小时，小毛奇便发现德国军队正按预定计划开入中立国卢森堡的境内以夺取一处铁路枢纽。但他不能在取消行动的文件上签字，因为正如他自己所说："凡事一经决定，就不能变动。"

除了军队外，欧洲各国的民众也为战争疯狂。8 月 1 日，柏林街头人头攒动，皇宫前聚集了成千上万的人。一名警察出现在皇宫门口，向人群宣读了动员令，人们便恭敬地唱起了国歌《让我们大家感谢上帝吧！》，站满了军官的车辆沿着菩提树下街飞驰而去，他们挥舞着手帕，高呼着"动员起来！"人们顿时欢欣若狂，随后一哄而散，冲向那些有俄国间谍嫌疑的人泄愤了。

在圣彼得堡，尽管俄国高层对德国的率先宣战感到震惊，但民众还是自发地集结在冬宫门前的广场，他们高举着旗帜和沙皇夫妇的画像，齐声唱着歌颂沙皇的歌曲和祈祷词。此时，一位名叫克伦斯基（Alexander Fyodorovich Kerensky，1881—1970）的杜马议员感叹道："一个小时之内，人们的思想都变了。街垒、罢工、示威游行，所有的革命行动都不存在了。圣彼得堡也和这个国家的其他地方一样了。"但长期以"劳工之友"自居的克伦斯基也很快站到了支持战争的行列，除此之外，长期视沙皇为敌人的俄国社会民主党、社会民主工党中的孟什维克也纷纷表示支持战争，唯有正在瑞士密切关注战争局势的列宁认为这场非正义的战争最终将以俄国战败而告终。

8 月 2 日，德国驻布鲁塞尔公使赫尔·冯·贝洛－扎莱斯克按照要求查封了 7 月 29 日寄达的密封信件。这是一封要求比利时政府向德国武装力量开放其领土的外交照会，并限 12 小时内答复。据说，贝洛－扎莱斯克常常自嘲："我是一只不祥之鸟。我派驻奥斯曼，奥斯曼闹了场革命；我到中国，又碰上义和团。"现在，他也要将比利时拉入战争了。

德国之所以需要在战争一爆发便控制卢森堡和比利时这两个中立国，主要是因为德国前总参谋长阿尔弗雷德·冯·施利芬（Alfred Graf von Schlieffen，1832—1913）元帅的战争计划。作为普法战争的亲历者，施利芬对色当会战①的辉煌胜利念念不忘。他相信日益崛起的德意志帝国与矢志复仇的法国及其盟友俄国之间必有一战，为了收复普法战争中割让的阿尔萨斯、洛林两地，法国很可能会主动进攻。因此，施利芬想在东线以最低限度的兵力阻止动员较慢的俄军；在西线，则以德军的全部精锐迅速击溃法国的武装力量，然后再利用四通八达的铁路公路网，将部队调往东线，最终击败俄国。这样，德国便能在两三个月内赢得整个战争的胜利。

施利芬对自己的计划充满了信心，认为此举将重现古罗马时代"坎尼会战"②的辉煌。他临终前还喃喃自语："战争一定会来，务必要强化右翼。"但他的继任者小毛奇却并不理解他的良苦用心，修订了"施利芬计划"，将右翼的兵力削减为 52 个步兵师和 7 个骑兵师，抽了 7 个师加强左翼，同时加强了东线力量的防御力量。这些无疑削弱了德军西线进攻的力量。

小毛奇的这一系列调整也属无奈之举。一方面，威廉二世出于政治和血缘关系（荷兰女王威廉明娜是他的姑妈）的考虑，不主张德军侵犯中立国荷兰，导致德军在右翼最北部的两个集团军由于道路拥堵，缓慢通过比利时的列日隘道。另一方面，依照法国当时制定的第 17 号作战计划，德军在西线将面对法国陆军 5 个集团军的全部兵力，仅依靠原本 8 个师的兵力显然是挡不住的。担心法国陆军一举冲入莱茵河腹地、威胁德国工业中枢的小毛奇才不得不做了这样的调整。

法国对德军拟定的"施利芬计划"并不是一无所知，陆军高层还激烈争执过。法国总参谋部的基本看法是："德军右翼越强，对我方就越是有利。"毕竟"贼可来，我亦可往"。德军右翼还要穿越中立国比利时的领土才能进入法国，自己的刺刀却可以直接捅穿阿尔萨斯—洛林，直抵莱茵河流域。但一线法国陆军各集团军却认为如此

---

① 1870 年 9 月 1 日，普鲁士军队借助先进的动员体系和事先部署，将攻入德意志境内的法国军队合围于色当一线，最终逼迫法国皇帝拿破仑三世率十余万精锐缴械投降。此战也被视为普法战争的标志性战役。

② 公元前 216 年，迦太基名将汉尼拔在奥菲杜斯河附近使用双重包抄的战略，一举全歼了罗马共和国主力。

荷兰女王威廉明娜

对冲太冒险。法军总司令米歇尔将军认为，法军应该无视比利时的中立，抢在德军之前进入其领土布防，真正拒敌于国门之外。

各方意见相持不下之际，米歇尔辞职，一手拟定了第 17 号作战计划的总参谋长霞飞（Joseph Joffre，1852—1931）取而代之，但此时法国陆军内部的争吵令他已无法坚持初衷了。于是，法国人也进行了一系列两头兼顾的修订。霞飞计划一旦战争爆发，法国陆军的主力将立即实施两路进攻，3 个集团军继续按照第 17 号作战计划的既定路线，攻入阿尔萨斯—洛林地区。

与此同时，剩下的 2 个集团军转向于西北，防御从比利时一线突入法国国土的德军主力。小毛奇和霞飞的决断不可能都是错的，只是在施利芬原定的计划面前相形见绌而已。诚如施利芬所说："一场成功的坎尼会战，不仅需要聪明的汉尼拔，而且需要像法罗那样的愚蠢对手配合。"

第七章
败局

在人们的脑海中,俄国军队是个庞然大物,开始时不免臃肿迟钝,但是一旦充分动员起来投入行动,它一浪接一浪永无穷尽的人海波涛,不论伤亡多大,都会不屈不挠,前仆后继,滚滚向前。

——巴巴拉·W. 塔奇曼

第一节 坦能堡战役

1914 年 8 月 12 日黎明时分，距离德俄边境不足 8 公里的小镇——马格拉博瓦依旧保持着往昔的平静。西线那隆隆的炮声和数以百万计高速突进的士兵，对这里的日出而作、日落而息的农夫们而言，像一个遥不可及的传说。随着太阳升起，急促的马蹄声将大多数人从睡梦中惊醒。

"俄国人……哥萨克，来了……"一辆辆自行车从村外的山丘上飞驰而下，骑在车上的是村里那些担任通讯员的小男孩，他们大多十二三岁。崇尚"总体战"的德国政府对每一个男丁都进行了军事培训，这些孩子虽然不够资格奔向战场，却能在山顶用原木搭建的瞭望塔担任警戒。镇中央教堂的大钟发出"当、当"的巨响，整个小镇开始以最快的速度从沉睡中醒来。

奉命越过国境线的俄军部队隶属于保罗·冯·伦宁坎普（Paul von Rennenkampf, 1854—1918）的第一集团军。骑兵大将伦宁坎普，留着两撇挺劲的翘须髭，喜欢骑兵这个兵种。沙皇尼古拉二世对第一集团军恩宠有加，除了集团军原本直属的第 1 独立骑兵团外，他还特意调来了历史悠久、战功卓著的第 1、第 2 近卫骑兵师。有了这两支精锐的加盟，自认为兵强马壮的伦宁坎普不待整个集团军完成动员，便勒令第 1 近卫骑兵师在 1 个步兵师的支援下冲入敌境。

俄国第 1 近卫骑兵师，成立于 17 世纪 90 年代，长期驻守在圣彼得堡，堪称历代沙皇的御林军。下属 3 个骑兵团：第 1 沙皇陛下近卫胸甲骑兵团、第 2 皇后陛下近卫胸甲骑兵团、第 3 沙皇陛下近卫哥萨克骑兵团，以及提供火力支援的第 1 近卫哥萨克骑炮团。在俄国的武装序列中，第 1 近卫骑兵师兵强马壮、军容齐整。如何使用这样的一支部队，将考验伦宁坎普。

为了达到"首战用我，用我必胜"的效果，伦宁坎普不待全军集结完毕便将第 1 近卫骑兵师投入战场。考虑到德军主力并未在边境地区集结，所以此战并无凶险可言。在盛夏的骄阳下，近卫胸甲骑兵的甲胄闪着华丽的金属光泽，枪尖镀银的长矛上红绸飘荡，向来不修边幅的哥萨克也穿上了鲜艳的红色制服和绣有金边的白色披风，力图在自诩文明的德国人面前一扫俄国落后、破败的形象。

可惜的是，当第 1 近卫骑兵师以阅兵时的整齐队列，穿过郊区进入马格拉博瓦的集市广场时，他们幻想中德国居民"箪食壶浆，以迎王师"的景象并没有出现——德国边防部队和大多数民众都已经撤走。商店关门，只有少数自称波兰籍的居民小心

▲ *1914年的俄国第1近卫骑兵师*

翼翼地张望着。他们中当然混杂着许多德国的情报人员，他们假扮农夫、农妇，监视着俄军的一举一动。不过，衣着华丽的近卫骑兵可没有兴趣把他们一一揪出来——当时，欧洲各国的间谍只能从政府发的内衣发现。诚如第1近卫骑兵师师长戈尔科少将所言："要在东普鲁士撩起每个妇女的裙子来看看是不可能的。"

成功"攻占"马格拉博瓦后，俄第1近卫骑兵师派了少量侦察部队继续向纵深挺进。不过，辽阔且肥沃的东普鲁士上的德国农夫在哥萨克抵达之前就逃亡了。在向前推进的第一个早晨，俄国人看到他们的前进路上升起了一柱柱的黑烟。这不是逃走的容克贵族在焚毁庄园和房舍，而是一堆堆草料在燃烧——暗示入侵者的前进方向。

德国民众训练有素的疏散，令伦宁坎普的第一记重拳挥了个空。但这并不影响这位将军将第1近卫骑兵师的武装游行吹嘘成一次辉煌的胜利。在他看来，德国民众的后撤已证明柏林无意在维斯瓦河以东建立防线，现在第1集团军要做的便是开进德国的纵深，直逼下一个战略要冲——因斯特堡。

1336年，条顿骑士团建立了一座名为"因斯特"的城堡，后来城堡周边开始有人聚居，因此被称为因斯特堡。由于地处兵家必争之地，因斯特堡也曾多次毁于兵燹，直到 1862 年柯尼斯堡连通考纳斯的德俄铁路正式建成，该地才真正走向繁荣。

伦宁坎普之所以急于夺取因斯特堡，除了该城堡的铁路枢纽将有效改善俄军糟糕的后勤补给状况外，更重要的是，攻占因斯特堡后，俄军将有效切断柯尼斯堡要塞和南部马祖里湖地区的联系。一旦俄第 1 集团军在因斯特堡周边约 48 公里阔的平原成功展开，俄军将牢牢掌握战场主动权。如果德军继续龟缩在维斯瓦河以西，那么俄军将从容对普鲁士的"龙兴之地"——柯尼斯堡展开围攻。如果德军主力前来会战，那么亚历山大·萨姆索诺夫（Alexandr Vasilievich Samsonov，1859—1914）指挥的俄第 2 集团军将由南边绕过马祖里湖，从翼侧和后方给予德军致命的打击。

伦宁坎普的战略看似完美无瑕，因斯特堡距离德俄边境也不足 60 公里，但庞大的第 1 集团军尚未完成集结和进攻准备，而且，将 20 万步兵和重炮推进到因斯特堡也需要 3 天时间。当然，如果脱离步兵部队，俄第 1 集团军下属的 2 个近卫骑兵师完全可以朝发夕至，突进因斯特堡。但伦宁坎普不敢拿沙皇陛下的"御前铁卫"孤注一掷，在马格拉博瓦镇完成了"参战首秀"后，第 1 近卫骑兵师及随后赶到前线的第 2 近卫骑兵师被勒令于集团军两翼展开，除掩护战线中央缓步集结、推进的 3 个步兵军外，这些骑兵仅被要求扫荡德俄铁路沿途的各条支线以便搜集火车头和车厢。

▼ 大举涌入德国的俄国步兵正在步行

长期以来，俄一直采用与欧洲不同的5俄尺（1524毫米）轨距铁路，原本是防止入侵的他国军队利用俄国铁路高速推进。此时，俄陆军不得不面对己方火车无法利用东普鲁士铁路网的尴尬。不过事实证明，能够高效疏散民众的德国政府也不会将自己的火车拱手送人。随着越来越多的步兵师从波兰向德国推进，以马车为主的俄后勤的压力也越来越大。

与补给问题相比，俄军的通讯网络更糟糕。由于缺乏电线架设自己的线路，俄国人只好依靠德国的电报线路和电报局，当发现这些设施已被破坏时，就只能使用无线电明码发送电讯，因为他们各部门的参谋部、处都没有密码和密码员。

俄国突如其来的大举进攻令德国措手不及，尽管在拟定西线作战计划时，德国前总参谋长施利芬也对东线战局进行过一系列规划。施利芬认为，德军在东线的主要防区，完全可以依托马祖里湖周边的沼泽地带，在维斯瓦河上游和柯尼斯堡周边地区凭借战前修筑的工事群抵挡对手的进攻。俄国虽然可以投入比德国更多的兵力，但被连续50英里的马祖里湖群分割，形成了无法有效策应的南北两个作战集群。此时，德军便可以集中驻守在当地的陆军第8集团军，将俄军各个击破。

施利芬的这一计划可谓高明，但如丘吉尔评价的那样："这一计划要求德军的指挥官拥有拿破仑、马尔博罗[1]和腓特烈大帝的才华和胆识。"时任德国陆军第8集团军司令的马克西米连·冯·普里特维茨（Maximilian von Prittwitz und Gaffron，1848—1917）显然不是这样的人。

普里特维茨出身显赫，可谓容克贵族中的将门虎子。他的履历也颇为完整，参加过普奥战争和普法战争，在德意志各军区均任过职。尽管他的下属攻击他之所以能飞黄腾达，完全是因为"懂得在餐桌上如何以滑稽可笑的故事和淫秽闲话来博得德皇好感"，但实际上，他的升迁完全是靠积累的军功。

在普奥战争和普法战争中，普里特维茨都是中下级军官，常年的办公室生涯令他养成了趋利避害的性格。得知俄军以超出预想的速度发动进攻后，他第一时间想到的是，调集德国第8集团军主力迎头痛击正面进攻的俄国陆军第1集团军。在贡宾嫩一线作战的德军战斗力超强，俄军的进攻一度被击退。但此时，普里特维茨感到了来

---

[1] 这里指的是温斯顿·丘吉尔的远祖，第一代马尔博罗公爵——约翰·丘吉尔。他曾在西班牙王位继承战争中与神圣罗马帝国名将欧根亲王配合，多次击败了兵力占据优势的法国军队。

自侧翼的威胁：俄军第2集团军在萨姆索诺夫的统率下，正从南线迂回前进。如果德军与俄国第1集团军继续战斗，那么很可能陷入俄军的两翼夹击中。

普里特维茨在这关键时刻失去了放手一搏的勇气，他要求前线的部队迅速与敌军脱离接触，收缩防线。刚刚遭受小挫的伦宁坎普显然不会放弃这个有利战机。8月20日清晨，俄军对奥古斯特·冯·马肯森（August von Mackensen, 1849—1945）指挥的德国陆军第17军阵地发动进攻，正在行进的德军猝不及防，被俄军凶猛的炮火击溃。得到消息的普里特维茨更认定，德军在贡宾嫩一线已无法继续坚守，要求第8集团军放弃维斯瓦河以东地区，退守柯尼斯堡。

普里特维茨的决定令正全神贯注于西线的小毛奇大为震惊，德国第8集团军的后撤不但意味着东普鲁士大片国土的沦丧，更令首都柏林直面威胁。此时，德国陆军虽然在阿尔萨斯—洛林一线挡住了法国人的进攻，但为了攻克地处比利时咽喉要道的列日要塞，德国陆军损失了大量兵力。

此时，英国远征军已在法国北部登陆，为了迎接即将展开的决定性会战，小毛奇不可能从西线抽调兵力支援东部战场。与第8集团军几位军一级的指挥官通话后，小毛奇认定东线德军建制完整、实力未损，与其增兵不如换将。此时长期在总参谋部工作的鲁登道夫（Erich Friedrich Wilhelm Ludendorff, 1865—1937）少将刚刚在攻克比利时列日要塞中表现出色，于是小毛奇将他调到了东线。考虑到鲁登道夫是总参谋人员出身，直接统领一个集团军难以服众，第8集团军司令的纱帽便落到了已经退休的冯·兴登堡（Beneckendorff und von Hindenburg，1847—1934）头上。

接任集团军司令时，兴登堡已经68岁。像他这样的老将在德军西线指挥官中大有人在。兴登堡之所以在1911年宣告退休，据说是因为在1908年的陆军大演习中击败了威廉二世亲自指挥的军队，从而升迁无望。多年的赋闲生活令他养成了处变不惊、进退从容的好心态。

在波兰巴拉诺维济的俄军前线指挥部里，法国要求俄军迅速进攻、以缓解西线压力的电报如雪片一般飞来。一线总指挥吉林斯基缺乏统筹全局的能力，他错误地认为，第1集团军已达到预定的目标，因此将全部兵力投注在统率第2集团军从南线包抄柯尼斯堡的萨姆索诺夫身上。

坊间流传，俄第1集团军司令伦宁坎普和第2集团军司令萨姆索诺夫曾在日俄战争中交恶，两人甚至在奉天火车站争吵并大打出手。当时围攻的群众中就有德国第8集团军的参谋麦克斯·霍夫曼（Carl Adolf Maximilian Hoffmann，1869—1927）上校。

因此，霍夫曼向新任领导兴登堡和鲁登道夫进言，认为两支俄军之间缺乏协同，可以轻易将其各个击破。将帅之间的个人恩怨固然会影响战局的走向，但真正导致俄两集团军不能协同作战的，还是东普鲁士糟糕的道路和俄军乏力的指挥和后勤系统。

兴登堡

面对吉林斯基的催促，萨姆索诺夫回复："正在按时间表前进，每日行军 12 英里以上的沙砾路，不事休息。已无法再快。"同时，因沿途"乡村毁坏，马已久无燕麦，人也无粮食"，第 2 集团军极度疲惫，士气也很低落。然而，吉林斯基认为德军已崩溃，第 2 集团军"必须进攻并拦截在伦宁坎普前面退却之敌，断其去维斯瓦河的退路"。此时，德军主力已与第 1 集团军脱离接触，转向南线，在萨姆索诺夫所部的前方张网以待。

8 月 24 日，第 2 集团军在坦能堡附近遭到德军阻击。这没有引起萨姆索诺夫的警觉。他以无线电明码向麾下各部队下达命令——此举等于向德军暴露了自己的部署。兴登堡和鲁登道夫抓住这一有利时间，利用东普鲁士发达的铁路系统，将第 8 集团军所有精锐调往坦能堡一线，形成了对第 2 集团军的夹击之势。鲁登道夫计划以第 20 军的一部分牵制俄军主力，以第 17 军和第 1 预备军攻击俄军左翼，第 20 军主力则配合精锐的第 1 军扫荡萨姆索诺夫的右翼。

25 日晚，部署在右翼的俄第 6 军被击溃，俄第 2 集团军主力全力猛扑德军中部的防线。这时，鲁登道夫缺乏实战经验的缺陷逐渐显现，他要求第 1 军放弃对俄军侧翼的包抄，支援中部战线。而兴登堡却不以为然，在指挥部内呼呼大睡。果然，在德军第 1 军按照预定计划完成对俄军后路的包抄后，俄第 2 集团军迅速崩溃。面对德军的重重包围，萨姆索诺夫下令第 2 集团军各部夺路突围。但德军构筑了机枪阵地，精疲力竭、饥肠辘辘的俄军最终选择了缴械投降。萨姆索诺夫无奈地饮弹自尽。

作为驻守华沙的精锐，萨姆索诺夫所率的第 2 集团军，无论是武器装备还是兵员素质均不弱于他的对手。

▶ 1914年协约国方面的战争宣传画，充满了乐观的气息

▶ 俄第2集团
军的战俘

之所以上战场才短短 10 天便土崩瓦解，除了战略部署上的失策外，更重要的是受制
于后勤。在生命的最后时光，萨姆索诺夫曾亲眼看到一线部队的惨状，士兵"精疲力
尽到可怕的程度……已有三天没有面包和糖下肚"。一位团长告诉他："我的部下已
有两天没有拿到军粮，一点供应也没有送来。"

第 2 集团军灭亡时，伦宁坎普小心翼翼地向柯尼斯堡推进着。他错误地以为，
自己正在牵制德军主力，能帮助萨姆索诺夫完成迂回敌军侧后的使命。俄军在通讯和
指挥系统上与对手的差距，最终酿成了坦能堡会战的悲剧。

一般认为在这场战役中，俄军总计损失 12.5 万人，德国的伤亡在 1.5 万人左右。
如此悬殊的对比，极有利于德国。但从协约国的角度看，俄国人的血也未白流。在坦
能堡战役前期，由于东普鲁士的大批难民涌入柏林，使小毛奇秉承上意，抽调 2 个步
兵军和 1 个骑兵师增援东线。尽管这一战略调整并没有像有些史料声称的那样，导致
德军在具有决定性的马恩河战役战败，但还是减轻了英法的压力，同时也令德军统帅
部将注意力转向东线。为了策应与奥匈帝国在加利西亚的战事，俄国也勒令伦宁坎普
统率第 1 集团军及新组建的第 10 集团军，继续向柯尼斯堡发动攻势。一场围绕马祖
里湖的拉锯战随即全面展开。

据说，坦能堡会战失利的消息传到圣彼得堡后，法国武官马尔基·德拉吉什将军
曾向时任俄军总司令的尼古拉·尼古拉耶维奇大公（Nikolay Nikolayevich Romanov,

1856—1929）慰问。大公豪迈地回答："能为我们的盟国做出这样的牺牲，我们很高兴。"但这些外交辞令，无法改变坦能堡战役后，俄国民众的悲观情绪。

"亲德派"公然煽动退出战争。司法大臣和内务大臣为沙皇草拟了一份备忘录，力主尽快与德国媾和，理由是继续与民主国家为盟将头破血流。不久，德国也提出了跟俄国单独媾和的建议。但俄国此时已无法回头，因为德国在西线消灭法国之后，定会再与俄国相战。即便德国最终战败，英法也不会在欧洲政治舞台上为俄国留下位置。

在坦能堡战役期间，俄军在加利西亚与奥匈帝国也展开了一场血腥的拉锯战。为了掩护在巴尔干地区的军事行动，奥匈帝国总参谋长赫岑多夫元帅计划以 2 个集团军，在德军的掩护下突入俄国控制的波兰。赫岑多夫元帅在战略部署上很高明，可他忽视了奥匈帝国在动员大军和后勤补给方面也存在短板。

8 月 12 日，由 19 个师组成的 3 个奥匈帝国集团军入侵塞尔维亚。由于此时塞尔维亚的东部邻国保加利亚仍宣布中立，奥匈帝国只能从塞尔维亚的北部和西部边界进攻，而这一方向的进攻行动将受到多瑙河、萨瓦河和德里纳河等天然屏障的阻挡。

依托这些河流，塞尔维亚成功于 8 月 16 日击退了奥匈帝国的进攻，令一心想要为斐迪南大公夫妇报仇的奥匈帝国波斯尼亚省总督奥斯卡·波蒂奥雷克将军铩羽而归。奥匈帝国压制塞尔维亚，全力对抗俄国的计划破产。满怀希望能在 10 天后赶到加利西亚战场的奥匈帝国第 2 集团军，也因

◀ 俄军总司令尼古拉·尼古拉耶维奇大公

此滞留在巴尔干战场。

即便如此，赫岑多夫仍认为奥匈帝国在加利西亚地区占有优势：在加利西亚地区正面的俄国边境无险可守，奥匈帝国拥有 7 条穿越喀尔巴阡山脉通往加利西亚的铁路线，可以迅速完成部队的集结和开拔。更为重要的是，维也纳方面认定俄国的动员效率极低，己方部队完全可以在对手构筑起防线前，攻占华沙和布列斯特。

8 月 22 日，奥匈帝国由 30 个师组成的 3 个集团军突破传统俄奥边境，向着俄国控制下波兰纵深前进。大批衣着华丽的奥匈帝国轻骑兵穿梭在辽阔的战线上，渴望如他们的祖辈那样，与哥萨克来一场骑兵之间的正面对决，但那些自诩骁勇的俄国骑兵一见到奥匈帝国的军旗便逃跑了。

8 月 24 日，奥匈帝国第 1 集团军在克拉斯尼克一线击退俄第 4 集团。9 月 1 日，奥匈帝国第 4 集团军成功肃清当面之敌。种种迹象似乎都表明，俄国有意放弃波兰。但就在奥匈帝国的指挥官准备弹冠相庆之际，一场雷霆万钧般的打击从右翼不期而至。曾任圣彼得堡骑兵学校的俄国骑兵上将勃鲁西洛夫（Aleksei Alekseevich Brusilov, 1853—1926）指挥俄第 8 集团军吹响了反攻的号角。

奥匈帝国被勃鲁西洛夫迅猛的攻势打懵了。短时间内，超过 20 万奥匈帝国士兵要么被击毙，要么被俘。9 月 3 日，勃鲁西洛夫率部攻入奥匈帝国边境重镇——利沃夫①，随即开始封锁喀尔巴阡山脉各山口，有将奥匈帝国主力合围歼灭于加利西亚地区的架势。俄国人的大举反扑令战前信心满满的赫岑多夫惊慌失措，他一边命令奥匈帝国军队退守山区小城普热米什尔，一边调集正从巴尔干半岛北上的奥匈第 2 集团军赶来"救火"。

奥匈第 2 集团军行动之所以如此迟缓，完全是因为赫岑多夫高估了奥匈帝国铁路系统的工作效率。如果说奥匈帝国在奥地利的铁路能与德国比肩，那么在匈牙利境内的干线就连俄国都不如了，据说其速度只比自行车稍快一些，而且每列火车只能挂载 50 节车厢——不是赫岑多夫想的 100 节。最要命的是，由于没有挂载餐车，所有军用列车必须每 6 小时停下来做一次饭。在这种情况下，是指望不了第 2 集团军了。高傲的奥地利人被迫向德国放出了求援信号。

---

① 历史上曾长期属于波兰，俄、普鲁士和奥地利瓜分波兰后，为奥匈帝国所有。目前，利沃夫是乌克兰西部主要的工业和文化教育中心。

此时，德国陆军在东普鲁士的主力——兴登堡统率的第8集团军刚刚结束坦能堡会战，正忙于应付俄第1集团军发动的攻势。因此，德国陆军总参谋部只能抽调刚刚从西线调回的部队组建第9集团军，交由威廉二世的心腹爱将奥古斯特·冯·马肯森指挥，开赴奥匈帝国助战，对东线的战局起了决定性作用。

马肯森出生于莱比锡，很多史料说他的祖父曾是拿破仑战争时代的轻骑兵，但他的父亲没有从军经历，而是通过从事土地交易积累了大量财富，最终跻身贵族阶层。因此，在马肯森身上，既可以看到祖父金戈铁马的身影，也可以见到父亲善于投机的头脑。1869年，刚刚完成高中学业的马肯森以一年期志愿兵的身份加入了普鲁士军队，被分配在精锐的"死亡轻骑兵"旅。

此后在普法战争中，马肯森成功为自己的军旅生涯积累了"第一桶金"。1871年战争结束时，他已经晋升为一名德意志陆军少尉，后应父亲的要求退伍。因为有军官的身份，马肯森完成大学学业后重返了军队，并通过迎娶一位容克军事贵族之女，提升了在军中的地位。

1880年，马肯森调入总参谋部，深受两任总参谋长毛奇和施利芬的器重。与此同时，他也受到了德皇威廉二世的关注。1898年，马肯森作为威廉二世的副官，陪同皇帝访问了巴勒斯坦。此后，这位来自萨克森的上校在被普鲁士老兵垄断的德意志军界平步青云，只用10年时间便攀升至骑兵上将的高位。在和平年代这种速度的提拔，自然会引发同僚的侧目。或许就是因为没有军功，马肯森虽然和兴登堡同为上将和集团军司令，但他在东线需要接受兴登堡的指挥。马肯森在坦能堡会战前的贡宾嫩战役表现不佳，不仅没有受到责罚，反而还加官晋爵，足见威廉二世对他的喜爱。因此，他对这一人事安排没什么怨言。何况威廉二世还将从西线调来的德

▲ 普热米什尔城下的鏖战

意志后备近卫军和第 3 骑兵师以及从奥匈帝国征调的"志愿兵团"给了他。一时间，第 9 集团军兵强马壮。德国强大的铁路系统，也给了马肯森迅速抵达战场的机动能力。750 列火车将德国第 9 集团军迅速运到了奥匈帝国岌岌可危的防线北部。在克拉科夫①一线展开。不过此时俄国的攻势已经明显放缓，勃鲁西洛夫和同僚将注意力更多投向了已被己军包围的奥匈帝国重兵集团及其困守的孤城普热米什尔。

　　普热米什尔是连接匈牙利平原与波兰东部、西乌克兰的交通枢纽，是俄国必须拔除的钉子。但要攻克这座坚城却不容易，普热米什尔的城防建设可以追溯到 19 世纪初的拿破仑战争时期，战争爆发前，奥匈帝国还对普热米什尔等七座控扼山口的枢纽城市全都实现了要塞化。

　　1914 年夏，普热米什尔要塞共部署要塞炮兵 2 个团，12 门 240 毫米以上口径重迫击炮和 24 门 150 毫米口径重榴弹炮。要塞共有 12 个炮台，核心阵地炮台 5 座，梅

---

　　① 中欧最古老的城市之一，堪称波兰主体民族——维斯瓦族的龙兴之地。1795—1809 年和 1846—1918 年间为奥匈帝国统治。

花形排列；外围东北向炮台5座，呈箭头状排列；西南部炮台2个，一字形排列。每个炮台都有数个升降式装甲炮塔，核心阵地外有一座3米高的钢筋水泥墙，厚达1.5米，墙地基深达地下4米，墙顶向内弯折成45度角，墙内1米高处修成平台。担任防守的士兵可以趴在平台上向外射击，墙上密布射击口，担任守备的要塞炮兵团的步兵营居然没有步枪兵，全部是12人一组的重机枪班组和3人一组的轻机枪班组，防守时机枪子弹形成的弹幕几乎把核心工事外围变成了俄国人的地狱。

此刻，攻入奥匈帝国的俄军却缺乏攻坚重炮。大战前夜的俄军保有的火炮总数为7088门火炮，仅为德军14446门火炮的半数，但德军面临着两线作战的窘境。因此，俄军在火炮方面似乎与德军旗鼓相当。

由于受法国"攻势学说"的影响，俄国在战前错误地认为，战场支援火力主要是可以伴随步兵冲锋的轻型火炮，大口径的重炮仅适合要塞防御。因此，在战争爆发初期，俄陆军装备的重型火炮仅有可怜的40门，德军则拥有996门。战争爆发后，俄军工系统也缺乏生产重型火炮的能力，1914年，俄国不得不从宿敌日本进口150

▼ 现存于俄罗斯博物馆中的日制"三十八式榴弹炮"

毫米口径的"三十八式榴弹炮"。

由于缺乏重炮这个"敲门砖",俄国陆军部队只得屯兵于普热米什尔城下,直到 10 月 5 日才发动第一次并不成功的总攻。而此时,奥匈帝国已从加利西亚战役的惨败中恢复过来。德军在东普鲁士还发动第一次马祖里湖攻势,成功击退了伦宁坎普指挥的俄第 1 集团军,收复了丢失的贡宾嫩。据说,伦宁坎普面对德军的攻势竟然丧失了继续留在指挥部的勇气,临阵脱逃,跑回了圣彼得堡。这种情况在俄军中并不少见,日俄战争中,俄第 2 集团军司令格列宾堡也曾擅自抛下部队,跳上火车逃回圣彼得堡。

解除了俄军对东普鲁士的威胁后,兴登堡随即指示第 9 集团军对华沙展开一次向心突击,以减轻奥匈帝国的正面压力。马肯森此时已经完成部队的远距离机动,正磨刀霍霍。但此时,俄国也总结了坦能堡、加利西亚两次战役的经验教训,认为从马里湖方向撕破德军防线异常困难,因此选择德奥交接的维斯瓦河中游作为突破口。这个由俄总司令尼古拉·尼古拉耶维奇大公拟定的作战计划,令两军的进攻矛头相撞,华沙—伊万哥罗德战役由此爆发。

面对总兵力超过 50 万人、2400 门火炮的俄军,仅有 30 万人、1600 门火炮的德奥联军在剧烈的消耗战中支撑不住,被迫于 10 月 27 日全线退却。但由于俄西方面军和西南方面军之间长期存在矛盾,不协同作战,俄军在追击的过程中行动迟缓,导致俄军虽然在战场上取得了优势,但无法化为胜势。

华沙—伊万哥罗德战役的胜利,令俄国看到了希望。决心在战线中部投入更多兵力,乘胜攻入德国境内,占领西里西亚和波兹南工业区,削弱德国战争潜力的同时,也满足盟友英、法的要求,牵制正在西线通过战略要地——圣米耶尔突出部威胁巴黎的德军主力。但俄军通过无线电报下达的进攻命令被德国截获。兴登堡决定先发制人,在奥匈第 2 集团军正面顶住俄军的同时,由马肯森指挥德国第 9 集团军在对手侧翼发动进攻,一举将俄军围歼于罗兹地区。

兴登堡试图复制在坦能堡的辉煌,但被德军第 9 集团军迂回包抄后,俄军并未表现开战之初的惊慌失措,他们一边转入原地固守,一边从外线调集更多兵力,反而对德军展开了反包围。双方在正面宽达 200 公里的战场上,展开了一系列穿插与反穿插、包围与反包围的血腥厮杀。

罗兹战役因此也被认为是第一次世界大战运动战阶段规模最大和最复杂的战役之一。至 11 月末,陷入俄军反包围的德国第 9 集团军各部成功突围。失去进攻锐气的俄军也停下脚步，撤回到进攻发起前的位置。随着天气逐渐转冷，战线也进入了相持状态。对俄军而言，时间似乎站在自己这边——普热米什尔的守军虽还有弹药，但已绝粮，随着仅有的1.3万匹战马被宰杀殆尽，这座坚城早晚会被饥饿和寒冷攻破。

当然，随着"冬将军"到来的并非都是好消息。1914年10月29日，战争爆发前被协约国海军封锁于东地中海，被迫进入奥斯曼帝国港口的德国海军战列巡洋舰"戈本"号、巡洋舰"布劳斯特"号驶入黑海，炮击了港口城市塞瓦斯托波尔和奥德赛，奥斯曼帝国正式加入同盟国阵营与俄国为敌。

后世很多史学家都很难理解奥斯曼帝国的这一举措，他们认为，如果不是把持奥斯曼政权的"三巨头"陆军大臣恩维尔·帕夏一意孤行收留了无家可归的德国战舰，并卷入一战，那么奥斯曼帝国很可能得以延续，甚至在战后重新崛起。这种一厢情愿的说法，显然忽视了近代国际社会弱肉强食的游戏规则。奥斯曼帝国虽然被称为"西亚病夫"，但依旧掌握着中东"肥沃新月"①的统治权，如一个怀璧于闹市的匹夫，早晚会被身边虎视眈眈的欧洲列强击倒并瓜分。1911年爆发的意土战争和紧随其后

▼ 德国海军的海军旗和"戈本"号战列巡洋舰

---

① 西方人眼中地中海东南部沿岸至波斯湾一线，包括今天的阿拉伯半岛、伊拉克、叙利亚、约旦、巴勒斯坦、以色列等国。

的巴尔干战争便是最好的例证。即便奥斯曼帝国在第一次世界大战中置身事外，协约国阵营的英、法、俄，同盟国阵营的俄、奥匈、意大利掌握了欧洲的霸权后都不会放过它。与其坐以待毙，不如起而争利。

俄国对奥斯曼的宣战早有预案。11月1日深夜，俄高加索集团军抢先发起进攻，在奥斯曼帝国境内抢占军事要冲。之所以做出这样的决定，是因为俄国总参谋部预估奥斯曼可以动员130万军队参战。而俄国在高加索地区仅有17万部队，无法有效防御长达720公里的战线，唯有先发制人。此举果然取得了一定的效果。为了将俄军赶出国土，奥斯曼军队被迫在1914年冬季发动进攻，最终损兵折将9万余人，其中有三分之一死于高加索战区的严寒。

1914年的战事在漫天飞雪中画上了句号。为了掩饰西线马恩河会战的失利和"施利芬计划"迅速结束战争幻想的破灭，德国大张旗鼓赞扬东线坦能堡战役的"辉煌胜利"。1914年9月14日晚，小毛奇被免除总参谋长职务的同时，德国的报纸不约而同以整版的篇幅报道坦能堡的胜利者——兴登堡。陷入两线持久战的德国比以往任何时候都需要一个英雄人物来鼓舞士气。

第二节 沙皇亲征

长期以来，西方学者都将俄国在一战中的崩溃揽到自己身上。不过，这种思潮并非是反思战争，更多的是暗示"西方主导世界格局"的"英美中心论"。一如英国将马恩河战役的胜利看成是英国远征军的功劳，美国认为是自己的参战破坏了德国唾手可得的胜利。西方史学家认为，1914年末奥斯曼帝国的参战是导致俄国从1915年开始每况愈下的原因之一。因为奥斯曼封锁了连接黑海和地中海的博斯普鲁斯海峡，切断了英、法向俄国提供物资的渠道，这些物资恰恰是俄国赖以维持战争的物质基础。但其实仔细分析就不难发现，这是一个似是而非的错误推论。

一方面，俄国在战争中总计动员了1580万人，相当于协约国其他主要参战国兵力的总和[①]。如此庞大的武装力量，是英、法无论如何也"养"不起的。另一方面，

---

① 主要参战国美国、英国、法国分别动员了480万、570万、750万人。

俄国战前的海上贸易通道主要集中在波罗的海，此时面对强大的德国公海舰队，这一区域的俄海军只能在水雷的保护下活动。但俄加快了北极圈附近的摩尔曼斯克和阿尔汉格尔斯克两个港口的建设。由于日本加入了协约国阵营，俄还能从远东和北洋军政府手中获得物资。因此，奥斯曼参战导致俄获取对外援助的所有通道被切断并不准确。可是，俄国的武装力量如此庞大，任何外来的援助都不过是杯水车薪。

俄国的军工产能尽管落后于英、德、美、法，但世界第五大工业国的椅子还是坐得稳稳地。随着战争爆发，俄国军工的生产能力被迅速转入战时体制的德国远远甩在了身后。究其原因，除了两者工业体系本身的差距外，更重要的原因是，德国此时已完成工业资本与政治体制的完美结合。德国克虏伯公司原是一个制造汤匙和叉子的小厂，在德意志帝国全力扶持下迅速崛起，成为欧洲最大的军火公司。1860 年 10 月，刚登基的威廉一世便参观了克虏伯的炼钢厂，饶有兴趣地观看了正在为统一德意志而加速生产的大炮。

威廉二世与克虏伯公司的少东家弗里茨·阿尔弗莱德·克虏伯（Friedrich Alfred Krupp，1854—1902）是莫逆之交，并在 1902 年弗里茨逝世后，安排职业外交官古斯塔夫入赘克虏伯家族，在柏林举行的订婚仪式仿佛是德意志帝国内阁的全体会议，出席的还包括参谋部的全体高级军官和海军大臣提尔皮茨。威廉二世举杯向两位新人祝酒："祝我亲爱的女儿，保持住克虏伯工厂已有的高效率，并继续向我们的日耳曼祖国提供在质量和性能方面让其他国家都无法企及的进攻和防御武器！"

随着战争全面爆发，古斯塔夫·克虏伯（Gustav Krupp von Bohlen

◀ 即将奔赴前线的俄国士兵，由于军工产能的不足，很多人并没有配备他们身上的荷枪实弹

▶ 诺基亚公司早期的拳头产品——
橡胶雨鞋

und Halbach，1870—1950）将"敌人越强，荣誉越大"的标语写进了自己的黑色笔记本。到战争第三年，克虏伯每月交给德国军队 900 万发炮弹和 300 门各型大炮以及其他种类的军火，包括攻克凡尔登的 420 毫米口径巨型工程榴弹炮，它制造的马克沁式机枪在索姆河让协约国军队在一天就损失了 2.6 万人。战争即将结束的几个月前，克虏伯通过这次血腥冲突获取的盈利已经有 4.32 亿德国马克。

与之相比，俄国的军工体系与民间资本完全没有关系。沙皇主导的政治体系与金融、工业垄断强烈排斥，连年的动荡也使俄国不允许民营资本进入军工领域。因此，战争爆发前后，俄国的军工产业无法通过"民转军"振兴。战争给诸多俄国民营企业带来的只是军服、军鞋、电话线一类的订单。不过，未来世界通讯行业的霸主——芬兰的诺基亚（Nokia）公司靠这些订单熬过了最艰难的时光。

诺基亚公司最早是一家造纸厂，于 1898 年进军橡胶鞋领域。由于市场被国际大厂商掌控着，该公司年年亏损。第一次世界大战爆发后，国外的竞争减少了，新的产品需求增加了，再加上芬兰此时发生前所未有的通膨，该公司的大部分债务清除。橡胶厂的生意开始好起来。为俄军生产军用皮鞋和胶鞋之余，诺基亚公司也开始生产电话线和野战电话机。但胶鞋、军装并不能转化为真正的战斗力。

在剧烈的消耗面前，俄国原有的武器储备迅速被消耗殆尽。例如，每门 76 毫米火炮配备的 1000 发炮弹原计划打 1 年，但实际上只能打 16 天。原计划每月生产 20 万支步枪、2000 挺机枪、400 门火炮、2 亿发子弹和 150 万发炮弹，但兵工厂每月只能生产 3 万支步枪、216 挺机枪、120 门火炮、5000 万发子弹和 40 万发炮弹，仅为预定产量的 15%—30%。

　　造成俄国军工系统生产效率不高的原因，除了部分依赖进口的原材料缺货外，另一部分原因在于随着战争的爆发，俄国本就尖锐的社会矛盾更加突出。拖着沉重的战争负担前行的俄国，只能牺牲贫苦大众的幸福维持战争机器的运转。民众生活困苦，开战之初的爱国热情迅速冷却，反战情绪日益抬头，各类罢工抗议此起彼伏。

　　与军工系统的孱弱相比，俄国的人力储备被认为是克敌制胜的法宝。自拿破仑战争以来，欧洲各国都不断完善自身的动员机制。普法战争中，普鲁士军队正是凭借完备的后备军动员机制战胜了号称欧洲第一陆军的法国。尽管正规的常备军只有30 多万人，但在第一次世界大战爆发前夕，德国储备了 490 万名接受过军事训练的预备役武装人员。

　　法国人口大大少于德国，适合服兵役的大概只有德国的 6 成，但法国更为彻底的兵役制度却保证战争爆发后，超过 500 万名接受过军事训练的成年男子源源不断走上战场。由于潜在兵力不足，法国人还组建了"外籍军团"。但俄国在战前错估了形

▼ 1915年初，俄国街头开赴前线的军队和忙于生计的民众

势，实行了一次极不成功的陆军编制改革。

由于判定未来的战事将以速决战为主，俄国在战前强化了以步兵为主体的野战部队，组建了 7 个新步兵师，使野战部队的总量增加了 13%，营的数量由 1110 个增加到 1252 个。原有的独立预备部队和要塞守备部队被撤销。结果，原本作为后备力量的 12300 名军官、334500 名士兵一开战便投入了战场。而战时动员起来的预备役步兵师（35 个），是由 19 名军官、262 名士兵为核心的预备团扩编而成，其战斗力不仅与俄国一线部队存在着巨大的差距，也无法与精锐的德国后备军相抗衡。可以说，战前俄国此番的陆军编制改革是杀鸡取卵，得不偿失。1914 年损失的兵员可以得到补充，但被驱赶上前线的绝大多数新兵都没有接收过系统的军事训练。

俄国的窘境对协约国的盟友来说并不是秘密。因此，英国海军大臣温斯顿·丘吉尔提出应该于 1915 年在奥斯曼帝国控制的达达尼尔海峡发动一场海上突袭。丘吉尔的理由是，此举可以恢复经地中海进入黑海的贸易通道，加强对俄国的物资援助。但丘吉尔的真正目的是利用德国主力舰队龟缩在军港不敢贸然出海的有利时机，集中英法两国在地中海的主力舰队，配合少量地面部队在加里波利半岛展开两栖登陆，以泰山压卵之势直扑奥斯曼帝国首都——伊斯坦布尔，逼迫对手退出战争。

丘吉尔的计划沿袭了英国人长久以来"炮舰外交"的思路，尽管英国陆军大臣基钦纳元帅（Horatio Herbrt Kitchener，1850—1916）反对任何减少西线兵力用于东线边缘作战的做法，但经过一番持久且剧烈的争吵后，丘吉尔的计划得以通过。对此，日后在登陆作战中承受了巨大人员伤亡的英联邦成员——澳大利亚，在官方史料中这样吐槽："由于丘吉尔丰富的想象力，由于外行对大炮的无知，由于年轻人热情说服了头脑迟缓的老年人，加里波利悲剧终于发生。"丘吉尔则反唇相讥："我历来觉得澳大利亚人有一种庄严的责任感，所以我希望他们自己去研究事实真相，不要满足于如此粗糙、不精确、不完整和带有偏见的判断。"

1915 年 2 月 19 日，包括 16 艘战列舰在内的英法联合舰队，开始炮击达达尼尔海峡的奥斯曼岸防炮阵地。为决战海上而设计的战列舰对陆压制能力很强，战至 3 月 18 日，奥斯曼帝国岸防炮群已基本没有了还手之力。但就在英法联合舰队试图突入达达尼尔海峡时，奥斯曼帝国布设的水雷突然发威，短时间内，英法联合舰队中的 3 艘老式战列舰被炸沉，另有 3 艘遭遇重创而失去了战斗力。减员三分之一的英法联合舰队不敢再战，只得撤出海峡。

海军的突击以失败而告终，本应随即发动的两栖登陆又由于陆军方面的装载混

▲ 一战中英国陆军的灵魂人物——基钦纳元帅

乱（火炮和弹药不在同一条船上）而被迫中止。等英法登陆部队在埃及的亚历山大港重新装载完毕，时间已经到了1915年4月下旬。此时，奥斯曼帝国已经在达达尼尔海峡沿岸部署了6万名步兵，占据了有利地形并构筑了严密的防御工事。

4月25日，英法登陆部队在舰炮的掩护下强行登陆，遭到敌人的迎头痛击。虽然成功占据了登陆场，但无法向纵深突进，战事呈现拉锯态势。此后，英国又派3个步兵师扩大滩头阵地，可是本土作战的奥斯曼军队拥有强大的战争潜力，加上德国海军也派了潜艇部队支援奥斯曼，因此，英国海军在达达尼尔海峡外围又损失了3艘战列舰。丘吉尔被迫承认失败，从加里波利半岛撤走登陆部队。

表面上看，协约国阵营在加里波利的失败是一系列战术失误导致的悲剧。换一个角度看，如果英法联合舰队没有在海峡触雷，登陆部队不需要到埃及重新装载，可以抢在奥斯曼完善布防之前扩展登陆场的纵深，通过海陆夹击夺取伊斯坦布尔，但那

▼ 澳大利亚和新西兰士兵顶着守军的火力强行登陆

又如何？此时的奥斯曼帝国早已不是苏丹一人独裁，青年土耳其党人在德国的支持下绝不会就此投降，战争在近东地区仍将持续下去。逼迫奥斯曼退出战争和支援俄国的两个目标不仅无法实现，反而会将协约国更多的兵力投送到次要战场。

可以说，加里波利战役失败的根源在于，丘吉尔试图用昔日殖民战争的手段开始战争。坚船利炮可以恫吓少数封建统治者，却吓不倒有列强背书的苏丹，在海岸线上架起几门大炮已不能霸占一个国家，至少在未击败其后台列强之前是不可能的。

协约国在加里波利战役投入的纸面兵力有限，海陆军总计48.9万人，似乎不足以撬动西线的战局，但如果我们回首1915年的西线争夺就会发现，德军用地雷、铁丝网和机枪组成的战壕也不是牢不可破。除了威胁巴黎的圣米耶尔突出部等少数地区，凭借有效的炮火准备、出其不意的化学毒气和充足的预备队，西线敌我双方战线的分野还是可以重新划定。除此之外，加里波利战役还牵扯了协约国大量作战物资，浪费了指挥高层的精力。

与协约国阵营一样，同盟国主力成员——德国内部也出现了"东线派"和"西线派"的纷争。"东线派"的代表人物有1914年在坦能堡名利双收的兴登堡及其参谋长鲁登道夫，在战场上洞穿了俄国的虚弱后，两人力主集中兵力在东线给予俄军致命一击。而接替小毛奇出任总参谋长的埃里希·冯·法金汉（Erich von Falkenhayn, 1861—1922）则是"西线派"的领袖，认为兴登堡在东线取得战术胜利毫无意义，因为俄国有广阔的土地和充足的人口储备，即便可以逼迫俄国退出战争，德国仍需在西线与英、法决一死战。

从结果来看，法金汉的西线

◀ 面对不利战局一筹莫展的丘吉尔

制胜论更符合德国面临的形势。但此时的兴登堡从一个退役老卒被捧成了无双名将，其主张自然更受重视。德皇威廉二世向来好大喜功，也被兴登堡展现的在东线扩土千里、歼敌百万的前景打动了，于是决定于1915年在西线采取防御姿态，在东线与俄大战。

当然，威廉二世的这一决定并非完全基于兴登堡的鼓动，奥匈帝国于1914年末攻占塞尔维亚首都——贝尔格莱德的消息，也令他认为奥匈帝国可以从巴尔干半岛战场抽调大量的有生力量，与德军携手在东线发动一场针对俄国的钳型攻势。按照德奥两国的计划，这场攻势以兴登堡在东普鲁士发动的第二次马祖里湖战役开场，在吸引并歼灭俄军有生力量的同时，奥匈帝国军队在加利西亚方向重组攻势，先化解普热米什尔之围，再北上与德军共攻华沙。

从1915年1月31日起，德军第8、第9以及新组建的第10集团军先后发动进攻，从东普鲁士—维瓦斯河上游一线展开了对俄军的全线进攻。为了撕破俄军防线，马肯森指挥的德国第9集团军在进攻坐落于罗兹—华沙铁路线上的小镇鲍利莫夫时，首次使用了化学武器——1.8万枚催泪瓦斯炮弹。

由于当地战场的低温环境，以及德军本身对使用这种新型武器缺乏经验，催泪瓦斯炮弹作为化学武器在第一次世界大战中的"首秀"并不成功。俄军甚至不屑于将其写入报告。令人可惜的是，俄军未将德军使用化学武器的事情及时告知盟国，以致几个月后德军在西线伊普雷战役使用毒气时，英法措手不及。

德国第9集团军在鲍利莫夫对华沙的佯攻吸引了敌人的注意力后，2月7日，德军第8集团军冒着漫天的风雪在东普鲁士一线发起了进攻。第二天，待正面的俄军第10集团军全线进入交战状态后，新组建的德国第10集团军突然杀出，从北侧攻击俄军的右翼。

俄国第10集团军是拟定于2月23日发动的"冬季攻势"的拳头部队，下辖有4个步兵军共12万人，可谓兵强马壮，但面对从西线获得了4个军增援，手握8.5个军[1]、25万人的德国第10集团军，很快便招架不住，败下阵来。

值得一提的是，后来许多西方学者都宣称：俄第10集团军之所以在兴登堡的钳型攻势下没有全军覆灭，是因为被德军合围在奥古斯托夫森林的俄第20步兵军顽强抵抗。苏俄方面的史料则认为，防守第10集团军左翼的西伯利亚第3步兵军阻挡了

---

[1] 德国后备军下辖2个师，相当于步兵军的一半。

▲ 摆拍第二次马祖里湖攻势，需要注意的是几位"中弹者"浮夸的演技

德国第 8 集团军的脚步，保障除第 20 军外俄第 10 集团军其他 3 个军的顺利撤离。实际上，真正阻挡德军进攻脚步的是，东普鲁士冬季恶劣的自然环境。在齐腰深的积雪中，士兵需要驱赶周身结霜的马匹拖曳陷于泥淖的火炮，进攻速度自然快不起来。

兴登堡的重拳虽然没有挥空，但也没有达到再现坦能堡之役辉煌的目的。俄第 10 集团军后撤时，其侧翼的第 1、第 12 集团军也展开了攻势。担心自己侧翼遭到威胁的兴登堡随即命令部队转入防御。至 1915 年 3 月底，兴登堡发动的第二次马祖里湖战役以俄的报复性反扑终结而宣告结束。兴登堡虽然获得了战术上的胜利并先发制人瓦解了对手的攻势，但从 1915 年初的东线战局来看，由于"第二次马祖里湖战役"未成功牵制俄军主力，导致奥匈帝国在加利西亚地区的反击未能打开局面。3 月 22 日，坚守了近 200 天的普热米什尔投降，12 万名奥匈帝国士兵走入了俄战俘营。

占领普热米什尔要塞，是俄军一次的辉煌胜利，但问题也接踵而来：拔除孤悬于战线后方的这颗钉子后，俄军究竟是应再度挥师杀向东普鲁士，还是应突破喀尔巴阡山脉攻入匈牙利平原？位于巴拉诺维济的俄陆军前线司令部，西方面军和西南方面军发生了无休止的争吵。

西方面军认为，德国才是俄国最具威胁的敌人，东普鲁士是柏林的大门，只要用力破门而入，战争便将结束。而西南方面军则提出"柏林之路通过维也纳"的观点，俄军唯有先击破实力稍弱的奥匈帝国，才能集中兵力对抗德国。

事实上，这两种意见背后是俄国的外交危机：一方面，英法迫切希望俄国在东线发动更大规模的攻势牵制德军；另一方面，塞尔维亚军队在放弃首都贝尔格莱德后，也在谋划着反击，迫切需要俄国的支援。

在这种压力下，俄总司令尼古拉·尼古拉耶维奇大公只能采取折中的策略，继续维持西部和西南两大方面军分别对抗德国和奥匈的局面。而与俄国这种各自为战形成鲜明对比的是，普热米什尔失守后，威廉二世增强了对维也纳的支援，除了马肯森的第9集团军外，他还派巴伐利亚王子、陆军元帅——利奥波德（Prinz von Bayern，1846—1930）前往奥匈帝国。

利奥波德王子不仅在德国陆军中资历过人，指挥巴伐利亚军队参与了普奥、普法两场大战，还与奥匈帝国宫廷有香火之情，他的远房姑妈伊丽莎白（Elisabeth Amalie Eugenie von Wittelsbach，1837—1898年，即著名的茜茜公主）嫁给了奥匈帝国皇帝弗兰茨·约瑟夫一世，他则迎娶了自己的表妹——奥匈帝国公主吉塞拉，可谓亲上加亲。因此，利奥波德一到奥匈帝国便将马肯森挤下了第9集团军司令的宝座。马肯森转而统率在奥匈帝国境内新组建的德军第11集团军。如此一来，德军在奥匈帝国境内集结了超过20个师的精锐武装力量，足以发动一场颠覆整个东线战局的进攻。

经过一番侦察和权衡后，德国和奥匈联军拟定在连接东普鲁士和喀尔巴阡山脉之间的维瓦斯河上游发动攻势。按照两国总参谋部的计划，此轮进攻掐住了俄国西部和西南两大方面军结合部的软肋，一旦得手将同时威胁俄军进攻东普鲁士和匈牙利平原的两大重兵集团的侧翼，令俄军全线崩溃。威廉二世钦点了马肯森的第11集团军为主攻部队，并最大限度强化其兵力，除了调来西线的第10军和第41近卫后备军外，奥匈帝国的第6步兵军也被纳入马肯森的指挥序列。

1915年5月1日21时起，德奥联军在戈尔利采一线率先发起进攻。后世对俄第3集团军的防御能力给出了这样的评价：德军开始攻势前几天，从这个地区撤走了所有非战斗人员，俄军竟对此事漠不关心。俄军没有构筑完整的战壕体系，满足于仅足以隐蔽跪着的士兵的散兵坑，前方的步哨彼此相距平均3000码。俄军还选择丘陵和村庄作为支援阵地——严重的战术错误，因为德国火炮可以很容易就发现并摧毁这些目标。因此，经过长达13个小时的炮火急袭后，俄第3集团军便呈现出全线崩溃的态势。大批被炮弹打得晕头转向的俄士兵，面对德奥联军的刺刀只能举起双臂踉踉跄跄向前走去。

随后两周，马肯森所部继续向前推进。成千上万名俄国俘虏被赶进了牢笼，俄军广阔的波兰—加里西亚突出部的南面开始崩溃。6月3日，俄军辛辛苦苦攻占的普热米什尔被奥匈帝国夺回。此时，战线的局势已发生扭转，俄国从两路前压的态势变为困守以华沙为中心的巨大突出部。为了完全消灭这个波兰突出部，马肯森从南面，兴登堡从北面发起了一场夹攻。

面对突然逆转的战局，俄前敌总司令尼古拉·尼古拉耶维奇大公做出了理智的决定：放弃波兰首府华沙以及白俄罗斯和波兰交界的布列斯特－立托夫斯克要塞，全线后撤。至此，东线的战线从犬牙交错变成了一条直线，在这条战线以西，俄国损失了自叶卡捷琳娜二世以来数代君皇苦心经营才收入囊中的领土。

1915年9月5日，尼古拉·尼古拉耶维奇大公被解除总指挥的职务。后来的西方史学家认为，尼古拉·尼古拉耶维奇大公是宫廷阴谋、政治腐败的牺牲品，是战场失利的替罪羊——尼古拉二世是受皇后的影响，皇后又是受了妖僧拉斯普京的蛊惑。自己担任最高统帅，米哈伊尔·阿列克谢夫（Mikhail Vasiliyevich Alekseyev，1857—1918）为总参谋长，是尼古拉二世一生中犯的最后一个大错。

没有一个国家像俄国，遭遇了1915年夏季这样的惨败却不需要有人为失败负责。一战的主要参战国德国，在1914年的马恩河会战后不久便将小毛奇赶出了总参谋部；英国在加里波利战役后让丘吉尔主动辞职，西线英国陆军的指挥官老将约翰·弗伦奇也因劳而无功不擅长阵地战，被道格拉斯·黑格接替。

因此，尼古拉·尼古拉耶维奇大公被解职合情合理，这不是宫廷阴谋，尼古拉二世任命他为高加索方面军总司令更是给足了他面子。战争一爆发，尼古拉二世便想亲自上阵，但国内亲贵阶层一致反对。在他们看来，沙皇如果亲自上阵，一旦战败极可能成为众矢之的。尼古拉二世因此从谏如流，打消了亲征的念头。1915年，他再度决定"御驾亲征"，与其说是了却旧愿，不如说是无奈之举——俄国此刻在军事、政治、经济上都面临着空前的危机。

当时，服现役的大约600万俄军士兵中有三分之一没有步枪；年轻的新兵只训练四周就被送去参战了，大多没摸过步枪，更不必说准确射击了。没有装备的后备军蹲在后方，等待从一位负伤或死亡的伙伴那里接过步枪。身居高位的俄国军官没有设法解决这个问题。而且，弹药奇缺，每门火炮每天最多可以消耗4发炮弹。轻武器要从许多国家进口，规格五花八门。俄军的补给系统紊乱，腐败像白蚁。这些问题不是尼古拉·尼古拉耶维奇大公或其他职业军官能解决的，沙皇必须亲自出马。

▲ 一战中的意大利山地步兵

如英国随军联络官少将艾尔弗雷德·诺克斯爵士所说："1915 年是俄国在大战中最糟糕的一年。"

　　1915 年 5 月 23 日，长期徘徊于协约国和同盟国的意大利最终决定对奥匈帝国宣战。此举的背后有英法政府的外交努力（许之以亚平宁半岛东部领土），也是受俄国当时东线兵临喀尔巴阡山脉，威胁匈牙利平原的影响。意大利人甚至梦想可以经由的里雅斯特①推进至维也纳。但事实证明，意大利的战备情况并不比俄国好多少，在两国边境的山区地带，意大利始终无法突破奥匈帝国的防线。

　　与意大利这个新增盟友的"不给力"形成鲜明对比的是，8 月 15 日，俄在东线全面崩溃后，保加利亚投入了同盟国的怀抱，此举令奥匈帝国对塞尔维亚的进攻达到

①的里雅斯特，意大利东北部边境港口城市，当时属于奥匈帝国。

了顶峰。10 月 9 日，英法不得不派远征军在巴尔干半岛登陆，以支援几乎要被赶尽杀绝的塞尔维亚军队。但在同一天，希腊国王康斯坦丁解除了亲协约国的首相 E. 维尼泽洛斯的职务，并宣布希腊保持中立——此前，希腊曾被协约国视为巴尔干半岛最后的防御。

凭借英法远征军在萨洛尼卡掘壕死守，顶住保加利亚军的进攻，塞尔维亚军终于退守盟国黑山和阿尔巴尼亚的境内。但面对奥匈帝国的追击，至 1916 年 1 月，塞尔维亚军队被迫登上意大利和法国的船只转移到科孚岛，在那里，他们被协约国重新武装。巴尔干半岛上几乎没有协约国可供反击的战线了。如何才能打破僵局，考验着尼古拉二世的智慧和意志。

第三节　蒸汽压路机

1915 年秋，尼古拉二世抵达了位于白俄罗斯的俄军前线指挥部，正式接替他的叔父——尼古拉·尼古拉耶维奇大公指挥俄国军队在东线的作战。关于此后一年多时间沙皇的表现，有人给出了"无所事事"和"胡乱指挥"两个有些自相矛盾的差评。在尼古拉二世的日记和写给妻子的信件中，世人读到的也大多是他"今天又抽了几

▼ 抵达前线后策马阅兵的尼古拉二世

▶ *1915年快速突进中的德国陆军*

支香烟"，"饭后做了体操感觉非常棒"之类的事情，偶尔才提到战事。实际上，尼古拉二世抵达前线，对已呈累卵之危的俄军还是起到了一些积极作用。

关于1915年夏季的作战行动，德奥联军曾拟定了一个在波兰地区聚歼俄军主力的"华沙口袋"计划。德国陆军总参谋长法金汉提出，由南线马肯森指挥的第11集团军担任主攻、北线的兴登堡予以协助，一举在华沙地区合围俄军。但此时的兴登堡怕被马肯森抢了风头，执意要从东普鲁士直趋明斯克，从而切断整个波兰地区俄军的退路。双方相持不下，威廉二世出面干预，也被兴登堡拒绝——"将在外，君命有所不受"。

在兴登堡气冲牛斗的攻势下，俄军节节后退，被迫放弃了华沙、布列斯特等重要城市，退守白俄罗斯一线。南线的马肯森却由于遭到俄军的顽强阻击而进展缓慢。7月14日，总参谋部被迫要求兴登堡抽调麾下的第12集团军向南进攻，以策应马肯森的行动。兴登堡虽然签署了调令，但仍执意向俄国的纵深推进。在第12集团军转向南线的同时，兴登堡发动了对波罗的海沿岸中心地带——里加①的全面进攻。

里加是圣彼得堡（此刻为了"去德国化"改名为"彼得格勒"）的门户，俄前线指挥部为此特意向驻守当地的俄第5集团军下令"不得后退一步"。但在兴登堡凌厉的攻势下，8月20日，俄第5集团军被迫放弃了包括科夫诺②要塞在内的大批外围

---

① 今拉脱维亚首都，位于道加瓦河注入里加湾的交汇处。
② 今称为考纳斯，立陶宛第二大城，位于涅曼斯及其支流尼亚里斯河汇流处，是立陶宛最早的防御工事，而且是境内推一一一个有双层城墙保护的要塞，初建时墙体厚2米、高13米。1362年，条顿骑士团入侵考纳斯，连续围攻城堡3个星期，终于突破防守，毁掉了城墙。1368年，城堡重建后更为坚固。

据点，里加及其背后的彼得格勒此刻均在德军的炮火中摇摇欲坠。

有鉴于战局的剧烈变化，8月16日，尼古拉·尼古拉耶维奇大公在伏尔科维斯克召开军事会议，做出将原有的西方面军拆分出北部方面军专注彼得格勒地区防御，原西部方面军负责保卫莫斯科方向的决定。至此，俄军原有的进攻姿态荡然无存。随着尼古拉·尼古拉耶维奇大公被解职，兴登堡利用俄军指挥官变更的有利时机再度出击，在斯文江尼一线突破俄军北部方面军和西部方面军的结合部，德国骑兵甚至一度截断了明斯克至斯摩棱斯克的铁路线。

在这种情况下，尼古拉二世抵达前线在一定程度上稳定了军心。在具体的战略决策上，他没有干预职业军官，原西部方面军司令米哈伊尔·阿列克谢夫以总参谋长的身份调配全军。阿列克谢夫非贵族出身，他在俄军中的地位是通过俄土战争、日俄战争积累的。

一战前期，阿列克谢夫表现不俗，以西南方面军参谋长的身份组织了加利西亚战区的一系列军事行动。而正如勃鲁西洛夫所说，阿列克谢夫善于用兵，也深得军心，唯一的缺陷是出身卑微，往往指挥不动那些贵族出身的军官。尼古拉二世的到来，弥补了阿列克谢夫的这个短板。

西方历史学家曾这样描绘尼古拉二世在前线指挥部的日常工作：军务使沙皇感到厌烦。在大肆宣扬后，他把自己安置在大公从前的司令部里，但把处理军务的时间限制为一天一小时：从11时到12时。他静静地坐在镀了金、镶嵌有宝石的办公桌后面，参谋长米哈伊尔·阿列克谢夫将军向他报告。沙皇偶尔的发言，也是传达皇后的命令或问题。行动计划都是由专心致志、辛勤工作的阿列克谢夫策划的，以沙皇名义宣布的。在他俩的配合下，俄军在1915年秋季稳住了节节后退的战线：北线守住了彼得格勒的门户里加；中部则在平斯克①重组防线；南线则依旧控制了奥匈帝国领下的切尔诺夫策②，保留了威胁奥匈帝国腹地的桥头堡。

尼古拉二世的家庭成员也悉数投身这场国运之战。皇后亚历山德拉·费奥多罗芙娜带着两个女儿在战争一开始便接受了护士技能的培训，并在彼得格勒的后方医院中工作。从一些当事人的回忆录来看，皇后和公主不是作秀，她们甚至还参与了一次

---

① 今属白俄罗斯，位于普里皮亚季河畔，西距布列斯特180公里。
② 今属乌克兰，历史上曾是乌克兰人与罗马尼亚人混居的城市，一战前归属于奥匈帝国。

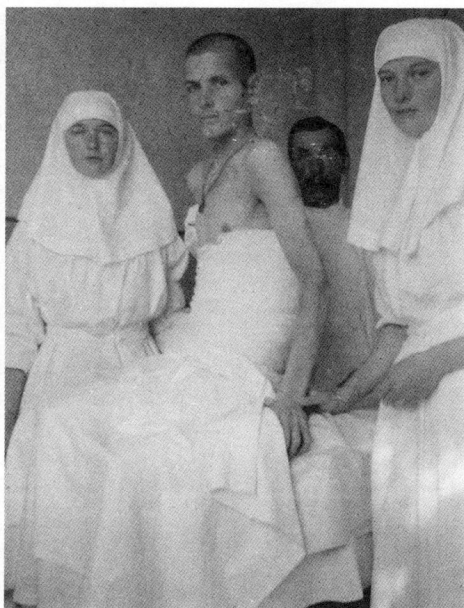

▲ 身着护士服的亚历山德拉·费奥多罗 ▲ 公主奥丽加（右）
芙娜

▲ 身着戎装的皇太子阿列克谢和三个姐姐

大截肢手术（皇后为医生递器械，长公主奥丽加负责穿针）。身患血友病的皇太子阿列克谢虽然不能从军，但也常常身着戎装亮相。

当然，第一次世界大战时，各国王室都表现出了从军的热情。英国国王乔治五世视察陆军和海军部队、医院、工厂和船坞，在法国视察部队时还从马背上摔下来，摔伤了骨盆。在自己不能行动的情况下，乔治五世将两个儿子（日后的爱德华八世和乔治六世）送入军中服役。德国和奥匈两大帝国也不遑多让，威廉二世在开战之初便将长子威廉任命为第5集团军司令，德意志邦国参战的王子公孙更是多如牛毛。

奥匈帝国皇帝约瑟夫一世此时已膝下无子，皇储斐迪南又在萨拉热窝遇刺，只能将希望寄托于自己的侄子卡尔一世的身上。当约瑟夫一世在1916年去世后，刚刚加冕为皇的卡尔一世也接过了奥匈帝国武装力量最高统帅的权杖。

除了每天用一个小时听取总参谋长阿列克谢夫的报告并交换意见，尼古拉二世剩余的时间在各种文献中被记述为不顾士兵的疲劳检阅部队，与军官一起在食堂用餐，以及享受与家人的相聚。其中，特别多的篇幅讲述了他和皇后之间一些肉麻的互动。为了证明尼古拉二世的软弱，他与皇后的书信中的一些细节被曝光，比如在一封信中，皇后亚历山德拉曾这样规劝她的丈夫："把你放松了的缰绳抓紧……我容忍你就像容忍一个幼小的好心肠孩子……我多么希望把我的意志注入你的血管……俄国喜欢受鞭策。"沙皇则在回信中写道："对严厉的训斥表示感谢……你的可怜的、小小的、意志薄弱的丈夫。"

1915年，俄损失了200万有生力量，武器弹药的储备也接近枯竭，更为致命的是丢了以华沙为中心的波兰地区，历代沙皇在当地苦心经营的军工基地全数被德国接管。放眼欧洲大陆，丢了东北部工业区的法国损失了战前75%的煤炭、84%的生铁、63%的原钢产地。

通过对占领区的掠夺和整合，德国的军工生产攀上了一个新高峰。1916年初，德国煤、铁、钢的产品超过了法、俄两国的总和。步枪、飞机和炮弹的产品较1914年提升了50%，机枪和火炮的产量也提高了25%。这种情况如果继续下去，无论德国在1916年在西线还是东线发起总攻，协约国都将面临崩溃的危险。

缘于这样的担忧，1915年12月，协约国主要成员国在法国尚蒂伊召开军事会议，共同商谈1916年的战略方针。尼古拉二世虽然没有与会，但通过俄代表团团长——前总参谋长吉林斯基提出了从巴尔干半岛打开局面的行动计划。俄国认为，同盟国目前的薄弱环节是奥匈帝国，协约国又从各个方面对其形成了包围之势。1916年，俄

▲ 位于法国尚蒂伊的英法联军司令部　　▲ 乘船抵达法国的俄国远征军

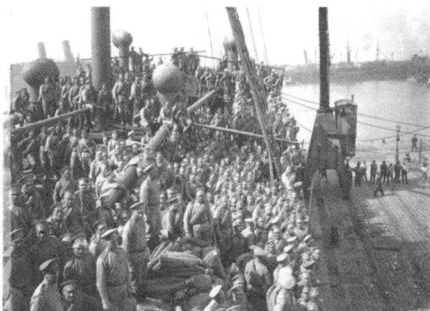

将从西南战线对奥匈帝国展开向心突击，英法在巴尔干半岛的远征军配合行动，意大利人也从维也纳的侧背再插上一刀。在打垮奥匈帝国的同时，俄国还命高加索集团军配合英军在中东的行动，一举击溃奥斯曼帝国。

俄国的这一计划并非没有实施的空间，如果协约国能够通力合作，在1916年打垮奥匈帝国和奥斯曼，孤立德国的可能性依然存在。但在英法眼中，俄国此举无非是试图恢复俄在巴尔干的势力范围。正通过"阿拉伯的劳伦斯"等特工在奥斯曼统治下的中东后院点火的英国人，不愿意看到俄国染指这一区域。因此，俄国的提议被否决。但会议还是重申了协约国应该在1916年守望相助的宗旨，英法同意向俄提供更多军事援助，同时也要求当西线遭遇危机时，俄军在东线发动攻势。

自开战以来，通过动员遍布亚非的殖民地拥有的丰富人力、物力，加上新型军工体系的建立，至1916年1月，法国步枪产量增加了50%、火炮增加了5.8倍、子弹增加了近50倍；英国的机枪产量增加了4倍、飞机增加了近10倍，被认为可以改变战争形势的新型武器坦克，也在定型和生产中。因此，自1916年开始，英法对俄的军用物资援助力度加大。当然，天下没有白吃的午餐，俄国除了必须出口农产品外，还于1916年1月从莫斯科派出第1、第2特别步兵旅约2.1万人经西伯利亚和中国满洲里抵达远东各港口，乘船前往法国。同年5月，俄国组建第3、第4特别步兵旅于10月运抵法国。这些部队统称为"俄国远征军"。

其实，俄国远征军兵力有限，训练水平在协约国内部也颇为一般，但毕竟向英法彰显了俄国兵力的充沛。这支远征军全部是徒手抵达法国，减少了英法远程运送军火武装部队的尴尬。或许，尼古拉二世心中还打着日后当战争结束时，这支远征军成

了精锐的如意算盘。

总之，在英法的支援下，1916 年俄国重新武装了 140 万人，当然，这些人的武器装备并非全数依赖进口。至 1916 年 1 月，俄国的步枪产量增加了 2 倍，各种火炮产量增加了 3—7 倍，各种弹药产量增加 1.5—5 倍。尽管生产能力依旧远远落后德国，重炮和飞机的差距也日益扩大，但这些成果至少令俄国在 1916 年足以放手一战。

1916 年 2 月 21 日，在极其猛烈的炮击后，由德国皇储威廉指挥的德军第 5 集团军向构筑防御工事严密但守备兵力较少的凡尔登地区发动攻击，试图消弭这个位于伸入德军防区威胁圣米耶尔地区的突出部。面对德军凶猛的攻势，法军一度呈现全线崩溃的态势。可是，霞飞决定不惜一切代价坚守凡尔登。2 月 26 日，法国第 33 步兵军军长接替指挥权，并调来大量援军和火炮，开始挽回颓势。第一次世界大战中西线最为惨烈的会战——凡尔登战役由此拉开了序幕。

面对凡尔登一线的局势，霞飞一边要求贝当"给我顶住"，一边再度在尚蒂伊召开军事会议，提出为解凡尔登之围，协约国应该在其他战线发动攻势：6 月 15 日，俄军在西南战线、意大利人在北部地区对奥匈帝国发动进攻；7 月 1 日起，英法在索姆河一线发起进攻。事实上，早在 3 月 18 日，俄军便已应法国的要求，在纳罗奇湖一线发起了进攻。

按照俄前线司令部的计划，战斗将由从德文斯克出击的北部方面军第 5 集团军和纳罗奇湖以南的西部方面军第 2 集团军共同完成。同时，北部方面军第 12 集团军，西部方面军第 1、第 10 集团军也分别在各自的战线上实施辅助突击。总参谋长阿列克谢夫预计：如果顺利，可以将德军赶出俄国。

从兵力上来看，俄两个方面军总计投入 12 军约 60 万人，当面德军逾 6 个军 50 万人，形成了压倒性的优势。但俄军缺乏重炮和炮弹，在进攻过程中无法组织起压制对手的火力。加上俄军进攻时正值春季，道路泥泞，士兵只能在狭窄地段分散进行攻击，军队各部逐个投入战斗，预备队未能及时赶到，军队指挥不灵，故进展不大，仅在维济和纳罗奇湖两方向的某些地段将德军击退两三公里。俄第 2 集团军战果最大，也仅在纳罗奇湖以南楔入德第 10 集团军防御 2—9 公里。随着德军全力以赴，纳罗奇湖战役结束。这一战，俄军损失巨大，一般认为在 10 万人左右；德军的损失则在 2 万—4 万人之间。从战术层面上看，纳罗奇湖战役劳而无功，但从一定程度上牵制了德军在西线的攻势。鉴于德军的注意力集中在西线并未发起反击，俄国随即开始准备更大规模的"夏季攻势"。

俄国的夏季攻势本是一场由北、西、西南三个方面军共同参与的全线进攻。其中，北部方面军由日俄战争中表现欠佳的库洛帕特金指挥，下辖第 5、第 6 和第 12 集团军，对抗兴登堡的起家部队——德军第 8 集团军。西部方面军编制有第 1、第 2、第 3、第 4、第 10 集团军，对垒德国第 9、第 10、第 12 集团军。西南方面军由阿列克谢·阿列克谢耶维奇·勃鲁西洛夫指挥，拥有第 7、第 8、第 9 和第 11 集团军，主要对抗奥匈帝国的南方集团军和第 7 集团军。

在这条北起里加湾、南至罗马尼亚边境，全长 1200 余公里的战线上，形成了173.2 万俄军对抗 106.1 万奥联军的局面。因此，总参谋长阿列克谢夫认为应该在 5 月 14 日之前便发动全线进攻。按照他的估计，无论凡尔登战役结果如何，1916 年势必逼迫德军再度将注意力集中到东线。面对武器装备远胜于己的对手，俄军一旦转入

▲ 俄方面军司令及参谋长级军事会议

▲ 由于缺乏重炮，机枪便成了俄国陆军最主要的杀伤武器

防御，必然会因战线过长而处处受制，因此，与其坐以待敌，不如先发制人，争取战略主动权。

在4月14日于莫吉廖夫召集的俄军方面军司令和参谋长级会议上，阿列克谢夫的全线进攻计划一经提出便遭到北部方面军司令库洛帕特金的反对，随后，西部方面军司令艾尔维特也附和反对，认为继续保持防御态势才是上策，唯有西南方面军司令勃鲁西洛夫力主进攻。整场会议，尼古拉二世都只听不说，但他支持阿列克谢夫，于是决定俄军于4月24日转入进攻。此时，德军正对凡尔登突出部发起第三次进攻。

库洛帕特金和艾尔维特之所以反对进攻，并不是畏战，而是因为他们面对的德军已构筑起冬天的防御体系，俄军在缺乏重炮的情况下正面强攻，会被撞得头破血流。因此会后，他们一再要求推迟进攻日期。阿列克谢夫只能一次次修改进攻计划，最终，北部方面军的使命由助攻变为佯动，西部方面军由主攻变为助攻，原本只承担助攻任务的西南方面军担任主攻。不过，勃鲁西洛夫并不介意，因为他正在西南方面军中推广一种全新的进攻手段——渗透进攻。

勃鲁西洛夫深知俄军的短板是缺乏攻坚重炮，难以突破现代化的战壕。加上空中侦察的普及，防御方很容易判断敌方突破的区域，从而集中炮兵和预备队进行反突击。因此，勃鲁西洛夫要求麾下各集团军乃至步兵军各自选一个突破地域，并展开土木作业。如此一来，俄步兵便可以在数十个地区同时发动近距离冲锋。

就在勃鲁西洛夫紧锣密鼓进行备战准备时，一个利好消息从西线传来。5月15日，奥匈帝国总参谋长赫岑多夫为了一举解决意大利对维也纳的威胁，决定集中2000门火炮和东线奥匈帝国最为精锐的几个步兵师，交给奥匈帝国陆军元帅欧根大公指挥，向帕多瓦和威尼斯一线发动进攻，试图迫使意大利退出战争。

不过，赫岑多夫显然高估了奥匈帝国的攻坚能力，曾经阻碍意大利人前进的山地，也令奥匈帝国人寸步难行。战至6月中旬，奥匈帝国在进攻中虽然推进了30—50公里，俘获了近3万名意大利士兵，但最终未能歼灭意大利军队主力，也没有达到逼迫对手退出战争的战略目标，反而消耗了己方大量兵力和弹药，更给了磨刀霍霍的勃鲁西洛夫可乘之机。

6月4日凌晨，俄西南方面军各集团军开始进行炮火准备，并首次采用化学毒气掩护进攻。借助凶猛的炮火和掘进至奥匈帝国防线200米以内的战壕，俄军3天内便突入奥匈帝国防御纵深25—30公里。而按照原计划，在西南方面军发动进攻后，西部方面军应该在6月11日之前开始同步行动，但艾尔维特却要求将进攻时间推迟到6月17日。到6月16日，又要求16天的准备时间。为了避免孤军深入，勃鲁西洛夫命令各部停止进攻，这给了同盟国从其他方向抽调兵力封堵缺口的机会。

7月3日拂晓，俄西部方面军终于发起了进攻。次日，西南方面军也恢复了攻势。但为时已晚。利奥波德指挥的德军增援已抵达战场，遏制了勃鲁西洛夫的攻势，尽管7月9日俄前线指挥部将战略预备队——近卫军、2个步兵军和1个骑兵军——投入西南方面军所在的战场，但局面已难以挽回。俄军的攻势一直维持到了9月初，但除了给双方都造成巨大伤亡外，没有取得实际意义上的突破。

所谓的"勃鲁西洛夫攻势"，更准确的名称应该是"1916年没有协同的夏季攻势"。由于俄国在一战中的其他战役表现差，才显得"勃鲁西洛夫攻势"如此完美，以至于被冠上了诸多溢美之词，甚至这场攻势取得的成果和造成的损失也一再被叙事者更改。比较夸张的说法是，勃鲁西洛夫攻势给奥匈帝国造成160万人的损失，俄军伤亡在100万人左右。这显然是说，这场大战后，东线战壕里的所有士兵非死即伤。相对理性的数字是，此役，奥匈帝国损失了25万人，其中7万人被俘，俄军的伤亡在20万人左右。

可以说，勃鲁西洛夫攻势吹响了罗曼诺夫王朝灭亡的号角，不过这并不是因为它造成的巨大伤亡，令人多地广的俄国伤筋动骨了，而是因为在这场战役中，俄各方面军表现出的倦怠和轻慢说明，他们已厌倦与外敌厮杀，他们即将向沙皇下手。

第八章
末路

1917 年 3 月罗曼诺夫王朝的瓦解，是整个时代最缺乏
领导的、最自发的、最无特色的革命之一。虽然在俄国，
1916—1917 年的冬天计划所有有思想的观察家都预见
到了现存政权的接替，但包括革命领袖在内，没有一个
人意识到 3 月 8 日在彼得格勒爆发的罢工和面包骚动
会在驻军的哗变中达到高潮，并在四天内推翻了政府。

——钱伯林

第一节 最后一冬

一支数量庞大且接受过专业训练的常备军，是工业化时代强国的标准配置。但很少有人注意到，这样的全民军队与君主制并不相容。第一次世界大战归根结底不是中世纪的王权争霸，而是新兴的资产阶级为了瓜分和独霸世界市场和殖民地进行的角逐。因此，表面上是奥匈帝国的约瑟夫一世、沙皇尼古拉二世和德意志皇帝威廉二世打开了战争的开关，但实际推动战争的是各国的工业资本。

一场战线拉得长、对峙时间长、消耗多的拉锯战才符合工业资本的需求。政府有充足的军需，才能保障源源不断被动员起来的爱国青年，或被编组成齐装满员的师、旅奔赴战场，或被送上崭新的无畏舰奉命出海。因此，绝大多数参战国都深知在1914年秋天后，速战速决的梦想已经破灭，但没有一方愿意寻求和平。

但是时间的推移，战争带来的巨大伤亡、物资匮乏，引起各国民众不满。同盟国在北海和地中海的贸易被封锁，海外交易几乎停滞。粮食和各种工业原料的缺乏，令德国和奥匈帝国的民众陷入了饥荒和迷茫。

1916年初，两国开始对食物和工业制品实行严格的配给制度。协约国的情况也好不到哪里去，为了阻挡德国强大的武装力量，无论是西线的英、法，还是东线的俄国，都付出了巨大的人员伤亡。厌战情绪蔓延，士兵开小差，工人开始罢工。

◀ 索姆河战役中，坦克首次参战

▲ 德军最高统帅部中的威廉二世和兴登堡、鲁登道夫

　　为了消弭这些负面情绪带来的影响，各主要参战国不得不编造一个又一个胜利在望的谎言。1916 年 7 月 1 日，随着英法在索姆河一线发动进攻，德军在凡尔登一线的攻势遭到钳制。威廉二世决定解除法金汉总参谋长的职务，代之以在东线声名鹊起的兴登堡。作为兴登堡的"黄金搭档"，鲁登道夫被任命为军需总监。

　　由于战后与以希特勒为首的纳粹党人合作，鲁登道夫的权力欲望和政治野心广为人知。兴登堡在西方史学家的笔下却始终扮演着随波逐流、人畜无害的形象，要不是两撇霸气侧露的胡子，简直就是和蔼可亲的肯德基上校。殊不知，兴登堡才是掌控了全局的权谋高手。一位当事人曾回忆说："从来没见兴登堡发过脾气，也从来没见鲁登道夫笑过。"兴登堡的老于世故和高超的情商，才是他从一个退役老将到总统的成功秘诀。

　　1916 年秋，德国建立最高统帅部，兴登堡以威廉二世的名义直接指挥全军。此刻因陷于两线作战而焦头烂额的德国，的确需要一个像兴登堡这样的人来提升士气，但很快，兴登堡及其副手鲁登道夫的行为，便成了成语"太阿倒持"的诠释。军队成为德国政治和社会的主宰。

1916 年 9 月，兴登堡以协同作战的名义，要求奥匈军队接受德国的统一指挥，并提出改组哈布斯堡王朝的政治结构，此举虽然打着帮助奥匈帝国改变政府无能为力的状态，全面加强政府部门军事化，但实质上却是将奥匈帝国化为德意志的附庸。

1916 年 11 月，兴登堡委任鲁登道夫代表军队与政府和议会交涉，要求在东线的占领区建立一个独立的"波兰王国"。他之所以这么做，除了可以在波兰青年中征兵，筹建波兰军队以强化东线外，主要是为德国与俄国单独媾和做准备。

1916 年 8 月 27 日，被俄国发动的勃鲁西洛夫攻势所鼓舞，长期游离于同盟国与协约国之间的罗马尼亚最终决定加入战团，是东欧诸国中最后一个参战的国家，罗马尼亚有 50 万毫发无损的地面部队，一参战就同时展开 3 个集团军。罗马尼亚军向北部国境发动进攻，夺取喀尔巴阡山各隘口，试图与俄军建立联系，主要目标是夺取匈牙利平原上的特兰西瓦尼亚。

同盟国似乎早就预料到了罗马尼亚的抉择，奥匈帝国的确无力反击罗马尼亚的进攻，但德国却有。正在巴尔干半岛作战的马肯森指挥一支由德国人、保加利亚人和奥斯曼帝国人混编的多瑙河集团军，于 9 月 1 日进攻了多布罗加省。与此同时，被威廉二世解除了总参谋长职务的法金汉受命指挥德国第 9 集团军配合奥匈帝国第 1 集团军在特兰西瓦尼亚一线发动反击。

面对德军的两线夹击，雄心勃勃加入战团的罗马尼亚瞬间就被打回原形。到 9 月中旬，马肯森的进攻已彻底打乱了罗马尼亚的战略部署，尽管在地面战场上

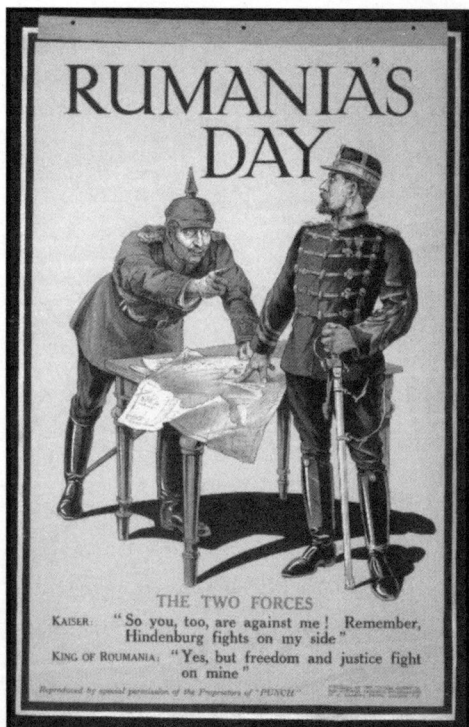

▶ 协约国关于罗马尼亚参战的宣传画：威廉二世怒斥罗马尼亚国王斐迪南背信弃义（两人还有点儿亲戚关系）

▲ 一战中的罗马尼亚军队　　　　　▲ 一战中的德军

得到俄军支援的罗马尼亚部队建立了一条相对完整的防线，但是德军的飞艇却从空中袭击了罗马尼亚的首都——布加勒斯特。一度将伦敦化为火海的德军飞艇部队此刻再也不用担心遭遇敌方战斗机的拦截，可以肆无忌惮投掷炸弹了。

首都一片恐慌，罗马尼亚军队在特兰西瓦尼亚的大规模进攻很快就变成了退却。与此同时，马肯森在得到奥斯曼帝国 2 个步兵师的增援后，迅速占领了康斯坦察这个罗马尼亚唯一优良的黑海港口和位于多瑙河上的切尔纳沃达，从而切断了其从俄国获取援助的通道。加上已经从北线进入罗马尼亚境内的德国第 9 集团军，到 1916 年 11 月，两个月前才投入战争满怀希望的罗马尼亚，此刻已奄奄一息。

为了赶在冬天到来之前结束战斗，12 月 6 日，法金汉和马肯森指挥大军顶着暴雨和泥淖，通过南北夹击攻占布加勒斯特。至 1917 年 1 月，贪恋荣誉和财富的罗马尼亚人损失了绝大多数武装力量，丢掉了除北部摩尔多瓦以外的国土。当然，德国也付出一些代价：折损了 6 万多人马。其次，攻占罗马尼亚后，也意味着又有一条绵长的防线需要兵力防守。尽管俄国只派遣了 3 个师去罗马尼亚参战，没有损失太多的有生力量，每天援助罗马尼亚的 300 吨物资也主要是英、法两国派送的，但罗马尼亚是俄国在东线能依赖的最后一个盟友，它的落败令俄国感到绝望，尼古拉二世不得不开始全面反思俄国参战的真正目的。

俄国之所以与德国、奥匈全面交恶，无非是为了争夺巴尔干半岛的霸权。但此刻，除了被同盟国戏称为"鸟笼"的萨洛尼卡守军外，俄国在巴尔干已无盟友。即便战争以协约国胜利告终，接受了英、法大量军事援助的塞尔维亚、黑山等国也不会继续唯莫斯科马首是瞻。这场旷日持久的战争已将俄国的虚弱暴露无遗，即便最终击败了德国，也将失去东欧的霸主地位。基于这样的考虑，1916年冬，尼古拉二世的特使开始秘密与德国和奥匈接触，寻求单独媾和的可能。

此时，德国的形势也不甚理想。自凡尔登战役以来，德国的军工产能下降，后备兵员减少，粮食歉收令民众陷入了饥荒，人民怨声载道。由此爆发的反战运动最终蔓延至第一线的官兵中。更为可怕的是，此时战争的天平已经失衡，至1917年1月，协约国阵营共计拥有425个师（2700万人）的武装部队，而同盟国方面仅有331个师（1000万人）。

这种情况下，兴登堡和鲁登道夫推出"兴登堡计划"，在国内实行军事专政，严格限制集会，动用武力镇压罢工。与此同时，为了打击协约国阵营的海上运输线，德

▼ 日德兰海战

国开始推行"无限制潜艇战"战略。德国这么做，并不是相信海军的潜艇部队能够绞杀英国，而是因为日德兰海战后，德国"公海舰队"便不敢与对手决战海上，德国海军需要彰显存在感，也需要通过这种方式提高协约国的战争成本，争取"体面的和平"。

德国推行的"无限制潜艇战"和尼古拉二世与同盟国秘密媾和的消息，令英、法如芒刺在背。如果俄国退出战争，德国将集中兵力于西线，届时面对国内高涨的反战情绪，英法可能被迫接受德国提出的和平条款。俄国的贵族阶层和资产阶级又认为战争即将取得胜利，尼古拉二世选择媾和是因为"脑子坏掉了"。于是，一场以"换马"为目的的宫廷政变进入筹备阶段。

1916 年 12 月 29 日，依旧在与俄国贵族阶层打交道的拉斯普京接受了贵族尤苏波夫（Prince Felix Feliksovich Youssoupov，1887—1967）的邀请，前往其位于彼得格勒莫伊卡运河旁的尤苏波夫宫。此时的拉斯普京居住在彼得格勒一所戒备森严的豪宅，出入均有专车接送，刻意与尼古拉二世一家保持着距离。

1914 年的遇刺事件令拉斯普京嗅到了过分接近沙皇的危险。但他依旧接受着来自富商的资助，并保持着刚起家时乐善好施的做派，常在自家门口向穷苦民众撒钱。期间，他常出入贵族沙龙，可能是为了报复长舌妇在背后制造他与皇后和公主的绯闻，他对贵族妇女变得傲慢和无礼。

很多史料认为，拉斯普京曾在战争期间干涉过尼古拉二世的决策，更有传闻说，拉斯普京曾在尼古拉·尼古拉耶维奇大公执掌兵权时要求前往一线劳军，却遭到对方"你如果敢来便会被绞死"的恐吓。事实上，东正教有教士为官兵祈福的传统，俄国军官中崇拜拉斯普京者不在少数，拉斯普京的出发点可能是想要在总体战中

◀ 拉斯普京与俄国军官的合影

彰显存在感，没有干涉军事的企图。

尼古拉二世亲任俄国武装力量总指挥后，拉斯普京也没有再提出类似的要求。拉斯普京宣称自己做了个梦，神启示俄军应在里加附近发动进攻。沙皇真的下令发动进攻，却被德军打得大败。还有一次，本来沙皇的军队占了上风，但拉斯普京却怂恿皇后向前线发了一封电报，要求皇帝宣布停战，原因他做了一个"不幸的梦"。这些传闻与俄国军队的实际战场决策有着太大的出入，令人难以采信。

当然，拉斯普京偶尔还是会与皇后亚历山德拉见面或通信，并给一些自己的建议。从一些记录看，这些建议多是善意的、理性的。比如，他希望沙皇多关心国内特别是城里人的生存问题，因为"饥饿会引发革命，这比战败更可怕"；反对沙皇将邮票作为小额支付方式的改革，因为此举很难获得人民的理解。他为数不多关于军事的建议出现在 1916 年 11 月，在写给尼古拉二世的信中，皇后提到了拉斯普京反对俄国在罗马尼亚的反击。

拉斯普京与皇后频繁互动出现在 1916 年下半年，这段时期，尼古拉二世将国政交给了皇后打理，以便自己专心于军事。这显然与西方史学家认为尼古拉二世每天只用一个小时处理军务的说法相矛盾。这一时期，俄国高层之间相互倾轧的现象异常严重，从 1915 年秋到 1916 年秋，俄国更换了 4 个内阁总理、6 个内务大臣、4 个陆军大臣、3 个外交大臣、4 个农业大臣、4 个司法大臣。

频繁的内阁人事变动显然不是拉斯普京或皇后所能左右的，皇后至多是支持了其中某一人，如 1916 年 2 月 2 日就任俄国内阁总理的鲍里斯·弗拉基米洛维奇·施蒂默尔（Boris Vladimirovich Stürmer，1848—1917）。

施蒂默尔出生于莫斯科特维尔省的拜科沃地区，父亲是俄国陆军的骑兵军官。由于他上任后致力于与德国媾和，被政敌攻讦为德国移民的后代。支持他的皇后出生于德国，自然也成了德国女间谍。事实上，施蒂默尔主政时期，俄国的后方相对稳定，为前线输送了大量物资和兵员。他也赞同对德国宣布建立一个独立的波兰王国的建议，认为此举不仅有利于俄国与德国解决领土纠纷，还可以使俄国免受当地民族主义分子的侵扰。

自 1905 年以来，由波兰社会党领袖毕苏斯基（Klemens Piłsudski，1867—1935）领导的波兰独立运动便给俄国带来了巨大困扰。战争爆发后，毕苏斯基组织了一支武装力量与同盟国合作，袭扰俄军后方。但施蒂默尔的主张在俄国得不到认可，尽管尼古拉二世和皇后支持，命他兼任内务大臣和外交大臣，可凭他一人之力，无法推动对德媾和的步伐，反倒使他与尼古拉二世夫妇成了朝野的众矢之的。

俄国贵族可没有勇气直接干掉施蒂默尔或者尼古拉二世夫妇，因而从拉斯普京下手，执行人是亲王费利克斯·尤苏波夫及其一干党羽。尤苏波夫和拉斯普京没有私人恩怨，但尤苏波夫家族与德国有仇。

尤苏波夫家族历史悠久，据称始祖是金帐汗国那颜也迪古。相关史料记载：尤苏波夫家族由于金帐汗国的内讧出奔莫斯科，在彼得大帝统治时期受封了西伯利亚领地的特许经营权，通过垄断毛皮贸易成了俄国的贵族阶层，经过多年的经营积累了富可敌国的财富。相关数据显示，在20世纪初，尤苏波夫家族在圣彼得堡有4幢宫殿，在莫斯科有3幢，外带37个公寓散布于库尔斯克、沃罗涅日和波尔塔瓦等地，还有无数煤炭矿山、工厂、面粉厂以及位于里海的油田。依靠巨额财富，尤苏波夫家族才能与沙皇家族长期联姻，跻身皇亲国戚的行列。

1914年2月22日，尤苏波夫家族的少主费利克斯·尤苏波夫在阿尼奇科夫宫中迎娶了沙皇唯一的侄女——公主伊琳娜（Irina Alexandrovna Romanova，1895—1970）。结婚典礼后，这对小夫妻随即前往开罗、耶路撒冷、伦敦等地度蜜月，一玩就是大半年。从这点来看，费利克斯·尤苏波夫玩心颇重，并非忧国忧民之辈。

由于不关注政治和国际形势，第一次世界大战爆发时，这对夫妇还滞留在德国，随即被威廉二世扣留在柏林。尽管德国皇室并未为难他们，甚至还拨了三个庄园作为采邑送给他们，但失去自由的年轻夫妇颇为痛苦。后来，费利克斯的父亲利用外交手段，使他们经中立国丹麦回到了彼得格勒。这段被拘押的经历使费利克斯·尤苏波夫对德国怀有深深的恨意。

费利克斯·尤苏波夫是家里的第二个孩子，偌大的家业本有父兄主持，

◀ 费利克斯·尤苏波夫及伊琳娜公主

不用他担心。但战争爆发后，哥哥尼古拉·费利克斯维奇从军参战，捐躯疆场。父亲又因与有夫之妇有染在一场决斗中被情妇的丈夫杀死。费利克斯·尤苏波夫随即成了家族掌门人。但是，他既无上阵杀敌的勇气，又无经邦济世的才能，只能通过做慈善事业，改造尤苏波夫宫的一个侧翼为后方医院来体现自己的存在感。

　　这种经济地位和政治地位的不对称，使费利克斯·尤苏波夫在战争期间与其他一干无所事事的贵族子弟混在一起，其中有尼古拉二世的堂弟德米特里大公、杜马右翼议员普利什凯维奇以及一位名叫苏霍金的陆军大尉。他们没有政治才干，也没人生抱负，彼此保持着超友谊的男男关系[①]，但这并不影响他以忠臣良将自诩，并试图通过干掉拉斯普京来证明自己爱国。

　　据说，为了凸显尤苏波夫及其同党暗杀拉斯普京的悲壮，尤苏波夫以年轻貌美的妻子为诱饵成功邀请拉斯普京登门，还有人认为，作为诱饵的是尤苏波夫本人！但从相关记录来看，当天接受邀请的还有与罗曼诺夫家族颇为亲近的美术商阿尔伯特以及多名贵族女性，彼得格勒常见的贵族沙龙活动阵容。再说，以尤苏波夫的社会地位

◀ 话剧中拉斯普京操控沙皇及皇后的场景

---

　　① 费利克斯·尤苏波夫自幼爱穿女装，德米特里大公的性取向也有问题。

邀请拉斯普京根本不需要什么诱饵。

尤苏波夫等人的暗杀计划是在沙龙的尾声邀请拉斯普京进入尤苏波夫拜占庭风格的地下室，随后在供应的甜点和葡萄酒中放入结晶氰化物。按照当事人的回忆，拉斯普京进入地下室后吃了八块下了毒药的蛋糕，喝了5杯掺了氰化钾的毒酒，竟然毫发无损，只是打个饱嗝，开始流口水。这一说法流传甚广，被作为拉斯普京具有超人体质的一个证明。

后来的尸检报告却未发现拉斯普京体内有氰化物，他女儿也在回忆录中说，拉斯普京在1914年遇刺后留下了严重的肠胃后遗症，不能吃含糖的食品和饮料。因此，拉斯普京很可能在遭暗杀的当天并未真正食用那些足以毒死5个人的糕点和毒酒。尤苏波夫等人为了掩盖在暗杀过程中的笨拙，故意说拉斯普京百毒不侵。

值得令人起疑的是，拉斯普京和尤苏波夫等人进入地下室的目的。此时的拉斯普京已不复当年之勇。尤苏波夫如果以苟且之事相邀，他很可能会因心无力而拒绝。在俄国的传统中，密室除了用来偷情，就是非正式会谈和阴谋的主场。尤苏波夫与拉斯普京在地下室独处了一个小时，在这一个小时，无论他用了密室的哪种功能，都没有达到他的目的。因此，他回到会场后，叫来拿着手枪的普利什凯维奇和苏霍金陆军大尉，以及拿着哑铃的德米特里大公。一些回忆录宣称，拉斯普京此时向尤苏波夫表示他胃部不适、有火烧般的灼痛。这一点在拉斯普京女儿的回忆录能找到答案：拉斯普京胃酸过多，长时间的沙龙活动诱发了他的胃病。

尤苏波夫首先发难，从地下室的楼梯上向拉斯普京开了一枪，后来的法医发现，子弹洞穿了拉斯普京的肺部后停留在肝脏，并不足以毙命。但尤苏波夫及其同党自以为得计，开始谋划掩盖暗杀的各种计划，比如找人冒充拉斯普京离开，造成拉斯普京逃亡华沙的假象。

商量无果后，众人回到了地面，但尤苏波夫独自留在了地下室。此时，没有断气的拉斯普京突然站起来，一度打倒了尤苏波夫夺门而出。这一犹如恐怖片的场景显然吓坏了尤苏波夫，以至于他后来关于此次暗杀的许多说法都不真实。

令人匪夷所思的是，冲出尤苏波夫官的拉斯普京竟然将尤苏波夫和闻讯赶来的普利什凯维奇远远甩在了身后，最终，普利什凯维奇举起手枪连续射击拉斯普京。两枪打空后，第三枪才击中拉斯普京的背部，第四枪击中了头部。但两人将拉斯普京拖回尤苏波夫官后，拉斯普京又两度"复活"，后被尤苏波夫用哑铃砸死。

尤苏波夫和普利什凯维奇试图将拉斯普京的尸体丢进莫伊卡运河，但此时筋疲力尽的两人已无力拖动尸体，只能求助于路过的两名卫兵，此举证明了尤苏波夫等人计划的"密室杀人"漏洞百出。拉斯普京遇刺的消息在当天便传遍了彼得格勒，尤苏波夫等人被逼自首。

拉斯普京的尸体在三天后被打捞上岸。由于尸检发现拉斯普京肺部有积水，因此有人认为拉斯普京是被淹死的。这种说法明显不符合逻辑，东正教是不准溺死者封圣的。有一种可能是，拉斯普京此前胸口中弹，水是经过子弹造成的空腔进入肺部的。

随着俄国崩溃，拉斯普京的尸体被深感愤怒的"临时政府"官兵找到，并付之一炬。在这个不专业的火化过程中，尸体发生了宛如坐起的蜷缩。因此有人宣称看到拉斯普京从棺材中坐了起来，还睁开了双眼。

拉斯普京遇刺的过程宛如一出荒诞喜剧，尤苏波夫及其同党糟糕的执行能力从侧面印证了曾被沙皇依赖的军事贵族，此时已变成一群金玉其外、败絮其中的酒囊饭袋，他们躲在祖辈用财富堆砌而成的城堡，坐享其成，沦为"文不能提笔安天下，武不能举枪定乾坤"的寄生虫。他们对俄国的社会和国际形势的见解，甚至不如拉斯普京这个来自西伯利亚的文盲。难怪皇后宁愿求助拉斯普京，也不愿意听他们的意见。拉斯普京死后，彼得格勒无数穷苦百姓为其默哀，毕竟他们或多或少都得到过拉斯普京的恩惠。

据说，在一封写给皇后的信中，拉斯普京这样预言道："我在圣彼得堡写这封信。我预感我会在1月1日（俄历）之前离开人世。我希望俄罗斯的人民、爸爸（指沙皇）、俄罗斯的母亲和孩子，俄罗斯大地知道，什么是他们必须明白的。如果我被普通的暗杀者，特别是我的俄罗斯农民兄弟杀死，您，俄国的沙皇，一点儿都不用为你的子女担忧，他们会统治俄国数百年。但是，如果我被贵族杀死，如果是他们使我流血，他们手上沾上了我的血，那他们二十五年都洗不干净手上的血。他们会离开俄罗斯，相互残杀、彼此仇恨，而且这二十五年国家都不会有贵族。俄国大地的沙皇啊，如果您听到钟声，它就会告诉您，格里高利已经被杀，您一定要明白一点，如果是您的亲属造成我的死亡，那么您的家属不会有一个人，即您的子女和妻子活过两年。他们会被俄国人杀死。我走了，是神让我告诉俄国的沙皇，如果我不在了，您该如何生活。您说话行动都必须谨慎，要考虑自己的安全并告诉您的亲人，我为他们献出了我的血。我将被杀死。我不再活在人间了。祈祷吧，祈祷吧，要坚强，想想您神圣的家庭。"

由于这封信中的许多预言过于准确，因此这封信长期被认为是托古伪书。如果这封信真的是拉斯普京写的，那他一定是意识到了自己的存在阻碍了不少人的上升路，有不少人希望他死，尽管不少追随他的农民期望他和皇室的关系能够维系下去。但也有不少民众受到某些人的鼓动铤而走险，一如1914年将刀插入他肚腹的农妇。有些贵族沙龙的传闻也会通过各种渠道传到拉斯普京的耳中，他感到有人要杀他，觉得自己已经到了朝不保夕的时候，所以写了这样一封信，希望能够通过预言的方式阻止敌人动手。

拉斯普京预言俄国的贵族阶层将会遭遇浩劫，其实是一种政治推断。当时，俄国社会矛盾尖锐。新兴的资产阶级煽动革命，却又没有能力领导革命。俄国钢铁大亨阿列克赛也曾预言过随着一战爆发，沙皇便会时日无多，资产阶级发动的革命最终会演变为工人革命、农民革命，然后是漫长和恐怖的无政府状态。总之，拉斯普京已经死了，与他是共生关系的尼古拉二世夫妇的死去还会远吗？

第二节 皇村之夜

西方史学家总是喜欢将1917年罗曼诺夫王朝的崩溃与军事崩溃挂钩，事实上，至少在1917年春季，俄国在东线承受的压力不算大。这一点多少要感谢法国的新任总参谋长——罗贝尔·乔治·尼维勒，一个出色的步兵战术大师和野战炮兵专家。在凡尔登战场上，他和自己的上级贝当一起，用"大炮征服、步兵占领"的口号和实践，一次又一次瓦解了德军的进攻。但真正将他推上法国陆军领导位置的却是血统——他的父亲是法国人，母亲则是英国新教徒。尼维勒说着一口流利的英语，法国人觉得这能帮助法国与英国沟通，不料他一出马就争取到了法国人梦寐以求的西线军事指挥权。

很多人将尼维勒的成功归功于能言善辩的口才，他们煞有介事地写道：上台前的尼维勒"清澈的眼睛直视着你，不虚张声势，通情达理"，他的助手达朗松上校则是一个"忧郁的具有堂吉诃德气质的人"。言下之意，他们日后沦为纸上谈兵的"赵括"，不是因为领导失察，而是因为这样的组合天生在英、法这种讲求统帅个人品质的国度吃香。当然，真相不是这样的。

如果说随着1916年临近尾声，同盟国中的德国、奥匈和协约国阵营的俄国都在考虑如何体面地实现和平、退出战争的话，那么英、法两国首脑思考的便是如何迅速地给对手致命一击，结束这场旷日持久的战争。特别是1916年12月7日上台的英国首相劳合·乔治，对战争的前景很乐观。劳合·乔治不是一个不懂军事的普通政客，自1908年接任财政大臣以来，他的政治生涯便与战争联系在一起了。

国际形势日趋紧张，德国又正在大力扩建海军，英国为保住海上霸权的地位不得不全力开工，建造新型无畏型战列舰舰，军费开支空前增长。国内，自耕农濒于破

▼ 劳合·乔治和当时还颇为年轻的丘吉尔

产、工人阶级贫困以及失业问题日益严重，阶层对立和社会矛盾严峻。劳合·乔治顶住上议院的压力，增收财产附加税、遗产税、酒贩执照税、烟酒税、土地税等针对有产阶层的新税种，通过这种劫富济贫的方式，保证了英国海军所需的巨额军费，同时建立了失业、疾病及残废的社会保险金制度。

因为在财政大臣岗位上的出色表现，1915 年 5 月，劳合·乔治受命领导主管军工生产和后勤补给的新近组建的军需部。劳合·乔治致力解决军火问题，要求任何集团不能因私人利益阻挠国家公务或危害国家的安全，暂停工会运行，限制雇主利润等战时管制措施。1915 年 7 月，他又公布了军需品法，对罢工的工人和停工的雇主给予严厉惩罚。可以说，协约国阵营的军工生产能在 1915 年后追赶上并超越同盟国，劳合·乔治功不可没。

1916 年 6 月，英国陆军大臣基钦纳元帅受命乘坐"汉普郡"号巡洋舰出访俄国，中途遭德国潜艇攻击与座舰同沉。

堂堂大英帝国的陆军统帅竟然横遭这样的毒手，这不仅是给英国的一记耳光，也否定了英国政府的计划和保密工作。为了给自己脱困，英国人编造了两个犹如神话一般的间谍故事，认为是处心积虑要向英国人复仇的布尔人杜肯①、以巴黎脱衣舞娘身份为掩护的德国女间谍玛塔·哈丽②单独或联手策划了这次袭击。与其追问谁导致了"汉普郡"号巡洋舰的沉没，不如考察一下基钦纳为何要以身犯险前往俄国？很多学者都认为基钦纳此行的主要目的是，阻止俄国与德国单独媾和。如果真是这样，那么威廉二世和尼古拉二世的秘密外交已颇有成果了。

基钦纳死后，劳合·乔治接任英国陆军大臣。劳合·乔治虽在英国政坛颇有威望，但在军中仍无法与战功赫赫的基钦纳相提并论。因此，时常与陆军总司令道格拉斯·黑格、参谋总长威廉·罗伯特·罗伯逊矛盾不断，而恰在此时，尼维勒在法国陆军中声

---

① 弗里茨·杜肯，出生于今天的南非，在布尔战争中曾因参与反英游击战而被捕。但英国人却并未将他处决，相反还允许他加入英国国籍，并加入英国军队开赴南非镇压他的昔日战友。但在获知母亲和妹妹被英国人杀死后，杜肯加入了布尔人的游击队。其后，他始终与英国为敌，但每次被捕后又能够化险为夷，甚至 1917 年涉嫌炸沉"汉普郡"号巡洋舰被捕后，英国人也没对他痛下杀手。后来，杜肯因为美国为纳粹德国组建情报网而被捕，被判处 20 年监禁。杜肯苦熬 14 年后争取到了提前出狱，1956 年，他因贫病交加死于美国。

② 第一次世界大战中的传奇女间谍，本名玛嘉蕾莎·吉尔特鲁伊达·泽利，出生于荷兰莱瓦顿市。有关她的坊间传闻很多，但细究之下却不难发现玛塔·哈丽与其说是一个德国间谍，不如说是一个活跃于巴黎地下情报交易网的掮客。1917 年 10 月 15 日，她被以"叛国罪"的名义处死在巴黎郊外。她的形象经常出现在书籍、电影等文化作品中，在西方文化中有一定的影响力。

名鹊起，令劳合·乔治看到了希望。与尼维勒见过几次面后，他便认定这个英法混血的将军，比自己麾下那几个刺头好管，随即要求英国陆军主帅道格拉斯·黑格对法国总司令要"遵从其意见"，以"执行所有与作战实施有关的命令"。如此一来，西线英法陆军长期不相统属的局面宣告结束。

1916年11月15日，协约国阵营再次在法国尚蒂伊召开军事会议。面对俄国提出的1917年应以巴尔干半岛为主攻方向的建议，英、法不以为然。在主持会议的法国元帅霞飞看来，俄国总参谋长阿列克谢夫无非是想恢复俄国在巴尔干半岛的势力范围。英、法的目标却是迅速打垮德国，建立伦敦和巴黎主导下的欧洲新秩序。因此，在含糊地提出协约国阵营各参战方应该在1916年冬继续保持进攻态势，迫使对手无法夺取主动权外，英、法只是透露了将在1917年2月发动攻势，希望俄国届时在东线配合，牵制德军向西线增援的可能。

英、法正在计划的攻势，指的是尼维勒构想的剪除努瓦永突出部。尼维勒认为这一地区的德军经历了索姆河会战后已筋疲力尽，只要集中足够的兵力，让英军先在北部发动进攻吸引德军注意力，法军再从南部战线切入，定能一战成功。尼维勒的设想不错，但德国人也不会傻傻待在原地挨打。兴登堡也注意到了努瓦永突出部的虚弱，早在其后方构筑了一条"兴登堡防线"。

1917年2月9日黎明前夕，德国陆军按照总参谋部拟定的"阿尔布雷希①计划"，开始从突出部撤出。这不是一次简单的后撤，还伴随着对占领区的系统破坏，没有留下一幢建筑物。几千幢农舍和住房被拆，果树被砍，桥梁和铁路车站被炸毁，水库和水井被下了毒。如此一来，尼维勒的进攻重拳挥空了，接手的是一大片无法立足的人造荒漠。重建被破坏的公路和桥梁之前，协约国在西线根本无法组织起有效的进攻。当然，这并不影响尼维勒以收复了努瓦永突出部的胜利者自居，有关德军主动后撤和实施"焦土破坏"的消息都被打上了谣言的标签，禁止在军队和新闻中传播。这一点也直接影响了俄国的局势。

1916年末的尚蒂伊协约国军事会议后，俄国制订了1917年行动计划。与1916年"夏季攻势"前一样，北方、西部和西南三个方面军主帅争执不休。这一次，三个方面军都力主进攻，都认为自己负责的方向应该是主攻方向。阿列克谢夫认可西南方

---

① 德国神话故事《尼伯龙根的指环》中的侏儒王，以贪婪和阴狠著称。

面军统帅勃鲁西洛夫的看法，认为1917年俄国陆军应该继续以奥匈帝国为主要对手，力争在西南方向实现突破，终极目标是迫使奥匈帝国退出战争，攻入巴尔干半岛，并在黑海舰队的掩护下，夺取奥斯曼帝国首都伊斯坦布尔。

理想很丰满，现实很骨感，1917年战略计划拟订后不久，俄国陆军便于1917年1月5日至11日，在北部方面军前沿发动了一场旨在收复米陶的小规模攻势。如果说里加是彼得格勒的门户，那么位于里加西南面的米陶就是里加的门户，因此，俄国北部方面军投入了全部兵力，企图毕其功于一役。但是，各条战线仅推进了2—5公里便后续乏力。之所以出现这样的局面，除了俄军战斗力不强外，更为重要的是，此时俄军中充满了厌战情绪，甚至连长期以来特别能吃苦、特别能战斗的西伯利亚部队也公然拒绝进攻。谁也没有想到，这次军事挫败敲响了罗曼诺夫王朝的丧钟。

1917年1月22日，彼得格勒工人在布尔什维克的号召下举行罢工。参加罢工的达14.5万人。莫斯科、哈尔科夫、巴库等城市也举行了罢工和示威游行。彼得格勒警察局局长在给内务大臣的报告中称："总罢工的思想一天一天地获得新的支持者，像1905年时一样流行。"当然，在战争的高压下，各参战国均爆发了大规模罢工运动和民众示威。1915年5月，伊凡诺沃－沃兹涅先斯克纺织工人罢工，要求降低物价、

▲ 战争时期走上街头的俄国民众

提高工资，随即罢工波及科斯特罗马①地区。1916 年初，为纪念"流血星期日"，彼得格勒 10 万工人罢工。广大农民的不满情绪也在增长，抗捐、反对征调粮食和马匹的运动遍及各地。

与其他参战国相比，俄国的工业基础薄弱，军队管理也落后一些。1913 年，俄国钢的产量只有 420 万吨，没有汽车制造业，许多机器、武器仰赖外国。战前，俄国进口的机器占 37%，重要的设备、车床的自给率不到 33%。战争削弱了俄国同国外的商业联系，机器的进口大幅度下降。1914—1916 年，俄国机器制造业虽有所增长，但绝大部分产品都被战争消耗掉了。据统计，这期间 123 个大机器制造业的产值从 20030 万卢布增加到 95460 万卢布。军工生产平均每年增长 13 多倍，但民用生产仅增长了 40%。1916 年，农业机器产品只有战前的 1/5，机车、车厢的生产明显减少，机车减少 16%，车厢减少 14%。机器、车床严重不足，又影响了矿石、煤炭、石油的开采。由于缺乏燃料、原料，高炉停火，许多工厂不得不关闭，战前靠进口棉花生

---

① 科斯特罗马，位于莫斯科平原中部，与伊凡诺沃－沃兹涅先斯克相邻，同样以纺织工业发达而著称。

▲ 运送伤员的马车

产的纺织厂停产。1916 年，彼得格勒有 20% 的织机不能开工。

前线每月需要 6 万支步枪，但 1914 年 8—12 月，一共只造出 13.4 万支步枪；需要机枪 800 支，1914 年下半年总共才制造了 860 支机枪。交通运输严重阻塞，铁路承担不了急剧增长的运输任务。1916 年最后 5 个月，铁路为军队运送的粮食只能满足需要量的 61%。到 1917 年，粮食运输量又进一步下降。有的伤兵几天领不到食物和纱布。无论俄国的士兵曾经多么英勇忠诚，当他们拿着绑有刺刀的木棍冲向同盟国的机枪阵地时，都难免心存怨恨。更令人感到心寒的是，俄国并不是真的缺乏物资，只是因为官员腐败，政府办事效率低下，才导致国家运转失灵。

彼得格勒、莫斯科和其他工业城市的粮食匮缺，西伯利亚、乌拉尔、里海、伏尔加河和顿河一带的大量粮食、肉、鱼却无法运出。1916 年，储存变质的粮食达 15 万车厢。国内粮食的运输不畅，固然有物流的问题，但也是农业生产没发展好的写照。大战爆发以来，俄国农业生产受到严重影响。1500 万有劳动能力的人被应征入伍，这些人主要来自农村。1917 年的调查结果显示，俄国欧洲部分的 50 个省内，农村男劳动力减少 47.4%，耕地减少 1000 万俄亩，耕畜从 1914 年的 1800 万头减少到 1300 万头，粮食产量减少 1/4。

运输的困难又使城乡联系中断。市场上的粮食、肉、糖和其他农产品日渐短缺。1916 年 12 月，彼得格勒只得到计划供应粮食的 14%。地主、富农和商人却掌握着大量生活必需品，囤积居奇，投机倒把。粮食从商店消失，然后在黑市上以高价被出售。1916 年夏，彼得格勒粮食价格提高了 1.5—3 倍，肉和糖尤其昂贵。广大人民处在饥饿线上，怨声载道，不得不起来斗争。1915 年因饥饿引起的农民暴动达 684 起，1916 年 1—5 月，农民起义达 510 次。

　　如果说国内百业凋敝，是受战争的影响，那么国际援助的军火迟迟没有送到一线部队，就是官僚阶层效率低下造成的人祸。俄国和盟国的联系主要通过摩尔曼斯克、阿尔汉格尔斯克和海参崴。但是，内地和摩尔曼斯克之间没有铁路。从阿尔汉格尔斯克到沃洛格达之间的铁路是窄轨，运输不便，海参崴离俄国腹地又太远。结果，大批货物被堆积在港口，无法运入内地。在阿尔汉格尔斯克，煤堆得像一座座山，沿码头堆着一箱箱供兵工厂使用的车床。在摩尔曼斯克，船只要卸货需等几星期甚至几个月。

　　为了维持战争，俄国政府的军费开支与日俱增，到 1917 年 3 月，超过了 300 亿卢布，其中 1/3 靠借外债支付，其余的靠借内债和滥发纸币。1917 年，卢布的官方牌价降到 55 戈比，购买力降到 27 戈比。国债从 1914 年的 88 亿卢布增加到 1917 年 1 月的 336 亿卢布。俄国政府的财政面临崩溃。俄国政府为了满足战争需要，在 1915 年就国防、粮食、燃料和运输 4 个问题专门召开了会议，来协调国内的物资调配，但这并没有挽救经济，劳动人民反而被剥削得更厉害了。大多数工厂为完成军需品延长工作时间，剥削妇女、少年的劳

▲ 莫斯科街头无家可归的孩子

动。据 345 个企业的统计材料，1913 年，纯利润为 8.84%，1915 年增加到 16.49%，1916 年又增加到 17.58%。经济混乱，加上军事失利，促使全国革命运动重新高涨起来。

俄国国内政治局面的恶化，早已引起各派政治力量的注意。俄国国家杜马内部的各大政治党派纷纷打出为民请愿的旗号，向尼古拉二世和内阁要求分享权力。俄国社会革命党和俄国社会民主工党中的孟什维克则积极鼓动革命，以期推翻俄国的封建统治。以列宁为首的布尔什维克则反对孟什维克一味迎合民粹主义的路线。尽管当时列宁等人仍被迫长期滞留在瑞士等地，但在莫洛托夫、施略普尼柯夫、扎鲁茨基等人的领导下，布尔什维克彼得格勒委员会仍积极散发传单，组织工人举行示威游行，打出"打倒沙皇君主制度"和"以战争反对战争"等口号。

在这种情况下，俄国贵族天真地认为，解决这些问题的办法就是在英法的支持下，通过一次宫廷政变，逼迫正积极与德国媾和的尼古拉二世退位，拥立其子阿列克谢登基，由其弟米哈伊尔·亚历山德罗维奇摄政，或者直接让米哈伊尔·亚历山德罗维奇成为沙皇，将战争继续打下去——为大胜利进行的一次小革命。

这场小革命的序幕是审判"拉斯普京暗杀团成员"。王子犯法，庶民同罪，何况尤苏波夫和德米特里大公谋杀的是颇有人望的政治人物。因此，东窗事发后，皇后亚历山德拉便要拘捕两人。但尤苏波夫的岳父和德米特里大公的父亲双双出面质问尼古拉二世："皇后哪来的权力处置王室成员？"随后，罗曼诺夫王室的主要成员又联名写信要求特赦。无奈之下，尼古拉二世将德米特里大公外放到波斯前线，将尤苏波夫软禁于其家族位于库尔斯克的行宫。就算处罚如此轻，罗曼诺夫王室主要成员仍在 1917 年俄历新年之际拒绝前往冬宫参加皇后的吻手礼，以示抗议。

3 月 3 日，彼得格勒普梯洛夫厂冲压车间工人举行罢工，要求提高计件工资和召回被解雇的工人。厂方拒绝了，且以高压手段进行威胁，宣布不定期歇业。在工人中已有重大影响的布尔什维克党组织立即领导工人同厂方针锋相对。罢工扩大到整个普梯洛夫厂。3 月 7 日，按军管当局的命令，普梯洛夫厂大门紧闭。工人无法入内，便成立罢工委员会，并决定请求其他工人支援。冲突升级。

1917 年 3 月 8 日[①]，布尔什维克党中央俄罗斯局和彼得格勒委员会决定举行集会，庆祝国际妇女节，并进行反对饥饿、反对战争、反对沙皇制度的宣传鼓动。散会后，

---

① 即二月革命，此次革命的开始是 1917 年 3 月 8 日，但由于在俄国使用的儒略历中那天为 2 月 23 日，因此被称为二月革命。20 世纪初，俄历与公历之间的差距一般在 13 天左右。

女工纷纷上街示威游行，男工也跟着走了出来。这一天，参加罢工的达9万人。当天晚上，布尔什维克党中央俄罗斯局和彼得格勒委员会讨论了一天的形势，主张继续开展斗争，推进革命。3月9日，彼得格勒罢工的工人上升到20万人。警察企图把群众分开，但无济于事。工人们时而在这里集合，时而在那里出现，继续示威游行。群众罢工、示威游行的活动发展起来后，布尔什维克把争取军队转到革命方面作为重大任务。布尔什维克组织工人深入营房、哨所、巡逻队，说服士兵不向人民开枪。

1917年3月10日，彼得格勒罢工转为总罢工。企业、商店、餐厅、咖啡馆都停止工作。市中心挤满了人。沙皇尼古拉二世在大本营莫吉廖夫，接到彼得格勒军区司令哈巴洛夫关于首都局势的报告后，下令对彼得格勒罢工运动实行恐怖手段。晚上，他给哈巴洛夫发了电报："着令于明日京都中的骚乱悉行制止。"沙皇军队在彼得格勒市中心和交通要道上布满了军警，在屋顶和角楼里架起了机关枪，连夜逮捕了布尔什维克党彼得格勒委员会委员5人。但革命烈火已形成燎原之势，根本无法被扑灭。

根据党中央局的决定，由维堡委员会代行彼得格勒委员会的职权，继续领导人民进行斗争。1917年3月11日是星期天，彼得格勒工人仍涌向街道、广场。近卫军巴甫洛夫团后备营第四连士兵起义，拒绝向人民开枪。这次起义标志着士兵已经开始转向人民方面。晚上，布尔什维克维堡委员会开会。会议认为，目前的形势对无产阶级十分有利，决定将罢工转变为武装起义，并计划与士兵联欢，夺取武器库。俄国人民与封建制度的正面对决即将开始了。

1917年3月12日，成千上万的工人向彼得格勒市中心行进。由于布尔什维克的宣传、组织，大批士兵转投革命群众一方。早晨6时，沃伦近卫团教导队士兵起义，杀死教导队队长，然后上街，开往附近的普列奥勃拉任斯基团和立陶夫斯基团，并联合了这两个团的士兵。整理好队伍后，起义兵团开往维堡，同工人会合。驻在维堡区的莫斯科近卫团教导队，阻止士兵起义，起义士兵和工人冲进营房，击毙教导队长，夺取了武器，武装了工人。工人和起义士兵夺取了兵工总厂和炮兵总部，缴获4万支步枪、3万支手枪和大量子弹。布尔什维克带领群众冲向监狱，释放了政治犯。获得释放的布尔什维克立即奔向工人区，参加战斗。军中参加起义的士兵越来越多。据统计，3月11日晚，参加起义的士兵还只有600人，12日早晨便增加到10200人，中午成了25700人，晚上达66700人。

在二月革命中，列宁领导的布尔什维克发挥了巨大作用。但是，1917年3月8日到3月16日这8天局势的飞速发展，却不能全归功于布尔什维克。二月革命，

▲ 武装起来的俄国民众与倒戈相向的士兵

既是俄国民众大规模的集体自发性抗争，也是俄国各政治派系共同施加影响的一次政治整合运动。

群众自发性抗争的原因是饥饿，因此也有人说二月革命是一场"面包骚动"。俄国的保安局在2月初的报告中指出："虽然居民还没有发动饥饿暴动，但这并不意味着他们在将来不会组织这样的暴动。愤怒在增长，而且看不到尽头。这类饥饿群众的自发暴动将是走向最可怕的无政府主义革命疯狂和无情破坏道路的第一或最后阶段，这是毫无疑问的。"2月中旬，由于冬季的严寒和泥泞导致的运输困难，使彼得格勒的食品供应进一步恶化。排队买面包的队伍越来越长，居民的担心、不安和不满在不断加剧。正如一位参与了二月革命的革命者所说："罢工很快变成了骚动，这种骚动是自发的……原因是商店门前排队的人买不到面包。"

彼得格勒的粮食供应问题仅是俄国社会矛盾的冰山一角，骚乱开始时，没有人会想到这能撼动看似根深蒂固的沙皇专制制度。因为无论是高高在上的贵族，还是参与骚乱的民众，都看惯了这种骚动。1917年后，大规模的罢工就已发生多次。因此，"几乎谁都没有把3月8日在彼得堡发生的事看作是革命的开端。人们认为，这一天发生的运动同上星期的运动没有什么差别"。那么，为什么局面会迅速失控呢？其中

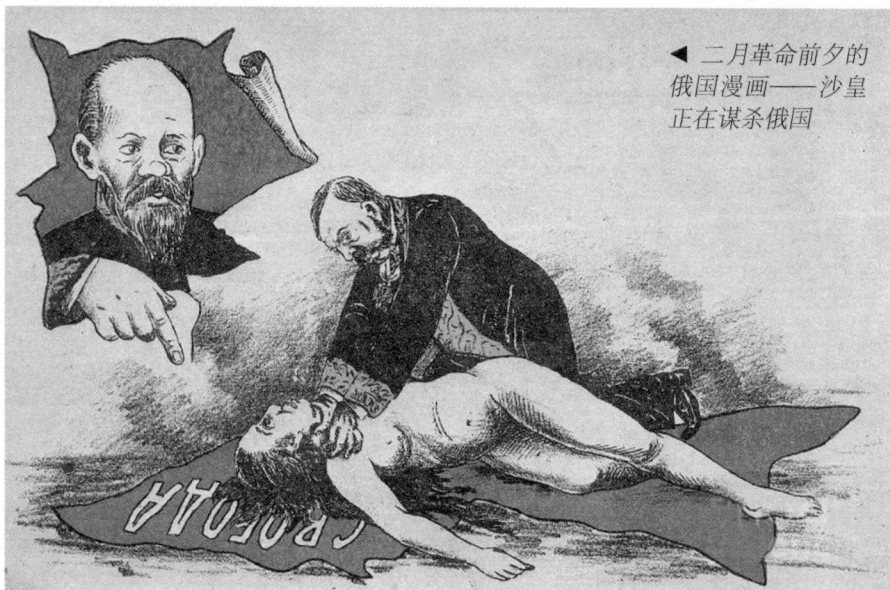

▲ 二月革命前夕的俄国漫画——沙皇正在谋杀俄国

有一个时间点或许足以说明问题：在革命萌发前的 3 月 7 日，沙皇尼古拉二世刚刚离开彼得格勒前往位于莫吉廖夫的大本营。在当时交通和通讯条件下，尼古拉二世至少有近 48 个小时无法接到来自外部的信息。

3 月 8 日，彼得格勒的罢工规模持续扩大。人们的行为开始失控，一些面包铺遭到抢劫，在有些地方，工人与警察以及后备部队发生了冲突。但和 1905 年革命的情况不一样的是，驻守彼得格勒的近卫军并没有第一时间出动，而是任由局面恶化。3 月 9 日，罢工的民众开始出现有组织的工人战斗小队，城市一些居民也开始加入游行。

此时，抵达莫吉廖夫的尼古拉二世才获悉彼得格勒的事态，随后，他给彼得格勒军区司令哈巴罗夫发去简短电报，要求立即制止首都的骚动。3 月 10 日夜，有 100 余名革命组织成员被捕。3 月 11 日，得到授权的警察和军队在城里一些地区向游行者开枪。但此时，另一种形式的抗争也爆发了，巴甫洛夫近卫团第四连的部分士兵拒绝执行镇压游行者的命令，带着 30 支步枪和不超过 100 发子弹往涅瓦大街进发，遇到了一队骑警的阻拦，双方随后发生了短暂的交火。弹药用完后，这些起义的士兵遭到逮捕并被关进了彼得保罗要塞。此时，很多人都觉得秩序已经恢复了。

但 3 月 11 日晚上，尼古拉二世一个错误的决定再度将局势推向了崩溃的边缘。

▶ *彼得格勒的俄国骑警*

内阁总理戈利岑①宣布了沙皇关于杜马休会并延期至 4 月的敕令，并将其送达国家杜马主席罗将柯。这个行动被认为是实际上解散了杜马。尼古拉二世为什么这时做出这样的决定，大体是因为他长期以来对杜马的错误认识，他认为资产阶级立宪派的活动是造成革命的重要原因，所以解散立宪派控制的国家杜马便可以解决骚乱。

但尼古拉二世忽略了一个问题：此时，俄国已没有斯托雷平那种具有杀伐决断能力的干将，也没有维特那种能与杜马好好沟通的能臣了，连推动俄国与同盟国单独媾和的内阁总理施蒂默尔都在 1916 年 11 月 23 日被解职了。

此后，皇后亚历山德拉一度推荐拥有丰富政治经验的亚历山大·费奥多罗维奇·特列波夫出任总理。特列波夫的兄长是 1905 年 "流血星期日" 事件发生时下令弹压的圣彼得堡市长。但特列波夫在总理的宝座上只待了一个多月，便因一系列的政治丑闻和国家杜马休会而下台。值得一提的是，就在这一个多月里，特列波夫正式拒绝了德国首相特奥巴登·冯·贝特曼·霍尔维格的和平建议。俄国和德国之间单独媾和的最佳时机就此错过。

罗曼诺夫王朝的最后一任总理——戈利岑，拥有显赫的出身，但政治履历几乎一片空白。唯一值得一书的是，他曾担任俄国慈善公益组织的副委员长（委员长是皇后亚历山德拉）。因此，只会照本宣科的戈利岑无法平息杜马议员的怒气。当天晚上，

① 尼古拉·戈利岑，先祖是前文提到过的彼得大帝的爱将戈利岑公爵。

► 特列波夫

一系列的串联活动便展开了。

　　有趣的是，在一些记录中，左翼
政党对局势的评估大多是保守的。在
克伦斯基家中举行的左翼政党聚会上
便有人提出："可以感觉到一点——
起义已被消灭了。游行是手无寸铁的，
没有什么东西可以用来还击采取坚决措
施的政府。"无独有偶，当时俄国社会民
主工党区联派的代表尤烈涅夫认为："没有也
不会有任何革命，军队中的运动正在消失，必须采
取长期的应付办法。"这种观点很大程度上也是彼得格勒布尔
什维克的看法。

　　但局势在 3 月 12 日发生了具有决定意义的转折：首先是沃伦团教导队士兵为解
救被关押的战友发动了游行，随后驻扎在彼得格勒的几个近卫团的后备营士兵开始
上街，同集会游行的工人站到了一起。傍晚，加入起义军行列的士兵几乎占了彼得
格勒卫戍部队的 1/3。

　　如此剧烈的形势变化，表面上看似乎是因士兵待遇较低和长期积累的厌战情绪
造成的，但驻守彼得格勒的近卫军的条件比前线部队好太多了。如果这样的部队都
揭竿而起，那么一线的士兵岂不是早就应该倒戈相向？

　　当然，还有一种说法是，这些部队害怕离开"温暖的营房"被整编成战斗部队，
被派往前线。因此，他们随时准备抓住能使他们待在首都安全的兵营里不用上前
线的机会。但事实是，将他们派上前线的恰是革命者，尼古拉二世将近卫军视为保
护首都和自己家人的最后屏障。

　　一个小细节或许有助于我们理清"二月革命"发生这一戏剧性转折的关键。当
原本受命要驱散人群、恢复秩序的部队倒向了民众，彼得格勒军区司令哈巴罗夫将
军派手中仅有的约 1000 人到冬宫广场准备保卫冬宫时，尼古拉二世的弟弟米哈伊尔
大公来到冬宫，同将军们谈话后，他指示哈巴罗夫的部队离开冬宫，理由是罗曼诺

夫家族不希望又发生 1905 年 1 月士兵在冬宫广场上向群众开枪的惨剧。于是，哈巴罗夫的部队只能回到海军部大厦。随即，他们便被愤怒的民众和倒戈的部队包围。无奈之下，哈巴罗夫与起义军谈判，后接受有组织地不带武器撤出海军部大厦的条件。驻守彼得格勒的近卫军中许多中上层军官均为贵族子弟，如果罗曼诺夫王朝要发动一场宫廷政变的话，此时是最佳时机，在米哈伊尔大公看来，此时发动军中的党羽便能轻松形成逼宫之势，皇兄退位后再利用军队驱散民众，自己便能大权在握。

　　3 月 14 日，起义士兵已逾 12 万人，除了 2 个军事学校的士官生外，彼得格勒的部队已经完全转向了革命群众。士兵们同工人一起，占领了兵工厂、海军部，夺取了彼得保罗要塞并放出了刚被逮捕的沃伦斯基团士兵，然后又释放了被囚禁的政治犯。内务部和保安局被捣毁。沙皇政权的高级官员被逮捕。彼得格勒的大街上到处是欢欣鼓舞的人群，到处是"打倒卖国贼""打到压迫者""自由万岁"的口号。得到起义者已经占领彼得保罗要塞以及没有前线部队到达彼得格勒的消息后，塔夫利达宫正门前的台阶成了群众大会的讲台，登台发言的人一个接一个。没有人怀疑专制制度已被推翻,世人似乎忘记了起义者中那位名叫基里尔·弗拉基米罗维奇的近卫军指挥官——尼古拉二世的堂兄弟。

　　形势逆转，原本已对革命失去信心的各政党纷纷采取行动，试图影响革命进程。3 月 12 日，民主派政党和自由派政党分别成立了彼得格勒苏维埃和国家杜马临时委员会。俄国社会民主工党的两大主要派系——布尔什维克和孟什维克此时表现出精诚合作的气象，他们宣布组成工人代表苏维埃临时执行委员会，并立即散发传单，要求各企业和部队立即选出苏维埃代表到塔夫利达宫集中：每1000名工人和每个连选出一名代表。当天晚上，彼得格勒工人和士兵代表苏维埃第一次会议召开，与会者超过1000人。会议选举产生了正式的执行委员会，齐赫泽[①]担任主席，克伦斯基和斯科别列夫为副主席。

随后，彼得格勒苏维埃通过了呼吁书，向民众宣称："斗争还在继续，它应该进行到底。旧政权应该彻底被推翻并让位给新的人民。这样俄罗斯才能得救。为了顺利完成争取民主的斗争，人民应该建立自己的政权组织……我们将齐心协力为彻底排除旧政府，为举行普遍、直接、平等、公平的选举并召集立宪会议而斗争。"

这次大会，提出了建立共和制的倡议，成立了由社会革命党人姆斯基斯拉夫斯基和菲里波夫斯基为首的军事委员会；决定成立彼得格勒苏维埃士兵部，建议从前线和后方部队中选举连和营的委员会或"苏维埃"，由他们掌握武器、控制部队和管理军营内部生活；宣布士兵与其他公民平等。

苏维埃的武装建设是其未来能够大行其道的基石，俄国旧军队正在瓦解，苏维埃在士兵中的影响力增强，并最终成为俄国最强悍、最重要的政治力量。但巴黎公社迅速夺权旋即又失败的例子殷鉴不远，因此，无论苏维埃的最高领导人还是各级代表普遍对苏维埃没有信心。他们惊恐地注视着前线的情况，担心尼古拉二世下一秒就会率虎狼之师赶回首都。

彼得格勒苏维埃成立的同时，在俄国国家杜马所在地塔夫利宫，国家杜马主席罗将柯召集进步同盟会议讨论局势和对策。根据会议的授权，罗将柯向正在莫吉寥夫大本营的尼古拉二世发去电报，强调了局势的严重性，并且指出，制止革命和恢复秩序的唯一办法是立即解除所有大臣的职务，沙皇发表宣言，宣布成立对杜马负责的政府，并委托一个受公众信任的人来组织新内阁。罗将柯还同军队主要将领谈判，促使他们向沙皇施加压力。期间，召开了部分杜马代表会议，决定成立"恢复首都秩序与联系有关机构和人士的杜马临时委员会"，由罗将柯任主席。

杜马临时委员会发表告全国人民书，宣布它将负责恢复国家和社会的秩序。同

---

① 全名尼古拉·谢苗诺维奇·齐赫泽，格鲁吉亚人，孟什维克中间派。值得一提的是，俄国衰亡的过程中，格鲁吉亚地区涌现出了诸多人杰。

时罗将柯电告沙皇，说彼得格勒的革命如火如荼，政府机构已失去作用，无知的群众主宰着局势，为了防止军官和政府官员被杀并安抚群众的情绪，杜马委员会决定承担起政府职能。国家杜马写给尼古拉二世的信虽然客气，实质上却是抢班夺权。因此，杜马临时委员会风声鹤唳，担心今天或明天就会有部队从前线回来，对付他们。

彼得格勒的所有政治力量都在担心沙皇反扑时，沙皇和大本营的将军却没怎么关注彼得格勒方向的消息，认为这不过是一场常见的骚乱。得知彼得格勒卫戍部队暴动，首都当局无力平息的消息后，大本营才清醒过来。尼古拉二世的第一反应相当正确：指示一些前线部队调往彼得格勒，命令曾任西南战线和西线司令的伊万诺夫将军率领大本营的部队前往彼得格勒恢复秩序。同时，伊万诺夫取代"惊慌失措的"哈巴罗夫将军成为彼得格勒军区司令，大本营参谋长阿列克谢耶夫将军签署秘密命令，授权伊万诺夫将军对平民使用野战军事法庭。

如果尼古拉二世留在莫吉廖夫的大本营，遥控指挥各路大军围攻彼得格勒，那么，即便无法成功平叛，也仍能在白俄罗斯、乌克兰等地与叛军长期相持，最不济也可以保全首级，逃亡国外。但皇后亚历山德拉从皇村发出的一封电报改写了他的命运。

皇后的电报非常简单："让步不可避免，巷战在继续。有几支部队倒向了敌人。"她看上去没有叫丈夫回到自己身边的意思，只是告知了首都的情况和给出了自己的建议，但这封电报唤醒了尼古拉二世内心深处的保护欲。他指示总参谋长阿列克谢耶夫调动近卫军格奥尔基营保护自己乘坐的专列，保护自己从莫吉廖夫赶回彼得格勒；同时要求北部、西部和西南方面军各抽调几个精锐步兵团以及一些"可靠的将军"去彼得格勒。临行之前，他还特地向皇后发了电报："我们于今天早晨 5 点动身。我总是在想念你。天气好极了，祝你健康，别焦愁。很多部队已从前线开拔。"

从沙皇只从前线抽调了十几个步兵团来看，他没有做与叛军全面交火的准备。因此，当专列行驶到距彼得格勒 200 俄里的维谢拉车站，铁路部门通知前方铁路线已被"叛军"控制，不能继续前进时，他没有下达打通铁路线的命令，而是准备前往莫斯科。但随即轻信了莫斯科也倒向革命的谣言。事实上，当时莫斯科的政局相当稳定，当地保皇党的势力也比彼得格勒强。尼古拉二世如果顺利抵达莫斯科，完全可以另组政治班底，继续与革命力量周旋下去。最终，尼古拉二世选择折往北部方面军司令部所在地普斯科夫[1]。事后证实，沙皇专列前方铁路已被"叛军"控制，不过是路过的军车上的士兵砸了车站的小吃部。也就是说，尼古拉二世如果继续前进，仍有可能赶在彼得格勒苏维埃和杜马临时政府成立前抵达皇村，重新获得彼得格勒的控制权。

在北部方面军控制的旧鲁萨车站，尼古拉二世受到了当地百姓的夹道欢迎。当他在车厢窗口露面时，所有人都脱帽致敬，很多人还双膝跪地，画十字表示祝福。但北部方面军对沙皇的态度却非常冷淡，其麾下的一支部队在卢加车站同地方部队的代表相遇后，宣布他们不会承担任何针对彼得格勒的讨伐任务。当 3 月 13 日，尼古拉二世抵达普斯科夫车站后，北方战线司令鲁兹斯基将军登上沙皇专列，转达了国家杜马主席罗将柯要求尼古拉二世向杜马让渡权力的要求。

这次会谈事实上是俄国军队向尼古拉二世的正式逼宫。事后，鲁兹斯基回忆道：沙皇对他提出的"成立责任内阁必要性的理由平静地、冷静地但又带有强烈信念地表示反对"，说难以想象立宪制的俄罗斯会是什么样子。但这只是鲁兹斯基的一面之词。尼古拉二世即便对杜马掌权存在强烈的抵触情绪，但也懂"人在屋檐下不得不低头"的道理。在北部方面军司令部内，尼古拉二世向已经抵达皇村的伊万诺夫将军及其部

---

[1] 位于圣彼得堡西南约 250 公里处，莫斯科通向里加的铁路与圣彼得堡通向基辅的铁路在此相交。

队发出电报，要求他们"在我到达和向我报告之前不要采取任何行动"。跟随军列的大本营秘书长杜邦斯基回忆："我不得不钦佩他（指尼古拉二世），我们已经三天没有合眼了（3月9日离开莫吉廖夫到3月12日抵达普斯科夫），但他却能吃能睡，甚至长时间和周围的人交流。他很能克制自己。"综合后来的一些事情看，尼古拉二世此刻或许已预见到了自己在劫难逃的宿命。

尼古拉二世默许国家杜马上台掌权，推动俄国进入完全君主立宪制国家的行列，对大多数温和派的议员来说，已是莫大的胜利。但对罗曼诺夫王朝内部的其他达官显贵而言，废黜沙皇、另立新君才是他们的终极目的。破落贵族出身的立宪民主党领袖米留科夫，建议尼古拉二世立即宣布逊位，由皇子阿列克谢继承大统，米哈伊尔大公为摄政王，总揽朝纲。具有讽刺意味的是，这个"司马昭之心路人皆知"的阴谋，竟然成了是为应对民众对尼古拉二世的不满才拟定的对策。杜马随即派出"十月党人"古契科夫和君主主义者舒尔金火速前往普斯科夫，与尼古拉二世谈判。

鲁·兹斯基将军结束与尼古拉二世的长谈回到自己的司令部后，又在3月15日凌晨3点30分开始，与杜马主席罗将柯通了长达4个小时的电话。代表军方利益的鲁兹斯基当然希望局势早早稳定，因此，他急忙向杜马重申了尼古拉二世已经同意让步的消息。但罗将柯却冷淡地回答："很遗憾，一切都已经晚了。"随即他表示，"沙皇逊位给儿子，由米哈伊尔·亚历山大罗维奇摄政已确定无疑"。为了防止军方出现反弹，杜马主席又强调："只有这样处理，危机才可能解决……权力更迭将建立在自愿的基础上，对所有人都无害，一切都将在几天内结束。"

军方内部在强迫沙皇退位的问题上并未达成共识。因此，鲁兹斯基与罗将柯的谈话同步传到了莫吉廖夫的大本营，使总参谋长阿列克谢耶夫也能了解杜马方面的最新意见。阿列克谢耶夫虽然对尼古拉二世怀有感恩之情，但此时优先考虑的是自己。因此，他能为尼古拉二世所做的只有要求北部方面军的参谋长达尼洛夫不顾礼节叫醒尼古拉二世，让其早做准备。同时，阿列克谢耶夫还指示鲁兹斯基将与罗将柯谈话的概要，迅速用电报发给各陆军方面军和舰队司令，希望听取他们的意见，但他的措辞有倾向性："看来，局势不允许其他的解决办法。"

当天，西南方面军司令勃鲁西洛夫，西部方面战线司令艾尔维特，高加索方面军司令、前陆军总司令尼古拉·尼古拉耶维奇大公等先后回电，支持要求尼古拉二世退位的意见，呼吁沙皇为祖国做出牺牲。艾尔维特甚至还在电报中宣称："为了拯救祖国和皇朝，做出符合杜马主席声明的决定，看来是能够制止革命，把俄国从无政府主义的灾难中解救出来的唯一措施。"只有罗马尼亚方面军司令萨哈罗夫将军愤怒地谴责了罗将柯等杜马成员的"背叛行为"。

当天下午，鲁兹斯基拿着从大本营收集到的各战线主要负责人的反馈觐见沙皇。尼古拉二世面无表情地读完了鲁兹斯基带来的电报，深知军队已抛弃自己，随即拟定了给罗将柯和阿列克谢耶夫的两份电报，表示愿意按杜马的意见执行。但他身边的近侍仍抱有一线希望，他们劝说沙皇等彼得格勒的杜马特使抵达后再做商量。当天深夜，古契科夫和舒尔金到达普斯科夫，向沙皇阐述了他让位给阿列克谢的方案。尼古拉二世的答复使所有在场的人感到非常意外，他说，白天他决定让位于儿子，但仔细考虑了自己的处境和儿子的病情后，决定不仅自己退位，而且代儿子让位于米哈伊尔大公。

鲁兹斯基将军后来写道："大家都哑口无言，因为沙皇没有权力替自己的儿子放弃皇位。"很多人认为，尼古拉二世是在赌气。但是，在沙皇看来，不论是军队还是国家杜马都不是真心拥戴阿列克谢。一旦局面稳定，在宝座上孤立无援的阿列克谢便会被各方势力视为绊脚石，他患的血友病，会成为他"被病死"的理由。

尼古拉二世的决定，杜马方面觉得无所谓。他们只请求沙皇在签署退位文件前，批准李沃夫为总理、尼古拉·尼古拉耶维奇大公为总司令。之所以推举李沃夫为总理，主要是因为一战以来，他长期出任地方自治机关联合会总委员会主席，负责后方民政工作，杜马准备将战争继续进行到底。

据称，签署完退位文件后，尼古拉二世含着泪水回到了包厢。他在日记中这样写道："周围都是背叛、胆怯和欺骗！"

尼古拉二世的弟弟米哈伊尔大公，长期以来被视为罗曼诺夫王朝的王室继承人，尽管他娶了一位莫斯科律师的女儿——娜塔莉娅·布拉索娃。相较于皇后亚历山德拉，罗曼诺夫家族对出身中产的布拉索娃反倒没有恶意。接到兄长的退位诏书后，米哈伊尔大公本应立即登基但他拒绝了，给人一种不忍夺兄弟宝座的感觉。

但此时的彼得格勒已掌控在激进的民众中，听到尼古拉二世禅让于米哈伊尔大公的消息，民众纷纷表示："尼古拉、米哈伊尔都是一路货色……"要求彻底粉碎沙皇专制制度。杜马由此看到了掌握俄国政权的可能。

罗将柯随即与普斯科夫和大本营联系，竭力使将军们相信，拒绝宣布米哈伊尔为皇帝只是在立宪会议召开前的过渡，立宪会议最终会保留君主制度。这个突然的转折使阿列克谢耶夫气愤，他试图在大本营召开战线司令会议，用他的话说是为了对政府施加压力，但没人支持他。

▶ 退位后的尼古拉二世

3月16日清晨，10—12名杜马临时委员会和临时政府的成员来到米哈伊尔大公藏身的百万街布加金娜公爵夫人宅邸，提出了两个意见供他"裁夺"：以克伦斯基和罗将柯为代表的意见要求他至少在立宪会议之前拒绝接受皇位；以米留可夫和古契科夫为代表的意见要他无条件接受皇位，认为这是保存俄罗斯国家的最后机会。最后，第一种意见占了上风。

拟定的宣言文稿这样写道："我决定，我只在我们的人民表达了自己意志的情况下才接受最高权力，他们应该举行全民选举，通过自己在立宪会议中的代表确定俄罗斯国家的治理形式和新的基本法。"米哈伊尔大公拥有的权力只是签署这份宣言，并呼吁全体居民服从临时政府使之合法化。至此，罗曼诺夫王朝在形式上终结。

得知弟弟无法继承皇位后，尼古拉二世释然了。协约国阵营则弹冠相庆，沙皇想在东线推动媾和的可能已不复存在，以国家杜马和俄国职业军官组成的新政府肯定会将追随英、法的指挥棒，为打败同盟国流尽最后一滴血。退位后，尼古拉二世从普斯科夫回到莫吉廖夫与总参谋长阿列克谢耶夫等人告别。随后，他前往皇村，他的妻子和孩子在那里等他，他们将一起走向生命的终点。

第三节 再见！沙皇

由于对革命的意义和目的的看法不同，号称代表全国工人和士兵的彼得格勒苏维埃与俄罗斯资产阶级利益的临时政府，对已退位的沙皇及其家人有截然不同的处理意见。早在3月16月革命尚未完全成功之际，彼得格勒苏维埃执行委员会便在一次会议中明确提出逮捕尼古拉和罗曼诺夫家族其他成员，并制定了逮捕名单和步骤：逮捕米哈伊尔，但宣布他只是处于革命军队的监视中；关于尼古拉·尼古拉耶维奇，考虑到在高加索逮捕他有一定危险，所以先召他到彼得格勒，他上路后在途中进行严密监视；对罗曼诺夫家族的妇女，根据她们每个人在旧政权的活动中所起的作用逐步逮捕。

3月20日，苏维埃通过征集签名的方式，向临时政府施压。"使俄国获得自由的广大工人和士兵有愤慨和警惕的情绪，因为嗜血鬼——被废黜了的尼古拉二世、他的卖国妻子、他的儿子阿列克谢、他的母亲玛丽亚以及罗曼诺夫家族的所有成员仍然享有自由，在国内自由旅行，甚至可以深入军事重地。这种情况是完全不能接受的，不利于国家和军队恢复正常的秩序和安定，以及抵抗外敌捍卫俄国。"因此，苏维埃建议："临时政府毫不拖延地采取果断措施，将罗曼诺夫家族全体成员集中到一指定地点，由可靠的人民革命军队看守。"

这份仅收集了85个签名的声明，临时政府不以为然，身为司法部长的克伦斯基在彼得格勒的公开演讲中表示："现在尼古拉二世在我手中，在总检察长手中了！我要告诉你们，同志们，俄国革命开始了，没有流一滴血，我不允许再发生流血事件。我决不会成为革命的马拉①，尼古拉二世将在最短的时间内，在我亲自监督下，被送到港口，从那里离开，乘船前往英国。"

克伦斯基能这么说，显然是尼古拉二世在退位前与临时政府谈妥了的。3月17日抵达莫吉廖夫后，尼古拉二世通过阿列克谢耶夫向临时政府转交了一封信：请临时政府做出下列保证：1.我和陪同人员去皇村的途中不受到阻挠；2.在孩子们同上述人员完全康复之前，我们在皇村的安全；3.在与上述人员前往摩尔曼斯克的途中不受阻碍；4.战争结束后，我们回到俄罗斯，定居在克里米亚的里瓦几亚官。

尼古拉二世提的这些要求，自然"很傻很天真"。但他当时仍身处俄国武装力量的中心位置，若登高一呼，未必不会成为军中野心家的旗帜。因此，克伦斯基等人仍不敢公开限制罗曼诺夫家族成员的自由。3月8日，尼古拉二世通过俄军总参

---

① 保尔·马拉（Jean-Paul Marat，1743—1793），法国政治家、医生，法国大革命时期民主派革命家。在法国大革命中，他多次公开要求用暴力清除革命的敌人，发表过"是砍下部长们和他们的走狗，所有坏官员、叛国军官、反革命的市镇官员、国民议会叛徒脑袋的时候了"、"要挽救祖国，必须砍掉暴君的头"等言论，后因这些言论遭到没落贵族夏洛蒂·科黛的暗杀。

谋部向全军发表了语气诚恳的告别辞后，临时政府开始收紧套在罗曼诺夫家族脖颈上的绳索。

细品尼古拉二世的告别辞，世人不难从中感受到一位退位君皇的心酸："我所炽烈热爱的军队和士兵们，我向你们做最后一次讲话。在我代表自己和儿子从俄国的王位上退位后，权力移交给国家杜马动议建立的临时政府。愿上帝帮助它引导俄国走向光荣和繁荣。也愿上帝帮助你们，英勇的军队，抵抗外敌，保卫我们的祖国。"

随后，尼古拉二世又肯定了俄国军队在第一次世界大战的表现："在过去的两年半里，你们一直肩负着为国服务的重任，流了许多鲜血，付出了巨大的艰辛。现在，俄国将为胜利而奋斗，与英勇的盟军联合，粉碎最后挣扎的敌人。这场史无前例的战争必将取得彻底的胜利。"说到这里，他突然话锋一转："谁现在考虑和谈，谁想要和谈，谁就是祖国的变节分子、叛徒。我知道每一个诚实的战士都相信这一点。"

尽管尼古拉二世最后呼吁军队要"履行义务，保卫我们伟大的祖国，服从临时政府，听从长官"，因为"任何削弱军队的行为都会给敌人以可乘之机"，但从行文中仍能感到他对临时政府的不满。或许他强烈表达与德国单独媾和的不满，是在洗清自己和妻子卖国的骂名，但此举也给临时政府制定了一个几乎无法完成的任务：将战争进行到底。或许就是因为这根毒刺，临时政府事后严格限制了告别辞的传播范围。

与军队完成了告别仪式后，尼古拉二世又与总参谋部的工作人员、近卫军侍卫、哥萨克团一一话别。此刻，皇太后玛丽亚从基辅赶来，带来了一干皇室重臣——海军副司令亚历山大·米哈依洛维奇公爵（尼古拉一世的孙子）、战地炮兵总检察官谢尔盖·米哈依洛维奇、近卫军步兵将军亚历山大·彼得罗维奇·奥尔登伯格斯基。皇太后这时出现，显然不是为儿子送行那么简单。可惜的是，这次诀别没留下太多的记录。尼古拉二世也只在日记中简单地写道："12 点，我去会客车厢看望妈妈，和她以及她的随从共进了午餐，并和她一起坐到了 4 点 30 分。"

沦为孤家寡人的尼古拉二世，于 4 点 45 分登上了有去无回的专列，车上只有 4 位杜马代表同行。尼古拉二世在日记中无比伤感地写道："天气寒冷，风很大。真是不幸，痛苦，令人压抑。"此时的他应该还不知道，一天前，临时政府已秘密决定"剥夺已退位的皇帝尼古拉二世及其配偶的自由"，并要求总参谋长阿列克谢耶夫派支部队，接受 4 位杜马代表的指挥，押送沙皇前往皇村。

尽管从莫吉廖夫离开尼古拉二世便失去了自由，但临时政府仍不敢正面为难他。毕竟尼古拉二世一家与英国王室沾亲带故，此前又曾提过要前往不列颠，临时政府想要将战争进行下去，自然不能得罪英国这个盟友。可惜的是，英国此刻无心趟浑水，其外交部虽然表示英国国王乔治五世很关心沙皇一家，但又委婉地表示丹麦或瑞士可能更适合尼古拉二世一家。

作为皇太后玛丽亚的老家，丹麦当然也不失为尼古拉二世一家的好归宿。但临时政府考虑到丹麦毗邻德国，沙皇一家若前往丹麦，很可能会成为德国手中的一枚棋子。因此，一定要英国收下这颗烫手的山芋。向来市侩的英国人虽然承认尼古拉二世继续留在俄国会引发社会动荡，对战事不利，但又要求临时政府全部承担尼古拉二世一家去伦敦的费用。

应该说俄国的经济虽然不好，但也不至于无力负担沙皇一家的日常开支。可是，尼古拉二世抵达皇村后，彼得格勒各地都出现了抗议人潮，苏维埃甚至动员工人和士兵占领各火车站，声称一旦发现沙皇便要将他扭送到关押政治犯的彼得保罗监狱。鉴于群众的革命热忱，临时政府决定将沙皇一家暂时软禁于皇村。尼古拉二世对这一决定并没有觉得不妥。也许他认为，能够卸下沙皇的重任，与家人待在一起，在这个纷乱的时局下反而是一种幸福。在一些笔记中，我们看到了沙皇一家的食谱，午餐是白菜丝、腌菜、土豆、鱼和牛奶冻，晚餐是蘑菇汤、鱼、甜汤、干饼干和菠萝。沙皇夫妇开始亲自为孩子们上课。除此之外，他们还带着随从和看守在皇宫附近开辟了一小块菜园，自己动手砍柴。但是这种生活并没有维持太久。

首先，临时政府禁止了尼古拉二世对外通信或打电话的权利，随后皇后的心腹侍女被一一带走，经过审讯后或被监押，或被赶走。此后，克伦斯基前来拜访，宣布除了吃饭和举行宗教仪式的时间外，尼古拉二世不得与妻子会面，理由是民众不希望"卖国求荣的德国女人"再向退位的沙皇进献谗言。随着一些老的近卫军被调离皇村，新来的革命战士对沙皇一家的态度非常恶劣。

当然，这些改变可能不是临时政府或彼得格勒苏维埃授意的，因为他们此时正忙于前线的战事，根本无心过问尼古拉二世一家的死活。5 月 1 日，临时政府外交部部长米留可夫（Pavel Nikolayevich Miliukov，1859—1943）向协约国各方提交了一份外交照会，声明临时政府要遵守沙皇政府签订的各种条约，把战争进行到胜利结束。这一帝国主义政策是协约国其他国的定心丸，但在俄国激起了广大劳动群众的愤怒。

在许多苏联史学家的著作中，"米留可夫照会"不能被俄国民众接受的主要原因有两个：一是其中承诺将继续对德作战的保证，与俄国民众希望尽快结束战争的心愿相反；二是照会中仍与列强讨价还价，希望能加入战后分割德国、奥匈帝国、奥斯曼帝国领地的主张，与此前彼得格勒苏维埃结束战争，并正式放弃"对其他国家的控制"和"对它们领土的占有"等宣传不符。除了这两个原因外，临时政府不与彼得格勒苏维埃商议，便独自与协约国进行接触的举动，也是引发政治对抗的一个原因。

在一片打倒资本主义部长们、反对帝国主义战争的呼声中，米留可夫等一大批临时政府的官员倒台，兼任临时政府司法部长和彼得格勒苏维埃临时执政委员会副主席的克伦斯基，随即任陆海军部长。就在克伦斯基自感志得意满时，他真正的对手悄然登上了俄国历史的舞台。6月，来自俄罗斯各地的苏维埃代表召开了第一次代表大会，选出了全俄苏维埃中央执行委员会。此前唯一拒绝加入临时政府的全国性政党——布尔什维克党，成了苏维埃的中坚力量。

7月1日，在克伦斯基的统一部署下，俄军按照尚蒂伊协约国军事会议的部署发动了夏季攻势。克伦斯基任命在1916年曾获得辉煌胜利的勃鲁西洛夫为主帅，从高加索、芬兰和西伯利亚等军区中调集了20万生力军。但此时俄国陆军从上而下均已腐朽不堪，所谓精兵强将不过是不知为谁而战的傀儡，虽然攻势在头一周取得了一定进展，但随着德奥联军展开反击，临时政府纠集的进攻矛头当即宣告折断。

临时政府重启战端的消息传到彼得格勒，随即便有一个机枪团的士兵揭竿而起，宣布要推翻临时政府，一切权力归苏维埃，并得到彼得格勒民众的热烈响应。面对群情汹涌，临时政府首相李沃夫宣布辞职，并力请克伦斯基上台执政。7月11日，克伦斯基以临时政府首相的名义拜会尼古拉二世，宣布沙皇一家必须离开不安定的首都。

尽管克伦斯基并没有明确沙皇一家未来的去向，甚至有些资料说克伦斯基诓骗尼古拉二世说，将会送其一家去基辅或者克里米亚的里瓦儿亚宫。事实上，沙皇一家将被送往西伯利亚的消息在彼得格勒已不是秘密。1917年8月1日黎明，尼古拉二世一家离开了首都。一家人依旧乘坐着带有餐车的卧铺车厢，39名侍从沿途照顾他们的饮食起居，但这种形式的流放遭到了革命群众的反感，有传闻说尼古拉二世将坐火车去中国的哈尔滨。铁路沿线随即出现了拦截沙皇专列的热潮。

克伦斯基晚年解释说，他之所以选择将尼古拉二世送往西伯利亚地区的托博尔斯克，是因为那里远离尘嚣、民风淳朴，尼古拉二世是被安排在一座昔日省督的豪宅，且配有警卫和侍从，自己完全是一片好心。但所谓的省督豪宅，早已家徒四壁。沙皇一家不得不在船上住了好几天，等着房子重新装修好，生活用品齐全。后续发生的事情也证明克伦斯基将尼古拉二世送走不是为了保护他，因为尼古拉二世离开彼得格勒后，俄国各地就出现了大批保王党势力，他们积极奔走，宣称要解救沙皇、重建帝国。其中挑头的正是克伦斯基刚刚委派接替勃鲁西洛夫的拉夫尔·科尔尼洛夫（Lavr Georgiyevich Kornilov，1870—1918）。

拉夫尔·科尔尼洛夫出生于一个哥萨克家庭，早年转战波兰、土耳其等地，参加过日俄战争，出任过驻中国武官，第一次世界大战爆发时仍是个师长。他在战争中没什么突出的战功，在奥匈帝国被俘虏后成功逃回来后，却被俄国人吹捧成了英雄。随着革命的爆发，科尔尼洛夫这样与俄国主流军事贵族格格不入的"战争英雄"声名鹊起，连升三级：3月，成为彼得格勒军区司令；5月，被任命为第八集团军司令；6月27日，晋升步兵上将；7月7日，升为西南方面军司令。

克伦斯基之所以看上他，不过是因为他在1917年临时政府组织的夏季攻势中，公然向勃鲁西洛夫发去电报，要求允许他用一切手段恢复秩序，他禁止士兵集会，废除士兵宣言，枪毙逃兵，把他们的尸体摆在大路边并书写罪名。这些全无爱兵如子之心的屠夫行径，却被临时政府视为"乱世用重典"的杀伐决断。克伦斯基希望他能成为自己手中的一把快刀。

可是，科尔尼洛夫不是对外能御强敌、对内能扶社稷的名将，反而像野心勃勃的董卓、侯景。他独揽军权后，做了种种凌驾于临时政府的事情。为了谋求自身权力的合法化，科尔尼洛夫与蛰伏的俄国军事贵族一拍即合，开始帮助罗曼诺夫王朝复辟。如果尼古拉二世仍在彼得格勒，那么一场血腥的政治动荡在所难免。即便沙皇一家已经去了西伯利亚，克伦斯基也没掉以轻心，派了心腹社会革命党人瓦西里·潘克拉托夫前往监视他们的一举一动。

据说，尼古拉二世对潘克拉托夫颇为轻蔑，认为他像个工匠或者穷教书的。他万万没想到，此人竟是他一生最后的保护伞。潘克拉托夫虽然出生于一个贫苦的工人家庭，但多年的牢狱生活和不断学习，令他成为一名理性的革命者。他将看守尼古拉二世一家视为崇高的工作，禁止任何人侮辱和责罚沙皇一家。与之相比，他的助手亚历山大·尤洛夫斯基却对沙皇一家怀有一种"小市民式"的愤恨，在他眼中，对尼古拉二世和他家人的任何惩罚都是革命性的体现。此时，彼得格勒方面的权力斗争进入白热化阶段。

9月1日，德军突然于里加前线发动攻势，俄军接战不利，科尔尼洛夫于9月2日命令全军撤退。备感失望的克伦斯基随即逮捕了这个抗敌无功、内战有术的军阀。不料，科尔尼洛夫的党羽随即率军包围了彼得格勒，并扬言要解散苏维埃，建立军事独裁政府。无奈之下，克伦斯基只能向以全俄苏维埃求援。

在强大的赤卫队面前，科尔尼洛夫所部不敢造次，克伦斯基也不愿意与之真的兵戎相见。于是释放他后，便任由他率部南下顿河流域去了。不过此时，彼得格勒城内形成临时政府与全俄苏维埃并立的局面。1917年11月7日（俄历10月25日），面对克伦斯基企图镇压革命，解散全俄苏维埃的阴谋，布尔什维克党决定先发制人。当天夜间，随着"阿芙乐尔"号巡洋舰上的广播和炮声，赤卫队冲入临时政府所在地——冬宫。随后列宁在斯摩尔尼宫召开第二次全俄苏维埃代表大会，宣布政权已转归苏维埃，人类历史上第一个无产阶级专政的社会主义国家宣告成立，史称"十月革命"。

十月革命的胜利，是无产阶级勇于承担历史责任、建立政权的一次飞跃，但摆在以列宁为首的革命者面前的道路依旧坎坷而漫长。而对于身处西伯利亚的尼古拉二世及其家人而言，十月革命的消息彻底断绝了他们流亡国外甚至复辟的可能。随着潘克拉托夫被替换，他们一家的生活待遇每况愈下。全国范围内旧贵族和资产阶级组织白军与苏维埃政府的对抗，也成了看守不得不考虑的问题。

1918年4月1日，一位名叫瓦西里·雅克夫列夫（Yakov Mikhailovich Yurovsky，1878—1938）的特使从苏维埃新都莫斯科来到托博尔斯克，带来了苏维埃中央执行委员会的信件：将尼古拉二世一家迁往叶卡捷琳堡。

由于雅克夫列夫见证了尼古拉二世一家最后的命运，因此本应是历史上的无名小卒，日后竟一度成了俄国历史研究的重要对象。从履历上看，雅克夫列夫其实是个普通人，他出身农户，在乌拉尔山各地打过工。社会动荡令他成了职业革命者，却又在关键的路口迷失了方向，比如反对列宁关于布尔什维克党员必须加入工会的决定。

1918年4月30日，沙皇一家被押解到叶卡捷琳堡，并被关到当地商人伊帕季耶夫被没收的住宅。与托博尔斯克相比，叶卡捷琳堡的政治气氛更紧张，因此当地人对尼古拉二世及其家人非常不友善。内战四起，各方势力为了对抗苏维埃都渴望救出尼古拉二世，在这种情况下，苏维埃政府内部关于处决尼古拉二世的呼声也日益高涨。

7月初，针对日益频繁的营救行动，苏维埃派出著名的"契卡"（全俄肃清反革命及怠工非常委员会）接管了对尼古拉二世的看管。此时，西伯利亚地区已经成为前黑海舰队司令、海军上将高尔察克领导的白军政府的控制区。日本干涉军也在海参崴登陆，逐渐控制了俄国远东地区。叶卡捷琳堡也不安全了。

1918年7月17日凌晨2点，雅克夫列夫让御医唤醒熟睡中的沙皇一家到地下室集合，声称要临时转移。尼古拉二世没有怀疑其中可能有诈，抱着儿子和全家一起进入地下室，4名仆人尾随。雅克夫列夫带领一个八人的行刑队尾随进入地下室后关上房门，并简短宣布了死刑命令："鉴于你的家族不断干扰攻击苏维埃革命，决定对你们进行处决！"

快速重复了一遍命令后，行刑队举枪射击。雅克夫列夫亲自用手枪朝沙皇的咽喉近距离射击，尼古拉二世随即倒在血泊中。朝其前胸补射数枪后，雅克夫列夫向皇太子头部射击两枪直到他毙命。与此同时，其他行刑队成员向沙皇家人及仆役乱枪扫射。皇后曾一度想双手合十做临终祷告，没能如愿，中弹身亡。

4分钟后，地下室满是火药味和血腥味，烟尘四起，视线无法辨别倒地的人是否已死。雅克夫列夫命人打开地下室门，烟尘散去后，发现四位公主和贴身女仆依然活着。公主们衣襟里细细密密缝着的1.5公斤钻石和珠宝犹如防弹衣，帮她们挡住了枪击。女仆则用的是随身携带的枕头，因为枕头的鹅毛里藏的全是钻石和金银珠宝。随即，雅克夫列夫命人开始了第二轮杀戮，这次是刺刀和手枪并用。每人身中数刀后又被近距离枪击头部，确保无法生还。此后，雅克夫列夫又命人以泼洒硫酸和火焚的方式销毁尸体。他们打算将尸体抛到附近一处矿井时，高尔察克的部队逼近了叶卡捷琳堡。时间紧迫，契卡们只能将尸体埋在一旁的马路边。

雅克夫列夫事后将处决尼古拉二世一家的过程写成报告，这份报告随即成为苏联政府对沙皇一家最后命运的官方说法。但好事者试图找出报告存在的纰漏，比如1991年沙皇一家的遗骨被发现后，传说其中只有九具尸体，通过一系列DNA性别测试和对骨细胞核DNA测序，其中一些尸骨可能属于沙皇、皇后和3个公主。也就说，皇太子阿列克谢和一个公主有可能逃了出去。但这很快被雅克夫列夫的报告否定了：有两具尸体单独安葬，并没有放在主坟中。

随后，又有人指出苏联政府其实在1979年就曾打开过这块墓地，移出了一些头骨和骨骼，一年后又往里面加了新的头骨和骨骼。还有证据显示，这块墓地在1946年被苏联的国家安全部门打开过。尼古拉二世一家被杀害的地方——伊帕季耶夫别墅也在1977年被夷为平地。

罗曼诺夫王朝伴随末代沙皇全家的死亡画上了句号。在尼古拉二世被处决前19天，他的弟弟米哈伊尔也在囚禁中被杀，其后，他的舅妈兼小姨子——皇后亚历山德拉的妹妹——女大公伊丽莎白·费奥多萝芙娜在阿拉帕维斯克附近的一个矿井里被手榴弹炸死。而在丹麦和英国等国的干预下，以皇太后玛丽亚为首的罗曼诺夫家族成员经黑海流亡国外。1991年，随着苏联解体，其家族后人陆续返回俄国，俄罗斯政府也特许他们在尼古拉二世遇害地修建教堂以纪念那段往事。

参考文献

[1] [美] 尼古拉·梁赞诺夫斯基，马克·斯坦伯格. 俄罗斯史（第七版）. 杨烨，卿文辉译. 上海：上海人民出版社，2007.

[2] [美] 马克·斯坦伯格，[俄] 弗拉基米尔·赫鲁斯塔廖夫. 罗曼诺夫王朝覆灭. 张蓓译. 北京：新华出版社，1999.

[3] [俄] 谢·尤·维特. 俄国末代沙皇－尼古拉二世—维特伯爵的回忆. 张开译. 北京：新华出版社，1983.

[4][法] 亨利特罗亚. 末代沙皇尼古拉二世. 北京：世界知识出版社，2000.

[5] 吴春秋. 俄国军事史略，1547—1917. 北京：世界知识出版社，1983.

[6] [苏联] 尼·米·尼科利斯基. 俄国教会史. 丁士超等译. 北京：商务印书馆，2000.

[7] [苏联] В.В. 马夫罗金. 俄罗斯统一国家的形成. 余大均译. 北京：商务印书馆，1994.

[8] [英] 温斯顿·丘吉尔. 第一次世界大战回忆录. 吴良健译. 江苏：译林出版社，2013.

[9][美] 汉森·W.鲍德温. 第一次世界大战史纲. 陈月娥译. 北京：军事科学出版社，2014.

[10] [美] 巴巴拉·W·塔奇曼. 八月炮火. 张岱云译. 北京：新星出版社，2005.

比小说好看
比剧本精彩

你一定爱读的
中国战争史
（系列丛书）

铁胆神侯夏侯杰·著

博斯鸿·著

中国战争史
⑦ 两晋

有史可证，有迹可循
从春秋到元朝，2000多年的战争故事，让你一读就上瘾

通俗易懂，有趣有料

插科打诨也好，正色直言也罢，说的是古往今来战场风云，塑的是家国内外忠奸百态。场场大戏，英雄、奸雄与"狗熊"，人人都是角儿；篇篇传奇，妙招、奇招和险招，处处有谋略。

中国历史新演绎

用人物刻画战争，用战争串联历史。每一场战争都有典籍支撑。14位新锐作者联袂执笔，精选经典战役铺陈，涉及战略、战术、战法、武器、兵力、布阵、战场展开……

情节紧张，行文爽快

跌宕起伏的王朝命运，两军交戈的剑拔弩张，千钧一发的安危瞬间，惊心动魄的逃亡旅程，风林火山的用兵之法，三十六计的多方施展，卧薪尝胆的多年隐忍，柳暗花明的意外展开……古人的故事，今人读来依然扣人心弦。

战争事典

（特辑009）

失控的藩镇

不朽如梦 著

唐末群雄崛起与
唐王朝的灭亡

兵强马壮者为天子的时代！

本书还原了关中李茂贞、剑南王建、河东李克用、江淮杨行密崛起以及唐王朝的解体之路！

查尔斯·欧曼爵士扛鼎之作

欧美军官必修教材、军迷提高军事素养的进阶书籍
完整梳理了中世纪欧洲各国军队的发展脉络
内容覆盖面广、跨度大
译文流畅，贴合原著，兼顾军事的专业性和文字的文学性

指文® 战争艺术文库 / 006

中世纪
战争艺术史
（第二卷）

A HISTORY OF THE
ART OF WAR IN THE
MIDDLE AGES

从长弓的崛起
至中世纪结束

[英] 查尔斯·威廉·欧曼 著
王子午 译

指文® 战争艺术文库 / 005

中世纪
战争艺术史
（第一卷）

A HISTORY OF THE
ART OF WAR IN THE
MIDDLE AGES

从罗马帝国衰落
至十字军东征

[英] 查尔斯·威廉·欧曼 著
王子午 译